# 数字化设计制造仿真与模拟

## 下 册

张 颖 王华侨 王德跃 等编著

U0116105

机械工业出版社

本书是作者以数字化设计与仿真优化技术、数字化制造与模拟技术应用为主要对象，在从事多年工作经验的基础上，在结合工程产品数字化设计、数字化制造应用需求的条件下，通过不断应用、总结、研究开发编写而成的。

本书（上、下册）共分9章，第1~5章为上册，以数字化设计与仿真应用为主要对象，重点在产品外观设计、产品逆向工程应用与经验、产品结构优化设计、有限元分析应用基础与经验技巧、计算流体力学分析应用方面进行了讲解。书中不仅提供了相关的理论基础与实际工程应用指导经验，同时以大量的实例进行了说明，如座椅逆向工程设计、大型回转壳体灵敏度设计、梁体振动分析、大型回转壳体结构力学综合性能分析、飞行器与船舶推进流体力学分析实例应用等。

第6~9章为下册，重点介绍了复合材料制品优化设计与分析、产品数字化模具设计与制造、数控加工编程与仿真模拟等先进的数字化制造技术的应用。书中提供的实际应用实例对提高复合材料制品设计与优化、数字化模具设计与制造、塑性成形模拟优化工艺、数控加工技术应用水平等先进数字化制造、模拟仿真技术的应用水平有非常实用的工程指导意义。

本书理论丰富，信息量大，覆盖面广，且实用性强，工程应用价值高。

本书可供产品设计人员，机械制造、材料加工工艺人员学习参考，也可供高等院校机械制造工艺与装备、机械设计与自动化、材料加工工程、工程力学、工业设计、高分子复合材料等专业师生参考。

**图书在版编目（CIP）数据**

数字化设计制造仿真与模拟．下册/张颖等编著．—北京：机械工业出版社，2010.9
ISBN 978-7-111-31394-6

Ⅰ.①数… Ⅱ.①张… Ⅲ.①数字技术－应用－机械设计②数字技术－应用－机械制造工艺 Ⅳ.①TH122②TH164

中国版本图书馆CIP数据核字（2010）第144556号

机械工业出版社（北京市百万庄大街22号 邮政编码100037）
策划编辑：张秀恩 责任编辑：舒 雯
版式设计：张世琴 责任校对：张 媛
封面设计：姚 毅 责任印制：乔 宇
北京机工印刷厂印刷（三河市南杨庄国丰装订厂装订）
2010年10月第1版第1次印刷
184mm×260mm·21.25印张·527千字
0 001—3 000册
标准书号：ISBN 978-7-111-31394-6
定价：49.00元

凡购本书，如有缺页、倒页、脱页，由本社发行部调换
电话服务 编辑热线：（010）88379770
社服务中心：（010）88361066 网络服务
销售一部：（010）68326294 门户网：http://www.cmpbook.com
销售二部：（010）88379649 教材网：http://www.cmpedu.com
读者服务部：（010）68993821 **封面无防伪标均为盗版**

# 前　言

　　本书是作者们在从事多年产品设计开发、模具设计制造、机械加工与成型技术应用与开发的经验基础上，结合工程需要的前提下，通过不断应用、总结与开发而编写的。本书在选材内容、实例分析、理论基础、技术发展等方面都做了精心的编排，介绍了一定理论基础与技术信息，突出了数字化设计、制造仿真的应用与发展的同时，兼顾了数字化设计技术、数字化制造仿真方面的实例应用。书中提供的实例可有效地指导读者进行数字化设计与仿真、数字化制造与仿真相关方面的工程应用，并且兼顾了数字化设计、制造仿真与协同技术应用的系统性和实用性。

　　全书（上、下册）共分9章，各章除包括了基本理论、工程应用实例、优化分析算例操作外，书中提供了大量的工程设计制造必备的实用信息，包括各种设计工具平台、各种优化分析软件、技术发展趋势、制造工艺信息、成功案例的介绍等。各章除介绍理论基础内容外，都安排了相关实例练习的形式进行了讲解，同时将工程应用的实际经验也安排了相关小节进行了介绍。

　　本书前五章（上册）的数字化设计与仿真应用为主要对象，重点在产品外观设计、产品逆向工程应用与经验、产品结构优化设计、有限元分析应用基础与经验技巧、计算流体力学分析应用方面进行了讲解。书中不仅提供了相关的理论基础与实际工程应用指导经验，同时以大量的实例进行了说明，如座椅逆向工程设计、大型回转壳体灵敏度设计、梁体振动分析、大型回转壳体结构力学综合性能分析、飞行器与船舶推进流体力学分析实例应用等。

　　本书后四章（下册）以产品制造工艺仿真与优化为对象，分别介绍了复合材料制品成型工艺与优化设计、塑性成形数字化模具设计、塑性成形模拟与工艺仿真优化、数控机床加工与仿真模拟等数字化制造仿真模拟方面的核心内容。书中提供的实际应用实例对于提高复合材料制品设计与优化、数字化模具设计与制造、塑性成形模拟优化工艺、数控加工技术应用水平等先进数字化制造、模拟仿真技术的应用水平非常有实用的工程指导意义。

　　在复合材料产品设计方面，除基本的成型工艺外，重点对复合材料弹翼、复合材料气瓶、复合材料发动机罩的设计优化、制造模拟的实例应用进行了讲解。在介绍注塑模具、冲压模具、铸造模具的高效设计基础与应用实例的同时，重点介绍了注塑成型模拟、板料拉深成形模拟、产品铸造仿真模拟等模拟仿真与工艺方面的实际经验。在数控加工方面，重点以数控机床加工编程与加工运动与动力学仿真、薄壁件数控加工变形模拟与控制、数控机床雕刻加工与模具铣削编程实例应用为主要对象进行了讲解，还对数控加工金属切削的仿真模拟应用的研究进展进行了介绍。

　　本书由王华侨、张颖组织编著，余书平主审。吴国君、费久灿、王德跃、皮利军、李玉丰、高勋朝、耿巍麟等参加了编写。在编写的过程中，从事一线工作的高级技师王建国、段振贵、李军云、李明武、薛亚、陆志奇、孟祥国等人也为本书的出版提供了大量一线资料。本书是在中国航天科工集团第九研究院许建明研究员、孙焕军研究员、余书平研究员指导下，华中科技大学博士生导师李志刚教授、李德群教授、陈吉红教授、李建军教授、王耕耘教授、王华昌老师等专家教授帮助下完成出版的。在此对给予本书帮助的人员表示感谢。

　　本书在编写的过程中，得到了中国航天科工集团第九研究院设计所、中国航天科工集团第九研究院红阳机械厂、北京航空制造工程研究所（北京625所）、华中科技大学、哈尔滨工程大学、武汉理工大学、西门子UGS公司、Msc. Software公司、ANSYS公司、达索系统集团公司、FARO中国分公司、北京通力有限公司、山东新明玻璃钢制品有限公司、宁波能海模塑有限公司、徐州徐航压铸有限公司、中船重工江津增压器厂等单位同仁的大力帮助和支持，在此表示深深的感谢。

　　本书理论丰富，信息量大，覆盖面广，且实用性强，工程应用价值高，作为产品设计人员、工程技术人员、技能人员、生产管理人员的学习教材是非常合适的。对于机械制造、材料加工、复合材料制品的工艺人员也是价值含量非常高的学习用书。对于从事数字化设计制造仿真与协同的科研开发人员、企业管理人员也可以提供较好的帮助指导作用。本书既可作为高等院校机械制造工艺与装备、机械设计与自动化、材料加工工程、工程力学、工业设计、高分子复合材料等专业类本专科、研究生的教学参考用书和应用教材，也可作为工程人员、成人教育、职业教育的培训教材。由于作者水平有限，对书中存在的错误和不足之处，恳请广大读者和专家批评指正。

# 目 录

# 第6章 复合材料成型与制品设计

**本章主要内容**

- 复合材料特性与应用
- 复合材料成型技术基础
- 复合材料构件设计与优化
- 复合材料成型模拟工艺仿真

本章以复合材料特性与应用为对象,介绍了复合材料成型技术基础、复合材料构件设计与优化、复合材料成型模拟与工艺仿真相关方面的内容。重点讲解了蜂窝夹层板结构的等效分析、复合材料弹翼设计分析、芳纶纤维复合环形气瓶分析、SMC复合材料发动机罩的产品设计优化及其产品质量成型工艺控制方法、复合材料成型模拟仿真技术的应用。

## 6.1 复合材料特性与应用

新材料技术是工业革命和社会发展的先导,材料是人类社会发展的物质基础和先导。材料科学的每一次重大突破都会引起生产技术的革命,大大加速社会发展的进程。纵观近代世界的两次工业革命,都是以新材料的发现和广泛应用为先导的。钢铁工业的发展为18世纪以蒸汽机的发明和应用为代表的第一次世界工业革命奠定了重要的物质基础。硅单晶材料的问世,带动了以电子技术,特别是微电子技术的发明和应用为代表的第二次世界工业革命。两次工业革命,特别是第二次工业革命,给人类社会的发展带来了巨大的变革。

新材料技术是高技术群发展的基础技术,国际社会公认新材料技术、信息技术、生物技术和能源技术是当代高技术革命的重要标志。新材料技术既是高新技术的一个独立领域,又对其他领域起着引导、支撑和相互依存的关键性作用,是最有推动力的共用基础技术。目前,世界各国在新材料领域的竞争日趋激烈,谁掌握了新材料,谁就掌握了21世纪高新技术的主动权。

新材料有利于提高人民生活水平,改善生态环境。新材料已广泛用于生活的消费品中,如生物医用材料、家用电器、文化体育器材等,提高了人民的生活水平。环境材料如生态建材、环保材料等的应用,改善了生态环境。新材料特别是复合材料是发展武器系统和国防高技术的重要基础技术和关键技术,其性能水平决定着武器系统的性能和国防水平,是保证和提高武器系统生存能力的关键。在海湾战争中,交战双方动用了大量高技术武器,在这些武器中采用了光电材料、先进复合材料、高性能结构材料等多种新材料,证实了以新材料为基础的现代军事技术的威力。由于复合材料制品的设计、成型等方面与材料是一体化的,也就是说复合材料是材料、结构、成型一体化的产品。

## 6.1.1　复合材料与工程塑料

工程塑料是指可在 100℃ 以上长期使用，可制作结构部件的塑料及复合物，而由两种或两种以上主要组分构成，能满足以上要求的热塑性塑料复合材料及合金称为复合型热塑性工程塑料。这种材料具有开发和产业化周期短、投入产出比高、性能价格比高、加工性能优良等特点，是工程塑料发展的方向。目前，我国工程塑料的产业化及应用水平与世界先进水平相比至少落后 20 年，随着汽车、电子、家电、建筑等产业的迅速发展，工程塑料的市场非常巨大，每年需进口 150 万吨，这个庞大的市场已成为各大跨国公司竞相争夺的目标。

为尽快提高工程塑料，尤其是复合型热塑性工程塑料的国产化程度，减少对发达国家技术和产品的依赖，逐步实现自主设计和自主选材，1996 年，国家经济贸易委员会将"复合型热塑性工程塑料及制品"的开发生产列入国家技术创新产学研高技术产业化项目，承担此项目的上海杰事杰新材料股份有限公司与中国科学院化学所密切配合，通过几年的产学研联合攻关，目前，塑料合金、填充类工程塑料、纤维增强塑料和高性能工程塑料（包括高效低噪贯流风叶、高性能轴承支柱、洗碗机内胆等）四类材料及制品已实现产业化，并具备 35000t/年复合型热塑性工程塑料、530 套/年高效低噪贯流风叶和 80 万套/年洗碗机内胆的生产能力。

复合材料由增强物和基体组成，增强物起着承受载荷的作用，其几何形式有长纤维、短纤维和颗粒状物等多种；基体起着粘结、支持、保护增强物和传递应力的作用，常采用橡胶、石墨、树脂、金属和陶瓷等。现代复合材料最重要的有两类：一类是纤维增强复合材料，主要是长纤维铺层复合材料，如玻璃钢；另一类是粒子增强复合材料，如建筑工程中广泛应用的混凝土。

纤维增强复合材料是一种高功能材料，它在力学性能、物理性能和化学性能等方面都明显优于单一材料。发展纤维增强复合材料是当前国际上极为重视的科学技术问题。目前在军用方面，飞机、火箭、导弹、人造卫星、舰艇、坦克、常规武器装备等领域，都已采用纤维增强复合材料；在民用方面，运输工具、建筑结构、机器和仪表部件、化工管道和容器、电子和核能工程结构、以及人体工程、医疗器械和体育用品等也逐渐开始使用这种复合材料。

碳纤维复合材料建筑制品技术是将碳纤维预先夹在模型框板中间，从框板的一边灌注树脂，而从另一边吸入树脂，以使碳纤维均匀浸透树脂，制作成大型碳纤维复合材料建筑制品。但制作大型复合材料制品，难免有制品变形的可能性。目前，通过采用独有的技术，已成功地解决了制品的变形问题，可使制得的大型建筑骨架结构，不但不会出现尺寸的偏差，而且还可确保复合材料产品的性能质量。据悉，目前采用该项碳纤维复合材料建筑制品技术，已可制成 100m 长的方形碳纤维复合材料建筑制品。

## 6.1.2　复合材料的特性

先进复合材料（Advanced Composites）又称纤维增强塑料（Fibre Reinforced Plastics，简称 FRP），是以非金属纤维（如玻璃纤维、芳纶纤维和碳纤维）作增强材料，以树脂（如不饱和聚酯树脂、环氧树脂和乙烯基酯树脂）作基体材料的复合材料。树脂将纤维束结成整体，既能保护纤维免受机械破坏和化学腐蚀，又能使纤维整体受力。

复合材料的成型工艺简单。纤维增强复合材料一般适合于整体成型，减少了零部件的数目，从而可减少设计计算工作量，并有利于提高计算的准确性。另外，制作纤维增强复合材料部件的步骤是把纤维和基体粘结在一起，先用模具成型，而后加温固化，在制作过程中基体由流体变为固体，在材料中一般不产生微小裂纹，而且固化后残余应力很小。先进复合材料具有以下几个方面的特点：

1）复合材料的比强度和比刚度较高。材料的强度除以密度称为比强度；材料的刚度除以密度称为比刚度，这两个参量是衡量材料承载能力的重要指标。比强度和比刚度较高说明材料质量轻，而强度和刚度大。这是结构设计特别是航空、航天结构设计对材料的重要要求。现代飞机、导弹和卫星等机体结构正逐渐扩大使用纤维增强复合材料的比例。

2）复合材料的力学性能可以设计，即可以通过选择合适的原材料和合理的铺层形式，使复合材料构件或复合材料结构满足使用要求。例如，在某种铺层形式下，材料在一方向受拉而伸长时，在垂直于受拉的方向上，材料也可伸长，这与常用材料的性能完全不同。又如利用复合材料的耦合效应，在平板模上铺层制作层板，加温固化后，板就自动成为所需要的曲板或壳体。

3）复合材料的抗疲劳性能良好。一般金属的疲劳强度为抗拉强度的 40% ~50%，而某些复合材料可高达 70% ~80%。复合材料的疲劳断裂是从基体开始，逐渐扩展到纤维和基体的界面上，没有突发性的变化。因此，复合材料在破坏前有预兆，可以检查和补救。纤维复合材料还具有较好的抗声振疲劳性能。用复合材料制成的直升飞机旋翼，其疲劳寿命比用金属的长数倍。

4）复合材料的减振性能良好。纤维复合材料的纤维和基体界面的阻尼较大，因此具有较好的减振性能。用同形状和同大小的两种梁分别作振动试验，碳纤维复合材料梁的振动衰减时间比轻金属梁要短得多。

5）复合材料通常都能耐高温。在高温下，用碳或硼纤维增强的金属其强度和刚度都比原金属的强度和刚度高很多。普通铝合金在 400℃ 时，弹性模量大幅度下降，强度也下降；而在同一温度下，用碳纤维或硼纤维增强的铝合金的强度和弹性模量基本不变。复合材料的热导率一般都小，因而它的瞬时耐超高温性能比较好。

6）复合材料的安全性好。在纤维增强复合材料的基体中有成千上万根独立的纤维。当用这种材料制成的构件超载，并有少量纤维断裂时，载荷会迅速重新分配并传递到未破坏的纤维上，因此整个构件不至于在短时间内丧失承载能力。

## 6.1.3  复合材料力学的研究内容

在自然界中，存在着大量的复合材料，如竹子、木材、动物的肌肉和骨骼等。从力学的观点来看，天然复合材料结构往往是很理想的结构，它们为发展人工纤维增强复合材料提供了仿生学依据。人类早已创制了有力学概念的复合材料。例如，古代中国人和犹太人用稻草或麦秸增加盖房用的泥砖的强度；两千年前，中国制造了防腐蚀用的生漆衬布；由薄绸和漆粘结制成的中国漆器也是近代纤维增强复合材料的雏形，它体现了质量轻、强度和刚度大的力学优点。

以混凝土为标志的近代复合材料是在一百多年前出现的。后来，原有的混凝土结构不能满足高层建筑的强度要求，建筑者转而使用钢筋混凝土结构，其中的钢筋提高了混凝土的抗拉强度，解决了建筑方面的大量问题。20 世纪初，为满足军用方面对材料力学性能的要求，人们开始研制新材料，并在 20 世纪 40 年代研制成功玻璃纤维增强复合材料（即玻璃钢）。它的出现丰富了复合材料的力学内容。20 世纪 50 年代又出现了强度更高的碳纤维、硼纤维复合材料，复合材料的力学研究工作由此得到了很大的发展，并逐步形成了一门新兴的力学学科——复合材料力学。

复合材料力学是研究现代复合材料（主要是纤维增强复合材料）构件，在各种外力作用和不同支持条件下的力学性能、变形规律和设计准则，并进而研究材料设计、结构设计和优化设计等。它是 20 世纪 50 年代发展起来的固体力学的一个新分支。复合材料力学的研究必须考虑复合材料的各向异性和非均匀性。复合材料的力学性能取决于各组成材料的力学性能以及它们的形状、含量、分布状况以及铺层厚度、方向和顺序等多种因素。

纤维增强复合材料的比强度（强度除以密度）和比刚度（刚度除以密度）均高于传统的金属材料，而且其力学性能可设计。此外，还具有良好的耐高温性能、抗疲劳性能、减振性能以及容易加工成型等一系列优点。这些优点都是力学工作者所追求和研究的。复合材料力学的触角已伸入到材料设计、材料制作工艺过程和结构设计中，并在很多方面得到了广泛的应用。同常规材料的力学理论相比，复合材料力学涉及的范围更广，研究的课题更多。

首先，常规材料存在的力学问题，如结构在外力作用下的强度、刚度，稳定性和振动等问题，在复合材料中依然存在，但由于复合材料有不均匀和各向异性的特点，以及由于材料几何（各材料的形状、分布、含量）和铺层几何（各单层的厚度、铺层方向、铺层顺序）等方面可变因素的增多，上述力学问题在复合材料力学中都必须重新研究，以确定那些适用于常规材料的力学理论、方法、方程、公式等是否仍适用于复合材料，如果不适用，应怎样修正。

其次，复合材料中还有许多常规材料中不存在的力学问题，如层间应力（层间正应力和剪应力耦合会引起复杂的断裂和脱层现象）、边界效应以及纤维脱胶、纤维断裂、基体开裂等问题。最后，复合材料的材料设计和结构设计是同时进行的，因而在复合材料的材料设计（如材料选取和组合方式的确定）、加工工艺过程（如材料铺层、加温固化）和结构设计过程中都存在力学问题。

当前，复合材料力学的研究工作主要集中在纤维增强复合材料多向层板壳结构的改进和应用上。这种结构是由许多不同方向的单向层材料叠合粘结而成的，因此叫作多向层材料结构。单向层材料中沿纤维的方向称为纵向，而在单向层材料面内垂直于纤维的方向称为横向。纵向和横向统称为主轴方向。单向层材料是正交各向异性材料，对它的力学研究以及性能参量的了解是对多向层材料以及多向层板层壳结构进行力学研究的基础。多向层材料中各单向层材料的纤维方向一般是不同的。如何排列这些单向层材料要根据结构设计的力学要求进行。

为了克服碳纤维、硼纤维不耐高温和抗剪切能力差等缺点，近二十年来，人们又研制出金属基和陶瓷基的复合材料。我国在复合材料力学研究方面的起步和水平晚于欧美等国家 10~30 年。进入 20 世纪 60 年代后，复合材料力学发展的步伐加快了，1964 年罗森提出了确定单向纤维增强复合材料纵向压缩强度的方法；1966 年惠特尼和赖利提出了确定复合材料弹性常数的独立模型法；1968 年，经蔡为仑和希尔的多年研究形成了蔡-希尔破坏准则；后又于 1971 年出现了张量形式的蔡-吴破坏准则。

1970 年琼斯研究了一般的多向层板，并得到简单的精确解；1972 年惠特尼用双重傅里叶级数，求解了扭转耦合刚度对各向异性层板的挠度、屈曲载荷和振动的影响问题，用这种方法求解的位移既满足自然边界条件，又能很快收敛到精确解。同年，夏米斯、汉森和塞拉菲尼研究了复合材料的抗冲击性能。另外，蔡为仑在单向层板非线性变形性能的分析方面，亚当斯在非弹性问题的细观力学理论方面，索哈佩里在复合材料粘弹性应力分析中都做了开创性的研究工作。

近年来，混杂复合材料力学性能的研究吸引了一些学者的注意力。林毅于 1972 年首先发现，混杂复合材料的应力—应变曲线的直线部分所对应的最大应变，已超过混杂复合材料中具有低延伸率的纤维的破坏应变。这一不易理解的现象于 1974 年又被班塞尔等再次发现，后人称为"混杂效应"。

## 6.1.4　国内外复合材料的应用现状

早在 20 年前美国就开始在混凝土结构中使用复合材料筋，主要用于有防腐要求的海洋工程、化学工程以及要求电磁中性的结构。近年来，针对日趋严重的桥梁锈蚀问题，美国联邦公路总署安排了在混凝土结构中采用复合材料筋的科研项目。西弗吉尼亚大学和亚利桑那大学分别进行了大量小梁结构试验。复合材料筋由玻璃纤维和热固性乙烯基酯树脂组成，采用拉挤工艺生产，其玻璃纤维质量分数为 71%，树脂质量分数为 24%。结构试验的实测数据与理论值吻合，说明复合材料筋有效地增强了梁体，也说明传统的钢筋混凝土结构理论可适用于复合材料筋混凝土梁。但由于其弹性模量低（53.6GPa），变形量可能成为影响设计的最重要的因素。然而，若将复合材料用作预应力混凝土结构的力筋，则效果会十分理想。下面对复合材料的应用领域进行说明。

**1. 玻璃纤维复合材料应用**

1986 年德国在杜塞尔多夫建成了世界上第一座采用玻璃纤维复合力筋的预应力混凝土公路桥——Ulenberg Strass 桥。桥梁荷载等级为 60/30 级重交通荷载，上部结构为两跨（21.30 + 25.60）m 的后拉预应力混凝土连续实体板，板宽 15.00m，厚 1.44m，共使用 59 根 HLV 力筋。每根力筋的工作荷载为 600kN，由 19 根直径 7.5mm 的 E 玻璃纤维复合材料筋组成。全桥共使用玻璃纤维复合材料 4t。1988 年，他们又在柏林 Marienfelde 公园修建了一座跨径为（27.63 + 22.95）m 的预应力混凝土人行桥，这是德国自 1945 年以来修建的第一座体外预应力桥梁。进入 20 世纪 90 年代后德国和奥地利又修建了三座复合材料筋预应力混凝土公路桥，并在其上部结构中布设了计算机长期监测系统。

**2. 芳纶纤维复合材料的应用**

芳纶（Aramid，又称芳香族聚酰胺）纤维于 1965 年由美国杜邦公司发明，与玻璃纤维相比，其密度更小，韧性较好，但价格较贵。日本 Sumitomo 建设株式会社与 Teijin 株式会社合作研制的芳纶复合材料预应力筋束，以乙烯基酯树脂作基体，用拉挤工艺成型。筋束的直径为 6mm，纤维体积含量 65%、密度为 $1.3g/cm^3$、抗拉强度为 1900MPa、拉伸弹性模量为 540000MPa、断裂时延伸率 3.7%、预应力筋束由不同数量（1、3、7、12 和 19 根）的筋组成。

到目前为止，日本已建成芳纶纤维复合力筋预应力混凝土桥多座，其中包括跨径 11.79m 先张预应力混凝土示范性桥，桥面宽 9.00m，梁高 1.56m，上部结构由 5 根宽 60cm、高 130cm 的空心箱梁加上混凝土桥面板组成。跨径 25m 的后张预应力混凝土示范性桥梁，桥面宽 9.20m，梁高 1.90m，上部结构由两个度宽 2.80m 的箱形截面组成。跨径 54.5m 的后张预应力混凝土吊床板人行桥，其主索采用总长 7150m 的芳纶纤维复合力筋（由 8 条带有垫层的扁平复合材料筋带组成）。

**3. 碳纤维复合材料的应用**

碳纤维是 20 世纪 60 年代以来随航天工业等尖端技术对复合材料的苛刻要求而发展起来的新材料，具有强度高、弹性模量高、密度小、耐疲劳和腐蚀、热胀系数低等优点。日本研制出一种称作 CF-FIBRA 的编织碳纤维复合力筋，已在实际建筑工程中应用。力筋由编织 PAN 基碳纤维纱线浸渍环氧树脂而成，纤维体积分数为 72%。静力拉伸试验表明，CF-FI-BRA 抗拉强度为 1960MPa，拉伸弹性模量为 225GPa（等于或略高于钢丝的值），密度为 1.58g/cm$^3$，其延伸量只为钢的 1/8。疲劳拉伸试验表明，CF-FIBRA 的抗拉疲劳极限为 1174MPa，为钢丝疲劳极限 415MPa 的近 3 倍。

日本 Saitama 大学和东京绳索株式会社开发出一种称为 CFCC 的碳纤维复合力筋，它由搓捻的高强连续碳纤维浸渍树脂而成。他们已采用 CFCC 修建一座跨径 7m 的预应力混凝土工型梁桥——Shingu 桥。德国 1991 年在路德维希港建成一座采用 CFRP 筋束施加部分预应力的全长 80m 的预应力混凝土桥梁。筋束制作程序是，把碳纤维束浸渍环氧树脂，拧成直径 12.5mm 的索，再把 19 股索挤成预应力力筋。其碳纤维的密度只为钢的 1/5，但价格为钢的 7 倍。

鉴于过去 20 多年中桥梁拉索和吊索的锈蚀损害状况日趋严重，迫切需要提高其抗疲劳和抗腐蚀能力。碳纤维增强塑料（CFRP）制成的平行丝束，具有耐腐蚀、高强度、弹性模量与钢相近和抗疲劳性能好等优点，是制作斜拉索和吊索的理想材料。瑞士联邦材料试验研究所（EMPA）用其作为瑞士 Winterthern Storchenbrucke 桥的斜拉索。该桥于 1996 年建成，是（63 + 61）m 的单塔斜拉组合加劲梁桥，桥塔为 A 型，高 38m。该桥使用了两根碳纤维复合材料拉索，每根拉索由 241 根（直径 5mm）的 CFRP 筋束组成，其碳纤维型号为 Toray-ca T700S，强度 4900MPa，弹性模量 230GPa，破断延伸率 2.1%，密度为 1.8g/cm$^3$，轴向热胀系数几近于零。

采用拉挤工艺将碳纤维制成 CFRP 筋束，其纵向抗拉强度为 3300MPa，弹性模量 165GPa，密度 1.56g/cm$^3$，纤维体积分数为 68%，轴向热胀系数 $0.2 \times 10^{-6}K^{-1}$。用 CFRP 束制成的拉索，曾用 3 倍设计荷载进行 1000 万次重复荷载试验。在桥上的 CFRP 拉索和钢拉索，均设有普通传感器和光纤传感器进行应力和变形监测。

**4. 纯纤维复合材料的应用**

目前，国外已建成纯纤维复合材料桥梁 10 座，其中公路桥梁 2 座，人行桥 8 座。

1970 年英国在利物浦修建一座跨径 10m，宽 1.5m 的连续梁人行桥。1972 年以色列在特拉维夫修建一座跨径 24m、宽 1.8m 的跨铁路线简支梁人行桥，采用预应力钢筋张拉玻璃纤维复合材料箱梁。1976 年美国在弗吉尼亚修建跨径 4.9m、宽 2.1m、高 0.46m 的简支桁架玻璃纤维复合材料人行桥。

1982 年中国在北京密云建成跨径 20.7m、宽 9.2m 玻璃纤维复合材料简支箱梁公路桥，同年保加利亚在索非亚建成跨径 12m、宽 8m 的玻璃纤维复合材料简支梁公路桥，美国建成跨径 32.3m 简支桁架公路桥。该桥由碳纤维复合材料和玻璃纤维复合材料两种材料制成。

1989 年，日本在千叶县建成跨径 8m，宽 2.5m 的碳纤维复合材料人行桥。纤维复合材料桥梁的实践，不仅证实了采用这种新材料制作桥梁的可行性，而且还提供了 10～28 年的长期观测结果，证明了复合材料具有相当的耐久性。实践也表明，完全采用纤维复合材料制作桥梁上部结构，其承载能力受结构刚度和局部屈曲控制，使复合材料抗拉强度高的优势难于发挥。但若采用复合材料与混凝土建造组合式桥梁，则能取得十分理想的技术经济效果。

在总结和吸收各国应用经验，特别是我国北京密云桥的经验基础上，美国加利福尼亚大学圣迭戈科研组认为，由于先进复合材料的价格比传统的材料贵很多，完全采用该种材料的结构缺乏竞争能力。正确的思路应当是充分发挥先进复合材料受拉强度高和混凝土材料受压强度高的优点，用其组成具有重大技术经济潜力的组合结构。他们基于这种构思，创造出一种称作"先进复合材料斜拉桥系统"的结构，其桥塔采用碳纤维（或碳纤维-玻璃纤维混合材料）复合材料预制管内填混凝土，预制管具有混凝土外模板和塔柱配筋双重作用。管壳内壁设有筋条，以增强与混凝土的连结。斜拉桥的加筋梁也采用复合材料预制管混凝土。

从复合材料在桥梁中应用的情况看，复合材料在桥梁和承重结构中的应用不仅是可行的，而且具有广阔的发展前景。桥梁的技术进步总是和建筑材料的技术进步紧密相关的。复合材料所具有轻质、高强和耐腐蚀等特性，是其具有发展前景的基本条件。可以预计，随着复合材料的大规模生产以及生产成本的下降，其在建筑、航空、航天、兵器、船舶领域的应用范围将逐步扩大。

## 6.2　复合材料成型技术基础

复合材料是指由两种或两种以上具有不同物理、化学性质的材料以一定方式复合形成的材料。复合材料在融合其单质组分优势特性的同时，可以产生单质材料所不具备的全新性能。通常分为树脂基、陶瓷基、碳基和金属基四大类。

1）树脂基复合材料成形工艺：复合材料是由基体和增强体两部分组成，当基体为有机聚合物（树脂）时，称为树脂基复合材料。采用的增强材料主要有玻璃纤维、碳纤维、芳纶纤维和聚乙烯纤维等；采用的树脂基体主要有热固性、热塑性以及各种改性和共混树脂基体等。热固性树脂只能一次加热和成形；热塑性树脂是线型或支链型高分子化合物，能反复加热变软和冷却变硬。其中环氧、酚醛等热固性树脂使用较多。

2）金属基复合材料成形工艺：金属基复合材料是指以金属或合金为基体的复合材料。根据基体类型可分为铝基、钛基、铜基等；根据增强体类型可分为连续纤维增强和不连续纤维增强两大类。制备工艺主要包括固态复合法、液态复合法和反应自生成增强法等。颗粒、晶须和短纤维增强材料等非连续增强金属基复合材料因为成本低，已用于汽车和机械等领域。SiC/Al、SiC/Ti、C/Al 等颗粒或纤维复合材料已在飞机、卫星、火箭及导弹上得到成功应用。

3）陶瓷基复合材料成形工艺：按照基体材料和增强材料及形态的不同，成形工艺有所不同。目前主要有化学合成法、液态浸渍法、化学反应法、气相浸渍法等，最传统的是混合压制法和浆体法。目前，航天用陶瓷基复合材料主要采用热压烧结、循环浸渍、CVI 等工艺制备。碳/石英等已用于战略和战术导弹端头、舵前缘等。石英纤维/石英材料已应用于中近程洲际导弹的窗和天线罩等部位。

复合材料是由两种或两种以上的不同材料构成，它由基体和增强材料两部分组成，复合材料的性能大大超出了其基体和增强材料各自的性能。聚合物复合材料是用第二种材料加强来获得特殊性能的聚合材料。加强材料可以是层压板、颗粒、编织纤维、断纤维、薄片或有规则的刚性加强物。这些类型的加强物可提高力学性能。不连续的增强材料，如薄片、颗粒和断纤维能充分提高短期的力学性能，但在提高蠕变强度和其他长期力学性能方面不如连续增强材料有效。

用在聚合物复合材料的增强材料类型很多，它们可以是玻璃、金属、石棉、硼纤维、碳化物，也可以是聚合物和织物。图 6-1a 为增强材料的几种构成方式，图 b 是增强材料的分类。

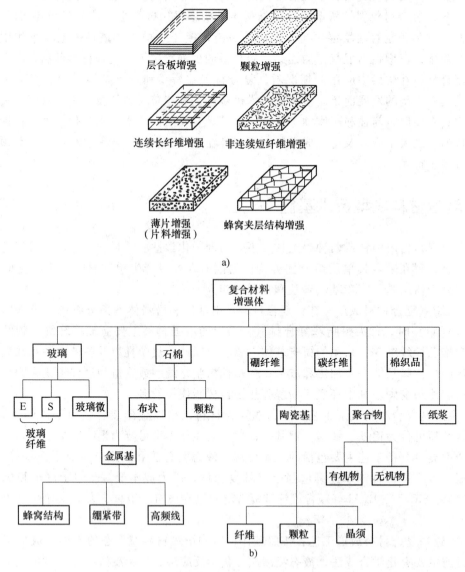

图 6-1 复合材料构成

a) 增强材料的几种构成方式　b) 增加材料的分类

玻璃纤维是聚合物复合材料最常用的增强材料。最常用的玻璃纤维加强物有短切束、编织束和毡布等。编织玻璃加强物可以通过编织等多种方式得到。毡布是从不连续的纤维随机交织形成的。通常，玻璃经过化学反应后，与聚合物（树脂）材料的粘合很好。这样分子一端可与玻璃链接，另一端与有机聚合物链接成一体，如图 6-2 所示。常用的复合材料成型手段包括手糊成型、模压成型、纤维缠绕成型、拉挤成型、喷塑成型、树脂传递模与纤维编织成型等多种方式。下面分别介绍其成型方法。

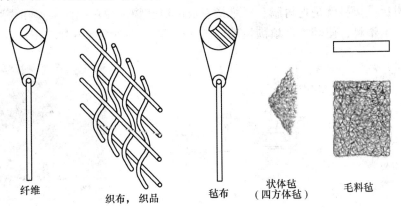

纤维　　　织布，织品　　　毡布　　　状体毡（四方体毡）　　　毛料毡

图 6-2　玻璃纤维组成形式

（1）手糊成型　手糊成型是将树脂沿模具表面覆盖在工件上的一种措施。其过程为：涂一层玻璃加强物，再把这层浸泡在树脂中。其他照此反复进行，间以树脂和纤维交替铺覆，最终得到所需要的厚度。这种工艺措施常用于大型零件（如船舶）的复合材料成型，或采用自动化成型比较困难的曲面上。图 6-3a 为手糊成型工艺。

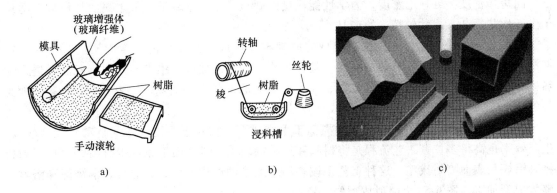

a)　　　　　　b)　　　　　　c)

图 6-3　玻璃纤维制品成型方式
a）手糊成型工艺　b）纤维缠绕成型　c）纤维缠绕成型制品

（2）纤维缠绕成型　纤维缠绕成型是将树脂浸泡后的连续玻璃纤维通过特殊的缠绕机将其沿旋转芯轴缠绕在基体表面成型的一种工艺方法。在控制纤维张力和预定线形的条件下，将连接的纤维粗纱或布袋浸渍树脂后，连续地缠绕在相应于制件内腔尺寸的芯模或内衬上，并在室温或加热条件下使之固化成制件。该工艺适用于制造圆筒、球形体、管件、瓶体、杆类等旋转体零件，如导弹发射筒、机壳体和飞机机身等。图 6-3b 和 6-3c 分别为纤维缠绕成型及其制品示意图。

（3）模压成型　模压成形是将粉末状或糊团状的塑料或橡胶置于加热的模具型腔中，

然后闭合模具加压、加热固化成制件的成形方法。特点是设备和工艺简单，可成形大型制件，但生产效率低。适用于热固性塑料的成形，多用于航空、航天和电子等行业的绝缘件，也适用于橡胶材料成形。

复合材料的模压成型工艺方法采用的是预成型的片状模塑料（SMC）或团状模塑料（BMC）。片状模塑料是包含了树脂和玻璃纤维加强物的薄片。首先要将其切断，置于加热的模具中。团状模塑料就是把树脂和纤维揉捏成的混合物。加热的两半模在模腔中压缩片状模塑料或团状模塑料，使其流动填满模腔。图 6-4a 中汽车挡泥板就是模压成型的例子。

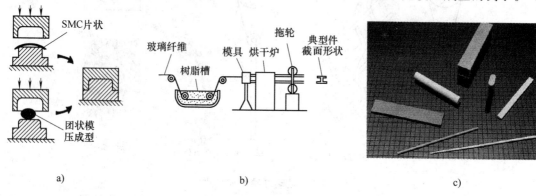

图 6-4　模压成型及拉挤成型
a）模压成型　b）拉挤成型　c）拉挤成型制品

热压成形是一种在高温下用模具直接将陶瓷粉末压制成致密件的成形方法。优点是陶瓷粉料在高温下处于热塑性状态，形变阻力小，易于产生塑性流动和致密化，成形压力低，成形时间短，密度接近理论密度，力学性能优良。缺点是生产效率低、成本高。热压成形适用于生产形状复杂、尺寸较精确的产品。

（4）连续拉挤成型　连续拉挤成型的原理与挤压成型是相似的，常用于通过加热模拉伸浸过树脂的纤维束形成玻璃加强物。其工艺流程如下：玻璃纤维束通过树脂浸胶槽进入加热模，再到固化炉中，树脂进行交联、固化。制成的形状多为管状、槽状、I 形杆和其他类似的形状。图 6-4b 和图 6-4c 为拉挤成型及其制品。

（5）喷射成型　断纤维喷射成型类似于手糊成型，相对于手糊成型其自动化程度较高，生产效率也高得多，其工艺流程是将树脂和连续的玻璃纤维在喷射枪内混合后，通过喷射枪将其沿模具表面喷射成型。这种工艺手段多用于大型的结构零件，如船身、淋浴间和浴盆的整体成型加工。图 6-5a 为喷射成型的示意图。

（6）树脂传递模塑成型　树脂传递模塑成型（RTM）工艺是将高温下熔融的基体树脂膜敷于制件的成形模具表面，并将制件的增强纤维预制体置于树脂膜之上，封装于真空袋中，在真空条件或热压罐压力下进行制件加热固化成形的方法。树脂膜因压力差并随温度升高渗入增强纤维预制体内部，完成树脂和纤维结合。

在树脂传递模成型过程中，玻璃纤维被切断成固定厚度的片状层，将其排列于模具型腔中。然后关闭模具，通过压缩空气将树脂压入模具型腔中进行灌胶，直到模具型腔充满树脂。这时，树脂停止传递，冷却固化成型。树脂传递模成型是一种非常重要的复合材料制品的成型手段，在大型船体结构的整体成型制造中，树脂传递模成型逐渐取代了传统的手糊成型工艺，图 6-5b 为树脂传递模成型的示意图。图 6-6 为树脂传递模塑成型的流程及典型制品。

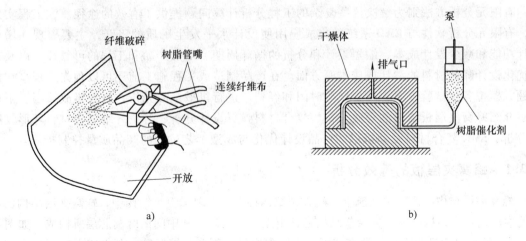

图 6-5　喷射成型及树脂传递模塑成型

a）喷射成型的示意图　b）树脂传递模塑成型的示意图

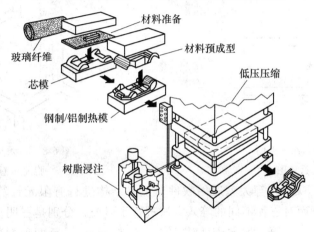

图 6-6　树脂传递模塑成型的流程及典型制品

（7）注塑成型　注塑成型是物料在注射机加热料筒中加热塑化后，由柱塞或移动螺杆推挤到模具的模腔中，保持压力到制件定型的成型方法。其特点是周期短，生产效率高，易实现自动化，适用于成型塑料和橡胶件，如仪表盘零件、座舱内饰件和宇航员面罩等。

## 6.3　复合材料构件设计与优化分析

随着现代科学技术的发展，人们正在不断建造更快速的交通工具、更大规模的建筑物、更大跨度的桥梁、更大功率的发电机组和更精密的机械设备。这一切都要求工程师在设计阶段就能精确地预测出产品和工程的技术性能，需要对结构的静、动力强度以及温度场、流场、电磁场和渗流等技术参数进行分析计算。例如，分析计算高层建筑和大跨度桥梁在地震时所受到的影响，看其是否会发生破坏性事故；分析计算核反应堆的温度场，确定传热和冷却系统是否合理；分析涡轮机叶片内的流体动力学参数，以提高其运转效率。这些要归结为求解物理问题的控制偏微分方程式往往是不可能的。

有限元分析方法则为解决这些复杂的工程分析计算问题提供了有效的途径。在工程实践中，有限元分析软件与 CAD 系统的集成应用使设计水平发生了质的飞跃，主要表现在增加设计功能和减少设计成本、缩短设计和分析的循环周期、增加产品和工程的可靠性，以及采用优化设计降低材料的消耗或成本等方面。在产品制造或工程施工前还可以预先发现潜在的问题，模拟各种试验方案，减少试验时间和经费。进行机械事故分析，查找事故原因。下面重点介绍蜂窝夹层板结构的等效分析、复合材料弹翼设计分析、芳纶纤维复合材料环形气瓶的分析、SMC 复合材料发动机罩的产品设计优化与成型工艺过程的产品质量控制措施。

### 6.3.1 蜂窝夹层板的等效分析

蜂窝夹层结构广泛应用在航空、航天领域，特别是在现代卫星结构中，蜂窝夹层结构已经成为主要的承力结构。蜂窝夹层板结构通常由上、下蒙皮层和中间的蜂窝芯层所构成，如图 6-7 所示。按照平面投影形状，蜂窝芯可分为正六边形、菱形、矩形等，其中正六边形蜂窝用料省、制造简单、结构效率最高，因而应用也最广。正六边形蜂窝的胞元示意图如图 6-8 所示。

图 6-7　蜂窝夹层
板示意图

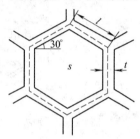

图 6-8　正六边形蜂窝
胞元示意图

在采用 MSC/NASTRAN 等大型通用软件对卫星结构进行有限元计算时，必须对蜂窝结构进行等效处理。下面对三种不同的等效方法进行了研究，分别是三明治夹心板理论、蜂窝板理论以及等效板理论。第一种方法只对蜂窝夹芯进行等效，后两种方法则是对整个蜂窝夹层板进行等效。

（1）蜂窝夹层板的等效计算

1）三明治夹心板理论。在简化时，假定芯层能抵抗横向剪切变形，并且具有一定的面内刚度，上、下蒙皮层服从 Kirchhoff 假设，忽略其抵抗横向剪应力的能力。在以上假设条件下，蜂窝芯层可以被等效为一均质的厚度不变的正交异性层。对于正六边形蜂窝，等效弹性参数表示如下：

$$E_x = E_y = \frac{4}{\sqrt{3}}\left(\frac{t}{l}\right)^3 E \qquad G_{xy} = \frac{\sqrt{3}\gamma}{2}\left(\frac{t}{l}\right)^3 E$$

$$G_{xz} = \frac{\gamma}{\sqrt{3}}\frac{t}{l}G \quad G_{yz} = \frac{\sqrt{3}\gamma}{2}\frac{t}{l}G \quad \nu_{xy} = 1/3$$

式中　　$E$、$G$——夹芯材料的工程常数；

　　　　$l$、$t$——蜂窝胞元壁板的长度和厚度；

　　　　$\gamma$——修正系数，取决于工艺，一般取 $0.4 \sim 0.6$，理论值取 $1.0$。

在 MSC/PATRAN 中按图 6-9 所示的方法建立整个蜂窝板材料特性，其中 mat1 为上、下蒙皮层的材料名称，而 core 的材料参数就是上述所求得的蜂窝芯层的等效弹性参数。

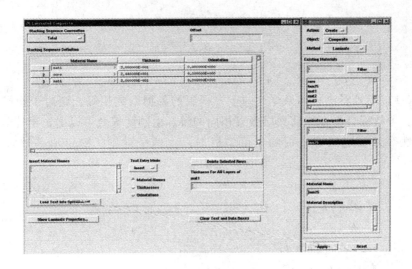

图 6-9　三明治夹心板理论在 MSC/PATRAN 中的实现方法

2）蜂窝板理论。运用 REDDY 低阶剪切理论对蜂窝夹层板进行了分层研究，然后用同样的理论对一个假想的具有同样尺寸的单层厚板作同样的分析，比较各系数，即可推导出单层板的等效工程弹性常数。考虑图 6-10 所示几何外形尺寸相同的正交异性蜂窝夹层板和等效板。

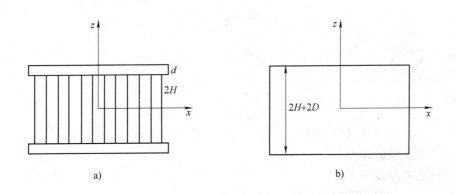

图 6-10　几何外形尺寸相同的正交异性蜂窝夹层板和等效板

a）蜂窝夹层板　b）等效板

夹层板横截面上的位移是连续的，依据低阶剪切理论，其横截面位移应满足

$$\begin{cases} \mu(x, y, z, t) = z\varphi_x(x, y, t) \\ \nu(x, y, z, t) = z\varphi_y(x, y, t) \\ \omega(x, y, t) = \omega(x, y, t) \end{cases}$$

由哈密顿原理可以求出蜂窝夹层板和等效板具有相同形式的动力学基本方程，将蜂窝板各层的物理、几何参数和本构关系以及等效板的等效物理参数（待求）、几何参数和本构关系分别代入各自的动力学基本方程，则得到以下由位移表达的基本方程

$$\begin{cases} A_1^k \varphi_{x,xx} + (A_2^k + C^K)\, \varphi_{y,xy} + C^k \varphi_{x,yy} - a^k\, (\varphi_x + \omega_{,x}) = I_1^k \ddot{\varphi}_x \\ C^k \varphi_{y,xx} + (B_1^k + C^k)\, \varphi_{x,xy} + B_2^k \varphi_{y,yy} - b^k\, (\varphi_y + \omega_{,y}) = I_1^k \ddot{\varphi}_y \\ a^k\, (\varphi_{x,x} + \omega_{,xx}) + b^k\, (\varphi_{y,y} + \omega_{,yy}) + q = I_0^k \ddot{\omega} \end{cases} \qquad (6\text{-}1)$$

由式（6-1）不难看出，如果令这两个方程组的各项系数相等，则对于相同的边界条件或初始条件，等效板会与原蜂窝夹层板有相同的解。由刚度等效可以确定出等效板的弹性常数，再由惯性等效确定出等效板的密度。根据以上两个准则，确定出等效板的物理常数如下

$$\overline{E}_x = (e_{11}e_{22} - e_{12}^2)/e_{22} \qquad \overline{E}_y = (e_{11}e_{22} - e_{12}^2)/e_{11}$$

$$\overline{G}_{xz} = e_{44} \qquad \overline{G}_{yz} = e_{55} \qquad \overline{G}_{xy} = e_{66} \qquad \overline{\nu}_{xy} = e_{12}/e_{22}$$

其中

$$e_{11} = \frac{[(h+d)^3 - h^3]\, e_{f11} + h^3 e_{c11}}{(h+d)^3} \qquad e_{22} = \frac{[(h+d)^3 - h^3]\, e_{f22} + h^3 e_{c22}}{(h+d)^3}$$

$$e_{12} = \frac{[(h+d)^3 - h^3]\, e_{f12} + h^3 e_{c12}}{(h+d)^3} \qquad e_{44} = \frac{d}{h+d}e_{f44} + \frac{h}{h+d}e_{c44}$$

$$e_{55} = \frac{d}{h+d}e_{f55} + \frac{h}{h+d}e_{c55} \qquad e_{66} = \frac{[(h+d)^3 - h^3]\, e_{f66} + h^3 e_{c66}}{(h+d)^3}$$

$$\rho = \rho_f + \frac{h}{h+d}\rho_c$$

并且

$$e_{c11} = e_{c22} = \frac{1}{1-\nu_{xy}^2}E_x \qquad e_{c12} = \frac{\nu_{xy}}{1-\nu_{xy}^2}E_x$$

$$e_{c44} = e_{c55} = G_{xz} = G_{yz} \qquad e_{c66} = G_{xy}$$

$$e_{f11} = e_{f22} = \frac{1}{1-\nu^2}E \qquad e_{f12} = \frac{\nu}{1-\nu^2}E$$

$$e_{f44} = e_{f55} = KG \qquad e_{f66} = G$$

式中　　$\nu$——上、下蒙皮材料的泊松比；

　　　　$d$——蒙皮层的厚度；

　　　　$h$——夹芯厚度的 1/2；

$e_{fij}$、$e_{cij}$——表层材料和蜂窝夹芯在上述坐标系中的刚度系数；

　$\rho_f$、$\rho_c$——表层材料和蜂窝夹芯的质量密度；

　　　　$k$——影响系数，可以根据工程实际或实验取 0~1 之间的数值，它表明了蒙皮层横向剪切的影响程度。

3）等效板理论。令蜂窝夹层板的总厚度为 $2H$，上、下蒙皮层的厚度为 $t$，弹性模量为 $E$，泊松比为 $\mu$。假设等效板为满足薄板弯曲理论假设（Kirchhoff 假设），则该板的弯曲刚度为 $\dfrac{Et^3}{12(1-\mu^2)}$。假设等效板的厚度为 $t_{eq}$，弹性模量为 $E_{eq}$，泊松比为 $\mu$，则根据弯曲刚度等效可以得到

$$\frac{E_{eq}t_{eq}^3}{12(1-\mu^2)} = \frac{2E}{1-\mu^2}\left(\frac{t^3}{12} + (H - \frac{t}{2})^2 t\right) \qquad (6\text{-}2)$$

再利用等效板的拉压刚度与蜂窝板的拉压刚度等效，有

$$E_{eq}t_{eq} = 2Et \tag{6-3}$$

联立式（6-2）和式（6-3）可以解得

$$t_{eq} = \sqrt{t^2 + 12h^2} \quad E_{eq} = \frac{2Et}{t_{eq}}$$

其中 $h = H - t/2$。

若蜂窝蒙皮板的质量密度为 $\rho_1$，夹芯的质量密度为 $\rho_2$，则由质量相等可以求得等效板的质量密度 $\rho_{eq}$

$$\rho_{eq}t_{eq} = 2\rho_1 t + 2\rho_2 (H - t)$$

因此

$$\rho_{eq} = \frac{2\rho_1 t + 2\rho_2 (H - t)}{t_{eq}}$$

（2）算例分析　下面利用 MSC/PATRAN 建立了某卫星上一块蜂窝夹层板的有限元模型，如图 6-11 所示。上、下铝蒙皮的厚度为 0.3mm，夹芯为正六边形铝蜂窝，夹芯边长为 4mm，壁厚为 0.04mm，夹芯高度为 24.4mm。铝的弹性模量为 70GPa，泊松比为 0.3。分别采用上述三种等效方法，对该板的两种工况在不同的有限元网格条件下分别进行了模态分析。两种工况的区别在于边界条件的不同，其中工况 1 为四角点简支，工况 2 为四角点刚性固定。计算结果如表 6-1 所示，其中方法 1 为三明治夹心板理论，方法 2 为蜂窝板理论，方法 3 为等效板理论；4×8 指网格划分为两短边分 4 段，两长边分 8 段，其他以此类推。

由表 6-1 可以看出，这三种等效方法中方法 2（即蜂窝板理论）的计算频率值最高，方法 1（即三明治夹心板理论）的计算频率值最低，但它们的等效效果基本相当。同时值得注意的是，两种工况下的计算结果相差很大，并且在四角点刚性固定的边界条件下，有限元网格划分对计算频率结果比较敏感，这一点在卫星设计与有限元计算时应该注意。

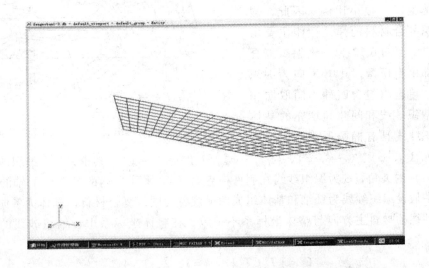

图 6-11　蜂窝夹层板的有限元模型

**表6-1　三种蜂窝板等效方法的模态计算结果**　　　　　（单位：Hz）

| 材料特性 | 阶次 | 四角点简支 | | | | 四角点刚固 | | | |
|---|---|---|---|---|---|---|---|---|---|
| | | 4×8 | 10×20 | 50×100 | 100×200 | 4×8 | 10×20 | 50×100 | 100×200 |
| 方法1 | 1 | 41.96 | 41.30 | 40.91 | 40.79 | 77.58 | 66.94 | 56.78 | 54.27 |
| | 2 | 155.3 | 147.3 | 142.5 | 141.0 | 198.2 | 176.7 | 160.5 | 155.9 |
| 方法2 | 1 | 42.34 | 41.84 | 41.71 | 41.69 | 83.03 | 72.73 | 60.89 | 57.54 |
| | 2 | 164.5 | 157.7 | 156.1 | 155.9 | 222.6 | 196.9 | 180.6 | 176.5 |
| 方法3 | 1 | 42.04 | 41.51 | 41.34 | 41.32 | 81.40 | 70.75 | 59.11 | 56.16 |
| | 2 | 161.8 | 155.0 | 152.8 | 152.5 | 216.3 | 192.0 | 176.0 | 172.1 |

## 6.3.2　三维编织工字梁弯曲分析

三维编织复合材料由于具有多向纤维束构成的空间网状结构，消除了"层"的概念，具有良好的结构整体性，以及较高的损伤容限和断裂韧性等，因而在工程结构件中得到了广泛的关注。随着三维编织复合材料的广泛应用，对这类材料的力学性能的评价方法也在不断地发展完善。代表性的研究工作包括纤维交织模型、纤维倾斜模型、织物几何模型、有限单胞模型、三元模型、有限多相单元法、基于理想界面的均匀化方法等。由于三维编织复合材料复杂的细观结构，研究工作均作了大量的假设，忽略了编织纱线的几何特性、编织纱线的交织结构等因数的影响。在三维编织复合材料实体几何模型的基础上，提出了一种局部/整体均匀化方法，预测三维编织复合材料的工程常数，并分析了三维编织复合材料工字梁的弯曲性能。

（1）局部/整体均匀化方法

1）三维编织的分析模型。三维编织复合材料由内部、表面和棱角单胞叠合而成，通常情况下，在整体结构中表面和棱角单胞仅占很小比例。因此，假设三维编织复合材料的弹性性能主要由内部单胞决定。图6-12为三维编织复合材料的内部单胞模型，其中X向为编织成型方向。单胞内包含四种不同取向相互交织的编织纱线和间隙间填充的基体材料。编织纱线具有椭圆形横截面，取

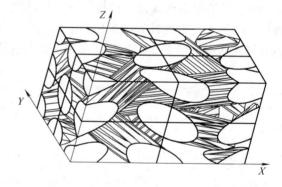

图6-12　三维编织复合材料的内部单胞模型

向角分别为（$\gamma$，$\varphi$）、（$-\gamma$，$\varphi$）、（$\gamma$，$-\varphi$）和（$-\gamma$，$-\varphi$），其中，$\gamma$ 为编织纱线与编织轴向（X向）的夹角，$\varphi$ 为编织纱线在制件横界面（YZ平面）内的投影与Y轴的夹角。

分析中假设编织纱线为纤维和基体组成的横观各向同性复合材料，基体为各向同性材料。编织纱线的材料主方向与整体坐标系不一致，在整体坐标系中，编织纱线的材料性能为：

$$\boldsymbol{C}^k = [\boldsymbol{T}_\sigma^k \boldsymbol{C} \boldsymbol{T}_\sigma^k]^{\mathrm{T}} \quad k = 1, 2, 3, 4$$

式中　$\boldsymbol{T}_\sigma^k$——哈密顿张量（Hamiltonian Tensor）转换矩阵。

单胞的宏观应力应变关系可以表示为：

$$\overline{\boldsymbol{\sigma}} = \overline{\boldsymbol{C}}\ \overline{\boldsymbol{\varepsilon}}\ 或\ \overline{\boldsymbol{\varepsilon}} = \overline{\boldsymbol{S}}\ \overline{\boldsymbol{\sigma}}$$

式中　$\overline{\boldsymbol{\sigma}} = [\sigma_x, \sigma_y, \sigma_z, \sigma_{yz}, \sigma_{zx}, \sigma_{xy}]^T$ 和

$\overline{\boldsymbol{\varepsilon}} = [\varepsilon_x, \varepsilon_y, \varepsilon_z, \varepsilon_{yz}, \varepsilon_{zx}, \varepsilon_{xy}]^T$——单胞的应力和应变的体积平均；

$\overline{\boldsymbol{C}}$ 和 $\overline{\boldsymbol{S}}$——等效刚度矩阵和等效柔度矩阵。

2）局部均匀化。在图 6-13 中设单胞在 $X$、$Y$、$Z$ 方向的尺寸分别为 $a$、$b$ 和 $c$。在单胞中取一无限小单元，几何尺寸为 $dx$、$dy$ 和 $c$。图 6-13 为代表性单元的分析模型，这个单元中可能包含基体和某几种编织纱线，由单胞的细观结构和所取单元的位置决定。因此，假设单胞内各点的刚度矩阵为 $\boldsymbol{C}(x, y, z)$，且在弹性范围内，其应力应变关系为

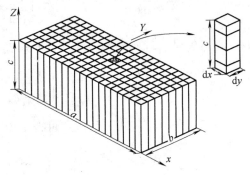

$$\boldsymbol{\sigma}(x, y, z) = \boldsymbol{C}(x, y, z)\boldsymbol{\varepsilon}(x, y, z) \tag{6-4}$$

图 6-13　代表性单元的分析模型

在无限小单元内，假定 $XY$ 面内为等应变状态（Voigt 假设），$XY$ 面外为等应力状态（Reuss 假设），式（6-5）可以表示为面内和面外分量形式

$$\begin{pmatrix} \boldsymbol{\sigma}_i(x, y, z) \\ \boldsymbol{\sigma}_o(x, y, z) \end{pmatrix} = \begin{pmatrix} \boldsymbol{C}_{ii}(x, y, z) & \boldsymbol{C}_{io}(x, y, z) \\ \boldsymbol{C}_{oi}(x, y, z) & \boldsymbol{C}_{oo}(x, y, z) \end{pmatrix} \begin{pmatrix} \boldsymbol{\varepsilon}_i(x, y, z) \\ \boldsymbol{\varepsilon}_o(x, y, z) \end{pmatrix} \tag{6-5}$$

这里

$$\boldsymbol{\sigma}_i(x, y, z) = [\sigma_x \quad \sigma_y \quad \tau_{xy}]^T \tag{6-6}$$

$$\boldsymbol{\sigma}_o(x, y, z) = [\sigma_z \quad \tau_{yz} \quad \tau_{zx}]^T \tag{6-7}$$

$$\boldsymbol{\varepsilon}_i(x, y, z) = [\varepsilon_x \quad \varepsilon_y \quad \gamma_{xy}]^T \tag{6-8}$$

$$\boldsymbol{\varepsilon}_o(x, y, z) = [\varepsilon_x \quad \gamma_{yz} \quad \gamma_{zx}]^T \tag{6-9}$$

式中　下角标 $i$ 和 $o$——表示面内和面外元素。

刚度矩阵 $\boldsymbol{C}(x, y, z)$ 按式（6-6）~式（6-9）分块。

由式（6-7）得

$$\begin{bmatrix} \boldsymbol{\sigma}_i(x, y, z) \\ \boldsymbol{\varepsilon}_o(x, y, z) \end{bmatrix} = \begin{bmatrix} \boldsymbol{D}_{ii}(x, y, z) & \boldsymbol{D}_{io}(x, y, z) \\ \boldsymbol{D}_{oi}(x, y, z) & \boldsymbol{D}_{oo}(x, y, z) \end{bmatrix} \begin{bmatrix} \boldsymbol{\varepsilon}_i(x, y, z) \\ \boldsymbol{\sigma}_o(x, y, z) \end{bmatrix} \tag{6-10}$$

根据假设，无限小单元的平均面内应变和面外应变为

$$\begin{bmatrix} \boldsymbol{\varepsilon}_i(x, y) \\ \boldsymbol{\sigma}_o(x, y) \end{bmatrix} = \begin{bmatrix} \boldsymbol{\varepsilon}_i(x, y, z) \\ \boldsymbol{\sigma}_o(x, y, z) \end{bmatrix} \tag{6-11}$$

由式（6-10）和式（6-11）得其他平均的应力和应变分量为

$$\begin{bmatrix} \boldsymbol{\sigma}_i(x, y) \\ \boldsymbol{\varepsilon}_o(x, y) \end{bmatrix} = \frac{1}{c} \int_{z=0}^{c} \begin{bmatrix} \boldsymbol{\sigma}_i(x, y, z) \\ \boldsymbol{\varepsilon}_o(x, y, z) \end{bmatrix} dz = \boldsymbol{D}(x, y) \begin{bmatrix} \boldsymbol{\varepsilon}_i(x, y) \\ \boldsymbol{\sigma}_o(x, y) \end{bmatrix} \tag{6-12}$$

其中，$\boldsymbol{D}(x, y) = \dfrac{1}{c} \int_{z=0}^{c} \boldsymbol{D}(x, y, z)\ dz$

重新排列整理式（6-12），得到无限小单元的等效应力应变关系

$$\begin{bmatrix} \boldsymbol{\sigma}_i(x, y) \\ \boldsymbol{\sigma}_o(x, y) \end{bmatrix} = \begin{bmatrix} \boldsymbol{C}_{ii}^*(x, y) & \boldsymbol{C}_{io}^*(x, y) \\ \boldsymbol{C}_{oi}^*(x, y) & \boldsymbol{C}_{oo}^*(x, y) \end{bmatrix} \begin{bmatrix} \boldsymbol{\varepsilon}_i(x, y) \\ \boldsymbol{\varepsilon}_o(x, y) \end{bmatrix} \tag{6-13}$$

其中，$C^*(x, y)$ 为材料的局部刚度矩阵。

3）整体均匀化。在整个代表性单元中，假定 XY 面内为等应力状态，XY 面外为等应变状态，得平均面内应力和面外应变为

$$\begin{bmatrix} \overline{\boldsymbol{\sigma}}_i \\ \overline{\boldsymbol{\varepsilon}}_o \end{bmatrix} = \begin{bmatrix} \boldsymbol{\sigma}_i(x, y) \\ \boldsymbol{\varepsilon}_o(x, y) \end{bmatrix} \tag{6-14}$$

式（6-13）按面内和面外分量形式表示为

$$\begin{bmatrix} \boldsymbol{\varepsilon}_i(x, y) \\ \boldsymbol{\sigma}_o(x, y) \end{bmatrix} = \begin{bmatrix} \boldsymbol{D}_{ii}^*(x, y) & \boldsymbol{D}_{io}^*(x, y) \\ \boldsymbol{D}_{oi}^*(x, y) & \boldsymbol{D}_{oo}^*(x, y) \end{bmatrix} \begin{bmatrix} \boldsymbol{\sigma}_i(x, y) \\ \boldsymbol{\varepsilon}_o(x, y) \end{bmatrix} \tag{6-15}$$

由式（6-15）和式（6-14）可得平均面内应变和面外应力为

$$\begin{bmatrix} \overline{\boldsymbol{\varepsilon}}_i \\ \overline{\boldsymbol{\sigma}}_o \end{bmatrix} = \frac{1}{ab} \int_{x=0}^{a} \int_{y=0}^{b} \begin{bmatrix} \boldsymbol{\varepsilon}_i(x, y) \\ \boldsymbol{\sigma}_o(x, y) \end{bmatrix} \mathrm{d}x\mathrm{d}y = \boldsymbol{D} \begin{bmatrix} \overline{\boldsymbol{\sigma}}_i \\ \overline{\boldsymbol{\varepsilon}}_o \end{bmatrix} \tag{6-16}$$

其中，$\boldsymbol{D} = \dfrac{1}{ab} \displaystyle\int_{x=0}^{a} \int_{y=0}^{b} \boldsymbol{D}^*(x, y)\, \mathrm{d}x\mathrm{d}y$

整理式（6-16），得到整个单胞的等效应力应变关系

$$\begin{bmatrix} \overline{\boldsymbol{\sigma}}_i \\ \overline{\boldsymbol{\sigma}}_o \end{bmatrix} = \begin{bmatrix} \overline{\boldsymbol{C}}_{ii} & \overline{\boldsymbol{C}}_{io} \\ \overline{\boldsymbol{C}}_{oi} & \overline{\boldsymbol{C}}_{oo} \end{bmatrix} \begin{bmatrix} \overline{\boldsymbol{\varepsilon}}_i \\ \overline{\boldsymbol{\varepsilon}}_o \end{bmatrix} \tag{6-17}$$

其中，$\overline{\boldsymbol{C}}$ 为代表性单胞的等效刚度矩阵，可以获得复合材料的等效工程常数用于工程计算。

（2）数值算例与讨论　采用三维编织技术将碳纤维织成工字梁预制件，在经 RTM 工艺浇注树脂后得到三维编织复合材料工字梁试验件。采用三点弯曲实验研究工字梁的弯曲性能，并用有限元软件 Marc 进行数值分析。由于 Marc 不具备分析三维纺织结构复合材料的模块，但它提供了良好的用户接口，因此，在进行数值分析时，根据三维编织复合材料的分析模型，编制了用户接口程序，实现由纤维、基体材料的性能以及编织结构预测三维编织复合材料的宏观性能。三维编织复合材料工字梁的弯曲性能的数值结果与试验吻合较好，三点弯曲的载荷-挠度曲线如图 6-14 所示。

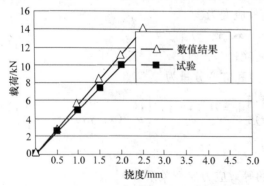

图 6-14　三点弯曲的载荷-挠度曲线

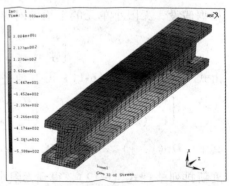

图 6-15　正应力 $\sigma_z$ 的分布图

　　图 6-15 和图 6-16 显示了三维编织复合材料工字梁的正应力 $\sigma_z$ 的分布。最大的拉应力出现在下缘的下表面中部，最大的压应力出现在上缘的上表面中部。最大拉应力小于最大压应力。且正应力由梁中间向梁两端逐渐递减。正应力的分布为 x、y、z 的函数。图 6-17 给出了三维编织复合材料工字梁的剪应力 $\tau_{xz}$ 的分布。最大的剪应力出现在工字梁的立肋上。正应力和剪应力的分布对三维编织工艺的选择起到了指导作用。在工字梁的上下缘可以在编织过程中加入 Z 向编织纱线，立肋使编织纱线取向为 ±45°。这样，可以达到工字梁的局部增强。

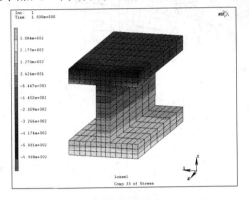 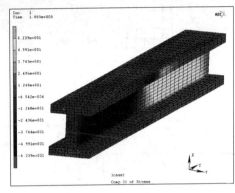

图 6-16　梁中截面上正应力 $\sigma_z$ 的分布图　　　　　图 6-17　剪应力 $\tau_{xz}$ 的分布图

　　在三维编织复合材料的实体单胞模型的基础上，考虑了编织结构和编织纱线的几何特性，采用局部/整体均匀化的方法，计算了三维编织复合材料的宏观性能。利用 Marc 有限元分析软件的用户接口，编制了分析程序，分析了三维编织复合材料工字梁的弯曲性能。数值结果与实验吻合较好。正应力和剪应力的分布将用于三维编织工艺的优化中。

### 6.3.3　层压板开孔挤压强度分析

　　树脂基复合材料具有比强度、比刚度高和可设计性强等优点，能够有效地减轻结构质量。使用目前加工工艺较成熟的复合材料代替金属材料，在一般情况下，质量可以减轻25% 左右，因此树脂基复合材料被广泛地应用于航空和宇航等领域。

　　某发动机为减轻结构质量，外涵机匣采用复合材料层压板结构。由于安装边的螺栓孔部位是整个结构中承受集中载荷的部分，应作为强度考核部位，因此，从外涵机匣纵向安装边截取 30mm×40mm 的矩形板模型件。其孔径 6.2mm，孔距 30mm，其结构示意图如图 6-18 所示。为了与试验进行对比，要进行相应的强度试验，同时，也对各铺层的应力、应变有一个较为详细的了解，通过采用 MSC. Marc 软件对该试验件进行了计算分析。

　　（1）有限元模型

　　1）网格划分：前后处理采用 MSC. Marc 程序，

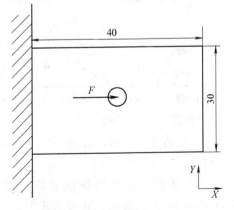

图 6-18　结构示意图

由于研究对象是对称结构，只取结构的一半作为有限元模型，建立二维模型（四节点板壳元），共取 2890 个 QUAD4 板壳元，2990 个节点。整体网格图和孔周边的单元局部放大图如

图 6-19 和图 6-20 所示。

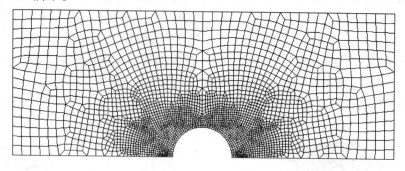

图 6-19　整体网格图

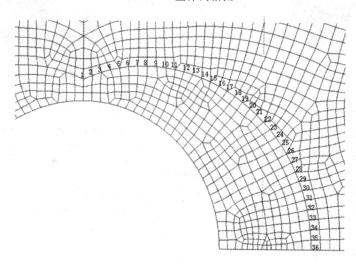

图 6-20　孔周边的单元局部放大图

2）材料性能数据：该结构选用的材料室温状态下的力学性能数据如表 6-2 所示。

表 6-2　材料力学性能数据

| $X_t$/MPa | 1298.2 | $E_{1t}$/MPa | 128800 | $v_1$ | 0.355 |
|---|---|---|---|---|---|
| $Y_t$/MPa | 53.6 | $E_{2t}$/MPa | 8300 | $X_c$/MPa | 1269.4 |
| $E_{1c}$/MPa | 124900 | $Y_c$/MPa | 185 | $E_{2c}$/MPa | 10100 |
| $S$/MPa | 102 | $G_{12}$/MPa | 4100 | | |

3）载荷：载荷是按外涵机匣承受的内压力给出的。在计算模型上施加的载荷值是按正弦规律作用于模型的螺栓孔边节点上。

4）边界条件：根据试验状态取左端固支，下边界为对称边界（Y 方向位移为 0），其他两边自由（参见图 6-18）。

（2）失效准则和特征线假设　对于复合材料结构的机械连接而言，比较常用的是 Yamadm-Sun 失效准则，其表达式为

$$L = \sqrt{\frac{\sigma_{1i}^2}{X^2} + \frac{\tau_i^2}{S_o^2}} \leqslant 1 \tag{6-18}$$

式中　$\sigma_{1i}$ 和 $\tau_i$——层压板中第 $i$ 层的沿纤维方向的正应力和面内剪切应力；

$X$——单向板纵向拉伸（或压缩）强度；

$S_c$——$[0/90]_s$板的剪切强度，如果只给出了单向板的剪切强度 $S$，则可取 $S_c = 2.50S$。

在估算机械连接的破坏载荷时，如果利用孔边应力按照某种失效准则确定强度，其值将过于保守。因此将开孔特征尺寸推广，提出特征线假设。即认为离开孔边一定距离，有一条可用某种函数表示的曲线。当要判断挤压孔的设计是否满足强度要求时，就将该曲线所在位置上的应力值代入失效准则判别式即可。

本次计算所用的特征线的表达式为：

$$r_c = r_o + R_t + (R_c - R_t) \cos\theta \qquad (6\text{-}19)$$
$$-\pi/2 \leqslant \theta \leqslant \pi/2$$

式中　$R_t$——拉伸特征尺寸；

　　　$R_c$——压缩特征尺寸。

计算 $r_c$ 时，取 $R_t = 0.457$，$R_c = 2.032$。

（3）计算结果　螺栓孔主要承受气动压力载荷产生的挤压力，该载荷对螺栓孔产生的应力云图（孔边局部结果）如图 6-21 所示。图 6-21a 为 X 方向应力云图，图 6-21b 为 Y 方向应力云图，图 6-21c 为剪切应力云图。

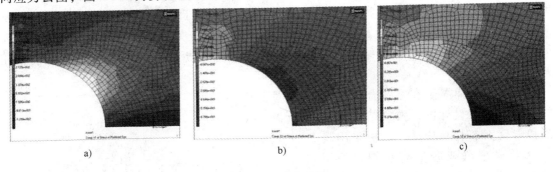

图 6-21　应力云图

a）X 方向应力云图　b）Y 方向应力云图　c）剪切应力云图

计算结果与试验结果吻合较好，由 Yamadm-Sun 失效准则判定该结构有一定的安全裕度，该项工作为外涵机匣优化设计提供了有力的依据。通过该项计算工作，读者也可以对 MSC. Marc 软件建立复合材料计算模型及计算分析的特点有一定的了解。在运用 MSC. Marc 进行复合材料强度计算时有以下三个方面引起注意：

1）相对坐标的选取：Marc 软件前处理默认的坐标系是每个单元的局部坐标系，对于各单元方向与某铺层方向一致的网格可以利用默认值，但对于自由网格一定要选择参考坐标系，以保证计算结果的正确性。

2）后处理参考系的选择：Marc 软件的后处理默认选择同样是单元局部坐标系，因此在后处理选择时，无论是应力还是应变均应选择在参考系下的处理结果，否则会出现应力应变结果不连续的不合理现象。

3）铺层数的选择：Marc 软件的默认输出层数是 5，对于多层的复合材料如果要每一层的分析结果一定要在工作参数的菜单中改变层数定义。

### 6.3.4　复合材料弹翼设计分析

复合材料可设计性强，针对不同的结构件以及外载荷情况确定结构的铺层、尺寸，进行分析和试验验证，然后修改设计方案，最终达到结构布局合理，满足设计要求。下面介绍通过采用 PATRAN 和 NASTRAN 有限元程序对复合材料弹翼建立有限元模型、对单层刚度性能进行分析计算、对弹翼面板的铺层进行设计和分析，并在两种工况下计算分析复合材料弹翼的应力分布和结构的变形，对弹翼结构的强度进行校核的详细过程。

#### 1. 弹翼有限元模型的建立

PATRAN 强大的复合材料计算功能完全可以解决蜂窝夹层结构的弹翼分析。借助于多层壳及实体单元（PATRAN 共有 250 层的复合材料壳单元和实体单元）能建立复合材料模型，这些单元允许叠加各向同性或各向异性材料层，各层的层厚和材料方向允许各不相同。PATRAN 提供的失效准则有最大应变失效准则、最大应力失效准则和 Tsai-Wu 失效准则，用户也可以通过用户子程序来定义自己的失效准则。PATRAN 的复合材料功能特别适合于有大量复合材料的导弹系统。

无论是骨架较强而蒙皮较弱的弹翼、骨架和蒙皮强度接近的弹翼，还是骨架很弱而蒙皮很强的弹翼，PATRAN 强大的单元库都可以提供梁单元、壳单元来对这些类型的弹翼进行分析，也可以用三维实体单元真实地模拟局部的实际情况。对于整体弹翼的分析，以往一般要对模型进行大量的简化，影响了分析精度，运用 PATRAN 良好前处理功能可以帮助设计人员最大限度地模拟弹翼的真实结构，提高分析准确性，在分析里可以考虑多种材料多种单元并存。

复合材料弹翼是在原钛合金弹翼的基础上进行设计的，弹翼结构由面板和陶瓷夹芯材料构成，面板采用碳纤维增强聚酰亚胺复合材料。采用 MSC/PATRAN 软件建立其几何和力学模型，再用 MSC/NASTRAN 软件进行有限元计算。模型的建立使用了二维和三维的有限元素，面板用等厚度的二维（QUAD4）有限元，弹芯用三维

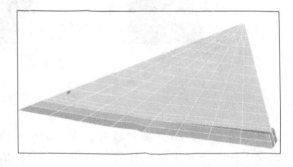

图 6-22　弹翼有限元分析实体模型

（HEX8）有限元。模型共有 481 个节点（NODE），192 个四节点元素（QUAD4），96 个八节点元素（HEX8），10 个二节点元素（BAR2），96 个刚性杆。图 6-22 为弹翼有限元分析实体模型。

#### 2. 弹翼结构铺层设计与计算

正交各向异性材料的平面应力问题有 4 个独立的弹性常数 $E_1$，$E_2$，$\mu_{12}$ 及 $G_{12}$。

复合材料的单层是正交各向异性的，其应力-应变关系为

$$\begin{bmatrix} \sigma_1 \\ \sigma_2 \\ \tau_{12} \end{bmatrix} = \begin{bmatrix} Q_{11} & Q_{12} & 0 \\ Q_{12} & Q_{22} & 0 \\ 0 & 0 & Q_{66} \end{bmatrix} \begin{bmatrix} \varepsilon_1 \\ \varepsilon_2 \\ \gamma_{12} \end{bmatrix} = \boldsymbol{Q} \begin{bmatrix} \varepsilon_1 \\ \varepsilon_2 \\ \gamma_{12} \end{bmatrix}$$

$\boldsymbol{Q}$ 称为折减刚度矩阵，它的元素是

$$Q_{11} = \frac{E_1}{1 - \mu_{12}\mu_{21}}, \quad Q_{12} = \frac{\mu_{12}E_2}{1 - \mu_{12}\mu_{21}} = \frac{\mu_{21}E_1}{1 - \mu_{12}\mu_{21}}$$

$$Q_{22} = \frac{E_2}{1 - \mu_{12}\mu_{21}}, \quad Q_{66} = G_{12}$$

将材料性能赋予结构模型，通过转换公式可以计算得到 0°、90°、±30°、±45°铺层方向的工程常数和折减刚度。下面给出了 90°和 30°铺层方向材料性能的计算值：碳纤维增强聚酰亚胺复合材料 90°铺层工程常数 EI 及折减刚度 $Q_{ij}$ 如图 6-23 所示，碳纤维增强聚酰亚胺复合材料 30°铺层工程常数 EI 及折减刚度 $Q_{ij}$ 如图 6-24 所示。

| E11,22,33 | NU12,23,13 | G12,23,31 | | Q | |
| --- | --- | --- | --- | --- | --- |
| 9.20E+003 | 2.57E-002 | 4.10E+003 | 9.28E+003 | 3.30E+003 | 0.00E+000 |
| 1.27E+005 | 0.00E+000 | 0.00E+000 | 3.30E+003 | 1.28E+005 | 0.00E+000 |
| 0.00E+000 | 0.00E+000 | 0.00E+000 | 0.00E+000 | 0.00E+000 | 4.10E+003 |

图 6-23　碳纤维增强聚酰亚胺复合材料 90°铺层工程常数和折减 EI 刚度 $Q_{ij}$

| E11,22,33 | NU12,23,13 | G12,23,31 | | Q | |
| --- | --- | --- | --- | --- | --- |
| 4.20E+004 | 1.41E+000 | 2.55E+004 | 7.69E+004 | 2.47E+004 | 3.81E+004 |
| 9.58E+003 | 0.00E+000 | 0.00E+000 | 2.47E+004 | 1.75E+004 | 1.33E+004 |
| 0.00E+000 | 0.00E+000 | 0.00E+000 | 3.81E+004 | 1.33E+004 | 2.55E+004 |

图 6-24　碳纤维增强聚酰亚胺复合材料 30°铺层工程常数 EI 和折减刚度 $Q_{ij}$

### 3. 弹翼面板的铺层设计和分析

弹翼面板为层合板结构，它是由多个单层粘合在一起成为整体的受力结构元件。层合板的合力和合力矩可表示为

$$\begin{bmatrix} N \\ \Lambda \\ M \end{bmatrix} = \begin{bmatrix} A & M & B \\ \Lambda & M & \Lambda \\ B & M & D \end{bmatrix} \begin{bmatrix} \varepsilon^0 \\ \Lambda \\ \kappa \end{bmatrix}$$

子矩阵 $A$，$B$ 和 $D$ 分别为拉伸刚度矩阵、耦合刚度矩阵和弯曲刚度矩阵。层合板的各个刚度矩阵元素 $A_{ij}$，$B_{ij}$ 和 $D_{ij}$ 均可根据各单层的刚度性能和几何特性计算得出。通过多次优化计算，最后确定复合材料弹翼面板铺层顺序为 $[\pm 30°/\pm 45°/90°/90°/\pm 45° \pm 30°]$。根据面板的铺层和不同铺层方向的单层刚度，可计算出弹翼面板的刚度矩阵。

弹翼面板拉伸刚度矩阵为

$$A = \begin{bmatrix} A_{11} & A_{12} & A_{16} \\ A_{21} & A_{22} & A_{26} \\ A_{61} & A_{62} & A_{66} \end{bmatrix} = \begin{bmatrix} 5.837732E+004 & 2.796103E+004 & 3.275445E-004 \\ 2.796103E+004 & 5.837732E+004 & 3.275445E-004 \\ 3.275445E-004 & 3.275445E-004 & 2.892568E+004 \end{bmatrix}$$

弹翼面板弯曲刚度矩阵为

$$\boldsymbol{B} = \begin{bmatrix} B_{11} & B_{12} & B_{16} \\ B_{21} & B_{22} & B_{26} \\ B_{61} & B_{62} & B_{66} \end{bmatrix} = \begin{bmatrix} 3.546604E-003 & 8.146664E-004 & -5.93685E-004 \\ 8.146664E-004 & -5.93685E-004 & -1.31138E-0044 \\ -5.93685E-004 & -1.31138E-004 & 8.306014E-004 \end{bmatrix}$$

弹翼面板耦合刚度矩阵为 $\boldsymbol{D} = 0$

**4. 弹翼面板和陶瓷夹芯结构分析**

（1）复合材料弹翼在二种工况下的载荷分布　弹翼面板上沿展向、弦向均作用载荷，为了便于计算，把作用在某一区域的载荷简化为作用在压心的集中载荷。由于弹在两种速度下飞行，其载荷状况不一样，M = 1.5 的为第一种工况。M = 2.0 的为第二种工况。载荷作用区分为 15 个区域。图 6-25 给出了在第一种工况下的载荷图。

（2）复合材料弹翼的应力分布　由 MSC/PATRAN 建立弹翼的模型，并赋予材料性能、载荷后就可以采用 MSC/NASTRAN 进行分析运算。根据计算结果可以给出各种工况下的应力云纹图。图 6-26 给出了第一种工况下的应力分布图。从应力分布图上可以看出应力最大区域及应力最大值，对于弹翼面板可以给出每一层（总共十层）的各种应力分布状况，弹芯应力值（$\tau_{xy}$）较小。

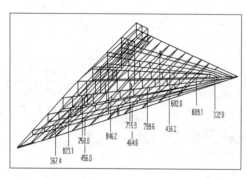

图 6-25　第一种工况下的载荷图

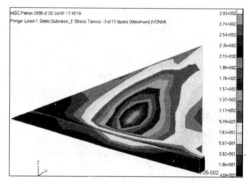

图 6-26　第一种工况下的应力分布图

（3）弹翼结构的强度校核　因为层合板是由单层组成，只要每个单层满足强度要求，层合板也就满足强度的要求。虽然弹翼受的载荷比较复杂，但是弹翼上下面板主要受拉应力和压应力，所以采用最大应力理论来校核弹翼的强度。最大应力理论为单层材料主向上的应力必须小于各自方向上的强度，否则会发生破坏。已知 Xt、Yt 为单层在 0°和 90°方向拉伸极限强度，Xc、Yc 为单层在 0°和 90°方

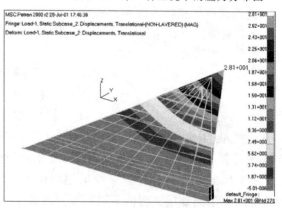

图 6-27　第一种工况下弹翼变形图

向压缩极限强度，S 为单层在 45°剪切极限强度，给定安全系数 n = 1.5，极限强度值除以 n 就可以得到许用应力值。根据 MSC/NASTRAN 计算结果，可以获得两种工况下弹翼上下面板各层在主方向的最大拉、压应力和最大剪应力。根据计算出的应力数据可知在两种工况下，弹翼上下面板的每一层均满足强度要求。弹芯中的应力小，也满足强度的要求，因此复

合材料铺层的设计是合理的。

（4）弹翼结构的变形　弹翼在载荷作用下要发生变形。图 6-27 为第一种工况下弹翼变形图，可以看到弹翼端部变形较大。表 6-3 为两种工况下弹翼的变形。

表 6-3　两种工况下弹翼的变形

| 工况<br>变形 | 第一种工况 | 第二种工况 |
|---|---|---|
| 弹翼变形/mm | 28.1 | 26.9 |
| X 方向变形/mm | 0.201 | 0.179 |
| Y 方向变形/mm | 28.1 | 26.9 |
| Z 方向变形/mm | 0.473 | 0.465 |

### 6.3.5　芳纶纤维复合环形气瓶分析

#### 1. 产品结构形式与指标

复合环形气瓶是某系统中的重要部件，装入舱段内用来储存压缩空气（最高工作压力 30MPa）的储能元件，通过导管、电磁阀的连接，给喷管和释放装置提供气体能源，用于产品的飞行姿态调整和干扰弹的释放。复合环形气瓶结构可以分为内衬层、增强纤维结构层和气瓶接管嘴三部分。复合环形气瓶外形结构如图 6-28 所示。

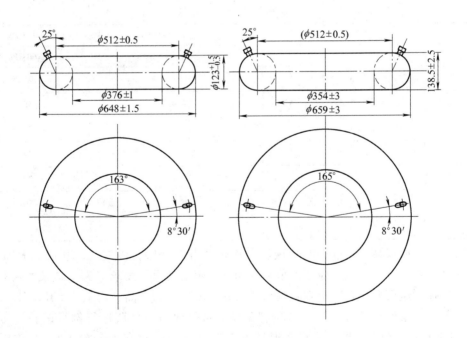

图 6-28　复合环形气瓶外形结构

复合环形气瓶制造主要的工艺方法包括橡胶成型、玻璃丝浸胶、缠绕、固化、压力试验等。这些方法都属于特种工艺，影响产品质量因素较多，成型过程各参数控制对产品质量有重要影响，需要操作工人具有较高的技术水平。详细工艺过程包括接管嘴加工→橡胶内衬制作→缠绕→刷胶固化→喷漆→除去芯模→尺寸、性能检测→喷标志→入库。复合环形气瓶对多余物控制要求十分严格，产品生产的各环节需严格控制多余物，并对多余物进行检测。复合环形气瓶试验均为压力试验，试验设备、场地需要满足安全要求。该产品主要技术指标要求如表6-4所示。

表6-4 复合环形气瓶主要技术指标

| 项目 | 技术指标 | 项目 | 技术指标 |
|---|---|---|---|
| 最高工作压力 | 30MPa | 外径/mm | 659±3 |
| 强度试验压力 | 37.5MPa | 高度/mm | 138.5±3 |
| 爆破压力 | ≥60MPa | 内径变形/mm | ≤2.7 |
| 单个气瓶的质量 | ≤10kg | 外径变形/mm | ≤2.7 |
| 单个气瓶的容积 | ≥19.8L | 高度变形/mm | ≤3.5 |
| 内径/mm | 354±3 | | |

**2. 复合气瓶质量问题特征**

（1）强度和气密试验 研制生产的每个气瓶均进行了37.5MPa水压强度试验，均满足技术要求。研制生产的每个气瓶均进行了30MPa的气密试验，除一个气瓶漏气外，其余均满足要求。并对第2组生产的6组气瓶完成了例行试验工作，试验结果如表6-5所示。

表6-5 例行试验结果

| 序号 | 质量/kg | 容积/L | 爆破压力/MPa |
|---|---|---|---|
| | ≤10kg | ≥19.8L | ≥60MPa |
| 1 | 9.35 | 20.1 | 75 |
| 2 | 7.75 | 19.9 | 58 |
| 3 | 8.2 | 19.9 | 75 |
| 4 | 8.25 | 19.75 | 74 |
| 5 | 8.6 | 20.1 | 70 |
| 6 | 8.95 | 19.5 | 80 |
| 7 | 8.85 | 19.95 | 70 |

对第2组中抽取某气瓶进行例行试验，其质量为7.75kg，该气瓶150次30MPa水压疲劳和气密性检查均合格，但爆破压力值为58MPa，不满足设计要求。为了确保气瓶工作的安全性和可靠性，经研究分析决定剔除气瓶质量在8kg以下的产品，再从第2组剩下的产品中抽取1件例行试验件重新进行第2组例行试验。再抽取另一气瓶进行例行试验，其质量为8.2kg，其变形量测量结果为：内径变形量为5.7~6.6mm，外径变形量为0.7~0.8mm，高度变形量为2.9~3.8mm。该气瓶进行150次30MPa水压疲劳试验后气密性检查合格，爆破压力值为74MPa，满足设计要求。其余各组例试件的爆破压力始终保持在60MPa以上。目前，从质量小于8kg气瓶中抽取7件，做爆破试验数据情况如表6-6所示。条件为对7件气瓶均做150次30MPa水疲劳后爆破。

表 6-6　爆破试验数据表

| 序号 | 质量/kg ≤10kg | 容积/L ≥19.8L | 爆破压力/MPa ≥60MPa |
|---|---|---|---|
| 1 | 7.8 | 20 | 72 |
| 2 | 7.7 | 20.05 | 67 |
| 3 | 7.8 | 19.75 | 70 |
| 4 | 7.75 | 19.9 | 65 |
| 5 | 7.55 | 20.15 | 64 |
| 6 | 7.95 | 20.1 | 68 |
| 7 | 7.8 | 20.25 | 57 |

（2）外形结构尺寸超差　已研制生产完毕的 121 件气瓶的外形尺寸、容积、质量状态情况如表 6-7 所示。

表 6-7　气瓶外形尺寸、容积、质量状态

| 组别 | 生产总数 | 外形不合格数 | 容积不合格数 | 重量不合格数 |
|---|---|---|---|---|
| 第 1 组 | 21 | 10 | 8 | 4 |
| 第 2 组 | 21 | 3 | 0 | 0 |
| 第 3 组 | 20 | 6 | 1 | 0 |
| 第 4 组 | 21 | 6 | 0 | 2 |
| 第 5 组 | 18 | 9 | 3 | 0 |
| 第 6 组 | 20 | 18 | 3 | 0 |
| 合计 | 121 | 48 | 14 | 6 |

根据以上存在的质量问题，气瓶外形尺寸、容积、质量均存在一定比例的超差。对此现象，从气瓶的质量、容积、加压前后内、外径尺寸及变形量等数据几个方面对前 5 组的抽样、第 5 组和第 6 组产品的数据进行了统计分析，三组样本容量分别为：37、18、20，其数据如表 6-8 所示，其分布对比图如图 6-29 所示。

表 6-8　样本统计量数据表

| | 样本 | | 质量/kg | 容积/L | 内径 | 变形 | 外径 | 变形 | 高度 | 变形 |
|---|---|---|---|---|---|---|---|---|---|---|
| 前 5 组 | 37 | 均值 $\mu$ | 9.0240 | 20.024 | 352.307 | 5.741 | 661.708 | 0.8918 | 140.171 | 3.677 |
| | | 方差 $\sigma^2$ | 0.3062 | 0.0281 | 6.153 | 0.487 | 0.920 | 0.3030 | 1.2091 | 0.1028 |
| 第 5 组 | 18 | 均值 $\mu$ | 9.1305 | 19.977 | 351.780 | 5.494 | 661.622 | 0.6138 | 140.065 | 3.702 |
| | | 方差 $\sigma^2$ | 0.0778 | 0.0303 | 1.958 | 0.2688 | 0.443 | 0.1438 | 0.8950 | 0.1197 |
| 第 6 组 | 20 | 均值 $\mu$ | 9.1625 | 19.975 | 352.035 | 5.825 | 662.54 | 0.418 | 139.27 | 4.02 |
| | | 方差 $\sigma^2$ | 0.0785 | 0.0119 | 1.1333 | 0.2904 | 0.5014 | 0.086 | 0.4276 | 0.0746 |

按照正态分布的分布函数，在通过均值和方差已知的情况下，绘制的分布图与产品的合格概率预测。由正态分布的概率密度为

$$f(x) = \frac{1}{\sqrt{2\pi}\sigma} e^{-\frac{(x-\mu)^2}{2\sigma^2}} \text{（均值 } \mu \text{ 方差 } \sigma^2\text{）}$$

绘制其外形尺寸分布统计对比如图 6-29 所示。

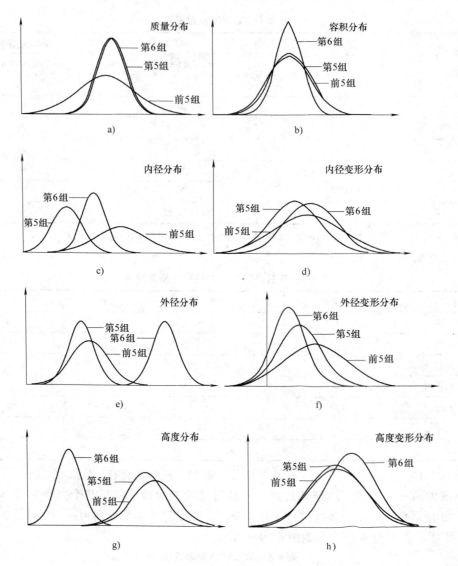

图 6-29 外形尺寸分布统计对比

a）质量分布 b）容积分布 c）内径分布 d）内径变形分布 e）外径分布
f）外径变形分布 g）高度分布 h）高度变形分布

分析结果表明，前 5 组产品各指标数据的标准差均大于第 6 组产品的相应数据，前 5 组产品数据分布稳定性不好，而第 6 组产品数据分布接近于正态分布。这说明，自工艺优化后，产品质量趋于稳定。按现有设计要求，对批量生产时，按照表 6-4 的技术指标，进行产品合格率预测，其概率如表 6-9 所示。

表 6-9 大批量产品生产外形合格率预测 （%）

| | 质量 | 容积 | 内径 | 内径变形 | 外径 | 外径变形 | 高度 | 高度变形 |
|---|---|---|---|---|---|---|---|---|
| 前 5 组 | 95.9 | 90.82 | 67.25 | 0.01 | 62.17 | 99.95 | 77.34 | 29.2 |
| 第 5 组 | 99.9 | 85.31 | 65.17 | 0.01 | 71.57 | 99.99 | 83.65 | 28.1 |
| 第 6 组 | 99.86 | 94.52 | 81.86 | 0.01 | 22.36 | 99.99 | 99.7 | 5.4 |

由上述预测求解结果，得到如下的结论：

1）按 3 组样本预测，产品重量合格率均高于 95.9%，如按第 6 组生产，其合格率达 99.86%。

2）产品容积合格率第 6 组较前面两组都好，如按第 6 组生产预测，合格率可达 94.52%。

3）内径的合格率第 6 组较前 5 组和第 5 组有较大的改善，达 81.86%；但内径的变形，三组样本均没有出现合格的，即批量生产时，内径变形的合格率即使理想化，只有 0.01%。

4）外径的合格率，第 6 组较前 5 组和第 5 组，有明显的下滑趋势，从 71.57% 下降到 22.36%；另一方面，外径变形的合格率都很好，均达 99.95% 以上。

5）加压前的高度合格率，三组样本呈现明显的上升趋势，从前 5 组的 77.34% 上升至第 6 组的 99.7%；不理想的是高度变形的合格率均不高，其分布介入 5.4% ~ 29.2% 之间。

针对上述质量问题，下面从理论分析的角度和工艺成型方法入手，找到控制后的方法，满足产品批量生产的质量和稳定性要求。

**3. 复合气瓶变形分析**

（1）复合材料强度理论基础　复合材料及其结构特点主要是由单向铺层的高度正交异性和层压性决定的。复合材料及其结构的力学特点和结构特点的研究，对于复合材料构件的设计与制造有着重要的指导意义。通过铺层设计制造的复合材料及其结构，可出现各种程度的各向异性，使得力学分析和强度设计变得非常复杂和困难。但其中正交各向异性和横向各向同性的力学问题与各向同性的情况相比，分析没有太大困难。

复合材料的不均匀性、各向异性和一定程度的不连续性等使复合材料及其结构的力学分析变得很困难。计算分析时，通常采用均匀和连续假设，使问题简化，对简化的误差采用试验修正系数来弥补。复合材料层间剪切模量只有纤维方向拉、压模量的 1/10，其拉压强度也是 1/10 左右，层间强度对构件的破坏作用必须考虑。部分复合材料的拉压模量是非线性，除纤维增强橡胶这类基体模量很小的复合材料外，对于常见的纤维增强复合材料，采用拉压弹性模量相同来简化设定，而对 Kevlar 复合材料抗拉压强度有较大差别，因此设计分析时必须考虑这种因素的影响。

由于复合材料比强度、比刚度大，对于薄壁板壳，在某些情况下，容许有大变形，会产生几何非线性，复合材料整体应变和局部应力较大时，可出现明显的物理非线性，环境湿热对其物理非线性影响更大。工程中，在进行复合材料的有限元模拟分析时，常忽略非线性因素；采用几何的、物理的线性理论能够得到较好的近似。由于复合材料具有基体开裂、界面脱胶、分层和纤维断裂等多种特征的损伤破坏模式，金属结构的疲劳和断裂力学方法，一般不能直接用于复合材料结构。工程中对金属和复合材料的强度常采用统计分布方法求解出。

弹塑性力学是固体力学的一个分支，它计算准确，推理严谨，是分析和解决许多工程技术问题的基础和依据。有限元强度分析中，常用的屈服判定准则采用米赛斯条件和特雷斯卡条件，两种屈服条件的计算结果相差不大，其中米赛斯条件与特雷斯卡的区别在于它受中间应力影响，屈服函数是非线性的，不需要知道应力大小的次序，特雷斯卡的条件刚好相反。两者的相同之处在于应力可以互换，不受静水压力的影响。实际工程应用中，还需要考虑热应力和热固耦合等组合载荷作用。

金属环形气瓶产生内应力的因素很多，包括气体内压、内外环境温度差、安装与使用的温度差、局部外载荷及工作环境引起的应力等方面。对于常温环境下，直径为 $D$，壁厚为 $t$，

在内压 $p$ 的作用下，由于其几何形状对称于球心，对于理想等厚的各向同性金属材料的球形气瓶，其应力分布在各个方向都是均匀的，其应力为：$\sigma = 0.25pD/t$ 对于金属球形气瓶，在仅承受气体内压时，其强度条件可按第一或第三强度理论判定，即 $\sigma < [\sigma]$，其许用应力 $[\sigma]$ 有三种取值方法，一种是按照材料的抗拉强度 $\sigma_b$ 和屈服强度 $\sigma_s$ 给出相应的安全系数来确定；第二种方法是根据材料的屈强比，以屈服限为基准，给出一个安全系数求取材料的许用应力；第三种方法是只考虑材料的屈服极限。我国采用第一种方法确定许用应力，其许用应力可由 $[\sigma] = \sigma_b/n_b$，$[\sigma] = \sigma_s/n_s$，取最小值为设计的许用应力，其中 $n_b \geq 3$，$n_s \geq 1.6$。

随着高强度钢材在球形气瓶上的应用，综合考虑强度极限和屈服极限对许用应力的影响，防止球壳应力进入屈服极限后有可能很快达到强度极限而造成破坏，引出了以屈强比为参数，以屈服极限为基准来确定许用应力。在进行气压试验时，许用应力取 80% 的屈服极限，即 $[\sigma] = 80\%\sigma_s$，其中 $\sigma_s$ 为在常温下最低屈服强度或产生 0.2% 残余变形的条件屈服强度。对于该工程问题，其判别失效有弹性失效、塑性失效和爆破失效三种准则。对于压力容器工程中常用的两种方法有：①工程中对于超高压（大于 100MPa）气瓶其爆破压力 = 3.4 ~ 4 倍工作压力；②在进行分析时应分别针对不同的压力状况如零压力、工作压力、试验压力、爆破压力情况，分析其周向强度、轴向强度、接口强度，选用合理的强度失效判别依据进行分析求解。环形气瓶的疲劳强度测试是进行了 150 次 30MPa 水压疲劳试验后气密性检查合格，爆破压力值为 74MPa，满足设计要求。

（2）复合材料有限元法求解基本理论　对于复合环形气瓶，由于是各向异性材料，其计算采用解析法难以求出气瓶在内压作用下，外形尺寸的变化而引起变形的过程。采用有限元法进行求解预测成本低，而且对整个变形的趋势和变形过程可以给出非常具体的数据，因此，采用有限元法对变形预测进行分析模拟，具有非常重要的实用意义。对于该复合环形气瓶的外形尺寸在加压后的变形进行分析，可基于 ANSYS 有限元软件平台进行模拟仿真。ANSYS 在进行复合环形气瓶结构有限元模拟分析时，其基本工作流程一般如图 6-30 所示。

复合环形气瓶的有限元分析的基本流程一般包括气瓶数学物理模型的建立、有限元前处理、计算求解、后处理、设计反馈更改五个部分。其中物理模型的建立最为重要，正确的建立分析模型对于后续求解的正确性和可靠性起着至关重要的作用，它依赖于使用者的经验和理论水平；有限元前处理一般包括几何模型的建立、单元和材料属性的设置、网格划分、加载等内容；然后利用软件的相关分析求解模块进行求解输出；后处理则是针对求解的结果，以数表或图形多媒体等形式直观的表现出来；设计人员针对不同条件下的求解结果进行对比，来确定结构的最终构造和尺寸参数。

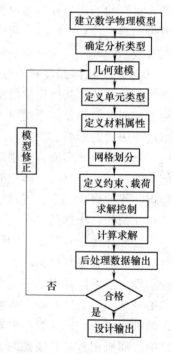

图 6-30　环形复合气瓶结构
有限元模拟分析基本工作流程

ANSYS 提供多种类型的单元，如杆、梁、管、板壳、3D 实体、接触单元、耦合单元和特殊的单元。选定了单元，其相应的单元刚度矩阵求解算法也就确定了；应用中应根据实际情况，借鉴专家经验选择合理的单元类型来求解，以提高求解的精度和速度。在实际的模型确立的同时包含网格的划分和求解器的选择，由于三角形单元在许多场合不是很实用，尽量不要使用三角形单元，而是使用矩形单元；对于薄壁板壳体的结构分析，在壁厚方向的网格层数在条件容许的情况下，尽量加大网格的层数和密度；在使用矩形单元时，长宽比要适当，过于狭长的矩形单元，对于分析的精度也是有很大的影响的。图 6-31 所示的气瓶截面采用映射网格划分的方法，首先确立各边的等分数或边的长度，然后采用映射方法进行划分。

设置正确的求解参数和选择正确的求解器，对于提高分析的效率也是很有意义的。对大规模问题，在内存满足的情况下，采用 PCG 法比波前法计算速度要快 10 倍以上。对于工程问题，可将 ANSYS 默认的求解精度从 $1E-8$ 改为 $1E-4$ 或 $1E-5$ 即可。设计师要对软件有全面的了解，如有限元的基础理论和相关的数值算法，对于不同的问题，选择合理的求解方法，有助于提高求解效率；另一方面，对于大型复杂结构的分析，往往一次求解过程可能出现人为的错误，为提高求解的效率，可采取多个载荷步来求解，针对不同的载荷、边界条件进行相关的分析，总结出结构设计的不足，以更快地提出改进措施。

（3）复合环形气瓶加压变形有限元模拟分析 对于该复合环形气瓶在加压条件下，外形尺寸的变形统计分析，其尺寸变形趋势符合正态分布，因此，采用各向同性的金属材料进行变形模拟预测分析，可以达到相似的效果。图 6-31 所示为环形气瓶容器模拟时的几种轴对称有限元模型。在承受较大的内压作用下，如何根据模拟分析求解的位移、应力应变结果来设计合理的截面尺寸、节省原材料、设计合理的制造工艺要求，对于设计和制造工艺都有非常重要的借鉴作用。

在进行有限元分析时，本例可以采用图 6-31a 所示的整体模型进行分析，也可采用图 6-31b 所示的水平分割的轴对称模型，同时还可采用图 6-31c 所示的垂直分割的轴对称模型。采用整体模型进行分析时，其计算工作量较后面的轴对称模型要大；对于轴对称模型，图 6-31c 所示的简化模型只能观测出环形半径以外的部分，而对于环形半径以内的变化规律则无法求出。而图 6-31b 水平分割的轴对称模型，则可同时观测到内外应力应变与位移的变化情况，针对该产品结构的工作要求和结构特点，采用图 6-31b 所示水平分割的轴对称模型进行分析求解，采用映射网格划分的方法划分单元，根据轴对称结构的特点，设置正确的边界条件约束载荷。由于采用整体分析的计算工作量很大，采用图 6-31b 和图 6-31d 的两种轴对称模型进行分析比较合理。

对于其外形尺寸变形的分析，采用不同的椭圆截面进行对比模拟分析，根据不同尺寸截面的分析结果，可以总结出其变形的趋势。以下为分别针对椭圆的长短轴尺寸分别为 $62 \times 62$、$62.5 \times 61.5$、$68 \times 62$、$67.75 \times 62.25$；前两组 $62 \times 62$、$62.5 \times 61.5$ 椭圆截面主要针对圆形截面和椭圆形截面的对比分析，后两组则针对公差带内的尺寸，在保持容积变化极小的情况下进行对比分析。模型采用矩形单元和壳单元均可完成其模拟分析过程。模拟的金属材料为 LY12，其弹性模量 $E=7E10MPa$，$\mu=0.27$，模拟的环境为室温条件，30MPa 内压的载荷工况，分布针对不同的椭圆截面和不同的壁厚尺寸进行模拟分析。其模拟分析的对比结果分别如图 6-32、图 6-33、图 6-34 所示，表 6-10 为模拟分析的结果数据对比。

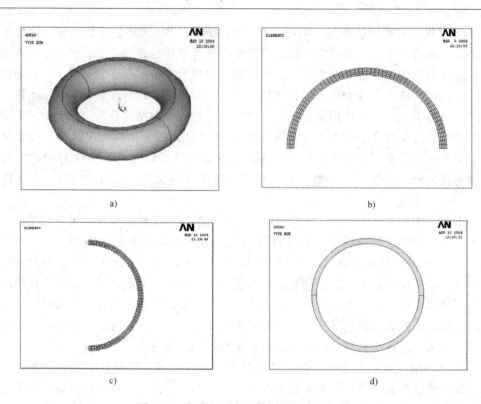

a)    b)    c)    d)

图 6-31    复合环形气瓶轴对称有限元模型

a）整体模型    b）水平分割的轴对称模型    c）垂直分割的轴对称模型    d）整体轴对称截面

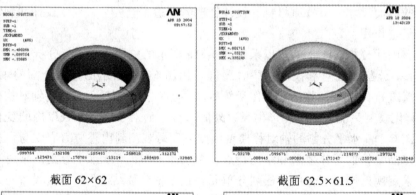

截面 62×62                截面 62.5×61.5

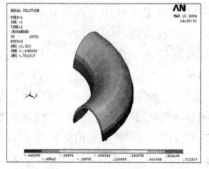

截面 68×62                截面 67.75×62.25

图 6-32    内外径变形对比图

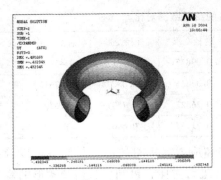
截面 62×62

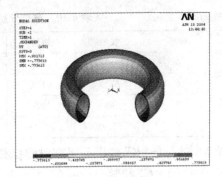
截面 62.5×61.5

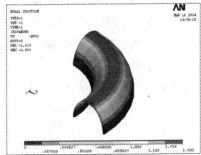
截面 67.75×62.25

截面 68×62

图 6-33　高度变形对比图

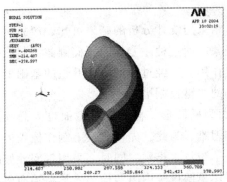
截面 62×62

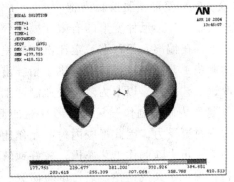
截面 62.5×61.5

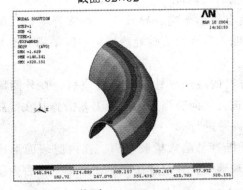
截面 68×62

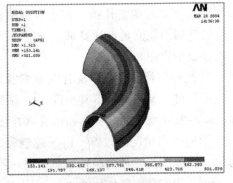
截面 67.75×62.25

图 6-34　应力分布对比图

表 6-10 模拟分析的结果数据对比

| 序号 | 壁厚 | 长轴 | 短轴 | 内径变形 | 外径变形 | 高度变形 | 最大应力/MPa |
|---|---|---|---|---|---|---|---|
| 1 | 6 | 62 | 62 | 0.09875 | 0.31217 | 0.43235 | 378.997 |
| 2 | 6 | 62.5 | 61.5 | 0.33825 | −0.03278 | 0.77613 | 410.513 |
| 3 | 5 | 68 | 62 | 0.76827 | −0.73327 | 1.610 | 520.151 |
| 4 | 5 | 67.75 | 62.25 | 0.71137 | −0.64029 | 1.503 | 501.039 |

由 ANSYS 进行分析求解出不同方向的位移和应力云图对比和分析结果可以看出，对于标准的圆形截面 62×62 和椭圆截面 62.5×61.5 进行对比，可知，其内径变形的变化趋势较大，上升了 3 倍多，而外径变形则出现收缩的趋势，轴向高度变形上升 50% 左右，应力变化上升 10% 左右。因不同的设计要求和制造水平的限制，针对不同微小变化的截面，经过多次模拟分析求解可知，当圆形截面的半径在径向和轴向的偏差达到某一个临界值时，其位移和应力变化急剧上升。

对于椭圆截面 68×62 和 67.75×62.25 的两种截面，其内外径尺寸变形和轴向高度变形变化趋势均小于 10% 左右。这种采用金属各向同性材料分析结果与实际的复合环形气瓶变形统计结果对比说明，当椭圆截面为 68×62 时，在满足尺寸公差要求的情况下，椭圆截面本身的制造精度对于产品的影响与实际的统计结果对比小得多，从而可以排除椭圆截面尺寸公差的影响，因此从该复合环形气瓶的缠绕制造工艺方面入手，来解决外形尺寸变形超差的问题，显得十分重要。

**4. 复合气瓶变形质量控制措施**

针对气瓶的外形尺寸变形的有限元模拟分析结果与统计分析的结果可知，产品质量状况与设计要求存在偏离，仍存在一定比例的超差现象。而这种超差排除了椭圆截面制造公差的影响，为缠绕工艺的进一步控制提供了指导借鉴作用。在经过控制的第 6 组的基础上，需要进一步改进工艺措施，以下为复合气瓶制造工艺的关键控制措施：

（1）橡胶内胆的制作 复合环形气瓶的截面为椭圆形，橡胶内衬截面也为椭圆形，而且缠绕时内衬要受力，因此橡胶内衬的制作比较困难。为此，先在芯模上制作橡胶内衬，当气瓶成型后，再去除制作工艺芯模，较好地解决了该技术难题，同时，采用气密性好的橡胶内衬材料，保证了其气密性。通过试验研究，采用单层橡胶内胆结构形式、粘接面两面刷胶和贴片辊实等办法，有效地解决了气瓶内壁鼓包的问题。

（2）纤维缠绕层架空补强 在接管嘴附近有菱形架空，导致气瓶在接管嘴处局部强度不够，致使气瓶不能满足设计要求。针对该问题采取在接管嘴处菱形架空区采用芳纶无纬布裁剪粘贴补强的措施。

（3）气瓶周向补强问题 复合气瓶本身材料的各向异性及气瓶缠绕后，在外圈周向上纤维缠绕层最薄，其强度低于其他部位，需要进行周向补强。采取的工艺措施是在气瓶外周缠绕 60mm 左右纤维，周向补强和接管嘴补强同时进行。

（4）内胆受力情况的改善 由于缠绕时纤维容易陷入橡胶层内，在内胆表面形成破坏源。为此，在缠绕前，在内胆外表面预铺一层玻璃布，并刷胶预固化，改善了橡胶内胆的受力状况，使之均匀化、整体化。

（5）复合环形气瓶外形、容积和质量控制 研制过程中曾经出现过容积偏小问题，经分析，主要原因为芯模去除后，内衬受到的张力消除，因而收缩，使容积变小。后来通过采取修改模具，加严控制盐芯尺寸以及测容时尽量排除容器内的空气等措施解决了容积问题。外形、质量超差的主要因素是由于缠绕机不稳定，通过加强缠绕过程控制，每缠绕 10 圈测量一次缠绕宽度，并根据实际情况进行适当调整，以达到控制每层缠绕质量，并最终控制气瓶总质量的目的。采取该措施后，气瓶外形、重量的均匀性得到有效的改善。

针对复合环形气瓶的外形尺寸变形超差的问题，经过数理统计分析和有限元模拟分析的结果，为复合气瓶的设计和制造工艺提出了很有实用价值的指导信息。复合环形气瓶的生产经过改进后，完善了复合环形气瓶的缠绕工艺，在用纱量、张力、线形分布方面进行了控制，按照更改后的工艺进行了第 6 组产品的生产。从产品的质量统计情况看，改进后的工艺方法成熟、稳定，产品主要技术指标能够满足设计要求。

## 6.3.6 SMC复合材料发动机罩优化分析

为了保证各部件工作可靠、不损坏，各零部件都选用一定尺寸和品质的钢材，所以一般汽车的共同缺点是质量太大。多年来，为了减轻汽车自身质量，提高运输效率、节省燃料，人们想了很多办法。自 20 世纪 50 年代以后，由于公路的改善、汽车结构的改进、材料性能的提高和新材料的使用，汽车的质量利用系数逐渐提高，20 世纪 70 年代比 40 年代提高了70% 左右。现代汽车越来越多地使用轻合金材料，总的发展趋势是将铸铁件用铝制品来代替。减轻汽车自质量的另一个方面是扩大塑料在汽车上的应用。

新型塑料具有刚度大、耐磨性好、使用寿命长、低密度（其密度只有钢铁的 1/8 ~ 1/4）等优点。汽车上的油箱、风扇、空气滤清器壳、蓄电池等不少零件都可以使用塑料来制造。据报道，美国已试验成功用耐热塑料制造的发动机，比金属发动机大约轻 50%。美国通用汽车公司已研制出车身和车架采用新型增强塑料制造的全塑汽车。军用领域中的汽车对吸波隐身特性也提出了要求。玻璃钢材料具有质量轻、比强度高、耐腐蚀、电绝缘性能好、热绝缘性好、耐瞬时超高温性能好、容易着色、易透过电磁波等特性。复合材料在这些方面具有金属不可比拟的优越性。表 6-11 为常用金属与复合材料的力学性能对比数据。

表 6-11 常用金属与复合材料的力学性能对比

| 材料名称 | 密度 g/cm³ | 拉伸强度/$10^4$MPa | 弹性模量/$10^6$MPa | 比强度 | 比模量 |
|---|---|---|---|---|---|
| 合金钢 | 7.8 | 10.1 | 20.6 | 0.13 | 0.27 |
| 铝合金 | 2.8 | 4.61 | 7.3 | 0.17 | 0.26 |
| 钛合金 | 4.5 | 9.4 | 11.2 | 0.21 | 0.25 |
| 玻璃钢 | 2.0 | 10.4 | 3.92 | 0.53 | 0.21 |
| 碳纤维/环氧树脂 | 1.6 | 10.49 | 23.54 | 0.68 | 1.5 |
| 芳纶/环氧树脂 | 1.4 | 13.73 | 7.85 | 0.95 | 0.57 |
| 硼纤维/环氧树脂 | 2.1 | 13.53 | 20.59 | 0.64 | 1.0 |
| 硼纤维/铝合金 | 2.65 | 9.81 | 19.61 | 0.37 | 0.79 |

玻璃钢（也称玻璃纤维增强塑料，国际公认的缩写符号为 GFRP 或 FRP）是一种品种繁

多、性能特别、用途广泛的复合材料。它是由合成树脂和玻璃纤维经复合工艺，制作而成的一种功能型的新型材料。玻璃钢材料具有质量轻、比强度高、耐腐蚀、电绝缘性能好、传热慢、热绝缘性好、耐瞬时超高温性能好以及容易着色、能透过电磁波等特性。与传统的金属材料及非金属材料相比，玻璃钢材料及其制品具有强度高、性能好、节约能源、产品设计自由度大以及产品使用适应性广等特点。因此，在一定意义上说，玻璃钢材料是一种应用范围极广、开发前景极大的材料品种之一。

玻璃钢产品可以根据不同的使用环境及特殊的性能要求，自行设计复合制作，因此只要选择适宜的原材料品种，基本上可以满足各种不同用途对于产品使用时的性能要求。因此，玻璃钢材料是一种具有可设计性的材料品种。玻璃钢产品一次性制作成型更是区别于金属材料的另一个显著的特点。只要根据产品的设计，选择合适的原材料铺设方法和排列程序，就可以将玻璃钢材料和结构一次性地完成，避免了金属材料通常所需要的二次加工，可以大大降低产品的物质消耗，减少了人力和物力的浪费。玻璃钢材料还是一种节能型材料。若采用手工糊制的方法，其成型时的温度一般在室温下，或者在100℃以下进行，因此它的成型制作能耗很低。

目前，我国的玻璃钢工业，已经具备了一定的规模，在产品的品种数量及产量方面，以及在技术水平方面，均已经取得了巨大的进展，在国民经济建设中发挥了重要的作用。

复合材料因其可设计性强、密度小、理化性能优异、综合成本低，极适合生产扰流板这类异型产品，国外绝大部分汽车扰流板采用复合材料制造。SMC板料热压成型作为一种新型的复合材料快速成型工艺手段，其产品的综合性能和成型技术是汽车工业中唯一能和金属抗衡的。

### 1. SMC 成型技术

SMC片状模塑料是一种干法制造不饱和聚脂玻璃钢制品。SMC作为一种先进的模压材料适用于高精度、结构复杂、外观要求高的制品的规模化生产，广泛应用于汽车工业。美国每年用于汽车工件的SMC高达十几万吨。利用SMC生产中空结构的汽车扰流板，既发挥了SMC材料的特点，同时又有中空结构流线顺畅饱满、刚性好、制品轻量化的优点。SMC于20世纪60年代首先出现在欧洲，随后，日本美国相继发展这种工艺。在所有的FRP材料中，SMC最能与金属材料抗衡。由于使用板料，模压过程中节省了铺层工序时间，SMC成型时间短，一般只需要3~6min，具有良好的力学性能和可加工性。不同成型参数下，SMC弯曲强度实测值如表6-12和表6-13所示，因此SMC成型时的工艺技术参数对产品的整体性能较大，需认真研究工艺参数。

表 6-12 SMC 弯曲强度实测值（第一次试验）　　　　（单位：MPa）

| 成型参数 | 150℃，1.6MPa | 150℃，5.0MPa | 170℃，1.6MPa | 170℃，5.0MPa |
|---|---|---|---|---|
| 1# | 250.6 | 248.5 | 263.3 | 173.8 |
| 2# | 175.3 | 170.8 | 180.1 | 206.9 |
| 3# | 225.8 | 180.3 | 173.9 | 224.5 |
| 4# | 194.0 | 144.8 | 230.3 | 216.6 |
| 5# | 170.9 | 261.7 | 224.5 | 212.1 |
| 平均值 | 203.3 | 201.2 | 214.4 | 206.8 |

表 6-13　SMC 弯曲强度和模量实测值（第二次试验）

| 成型参数 | 150℃，1.5MPa | | 150℃，5.0MPa | | 170℃，1.6MPa | | 170℃，5.0MPa | |
|---|---|---|---|---|---|---|---|---|
| | 强度/MPa | 模量/GPa | 强度/MPa | 模量/GPa | 强度/MPa | 模量/GPa | 强度/MPa | 模量/GPa |
| 1# | 145.6 | 12.5 | 93.1 | 13.2 | 155.2 | 10.3 | 154.0 | 11.4 |
| 2# | 85.1 | 10.2 | 215.7 | 9.1 | 69.6 | 14.6 | 158.4 | 9.4 |
| 3# | 58.1 | 9.6 | 150.8 | 13.1 | 164.1 | 7.6 | 216.7 | 13.5 |
| 4# | 125.6 | 15.2 | 78.9 | 12.6 | 84.9 | 18.4 | 175.4 | 9.5 |
| 5# | 70.6 | 13.9 | 223.9 | 13.6 | 156.7 | 7.7 | 220.7 | 18.6 |
| 平均值 | 97.0 | 12.3 | 152.5 | 12.3 | 126.1 | 11.7 | 185.0 | 12.5 |

　　SMC 与一般的增强热塑性塑料相比，具有成型周期短、价格低、优良的力学性能。与可注塑但只适应于短纤维成型的 BMC 相比，SMC 可制造高强度的材料制品。与手糊喷射成型玻璃钢材料相比，SMC 在成型周期、产品质量、机械物理性能具有绝对优势，尤其适合大批量生产，因此在欧美、日本等国家的汽车、建筑、电子等行业中得到了广泛的应用。根据树脂对玻璃纤维的浸渍工艺、纤维的长短取向、制品的厚度、纤维的种类等多样可选择性和可设计性，SMC 包括厚片装模塑料 TMC、特种 YSMC、方向性 SMC 和高性能高强度的HMC 等系列。

　　SMC 成型技术是一种闭模成型复合材料技术，和其他一些开模成型技术相比具有生产成本低（达到一定的生产规模，如大于 10 万件制品）、效率高（约 3min 成型一个制品）、产品质量稳定（人为影响因素较少）、产品表面粗糙度好、无需二次涂装（需要时也可进行二次涂装，如汽车部件以及需要较好的耐候性的情况。在进行二次涂装时，SMC 制品与油漆具有良好的附着力）、制品的耐热性能好、表面平整度高（可实现 A 级表面质量，用于汽车壳体）、尺寸精度高（收缩率低）、可实现低烟阻燃（氧指数可达 100%）等优点。而且，由于 SMC 是闭模成型技术，在成型过程中的苯乙烯挥发量较开模成型显著降低，真正实现绿色环保成型工艺。以上这些优点使得 SMC 成型技术引起了越来越多的关注。

**2. SMC 成型汽车覆盖件产品结构设计**

　　产品设计是 SMC 模压制品生产的重要组成部分，它是 SMC 成型模具和模压成型工艺的主要依据，因此 SMC 模压制品的设计应通过理论上的应力强度、刚度分析计算，结合工艺要求进行产品的结构设计和外观设计。强度设计主要考虑结构的强度、刚度、稳定性分析，从而确定制品的理论壁厚尺寸和局部加强部位。在以往的经验基础上，采用整体蒙皮成型，质量和结构的刚度均难以满足要求，同时为产品的结构优化设计带来比较大的阻力。现在总体设计方案多采用外蒙皮和内加强肋粘接的方式进行，而不是采用整体模压成型。针对覆盖件的具体要求，可用于全复合材料覆盖件成型的工艺方法有手糊成型、RTM 树脂传递模成型和 SMC 模压成型。手糊成型工艺存在生产效率低、生产周期长、大批量产品生产适应性差、产品质量不稳定、生产环境恶劣等很多缺点。而 SMC 成型工艺优点表现在操作方便，易实现自动化，生产效率高，改善了手糊工艺的作业环境和劳动条件。SMC 制品尺寸稳定性好，可成型结构复杂制件和大型制品。

　　基于 SMC 成型的覆盖件为全复合材料结构，主要由蒙皮和加强肋组成，蒙皮内的加强肋作为骨架以增加覆盖件的强度和刚度，外蒙皮及总体装配如图 6-35 所示。该复合材料覆盖件必须满足一定的质量、刚度要求，如重力作用下的变形和扭转刚度，高温烤漆的表面气泡及热变形问题。通过对覆盖件的 SMC 成型工艺及结构上的研究，其成型方法采用分块模压，并最终粘接成型，由外蒙皮、内加强肋、前脸三个部件组成。由于覆盖件结构比较复杂，其成型方案设计时，分别模压成型蒙皮、加强肋，然后粘接成一体，并根据其强度和刚度要求进行局部加强。其结构设计有以下特点：

（1）制品的内外部结构形状　制品的外部形状应该力求简单，内腔是制品的主要型面，为保证易于脱模和成型，应设计成圆滑结构，外圆角一般最小取 1～2 倍的壁厚，内圆角至少为 1 倍的壁厚。避免内腔深度尺寸过大，对模压成型造成困难。该覆盖件三个部件的所有连接特征均采用可能大的过渡圆角，从而使其易成型。

（2）脱模斜度　对于热固性塑料，脱模斜度在平行于压制方向的表面上一般不小于 1°，对于脆硬材料，脱模斜度应设计要求大一些。而对于精度要求较高的产品应采用较小的脱模斜度，对于形状复杂，收缩率大，厚壁不易脱模的制品应采用较大的脱模斜度。由于覆盖件尺寸较大，拔模斜度设计一般都设计在 3°以上，局部地区介于 1.5°～8°之间。

（3）壁厚　由于 SMC 具有良好的流动性，可以成型各种薄壁变厚度尺寸的制品，其最厚截面应保持在 13mm 以下，对于超过 25mm 的厚度，可采用特殊的引发体系，在 SMC 产品设计时，避免过薄尺寸，大面积尺寸厚度应大于 1mm，由于壁厚的不均匀性易产生变形，因此在变厚度部位应采用圆滑过渡。SMC 成型的覆盖件产品厚度一般在 3mm 左右。

（4）加强肋和凸缘结构　对于覆盖件薄壁结构，为增加刚度，防止产品变形，在多处地区设计了加强肋和凸缘结构，筋的侧面均为 3°以上的拔模斜度和 3mm 以上的圆角半径，其加强结构如图 6-36 所示。对于整体粘接后的工况要求，在局部地区采用薄板铝合金横梁加强，采用粘接和螺钉对 SMC 和铝合金横梁进行连接。结构强度刚度优化则主要采用盒形件、矩形加强肋及凸缘等结构来加强（见图 3-36）。

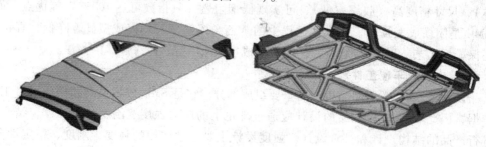

图 6-35　外蒙皮及总体装配

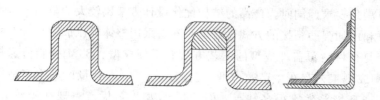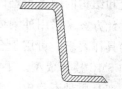

图 6-36　盒形件、矩形加强肋及凸缘结构

### 3. SMC 成型覆盖件产品有限元分析

CAE 在汽车等产品的开发中应用非常广泛。如采用有限法（FEM）计算机械零件的应力和变形进行强度和刚度分析；采用多体动力学方法进行汽车整车的操纵稳定性和行驶平顺

性的动态仿真分析；采用有限元法进行汽车碰撞分析；采用有限元法和边界方法（BEM）分析汽车的噪声等。可以说，CAE 在汽车产品开发过程中所发挥的作用已经无法被取代。CAE 在汽车产品开发过程中的作用集中体现在三方面：

1）CAE 极大地缩短了产品的研制周期，在建模和分析过程中采用实体造型和参数化，模型和参数的修改都很方便，最终确定合理的结构参数所需时间得到大幅度的缩短。

2）减少了开发费用。相对于道路试验和室内台架试验而言，利用 CAE 分析汽车整车及零部件的各种性能所需要的费用大幅减少。

3）有利于通过优化等手段开发出性能更为优越的汽车整车和零部件。譬如通过优化车架和车身的结构参数减轻整车质量；通过优化行走系和转向系的参数提高整车的操纵稳定性和行驶平顺性等。

从实际应用的角度来说，汽车 CAE 作用的发挥还依赖于两个重要前提。其一是对 CAE 技术的熟练掌握，另一个是要提供最基本的实验数据和相关数据库。这里所指的基本实验数据，是指像轮胎特性数据、道路特性数据、各种材料的力学特性等。所谓相关数据库是指企业在产品设计和开发过程中不断积累的、能够提供结构形式和主要参数（包括价格、外协情况等）的数据库。除此之外，要更好地实施 CAE 并发挥其作用，必需与 CAD/CAPP/CAM 等优化技术结合起来综合运用。

CAE 在汽车产品开发中的应用范围非常广泛，有限元法在机械结构强度和刚度分析方面因其具有较高的计算精度而到普遍采用，特别是在材料应力-应变的线性范围内更是如此。另外，当考虑机械应力与热应力的偶合时，像 ANSYS、NASTRAN 等大型软件都提供了极为方便的分析手段。车架和车身是汽车中结构和受力都较复杂的部件，全承载式的客车车身更是如此。车架和车身有限元分析的目的在于提高其承载能力和抗变形能力、减轻其自身质量并节省材料。另外，就整个汽车而言，当车架和车身质量减轻后，整车质量也随之降低，从而改善整车的动力性和经济性等性能。

（1）覆盖件有限元网格划分的基本原理　有限元网格划分的指导思想是首先进行总体模型规划，包括物理模型的构造、单元类型的选择、网格的密度等多方面的内容。在网格划分和初步求解时，应该先简单后复杂，先粗后精，2D 单元和 3D 单元合理搭配使用。为提高求解的效率要充分利用重复与对称的特征，由于工程中的结构一般具有重复对称或轴对称、镜像对称等特点，采用子结构或对称模型可以提高求解的效率和精度。同时要注意其利用的场合，如在模态分析、屈曲分析整体求解时，则应采用整体模型。选择合理的起点和设置合理的坐标系也可以提高求解的精度和效率，如轴对称场合多采用柱坐标系。

有限元分析的精度和效率与单元的密度和几何形状有着密切的关系，按照相应的误差准则和网格的疏密程度，避免网格的畸形。在网格重划分过程中常采用曲率控制、单元尺寸与数量控制、穿透控制等控制准则。在选用单元时，要注意剪力自锁、沙漏问题和网格扭曲、不可压缩材料的体积自锁（HERRMANN 单元可以避免）等问题。

典型有限元软件平台都提供网格映射划分和自由适应划分的策略。映射划分（Mapped、IsoMesh）用于曲线、曲面、实体的网格划分方法，可使用三角形、四边形、四面体、五面体和六面体，通过指定单元边长、网格的数量等参数对网格进行严格控制，映射划分只适用于规则的几何图素，对于裁剪曲面或者空间自由曲面等复杂几何体难以控制。下面重点说明这几种网格划分方法的应用场合及其差异。

1）自由网格划分（Free、Paver）：这种方法用于对空间的自由曲面、复杂实体，采用三角形、四边形、四面体进行划分。采用网格数量、边长及曲率来控制网格的质量，采用网格边长度（GlobalEdgeLength）来控制网格的疏密；采用曲率弦长比和长宽比（Max/MinEdgeLength）控制网格的边长的区间范围。如在 MSC. Marc 中，其转换（Convert）的用法是几何模型转换为网格模型，点转换为节点，曲线转换为线单元，面转换为三角形、四边形等。网格自动划分（AutoMesh）则是在任意曲面上生成三角形或者四边形，对任意几何体生成四面体或者六面体。

2）网格重划分（Remesh）：网格重划分通过在每一步计算过程中，检查各单元法向来判定各区域的曲率变化情况，在曲率较大变形剧烈的区域单元，进行网格加密重新划分，如此循环直到满足网格单元的曲率要求为止。网格重划分的思想是通过网格加密的方法来解决宏观和微观的措施提高分析的精度和效率的。网格自适应划分（Adaptive Refinement）的思想是通过在计算步中，升高不满足分析条件的低阶单元为高阶单元的阶次来提高分析的精度和效率，而不是通过网格加密的措施来解决精度和效率的矛盾问题，因而应用广泛。

3）自适应网格划分：这种方法必须采用适当的单元，在保证单元阶次提高后，原来已形成的单元刚度矩阵等特性保持不变而仍被利用。这样才能同时提高精度和效率。阶谱单元（Hierachical Element）充分发挥了自适应网格划分的优点，在计算中通过不断增加初始单元的边上的节点数，从而使单元的插值函数的阶次在前一阶的基础上不断增加，通过引入新增节点的插值函数来提高求解的精度和效率。如三节点三角形升为六节点三角形单元；四节点四边形单元升阶为八节点四边形单元；四节点四面体单元升阶为八节点、10 节点、20 节点四面体。

工程结构中常用的薄壳结构，如球罐、压力容器、冷凝塔、飞机蒙皮和汽车外壳等，均是由圆柱、圆锥、球面等规则曲面或 Bezier、Nurbs 等自由曲面组合而成的。因此，三维组合曲面的有限元网格生成有着广泛的工程应用背景。组合曲面网格作为三维实体表面的离散形式，是三维实体网格剖分的前提和基础，其质量的优劣对后续生成的三维实体网格的质量有很大影响。在复杂空间曲面划分的过程中，面的完整性对于网格的划分和求解精度有着重要的影响。既要重点分析主要应力集中的区域，同时要排除一些细节特征，以提高求解的效率和精度。

不同曲面实体之间具有共同的边界或面域的几何协调性，几何之间的不一致容易引起几何间网格的不协调性。对于网格的生成有着重要的影响，特别在利用 Parasolid、IGES、Step 等中间数据交换格式时，一定要注意其曲面的光顺性和连续性；尤其是局部细节特征、孔洞特征、曲面不连续对分析结果影响很大。几乎所有的 CAD 软件都可输出 IGES 格式的几何模型文件，但该格式中只包含线和面的信息，而没有体的信息，而且 IGES 格式文件中会丢掉部分信息甚至产生错误几何信息。

CAE 作为一种分析手段，即可单独实施，又可与其他 CAX 一起使用。譬如有限元分析软件，一般都提供了相应的前、后处理模块，即可单独使用，又可与 CAD 软件集成使用。汽车零件有限元分析过程和有限元软件可以列出几十种有限元分析商用软件。如 EDS 公司的 UnigraphicsNX 软件是包括 CAD、CAE、CAPP/CAM、PDM 等在内的集成软件。实体建模、网络划分、载荷和约束的施加、求解和后处理可由该软件的不同模块来完成。

以包含大量空间自由曲面为代表的汽车覆盖件，由于其几何和成型的复杂性，建立覆盖件三维有限元模型和网格划分，有利于提高产品设计和数值模拟的精度和效率。用于覆盖件模拟的有限元网格模型单元包括基于薄膜理论的薄膜单元、基于板壳理论的壳单元和基于连续介质理论的实体块单元三类。薄膜单元基于平面应力假设，构造格式简单，内存要求较低，计算效率高。但薄膜理论忽略了弯曲效应，不能模拟弯曲效应引起的回弹和起皱，考虑的内力仅为沿薄壳厚度均匀分布的平行于中面的应力，忽略弯矩、扭矩和横向剪切，认为应力沿厚度分布是均匀的，薄膜理论单元只适用于分析胀形等弯曲效应不明显的成型过程。

基于连续介质理论的实体块单元，考虑了弯曲效应和剪切效应，但是对于厚度较薄的大型覆盖件容易引起刚度矩阵奇异，采用实体单元其网格数量和密度要求很高，计算时间长，内存开销大。基于板壳理论的壳单元既能处理弯曲和剪切效应，同时不需要实体单元的网格数量、计算时间和内存空间。因此板壳理论的壳单元是用于大型薄壁零件三维模拟的有利工具。板壳理论包括基于 Kirchhoff 板壳理论的壳单元和基于 Mindlin 理论的壳单元。基于 Kirchhoff 理论的壳单元要求构造 C1 连续的插值函数，而对于复杂三维形体构造 C1 连续的插值函数非常困难。基于 Mindlin 的壳单元由于采用位移和转动独立的插值策略，将 C1 连续性插值函数转化为 C0 连续性的插值函数，将问题得到简化，其在数值有限元模拟中应用较广泛。

覆盖件有限元网格划分对于型面变化剧烈、圆角过渡和拐角处，网格密度大，单元尺寸小数量多。对于平坦区域，可选取网格密度小、单元尺寸大、数量少的策略进行网格划分。有限元分析中的计算精度和效率形成了一对矛盾，为了提高计算精度，需要增加单元的数量进行细化，而导致了计算效率的下降。为此网格的划分成为一个突出的问题，网格重划分和网格自适应划分有效地解决了计算精度和效率之间的矛盾问题。三角形单元的优点是可以方便地将任意复杂的空间型面离散为节点相连的全部三角形单元网格模型。在复杂的三维空间曲面构造四边形网格模型非常困难，因而三角形单元常用于覆盖件的数值模拟，图 6-37 为自由曲面网格缝补过程。

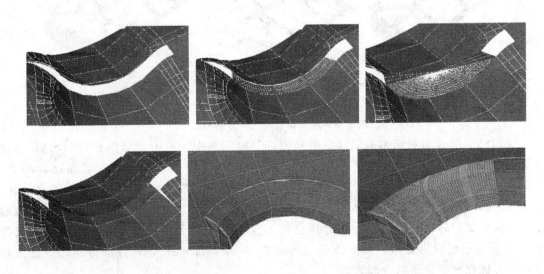

图 6-37　自由曲面网格缝补过程

图 6-38 所示为分别在 MSC. Patran、ANSYS Workbench、AIEnvironment 软件平台上，采用相应的划分方法针对某 SMC 成型工艺的覆盖件外蒙皮、内肋及其整体粘结产品的有限元网格划分示意图，从图中的网格模型可以看出，用户可以根据需要采取相应的策略将模型的网格划分为相关单元和数量的网格模型。

覆盖件有限元分析的一般过程包括：CAD 模型的读入、几何模型的编辑修改、网格划分、边界条件定义、分析、结果后处理等。对于复杂产品的有限元分析，网格划分所占的工作量较大。UG NX 提供了与 DesignSpace 双向参数互动的嵌入式 CAD 接口，有助于工程意识强烈而 CAE 背景薄弱，并熟悉 CAD 的结构设计人员使用，使设计人员能很方便地进行自适应映射网格划分、工况加载、单位制的自动换算、分析求解及生成计算报告。

在完成覆盖件产品设计后，由于产品包含多张自由曲面特征，如采用传统的 IGES 格式导入导出，进入 ANSYS 环境还需要进行大量的缝补工作，如图 6-37 所示。利用 UG NX 的曲面缝合（Sew Surface）功能，可以快速方便地得到一张完整的可供 CAE 分析使用的连续曲面。对于 SMC 复合材料覆盖件的分析，由于 DesignSpace 目前不支持复合材料类型，因此需要和 ANSYS 进行交换数据来实现其分析结果的提取。

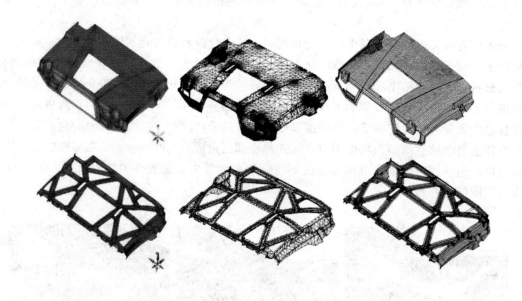

图 6-38　覆盖件有限元网格模型划分

（2）SMC 复合材料结构有限元分析基础　工程实践中，有限元分析软件与 CAD 系统的集成应用，使设计水平发生了质的飞跃，主要表现在以下几个方面：增加设计功能，减少设计成本；缩短设计和分析的循环周期；增加产品和工程的可靠性；采用优化设计，降低材料的消耗或成本；在产品制造或工程施工前预先发现潜在的问题；模拟各种试验方案，减少试验时间和经费。CAE 分析已经不仅仅是专职分析人员的工作，设计人员参与 CAE 分析已经成为必然。ANSYS 公司开发的 DesignSpace 将 CAE 背景薄弱的设计人员与有限元优化分析紧密结合起来。

在进行完 SMC 产品设计完成后，需要对产品的力学性能进行结构强度和刚度计算，由于复合材料的力学性能的可变因素较多,因此难以进行精确的计算,一般只能进行近似计算,影响复合材料 SMC 制品的可变因素有:纤维与树脂基体各自的力学性能及其各自所占的体积百分数、纤维与树脂基体界面的粘接程度、纤维的衡断面状况以及纤维在树脂基体中的分别情况。SMC 中的使用的是短切玻璃纤维,对于这种随机分布的短纤维复合材料是各向同性的。此时承担机械强度的是无规则分布的短切玻璃纤维,其应力分布比较复杂。纤维的临界长度对于制品的性能起到了很大的作用。

短纤维和连续长纤维的本质区别表现在:短切纤维主要通过端部树脂基体的变形,将应力传递到其他纤维上去,而连续长纤维则是通过平行纤维之间的树脂基体实现应力的相互传递,因此短切纤维所承担的平均拉应力小于连续纤维的断裂拉应力,同时纤维与树脂基体之间的剪切应力会起更大的作用。当负荷超过界面的剪切强度时,短纤维从基体中滑脱,使复合材料遭到破坏,产生"临界纤维长度"的概念。临界纤维长度为达到连续纤维相同的拉伸断裂强度所需的最小纤维长度。纤维的长度大于临界长度时,可以达到连续纤维同样的断裂强度,但平均应力小于连续纤维的极限应力。由于短纤维长度小于临界长度,纤维强度实际上达不到连续长纤维的断裂强度。

在实际生产中,增大纤维的长度,可以得到较高的制品强度,但不利于成型过程中材料的流动性,采用较短的纤维,在异形及有限构形的模具中,材料易于流动并能相互穿透,制品的综合性能较好。因此对于该覆盖件由于尺寸较大,结构相对比较复杂,同时所承担的负荷较小,采用短切纤维的 SMC 从工艺和结构设计等方面是比较合理的。其结构的强度和刚度可通过改善纤维的含量和结构设计上两个方面进行加强。纤维的直径、取向、铺层以及模压工艺的不同对于产品的性能影响很大,表 6-14 为三种类型的模压玻璃钢与 SMC 制品的基本力学性能。在进行 SMC 短切纤维的计算时,由于纤维的取向不定,工程上一般采用试验的方法测定其力学性能常数,或近似于各向同性进行计算。

表 6-14 三种类型的模压玻璃钢与 SMC 制品的基本力学性能

| 性能 | 短切纤维玻璃钢(纤维任意取向 R) | 定向铺设玻璃(纤维正交取向 O) | 单向玻璃钢(纤维单向 U) | SMC 模压制品(试验测定) |
|---|---|---|---|---|
| 拉伸强度/MPa | 76.8 | 436.0 | 533.0 | 84 ~ 140 |
| 拉伸模量/GPa | 27.2 | 28.8 | 39.4 | 6.3 ~ 14 |
| 弯曲强度/MPa | 95.0 | 605.0 | 866.0 | 175 ~ 280 |
| 弯曲模量/GPa | 16.8 | 25.4 | 31.3 | 8.8 ~ 70 |
| 压缩强度/MPa | 192.0 | 184.0 | 308.7 | 105 ~ 210 |
| 压缩模量/GPa | 30.2 | 29.9 | 42.0 | 35 ~ 70 |
| 冲击强度/($kJ/m^2$) | 55.0 | 304 | 383 | 43 ~ 108 |
| 泊松比 | 0.449 | 0.160 | 0.332 | 0.28 |
| 密度/($g/cm^3$) | 1.819 | 1.834 | 1.839 | 1.81 |
| 含胶量(%) | 37.0 | 35.95 | 35.25 | 35.0 |

与传统材料不同,复合材料是不均匀的,其性能依赖于纤维的铺层方向。图 6-39 为单向高模碳纤维复合材料拉伸强度与纤维方向的关系。对脆性纤维增强的韧性基体,FRP

的纵向模量 $E_L$ 及拉伸强度 $\sigma_L$ 可用混合定律估算：$E_L = E_f \nu_f + E_m \nu_m$；$\sigma_L = \sigma_f \nu_f + \sigma_m \nu_m$（其中 $\nu_f + \nu_m = 1$）。$E_L$ 的估算与实际测量值相差较小，而 $\sigma_L$ 估算值比实测值高，相差的幅度很大程度上依赖于基体性质及其与纤维的粘接强度。在纤维含量一定的条件下，FRP 的纵向拉伸强度和模量由纤维的拉伸强度和模量控制，还受基体性能和界面粘接强度的影响；

纵向压缩强度受纤维受纤维类型、纤维准直度、界面粘接状况、基体模量等因素影响。除个别 FRP（如单向 BFRP）外，绝大多数 FRP 的纵向压缩强度均低于其相应拉伸强度。FRP 的横向拉伸模 $E_T$ 和剪切模量 $G_{LT}$ 由半经验 Halpin-Tsai 公式进行较为准确的估算

$$\frac{M}{M_m} = \frac{1 + \xi \eta \nu_f}{1 - \eta \nu_f} \quad \eta = \frac{M_f / M_m - 1}{M_f / M_m + \xi}$$

式中　$M$ 和 $M_m$——FRP 和基体的性质，如 $E_T$ 和 $E_m$ 或 $G_{LT}$ 和 $G_m$；

　　　　$\xi$——增强作用的度量，其数值取决于纤维几何形状、填充排列方式以及载荷状况。

一般估算 $E_T$ 时，取 $\xi = 2$，估算 $G_{LT}$ 时，$\xi = 1$；当 $\xi = \infty$ 时，转换为估算纵向模量 $E_L$ 的公式。FRP 的横向拉伸强度受基体或纤维与基体界面控制，由于存在应力集中，一般低于基体强度。FRP 的高温力学性能主要受基体控制，基体的热变形温度高、模量的高温保持率高，则复合材料的高温性能就好。

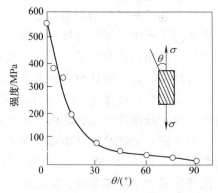

图 6-39　单向高模碳纤维复合材料
拉伸强度与纤维取向关系

（3）SMC 汽车覆盖件结构刚度有限元分析

在完成覆盖件产品设计后，由于产品包含多张自由曲面特征，如采用传统的 IGES 格式导入导出，进入 ANSYS 环境还需要进行大量的修补工作。图 6-40 为 UG NX 以 IGES 格式输出文件时，所输出的图素信息统计。从图中可以看出，如采用这种方式进入有限元分析时，网格划分的工作量很大，而且现有的有限元软件的 CAD 功能一般都比较弱。

利用 UG NX 的曲面缝合（Sew Surface）功能，可以快速方便地得到一张完整的可供 CAE 分析使用的连续曲面。图 6-41 为有限元网络模型与扭转工况。由于 DesignSpace 目前不支持复合材料类型，因此需要和 ANSYS 进行交换数据来实现其分析结果的提取。

图 6-42 所示分别为厚 0.8mm 的钢材和厚 3mmSMC 的覆盖件外蒙皮，在重力作用下的变形对比，以及不同厚度（SMC 的密度约为 1.8mm，其质量不足钢材的 1/4）的外蒙皮在重力作用下变形变化趋势。由图中可以看出，相同重量的覆盖件，SMC 与钢材相比，表现出质量轻，刚性好。同时 SMC 复合材料的性能可以进一步借助于纤维的选择、成型工艺以及结构上的优化来实现其良好的产品性能设计。图 6-42、图 6-43 所示分别为 SMC 覆盖件外蒙皮重力变形分析和其扭转变形分析，图 6-44 为其前四阶模态振型。

**4. SMC 汽车覆盖件模具设计**

SMC 模压成型设备主要包括液压机和模具。模具结构的确定和安装与液压机有着直接的关系，液压机完成成型的压力和开模的脱模力。其吨位可按台面尺寸面积作用 5MPa 面压

```
INFO-
STATUS-     Converting Part: 84c21-026-002.igs
INFO-       Cimatron Iges convertor


            Summary of Supported IGES Entities in file

            Entity Type                         Count
            -----------                         -----
            Point (116/0).................:       97
            Line (110/0)..................:     5521
            Circular Arc (100/0).........:      2002
            Parametric Spline (112/0)....:       32
            B-Spline Curve (126/0-4).....:     5990
            Composite Curve (102/0)......:      2352
            Para Spline Surface (114/0)..:      360
            Ruled Surface (118/0)........:       10
            Surface of Rev (120/0).......:       19
            B-Spline Surface (128/0-9)...:     1880
            Offset Surface (140/0).......:      620
            Curve of Surface (142/0)......:     1214
            Trimmed Surface (144/0)......:      1144
            Trans Matrix (124/0,1,10,12).:     3224
            Color Definition (314/0,1)...:        8
                                                -----
            Total                              24473
STATUS-
STATUS-     Converting to Output Form (Phase 2 of 3): 26-AUG-2004 4:17:10 PM
STATUS-
STATUS-     Creating the UG part (Phase 3 of 3): 26-AUG-2004  4:17:10 PM
```

图 6-40　IGES 格式输出文件的图素信息统计

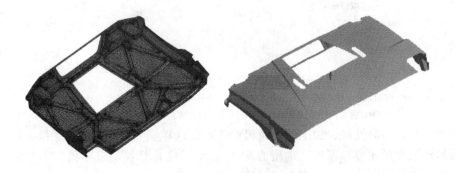

图 6-41　有限元网格模型与扭转工况

进行计算，SMC 成型的压机吨位范围介入 63 ~ 2000t 之间，成型压力大于 250t 的压机多采用圆柱式和框式液压机。由于圆柱式液压机只能承受有限的偏心载荷，而框式液压机由于其平行度可较好的保证，同时能够承受较高的偏心载荷，对于复杂大型吨位的 SMC 成型多采用框式液压机。在压机的选择上要综合考虑产品的变形、成型压力吨位、模具行程与闭合高度、台面的工作范围等因素。

　　模具总体结构由凸凹模、加热系统、顶出机构、切边机构、抽芯结构和送料机构等部分组成。总体结构设计结合液压机的形式布局完成后，进入凸凹模结构设计，采用 SMC 压制成型的模具材料应该能够承受高温高压下的变形，材料具有较好的可加工性和焊接性能，淬

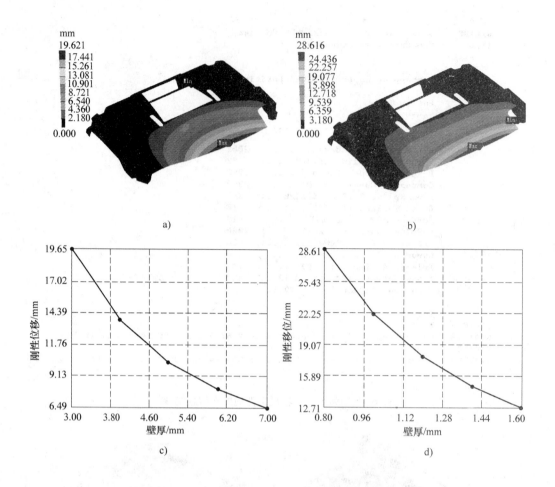

图 6-42　SMC 覆盖件外蒙皮重力变形分析

a）3mm 厚 SMC 外蒙皮重力变形　b）0.8mm 厚钢材外蒙皮重力变形

c）SMC 覆盖件外蒙皮重力变形曲线　d）钢材覆盖件外蒙皮重力变形曲线

火过程中变形小，耐磨性好，加工的表面粗糙度好，这样模具的制造加工、维护维修和压制出的产品的外观质量才容易保证。常用的 SMC 成型用模具材料可采用机械加工完后不需要完全热处理的预硬化钢、正火钢或者表面硬度高、耐磨性好的表面淬火钢，该覆盖件模具根据不同部分成型需要分别采用铸钢和锻造钢件。

　　SMC 成型用的模具主要有半溢式垂直分型和半溢式水平分析两种结构。采用垂直分型结构是由于能够较好地保证成型压力作用在产品上，从而使产品获得良好的表面粗糙度，并有足够的间隙使空气逸出。溢料间隙平行段长度随着制品的外形尺寸增大而增加，变化范围介入 0.08 ~ 0.18mm 之间。溢料间隙过小不利于空气逸出，过大则容易导致纤维取向产生波纹。对于复杂制品的模具，采用垂直分型时制造困难，价格昂贵，此时采用水平分型的结构比较合适。型腔的拔模斜度有利于制品的脱模，拔模角取决于脱模深度，一般不超过 3°。

　　导向、顶出机构和飞边设计：顶出系统完成开模后制件脱模，对于 SMC 来说，其模具顶出机构比较特殊，需要空气能够从顶出杆下部排出，同时有利于毛刺的清除，其端部与模

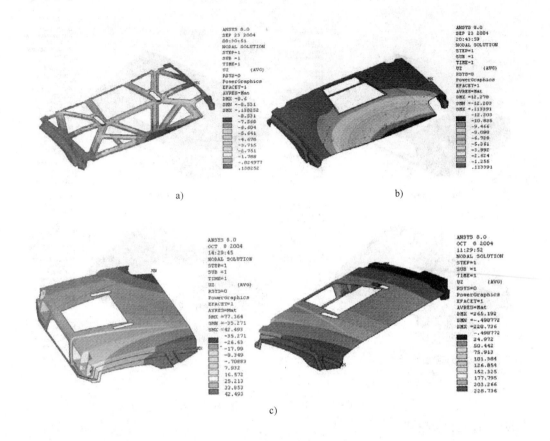

图 6-43　SMC 覆盖件扭转变形分析

a) SMC 覆盖件内筋重力变形　b) SMC 覆盖件装配体重力变形　c) SMC 覆盖件扭转变形

具配合紧密，且表面光泽，硬度一般大于 65HRC，总体配合一般为 0.05 ～ 0.13mm。SMC 成型模具的导向系统必须非常坚固，能够抑制由于阻碍料流而产生任何方向的力，采用矩形柱导向比圆柱形导向定位更准确，剪切边磨损更小。导向柱直径最小为模具外形长度与宽度和的 2%，导向柱长度应大于直径的一半。模台用于阻止在加料不足就完全充模时引起模具合模，其要求承载能力很高的压力，模台分散固定在凸凹模上，常用硬度介入 45 ～ 55HRC 之间的淬火钢材料。

SMC 热压模加热系统：由于 SMC 制品采用的热压模成型，其加热系统的设计至关重要。加热点的分布要均匀，局部加热不平衡会导致制品厚度不均匀、表面粗糙度不好、局部起皱、填充不到位等缺陷。对于大型的复杂模具其加热点数适当分布均匀，该覆盖件单件成型模具加热点数为 20 点。

UG NX 提供了基于专家系统的注塑模、钣金零件冲压模、级进模等模具设计功能。模具专家设计系统融入了模具设计师的经验和系统开发师的智慧，使用它们可以加速模具设计速度，提高产品的设计质量。由于 SMC 成型热压模具，其结构与冲压模类似，同时有注塑模的特点，如加热系统、抽芯结构等特征。在利用 UG NX 进行该覆盖件的模具设计时，要根据产品的结构特点进行功能的合理应用，如等厚度的外蒙皮其分型面的设计，可直接利用UG NX 模具专家系统提供的模具分模功能来完成。图 6-45 所示为 SMC 成型的覆盖件外蒙皮

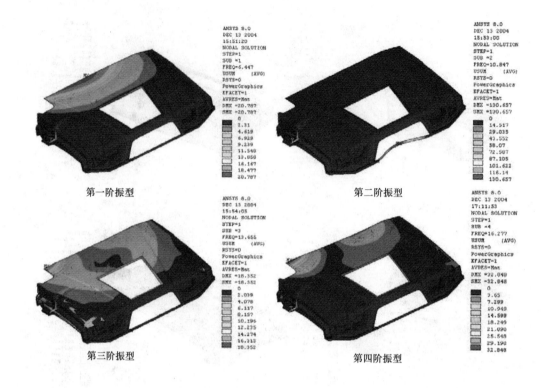

第一阶振型　　　　　　　　　　第二阶振型

第三阶振型　　　　　　　　　　第四阶振型

图 6-44　SMC 覆盖件前四阶模态振型

和内肋的凸凹模具结构。

### 5. SMC 覆盖件成型工艺的关键技术

SMC 片状模塑料的成型工艺，与手糊等其他玻璃钢成型工艺相比，SMC 成型技术较为复杂。将 SMC 片材裁剪成所需的形状和适当层数，按照一定要求加入模具的适当位置上，选定合理的成型压力、温度和固化冷却时间加温加压成型。对于大型高质量的产品，必须设计合理的模具结构和液压机，严格控制加料方式、成型压力、成型温度和保温时间。SMC 片材是由近十种原材料以一定的比例混合，再由大型的 SMC 机组制成半成品，最后经高温模压制成最终制品。在这个过程中，任何一种原材料或生产工艺参数的变化都会对最终制品产生相应的影响。

SMC 工艺对原材料和生产工艺参数的稳定性要求很高，例如模压树脂的液体指标波动必须控制在 10% 以内，而手糊等树脂的液体指标变化可达到 30%。特别指出的是，模压树脂的批次稳定性在 SMC 生产中是至关重要的。覆盖件蒙皮的结构比较特殊，前脸和侧板与蒙皮的夹角约 90°，成型时既要保证前脸和侧板处加上压力，又不能有缺料等缺陷。因此要求 SMC 片材的工艺性好，要充分了解 SMC 片材的流动性，选择合适的加料厚度，使加压时 SMC 片材受压流动后充满模腔。将针对覆盖件蒙皮的结构特点，有针对性地摸索 SMC 片材的工艺性，保证模压时 SMC 片材在蒙皮的前脸和侧板处充满模腔。下述为 SMC 成型工艺过程中涉及的一些关键技术。

（1）模压前准备　主要包括模具预热、涂脱模剂、称料等。根据 SMC 的原材料选用合适的脱模剂种类，给模具加热到一定的温度，在模具内喷涂脱模剂，以满足模压制品顺利脱

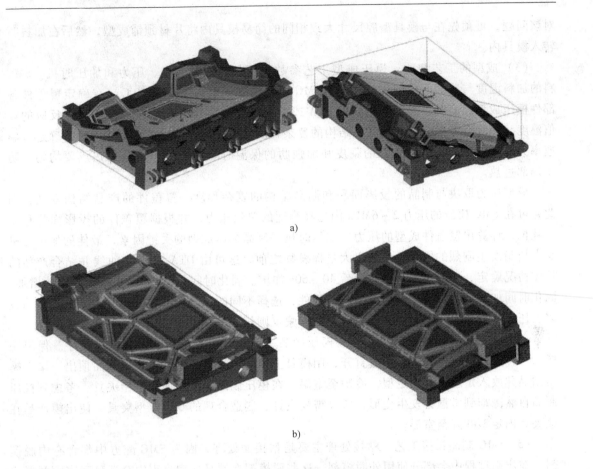

a)

b)

图 6-45 外蒙皮及内肋凸凹模结构

a) 外蒙皮凸凹模结构 b) 内肋凸凹模结构

模。其中，模具在首次使用之前应用脱模剂处理 2 ~ 3 次，然后进行试验件的模压。

（2）加料量控制 加料量等于模具型腔的体积乘以 SMC 料的密度，模具型腔的体积即为覆盖件的体积，在模压制品设计时，该体积是可知的，SMC 片材的密度约为 $1.8\text{g/cm}^3$，通过计算得出加料量。根据设计要求，覆盖件的总质量不大于 38kg，所以在覆盖件产品设计时，要充分考虑蒙皮、加强肋及前脸内板的厚度，并考虑各组件需要补强位置的厚度，设计各分块的结构形式和厚度，在满足产品强度要求的情况下，严格控制产品的质量。

在 SMC 片材的成型温度下，SMC 片材有一定的流动性，模压制品的加料面积一般为制品加料面积的 70% 左右。通常情况下，加料位置在模腔的中部，多层片材叠合时，将料块按上小下大呈宝塔形叠置，有利于排气。S30SMC 片材的厚度为 3mm，以方便模压时向模腔内加料，根据不同制品的模具型腔尺寸制作样板，用样板画线后裁剪拼接 SMC 片材，在加料时，除产品要求加厚的部位外，尽量将小块料放在模压料的中间。在实际生产过程中，为保证模压料能充满模腔，加料量为模压制品的实际重量的 120% 左右，多余的模压料在制品加压成型时被挤出，并在制品脱模后切除。

加料是指在模具升温至加料温度（SMC 的加料温度与制品的成型温度相同）时，将按制品形状裁剪好的 SMC 片材加入模具型腔内。SMC 的成型温度在 150 ~ 170℃，覆盖件蒙皮和加强肋的模具面积大，在短时间内将称量好的 SMC 片材加入模具型腔有很大的难度。针对该问题，可预先在与模具型腔尺寸大致相同的简易模具内将片材预铺成型，然后在加料时转入模具内。

（3）成型的工艺参数　模压成型工艺参数主要包括成型温度、压力和加压时机。SMC料的加料温度与制品的成型温度相同，SMC成型温度一般为150～170℃。在确定覆盖件各部件模压成型温度时，通过差热分析DTA或差示扫描量热DSC法测量的树脂固化反应的峰值温度，并综合考虑制品的厚度、结构的复杂程度，通过模压试验件来最终明确。确定升温速率为1～1.5℃/min，覆盖件的蒙皮和加强肋的保温时间为7～10min。加热点要均匀，防止局部过热。

成型压力取决与制品的投影面积和制品结构的复杂程度。覆盖件的产品结构复杂，因此，可在SMC模压的压力2～6MPa内选择合适的单位压力，并根据覆盖件的投影面积和压机吨位，计算出覆盖件成型的压力。加压时机是制品模压成型的关键因素，最佳的加压时机是在树脂发生剧烈的固化反应放出大量挥发物之前，这可由DTA或DSC曲线并结合产品的具体情况确定，一般在加料、合模后40～60s加压。固化时间为40s/mm，随着厚度的增加，固化时间加大。针对该产品结构不同的部件，选择不同的成型压力和固化时间。由于内肋较多，压力和固化时间相对应该大一些，而外蒙皮则相应较小。

（4）制品脱模与变形控制　SMC模压制品一般在保温完毕后就进行脱模工序。保温完毕后，开启液压机，将上、下模打开，用模具上预先设计的顶出杆将模压制品顶出，拿下模压制品并放入定型夹具内定型，冷却至室温。在模压制品脱模后使用定型夹具，考虑到模压制品自然冷却到常温会发生变形，所以需要设计、制造合理的专用定型夹具，使出模产品在该夹具内定型并降至室温。

（5）SMC制品粘接工艺　粘接处理主要是粘接面处理，因为SMC配方中都含有内脱模剂，在压制过程中会部分使用外脱模剂，这些脱模剂在制品成型过程中会迁移到表面并形成薄薄的一层膜，它的存在会严重妨碍胶粘剂和粘接面的接合，因而必须处理。其次是胶粘剂选择，胶粘剂的选择既要满足规模生产，又要达到产品功能要求，为此选择了收缩率小、韧性高快速固化的聚胺酯胶。第三是胶层厚度及均匀性的保证，胶层过厚会降低剪切强度和胶层强度，且使用过程容易发生蠕变，并导致强度下降；胶层过薄施工中容易造成缺胶，影响粘接强度。第四是修整粘接，由于覆盖件的粘接使用粘接剂为环氧类粘接剂，粘接强度大，可常温固化，可操作时间长。覆盖件各组件粘接必须有专用的粘接工装，专用工装可对各组件定位，提高粘接后制品的精度；同时可利用工装给粘接的覆盖件组件加压，提高粘接强度。

（6）外观涂装喷漆　为了保证车身颜色的一致、杜绝色差，一般要求和金属车身一起喷面漆。因为SMC材料是不导电的，和金属车身一起喷漆时，导电性的不同极容易产生涂料堆积差，因此必须解决SMC制品的表面导电问题。对SMC制品表面预先喷涂导电底漆，再把和金属车身的导电性差异降到最小是解决这个问题较理想的办法。为此可采用高温固化的环氧系统导电底漆，达到面漆喷涂无色差的质量要求。

### 6. SMC汽车覆盖件模压工艺质量控制

与手糊等其他玻璃钢成型工艺相比，SMC成型技术较为复杂。SMC片材是由近十种原材料以一定的比例混合，再由大型的SMC机组制成半成品，最后经高温模压制成最终制品。在这个过程中，任何一种原材料或生产工艺参数的变化都会对最终制品产生相应的影响，因此，SMC 工艺对原材料和生产工艺参数的稳定性要求很高，例如模压树脂的液体指标波动必须控制在 10% 以内，而手糊等树脂的液体指标波动可达到 30%。要特别指出的是，模压树脂的批次稳定性在 SMC 生产中是至关重要的。产品质量是每一个生产厂家的生命之源，特别是在我国加入 WTO 后，国产 SMC 制品要想立足国内，走向世界，SMC 生产过程中的质量控制就显得更加重要了。为此应从原料进厂质量控制、SMC 工艺管理、制品压制成型质量管理等方面进行监控。

（1）原材料的质量管理　按测试规则检测原料（如树脂，玻纤，填料）是否合格，性能指标是否稳定，有无波动。注意检查原材料供应厂商是否通过 ISO 9000 认证，原材料是否有产品合格证书和产品出厂标准。在原料到厂时，可用肉眼检查外观有无杂质污染，同时还应检测树脂的粘度和折光指数（注意保持相同的测试条件，如相同的测试温度等）。检测水含量，测试填充性能（例如 100 份树脂 + 170 份填料，测试粘度）。

SMC 糊的增稠性能：增稠性能是模压树脂特有的性能，它直接影响到最终制品的质量。好的 SMC 树脂增稠特性好，而且增稠性能稳定，不同批次的树脂具有相同的增稠特性。在树脂糊进入刮板槽之前采若干样品（约 500g），注意测量树脂糊的粘度，直到糊粘度达到可以开始压制为止。而且，注意使可用于压制的树脂糊的粘度基本保持一致。测试 SMC 树脂糊粘度，以没有太大波动为准，且应尽量使测试时树脂糊温度保持一致。建议 23℃。用于控制增稠的试样应和同批次的 SMC 的储存条件保持一致，即：在 28℃ 的熟化室保存 3 天，然后储存在 18℃ 的冷库。增稠测试可分别在 1h、1 天、3 天、7 天、14 天、21 天时测试粘度。

在线的伽玛射线测试装置可以持续测量载体薄膜上的 SMC 树脂糊的厚度，保持载体薄膜上的 SMC 树脂糊的厚度一致（在宽度方向，SMC 糊分布均匀一致，没有偏差），保持玻纤分布均匀及稳定的玻纤含量（±2%）。通过裁剪 SMC 并称重的方法在 SMC 宽度方向的不同位置处测量单位面积 SMC 的质量。在生产开始时，生产过程中间以及生产结束时分别测量单位面积 SMC 的质量。（控制 SMC 厚度均匀的又一种方法）在更换树脂及使用新的批次的填料时，应测试混合均匀后树脂糊的粘度和温度。将 SMC 储存在恒定和受控的环境条件下，即：较高温度的熟化室（如 28℃）和较低温度的储存室（如 18℃）。为了控制 SMC 糊的粘度增长，生产中需将 SMC 树脂糊样品储存在 SMC 熟化室，并每天用布氏粘度计测量 SMC 树脂糊的增稠情况。在添加原料如有树脂、填料、助剂和氧化镁糊时，需控制添加量要准确。

（2）SMC 覆盖件压制工艺管理

1）压制 SMC 产品时的工艺控制。在压制时 SMC 的粘度（稠度）应总保持一致。揭开 SMC 的载体薄膜后，不能长时间放置，应在揭开薄膜后立即压制，不要暴露在空气中，防止苯乙烯过量挥发。保持 SMC 片材在模具中的加料形状和加料位置一致。保持模具在不同位置处的温度均匀和恒定，应定时检查。

2）制品测试主要包括如下的内容。外观检查包括光泽度，平整度，斑点，颜色，流动纹，裂纹等。力学性能测试包括弯曲强度、抗拉强度、弹性模量等。整件制品性能测试包括其他性能（如耐电性、耐介质腐蚀性）的测试。

3）常见问题产生原因分析及其解决措施如表 6-15 所示。

表 6-15　SMC 模压常见问题产生原因分析及其解决措施

| 缺陷 | 产生原因 | 解决措施 |
|------|----------|----------|
| 模腔未充满 | 加料不足 | 增加加料量 |
| | 成型温度太高 | 降低成型温度 |
| | 合模时间太长 | 缩短合模时间 |
| | 成型压力太低 | 加大压力 |
| | 加料面积太小 | 增加加料面积 |
| | 空气未排出 | 改进加料方式；必要时需改造模具 |
| 制品开裂 | 成型温度太高 | 降低成型温度 |
| | 成型压力太大 | 降低压力 |
| | 沿熔接线存在薄弱点 | 改变料块铺放形式 |
| | 纤维取向 | 增加加料面积 |
| | 制品收缩率过大 | 调整低收缩剂种类和用量 |
| | 厚制品个别层间收缩应力过大 | 减小加料面积 |
| 鼓泡 | 增稠不足 | 适当增加增稠剂用量，增加增稠时间 |
| | 填料或玻纤含水量大 | 烘干填料和玻纤 |
| | 片材间困集空气 | 用预压法除去层间空气；减小加料面积 |
| | 成型温度太高 | 降低模具温度 |
| | 固化时间太短 | 延长固化时间 |
| 表面发暗 | 压力太低 | 加大压力 |
| | 模温太低 | 提高模温 |
| | 模具表面不理想 | 模具镀铬 |
| | 表面波纹多<br>制品的复杂设计妨碍了材料均匀流动 | 增大压力，改用低轮廓添加剂（如：金陵帝斯曼树脂有限公司（JDR）的 H892 - 902，H850 - 901，H870 - 902，H852 - 903 等）流动纹调整配方或改变加料形状 |
| | 成型过程中的收缩过大 | 改用低轮廓添加剂（如：JDR 的 H892 - 902，H850 - 901，H870 - 902，H852 - 903 等） |
| 翘曲 | 配方不合理<br>有较大收缩<br>流程长玻璃纤维取向 | 制品在夹具中冷却，改进配方，改用低轮廓添加剂（如：JDR 的 H892 - 902，H850 - 901，H870 - 902，H852 - 903 等）<br>增加加料面积 |

（3）SMC 覆盖件模压产品质量　经过对蒙皮、加强肋、前脸的压制，对蒙皮、加强肋、前脸热压模、加热系统、控制系统、灯框模具和定型工装进行了验证。具体产品模压情况如下：

1）外蒙皮：外蒙皮总共压制 63 件，其中模具试模件 4 件，实验件 4 件，正式产品 55 件。其结果为一次合格品 50 件，有轻微缺陷修复后可使用 4 件；废品 1 件（脱模后，从模具中取出时，因人为因素造成中间断裂）。产品一次合格率为 91%，成品率 98%。

2）内加强肋：加强筋总共压制 64 件，其中试模件 5 件，正是产品 59 件。其结果为：一次合格品 46 件，有轻微损伤，修复后可使用的 10 件，废品 3 件。产品一次合格率 78%，成品率（包括修复后可使用）95%。

3）前脸：前脸总共压制 84 件，其中试模件 3 件，正是产品 81 件。一次合格品 60 件，有轻微缺陷修复后可使用 12 件，废品 9 件，成品率 92.5%。

从模压的情况来看，产品的合格率和成品率比较高，均达到 90% 以上，说明产品质量可控。该产品经过 36000km 的越野测试，其性能完全满足使用要求。该产品的研制成功相对于汽车覆盖件的传统级进模冲压的工艺手段来讲，模具成本降低了 80%，产品的制造成本大大缩短，在军品和民品市场具有非常好的应用空间。该产品最终模压粘接成型示意图如图 6-46 所示。

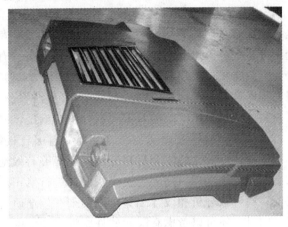

图 6-46　最终模压粘接成型示意图

在完成 SMC 成型的汽车覆盖件产品设计及其成型技术的研究开发基础上，通过 SMC 成型汽车覆盖件产品的结构设计及其有限元分析、SMC 汽车覆盖件模具设计与数控编程、SMC 覆盖件成型工艺的特点及其关键技术的应用，进行了 36000km 的越野测试，其性能完全满足使用要求，占据了较好的市场空间。

## 6.4　复合材料成型模拟工艺仿真

复合材料制品设计时，材料和制品的设计是一体化的，制品的工况与材料的形成是相互相成的，结构设计和材料设计是同步进行的，复合材料制品的最大的优势体现在材料与结构的同步可设计性，也是复合材料制品设计的核心和难点。下面简单介绍复合材料结构设计分析、RTM 树脂传递模成型流动分析以及 Moldflow 应用于复合模成型分析时的实例。

### 6.4.1　复合材料结构设计分析

在很多方面，复合材料的结构设计同金属材料的结构设计都存在着差异。在设计阶段，纤维增强复合材料结构和夹层结构的力学性能就已经被确定下来。通过选择不同的材料、铺层角和叠层次序可以设计出无限种具有不同力学性能特征的复合材料来。要充分利用复合材料优异的比刚度、比强度，就需要强调复合材料的设计工作。

通过使用各向异性壳单元，所有的主流有限元软件对复合材料结构分析都提供了很大的帮助。但是，在复合材料的初始设计阶段对整个结构进行有限元分析的起始准备工作，包括材料种类的选择、层合和夹层结构的设计以及层合板铺层方式设计，有限元软件的实用性不大。当在层合板结构的不同层的级别上来对复合材料行为进行细节研究时，有限元软件包提供的后处理能力尤其有限。这也再次说明了专业复合材料分析工具的必要性。

从文件输入输出的内部代码方式到电子数据表格的应用和完全交互式视窗程序，许多的软件工具被开发出来对层合板进行分析。当前一些比较高级的软件工具已经从基本的层合板分析发展到了对梁、板和夹层面板中复合材料层板的连接等这样的结构单元进行分析，一些层合板分析工具可以为商用的有限元软件提供界面。复合材料分析软件特性表现在如下几个方面：

（1）避免有限元软件的局限　尽管在层合板复合材料结构分析中大量使用有限元程序，但是它们在层合结构的结果后处理中存在着不足。例如，在层合板层的级别上来查看应力、应变的分布十分困难。对于复合材料的失效分析，有限元软件包提供的可选失效标准非常有限，而且忽略了像夹层板面屈曲这样的具体失效模式。在评价层合板的应力-应变状态时，有限元程序通常不考虑可能的内部载荷。复合材料概念设计阶段需要进行的有限元分析要比金属材料复杂得多，一般的有限元软件很难满足该阶段的设计需求。

（2）缩短设计开发周期　在对复合材料层合板结构进行有限元分析之前，必须有初始层合板设计。专业化的复合材料分析工具能够有效地来设计这些层合板构造。在进行了第一轮的有限元分析之后，需要对层合板设计进行修正。同样，在进行下一轮整体有限元模型分析之前，层合板分析和设计工具可以用来有效地研究层合板铺层方式的变化如何改变它们的性能。同时，还可以考虑有限元软件所没有考虑的失效模式问题。当各种工具包之间实现了数据自动传输时，将层合板分析工具同有限元软件包一起使用变得更加合理，至少在某些程度上如此。图 6-47 描述了 ESAComp 软件是如何实现有限元软件同层合板分析工具之间的交互作用的。

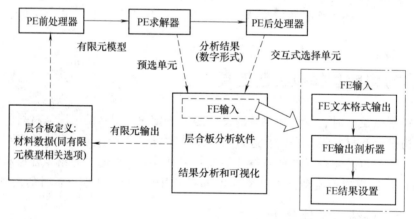

图 6-47　ESAComp 软件实现的有限元软件同层合板分析工具
之间的交互作用

（3）与有限元软件的匹配　当使用层合板分析软件对有限元分析进行后处理时，很重要的一点是有限元中单元的定义要同层合板分析中假设相一致。一般来说，这个问题不大，因为对于层合板的面内和弯曲行为，通用壳单元的一阶剪切变形理论（First-Order Shear Deformation Theory，FSDT）或 Mindlin 板理论同经典的层合板理论（Classical Lamination Theory）等效。经典层合理论不能考虑面外剪切变形问题，但是由于在一阶剪切变形理论中面外剪切变形与面内弯曲行为并不耦合，因此并不矛盾。

必须注意的是不同的有限元代码处理面外剪切刚度的方式变化很大，而且对于何种为最佳方案没有定论。当在层合板分析工具同有限元软件包之间进行数据交换时，还需要考虑许多其他的问题。坐标系统和层编号规则必须保持一致，否则就需要进行相应转换。同样也需要考虑单位系统的匹配性问题。有限元程序可以在单元坐标系统下，也可以在材料坐标系统下提供单元应力－应变数据。但是对于层合板分析，必须在材料坐标系统下输入数据。

　　复合材料层合板的设计过程存在着与传统金属结构设计不同的阶段。例如，复合材料的结构设计有许多种可能的材料组合，而且，材料的各向异性力学行为在设计阶段是能通过选择特定的纤维方向和叠层次序确定的。虽然有限元程序能够用来对复合材料进行分析，但是却不能够涵盖所有涉及复合材料具体设计和分析方面。因此，还需要专业化的复合材料设计工具来对复合材料进行设计。如通过采用 ESAComp 软件，与有限元软件包结合起来，组成复合材料结构设计过程的整个部分。下面对复合材料结构设计分析软件 ESAComp 进行简要介绍。

　　（1）复合材料分析软件 ESAComp　　ESAComp 软件的最初开发工作在赫尔辛基技术大学的轻型结构实验室中进行。2000 年，Componeering 公司接管负责 ESAComp 软件的进一步开发和维护，并成为该软件的商业发行商，欧洲太空宇航局继续对该软件中航空航天工业所关注的设计能力的开发工作进行资助。ESAComp 软件作为欧洲航天局（European Space Agency，ESA）的一个资助项目在 1992 年开始运行。项目的目标是实现一个统一界面下可以包括所有必需的层合板分析、设计能力的软件工具。该软件系统同样也应该能够被终端用户进行扩展，来满足在基本系统中不能够预见或者包括的某些特殊需要。它的最终目的是推出一个标准工具来取代许多被航空\航天公司使用的内部代码软件。由于具有欧洲航天局的背景，欧洲航空航天公司最早采用了 EASComp 软件。一些研究院所和大学也是该软件的主要用户。EASComp 软件被开发为一个通用工具以来，也增加了一些其他工业领域内使用到高性能复合材料的新客户。图 6-48 为 ESAComp 软件支持设计的复合材料整流罩，图 6-49 为复合材料结构的气垫船 T—2000。

图 6-48　ESAComp 软件支持设计
　　　　的复合材料整流罩

图 6-49　复合材料结构的
　　　　气垫船 T—2000

　　（2）数据库　　ESAComp 数据库被划分为三种级别：用户水平，企业共享数据水平和包含了当前所使用通用复合材料材料数据的 ESAComp 数据银行数据银行数据库从材料供应商提供的数据表格和其他公开资料中收集数据。在 ESAComp 软件中，通过选择梁截面、板和胶接接头或机械接头所包含的层以及进一步给出所必需的数据设置（如尺寸）来形成结构单元。在 ESAComp 中，一组结构单元的设置被称作一种项目（Case），该项目代表了一种典型的设计/研究方案。在一个项目中，相关材料、单层、层合板以及结构单元的变化相互关联。例如，单层性能的变化影响了所有使用该层的层合板，并进一步影响到了所有使用该层板的梁结构。

EASComp 软件具有用来存储有关材料性能（纤维，树脂材料，单层）、层合板、结构单元（梁横截面，板，机械和胶接接头）以及载荷工况的数据库。单层（Ply）是一个用来形成层合板的通用材料术语。单层可以进一步被划分为增强层、均质层以及芯层（均质或者蜂窝芯）。该信息的必要性在于定义于某一种单层方式上的部分数据内容与另外一种单层方式是不同的。某些分析也与单层的属性相适应。根据材料的本构关系，单层可以被划分为正交各向异性、横观各向异性以及各向同性，这样就最小化了用户所必须给出的数据量。对层的定义包括质量数据（体积密度、面密度）、力学性能（模量、泊松比、湿胀和热胀系数、强度）、工艺数据（不同加工技术的适用性、固化温度和压力）以及产品参考数据（生产商和价格）等。

层合板（Laminate）是由给定叠层次序的层通过给定层铺层角（层坐标系统同相应的层合板坐标系统之间的夹角）的方式来组合形成的。如果没有定义单层厚度，在这里还可以对单层进行厚度定义。EASComp 软件将夹层结构作为一种特殊的层合板情况来进行处理。系统自动将由芯部材料分开的实体面板作为夹层结构处理并进行相应的有关分析。EASComp 软件可以通过几种方式来对层合板进行定义，包括子层倍增的表格形式或者定义层合板的对称或者反对称特性。在 EASComp 中同样可以通过对选定层给出待定铺层角，或者定义选定层的待定厚度比例作为参数来定义层合板。

（3）分析能力　微观力学分析允许在材料组分、纤维和基体材料的基础上来预测复合材料的力学行为。这些分析可以用来研究纤维含量对复合材料单层力学性能的影响，并为初期的设计考虑生成数据。一般的微观力学关系在精确模拟复合材料行为时有很多缺陷，因此在实际的设计工作中，需要使用更可靠的单层的试验测试数据。ESAComp 提供了基体的混合率公式来预测工程常数和各种膨胀系数。而且，用户还可以定义专门的微观力学分析模型。

经典层合板理论（Classical laminate Theory，CLT）组成了层合板复合材料结构的分析基础，而且是 ESAComp 软件中大多数分析的基础。在 ESAComp 软件的层合板 2.5D 行为分析中，层合板本构关系用工程常数和刚度/柔度矩阵表示。在该软件中，可以使用湿热胀系数，并且可以使用耦合系数来描述非对称层合板的复杂行为。

层合板载荷响应分析允许在层合板级别上来研究层合板的响应（相应应力、力矩、应变），也可以在每一单层的级别上来研究（材料和层合板坐标系统下的应力、应变）。载荷工况可以定义为力和力矩、正则应力或应变以及耦合。当涉及到湿热载荷时，系统给出了这些内部载荷在层合板不同层上产生的残余应力。

ESAComp 的层合板分析同样包括了材料性能和铺层方向的敏感性分析、具有圆孔和椭圆孔的层合板孔板分析、复合材料在给定环境历史下的吸湿计算以及层合板三维有限元分析时的自由边效应。ESAComp 程序的胶接和机械连接分析可以预测连接处的载荷分布以及预测连接的承载能力，尤其是胶接分析十分先进，它允许许多类型的载荷和边界条件组合以及用非线性本构模型的粘胶建模。

　　层合板单层在不同的坐标系统下的应力或应变是有差异的，如图 6-50 所示。对于单层的层合板载荷响应，可以使用首层失效方法（First Ply Failure，FPF）。该理论假定复合材料层合板的失效行为首先发生在层合板中最先到达失效临界值的单层上。由于层合板内的多轴应力－应变状态，需要使用几个失效准则来进行分析。复合材料具有许多可用失效准则，除了几个 ESAComp 内部提供的常用失效判据外，用户可以定义自己的失效准则，ESAComp 用安全裕度系数或安全系数的形式给出了结构的失效包线，很清楚地说明了载荷还可以增加多少或者必须减少多少。

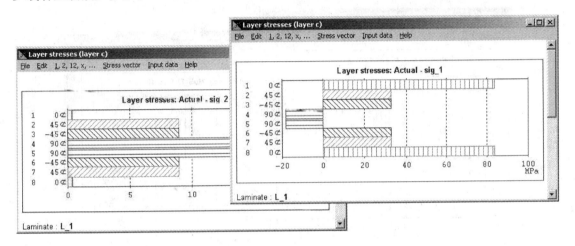

图 6-50　层合板单层在不同的坐标系统下的应力或应变

　　ESAComp 软件程序包给出了单层可能失效模式等其他参考信息。在分析夹层层板时，系统自动考虑面板的屈曲失效和芯材的剪切失效。层合板的最终承载标准可以由层合板逐层失效分析（Degraded Laminate Failure，DLF）来预测。该分析方法假定基体材料的失效裂纹沿着层板扩展，并在各层之间重新进行应力分配。

　　ESAComp 板分析考虑的是一个用户指定四边约束支撑情况（固定、简支或自由边）的带加强肋矩形板问题，加强肋形式包括 T 形、工形、C 形以及 Z 形等多种形式。在横向载荷分析中，可以施加点载荷、压力及线载荷。分析结果包括板的变形、失效裕度以及板整个面积上的可能失效形式。可以定义板的面内载荷来进行屈曲分析，也可以确定板的第一固有频率。

　　ESAComp 板分析使用内嵌的有限元求解器中的 Mindlin 板单元来对板进行求解。尤其是在夹层板中起主要作用的面外剪切变形也都加以考虑。ESAComp 程序的梁分析能力同板分析能力相似，可以处理的梁截面类型包括层合板/夹层板、圆形、椭圆形、矩形和工形等横截面。

　　（4）设计能力　层合板结构的设计通常是对不同材质、层厚度和铺层方式的组合进行试选，找到合适的结构构造。虽然材质组合和层合板铺层方式有无限多种可能，但是实际考虑通常局限在设计空间的范围之内。例如，设计人员可以限制铺层角为 0，±45°，90°，因为从生产加工的观点来说，这是最佳选择而且往往产生接近于最优的设计方案。因此，设计的任务局限为从一些材料备选方案中选择，并确定每层厚度以及不同方向层的比例。ESAComp 程序分析同数据银行以及许多结果数据估计的方法一起支持该种类型的交互式设计方法，如图 6-51 所示。

ESAComp 软件中也包括针对层合板设计的被称作"设计工具"的更严格的方法。它们是相逆的问题求解器，对用户所定义的设计问题寻找一个答案。设计目标通过对某个层合板的重要设计属性的约束和目标进行设计说明来定义。"层合板评估工具"在被选层合板中间搜索满足具体约束的层合板，该评估工具还会进一步评估可用层合板对约束条件的满足程度，并对它们按级别排序。"层合板的生成工具"从用户选择的层中生成满足具体约束的层合板，并尽可能满足设计属性的目标和权函数确定的全面目标。

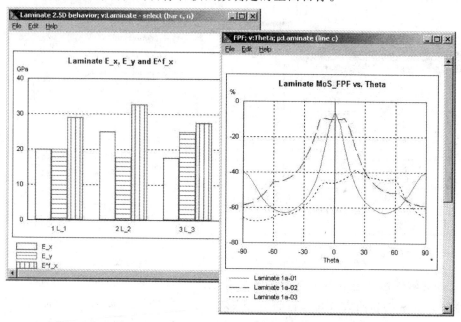

图 6-51　ESAComp 比较备选层合板的交互式设计方法

（5）ESAComp-有限元软件交互界面　　ESAComp 程序提供了同主流有限元软件（ABAQUS、ANSYS、I-DEAS、MSC. Nastran 和 NISA）的双向交互界面，如图 6-52 所示。"有限元输出界面"可以将 ESAComp 程序的层合板定义同相关材料数据一起传输到有限元程序中。个别有限元代码支持文本文件格式来进行文件传输。ESAComp 支持有限元程序中的层壳单元。对于一些有限元软件包，ESAComp 同样支持其使用普通的壳单元。在这种情况下，ESAComp 程序输出层合板刚度矩阵，而不是材料数据和铺层方式。有时使用有限元软件的实体模型对层合板结构进行非常详细地分析。对此，ESAComp 软件可以向有限元软件输出类似层材料数据这样的数据。

在 ESAComp 中，可以通过"有限元输入界面"来进行有限元程序的后处理。ESAComp 程序读取其支持的有限元软件包生成的输出文件。ESAComp 程序输入的数据是壳单元的合力/力矩或者相应的应变状态。用户必须从 ESAComp 程序中选择对应于结果的层结构。ES-AComp 可以对整套数据进行失效分析，确定数据点的门槛值、可能的失效模型和失效层。程序中，这里的数据点是单元、积分点还是节点，依赖于有限元软件提供的输出类型。对于从整套数据中选择的单个数据点，可以在层的级别上进行载荷响应或者失效分析。

该系统针对 MSC. Patran 层合板模型的上述输入界面进行了进一步开发。使用该界面用户不用再需要将相关的层合板结构同结果联系起来，因为材料和层板数据都是由 Patran 程序

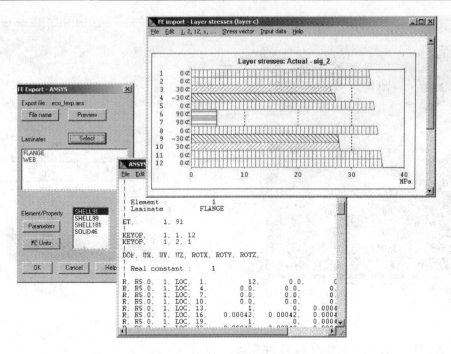

图 6-52　基于 ANSYS 程序的 ESAComp 交互界面

传输到 ESComp 程序的。而且，每个单元所研究的层结构可以不同。需要研究的单元类型选定之后，可以由 Patran 程序中的用户交互界面直接调用 ESAComp 程序来进行详细的后处理。针对 ANSYS 也开发了相应的交互界面，可以从 ESAComp 到 ANSYS 或 Patran 进行数据回馈，而且还可以使用向量图来查看数据。

　　和金属材料相比，复合材料的设计过程需要附加的阶段。有限元软件包对复合材料的分析起重要作用，但是满足不了复合材料设计需要专门的软件工具的需要。层合板分析工具可以用于层合板初期设计阶段的材料选择和设计，在复合材料行为具体细节的后处理阶段和验证阶段，也同样需要这样的软件工具。ESAComp 程序是这类软件的很好典范，图 6-53 为 ESAComp 复合材料性能数据准备，图 6-54 为 MSC. Patran 进行的复合材料结构分析。

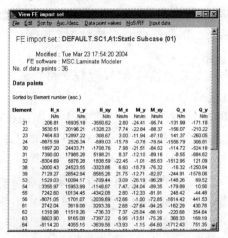
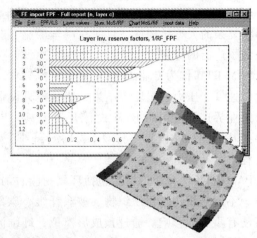

图 6-53　ESAComp 复合材料性能数据准备

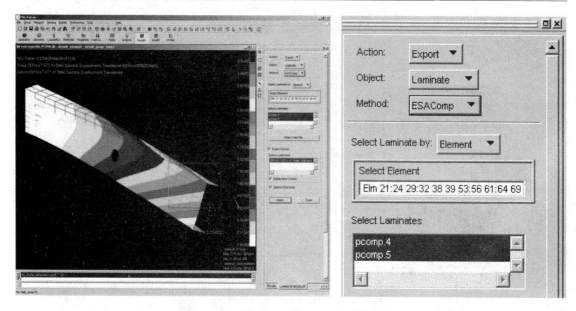

图 6-54　MSC. Patran 复合材料结构分析

## 6.4.2　PAM_ RTM 过程模拟软件

　　树脂传递模塑（RTM）是目前液体复合材料成型工艺（LCM）中发展较迅速的一种先进复合材料成型工艺。RTM 成型工艺具有制品表面质量好、精度高、空隙率低等优点，并且工艺简单、挥发物少、制造成本较低，因而在航空航天、汽车及民用建筑等各个领域得到广泛的应用。但是航空航天器使用的某些树脂基复合材料结构件，尺寸一般较大、形状较复杂，尤其是复杂内部结构的构件，难以用普通 RTM 工艺一次整体成型。

　　树脂基复合材料具有高的比强度、比模量，抗疲劳、耐腐蚀、成形工艺性好以及可设计性强等特点，现已成为飞机、汽车、机械、电子产品的结构材料之一，并且使用比例逐年增加。树脂传递模塑技术是一种以低压、密闭容器制造的复合材料生产方法，先将纤维、增强材料等放置于模具中，密闭之后以低压注入树脂，等树脂反应硬化后，打开模具将成品取出。RTM 提供了一种简单且低成本的方式制作连续纤维增强的高分支复合材料，非常适合于形状复杂的大型结构件，目前在汽车工业、航空航天、国防工业、机械设备、电子产品上都得到了广泛的应用。

　　PAM-RTM 作为专业的 RTM 过程模拟软件，能方便准确地模拟 RTM 过程中树脂地流动、固化、速度、压力、温度等结果，优化模具设计和工艺参数，降低设计生产周期和费用，已成为工业界广泛使用的 RTM 设计开发工具。PAM-RTM 能对 RTM 工艺进行大范围的校验，并寻找基体材料（树脂）与增强材料（纤维）的最佳复合，图 6-55 为 PAM-RTM 的工艺模拟过程。

　　PAM-RTM 能分析的树脂包括环氧树脂、酚醛、乙烯、聚酯及无机 RPF 等，增强材料有毛毡、不起皱织物、机织织物、玻璃纤维、碳纤维等。增强材料的纤维流向对 RTM 中树脂的流动有重要的影响。通过预成形模拟，纤维流向可以直接输入 PAM-RTM 中，用以进行精密的 RTM 模拟。PAM-RTM 能对几乎所有的复合材料液体成形工艺进行模拟，最主要的应用有 RTM 树脂传递模塑、加热的 RTM、VARTM 真空辅助 RTM 和 VARI 真空辅助渗透。

RTM 模拟需要考虑的主要因素包括材料的差异性，如纤维种类、纤维走向、树脂种类、固化剂。过程的差异性表现在注射压力、速度、温度的控制。模具的差异性表现在模具材料的几何形状等因素。达成的主要目标包括是选择最佳的 LCM 工艺和参数，如选择注射口和气孔来防止干点，计算注射过程中的压力分布、确定模具的合模力、确定模具尺寸、

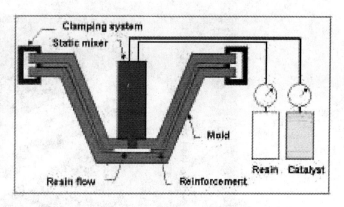

图 6-55　PAM-RTM 的工艺模拟过程

防止纤维运动、计算流体前端的速度来预测与优化充填和固化时间，从而提高新模具开发水平和改进现有模具来降低 RTM 模具的成本。

模拟所需数据包括几何模型网格数据。工艺过程数据包括注射口、气孔、注射速度、压力、温度。材料数据包括渗透率（常数或气孔率的函数）、平面模型、与厚度相关的三维模型、粘度、常数、与温度或时间相关粘度。动力学数据包括 Kamal-Sourour 模型、温度、固化率的函数。热处理材料参数包括密度、传导率、比热等。

用 RTM-Worx 模拟树脂充模过程中的流动情况，包括计算注射时间、确定溢料口位置、显示包气和流道效应等。模拟软件允许在短时间内做多次尝试性注射。模拟过程需要产品或织物的几何尺寸、树脂粘度（注射温度时）、纤维体积含量和渗透率（渗透率可以采用与产品铺层相同的一个窄条的边缘注射测得）等参数。

RTM-Worx 填充模拟分析采用基于稳定的 FEM/CV 方法对流动前锋进行准确追踪技术，带有 SGS 预处理的共轭梯度（CG）迭代解算器保证结果的可靠性。分析时可任意更改参数，并可选择在任一点重新启动计算过程；采用较粗糙的网格划分迅速获得结果，精细的网格划分获得精确预报模拟计算的结果。图 6-56 ~ 图 6-62 所示为应用 RTM-Worx 对某复合材料盒形件进行树脂填充流动的模拟分析过程。

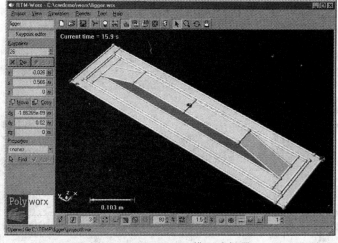

图 6-56　RTM-Worx 模型编辑器

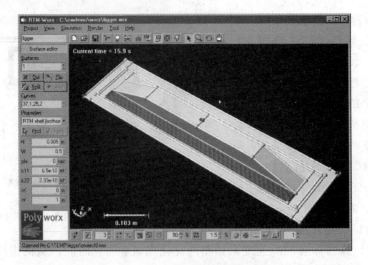

图 6-57 RTM-Worx 增强体特性设置

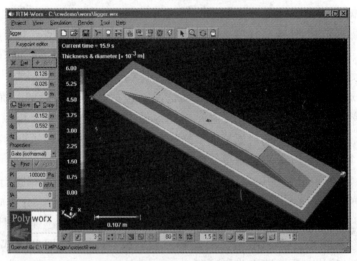

图 6-58 RTM-Worx 注射口和溢料口设置

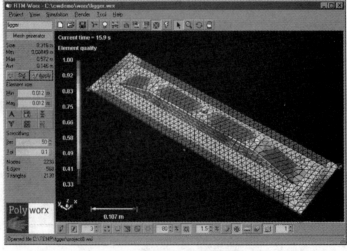

图 6-59 RTM-Worx 有限元网格划分

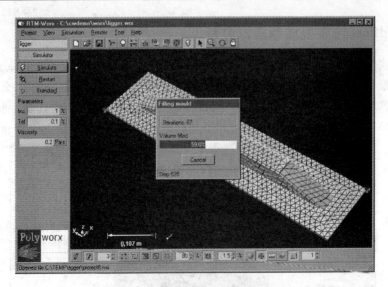

图 6-60　RTM-Worx 树脂填充计算

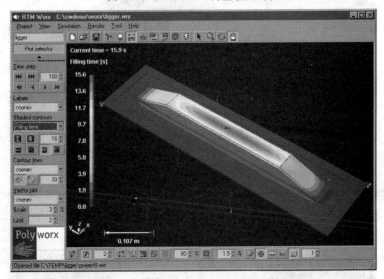

图 6-61　RTM-Worx 填充动画

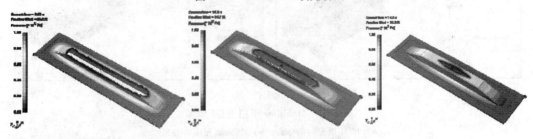

图 6-62　RTM-Worx 后处理

应用 RTM-Worx，用户可以优化零件注射时注射口和溢料口的位置口、充模时间和充模压力；消除流道和织物及树脂参数变化影响；快速评估零件设计或对已有零件的材料更改；建立织物、树脂和预成型体规范以保证产品质量。

### 6.4.3 Moldflow 注塑模成型模拟分析

Moldflow 软件功能将在第 8 章进行详细介绍，下面以实例操作的形式重点讲述利用 Moldflow 的相关模块对聚合物基材料成型过程中所涉及的工艺参数、模具设计优化作用。塑性成型模拟所具备的优化计算求解分析功能，对于提高产品成型时的工艺技术水平和模具设计水平具有非常大的帮助。图 6-63 和图 6-64 为利用 Moldflow 进行树脂传递模 RTM 成型时的模拟分析界面。

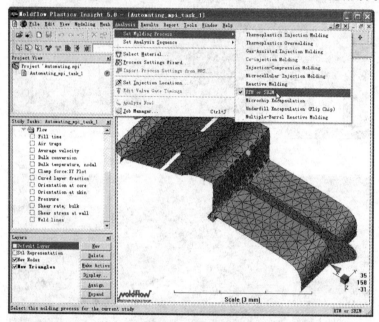

图 6-63　Moldflow 模拟 RTM 功能设置

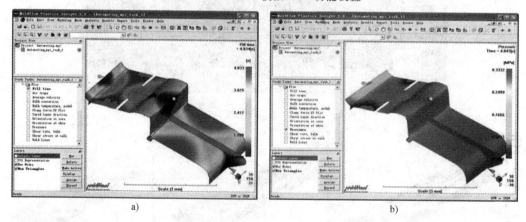

a)　　　　　　　　　　　　　　b)

图 6-64　Moldflow 模拟 RTM 成型

a) RTM 填充时间分布　b) RTM 填充压力分布

下面详细介绍针对聚合物基材料注塑成型模拟时的设计优化过程。利用 Moldflow 的 PartAdviser 模块分析优化注塑产品的结构设计、利用 MoldAdviser 模块对注塑模具进行分析来优化模具的结构设计、利用 Moldflow Plastics Insight 对注塑成型过程模拟分析来优化注塑成型时工艺参数。

（1）Part Adviser 分析 – 注塑分析产品设计优化

1）打开文件 cover. adv，加载成型产品显示如图 6-65 所示。

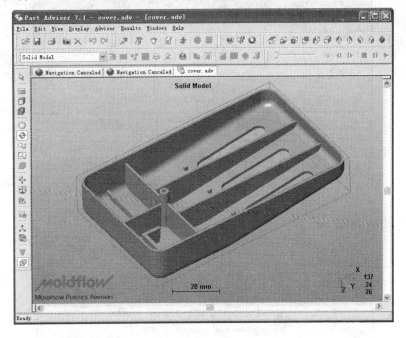

图 6-65 加载成型产品

2）点击设置浇口位置，如图 6-66 所示。

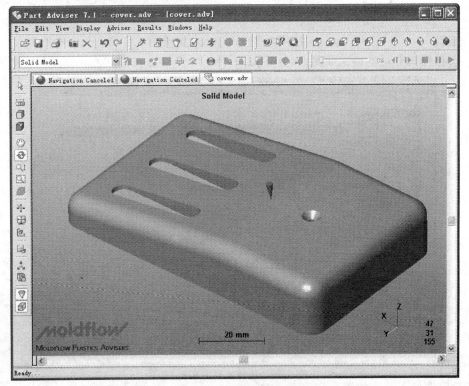

图 6-66 设置浇口位置

3）选择材料，选择设置材料属性如图 6-67 所示。

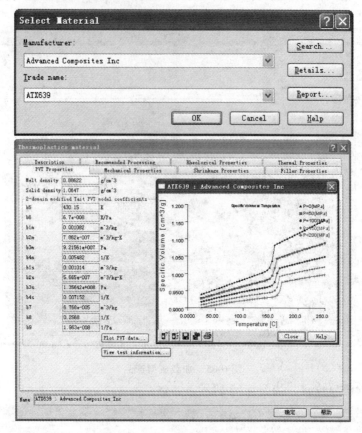

图 6-67　选择设置材料属性

4）选择模具分析类型，如图 6-68 所示。

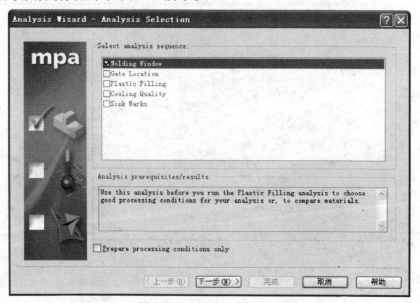

图 6-68　选择模具分析类型

模具温度分布结果如图 6-69 所示。

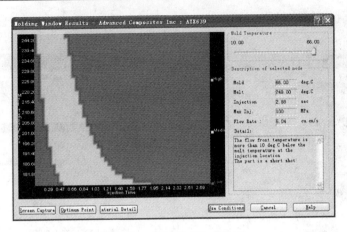

图 6-69　模具温度分布结果

5）选择如图 6-70 所示的浇口位置优化分析模式。

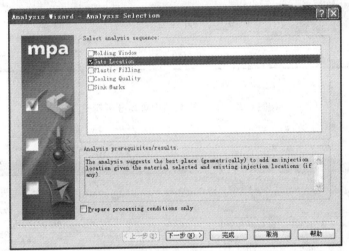

图 6-70　浇口位置优化分析模式

浇口分析结果如图 6-71 所示。

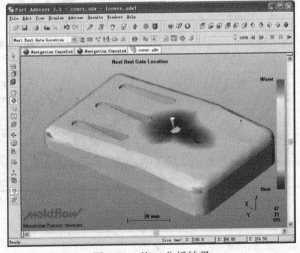

图 6-71　浇口分析结果

6）选择模具填充流动分析模式，如图 6-72 所示。

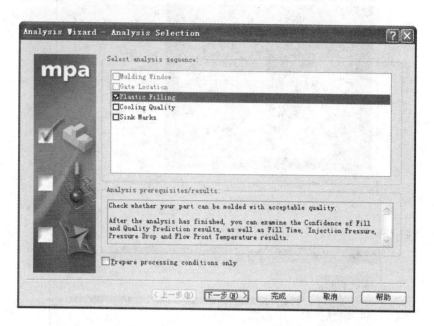

图 6-72　选择模具填充流动分析模式

填充时间分布如图 6-73 所示。

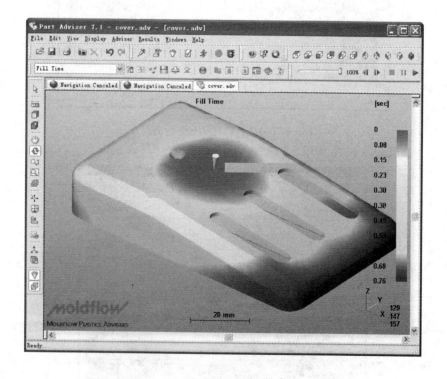

图 6-73　填充时间分布

7）选择如图 6-74 所示的冷却凝固分析模式。

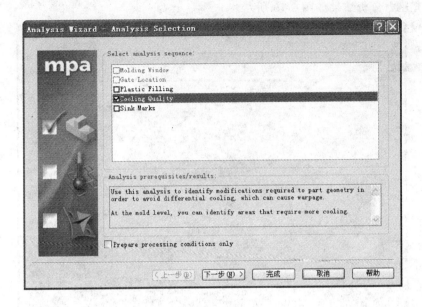

图 6-74　选择冷却凝固分析模式

冷却凝固分析结果如图 6-75 所示。

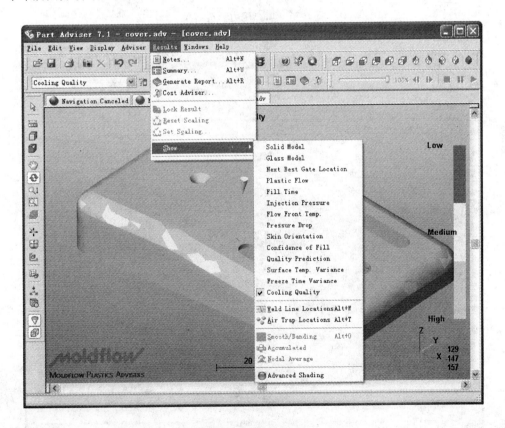

图 6-75　冷却凝固分析结果

8）填充压力分析结果如图 6-76 所示。

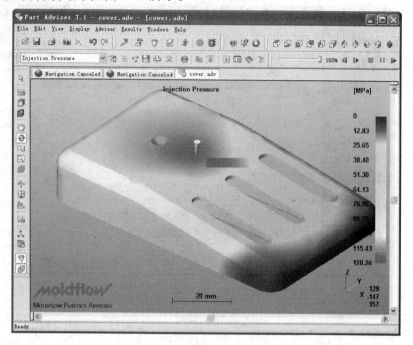

图 6-76　填充压力分析结果

9）重新设置浇口，如图 6-77 所示。

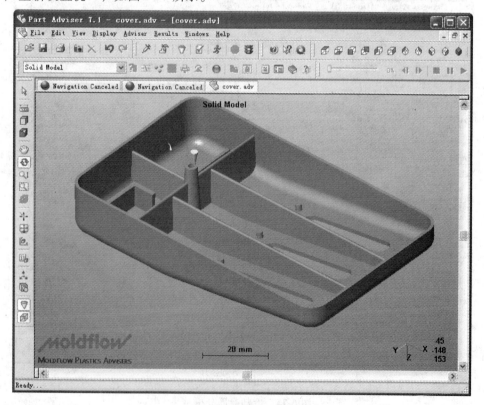

图 6-77　重新设置浇口

注射压力分布如图 6-78 所示，成型填充时间分布如图 6-79 所示。

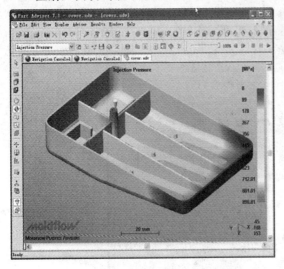 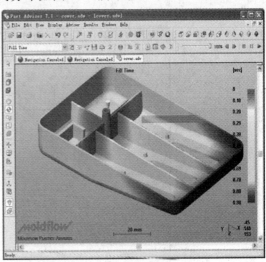

图 6-78　注射压力分布　　　　　　　图 6-79　成型填充时间分布

从图 6-78 中可以看出，这个浇口非常不好，需要填充压力由 128MPa 上升为 890MPa；填充时间由 0.76s 上升到 0.98s。因此第一种方案好，在第一种方案的基础上通过设置浇口的位置和数量可进行进一步优化。

（2）Mold Adviser 注塑成型模具分析

1）导入文件后，选择菜单下 Adviser > Mold and Runner System > Parting Plane，设置分型面；选择 Adviser > Set Injection Locations，加载产品、模具与浇口设置显示如图 6-80 所示。

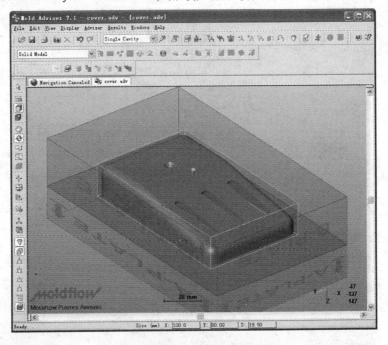

图 6-80　加载产品、模具与浇口设置

2）选择 Adviser > Mold and Runner System > Runner System Default，设置浇口流道的截面

形式，如图 6-81 所示。

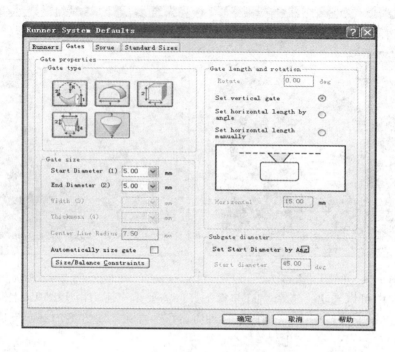

图 6-81　设置浇口流道的截面形式

3）选择 Adviser > Mold and Runner System > Drop point，产生浇道与流道如图 6-82 所示。

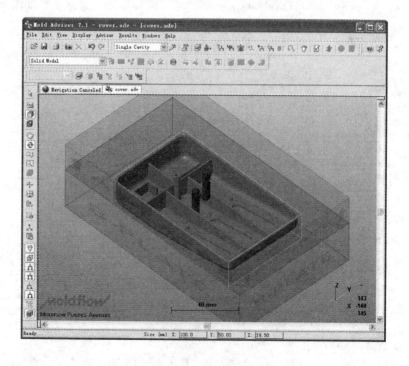

图 6-82　产生浇口与流道

4）选择菜单 Cooling System Tools > Cooling System Default，设置冷却管道界面直径，点击 OK 后，模型的冷却管道结构形式与冷却系统分布如图 6-83 所示。

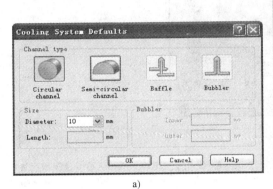
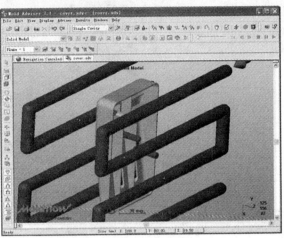

a)                              b)

图 6-83 冷却管道结构形式与冷却系统分布

a）冷却管道结构形式 b）冷却系统分布

5）选择 Adviser > Analysis Wizard，弹出如图 6-84 所示的设置填充、流道优化分析界面，选择填充与流道优化两个分析类型，点击下一步和完成，进行分析。

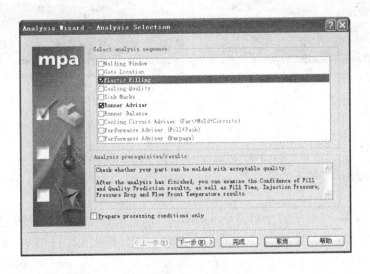

图 6-84 设置填充、流道优化分析界面

6）系统分析完成后，显示的结果如图 6-85 所示。

（3）Moldflow Plastics Insight 注塑成型过程分析

1）导入 cover.stl 文件后，选择菜单 Mesh > Generate Mesh，产生网格模型如图 6-86 所示。

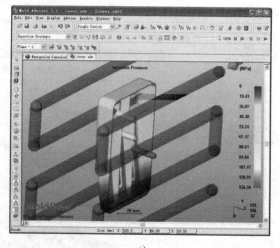

a)

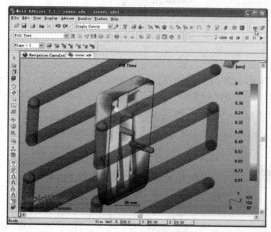

b)

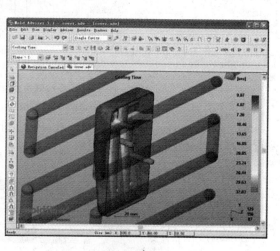

c)

图 6-85　显示的结果

a）填充压力分布　　b）充盈时间分布　　c）冷却凝固时间历程

2）点击 Analysis 菜单下的菜单命令 Select Material 设置材料类型如图 6-87 所示，设置浇口位置。

3）点击 Analysis 菜单下的菜单命令 Analysis Now 进行分析，模拟计算过程显示如图 6-88 所示。在 0.5722s 时，完成 78.3% 的填充空间，注射压力 12.99MPa，完成 10.5g 的注射成型，凝固的比例为 22.17% 的容积，需要的锁紧力为 2t；在 0.7046s 时，完成 94.906% 的填充空间，需要 26.1MPa 的注射压力，需要的锁紧力为 8.078t，完成 13g 的注射量等。

4）分别点击分析结果栏下的 Temperature flow front 显示产品成型温度分布，如图 6-89 所示。

5）点击 Pressure at Injection Locations，显示浇口处压力变化曲线，如图 6-90 所示。

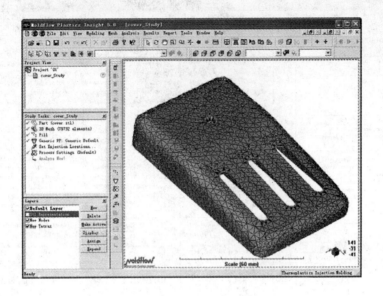

图 6-86　产生网格模型

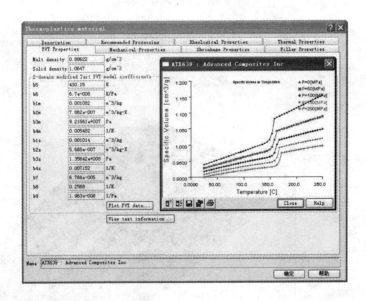

图 6-87　设置材料类型

6）点击 Clamp force，模具锁紧力负荷曲线图，如图 6-91 所示。

7）点击 Freeze time，制品冷却凝固时间历程分布如图 6-92 所示。

8）点击 Pressure，注塑成型压力分布如图 6-93 所示。

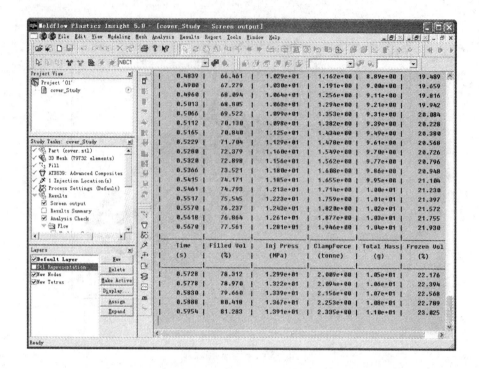

图 6-88　模拟计算过程

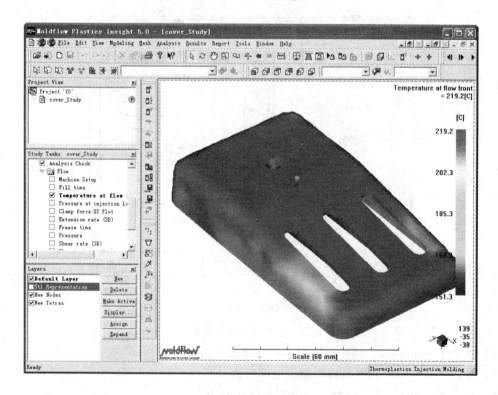

图 6-89　产品成型温度分布

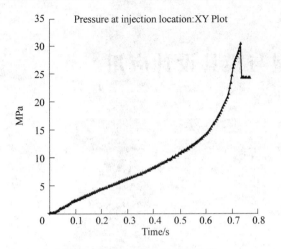

图 6-90 浇口处压力变化曲线

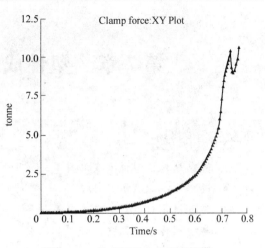

图 6-91 模具锁紧力负荷曲线图

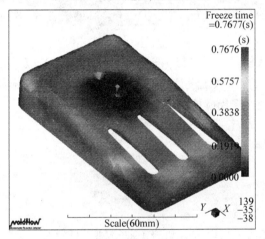

图 6-92 制品冷却凝固时间历程

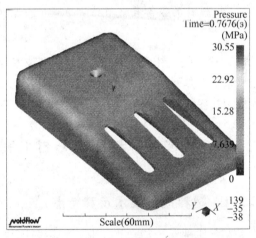

图 6-93 注塑成型压力分布

# 第 7 章  塑性成型与模具设计应用

**本章主要内容：**

- 现代模具成型技术及其发展
- 模具 CAD/CAM/CAE 技术基础
- 典型模具 CAD/CAM 专家系统设计平台
- 典型模具专家系统设计应用实例练习
- 模具设计制造成型工程应用实例
- 模具的报价策略与结算方式

本章重点介绍了聚合物基材料成型技术与现代模具发展趋势、模具 CAD/CAM/CAE 应用的技术基础、典型模具 CAD 专家系统设计平台、模具专家系统设计实例工程应用。以模具设计实例练习教程的形式介绍了数字化模具专家 CAD 系统在现代模具设计方面的高效应用优势。

## 7.1  现代模具成型技术及其发展

### 7.1.1  塑料成型技术及其特点

塑料工业是一门新兴工业，自塑料问世后的几十年以来，塑料工业得到了日新月异的发展。由于塑料来源丰富，制作方便和成本低廉，又有质量轻，比强度高，耐化学腐蚀能力强，绝缘性能好，光学性能好，颜色鲜艳等优点，金属零件被塑料替代的速度很快。如今，塑料件广泛应用于电信、家电、汽车、日用品等行业，并在航天航空和军事领域应用方面崭露头角。

塑料的注塑成型过程是借助螺杆或柱塞的推力，将已塑化的塑料熔体以一定的压力和速率注入闭合的模具型腔内，经冷却固化定型后开模而获得制品。注塑成型在整个塑料制品生产中占有重要位置。除少数几种塑料外，几乎所有的塑料都可以注塑成型。据估计，注塑制品占所有模塑件总产量的 1/3；注塑模具占塑料成型模具数量的二分之一以上。注塑模应用十分广泛，且结构很复杂。

目前把塑料加工成制品的方法已有近百种之多，但仍以模塑成型方法居多，如压缩成型、注塑成型、压注成型以及挤塑成型等，把塑料模塑成型为几何形状、尺寸精度、力学性能等符合使用要求的制品，或者用上述方法之一把塑料加工成半成品，即工序制品，然后再采用机械加工的办法使其成为最终制品。塑料注塑模能一次性地成型形状复杂、尺寸精确、或带嵌件的塑料制件。注塑件生产中，通常以最终的塑料制品的质量来评价模具的设计和制造质量。注塑件质量包括表观质量和内在质量。从塑件的形状和尺寸精度来衡量表观质量，包括注塑件的表面粗糙度和表观缺陷状况。常见的表观缺陷有：凹陷、气孔、无光泽、发白、银纹、剥层、暗斑纹、烧焦、裂纹、翘曲、溢料飞边及可见熔合缝等。内在质量也就是性质质量，包括熔合缝强度、残余应力、取向、密度与收缩等。

1）压缩成型俗称压制成型，是最早成型塑件的方法之一。压缩成型是将塑料直接加入到具有一定温度的敞开的模具型腔内，然后闭合模具，在热与压力作用下，塑料熔融变成流动状态。由于物理及化学作用，使塑料硬化成为具有一定形状和尺寸的常温保持不变的塑件。压缩成型主要是用于成型热固性塑料，如酚醛模塑粉、脲醛与三聚氰胺甲醛模塑粉、玻璃纤维增强酚醛塑料、环氧树脂、DAP 树脂、有机硅树脂、聚酰亚胺等的模塑料，还可以成型加工不饱和聚酯料团（DMC）、片状模塑料（SMC）、预制整体模塑料（BMC）等。

2）压注成型也称为铸压成型，是将塑料原料加入预热的加料室内，然后把压柱放入加料室中锁紧模具，通过压柱向塑料施加压力，塑料在高温、高压下熔融为流动状态，并通过浇注系统进入型腔逐渐固化成塑件。这种成型方法也称传递模塑成型。压注成型适用于各热固性塑料，原则上能进行压缩成型的塑料，也可用压注法成型。但要求成型物料在低于固化温度时，熔融状态具有良好的流动性，在高于固化温度时，有较大的固化速率。

3）注塑成型是先把塑料加入到注射机的加热料筒内，塑料受热熔融，在注射机螺杆或柱塞的推动下，经喷嘴和模具浇注系统进入模具型腔，由于物理及化学作用而硬化定型成为注塑制品。注塑成型由具有注射、保压（冷却）和塑件脱模过程所构成循环周期，因而注塑成型具有周期性的特点。热塑性塑料注塑成型的成型周期短，生产效率高，熔料对模具的磨损小，能大批量地成型为形状复杂、表面图案与标记清晰、尺寸精度高的塑件；但是对于壁厚变化大的塑件，难以避免成型缺陷。塑件各向异性也是质量问题之一，应采用一切可能措施尽量减小。

4）挤塑成型是使处于粘流状态的塑料，在高温和一定的压力下，通过具有特定断面形状的口模，然后在较低的温度下，定型成为所需截面形状的连续型材的一种成型方法。挤塑成型的生产过程为：准备成型物料、挤出造型、冷却定型、牵引与切断、挤出品后处理（调湿或热处理）。在挤塑成型过程中，注意调整好挤出机料筒各加热段和机头口模的温度、螺杆转速、牵引速度等工艺参数，以便得到合格的挤塑型材。特别要注意调整好聚合物熔体由机头口模中挤出的速率。因为当熔融料挤出的速率较低时，挤出物具有光滑的表面、均匀的断面形状；但是当熔融物料挤出速率达到某一限度时，挤出物表面就会变得粗糙、失去光泽，出现鲨鱼皮、桔皮纹、形状扭曲等现象。当挤出速率进一步增大时，挤出物表面出现畸变，甚至支离和断裂成熔体碎片或圆柱。因此挤出速率的控制至关重要。

按成型过程中物理状态不同，可把塑料成型加工的方法分为熔体成型与固相成型两大类。熔体成型也叫熔融成型，是把塑料加热至熔点上，使之处于熔融态进行成型加工的一类方法。属于此类成型加工主法的主要有压缩成型、压注成型、注塑成型、挤塑成型、旋转成型、离心浇铸成型、粉末成型等。

物理变化成型是在塑料成型加工过程中，发生以物理变化为主的，如相转变、变形与流动、机械分离，或稍热降解、轻度交联等的成型。热塑性塑料的挤塑成型、注塑成型、压缩成型、浇注成型等均属此类物理变化的成型。加有引发剂的甲基丙烯酸甲酯预聚物，加有固化剂的液态环氧树脂的静态浇铸，以塑料注塑模塑能一次性地成型形状复杂、尺寸精确或带嵌件的塑料制件。

塑料熔体大多属于假塑性液体，能"剪切变稀"。它的流动性依赖于物料品种、剪切速率、温度和压力。因此需按其流变特性来设计浇注系统，并校验型腔压力及锁模力。通常以最终的塑料制品的质量来评价模具的设计和制造质量。

作为先进的模具，须在使用寿命期限内保证制品质量，并要有良好的技术经济指标。这就要求模具动作可靠，自动化程度高，热交换效率好，成型周期短。其次，合理选用模具材料，恰当确定模具制造精度，简化模具加工工艺，降低模具的制造成本也十分重要。此外，在注塑模设计时，必须充分注意到以下三个特点。

1）塑料熔体大多属于假塑性液体，能"剪切变稀"。它的流动性依赖于物料品种、剪切速率、温度和压力。因此须按其流变特性来设计浇注系统，并校验型腔压力及锁模力。

2）视注塑模为承受很高型腔压力的耐压容器。应在正确估算模具型腔压力的基础上，进行模具的结构设计。为保证模具的闭合、成型、开模、脱模和侧抽芯的可靠进行，模具零件和塑件的刚度与强度等力学问题必须充分考虑。

3）在整个成型周期中，塑件—模具—环境组成了一个动态的热平衡系统。将塑件和金属模的传热学原理应用于模具的温度调节系统的设计，以确保制品质量和最佳技术经济指标的实现。

### 7.1.2 聚合物基材料制品的成型技术

聚合物基材料可分为热塑性塑料和热固性塑料。热塑性材料的典型特性是在一定温度范围内，能被反复加热软化和冷却硬化成型，在软化状态下，热塑性塑料能成型为有形零件。热固性材料制品通过加热或其他方式固化后，一般不能再熔化或被溶解，热固性塑料都不能进行重复成型。热塑性材料的分子是呈线性带支链结构的，它们一般在特殊的有机溶剂中都是可溶解的；热固性塑料的分子是十字链结构，难以溶解于有机溶剂中。图7-1所示为热塑性材料与热固性材料的分子结构对照图。

常用聚合物基制品成型技术主要有注塑成型、模压成型、传递模塑成型、吹塑成型、挤压成型、热成型、浇注成型、反应注塑成型、旋转浇铸和固相成形等多种方法。下面简单讲解其成型方法。

（1）注塑成型　在注塑成型过程中，热塑性聚合物通过加料斗进入一加热筒中，然后通过螺杆或是顶杆把熔融的聚合物压入到模具型腔中。在压力作用下，直到其硬化成型，从模具中挤出。注塑成型是批量生产热塑性零件最常用的一种

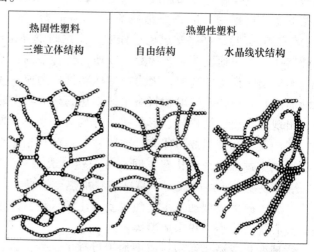

图7-1　热塑性材料与热固性材料的分子结构图

技术。它的一个突出缺点是模具（通常用工具钢制造）的造价很高。而且许多聚合物，包括热固性聚合物无法采用这种技术加工。图7-2为使用注塑成型技术及制品。

（2）模压成型　模压成型是热固性材料制品最常用的工艺手段。在这个过程中，将预先

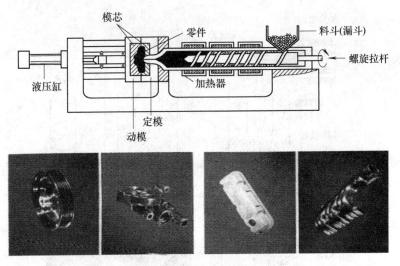

图 7-2　注塑成型技术及制品

称好的材料加热到一定温度后，然后放在一个敞开的模具型腔中，用塞子或盖子关闭模具，加热、加压使其软化、流动充满模具型腔、且发生固化。热固性聚合物的固化时间与其化学反应有关，所以这种类型的固化过程较慢。图 7-3 为常用模压成型的工艺设备。

（3）传递模塑成型　传递模塑成形是模压成型的一种，多用于热固性聚合物的成型。将聚合物粉或预制品置于圆柱形加热容器中使其熔融。一旦聚合物熔融，在压力作用下，活塞或顶杆就会使其通过流道进入模腔中。待固化时，工件被顶出模具型腔成制品。图 7-4 为传递模塑成型的示意图。

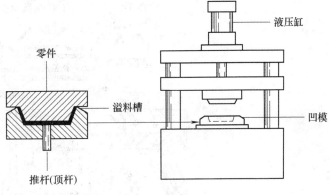

图 7-3　常用模压成型示意图

（4）吹塑成型　吹塑成型常用于从热塑材料制作塑料瓶或容器之类的产品。这种工艺手段是熔融的聚合物挤压进入封闭模具的中心，然后注入空气，使聚合物像吹气球一样膨胀。加热的聚合物按均匀的厚度膨胀，形成期望的制品外形。图 7-5 为吹塑成型及制品示意图。

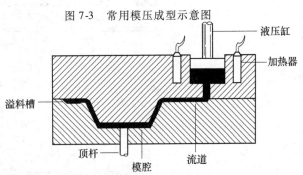

图 7-4　传递模塑成型的示意图

（5）挤压成型　挤压成型是用于横截面固定的热塑成形制品。在压力作用下使熔融状态的聚合物通过金属模挤压成固定截面连续的结构零件，诸如管道、棒材、角材、轨道、软管等典型制品或半成品。通过使用特殊工艺手段，不同成分的聚合物或不同颜色的相同聚合物可同时挤压成形。图 7-6 为挤压成型工艺及典型挤压制品的示意图。挤压成型工艺可用于制作塑料袋和薄膜。

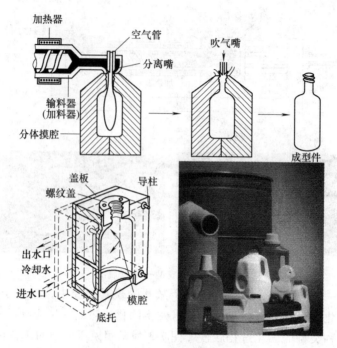

图 7-5  吹塑成型及制品示意图

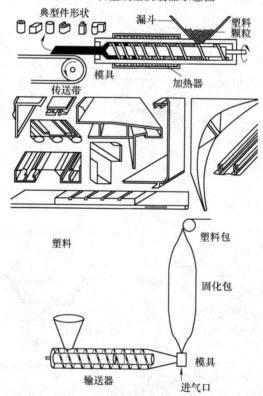

图 7-6  挤压成型工艺及典型挤压制品的示意图

（6）热成型  热成型多用于聚合物薄片或薄膜成形。这种工艺手段通过在模具型腔周边将聚合物薄片进行拉紧后加热软化，软化后薄片滑入型腔内，同时在模具型腔底部采用抽真空的方法将软化的薄片与模具形状相符，再冷却形成制品。热成型常用于各种容器的小批量生产，图 7-7 为热成型及其制品。

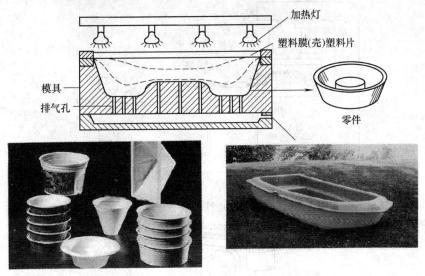

图 7-7 热成型及其制品

（7）浇铸成型　浇铸成型多用于将熔融状态的聚合物灌入金属模具中形成实心或空心的产品。聚合物流入到模具中冷却固化后成形。浇铸成型是多用于氨基甲酸乙酯、硅酮弹性体、树脂、聚酯树脂等产品的成形工艺手段。图 7-8 是浇铸成型及其典型产品。

（8）反应注塑成型　在反应注射成形中，聚合物反应物在常压下注入模具型腔之前，在高压作用下抽入化学反应混合器中，由于发生的化学反应有热能和气体产生，产生的气体形成的足够大的压力使混合物充满模具型腔，而化学反应产生的热量加剧了聚合物固化的速度。反应注塑成型多用于大型聚合物结构零件（一般由聚氨酯制成）的成型工艺，如汽车仪表面板、挡泥板等零件的成形。图 7-9 为反应注塑成型工艺。

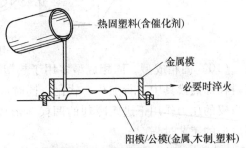

（9）旋转浇铸　旋转浇铸用于低成本的空心产品的制造，也称为离心铸造。将热塑性聚合物颗粒置于金属模具中，然后对模具加热使聚合物软化、熔融，再使模具绕空间的两个正交轴以一定的角速度旋转。熔融状态的塑料颗粒在离心力的作用下以液态的形式，粘附在模具型腔壁，形成与模具内表面相符的均匀外壳。这种工艺手段多用于制造大型的塑料容器，如垃圾罐等产品的成形。这种成型工艺成本低，造价便宜。图 7-10 为旋转浇铸。

图 7-8 浇铸成型及其典型产品

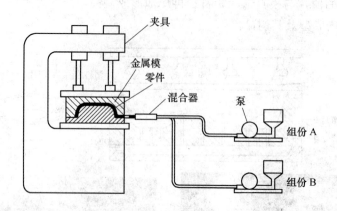

图 7-9　反应注塑成型工艺

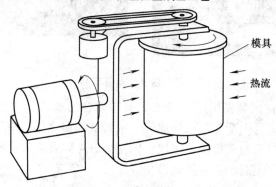

图 7-10　旋转浇铸

（10）固相成型　固相成型多用于热塑性材料的拉拔成型。这种工艺手段通过对热塑性板料在加热模具中进行加热、软化，同时进行锻造形成环状制品。加热、锻造后预成型坯料在凸模的压力作用下进入冷却的凹模，形成最终所需的成品。图 7-11 所示为聚合物板料固相成型的工艺过程。

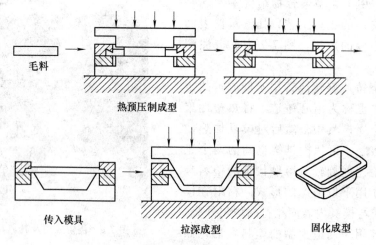

图 7-11　聚合物固相成型的工艺过程

### 7.1.3　现代模具的发展趋势

模具是工业生产的基础工艺装备，在电子、汽车、电机、电器、仪表、家电和通信等产品中，60% ~80% 的零部件都依靠模具成形，模具质量的高低决定着产品质量的高低，因此，模具被称为"工业之母"。模具又是"效益放大器"，用模具生产的最终产品的价值，往往是模具自身价值的几十倍、上百倍。模具生产的工艺水平及科技含量的高低已成为衡量一个国家科技与产品制造水平的重要标志，它在很大程度上决定了产品的质量、效益、新产品的开发能力，决定着一个国家制造业的国际竞争力。

我国模具工业的技术水平近年来也取得了长足的进步，大型、精密、复杂、高效和长寿命模具上了一个新台阶。大型复杂冲模以汽车覆盖件模具为代表，已能生产部分新型轿车的覆盖件模具。体现高水平制造技术的多工位级进模的覆盖面已从电机、电器铁心片模具，扩展到接插件、电子枪零件、空调器散热片等家电零件模具。在大型塑料模具方面，已能生产48in 电视的塑壳模具、6.5kg 大容量洗衣机全套塑料模具，以及汽车保险杠、整体仪表板等模具。

在精密塑料模具方面，已能生产照相机塑料模具、多型腔小模数齿轮模具及塑封模具等。在大型精密复杂压铸模方面，国内已能生产自动扶梯整体踏板压铸模及汽车后桥齿轮箱压铸模、铝合金发动机缸体压铸模。其他类型的模具，例如子午线轮胎活络模具、铝合金和塑料门窗异型材挤出模等，也都达到了较高的水平，并可替代进口模具。根据国内和国际模具市场的发展状况，未来我国的模具经过行业结构调整后，将呈现十大发展趋势，分别如下：

1）模具日趋大型化。

2）模具的精度将越来越高。

3）塑料模具的比例将不断增大。

4）快速经济模具的前景十分广阔。

5）多功能复合模具将进一步发展。

6）模具标准化和模具标准件的应用将日渐广泛。

7）热流道模具在塑料模具中的比重将逐渐提高。

8）气辅模具及适应高压注塑成型等工艺的模具将有较大发展。

9）压铸模的比例将不断提高，压铸模的寿命和复杂程度要求相应提高。

10）模具技术含量将不断提高，中高档模具比例将不断增大。

模具设计制造水平的提高不仅依赖于制造装备，模具工业所需的人员、软件应用水平都起到了至关重要的作用。现阶段模具 CAD/CAE/CAM 技术从根本上改变了传统的产品开发和模具生产方式，大大提高了产品质量，缩短了产品开发周期，降低了生产成本，强有力地推动了模具行业的发展。据文献统计，国外采用模具 CAD/CAE/CAM 技术可使设计时间缩短 50%，制造时间缩短 30%，成本下降 10%，塑料原料节省 7%，一次试模成功率提高 45% ~50%。

在日本、英国、德国、瑞士、美国等先进工业国家中，由于经济效益显著，大多数专业模具公司采用了 CAD/CAE/CAM 技术。在国际模具市场上，日本模具无论是在交货时间、开发成本，还是在精度方面，都处于领先地位，其主要原因就是日本模具行业较早地引入了模具 CAD/CAE/CAM 技术。

21 世纪世界制造加工业的竞争更加激烈，对产品与模具的设计制造提出了新的挑战，产品需求的多样性要求设计的多品种、复杂化，市场的快速变化要求发展产品及模具的快速设计制造技术，全球性的经济竞争要求尽可能地降低产品成本，提高产品质量，创新、精密、复杂、高附加值已成为产品的发展方向，必须寻求高效、可靠、敏捷、柔性的产品与模具设计制造系统。

### 7.1.4　模具塑性成型技术的研究方向

1）现代模具、模型的设计与制造技术，其主要研究方向为液态金属（铸造）、固态金属（冲压、锻造）和塑料（注塑）凝固与成形过程的数值模拟。铸、锻成形工艺及模具 CAD/CAM 高水平软件的开发，其主要研究内容：

① 注塑流动过程模拟及模具 CAD/CAE/CAM 的研究与开发。

② 大型覆盖件冲压成形过程模拟及模具 CAD/CAE/CAM 的研究与开发。

③ 铸造凝固过程模拟及模具 CAE/CAD 的研究与开发。

2）精密成形技术研究与应用的主要方向与内容包括：汽车等关键零部件无飞边精密模锻工艺及成形理论；新型模具结构及其优化设计；抽油杆锻造工艺及多工位镦锻模。铸造精确成形技术的研究与应用的主要研究方向与内容包括消失模精密铸造理论与成套技术；树脂砂强韧化理论与实践；可控气氛，可控压力下液态金属成形新技术。

3）材料受焊行为及激光加工的主要研究方向及内容包括：激光加工工艺及装置；特种焊接方法与工艺；焊接无损检测；新型焊接电源与设备。激光焊接与激光切割的主要研究方向及内容包括板料激光焊接时的受焊行为；板料激光焊接时的受焊行为；焊接工艺优化；板料激光切割机理及工艺优化。

4）现代材料成形加工设备、自动化及检测技术，其主要研究方向及内容包括：现代塑性成形设备设计理论的研究及高效专用设备的研制；锻压生产自动化及数控技术涉及的快锻液压机技术的开发与推广应用；现代粉末冶金压力机的研制；双工位精密成形螺旋压力机的研制；新型铸造设备的研制与热加工检测技术与仪器的研究与开发。

5）快速成型技术的研究与开发包括：激光、计算机、精密机械、数控技术与新材料等多学科交叉而形成的高新技术，也是先进制造技术的发展前沿。工业发达国家于 20 世纪 80 年代末开始开发，进入 90 年代以后，发展极快。如快速原型研究开发用于快速生产金属精密铸件和铸造消失模与蜡模；其二是以代替木模直接造型或制芯，大批量生产普通铸件。快速制造技术原型用纸及粘接剂、塑料和金属粉末等材料的研究内容如下。

① 带天然饰纹注塑模具快速制造技术的研究与开发。天然饰纹给人以舒适平稳、回归自然、高雅的感觉。带天然饰纹制造技术在轿车、家电、办公用品及室内装潢材料上具有极为广阔的应用前景。

② 绿色铸造技术的研究与开发。绿色铸造是铸造新技术同环保技术的有机结合，极有发展前景。

③ 新型焊接材料，如高强韧性药芯焊丝的研究，这是国外焊接材料新的发展方向，它将焊丝与焊药集于一体，有利于改善焊接工艺和提高焊缝质量，并有利于焊接生产自动化。

④ 材料加工工艺 CAD/CAPP 软件的开发　包括以铸、锻工艺 CAD 为基础，开发焊接

和热处理工艺 CAD；开发铸、锻、焊、热处理工艺 CAPP；促进并实现 CAE/CAD/CAPP/CAM 的一体化。

## 7.1.5　模具精密铸造成型技术的发展

汽车工业中轻金属铸造材料常选用铝、镁，特点是质量轻和成本低。由于镁合金具有较好的延展性、韧性和铸造性能，最有可能成为铝、聚合物和钢的替代材料。近净成型锻造技术取代大型机加工件可显著降低成本，并提高锻件的质量。

连铸和喷射成型近净型技术应用在常用和特种金属工业方面，如连铸是主要的最经济的钢制造方法，可减少轧制步骤，降低投资和增加产量。先进工艺、制模和传感技术的应用使控制更为紧凑。电磁控制表面质量和清洁度使薄带铸造更具商业潜力。喷射成型是一种极灵活的技术，正在发展其广泛应用，特别是在某些特定领域，如 Al - Si 活塞杆生产。连铸和喷射成型正通过一些政府项目而推广，成为全球快速发展的新技术。

近净型技术中重要的控制环节是模拟，它加强了对近净型工艺过程的了解，可获得最大效益。人们对粉末金属及半凝固金属的研究，可以预测晶粒结构、并控制其成长、尺寸和分布。粉冶工艺在各工业领域中的重要性和应用正在不断地增长。

在粉冶工业中，制作粉末直径小于 $0.1\mu m$ 的纳米结构材料的工艺是一项最有前途的技术，该材料在陶瓷成型、复印油墨中已长期应用，最近在磁性材料、催化剂、传感器、传动装置、微电路、钻头及耐磨部件、储能装置、热障涂层等领域得到发展。

固态自由成型（SFF）是多项传统技术的综合，如粉冶、金属版印刷术、CNC 加工技术、CAD 模具以及其他一些新技术，包括激光、运动控制、喷墨打印。SFF 的优点包括减少机加工的限制，设计自由度大，另外，可大大地降低机加工和制样成本以及生产周期。现代技术能将激光、光刻、粉末、叠层和沉积多种技术集于一体。最令人关注的方面是功能金属件，特别是工具/模具和复合材料的性能。激光无切屑加工成型技术已成功地加工出多种材料，但其工艺仍需进一步研究，以了解其性能特点，设计出适用于产业化的装备。

消失模泡沫铸造和反重力铸造技术已商业化。汽车工业推动了铸造研究，模铸中采用加芯技术应用于模铸铝发动机罩。钻吊杆挤压铸造是将部分熔融金属在控制条件下压入模具，并首次在汽车转向部件上使用。

铝铸件应用在航空器上，如砂型铸件波音 757 的门板电子显示板，测试寿命大于其设计寿命的 50 倍。开发壁厚小于 2.5mm 的薄壁铸造可满足铝镁日益增长的需要。铸钢厂也已对薄壁铸造投资研究。钛铸件厂在过去 5 年中增加了 4 倍，钛铸件在体育用品上的用量远大于航空件的用量。无论什么合金，铸件的应用发展应归因于铸造厂的工艺技术进步。美国铸造协会十年前就开始研究消失模铸造技术，今天已广泛应用于铝铸造，该技术不增加成本，为设计者提供了制作多种构型的机会。反重力铸造解决了氧化物污染问题，可溶性蛋白质基内芯树脂可再利用，另外燃烧时排放物无毒，解决了环境污染问题。

由于凝固模拟研究的发展，金属铸造技术进展较快，可预测铸件中形成宏观和微观疏松的位置，还能预测凝固中金属渗透、热裂、铸造微观组织、宏观偏析和铸造畸变，目前正在开发可预测静态和动态铸件性能的模型。由于工程技术人员现在能根据设计要求去比较预测性能，在金属浇注之前就了解了铸件是否满足所需功能要求。模拟技术为铸造厂开拓市场提供了巨大机遇，工艺模型技术发展使金属铸造学成为一种高技术学科。

# 7.2 模具 CAD/CAM/CAE 技术基础

模具 CAD/CAM/CAE 相关技术包括参数化设计造型、数据库技术、塑性成型装备与成型工艺技术、装配技术、数控加工技术、专家知识技术等。国外先进发达国家如日本、美国和欧洲等国在模具 CAD/CAM/CAE 方面的应用先进性主要表现在以下三个方面。

1）CAD/CAE/CAM 的广泛应用，显示了用信息技术带动和提升模具工业的优越性。在欧美国家，CAD/CAE/CAM 已成为模具企业普遍应用的技术。在 CAD 的应用方面，已经超越了甩掉图板、二维绘图的初级阶段，目前 3D 设计已达到了 70%～89%。Pro/E、UG、CIMATRON 等软件的应用很普遍。应用这些软件不仅可完成 2D 设计，同时可获得 3D 模型，为 NC 编程和 CAD/CAM 的集成提供了保证。应用 3D 设计，还可以在设计时进行装配干涉的检查，保证设计和工艺的合理性。

数控机床的普遍应用保证了模具零件的加工精度和质量。30～50 人的模具企业，一般拥有数控机床十多台。经过数控机床加工的零件可直接进行装配，使装配钳工的人数大大减少。CAE 技术在欧美国家已经逐渐成熟。在注塑模设计中应用 CAE 分析软件，可以模拟塑料的冲模过程，分析冷却过程，预测成型过程中可能发生的缺陷。在冲模设计中应用 CAE 软件，可以模拟金属变形过程，分析应力应变的分布、预测破裂、起皱和回弹等缺陷。CAE 技术在模具设计中的作用越来越大，意大利 COMAU 公司应用 CAE 技术后，试模时间减少了 50% 以上。

2）为了缩短制模周期，提高市场竞争力，普遍采用高速切削加工技术。高速切削是以高切削速度、高进给速度和高加工质量为主要特征的加工技术，其加工效率比传统的切削工艺要高几倍，甚至十几倍。目前，欧美模具企业在生产中广泛应用数控高速铣，三轴联动的比较多，也有一些是五轴联动的，转速一般在 $1.5 \times 10^4 \sim 3 \times 10^4 \mathrm{r/min}$。采用高速铣削技术，可大大缩短制模时间。经高速铣削精加工后的模具型面，仅需略加抛光便可使用，节省了大量修磨、抛光的时间。欧美国家的模具企业十分重视技术进步和设备更新。设备折旧期限一般为 4～5 年。增加数控高速铣床，是模具企业设备投资的重点之一。

3）快速成形技术与快速制模技术获得普遍应用。由于市场竞争日益激烈，产品更新换代不断加快，快速成形和快速制模技术应运而生，并迅速获得普遍应用。在欧洲模具展上，快速成形技术和快速制模技术占据了十分突出的位置，有 SLA、SLS、FDM 和 LOM 等各种类型的快速成形设备，也有专门提供原型制造服务的机构和公司。下面以注塑模的设计制造、仿真为例说明 CAD/CAM/CAE 应用的必要性和基本设计流程。

## 7.2.1 注塑模的重要性

1）塑料具有密度小，质量轻，比强度大，绝缘性好，介电损耗低，化学稳定性强，成型生产率高和价格低廉等优点，在国民经济和人民日常生活的各个领域得到了日益广泛的应用。早在 20 世纪 90 年代初，塑料的年产量按体积计算已经超过钢铁和有色金属年产量的总和。在机电、仪表、化工、汽车和航天航空等领域，塑料已成为金属的良好代用材料，出现了金属材料塑料化的趋势。

2）以汽车工业为例，由于汽车轻量化、低能耗的发展要求，汽车零部件的材料构成发生了明显的以塑代钢的变化，目前我国汽车塑料占汽车自重的 5% 至 6%，而国外已达 13%，根据专家预测，汽车塑料的单车用量还将会进一步增加。在现代车辆上，无论是外装饰件、内装饰件，还是功能与结构件，都可以采用塑料材料，外装饰件有保险杠、挡泥板、车轮罩、导流板等；内装饰件有仪表板、车门内板、副仪表板、杂物箱盖、座椅、后护板等；功能与结构件有油箱、散热器水室、空滤器罩、风扇叶片等。从国内外汽车塑料应用的情况看，汽车塑料的用量现已成为衡量汽车生产技术水平的标志之一。

3) 作为塑料制件最有效的成型方法之一的注塑成型由于可以一次成型各种结构复杂、尺寸精密和带有金属嵌件的制品，并且成型周期短，可以一模多腔，生产率高，大批生产时成本低廉，易于实现自动化生产，因此在塑料加工行业中占有非常重要的地位。据统计，塑料模具约占所有模具（包括金属模）的 38.2%，塑料制品总质量的大约 32% 是用于注塑成型的，80% 以上的工程塑料制品都要采用注塑成型方式生产。

4) 根据海关统计，我国 2000 年共进口模具 9.77 亿美元，其中塑胶模具共 5.5 亿美元，占 56.3%，2001 年共进口模具 11.12 亿美元，其中塑胶模具共 6.16 亿美元，占 55.4%。从品种上来说，进口量最大的是塑胶模具。

## 7.2.2 模具 CAD/CAM/CAE 的概念

(1) 模具 CAD 的概念　运用 CAD 技术能帮助广大模具设计人员由注塑制品的零件图迅速设计出该制品的全套模具图，使模具设计师从繁琐、冗长的手工绘图和人工计算中解放出来，将精力集中于方案构思、结构优化等创造性工作。利用 CAD 软件，用户可以选择软件提供的标准模架或灵活方便地建立适合自己的标准模架库，在选好模架的基础上，从系统提供的诸如整体式、嵌入式、镶拼式等多种形式的动、定模结构中，依据自身需要灵活地选择并设计出动、定模部装图，采用参数化的方式设计浇口套、拉料杆、斜滑块等通用件，然后设计推出机构和冷却系统，完成模具的总装图。最后利用 CAD 系统提供的编辑功能，方便地完成各零件图的尺寸标注及明细表。

(2) 模具 CAE 的概念　CAE 技术借助于有限元法、有限差分法和边界元法等数值计算方法，分析型腔中塑料的流动、保压和冷却过程，计算制品和模具的应力分布，预测制品的翘曲变形，并由此分析工艺条件、材料参数及模具结构对制品质量的影响，达到优化制品和模具结构、优选成型工艺参数的目的。塑料注塑成型 CAE 软件主要包括流动保压模拟、流道平衡分析、冷却模拟、模具刚度强度分析和应力计算、翘曲预测等功能。其中：

1) 流动保压模拟软件能提供不同时刻型腔内塑料熔体的温度、压力、剪切应力分布，其预测结果能直接指导工艺参数的选定及流道系统的设计。

2) 流道平衡分析软件能帮助用户对一模多腔模具的流道系统进行平衡设计，计算各个流道和浇口的尺寸，以保证塑料熔体能同时充满各个型腔。

3) 冷却模拟软件能计算冷却时间、制品及型腔的温度分布，其分析结果可以用来优化冷却系统的设计。

4) 刚度强度分析软件能对模具结构进行力学分析，帮助用户对型腔壁厚和模板厚度进行刚度和强度校核。

5) 应力计算和翘曲预测软件则能计算出制品的收缩情况和内应力的分布，预测制品出模后的变形。如在板料成型模拟方面，Dynaform、Autoform、Fastform 等均可较好的对板料成型的展开料、减薄、应力应变、回弹等进行优化分析，有助于提高模具的设计水平与产品成型过程的质量。

（3）模具 CAM 的概念　运用 CAM 技术能将模具型腔的几何数据转换为各种数控机床所需的加工指令代码，取代手工编程。例如，自动计算钼丝的中心轨迹，将其转化为线切割机床所需的指令（如 3B 指令、G 指令等）。对于数控铣床，则可以计算轮廓加工时铣刀的运动轨迹，并输出相应的指令代码。采用 CAM 技术能显著提高模具加工的精度及生产管理的效率。

近 20 年来以计算机技术为代表的信息技术的突飞猛进，为注塑成型采用高新技术提供了强有力的条件，注塑成型计算机辅助软件的发展十分引人注目。CAD 方面，主要是在通用的机械 CAD 平台上开发注塑模设计模块。目前国际上占主流地位的注塑模 CAD 软件主要有 Pro/E、I – DEAS、UGII 等。在国内，华中科技大学是较早（1985 年）自主开发注塑模 CAD 系统的单位，并于 1988 年开发成功国内第一个 CAD/CAE/CAM 系统 HSC1.0，合肥工业大学、中国科技大学、浙江大学、上海交通大学、北京航空航天大学等单位也开展了注塑模 CAD 的研究并开发了相应的软件，目前在国内较有影响的 CAD 系统有 CAXA、高华CAD、HSC3.0、开目 CAD、InteSolid、金银花等。

## 7.2.3　采用模具 CAD/CAM/CAE 技术的必要性

21 世纪世界制造加工业的竞争更加激烈，对注塑产品与模具的设计制造提出了新的挑战，产品需求的多样性要求塑件设计的多品种、复杂化，市场的快速变化要求发展产品及模具的快速设计制造技术，全球性的经济竞争要求尽可能地降低产品成本、提高产品质量，创新、精密、复杂、高附加值已成为注塑产品的发展方向，必须寻求高效、可靠、敏捷、柔性的注塑产品与模具设计制造系统。

传统的模具设计制造方法主要是尝试法，依据设计者有限的经验和比较简单的计算公式进行产品和工艺开发。但是在生产实际中涉及的模具千差万别，制品和模具的结构千变万化，工艺条件各不相同，仅凭有限的经验和简单的公式难以对这些因素作全面的考虑和处理，设计者经验的积累和公式的总结无法跟上材料的发展和制品复杂程度及精度要求的提高，因此，开发过程中要反复试模和修模，导致生产周期长、费用高，产品质量难以得到保证，对于成型大型制品和精密制品，问题更加突出。

应用 CAD/CAE/CAM 技术从根本上改变了传统的产品开发和模具生产方式，大大提高了产品质量，缩短了产品开发周期，降低了生产成本，强有力地推动了模具行业的发展。据文献统计，国外采用模具 CAD/CAE/CAM 技术可使设计时间缩短 50%，制造时间缩短 30%，成本下降 10%，塑料原料节省 7%，一次试模成功率提高 45% ~50%。由于经济效益显著，在日本、英国、德国、瑞士、美国等先进工业国家中，大多数专业塑料注塑模厂采用了 CAD/CAE/CAM 技术。在国际模具市场上，日本模具无论是在交货时间、开发成本，还是在精度方面，都处于领先地位，其原因就是日本模具行业较早地引入了模具 CAD/CAE/CAM 技术。根据海关统计，我国 2001 年从日本进口模具 3.6 亿美元，占进口模具的 32.8%。

模具 CAD 专家系统实质上就是一个具有智能特点的计算机程序系统，能够在某特定领域内，模仿人类专家思维求解复杂问题的过程。它具有启发性、灵活性、透明性的特点，开发工具大致可分为程序设计语言和专家系统外壳。一般专家系统由知识库、推理机、数据库、知识获取机制、解释机制以及人机界面组成。知识库用以存放专家提供的专门知识。专家系统的问题求解是运用专家提供的专门知识来模拟专家的思维方式进行的，所以知识库是决定一个专家系统是否优越的关键因素，专家系统的性能水平取决于知识库中所拥有知识的数量和质量。知识表示采用产生式、框架和语意网络等几种形式，其中以产生式形应用最普遍。

　　数据库用于存放系统运行过程中所需要和产生的所有信息。推理机是针对当前问题的信息，识别、选取、匹配知识库中规则，以得到问题求解结果的一种机制。目前应用较为广泛的两种推理方法分别为正向和反向推理。一般的铸造问题多为诊断性问题，较多采用反向推理。知识获取是专家系统的关键，也是专家系统设计的"瓶颈"问题，通过知识获取机制可以扩充和修改知识库，实现专家系统的自我学习。解释机制能够根据用户的提问，对结论、求解过程以及系统当前的求解状态提供说明。用户界面则为人机间相互交换信息提供了必要的手段。如利用数据库技术可以提高设计资源的共享力度和设计的重复使用效率，通过将模具标准件和标准模架库进行参数化的管理，大大地提高了模具设计的水平和效率。

　　三维 CAD/CAM/CAE 集成的设计软件平台 UG NX 提供了基于专家系统的注塑模（Mold Wizard）、钣金零件冲压模（Die Engineer）、级进模（Progressive Die Wizard）等模具设计功能，模具专家设计系统融入了模具设计师的经验和系统开发师的智慧，使用它们可以加速模具设计速度，提高产品的设计质量。模具设计向导技术提供了基于最优实践基础上的、逐步引导式进行构造的工作流程，使许多企业的模具设计过程实现了自动化。企业在模具设计制造（规划、采购、详细设计、电极设计、模具制造）方面可以并行展开，因而缩短了交付时间。使用模具 CAD 专家系统的优势主要表现在如下几个方面：

　　1）文件和制造信息：用关联的孔表、三维注释和孔间隙来自动创建图样，使级进冲模设计文件化。通过三维注释，能够实现无纸化沟通和制造。通过集成 NX 级进模设计（NX rogressive DieDesign）和 NX CAM，使制造过程和操作选择自动化。

　　2）设计变更管理：以图形的形式比较不同设计版本的共性和区别。在钣金零件、带料布局过程、布局参数和镶块组变更的基础之上，很容易更新相关特征、图样和刀具路径。

　　3）过程和数据管理：通过多个设计师并行地进行一个级进模设计工作，能够进行面向团队的设计。这种方法是传统的产品/加工并行概念的扩展。在各个工具设计和制造团队之间分配产品和过程数据，并使之同步化，并且重复使用经过证明的设计实践。

　　4）协同：通过把二维图样和三维设计信息和其他电子文件一起打包到一个压缩文件之中，简化了协同过程。该压缩文件在设计过程之中能够用电子邮件进行发送，并由非 CAD 参与者查看。

　　5）工具验证：在装配环境中验证级进模设计，在不同位置状态下形成正确的余隙和离隙。计算压力和受力中心，验证带料布局的物料使用情况。

　　6）提高凸凹模的设计效率，通过标准件的调用和标准模架的调用，大大节省了模具设计的时间。同时通过模具 CAD/CAM/CAE 的集成化应用，解决了模具数控加工制造中的数据来源问题，避免了模具二维设计模式的许多缺陷。

### 7.2.4 计算机技术在注塑模中的应用领域

塑料产品从设计到成型生产是一个十分复杂的过程，它包括塑料制品设计、模具结构设计、模具加工制造和模塑生产等几个主要方面，它需要产品设计师、模具设计师、模具加工工艺师及熟练操作工人协同努力来完成，它是一个设计、修改、再设计的反复迭代、不断优化的过程。传统的手工设计已越来越难以满足市场激烈竞争的需要。计算机技术的运用，正在各方面取代传统的手工设计方式，并取得了显著的经济效益。计算机技术在注塑模中的应用主要表现在以下几方面。

（1）塑料制品的设计　塑料制品应根据使用要求进行设计，同时要考虑塑料性能的要求、成型的工艺特点、模具结构及制造工艺的要求、成型设备、生产批量及生产成本以及外形的美观大方等各方面的要求。由于这些因素相互制约，所以要得到一个合理的塑料产品设计方案非常困难，同时塑料品种繁多，要选择合适的材料需要综合考虑塑料的力学、物理、化学性能、要查阅大量的手册和技术资料，有时还要进行试验验证。所有这些工作，即使是有丰富经验的设计师也很难取得十分满意的结果。

基于特征的三维造型软件为设计师提供了方便的设计平台，其强大的编辑修改功能和曲面造型功能以及逼真的显示效果使设计者可以运用自如地表现自己的设计意图，真正做到所想即所得，而且制品的质量、体积等各种物理参数一并计算保存，为后续的模具设计和分析打下良好的基础。强大的工程数据库包括了各种塑料的材料特性，且添加方便。采用基于知识（Knowledge-Based Reasoning，KBR）和基于实例（Case-Based Reasoning，CBR）推理的专家系统的运用，使塑料材料选择简单、准确。

（2）模具结构设计　注塑模具结构要根据塑料制品的形状、精度、大小、工艺要求和生产批量来决定，它包括型腔数目及排列方式、浇注系统、成型部件、冷却系统、脱模机构和侧抽芯机构等几大部分，同时要尽量采用标准模架，计算机技术在注塑模具中的应用主要体现在注塑模具结构设计中。

（3）模具开合模运动仿真　注塑模具结构复杂，要求各部件运动自如，互不干涉，且对模具零件的顺序动作以及行程有严格的控制，运用 CAD 技术可对模具开模、合模以及制品被推出的全过程进行仿真，从而检查出模具结构设计的不合理处，并及时更正，以减少修模时间。

（4）注塑过程数值模拟　塑料在模具模腔中要经过流动、保压和冷却三个主要阶段，其流动、力学行为和热行为非常复杂，采用 CAE 方法可以模拟塑料熔体在模腔中的流动与保压过程，其结果包括熔体在浇注系统和型腔中流动过程的动态图，提供不同时刻熔体及制品在型腔各处的温度、压力、剪切速率、切应力以及所需的最大锁模力等，其预测结果对改进模具浇注系统及调整注塑工艺参数有着重要的指导意义；同时还可计算模具在注塑过程中最大的变形和应力，以此来检验模具的刚度和强度能否保证模具正常工作；对制品可能发生的翘曲进行预测，可使模具设计者在模具制造之前及时采取补救措施；运用 CAE 方法还可分析模壁的冷却过程，其预测结果有助于缩短模具冷却时间，改善制品在冷却过程中的温度分布不均匀性。

（5）模具数控加工　复杂制品的模具成型零件多采用数控加工的方法制造，利用数控编程软件可模拟刀具在三维曲面上的实时加工过程，并显示有关曲面的形状数据，以保证加工过程的可靠性，同时还可自动生成数控线切割指令、曲面的三轴、五轴数控铣削刀具轨迹等。

在注塑模具中，型腔用以生成制品外表面，型芯用以生成制品的内表面。由于塑料的成型收缩率，模具磨损及加工精度的影响，制品的内外表面尺寸并不就是模具的型芯面、型腔面的尺寸，两者之间需要经过比较繁琐的换算，由于目前流行的商品化注塑模 CAD 软件并未能较好地解决这种换算，此制品的形状和模腔的形状要分别地输入，工作量大且十分繁琐，如何由制品形状方便、准确、快捷地生成型腔和型芯表面形状仍是当前的研究课题。

1）注塑模结构 CAD 系统必须具备描述物体几何形状的能力　由于注塑模的工作部分（型腔和型芯）是根据产品零件的形状设计的，所以无论设计什么样结构的注塑模，开始阶段必须提供产品零件的几何形状，这就要求注塑模 CAD 系统具备描述物体几何形状的能力，即几何构型的功能，根据产品的几何形状构造出注塑模的工作部分模腔图形。否则，设计程序就无法正常运行。

2）标准化是实现注塑模结构 CAD 系统的有效手段。注塑模结构设计一般不具有唯一性。即使对于同一产品零件，不同设计人员设计的模具不尽相同。为了便于实现注塑模具结构 CAD 系统，在建立注塑模结构 CAD 系统时，首先要解决的问题便是标准化问题，包括设计准则的标准化，模具零件和模具结构的标准化。有了标准化的模具结构，在设计注塑模具时可以选用典型的模具结构和标准模架，调用标准模具零件，需要设计的只是少数与工作有关的零件，模具设计人员就有更多的精力从事诸如方案构思和结构优化等创造性工作。

3）设计数据的处理是注塑模 CAD 中的一个重问题。人工设计注塑模所采用的设计数据大部分是以数据表格和线图形式给出，采用计算机辅助设计注塑模，必须对这些数据表格和线图进行恰当的处理，将其变为计算机能够处理的表达形式。程序化和公式化是处理数据表格和线图形式设计数据的基本方法，对于那些难以程序化和公式化的经验数据，就只能通过人工交互的方式予以解决。

4）注塑模结构 CAD 系统应具有广泛适应性　注塑模的结构随产品的不同而变化，同时模具的设计方式也因人而异，特别是目前设计标准在我国还未真正统一，各个行业乃至每个厂所采用的模架标准、结构标准、零件标准均不一致，模具的生产方式为单件生产，小批量生产模具的情况极为少见，产品更新换代快，相应模具的设计速度也应跟上，所有这些，都要求注塑模结构 CAD 系统必须具有广泛的适应性，这是开发出真正商品化、实用化的注塑模结构 CAD 系统所必备的基本条件。

注塑模 CAD 设计程序主要包括确定型腔的数目、选定分型面、确定型腔的配置、确定浇注系统、确定脱模方式、冷却系统和推出机构的细化、确定凹模和型芯的结构和固定方式、确定排气方式、绘制模具的结构草图、校核模具与注射机有关的尺寸、校核模具有关零件的强度和刚度、绘制模具的装配图、绘制模具的零件图、复核设计图样等。以下几个方面是注塑模具设计过程中需要重点注意的地方。

①　浇注系统：它是注塑模具设计中最重要的问题之一，浇注系统是引导塑料融体从注塑机喷嘴到模具型腔为止的一种完整的输送通道。它具有传质、保压和传热的功能，对塑件质量具有决定性影响。它的设计合理与否影响着模具的整体结构及其工艺操作的难易程度。浇注系统的作用是将塑料融体顺利地充满到模腔深处，以获得外形轮廓清晰、内在质量优良的塑料制件。因此要求充模过程快而有序，压力损失小，热量散失少，排气条件好，浇注系统凝料易于

与制品分离或切除。浇注系统一般由四部分组成：主流道、分流道、浇口和冷料穴。

② 成型部件：它是构成型腔的模具零件，包括凹模、型芯、成型杆等，凹模用以形成制品的外表面，型芯用以形成制品的内表面、成型杆用以形成制品的局部细节。在设计注塑模具的成型部件时，需要确定型腔的布置方案，选择分型面和浇口位置，开设排气槽，确定脱方式等，然后计算成型零件的工作尺寸，并对关键的成型零件进行强度和刚度的校核。

③ 导向机构：主要有导柱导向和锥面定位两种形式。注塑模一般采用四个导柱和导套。导柱既可安装在动模一侧也可安装在定模一侧，但通常导柱设在主型芯的四周，起保护型芯的作用。在注塑过程中，导柱承受一定的侧压力，当熔体所产生的侧压力很大时，便不能单靠导柱承担，此时需要增设锥面定位装置。从模具推出塑料制品及其浇注系统凝料的机构称为推出机构。其典型结构包括：推杆、推出固定板、导套、导柱、推板、拉料杆、复位杆、限位钉等。为了保证注塑模准确合模和开模，在注塑模中必须设有导向机构。导向机构主要起定位、导向以及承受一定侧压力的作用。

④ 温度控制系统：它直接影响到制品的质量和生产效率。由于各种塑料的性能和成型工艺要求不同，对模具温度的要求也不同。一般注射到模具内的塑料熔体的温度为200℃左右，熔体固化为制品后，从60℃左右的模具中脱模，温度的降低是依靠在模具内通入冷却水，将热量带走。大多塑料对模温要求较低，只需要设置冷却系统即可，冷却系统的温度调节对制品质量的影响表现在如下几个方面。

a. 变形：模具温度稳定、冷却速度均衡可以减小制品的变形。

b. 尺寸精度：利用温度调节系统保持模具温度的恒定，能减少制品成型收缩率的波动，提高制品尺寸精度的稳定性。

c. 力学性能：对于结晶型塑料，结晶度越高，制品的应力开裂倾向越大，所以从减小应力开裂的角度出发，降低模温是有利的。

d. 表面质量：提高模具温度能改善制品表面质量，过低的模温会使制品轮廓不清晰并产生明显的熔合纹，导致制品表面粗糙度值提高。

### 7.2.5 塑性成型 CAE 的发展

流动模拟的目的是预测塑料熔体流经流道、浇口并充填型腔的过程，计算流道、浇口及型腔内的压力场、温度场、速度场、剪切应变速率场和剪切应力场，并将分析结果以图表、等值线图和真实感图的方式直观地反映在计算机屏幕上。通过流动模拟可优化浇口数目、浇口位置及注塑成型工艺参数，预测所需的注射压力及锁模力，并发现可能出现的注射不足、烧焦、不合理的熔接缝位置和气孔等缺陷。下面分别从一维、二维和三维流动分析进行简单讲解。

（1）一维流动分析 对一维流动分析的研究始于20世纪60年代，研究对象主要是几何形状简单的圆管、矩形或中心浇注的圆盘等。一维流动分析采用有限差分法求解，可得到熔体的压力、温度分布以及所需的注射压力。一维流动分析计算速度快，流动前沿位置容易确定，可根据给定的流量和时间增量直接计算出下一时刻的熔体前沿位置，但仅局限于简单、规则的几何形状，在生产实际中的应用很受限制。

（2）二维流动分析 对二维流动分析的研究始于20世纪70年代。在二维流动分析中，除数值方法本身的难点外，另一个新的难点是对移动边界的处理，即如何确定每一时刻的熔体前沿位置。流动网络分析法（Flow Analysis Network；FAN）的基本思想是首先对整个型腔剖分矩形网格，并形成相应于各节点的体积单元，随后建立节点压力与流入节点体积单元的流量之间的关系，得到一组以各节点压力为待求量的方程，求解方程组得到压力分布，进而计算出流入前沿节点体积单元的流量，最后根据节点体积单元的充填状况更新流动前沿位置。重复上述计算，直至型腔充满。

（3）三维流动分析　三维流动分析因采用模型不同而形成了如下两种基本的方法。

1）基于中性层模型的三维分析。基于中性层模型的分析是在二维流动分析的基础上发展起来的三维分析方法，其基本思想是将型腔简化为一系列具有一定厚度的中性层面片，每个中性层面片本身是二维的，但由于其法向可指向三维空间的任意方向，因此组合起来的中性层面片可用于近似描述三维薄壁制品。基于中性层模型三维分析的一个难点是如何将适用于单个中性层面片的算法推广到具有三维空间坐标的所有中性层面片。解决这一问题的方法主要有以下三种：

①　二维展开法。将三维制品展开在二维平面上，然后用二维分析方法进行分析。采用这种方法可以考虑熔体温度的变化，实现对三维制品的非等温流动分析。

②　流动路径法。这种方法以一维流动分析为基础，先将三维制品展开在二维平面上，然后将展平后的制品分解为一系列先定义好的一维流动单元，如圆管、矩形平板、扇形平板等，得到一组流动路径，每条流动路径由若干一维流动单元串联而成。在分析过程中，通过迭代计算，在满足各流动路径的流量之和等于总的注射流量的条件下，使各流动路径的压力降相等。这种方法算法简单，所需计算时间短，但难以分析形状复杂的制品。对展平后的制品进行分解往往要依靠分析人员和模具设计者的经验，数据准备工作量很大。

③　有限元/有限差分混合法。这种方法沿用 Hieber 和 Shen 提出的数学模型，利用有限元方法先在单元局部坐标系中计算单元刚度矩阵，然后再组装成整体刚度矩阵，通过制品三维空间坐标系与中性层面片二维局部坐标系之间的变换，处理三维制品的流动分析，避免了三维制品的二维展开。这种方法还通过定义三角形单元的节点控制体积，将确定熔体流动前沿的 FAN 方法改造为控制体积法，这样在计算过程中就能自动更新熔体流动前沿，不需人工干预，并能对流道、浇口和型腔进行整体分析。构造中性层模型是基于中性层模型三维分析的另一难点，如何根据三维实体模型生成中性层长期以来一直是制约三维分析软件发展和推广应用的瓶颈。

2）基于三维有限元模型的三维分析。三维有限元方法是在三维实体模型基础上，用三维有限元网格取代二维有限元与一维有限差分混合算法，来分析流动过程的压力场和温度场。这种方法不需要生成中性层模型，但注塑成型中绝大部分是薄壁制品，厚度方向上的尺寸远小于其他两个方向的尺寸，温度、剪切速率等物理量在厚度方向上变化又很大，要保证足够的分析精度，势必要求网格十分细密（网格尺寸应与壁厚的 1/10 相当），因而数据量相当庞大，计算效率非常低下，并不适合开发周期短并需要通过 CAE 进行反复修改验证的注塑模设计。

## 7.2.6　注塑模 CAD/CAE/CAM 技术的应用流程

在工业发达国家，注塑模 CAD/CAE/CAM 技术的应用已非常普遍。它们的模具企业订货所需的塑料制品资料已经广泛使用电子文档，能否具有接受电子文档的模具 CAD/CAM 系统已成为模具企业生存的必要条件。当前代表国际先进水平的注塑模 CAD/CAE/CAM 的工程应用具体体现在如下四个先进的方面：

1）基于网络的模具 CAD/CAE/CAM 集成化系统已开始使用：如英国 Delcam 公司在原有软件 DUCT5 的基础上，为适应最新软件发展及实际需求，向模具行业推出了可用于注塑模 CAD/CAM 的集成化系统 Delcam's Power Solution。该系统覆盖了几何建模、注塑模结构设计、反求工程、快速原型、数控编程及测量分析等领域。系统的每一个功能既可以独立运行，又可通过数据接口作集成分析。

2）微机软件在模具行业中发挥着越来越重要的作用：在 20 世纪 90 年代初，能用于注塑制品几何造型和数控加工的模具 CAD/CAM 系统主要是在工作站上采用了 UNIX 操作系统开发和应用的，如在模具行业中应用较广的美国 Pro/E、UG II、CADDS5，法国的 CATIA、EUCLID 和英国的 DUCT5 等。随着微机技术的飞速进步，在 20 世纪 90 年代后期，基于 Windows 操作系统的新一代微机软件，如 Solid works、Solid Age、MDT 等崭露头角。这些软件不仅在采用了 NUBRS 曲面（非均匀有理 B 样条曲面）、三位参数化特征造型等先进技术方面继承了工作站级 CAD/CAM 软件的优点，而且在 Windows 风格、动态导航、特征树、面向对象等方面还具有工作站级软件所不能比拟的优点，深得使用者的好评。为了顺应潮流，许多工作站级软件相继都移植了微机级的 CAD/CAM 版本，有的软件公司为了能与 Windows 操作系统风格一致，甚至重写了 CAD/CAM 系统的全部代码。

3）模具 CAD/CAE/CAM 系统的高智能化程度正在逐步提高：当前，注塑模设计和制造在很大程度上依靠着人的经验和直觉。仅凭有限的数值计算功能，软件是无法为用户提供符合实际情况的正确结果的，软件的智能化功能现已成为衡量模具软件先进性和实用性的重要标志之一。许多软件都在智能化方面作了大量工作。如以色列的 Cimatron 公司的注塑模专家系统，能根据脱模方向优化生成分模面，其设计过程实现了模具零件的相关性，自动生成供数控加工的钻孔表格，在数控加工中实现了加工参数的优化等，这些具有智能化的功能可显著提高注塑模的生产效率和质量。

4）注塑模三维设计与分析的工程化应用：在注塑模结构设计中，传统的方法是采用二维设计，即先将三维的制品几何模型投影为若干二维视图后，再按二维视图进行模具结构设计。这种沿袭手工设计的方式已不能适应现代化生产和集成化技术的需求，在国外已有越来越多的公司采用基于实体模型的三维模具结构设计。与此相适应，在注射流动过程模拟软件方面，也开始由基于中性层面的二维分析方式向基于实体模型的三维分析方式过渡，使三维设计与三维分析的集成得以实现。近 20 年来，以计算机技术为代表的信息技术的突飞猛进为注塑成型采用高新技术提供了强有力的条件，注塑成型计算机辅助软件的发展十分引人注目。图 7-12 和 7-13 分别为注塑模具 CAD/CAM/CAE 的系统图及其设计流程图。在模具 CAD 方面，主要是在通用的机械 CAD 平台上开发注塑模设计模块。随着通用机械 CAD 的发展经历了从二维到三维、从简单的线框造型系统到复杂的曲面实体混合造型的转变。一个完善的模具 CAD/CAE/CAM 系统应包括制品构造、模具概念设计、CAE 分析、模具评价、模具结构设计和 CAM。下面以注塑模具设计为例进行简要说明模具 CAX 的工作流程，图 7-14 和图 7-15 分别为产品的设计流程和模具的设计流程。对于其他的冲压模具、铸造模具其设计制造的工作流程思路基本是一致的，差别在于其工艺过程的控制上有所不同。

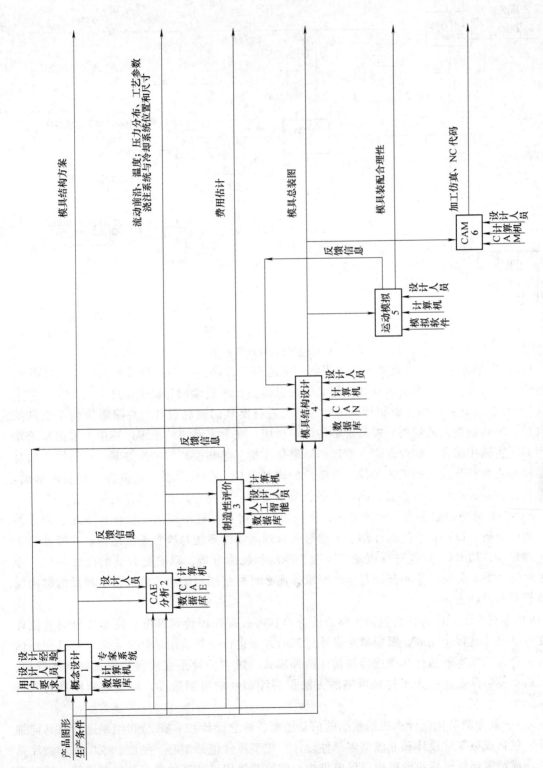

图 7-12 注塑模 CAD/CAM/CAE 系统图

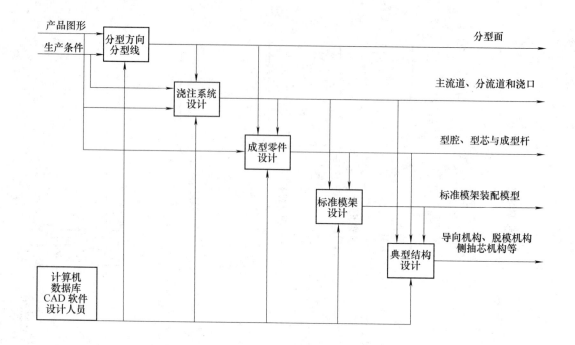

图 7-13  注塑模具设计流程图

1）注塑制品构造：可直接采用通用的三维造型软件将注塑制品的几何信息以及非几何信息输入计算机，在计算机内部建立制品的信息模型，为后续设计提供信息。

2）概念设计：根据注塑制品采用专家系统进行模具的概念设计，专家系统包括模具结构设计、模具制造工艺规划、模具价格估计等模块。在专家系统的推理过程中，采用基于知识与基于实例相结合的推理方法，推理的结果是注塑工艺和模具的初步方案，得到模具的基本结构形式和初步的注塑工艺条件，为随后的详细设计、CAE 分析、制造性评价奠定基础。方案设计包括型腔数目与布置、浇口类型、模架类型、脱模方式和抽芯方式等。

3）CAE 分析：运用有限元的方法，模拟塑料在模具型腔中流动、保压和冷却过程，并进行翘曲分析，以得到合适的注塑工艺参数和合理的浇注系统与冷却系统结构。在模具初步方案确定后，用 CAE 软件进行流动、保压、冷却和翘曲分析，以确定合适的浇注系统、冷却系统等。如果分析结果不能满足生产要求，那么可根据用户的要求修改注塑制品的结构或修改模具的设计方案。

4）模具评价：模具评价包括可制造性评价和可装配性评价两部分。注塑件可制造性评价在概念设计过程中完成，根据概念设计得到的方案进行模具费用估计来实现。模具费用估计可分为模具成本的估计和制造难易估计两种模式。成本估计是直接得到模具的具体费用，而制造难易估计是运用人工神经网络的方法得到注塑件的可制造度，以此判断模具的制造性。

5）模具详细结构设计：根据制品的信息模型、概念设计和 CAE 分析结果进行模具详细设计。包括成型零件设计和非成型零部件设计，成型零件包括型芯、型腔、成型杆和浇注系统，非成型零部件包括脱模机构、导向机构、侧抽芯机构以及其他典型结构的设计。同时提供三维模型向二维工程图转换的功能。

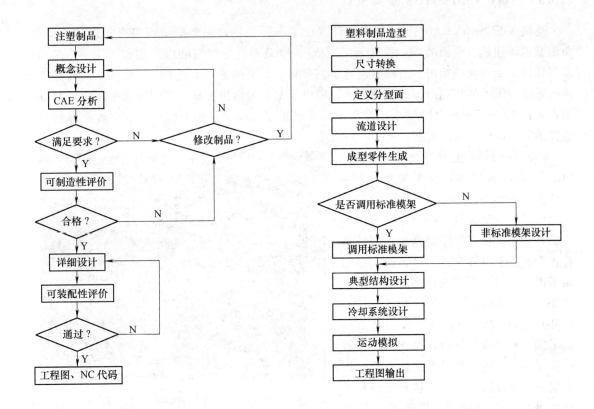

图 7-14　设计流程图　　　　　　　图 7-15　模具结构详细设计的流程图

6）模拟模具开模、推件与合模的过程，并进行模具的干涉检查。可装配性是在模具详细设计完成后，对模具开启、闭合、钩料、抽芯和工件推出进行动态模拟，在模拟过程中，自动检查零件之间是否干涉，以此来评价模具的可装配性。对设计方案进行评价，根据评价的结果，或者修改注塑制品的结构，或者修改设计方案。

7）进行成本估计，并由 CAM 软件进行数控加工模拟和自动生成型腔、型芯的 NC 代码。得到的装配模型存入实例库中，供以后的设计参考。

8）模具制造 CAM 主要是利用支撑系统下挂的 CAM 软件完成成型零件的虚拟加工过程，并自动编制数控加工的 NC 代码。

9）模具资料齐全：为了适用工厂的需要，还应完成由三维图向二维工程图的转换，包括各种视图生成、尺寸标注、标题栏、明细表和物性计算等。

## 7.3　典型模具 CAD/CAM 专家系统设计平台

典型的模具 CAD/CAM 系统平台较多，比较典型的有 UG NX、CATIA、Pro/E、Mastercam、Cimatron、Delcam、Topsolid、Vero VISI 等，下面对几款常用的三维模具设计 CAD/CAM 系统软件平台进行讲解其工程应用的优势。

### 7. 3. 1　Vero VISI-Series 模具设计

英国 VISI-Series CAD/CAM 模具软件提供了一种独特而完整的应用组合，包括线架构、曲面及实体建模，全面的 2D 和 3D 加工策略，以及专业的塑模和级进模设计工具。VISI—系列凭借其专业化的运用，给精密制造者们带来了超乎想象的生产力。在处理不同软件间和传统系统所需的实体到曲面的转换方面，提供了专业的解决方案。英国华沃国际软件有限公司宣布在 VISI-系列的 V13 版本中发布 VISI-5 轴加工功能，这将为模具、航空航天和汽车工业提供完整的五轴解决方案。

VISI-Series 可使用户在与 Pro/E、UGNX、CATIA 实体转换实现无误差实体转换，在模型自动分型拆模，塑料模具结构三维快速设计，绘制总装图，零件图，上下模加工程序编制及切削仿真等各方面处于世界先进水平，极大地缩短了设计时间，简化设计难度，减少出错率，可以提高设计效率 10 倍以上。VISI-Progress 为冲模、连续模制造商提供了世界水平的三维设计系统，该系统简化了设计难度，提供自动计算及分析功能，三维设计使设计人员易于观察设计结果，减少出错率，提高了设计效

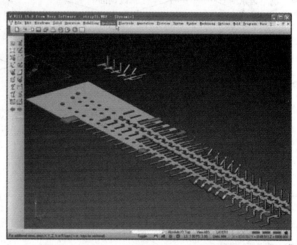

图 7-16　VISI 完成的级进模具设计

率。图 7-16 ~ 图 7-18 为 VISI 完成的级进模具设计、冲压成形分析和板料展开设计以及注塑模具设计。

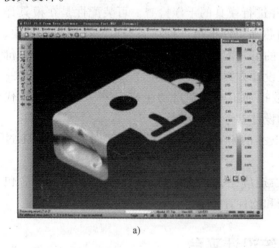

a)

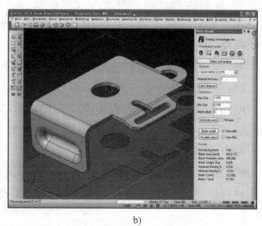

b)

图 7-17　VISI 完成的冲压成形分析和板料展开设计

a）冲压成形分析　b）板料展开设计

VISI-系列也包含专业的模具设计、零件拆分与分析、级进模设计、冲压工具设计与分析和高端的 3D 加工的应用。VISI-Series 包括 VISI-Modelling 三维实体及曲面造型系统、VISI-

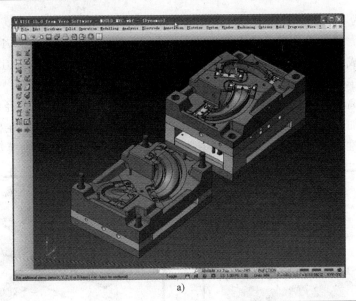

a)

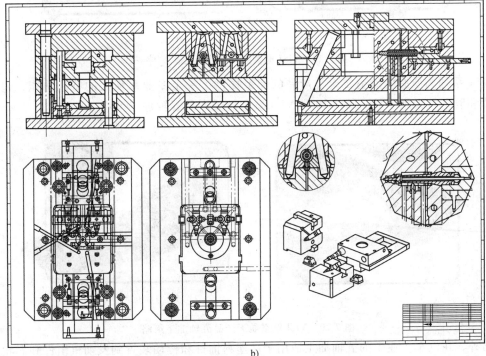

b)

图 7-18　VISI 完成的注塑模具设计

a）VISI 注塑模具设计　b）VISI 注塑模具工程图设计

Mould 塑料模具快速设计系统 、VISI-Progress 级进模具快速设计系统 、VISI-Machining 三维实体数控加工系统 、VISI-Split 模型自动分型（拆模）模块 、VISI-Simulation 切削仿真模块 、VISI-Image 照片化渲染模块 、VISI-Exchange 与 PRO/E UGS CATIA 实体转换模块，避免由 IGES 转换所产生的曲面结合误差。

由 25 种不同的加工方式组成了功能丰富的模块，允许用户自主选择需要的功能。VISI

–5 轴加工功能为叶片、深腔或发动机盖提供一套完整的解决方案。许多复杂的模具包含了很多深腔区域和需用小刀具加工的小倒角，一般来说，这需要使用更多的刀具或使用加长型刀具，并可能造成过大的加工误差和较差的表面质量。经一个不同角度进刀，使短刀具的使用成为可能，由于刀具的刚性和加工稳定性增强，可获得良好的表面质量。这种方式也得益于较短的切削距离，并减少编程和加工时间。VISI-系列在五轴的刀具路径里，针对模具加入了真正的高速加工策略，并能在任意实体、曲面或 STL 模型上工作。在模具加工需要使用到包括球刀、锥柄球刀和飞刀等多种刀具。图 7-19 为 VISI 提供的五轴模具加工策略。

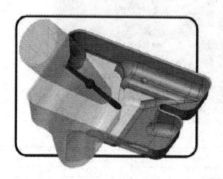

图 7-19　VISI 提供的五轴模具加工策略

VISI-系列为所有的航空航天类产品的加工提供了一个专业而强大的特色功能，包括涡轮叶片和航空航天用零件。图 7-20 为 VISI 航空航天产品五轴加工策略。

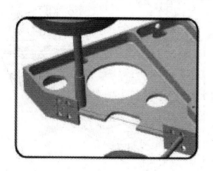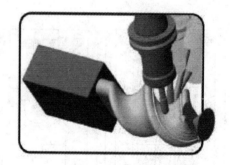

图 7-20　VISI 航空航天产品五轴加工策略

另外，在汽车工业中的五轴加工适用于从塑料饰件和传动装置到发动机组件和涡轮叶片等许多领域。VISI-系列正是迎合了汽车制造业者加工需求的完善的系统。涡轮叶片的加工或许被认为是五轴加工的必要条件，这主要由于有先进的碰撞控制。通过使用 VISI-系列系列的金属屑切削选项，叶片的最优化加工是个简单化的操作，包括发动机进口和排气口的加工等其他特殊加工区域。图 7-21 为 VISI 针对汽车产品提供的五轴加工策略。

四轴和铣/旋转加工满足了如在凸轮轴零件上单独设定铣/旋转加工操作和螺杆槽制造等切削刀具制造商、发动机零件供应商们的需要。真空模板或玻璃钢/碳纤维的模具零件的切削能够很容易完成。金属切削程序采用铣刀侧面修整成理想形状，得益于能够建立多轴切削的刀具路径的能力，此刀具路径是用于如模板零件等的薄钢板材料的切削；同时也受益于那

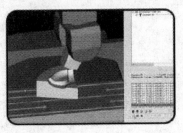

图 7-21　VISI 针对汽车产品的五轴加工策略

些传统加工技术难于达到的区域的加工能力。激光切割适用于金属冲压需要修正的试生产或者需要单独设定修正以提高生产速度的时候。

机床模拟是多轴加工和 VISI-系列系列应用的重要部分，包括一个高阶的机床定义，如允许创建包括轴的设置和机床限制等完整的机床配置。操作者能够模拟加工过程，并且在模拟的过程中可对视图进行缩放和旋转操作，以便能够更清楚地不同角度地观察。VISI-系列的应用包括针对 IGES、DXF、DWG、Parasolid、STL 与 VDA 等标准格式和 Catia V4/V5、Catia 2D、UG、Pro/E、ACIS 与 STEP 等任意格式转换。大部分档案能够运用 VISI-建模、3D 和包括四轴线切割的 2D CAM 等功能轻易处理，用户可以在一个操作界面中完成全部的加工。

## 7.3.2　TopSolid/Mold 与 Progressive 模具设计

TopSolid 系法国 Missler 公司开发的新一代的完全集成的 CAD/CAM 解决方案，具有强大、灵活的设计功能，可应用于机械设计、模具设计制造、工业造型等多个领域。在亚洲、美洲和欧洲已经拥有相当一部分用户，比较著名的公司如法国汽车制造商雷诺（Renault）和日本日立电子公司（Hitachi）等都选择了 Missler 的解决方案，TopSolid 在模具、仿真和产品设计方面都是一个强大的 CAD/CAM 解决方案，几何建模、装配、机构计算、运动模拟等这些功能完全满足工业产品概念设计、产品设计和加工的要求。TopSolid 致力于提供一个集成的 CAD/CAM 解决方案。基于这种思想，TopSolid 开发出了特定的模块解决方案，以满足下面不同领域的细节要求。

TopSolid 为模具企业提供了集成的 CAD/CAM 一体化解决方案。作为一个完全集成的 CAD 模块，TopSolid/Mold 高度融合了专家级的模具设计制造技术和经验。TopSolid/Mold 能够计算缩水率；分析倒扣；搜索分模线和分模面的过渡，并自动生成型芯型腔；具有强大的标准件库和浇注顶出系统，并能分析冷却水道的冷却效果。TopSolid/Mold 2007 提供了更多的新功能来满足模具行业的数字化制造。TopSolid/Mold 融合了 PDM 数据管理环境，更强大的模具预设计模式、协同设计和产品分模线搜索，改良的模具元素，易创建的运动组件，先进的组件管理，增强的浇注系统，支持 x64 位的系统管理功能，图 7-22 为其设计工作主界面。其主要功能体现在如下几个方面：

1）预设计模式。

2）协同设计。

3）产品分模面创建。

4）改良的模具元素。

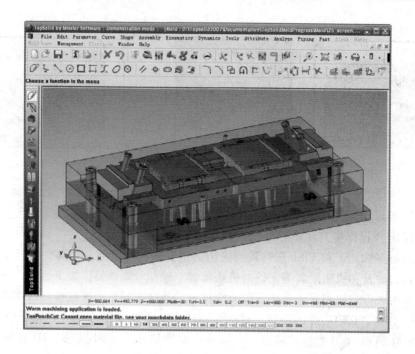

图 7-22　TopSolid 设计工作主界面

5）易创建的运动组件。

6）高级的组件管理。

7）增强的浇注系统。

8）融合了 PDM 数据管理环境。

TopSolid/Progress 是五金模具行业专业 CAD/CAM 解决方案，包括模型替换，复杂曲面展开，多条料创建，冲头、剪口和落料的新功能，线切割加工管理，集成 PDM 管理环境，支持 64 位处理器等功能。模具的设计制造可以运用 TopSolid/PDM 进行管理。除了整合所有标准功能到 TopSolid 之外，相对于通用 CAD 软件来说，TopSolid/Progress 在钣金展开和条料设计方面就能节约一半的时间。图 7-23 为 TopSolid 针对冲压成形和级进模成型的解决方案。软件能够应对所有钣金件的冲裁、折弯和成型，模架创建，标准件加工管理，冲头创建和图

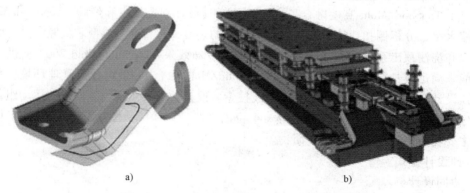

a)　　　　　　　　　　　　　　　　　b)

图 7-23　Topsolid 冲压成形和级进模成型方案

a）特定面上的成形展开　b）专业的连续冲压模具方案

样生成等要求。系统提供的新功能表现在如下几个方面：

1）零件准备：新增关联转化钣金、关联的草图管理、模型替换、特定面上的成型展开等功能。

2）条料创建：新增 3D 零件中展开方位定义、手动定义工位坐标系、曲线定义工位件边界、从零件到条料中变换成型特征、像组件一样导入条料（协调作业）等功能。

3）冲头和剪口：新增统一的标准对话框、冲头的斜切功能、回弹高级管理、冲头头部独立设计、线割加工管理、新落料设计等功能。

4）组件：增加了新标准件库（Pedrotti），并对已有标准件库进行了扩充。

5）工具：增加了关联的模板切割、动画向导用来检验模具干涉情况、自动行程标注等功能。

6）在 PDM 环境中管理 TopSolid/Progress：增加了项目管理、数据安全性和在 PDM 中管理图样和工艺等功能。

TopSolid/Design 是一款完全集成的全关联的 CAD 软件，它能使操作者更加轻松高效地完成产品的设计和制图。2007 在完全整合了 TopSolid 的所有标准功能的基础上，TopSolid/Progress 能够快速准确地展开钣金零件，并只需要标准 CAD 软件一半的时间就能完成料带设计。TopSolid CAM 最大的特点就是可管理所有的加工工艺，系统提供的大部分适当的加工工艺加工相关零件的 CAM 解决方案。TopSolid 提供了许多新的节省加工时间，提高加工质量，降低刀具成本的功能。

由于源源不断的技术进步，TopSolid/Wood 已经成为家具设计与制造行业的领导级软件。TopSolid/Wood 和 TopSolid/WoodCam 针对家具行业，不仅提高了设计和生产部门的生产力，并且扫除了研发与制造部门间的信息交流障碍。其提供了强大的五轴成形加工、预定义阵列、改进榫头榫眼操作、预定义板模型、改进包边管理、新的批量绘图模式、改进 BOM 表（材料清单）等等。同时在创建 3D 的成形路径，保持刀具轴始终垂直于选择面、改进的榫头榫眼操作、预定义连接阵列（销、螺钉及其他特殊连接）、新的压模功能、预定义的板模型、优先零件管理方面大幅度提高了设计制造生产的效率。其工程制图功能强大，可实现批量生成绘图、包含包边信息、纹理方向符号、修改使用完整剖视或者局部剖视的外部轮廓的厚度。在数据管理 BOM 表方面，可实现重组多个项目、同时与排料优化软件 Ardis 的直接接口。图 7-24 为 Topsolid 针对家具行业的制造解决方案。

a)

图 7-24　Topsolid 家具制造解决方案

a) TopSolid/WoodCam 家具机床加工中心

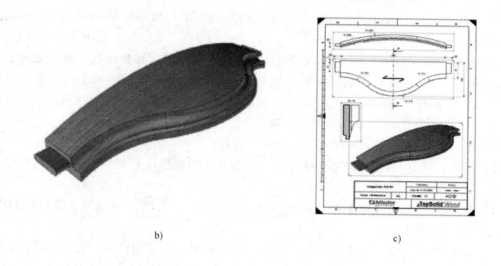

b) c)

图 7-24 （续）

b）TopSolid/Wood 创建的 3D 成形路径　c）TopSolid/Wood 家具图样

### 7.3.3　Pro/E 模具设计

Pro/E 级进模软件利用定制的解决方案来开发级进模的模具能取得最好的效果。有了 Pro/E 级进模软件，使用便捷的向导能指导用户完成自动的钢带布局定义、冲头模具创建，以及模具组件的放置和修改。文档、间隙切口和钻孔均会自动创建，使模具设计师能够避免手动执行容易出错的问题。

面向过程的工作流程能自动执行级进模的设计和细化工作，加快投入生产的速度。Pro/E 包含大型的模具组件和紧固件库，加快了详细设计的速度，加快了展平和识别特征的速度，以便于分段处理，同时提高了设计灵活性，甚至允许在创建模具后添加新的阶段。通过自动完成重复性任务来提高效率，例如创建间隙切口。Pro/E PDX 级进模模块新功能包括冲头模具轮廓、自动根据钢带布局创建冲头模具轮廓以及自动创建 BOM、绘图和孔表。

Pro/E EMX 提供了"智能式"模架和模具组件。它有助于消除各种单调及重复性工作中容易造成的失误，如设计螺钉和脱模顶杆的排屑孔。其快速预览式图像用户接口（GUI）更允许在自动安放 3D 零件或组合之前进行快速和实时的预览。一直以来，Pro/E 以其先进的参数化设计、基于特征设计的实体造型、便于移植设计思想的特点、友好的软件用户界面以及符合工程技术人员的机械设计思想，成为三维机械设计领域里具有吸引力的软件。最新的 Pro/E 野火版拥有强大的互联功能，并且建立在统一的完备的数据库以及完整而多样的模型上。由于它有数十个模块供用户选择，能将整个设计和生产过程集成在一起。图 7-25 为 Pro/E 三维模具设计实例。

Pro/E 的"模具设计专家"（Expert Moldbase Extension，EMX），利用该模具库，家用电器、玩具和汽车零件制造商们将可在模具开发及制造方面有效地控制成本。该模具库不只是一个标准的 3D 模具库，其智能式的设计还可以让工程师轻松实现 3D 环境下的零件装配和更改，减少设计误差及公式化和费时的工序。另外，只需要若干次的鼠标点击，用户便可从模具库内抽出所需部分，然后安装出一个完整的模具。由于模具库内的所有零部件均为 3D

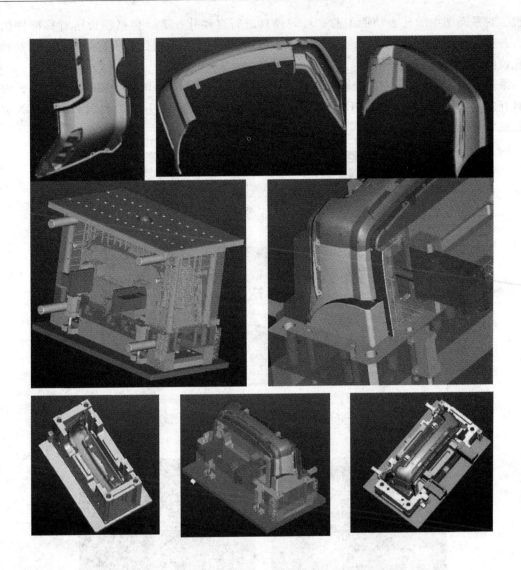

图 7-25　Pro/E 三维模具设计实例

格式，并能够对它们进行快速及实时预览，这一特征可以大幅减少最后时刻的设计变更，节约了资金和资源。

目前，Pro/E 已经在中国模具行业得到了非常广泛的应用，其模架扩展专家 EMX 提供一系列功能快速设计模架以及一些辅助装置，将整个模具设计周期减少到最低。在 Pro/E 的环境中，对于注塑模具设计，几乎所有可以利用的解决方案都是以族表或者用输入几何体的办法来解决。模架扩展专家系统则是以使用不受约束的参数元件为基础，它完成的模具设计非常灵活，能很快地改变设计意图或修改尺寸。它可以将以前的繁琐工作变得快捷简单，尤其是螺钉、顶杆、水路、导向元件等更能体现出其方便快捷的优点。

模具专家 EMX 的特点是快速选型及修改模架及配件。选取顶针规格，自动切出相应的孔位及沉孔；按预先定义的曲线轻易设计运水孔，安装水喉和水堵。系统预设 BOM 及零件图可以提供完整的滑块结构、开模机构和斜顶结构，包含螺钉、销及自动切槽；可模拟开模过程，对平面图中的孔表功能汇总；可对模具进行自动化配置，包括预设所有标准件的名称，各类零件的参数及参数值，各类零件自动产生并归于相应图层，所有的螺栓、销及顶针的孔位间隙。

采用 EMX 设计模具的优势表现在设计输出 3D 化，可使模具设计第一次就做对，缩短模具开发周期。图 7-26 为 Pro/E EMX 模架零部件选型界面，图 7-27 为利用 Pro/E EMX 完成的某三维热流道模具设计实例。

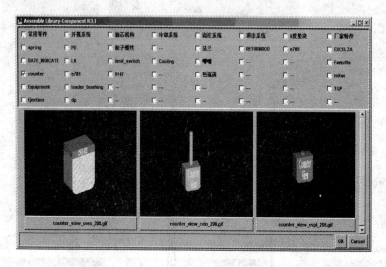

图 7-26　Pro/E EMX 模架零部件选型界面

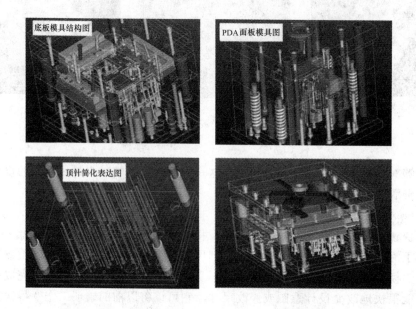

图 7-27　Pro/E EMX 完成的三维热流道模具设计实例

### 7.3.4　UG NX 模具设计

**1. UG NX/Mold Wizard 注塑模具设计**

　　Mold Wizard 是 UG NX 系列软件中注塑模具自动化设计的专业应用模块，Mold Wizard 按照注塑模具设计的一般顺序来模拟设计的整个过程，Mold Wizard 只需根据一个产品的三维实体造型，就可建立一套与产品造型参数相关的三维实体模具。注塑模具向导的直观性是组合专家知识与自动化和相关性的结果。图 7-28 为 UG NX 的模具设计工作界面。

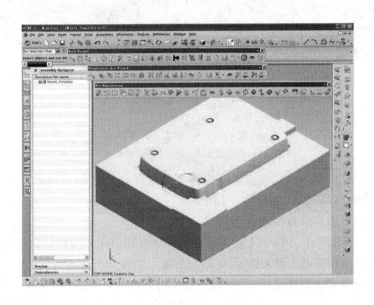

图 7-28　UG NX 模具设计工作界面

　　UG NX/Mold Wizard 提供模具设计的全面覆盖，包括在业界最先进的分模功能。模具向导的功能包括：过程管理工具、模具型腔建模工具和标准件库。Mold Wizard 模块支持典型的塑料模具设计的全过程，即从读取产品模型开始，到如何确定和构造拔模方向、收缩率、分型面、模芯、型腔、滑块、顶块、模架及其标准零部件、模腔布置、浇注系统、冷却系统、模具零部件清单（BOM）等。同时可运用 UG NX/WAVE 关联技术编辑模具的装配结构、建立几何连接、进行零件间的相关设计。

　　Mold Wizard 模块是一个独立的应用模块，是针对注塑模具设计的一个过程应用，型腔和模架库的设计统一到连接的过程中。Mold Wizard 为建立型腔、型芯、滑块、提升装置和嵌件的高级建模工具，方便地提供快速的、相关的三维实体结果。图 7-29 ~ 图 7-32 为利用 UG NX 完成的某模具设计实例过程。其优点表现在过程自动化，易于使用和完全的相关性。其模具设计的主要程序包括：

　　1）准备工作：主要包括装载产品模型、设置模具坐标系、计算收缩率，设定毛坯尺寸和完成产品在模具型腔的中心布局工作。

　　2）设计型芯和型腔：主要完成搜索分模线、建立分模面、修补孔、抽取分模区域、建立型芯和型腔模型。

　　3）调用模架库和标准件：调用标准的可参数化的模架和标准件，快速高效地完成模具的结构接口设计等工作。图 7-29 所示为系统提供的注塑模和冲压模的标准模架实例。

　　4）模具工程图：主要完成模具的二维工程图、BOM 表、提供零部件所需的数控加工的三维模型数据等。

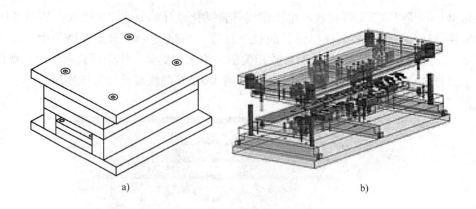

图 7-29　标准模架实例

a）注塑模模架　b）冲压模模架

下面介绍一个成型零件生成的实例。成型零件设计主要包括：调入注塑件、尺寸转换、型腔布置、虚拟模腔的生成、复制面、扫描面、边界面、拉伸面、扩张面、面分割、面裁剪、分型面定义、虚拟模腔分型和成型杆设计等。

图 7-30a 是一制品零件，零件的总体尺寸为 $73mm \times 73mm \times 36mm$，壁厚为 $2mm$，选用的材料为 ABS，制品内的两个圆环形凸台有一通孔。经过分析，模具的结构采用一模四腔的三板式注塑模，浇口类型为点浇口，浇口及制品均用推件板推出。由于制品内有两个圆形凸台且直径很小（$4.5mm$），所以另外加推管来帮助这两个凸台脱出。图 7-30b 是定义的分型面，图 7-30c 和图 7-30d 分别是型芯和型腔。

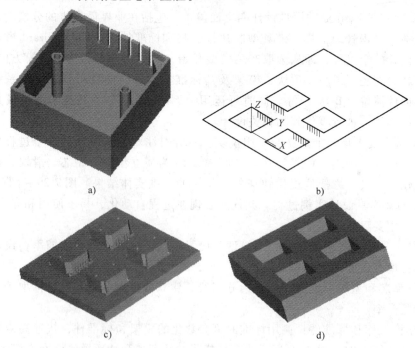

图 7-30　成型零件

a）制品零件　b）定义的分型面　c）型芯　d）型腔

运动模拟模块的主要命令有设置运动分组、设置运动参数、模拟运动、停止运动和重新开始运动等。如图 7-31 所示。

图 7-31　模具运动模拟

a）制品零件图　b）模具图　c）模拟运动中间图　d）推出制品的模具图

模具总体结构如图 7-32 所示。

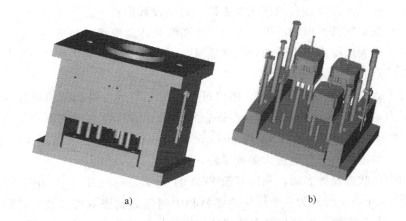

图 7-32　模具总体结构

a）模具渲染图　b）模具内部结构图

**2. UG NX/Progressive Wizard 级进模设计**

UG NX/Progressive Wizard 以过程专用的功能取代了劳动密集型的操作步骤，只需要极少的输入就能执行，比传统软件系统的周转速度快了很多。NX Progressive Wizard 优化了冲模设计过程，其生产力水平远远超过了传统 CAD 软件。NX Progressive Wizard 提供了一个基于最佳实践的结构化工作流程，使冲模专用的设计任务实现了自动化，并且还提供了标准部件库，为用户提供了一个分步操作过程，促进了效率最高的工作流程的应用，同时把设计技术的复杂组件集成到了自动化的顺序中。图 7-33 为 UG NX 级进模具设计实例。

NX Progressive Wizard 提供了执行下列任务所需的所有工具。如在钣金零件设计与冲压模具设计方面，系统提供的绘制草图、实体、表面以及自由曲面建模，用户定义的特征，数

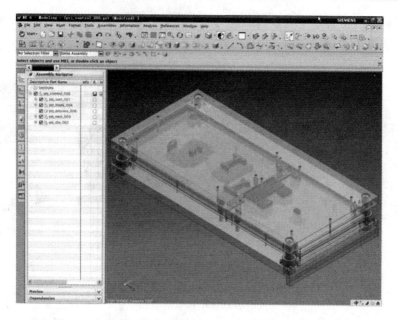

图 7-33　UG NX 级进模具设计实例

据转换器（DXF/DWG、IGES、STEP），装配设计的上下文，坯料定义，废品设计，条料排样，冲模座库，标准零件库，自动创建库零件，自动设计嵌件组，冲模设计自动化，设计验证，设计变更和变更支持，BOM、PMI 以及二维图纸创建及模板，制造集成，产品数据和过程管理等功能，极大地提高了设计的效率和质量，同时对缩短产品的生产制造周期提供了丰富实用的数据信息。

另外，有了 NX Progressive Wizard，用户可以捕捉并利用自身的铸模设计专业知识来进一步提高生产力。NX Progressive Wizard 在钣金零件设计的特性在于它能够支持自由形状和 straight break 直弯钣金几何图形。NX Progressive Wizard 与 NX 钣金和通用建模命令相结合，能够高效设计，并编辑所有行业的大多数零件。

在坯料和中间状态设计方面，利用基于 FEM 的 unforming 展开技术，可以把复杂的自由形状几何图形 unforming 展开为一个展平的坯料和中间弯曲状态。可以把特征识别功能应用于 straight break 直弯零件，以便自动重新建造该零件，然后将其展开。

在废品和条料排样设计方面，利用功能强大的 NX 草图绘制工具，可以添加曲线并规定关联废品。NX Progressive Wizard 可以自动识别孔、试制废品以及冲孔冲头；同时强大易用的条料排样工具提供了材料定向控制、拖放工作站定义以及空闲工作站插入功能。

UG NX 级进模设计工作流程依次为产品准备、产品导入、利用率分析、创建条料、冲头分割、冲裁与弯曲条料设计、模架调用、上下模冲裁弯曲设计、冲头设计、剪口设计、定位装置设计、标准件调用、二维工程图、详细尺寸与 BOM 表输出、钻孔表和成型零件展开等。图 7-34 为某连续模具工艺方案。

NX Progressive Wizard 专家系统模块很容易对条料里面的废品定点进行定义和编辑，同时保持与下游冲孔冲头之间的关联性。利用 NX Progressive Wizard 的冲模座、标准零件以及嵌件组库，用户可以访问各种冲模座以及标准部件，可以临时或者永久性地自定义和修改冲模座和标准零件。另外，通过使用提供附加柔性和自动化的电子数据表，用户还可以把添加

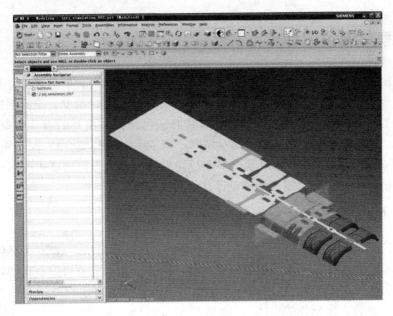

图 7-34　连续模具工艺方案

自己的冲模座或标准零件设计。

用户可以通过 NX 选定的条料几何图形，在冲模装配内对冲模嵌件进行自动定位和测定尺寸，可以高效地设计嵌件组（冲头/冲模/凸起/导正销等）。利用精确落料选项，可以根据行业最佳实例定义冲孔冲头以及冲模偏置参数。利用强大的可视化和装配管理功能，用户可以轻易地导航复杂的模具装配，自动完成整个冲模设计过程。模腔和废料孔/带是在印模里面自动生成的，同时下游退刀槽和余隙管理也是自动化的。

NX 提供了冲模设计人员需要的各种强大验证工具。利用 NX 冲模设计人员能够用条料验证功能来验证条料设计，根据条料的排样设计自动计算冲压力以及压力中心。管理并控制废料孔和嵌件的余隙，利用装配干涉检查功能来检查部件之间的干涉。在零件比较、交换和设计变更操作方面，导入一个新模型时，不必要创建新冲模，用户可以轻易地更改已有模型并生成新的版本，不管其 CAD 格式如何都可以更改模具设计。

对零件模型做出的变更会被自动传播给坯料、条料和嵌件，而下游的任何变更都会自动反映在模具设计中。在产品 BOM 和数据文件管理方面，系统根据冲模设计自动生成部件和装配图创建并管理 BOM，规定并控制每一栏的内容（包括库存量）并将其导出到 Excel 表。对称零件模型做出的变更会被自动传播给坯料、条料和嵌件，而下游的任何变更都会自动反映在模具设计中。

另外，NX Progressive Die Design 把嵌入的标准部件知识用于基于特征的高级加工，可以把生产力很高的高速加工过程用作 NX CAM 的模板集的一部分。利用这些方法，不仅可以获得高速铣削设备带来的各种利益，而且还可以减少电极数量，缩短等待时间。利用集成化的 NX 环境，可以确保 CAM 编程和其他下游功能一样保持与产品和铸模型之间的关联性。由于已经根据新的几何图形更新了模型和 NC 程序，因此变更的处理过程非常简单。在模具工程产品数据和过程管理方面，利用 Teamcenter 提供的工作环境里面工作，并对标准设计进行管理，在设计和制造之间采集、共享，并同步产品和过程信息。

## 7.4 典型模具专家设计应用实例

虽然模具制造商在质量、价格及时间上都具有一定的竞争力，但随着世界经济改变，各国各地生产商都希望将成本降低，使得模具制造商的利润也随之减少。模具制造商在确保质量及价钱合理的同时外，也要保持自己本身的利润，因此提高模具的设计效率、设计质量、缩短制造周期、降低制造成本等方面是非常重要。下面应用 Pro/E 的 Expert Moldbase Extension（EMX）和 UG NX/Mold Wizard 两个专业模块，通过实例教程的形式说明利用现代化的模具专家系统设计手段，对实现代模具设计的高效快速性的。

### 7.4.1 Pro/E EMX 模架练习实例

对 Pro/E 的模具设计制造用户来说，EMX 只是一个附加模块。EMX 所提供的不只是一个丰富知识形模座及零件数据库，而且包括多种不同商标的标准及可定制化的零件以方便不同用户要求。另外，EMX 所生产的是三维模型，透过三维模型用户可仿真动态开模、干涉检查、顶针自动剪裁、定制 BOM、定制冷却系统及自动生产图样，以上所有功能都保留 Pro/E 的数据参数的相关性，以方便将来进行修改。与二维设计方式相比，通过 EMX 来提高质量及生产力是绝对可行的。

一般来说，模具设计有一定的程序及方法，而 EMX 就是综合模具设计工程师的经验编写出来。模架设计的基本步骤是导入模具图后，选取模架类型及工件排位；调入有关配件，如顶针、水道部件和滑块等标准库零件，完善平面图模拟开模过程。EMX 的设计流程是：

1）开始新项目，新开一个模具，如图 7-35 所示，输入项目及设计名称。

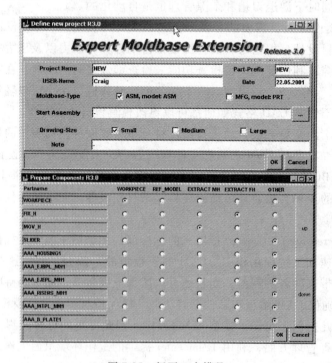

图 7-35 新开一个模具

2）选取模架类型及工作排位，如图 7-36 所示，从 Supplier 一栏选择适合公司的标准或非标准模座及所需零件。

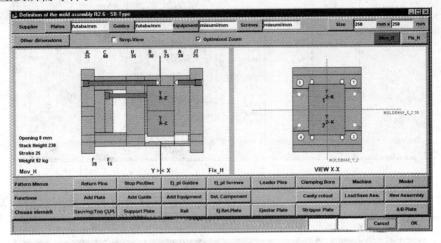

图 7-36　选取模架类型及工件排位

3）选择或定义行位（见图 7-37 ~ 图 7-39），EMX 以逐渐引导方式让用户可选择合适的行位零件，而且完成后会自动在零件间放上预定空隙。

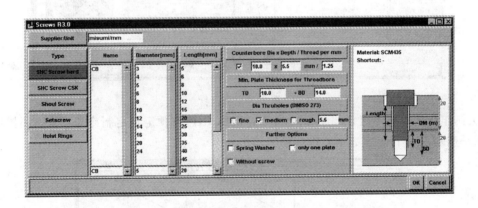

图 7-37　调入螺栓

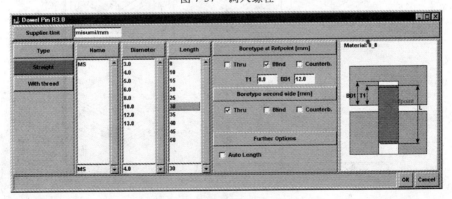

图 7-38　调入销钉

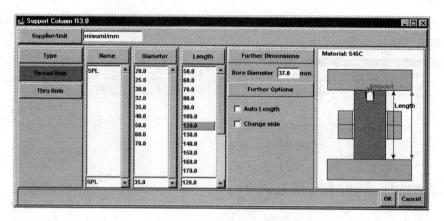

图 7-39　调入支承柱

4）加入顶针，如图 7-40 所示。顶针型号及供应者用户可自行选择所需型号及供货商。导入顶针后，EMX 更会自动把顶针与胶件进行剪裁，避免人为错误。

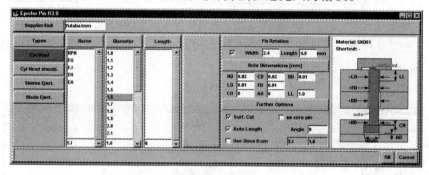

图 7-40　加顶针

5）制作冷却系统水道，如图 7-41 所示，EMX 不但有预定及定制冷却系统，还提供丰富的接喉、喉塞及 O-ring 等数据库供选择。

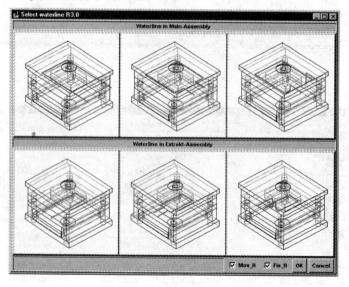

图 7-41　冷却系统水道

6）定义冷却系统水道接管嘴，如图 7-42 所示，用户可以用鼠标选择适合的位置。

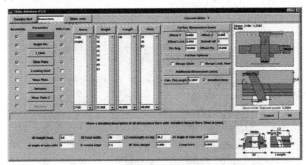

图 7-42　定义冷却系统水道接管嘴

7）加入滑块、斜顶、锁扣和标准件（见图 7-43 ~ 图 7-45）。

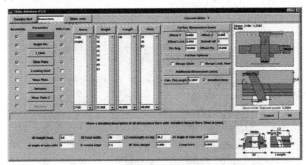

图 7-43　加入斜顶、锁扣

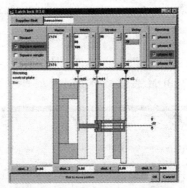

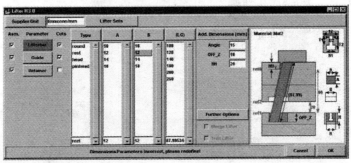

图 7-44　加入滑块

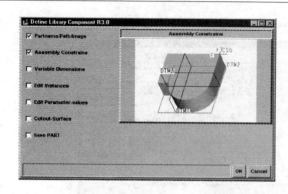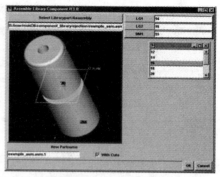

图 7-45　加入标准件

8）模拟开模动作（见图 7-46）及干涉检查透过仿真检查，用户可观察模具开合时的动作有否对其他零件造成影响，以减少错误。

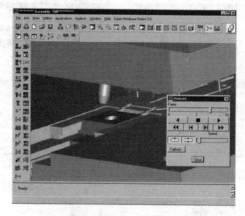

图 7-46　模拟开模过程

9）模具二维工程图、BOM 表与孔位表（见图 7-47 ～ 图 7-49），EMX 能为模具设计师提供不同零件的图样，当中也包括 BOM 表以减少设计师处理二维图样的时间。

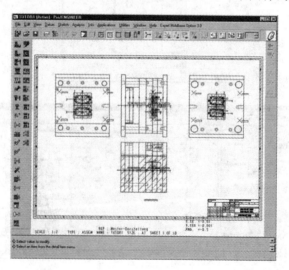

图 7-47　模具二维工程图

图 7-48　模具零部件 BOM 表

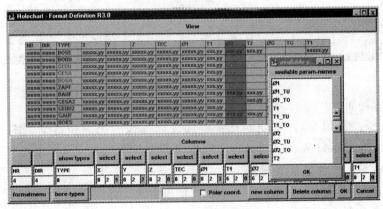

图 7-49　孔位表

其他零件如支撑柱、定位环、定位钉设计选型非常方便。利用 EMX，模具制造商可以在纯三维的环境下设计任何形状的模具，包括所有零件、图样、BOM 表、干涉检查、锁模力运算、成本计算等。这种模式不但保证了质量，而且还大大减少整体流程时间。简而言之，EMX 是可以有效地帮助模具制造商降低成本和增加竞争力的，同时也可以确保产品有精确质量。

## 7.4.2　UG NX/Mold Wizard 注塑模具设计实例

Mold Wizard 设计过程与通常的注塑模具设计过程相似，工具条图标的顺序也大致如此，如图 7-50 所示。图 7-51 则是模具设计过程中如型腔、型芯、抽芯等部件进行细节设计的常用工具条 Mold Tools。下面通过一个较有代表性的实例来介绍完成 Mold Wizard 设计的总体步骤，主要内容如下：

1）初始化一个模具设计方案。

2）设置收缩率。

3）定义毛坯工件的尺寸。

4）修补孔洞。

5）创建分模薄体并关联到型块上。

6）增加一个标准模架。

7）选择增加一个标准件。

8）完成建立标准件的槽腔。

9）通过设计更改检验关联性。

图 7-50 Mold Wizard 工具条图标

图 7-51 Mold Tools 工具条图标

具体操作过程如下：

1）调用一个产品模型/方案初始化：模具设计过程的第一步是调用零件并创建 Mold Wizard 装配体结构。Mold Wizard 增加一个原始模型文件到预先定义的装配体中。输入关于零件原点、收缩率、工件尺寸、分模、封闭面等信息。在这个模型的练习中简要介绍了 Mold Wizard 的设计过程使用的模型是一个桌面记事卡盒，如图 7-52 所示。

选择 Load Product 调用产品模型图标 ，打开文件 mdp_tray. prt，位于 tray 子目录中。零件调用并且出现方案初始化对话框如图 7-53 所示。在 Proj Path （方案路径）字段，仔细地增加/＊＊＊到已存在的路径末端，选择方案初始化框中的 Ok。检查 Assembly Navigator 装配导航窗口中新生成的装配体文件，模具装配结构如图 7-54 所示。

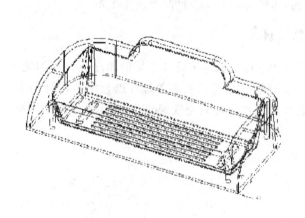

图 7-52 桌面记事卡盒模型

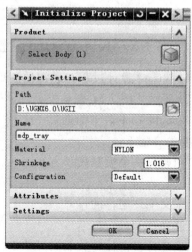

图 7-53 方案初始化对话框

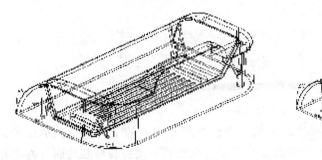

图 7-54　模具装配结构

2）指定一个模具坐标系统/收缩率：通过转换使模具装配体的原点置于模架的中心，主平面的两侧为固定板和移动板，即定模板和动模板。当使用 Mold Csys 功能时，WCS 的 XC-YC 平面保存作为重要的分模平面，或者作为模架移动部分和固定部分的边界；ZC 轴设置作为模具的顶出方向，选择 Mold Csys 将通过把模型装配体从 WCS 移到模具装配体的 ACS 位置，把模型装配体移到模具中适当的方位。收缩率能够通过用各个方向的均匀收缩，或分别指定 XYZ 方向的收缩系数来指定，模具坐标系统如图 7-55 所示，计算收缩率后的模型如图 7-56 所示。

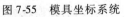
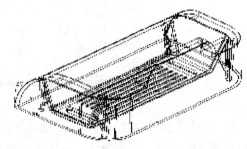

图 7-55　模具坐标系统　　　　　图 7-56　计算收缩率后的模型

3）毛坯/模块：模块是从所包含零件的实际曲面的模具装配中去除零件后的部分。模具的型芯和型腔部分是去除零件体积的材料后得到的部分。通过确定 Z_up 和 Z_down 余量的值（Z-Up 和 Z-Down 表示分模线上下两侧零件的尺寸），来匹配即将使用的 HASCO 的 AW 型模架的标准板厚度，如图 7-57 所示。

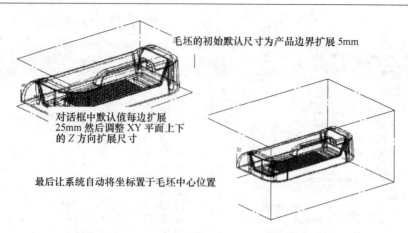

毛坯的初始默认尺寸为产品边界扩展5mm

对话框中默认值每边扩展25mm 然后调整 XY 平面上下的 Z 方向扩展尺寸

最后让系统自动将坐标置于毛坯中心位置

图 7-57　AW 型模架的标准板厚度

指定毛坯工件的尺寸，选择毛坯图标 ，将打开毛坯设定对话框，如图 7-58 所示，并自动将 mdp_tray_prod 设为当前工作零件。选择模块厚度 Z_down = 0.875，Z_up = 1.875；选择 OK 接受其余参数的默认值。

| Size | Minus | Plus | Total |
| --- | --- | --- | --- |
| X | 25.0000 | 25.0000 | 50.0000 |
| Y | 25.0000 | 25.0000 | 55.0000 |
| Z | 25.0000 | 25.0000 | 50.0000 |

图 7-58　毛坯设定对话框

4）分模功能/模具工具：Mold Wizard 的分模功能包括所有需要的工具包括识别分模边线或自然分模轮廓、创建薄体从模型上延伸到工件外面、识别属于型腔和型芯的面并提取相应的薄体、修剪工件的复制体为型腔和型芯。

Parting Lines 分模线：Mold Wizard 提供了一系列功能来自动识别分模线，检查模型上的拔模角以及封闭面上的修补孔。这里是个非常简单的图形，它能快速地找出存在的边线以及需要修补的分模面和孔。

Parting Surfaces 分模曲面：Mold Wizard 找出在 WCS 平面上的相邻的边，并且创建一个简单的分模薄体，这个薄体将自动调整尺寸来匹配毛坯工件并修剪它。

Extract Regions 析出区域：Mold Wizard 能为型腔和型芯识别，并创建"析出区域"特征，将分模薄体和修补薄体结合在一起完成指定每一个模块的修剪薄体。

Mold Wizard Tools 模具工具：作为设计过程的延续，在分模零件上使用指定的工具。

为什么要修补一个开放的区域？Mold Wizard 将用分模零件上的图素修剪出芯和腔，指定一个分模面，并且识别分模实体的哪个区域属于芯或腔。

修剪操作需要一个完整的面。如果在实体上有孔，修剪面上会有间隙，不能定义缝内的外形，修剪将失败。创建补面来区分型腔和型芯接触的区域，可以不用实际的实体将它们分离。用模具制作者称作"封闭"和 Mold Wizard 名词"修补"来生成一个参考面完成型芯和型腔相邻部分的修剪薄体的定义。Search Parting Lines 对话框包含一个 Auto Patch 功能，在大多数情况下，此功能能适应大部分修补情况，如图 7-59 所示。

图 7-59　模具分模面曲面修补

Cavity and Core 型腔和型芯：Mold Wizard 能够由前面提到的分模功能中的薄体指定型芯和型腔部分。给出一个槽中的拔模角示意图（截面 AA），封闭或修补面必须创建在上面的面上，在 tray 的型腔一侧。Mold Wizard 将自动识别图 7-60 所示开放的区域。

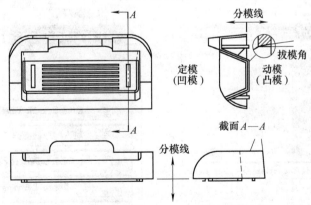

图 7-60　型芯自动处理

在 UG NX 中，创建分模的工作如图 7-61 Parting Manager 所示。在创建分模线、分模面和凸凹模核心部件时，系统按照流程化和自动化的方法进行设计的，如图 7-62 所示，为系统自动对成型零件进行凸凹模面的识别操作对话框。

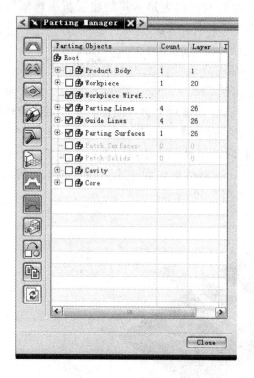

图 7-61　创建分模

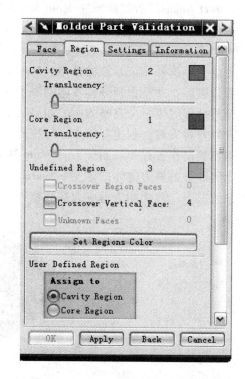

图 7-62　流程化和自动化的方法设计

识别分模图素并创建分模曲面：选择分模图标 ，分模功能的 Auto Process（自动处理）特征是默认选项，同时提供了多种创建分模面的功能，如图 7-63 所示。为帮助理解对话框的处理顺序，把它关上。选择 Parting Lines 分模线，弹出分模线对话框如图 7-64 所示。选择 Search Parting Lines 搜寻分模线，出现图 7-65 所示的对话框。选择应用，Mold Wizard 找出并突显分模线，产品设计顾问和自动修补现在激活。

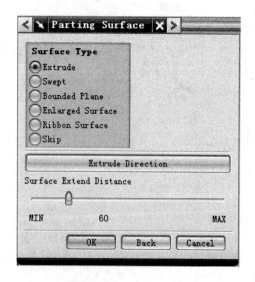

图 7-63　创建分模面

图 7-64　创建分模线

　　选择自动修补：Mold Wizard 找出并突显两个需要修补的开放区域. 默认的方式是型腔侧，可以自己决定，选择 Auto Patch，修补分模面如图 7-66 所示。选择 Patch Loops Selection 对话框中的 Back，搜寻分模线对话框出现，已经尝试着找出了分模曲线和用于修补的边循环。必须确认以完成这个处理过程，选择 OK 退出搜寻分模线对话框，系统现在用默认的几何体创建颜色显示分模循环，分模线对话框再次出现，在大多数情况下可能会需要其他操作，但在这个例子里，已经完成了指定分模线，如图 7-67 和图 7-68 所示。

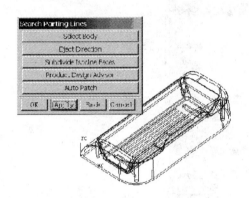

图 7-65　搜索分模线

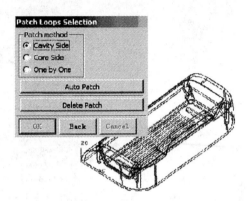

图 7-66　修补分模面

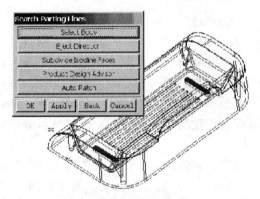

图 7-67　选择零件

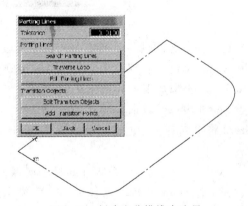

图 7-68　创建出分模线内边界

　　创建分模薄体：选择 Parting Surfaces 分模曲面功能，将出现创建分模曲面对话框，如图 7-69 和 7-70 所示，选择创建分模曲面。

图 7-69　创建分模面

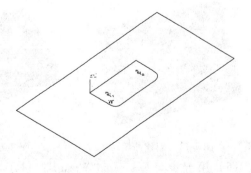

图 7-70　创建完整的分模曲面边线

生成型芯和型腔的表面的薄体，选择 Extract Regions 析出区域（即型芯和型腔的区域），修剪链接的毛坯工件为型芯和型腔。选择 Cavity_Regions，选择 Create Cavity，定义凸凹模分模区域如图 7-71 所示。

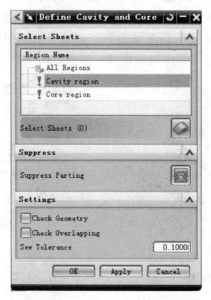

图 7-71　定义凸凹模分模区域

选择薄体框出现，分模曲面和型腔区域突显，在选择薄体对话框中选择 OK，检查这个 mdp_tray_cavity。看到的这个实体是链接到分模零件的主物体上。型腔或型芯的实体是可以用 UGS CAM 来加工的，如图 7-72 所示，选择 OK 返回分模零件的显示。选择 Create Core，接着 Select Sheets 对话框将出现。这一次，分模曲面和型芯区域将突显。选择 OK，Mold Wizard 将生成芯块，创建凹模如图 7-73 所示。检查新创建的芯块选择 OK 返回显示分模零件。

Mold Wizard 离开收缩零件的显示层保留显示型芯分模薄体，型腔和型芯以及其他的层设置在文件 mold_default 文件中。当前显示层 1 为工作层，其他层为无效，用 WINDOW 下拉菜单改变显示零件为 mdp_tray_top。现在可以看到毛坯工件成为型芯和型腔，如图 7-74 所示，收缩后的零件包含在其中，稍后将用 WAVE 功能把这些实体关联到原始零件 mdp_tray 上。

图 7-72　创建凸模

图 7-73　创建凹模

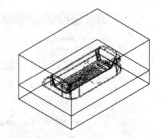

图 7-74　凸凹模与毛坯组合

5）第五步　库：Mold Wizard 提供了电子表格驱动，全定制、可扩充的库，流行的 HASCO、DME、OMNI 都包含在模架库中。标准件管理包括镶件、侧滑块、斜顶、浇口、流道和电极。

选择模架：用 ZOOM IN/OUT 调整显示到合适尺寸，选择模架图标▤，出现标准模架选取对话框，如图 7-75 所示。从选择模架标准件对话框（见图 7-76）中选择用户自己需要的标准件。

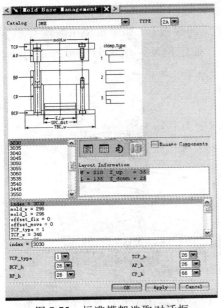

图 7-75　标准模架选取对话框

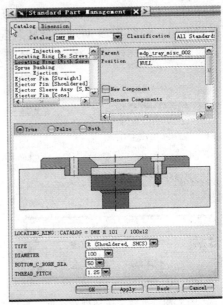

图 7-76　选择模架标准件对话框

校验 BP_H 适合尺寸，生成模架组件，选择 OK。Mold Wizard 完成后，FIT 图形，图 7-77 显示了 tray 型腔在模板之间。

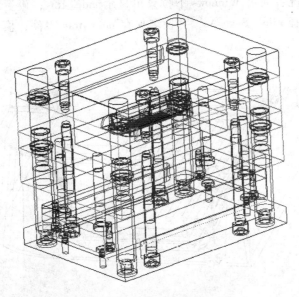

图 7-77　显示 tray 型腔在模板之间

增加标准件：这里只增加一个零件，选择的这个零件在装配体中的位置由 Mold Wizard 精确的定义。选择标准件图标▥，选择一个标准定位环◎，选择 OK，创建定位环槽如图 7-

76 所示。TRUE/FALSE/BOTH 是标准件管理中的单选按钮，用来定义关联的槽腔的定义方法，后续创建定位环的槽。

创建定位环槽：选择创建槽腔图标，出现如图 7-78 所示创建定位环槽对话框。如果需要，选择标准件项目。选择图形窗口中的定位环，注意到选择环后两个螺钉也一同选择了，选择 OK。上面的板 mdp_tray_hitcp 环和两个螺钉显示在上面图中，并显示了定位环和两个螺钉的槽，如图 7-79 所示。旋转装配体检查完成的模板。（如果希望用装配导航窗口找到并可能隐藏定位环组件，建议零件不要专门插入，如定位环，增加到 mdp_tray_misc 组件中）。

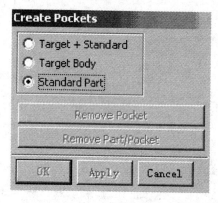

图 7-78　创建定位环槽对话框

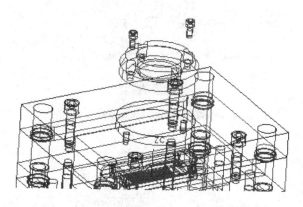

图 7-79　创建定位环和两个螺钉的槽

6）关联工具和设计改变：模具的型芯和型腔已经设计完成了。它们将传送到工具车间进行加工。如果设计者提出，有一个错误被意外保存了，就是两个支柱的拔模角的情况。

检查模具设计情况：通过 Windows 下拉菜单显示 mdp_tray；设置线框显示模式，旋转缩放观察支撑脚。选择 File→Save As，并换名保存 mdp_tray 零件，模具设计检查如图 7-80 所示。

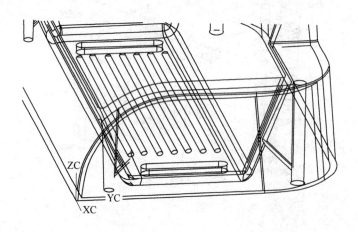

图 7-80　模具设计检查

编辑后面的支柱特征：选择 Application > Modeling。选择 View > Model Navigator，（视图

模型导航或图标），出现如图 7-81 所示的模型导航列表。在 Model Navigator 模型导航中，双击 EXTRUDED（19）特征进行编辑。参数修改对话框如图 7-82 所示，选择特征参数，如图 7-83 的参数编辑对话框出现，在 Taper Angle 锥度角度中输入 1.5，选择 OK。再选择 OK，退出特征编辑。

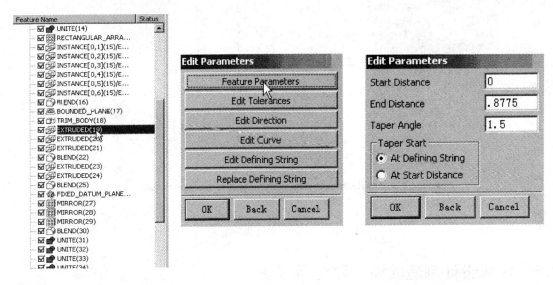

图 7-81　模型导航列表　　　　图 7-82　参数修改对话框　　　　图 7-83　参数编辑对话框

校验更新模具设计：这个支柱在型芯中，零件更新，状态行显示更新 core 完成。用 WINDOWS 下拉菜单显示 mdp_tray_core，在线框模式，检查更新的镶块设计，检验锥度已经增加到型芯区域后面的支柱上。图 7-84 为模具更设计检查。

模具设计完成后的零部件视图管理如图 7-85 所示。利用 UG NX 进行注塑模设计时，必须充分注意到以下三个特点：

① 塑料熔体大多属于假塑性液体，能"剪切变稀"。它的流动性依赖于物料品种、剪切速率、温度和压力。因此须按其流变特性来设计浇注系统，并校验型腔压力及锁模力。

② 视注塑模为承受很高型腔压力的耐压容器。应在正确估算模具型腔压力的基础上，进行模具的结构设

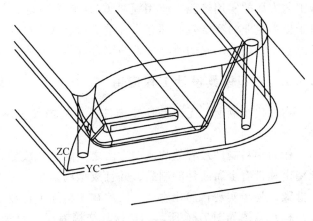

图 7-84　模具更新设计检查

计。为保证模具的闭合、成型、开模、脱模和侧抽芯的可靠进行，模具零件和塑件的刚度与强度等力学问题必须充分考虑。

③ 在整个成型周期中，塑件-模具-环境组成了一个动态的热平衡系统。将塑件和金属模的传热学原理应用于模具的温度调节系统的设计，以确保制品质量和最佳技术经济指标的实现。

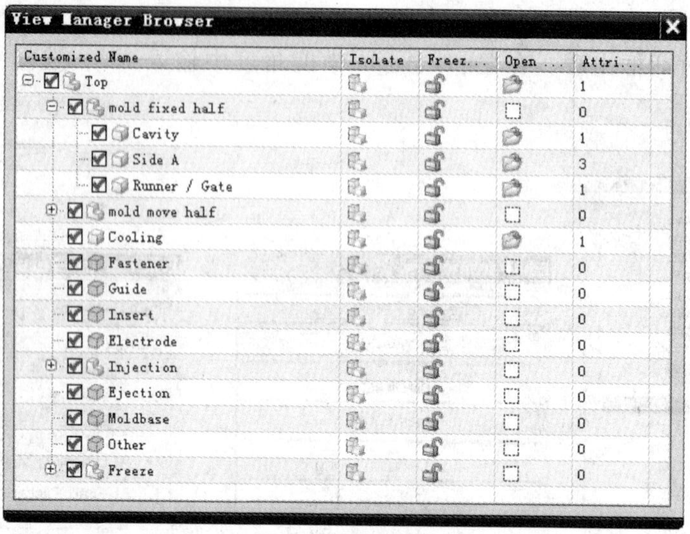

图 7-85  模具零部件视图管理

## 7.5  模具设计制造成型工程应用实例

下面以 UG NX 为模具 CAD 专家系统设计平台，说明模具 CAD 专家系统在家电产品注塑模具设计、摩托艇艇身 SMC 压缩模成型、汽车车身覆盖件冲压模具设计、钣金零件级进模设计、铝合金发动机缸体压铸模具设计制造等工程中的应用，同时提供了相关的模具成型工艺方面的实用经验。应用模具 CAD 专家系统，提高模具的设计效率和模具设计质量，对于提高企业的经济效益具有非常重要的意义，同时对于提升我国模具基础行业的设计应用开发水平，提高国家的核心技术的综合竞争力有着重要的影响。

### 7.5.1  注塑模具设计工程应用

在现代车辆上，无论是外装饰件、内装饰件，还是功能与结构件，都可以采用塑料材料。

作为塑料制件最有效的成型方法之一的注塑成型，由于可以一次成型各种结构复杂、尺寸精密和带有金属嵌件的制品，并且成型周期短，可以一模多腔，生产率高，大批生产时成本低廉，易于实现自动化生产，因此在塑料加工行业中占有非常重要的地位。典型的塑料模具结构示意图如图 7-86 所示，该模具结构为双分型面三板注塑模。

塑料制品应根据使用要求进行设计，同时要考虑塑料性能的要求、成型的工艺特点、模具结构及制造工艺的要求、成型设备、生产批量及生产成本以及外形的美观大方等各方面的要求。由于这些因素相互制约，所以要得到一个合理的塑料产品设计方案非常困难，同时塑料品种繁多，要选择合适的材料需要综合考虑塑料的力学、物理、化学性能，要查阅大量的手册和技术资料，有时还要进行试验验证。所有这些工作，即使是有丰富经验的设计师也很难取得十分满意的结果。

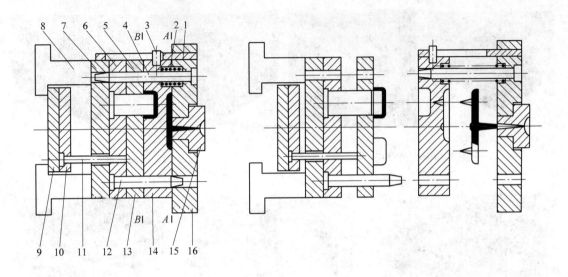

图 7-86　双分型面三板注塑模

1—定距拉板　2—压缩弹簧　3—限位销　4—导柱　5—脱模板　6—型芯固定板

7—动模垫板　8—动模座　9—顶出板　10—顶出固定板　11—顶杆　12—导柱

13—型腔板　14—定模板　15—型芯　16—主流道衬套

　　塑料产品从设计到成型生产是一个十分复杂的过程，它包括塑料制品设计、模具结构设计、模具加工制造和模塑生产等几个主要方面，它需要产品设计师、模具设计师、模具加工工艺师及熟练操作工人协同努力来完成，它是一个设计、修改、再设计的反复迭代、不断优化的过程。

　　1）基于特征的三维造型软件 UG NX 为设计师提供了方便的设计平台，其强大的编辑修改功能和曲面造型功能，以及逼真的显示效果，使设计者可以运用自如地表现自己的设计意图，而且制品的质量、体积等各种物理参数一并计算保存，为后续的模具设计和分析打下良好的基础。强大的工程数据库利用 UG NX/Mold Wizard 专家系统模块设计的某盒盖的注塑模具结构图如图 7-87 ~ 图 7-93 所示。

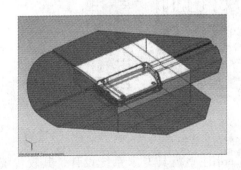

图 7-87　分型面设计

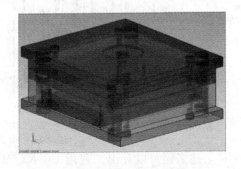

图 7-88　标准模架库调用

图 7-89　拔模分析　　　　　　　　　　　图 7-90　凸凹模设计

 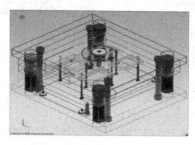 

图 7-91　模具总成与运动开模模拟

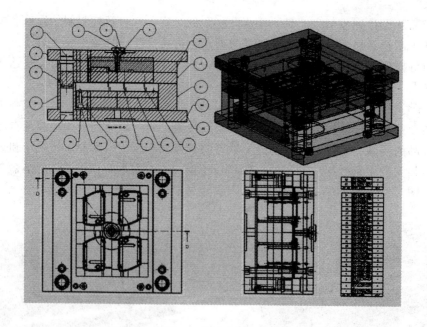

图 7-92　模具三维装配与工程图

从上述实例可以看出，利用 UG NX/Mold Wizard 注塑模具专家系统设计，其较传统的 CAD 模具设计存在明显的优势。如设计的流程化操作、调用零部件、设计毛坯、分型面设计、设计凸凹模、加载模架、浇口流道的设计、标准件设计选用、装配出图、BOM 表设计

图 7-93　模具配套 BOM 表

完全与工程应用紧密结合。分型面快速高效的设计，加速了凸模和凹模核心零部件的设计。标准模架库的选用减少了工程师查询大量资料的时间。

通过 Mold Wizard 用户不仅可以进行拔模检测优化设计，注塑成型模拟优化、浇口流道设计、顶出机构设计、抽芯机构设计等。在装配设计、BOM 表准备和三维出图方面能够很快地满足模具制造与数控加工编程时的上游信息。同时专家系统提供的模具设计验证，干涉检查、开模模拟功能可以减少模具的返修工作量，在设计阶段有效避免一些错误。同时，零件的修改与模具修改的一致性，利用 WAVE 功能直接映射，包括凸模、凹模同时修改，同时数控加工程序并行同步参数化驱动也是具有非常现实的工程价值的。

## 7.5.2　SMC 压缩模设计工程应用

在热固性塑料成型中，热流道压缩模应用占据了较大的比例。如利用 SMC 成型车身覆盖件等。压缩模的设计可以充分利用了 UG NX 的曲面造型设计、装配设计以及 UG NX 注塑模具向导中的模具分模功能设计模块。由于热压模和压铸模在模具的结构设计上与注塑模有相似的地方，因此在进行某艇身 SMC 热压复合模具设计时，充分利用模具设计的相似性解决模具分模，模具结构设计方面的设计工作。对于大型模具的设计，利用 UG NX 的集成功能可以大幅度减少设计的工作量，同时可以非常快速地检测出压缩模设计方面的间隙控制等关键要素。

图 7-94 所示为 SMC 模压成型的摩托艇艇身模具产品制造与实物。该模具结构为半封闭式、油循环加热成型艇身。此种结构较开放式、电加热型模具，具有产品质量可以严格控制、无飞边、壁厚一致性好、加热均匀、维修维护方便、模压能耗低等多种优点。

某艇身覆盖件是目前国内最大的 SMC 模压件，加上其外形结构复杂、镶嵌件多、成型难度高、配合精度高、耐海水腐蚀等要求；同时承受着艇的各种运行工况作用，因而要求质量轻、比强度高。采用传统的手糊成型工艺不仅产品质量差、技术含量低、一致性差，而且存在劳动强度高、生产效率低、制造成本高等缺陷。艇身采用 SMC 片状模塑料压制成型，填补了国内采用此方法成型全 SMC 复合材料艇身的空白。采用钢板拼焊整体模具设计制造，通过油循环加热实现 SMC 艇身的热模压，实现 SMC 艇身的大批量无余量生产。SMC 模压最核心的主要依赖于模具的结构设计、模压的时间、压力温度等工艺参数的合理制定以及热变形的校正措施等。

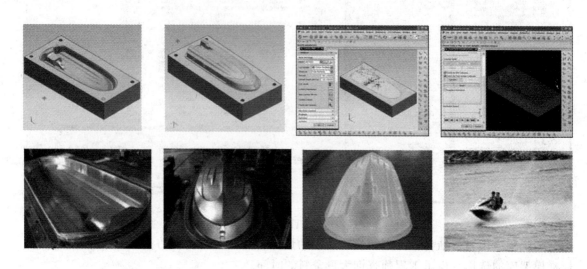

图 7-94　摩托艇艇身模具设计制造与实物

压缩模塑前的准备的工作包括模具调整、预压。压缩模塑过程中对于大的嵌件应预热，关键是加料量应准确。凸模为接触塑料前应快，接触后要慢。排气应安排在塑料未固化前，速度要快。固化速度和固化程度要适当，使制品性能好，生产效率高。要控制两个参数是固化速度和固化程度。固化速度过快容易导致充模不满；过慢则生产周期长，生产效率低。固化程度不足则导致力学强度、耐蠕变性、耐热性、化学性能下降；固化过度则导致力学强度不高，脆性大，变色，表面有气泡。脱模剂的选用在每件制品模压前也起着重要的作用，同时在模具清理时，可用铜刀或铜刷去除残留物，用压缩空气吹净模具。

压缩模塑成型的压力在整个成型过程中，压力的变化与压缩模类型有关。成型压力主要根据塑料种类、塑料形态、制品形状及尺寸、成型温度和压缩模结构等确定。提高压力有利于充模，但太高，易损坏嵌件与模具。成型时模具温度比热塑性塑料模温更重要。型腔内热固性塑料最高温度大于模具温度；热塑性塑料低于模温。模压时间与成型温度有关，成型温度越高，时间越短。还与塑料种类、制品形状及厚度、压缩模结构、预压和预热、成型压力等有关。模压时间太长，会产生过熟，导致制品强度下降，过短，则欠熟。

艇身 SMC 模压过程中的关键要素分别为填料、加压、温度、保温时间、起模、模具润滑等。其中 SMC 原材料对模压的过程有着重要的影响，如 S35/1039/1046 三种不同的材料，其模压的过程控制不同。S35 的材料其综合力学性能高，纤维含量高且纤维丝较长，树脂含量低，其热模压时成型流动比较困难，因此在铺料时要求铺料要尽可能地均匀分布。1039 综合力学性能较低，树脂含量高，成型流动性好，但是脆性大。1046 这种类型的材料，综合力学性能适中，树脂含量和纤维含量适中，该材料的综合力学性能与成型工艺性能介入 S35 与 1039 之间，是比较适合大型薄壁壳体的成型的。从上述分析来看，在选择模压工艺前，首先分析纤维、树脂的含量对成型工艺性、力学性能等方面的影响，从而能够比较好地确定其模压工艺参数与过程控制。

艇身SMC模压常见的缺陷主要包括质量超标或者过小、表面出现裂纹、表面粗糙度值低、表面颜色不均匀且有些部位出现黄色、脱模不顺畅有时出现粘模的现象。针对上述情况，在试模时，填料在理论计算的基础上，通过工艺试验验证的方法进行合理的控制，同时配制样板在SMC板料的基础上对填料进行控制下料称重。模具表面温度通过温度测量计对多处关键点的温度进行测量，根据温度分布均匀的需要，对模具加温和流道等进行合理的设计制造来保证。在设计初期可通过有限元模拟的方法对流道进行传热分析模拟优化设计，有效地保证了模压时模具温度的均匀一致性。针对模压后，由于产品取出后为高温达120℃左右状态，通过校形铺放工装可以有效地保证了产品的外观尺寸精度一致性要求。经过装配粘接与水上试验，通过SMC成型的方式，不仅有效地减轻了整艇的质量，同时有效地保证了产品的密封性、行驶的稳定性和使用强度与疲劳要求。

## 7.5.3　冲压模模具设计工程应用

随着模具CAD/CAE/CAM技术的普遍应用，模具制造周期在很大程度上已经得到了缩短。因此，如果要进一步缩短制造周期，只有通过对工作流程进行持续不断地改进，消除技术瓶颈才能够有效地缩短模具开发时间。典型的汽车冲压模具设计和制造的工作可以分为四个部分：模具计划、模具可行性分析、模具设计和校验以及模具制造。目前模具设计开发流程中存在着以下技术瓶颈问题：

1）不同阶段的数据共享不充分。产品数据、工艺布局、模具面设计、可成形性CAE分析、回弹补偿分析以及NC编程，模具开发的每个阶段所采用的数据格式都不一致，例如在设计阶段，由于需要不断地反复更改数据，同时数据也在不同的应用中进行重复地转换，浪费了大量的时间。

2）不同阶段大量的设计校验。模具设计过程中存在着大量验证工作，如产品开发阶段的工艺可行性论证、模具面设计时可成形性分析、回弹补偿和冲压线仿真等分析。因此，模具的设计过程实际上就是不断试错、进行优化和验证的过程，直至最终满足产品要求。

3）回弹补偿面设计。目前，在回弹补偿面设计方面还没有有效的设计工具，可以实现精确的回弹补偿计算。因此，国外很多用户通过采用试错法，在设计软件与CAE分析软件之间进行反复验证，确定回弹量。而国内企业则是根据经验重新生成新的曲面，但是由于这种新生成的曲面与原产品模型不相关，因此每一轮的设计更改周期相对较长。另外，还有些企业在早期设计的过程中干脆就不添加回弹补偿，后期通过试模的结果根据经验进行修模。

4）CAM和设计不相关。由于在加工制造时的软件平台和设计平台不一致，导致模具设计和制造数据不同步，每次设计变更后，NC代码都需要重新生成。

传统的模具产品的开发流程中，各个领域设计人员的工作纵横交错，彼此之间缺乏合作，数据冗余，没有有效的应用企业标准实践，每个人都创建自己独立的数据。因此，要提高模具开发效率，就必须建立一个集中的信息和工艺流程管理系统，在所有这些设计人员、制造人员、质量控制人员、管理人员之间建立一个平台，让大家从单一的知识源去获取数据，这样可以减少了设计和制造阶段的错误，快速地访问产品和工艺数据，实现供应商和合作伙伴可以访问同样的数据。

在汽车冲压模具的开发过程中，通常企业要在模具设计过程中使用包括模具布局、模具面分析、模具面设计、回弹补偿、冲压线仿真以及CAM等多种应用软件。往往这些应用软件在各自专业领域都非常出色，但要提高整个产品的开发效率就要去缩短这些系统间协调的时间，而其中最大的问题往往是企业需要花费大量的时间进行数据转换并解决兼容性问题。另一个重要的问题就是设计变更对下游应用的影响，冲压模具设计是一个反复的过程，需要进行大量试错和可行性的研究，因此期望当一个针对产品的设计变更发生时，像模具布局等下游的数据可以自动地更新。UG NX 冲压模具设计制造一体化的解决方案有助于更方便评估设计、不需要增加额外、不需要浪费时间在不同软件之间进行数据转换等优点。

通过前面的工程实例应用可以看到 NX 冲压模具解决方案，在同一平台下提供了产品设计、工艺布局、设计校验、模具结构设计、冲压线仿真、CAM 的完整功能，任一设计变更都可以被自动传递到下游，极大地提高了产品开发效率。

UG NX 冲压模具解决方案通过利用强大的 CAD/CAE/CAM 功能，对模具产品开发周期的数据和流程进行管理，提供了模具工艺规划、可成形性分析、模具设计和校验以及模具制造全面的数字化解决方案，在很多大型的汽车制造企业和模具公司得到了成功的应用，可以有效地解决冲压模具开发过程中存在的以下技术瓶颈问题：

1）在同一平台下完成全部设计、验证和制造工作，所有的设计和制造人员采用同一数据源，从而解决了数据共享的问题。

2）通过不同设计阶段设计检验工具的应用，如拔模分析、截面可成形性分析、DFM 专家向导、一步成形分析和模具校验等，实现了面向制造和面向装配的设计。

3）利用 NX 强大建模功能，根据相应的规律自动生成回弹补偿面，再通过自带的可成形性分析工具或者与专业分析软件接口，不需要数据转换就可以对模具回弹补偿进行分析计算。

4）直接利用 NX CAM 对模具进行 NC 编程，实现 CAM 数据和产品设计全面关联。

UG NX 的冲模工程和冲模设计集成了行业内领先的模具设计和制造专家经验和流程，通过应用专家级的流程，可以实现缩短周期、减少错误、促进最佳实践的应用、以及提高模具设计人员生产效率等目标。

UG NX 冲模工程 Die Engineering 用于定义和创建冲压模型，通过提供专用工具（冲压零件定位、孔或裁剪区域等空白区域填充、成形、修边和翻边工艺规划工具）帮助制造工程师对冲压过程中每个冲压工序进行定义，模具冲压线（DOL）助手用于自动对冲压工艺线路进行规划。每个工位的最终模型以三维形式表示，并且可直接输出模具面和模具线用于模具结构设计。

UG NX 冲模设计 Die Design 提供了冲模结构设计专用功能，用于创建和编辑拉延、修边和翻边模结构模型，集成了业界专业的模具设计知识，采用向导式界面，可以指导设计人员一步步地完成模具设计，3D 模型更加易于生成铸造模型。新模具也可以通过编辑先前的模具来生成，有效减少了导入时间和生产成本。

为了保证模具设计制造质量，技术人员需要进行大量设计验证工作，以往这些工作都是由专门分析软件进行。NX 软件充分利用其作为 CAD/CAE/CAM 一体化软件的优势，为模具设计和制造提供了全面的设计验证工具，提高了模具设计水平与质量，减少返工，缩短了开发时间。UG NX 冲压模设计的几个明显特点如下：

1）面向制造的设计（DFM）专家顾问。DFM 专家顾问在设计阶段就可以对产品可制造性进行分析，提供了对拉延、修边、冲孔和翻边工艺规范，可以根据客户的企业标准进行定制，检测结果和问题回馈都可以存储在部件文件中供下游用户进行查看，大大降低了下游用户的重复工作。

2）一步成形分析。一步成形分析工具集成在 NX 冲模工程中，无需数据转换，分析结果和产品模型相关，可以在产品开发和模具设计阶段，根据给定的材料计算钣金的变薄、应力和应变情况，可以精确预测回弹，并可以生成展开模型用于毛坯设计，同时还可以生成 HTML 格式的分析报告。

3）模具校验。模具校验功能提供了 NX 环境下冲压线仿真的功能，通过对模具装配的仿真可以检查整个冲压线干涉情况。仿真包括了冲压、模具、工装和部件的运动，同时还支持横臂、三轴取料机构的运动，系统可以生成轨迹曲线，且整个仿真分析和模具设计完全相关。

图 7-95 ~ 图 7-97 所示为利用 UG NX 冲模工程和冲模设计两个专用模块完成的某汽车覆盖件模具。从图中可以看出进行工艺设计、成形分析包括回弹补偿、压边圈设计、模具凸凹模关键核心部件设计，生成三维装配图。通过使用模具专家 CAD 设计系统，用户可以非常快速高效地设计出模具的主要工作部件和模具的外围模架，同时将成型工艺的过程完全集成在模具的设计过程中，不仅提高了模具的设计效率，同时有效地保证了模具的设计质量。

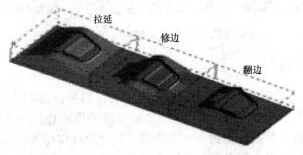

图 7-95　冲压工艺过程设计

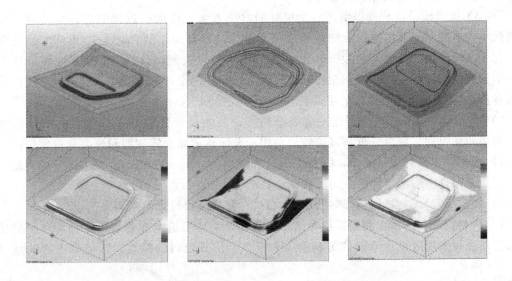

图 7-96　车门覆盖件冲压成形分析

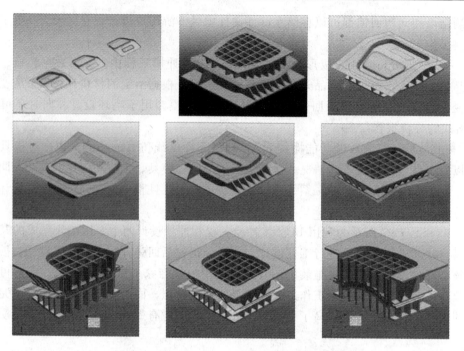

图 7-97　覆盖件凸模凹模与压边圈设计

### 7.5.4　级进模设计实例

UG NX 级进冲模设计制造包括了用于级进冲模设计的高性能工具。NX 级进冲模设计简化了从设计一直到刀具验证的冲模开发过程。NX 级进冲模设计是一个用于高质量冲模设计的全面解决方案，支持在冲模开发的每一个阶段与零件设计保持连接，提供了级进冲模专用的大量功能，包括：钣金零件和毛坯设计、条料设计和仿真、冲模基座、插件和装配设计、电极设计、刀具验证和设计变更管理。

UG NX 级进模设计软件提供了一个很好的解决方案，帮助级进模制造商缩短前置时间并增强了成本控制。通过把行业知识和最佳实践与过程自动化结合起来，UG NX 级进模设计简化了从设计到工具验证的冲模开发过程。UG NX 级进模设计是为高质量冲模设计提供的一个全面解决方案，在冲模开发的每个阶段支持与零件设计的关联性，包括汽车级进模专用的各种功能。UG NX 级进模的主要特点如下：

1）钣金零件和坯料设计利用一套钣金特征，高效地设计直弯零件和自由形状钣金零件。利用特征识别、弯曲分析和直接伸展功能，设计直弯钣金零件的预弯曲和过度弯曲。

2）采用一步展开（One-step Unforming）和成型性分析（Formability Anlaysis）功能，分析和设计复杂自由形状零件的中间形状和坯料形状。

3）级进模设计：自动进行坯件设计和布局、完成废料设计、带料布局设计。

4）带料设计和仿真：利用带料布局和废品设计工具来迅速准备带料布局。利用简化的布局工作流程来规定设计阶段的带料细节和级数。仿真带料的制造，以确保正确的站点顺序。

5）冲模座、镶块和装配设计布局：冲模座装配和冲模镶块以便进行成型和冲压操作。高效、关联地设计成型和冲压工具。在镶块库、冲模座库和标准零件库的基础上配置冲模。

6）自动补偿弯曲冲头和冲模的回弹。不需要编程就能够轻易定制库内容。计算验证冲压力、物料使用、可成型性分析和细化应力、应变和回弹，进行模具干涉检查。

7）自动创建图纸并绘制孔位图表，同时完成形位公差、三维注释、物料清单的细节设计工作。

8）受控的开发环境：对产品和过程数据的存储和版本进行管理、独立于 CAD 系统的二维图纸、三维零件和装配可视化/标记、支持分步式并行团队设计。

9）协同：把设计文件打包，以供报价和设计评审使用，可进行网络发布。提供模具设计包数据转换程序如：DXF/DWG、IGES、STEPAP 203 和 STEPAP 214。在 CAD/CAE/CAM 技术已经在模具设计和制造过程中普遍应用的背景下，优化工作流程和消除各种瓶颈成为缩短模具制造周期的主要措施。

利用 UG NX/Progressive Wizard 级进模设计模块，对某钣金件级进模成型的模具设计流程如图 7-98 ~ 图 7-103 所示。

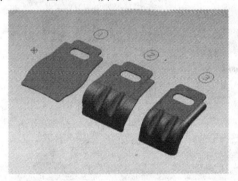
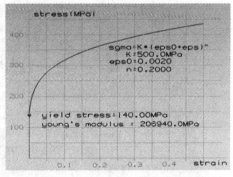

图 7-98　排样设计

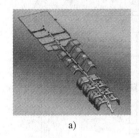
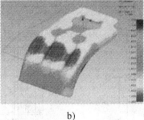

a)　　　　　　　　　b)　　　　　　　　　　　　c)

图 7-99　工艺过程与成型性分析

a）工艺过程设计　b）成型性分析　c）标准模架调用

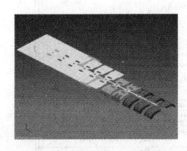

图 7-100　级进模三维模具总成

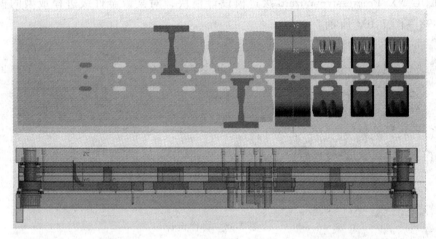

图 7-101　模具装配 BOM 表

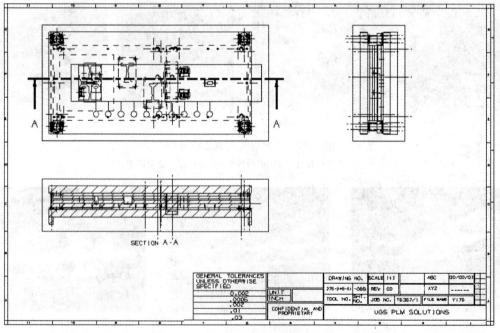

图 7-102　模具总装工程图

图 7-103　模具三维总成与实物图

通过使用级进模设计专用模块，不仅提高了设计变更的效率、毛坯创建和预成型定义、工步定义等，还在模具设计的同时完成了工艺过程中的废料设计和排样设计、模座和插件、模具设计验证，提高了模具变更效率，并结合板料成型模拟优势，优化了冲压拉深的工艺流程，缩短了模具设计制造周期，并减小了级进模具设计开发制造的风险投资。

### 7.5.5　压力铸造模具设计工程应用

#### 1. 典型压铸模模具结构

压铸是最先进的金属成型方法之一，它应用广，发展快。在国际上，我国是压铸大国之一，但从技术和生产效率综合来看，我国的压铸业还相当落后。汽车厂家是压铸件的主要用户，而汽车工业是我国国民经济五大支柱产业之一。随着汽车工业的快速发展，我国已成为世界上最大的汽车用户，可以展望我国压铸业将会有巨大的发展空间。由于压铸模具及其成型工艺复杂性，从工程上来讲压铸模的优劣成败，最能反映出整个压铸生产过程的技术含量和经济效果。图 7-104 所示为压铸模具典型结构，从图中可以看出其结构与塑料注塑模具在结构上有相似之处，但在浇注系统、分型面设计等方面差异较大。

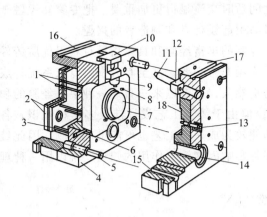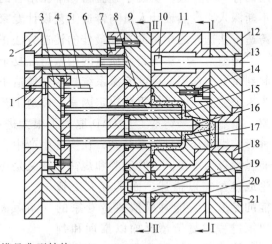

图 7-104　压铸模具典型结构

a）压铸模典型结构三维图
1—推杆　2—推杆板　3—复位杆　4—动模
套板　5—导柱　6—镶块水道　7—镶块
8—固定型芯　9—活动型芯　10—滑块
11—斜销　12—斜镶　13—串级水道
14—浇口套　15—导套　16—垫铁
17—定模套板　18—镶块

b）中心浇口压铸模典型结构
1—限位钉　2—动模座板　3—推板　4—推杆
固定板　5—复位杆　6—垫块　7—支承　8—
动模镶块　9—动模板　10—限位块　11—定模
12—定模座板　13—限位杆　14—型腔镶块
15—主型芯　16—分流锥　17—推杆　18—
浇口套　19—导套　20—导套　21—导柱

目前，我国压铸模设计的计算机应用仅限于绘图和简单的计算，新产品开发周期长，质量不易保证，缺乏市场竞争力。展望我国压铸业巨大的发展空间，审视压铸模在压铸生产中占有的举足轻重的的地位，再加上压铸模的设计较之非标准件设计具有的更多的规律性，这就为压铸模 CAD 的开发提供了可能性和必要性。对压铸模 CAD 技术的研究与应用显得尤为重要。

**2. 压铸模 CAD 专家系统的开发应用现状**

国外模具 CAD 系统的发展已有三十多年的历史，且发展速度极快。相对而言，压铸模 CAD 系统的起步较晚，只有二十年的历史，但由于可借鉴其他模具 CAD 的经验，发展速度也相当快。经历了由低级到高级、由研究到应用的过程。初期的压铸 CAD 只是对压铸工艺参数进行选择，仅利用计算机的计算功能，未充分发挥计算机在工程上的应用。随着计算机软硬件技术的高速发展，压铸模 CAD 技术也跨上了新的台阶。较高级的压铸 CAD 系统，除了对压铸模设计参数进行计算和选择外，还可以自动生成图形、输出图形，并能进行压铸过程模拟与分析及输出数控加工纸带，形成 CAD/CAM 系统。澳大利亚联邦科学工业研究机构（CSIRO）开发的压铸浇注系统 CAD/CAM 应用软件 Metlflow，提供了一个浇注系统设计分析与制造于一体的 CAD/CAM 系统，使用的压铸合金为铝、锌和黄铜合金。

日本虽在这方面相对美国、德国等国家起步较晚，但通过引进、消化和再开发，在研究和应用方面都取得了相当的成功。日本丰田公司开发的压铸模计算机辅助设计工程系统（CADDES）；Sharp Precision Machinery 公司为金属型和压铸模开发了名为 Scioure 的 CAD/CAM 系统；Yasaku 公司拥有用于压铸模设计和制造的名为 EVKUD 的 CAD/CAM 系统；日本丰田公司开发的压铸模设计专家系统 PCPSES 也已投入使用。

国内在这方面的研究和开发不太多，典型的有西北工业大学采用 C 语言构建的一个铸造工艺 CAD 产生式专家系统开发工具。它能提供近七种铸造方法，其中知识库与数据库采用两种耦合方式，实现了经验与标准相结合的设计模式。随着并行工程技术在铸造应用中的不断深入，产品设计人员与铸造工艺设计专家之间适时交流显得更加重要。把专家知识融于铸造方法选择之中帮助选择最佳的铸造方法正日益引起设计者和制造者的兴趣。

铸造生产中影响铸件质量的因素错综复杂，专家的丰富经验和具体指导对获得优质铸件起到重要的作用，因此专家系统技术在铸造中的应用非常必要，甚至有人指出专家系统将成为未来铸造业的一个重要决定因素。铸造工艺历史悠久，长期以来一直是一种手工经验的积累。虽然近年来铸造工艺 CAD 取得了很大进展，但由于铸造工艺设计涉及多学科知识，各种影响因素众多且关系复杂，在实际生产中，即便较为成熟的工艺也可能出现问题，因此经验显得极为重要。这些经验和规律往往又是对多种影响因素综合作用的归纳，难以用一种理论或模型加以描述。而具有人工智能的专家系统能够模拟铸造专家的决策过程对复杂情况加以推理和判断，使工艺设计更为合理。具体设计过程如图 7-105 所示。

铸件的几何特征如铸件边界、砂芯位置、厚壁区域和流道等对浇冒系统的设计至关重要。系统中应重视铸件几何特征提取功能，合理

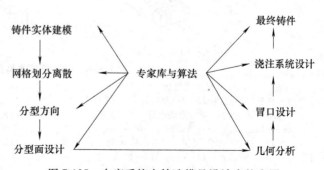

图 7-105　专家系统在铸造模具设计中的应用

选择分型面，简化工艺，提高设计准确性和效率。近来有人对轻合金、铸钢和球墨铸铁铸件的浇冒系统设计规则进行了系统的归纳和研究，关键的分型设计也有详细的分析和总结。采用压铸工艺参数和缺陷判断的参数设计多途径设计方法，即按人工设计思路和计算机自动搜索差别的辅助设计法。在基础工艺参数设计部分，以速度、温度、压力和时间为主导，确定充填时间、内浇口速度及尺寸、慢压射速度和快压射位置及速度。沈阳工业大学在轧钢机机架铸造工艺 CAD 中用专家系统拟定工艺方案，建立了相应的知识层次结构模型，可以在此基础上进行了造型、制芯方法、铸造种类选择、浇注位置、分型面选择以及浇冒系统设计。

虽然目前专家系统技术在铸造的许多领域中已广为展开，但在铸造方法选择和浇冒系统设计中的专家系统还刚刚起步。浇冒系统设计中所涉及的铸件一般较为简单，在实用性方面尚需不断加以完善。由于铸造工艺设计中知识形式的多样化，如何有效管理和处理不同类型知识及其之间的相互关系，仍是铸造工艺专家系统设计中急需解决的问题。

压铸是最先进的金属成型方法之一，是实现少切屑，无切屑的有效途径，应用很广，发展很快。目前压铸合金不再局限于有色金属的锌、铝、镁和铜，而且也逐渐扩大用来压铸铸铁和铸钢件。压铸件的尺寸和质量，取决于压铸机的功率。由于压铸机的功率不断增大，铸件形尺寸可以从几毫米到 1 ~ 2m；质量可以从几克到数十公斤。国外可压铸直径为 2m，质量为 50kg 的铝铸件。随着铸造的精密性、质量与可靠性、经济、环保等要求越来越高，压力铸造已从单一的加工工艺发展成为新兴的综合性的先进工艺技术。

**3. 铝合金发动机缸体压铸模实例应用**

发动机的制造在我国制造业中是难度较高的制造技术。发动机缸体缸盖铸造成功率低，设计和机械加工难度大。由于发动机是在特殊环境下工作的，因此其材料需要具有耐磨、抗热、抗变形等特点，所以设计选材具有一定的难度。铝合金发动机缸体结构尺寸小、内外部型腔结构复杂，尺寸精度高；同时其使用转速高和功率大等特点对发动机缸体的铸造提出了更高的要求。某发动机缸体采用的高磷铸铁镶缸套，在压铸时，嵌入到缸体一次成型后进行精密机械加工。缸套的厚度为 2mm，机械加工后保证最小壁厚不小于 1.5mm。上下缸体均为压铸铝合金 ADC12（LY12），热处理时效为 170℃、保温 16h；力学性能要求抗拉强度大于 320MPa，延伸率不小于 5%，弹性模量大于 75GPa。

由于铸造基础行业的多样性和复杂性，现有的大部分 CAD 平台并没有针对铸造模具设计提供专业的功能模块。目前常用的压铸模具设计的三种基本方式，第一种是采用通用的 CAD 软件进行模具结构零部件的二维或三维设计，最终进行装配设计，这种方式对于简单的压铸模零件成型是可行的。第二种方式利用专业的铸造模具设计软件进行设计，由于市面商业化的铸造模具软件还处于应用的初级阶段，且国内引进较少，限制了铸造专业模具高效率设计的进一步发展。第三种方式也是目前应用最多的一种方式，即利用现有的模具设计专家系统的部分功能并进行局部的二次开发，如利用 UG NX/Mold Wizard 注塑模具系统进行压铸模具的型腔、型芯和模架设计，对浇注系统、冷凝系统和排气系统根据压铸本身的工艺特点再进行细节设计。图 7-106 ~ 图 7-109 所示为利用 UG NX 设计后的高速发动机缸体及其压铸模具的结构设计与实物。

专业的铸造模具设计软件可以有效地解决压铸模、消失模、离心铸造、融模精密铸造等模具的设计。同时紧密结合不同材料不同铸造方法工艺的特殊性，广泛使用铸造模拟 CAE 软件如 Procast，提高不同铸造方法所要求的铸造模具的设计水平和铸造工艺水平。如合理设

图 7-106　铝合金高速发动机缸体

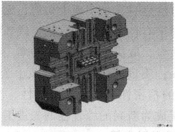

a)

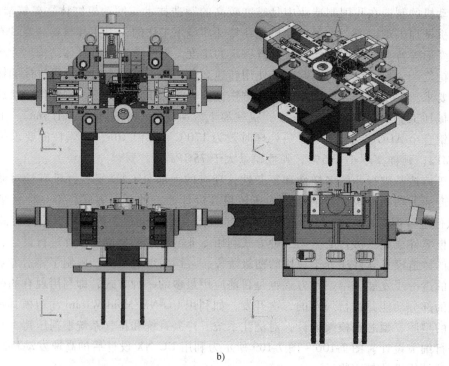

b)

图 7-107　缸体压铸模具结构图

a）缸体压铸模具结构图一　b）缸体压铸模具结构图二

图 7-108　发动机缸体压铸模具实物

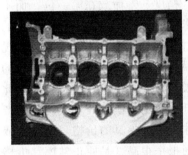
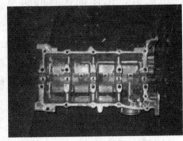

图 7-109　压铸铝合金发动机缸体实物

计铸造工艺参数和模具的浇冒口等提高设计的工艺性等都是未来铸造专家 CAD 系统发展的一个重要方向。与此同时引进吸收国外现在铸造行业产品设计、铸造工艺先进技术的应用也是很有必要的。

　　针对铝合金发动机缸体的特点，其压铸模具的设计质量对于缸体的压铸有着重要的影响，不仅要满足缸体空间结构上的要求，同时要考虑铝合金材料压铸时的成型工艺，另外对于压铸过程中的充型、持压、脱模、保温等都需要在模具结构设计上考虑周全，利用 UG NX 的强大三维设计功能以及 UG NX 在工装模具设计专家系统上的优势，较好地解决了该铝合金发动机缸体的模具设计和压铸要求，在国产高速汽油发动机缸体的压铸模具设计和压铸成型工艺上取得了较大的突破。

## 7.6　模具的报价策略与结算方式

　　模具的报价与结算是模具估价后的延续和结果。从模具的估价到模具的报价，只是第一步，而模具的最终价是通过模具制造交付使用后的结算，形成最终模具的结算价。在这个过程里，人们总是希望，模具估价 = 模具价格 = 模具结算价。而在实际操作中，这三个价并不完全相等，有可能出现波动误差值。这就是以下所要讨论的问题。当模具估价后，需要进行适当处理，整理成模具的报价，为签定模具加工合同做依据。通过反复洽谈商讨，最后形成双方均认可的模具价格，签订了合同，才能正式开始模具的加工。下面对模具的报价策略与结算方式进行介绍，以便指导企业更好地开展模具的设计制造与开发工作。

## 7.6.1 模具估价、报价与模具价格

模具估价后，并不能马上直接作为报价。一般说来，还要根据市场行情、客户心理、竞争对手的状态等因素进行综合分析，对估价进行适当的整理，在估价的基础上增加 10% ~ 30% 提出第一次报价。经过讨价还价，可根据实际情况调低报价。但是，当模具的商讨报价低于估价的 90% 时，需重新对模具进行改进细化估算，在保证保本有利的情况下，签订模具加工合同，最后确定模具价格。模具价格是经过双方认可且签订在合同上的价格。这时形成的模具价格有可能高于估价或低于估价。当商讨的模具价格低于模具的保本价进，需重新提出修改模具要求、条件、方案等，降低一些要求，以期可能降低模具成本，重新估算后，再签订模具价格合同。

应当指出，模具是属于科技含量较高的专用产品，不应当把价格压得太低，甚至是亏本价去迎合客户，而是应该做到优质优价，把保证模具的质量、精度、寿命放在第一位，而不应把模具价格看得过重，否则，容易引起误导模具生产。追求模具低价，就较难保证模具的质量、精度、寿命。但是，当模具的制造与制品开发生产是同一核算单位时，在这种情况下，模具的报价应以其成本价作为报价。模具的估价仅估算模具的基本成本价部分，其他的成本费用、利润可暂不考虑，待以后制品生产的利润再提取模具费附加值来作为补偿。但此时的报价不能作为真正的模具的价格，只能是作为模具前期开发费用。制品开发成功后，产生利润应提取模具费附加值返还给模具制造单位，两项合计才能形成模具的价格。这时形成的模具价格，有可能会高于第一种情况下的模具价格，甚至回报率很高，是原正常模具价格的几十倍、数百倍不等。当然，回报率也有可能等于零。

## 7.6.2 模具价格的地区差与时间差

这里还应当指出，模具的估价及价格在各个企业、各个地区、国家，在不同的时期，不同的环境是不同的，也就是存在着地区差和时间差。为什么会产生价格差呢，这是因为：各企业、各地区、国家的模具制造条件不同；设备工艺、技术、人员观念、消费水准等各个方面的不同；产生在对模具的成本、利润目标等估算不同。

一般是较发达的地区，或科技含量高、设备投入较先进，比较规范大型的模具企业，他们的目标是质优而价高，而在一些消费水平较低的地区，或科技含量较低、设备投入较少的中小型模具企业，其相对估算的模具价格要低一些。另一方面，模具价格还存在着时间差（时效差）。不同的时间要求产生不同的模具价格。这种时效差有两方面的内容：一是一副模具在不同的时间有不同的价格；二是不同的模具制造周期，其价格也不同。

图 7-110 所示的模具，从产品实物初步可以看出，模具的结构组成包括机械部分和电气部分，在热流道模具和热成型模具中，电气控制与加热装置方面也是模具总价不可忽视的重要部分。从结构上来讲，除凸凹模成型部分、模具与机床的连接部分、顶出机构外，还有相当大的一部分是由标准件组成的。图 7-111 所示的为不同类型模具所需的部分标准件示意图，其工况和技术要求各不相同。不同类型模具所用的标准件的要求和价格随地区的差异也较大。在内地，模具标准件不仅种类有限，而且价格相对更贵，因此在模具报价时，标准件的质量和精度要求都是价格不可忽视的一个组成部分。

图 7-110 模具实例

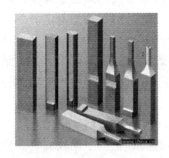

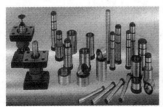

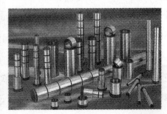

图 7-111 不同类型模具的部分标准件

### 7.6.3　模具报价与结算方式

模具价格估算后，一般要以报价的形式向外报价。报价单的主要内容有：模具报价、周期、要求达到的模次（寿命）、对模具的技术要求与条件、付款方式及结算方式以及保修期等。模具的报价策略正确与否直接影响模具的价格，影响到模具利润的高低，影响到所采用的模具生产技术管理等水平的发挥。

模具的结算是模具设计制造的最终目的。模具的价格也以最终结算到的价格（结算价）为准。模具的结算方式从模具设计制造一开始，就伴随着设计制造的每一步，每道工序在运行、设计制造到什么程序，结算方式就运行到什么方式。待到设计制造完成交付使用，结算方式才会终结，有时甚至还会运行一般时间。所有设计制造中的质量技术问题最终全部转化到经济结算方面来。可以说，经济结算是对设计制造的所有技术质量的评价与肯定。

结算的方式是从模具报价就开始提出，以签订模具制造合同开始之日，就与模具设计制造开始同步运行。反过来说，结算方式的不同，也体现了模具设计制造的差异和不同。结算方式，各地区、各企业均有不同，但随着市场经济的逐步完善，也形成一定的规范和惯例。按惯例结算方式一般有以下几种：

（1）"五五"式结算　即模具合同一签订开始之日，即预付模具价款 50%，余下的 50% 待模具试模验收合格后，再付清。这种结算方式，在早期的模具企业中比较流行。它的优缺点有以下：

1）50% 的预付款一般不足于支付模具的基本制造成本，制造企业还要投入。也就是说，50% 的预付款，还不能与整付模具成本运行同步。因此，对模具制造企业来说存在一定的投入风险。

2）试模验收合格后结算余款，使得模具保修费用与结算无关。

3）在结算 50% 余款时，由于数目款项较多，且模具已基本完工，易产生结算拖欠现象。

4）万一模具失败，一般仅退回原 50% 预付款。

（2）"六四"式结算　即模具合同一签订生效之日起，即预付模价款的 60%，余下的 40% 待模具试模合格后，再结清。这种结算方式与第一种结算方式基本相同。只不过是在预付款上增加 10%。这相对于模具制造企业有利一点。

（3）"三四三"式结算　即模具合同一签订生效之日，即预付模价款的 30%，等参与设计会审，模具材料备料到位，开始加工时，再付 40% 模价款。余下的 30% 等模具合格交付使用后，一周内付清。这种结算方式，是目前比较常用的一种方式。这种结算方式的主要特点如下：

1）首期预付的 30% 模价款作为订金。

2）再根据会审，检查进度和可靠性，进行第二次 40% 的付款，加强了对模具制造进度的监督。

3）余款 30%，在模具验收合格后，再经过数天的使用期后，结算余款。这种方式基本与模具的设计、制造和使用同步运行。

4）万一模具失败，模具制造方除返还全部预付款外，还要加付赔偿金。赔偿金一般是订金的 1~2 倍。

（4）提取制件生产利润的模具费附加值方式　即在模具设计制造时，模具使用方仅需投入小部分的款项，以保证模具制造的基本成本费用（或根本无需支付模具费用）。待模具制造交付使用，开始制件生产，每生产一个制件提取一部分利润返还给模具制造方，作为模具费。这种方式把模具制造方和使用方有机地联系在一起，形成利润一体化，把投资风险与使用效益紧密地联系起来，把技术与经济、质量与生产效益完全地挂钩在一起，这样也最大限度地体现了模具的价值与风险。这种方式是目前一种横向联合的发展趋势。其主要特点是：充分发挥模具制造方和模具使用方的优势，资金投入比较积极合理。但对于模具制造方来说，其风险较大，但回报率也较为可观。

模具的结算方式，还有很多，也不尽相同，但是都有一个共同点，即努力使模具的技术与经济指标有机地结合，产生双方共同效益；使得模具由估价到报价，由报价到合同价格；由合同价格到结算价格，即形成真正实际的模具价格；实现优质优价，努力把模具价格与国际惯例接轨，不断向生产高、精、优模具方向努力，形成共同良好的、最大限度的经济效益局面。这是模具设计制造使用的最终目标。

# 第 8 章　塑性成形工艺过程模拟仿真与应用

**本章主要内容：**

- 塑性成形模拟应用基础
- 塑性成形模拟软件平台
- 塑性成形模拟工程应用
- 塑性成形工艺问题对策
- 塑性成形模拟实例

　　本章重点以塑性成形模拟应用为对象，介绍了相关的塑性成形模拟软件平台（如用于冲压模拟的 Dynaform、注塑模拟的 Moldflow、铸造模拟的 Procast 等）成形优化模拟分析功能、讲解了塑性成形模拟工程应用方面相关的 ABS 材料产品注塑模拟、砂型铸造模拟、铝合金网格筋壳片冲压模拟、铝合金材料旋压模拟的具体实例，同时针对相关的塑性成形工艺问题给出了相关的措施，最后详细讲解了塑性成形模拟实例操作过程。

## 8.1　塑性成形模拟应用基础

### 8.1.1　塑性成形模拟 CAE 的应用

　　模具是生产各种工业产品的重要工艺装备，随着塑料工业的迅速发展以及塑料制品在航空、航天、电子、机械、船舶和汽车等工业部门的推广应用，产品对模具的要求越来越高。计算机辅助工程（CAE）技术已成为塑料产品开发、模具设计及产品加工中这些薄弱环节的最有效的途经。同传统的模具设计相比，CAE 技术无论在提高生产率、保证产品质量，还是在降低成本、减轻劳动强度等方面，都具有很大优越性。

　　MSC 公司的 MSC. DYTRAN 是在 LS-DYNA3D 的框架下，在程序中增加荷兰 PISCES IN-TERNATIONAL 公司开发的 PICSES 的高级流体动力学和流体-结构耦合分析功能，还在 PIS-CES 的欧拉模式算法基础上，开发了物质流动算法和流固耦合算法。在同类软件中，其高度非线性、流—固耦合方面有独特之处。MSC. DYTRAN 采用基于 Lagrange 格式的有限单元方法（FEM）模拟结构的变形和应力，用基于纯 Euler 格式的有限体积方法（FVM）描述材料的（包括气体和液体）流动，对通过流体与固体界面传递相互作用的流体—结构耦合分析，采用基于混合的 Lagrange 格式和纯 Euler 格式的有限单元与有限体积算法技术，以 ALE （任意拉格郎日与欧拉算法）完成全耦合的流体—结构相互作用模拟。

　　MSC. DYTRAN 用有限体积法跟踪物质流动的流体功能，有效地解决了大变形和极度大变形问题，如爆炸分析、高速侵彻等。MSC. DYTRAN 本身在继承了 LS-DYNA3D 与 PISCES

优点的同时，也继承了其不足。首先，材料模型不丰富，对于岩土类处理尤其差，虽然提供了用户材料模型接口，但由于程序本身的缺陷，难于将反映材料特性的模型加上去。其次，没有二维计算功能，轴对称问题也只能按三维问题处理，使计算量大幅度增加。

MSC. DYTRAN 可有效解决超塑成形、深度拉伸等大变形和极度变形问题。采用冲压拉伸成形某薄壁铝合金盒，其产品结构与模具示意如图 8-1 所示。该铝合金产品结构材料特性为壁厚 0.81mm、弹性模量 71GPa、泊松比 0.33、密度 2700kg/m³、屈服极限 135.3MPa、应力应变曲线 576.79 × （0.01658 + $\varepsilon_p$）0.3593MPa、摩擦系数 0.162、板料尺寸 150mm × 150mm。以 MSC. DYTRAN 为求解器，采用 MSC. Patran 为前后处理器，对该薄壁盒形件进行冲压拉伸的塑性成形有限元模拟，模拟结果分别如图 8-2 ~ 图 8-6 所示。

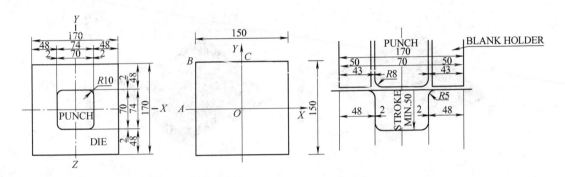

图 8-1　薄壁盒产品结构与冲压模具成形

图 8-2 为其产品冲压原理与网格划分模型，图 8-3 为冲压过程不同时刻的应变，图 8-4 为其不同时刻的厚度分布，图 8-5 为其不同时刻的成形极限图，图 8-6 为其某点的厚度与成形极限变化曲线。从成形的工艺过程来看，能够比较直观地对该产品的成形过程进行模拟。进一步采用显式法可以求解出其回弹分析的结果，模拟出产品的最终成形状态。通过模拟分析对该产品的结构细节设计与模具设计能起到很好的借鉴作用。

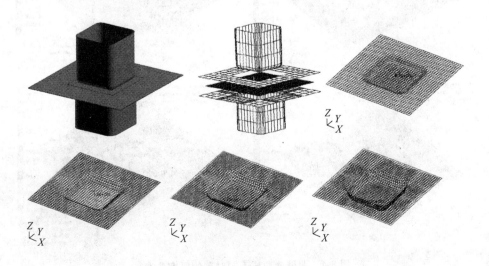

图 8-2　盒形件冲压原理与网格划分模型

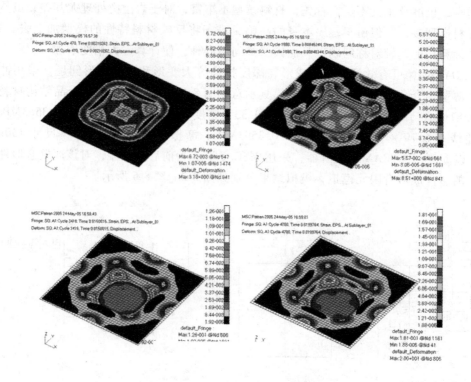

图 8-3　盒形件冲压过程应不同时刻的应变

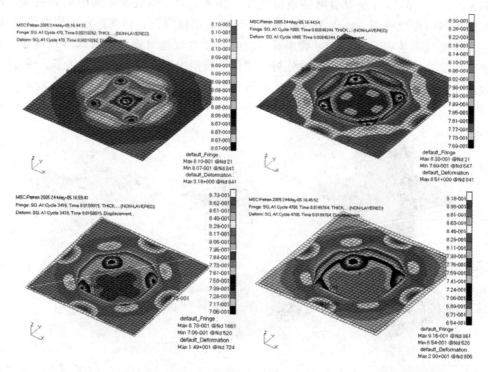

图 8-4　薄壁盒冲压不同时刻的厚度分布

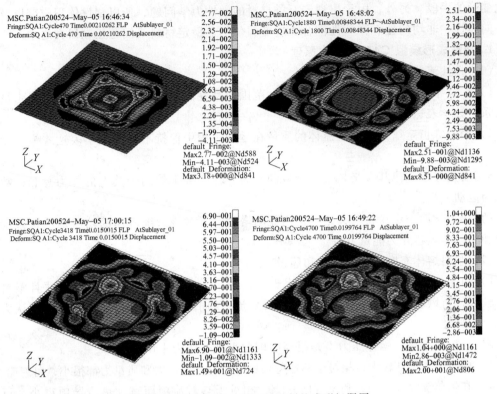

图 8-5　薄壁盒冲压拉伸不同时刻的成形极限图

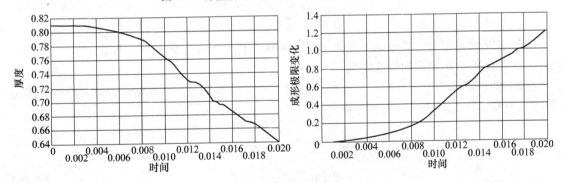

图 8-6　厚度与成形极限变化曲线

## 8.1.2　塑性成形模拟的基础

　　塑性力学是固体力学的一个分支，它主要研究物体超过弹性极限后所产生的永久变形和作用力之间的关系，以及物体内部应力和应变的分布规律。塑性力学和弹性力学的区别在于，塑性力学考虑物体内产生的永久变形，而弹性力学不考虑；和流变学的区别在于，塑性力学考虑的永久变形只与应力和应变的历史有关，而不随时间变化，而流变学考虑的永久变形则与时间有关。

　　随着有限元法的发展，提供恰当的本构关系已成为解决问题的关键。所以 20 世纪 70 年代关于塑性本构关系的研究十分活跃，主要从宏观与微观的结合、不可逆过程热力学及理性力学等方面进行研究。在实验分析方面，也开始运用光塑性法、云纹法、散斑干涉法等能测量大变形的手段。另外，由于出现岩石类材料的塑性力学问题，所以塑性体积应变以及材料的各向异性、非均匀性、弹塑性耦合、应变弱化的非稳定材料等问题正在研究之中。

**1. 塑性成形模拟 CAE 的基本原理**

（1）粘性流体力学的基本方程

1）广义牛顿定律反映了一般工程问题范围内粘性流体的应力张量与应变速率张量之间的关系，数学表达式为本构方程。

2）质量守恒定律其含义是流体的质量在运动过程中保持不变，数学表达式为连续性方程。

3）动量守恒定律其含义是流体动量的时间变化率等于作用于其上的外力总和，数学表达式为运动方程。

4）热力学第一定律其含义是系统内能的增加等于对该系统所作的功与加给该系统的能量之和，数学表达式为能量方程。

（2）塑料熔体充模流动的简化和假设

1）由于型腔壁厚（$z$ 向）尺寸远小于其他两个方向（$x$ 和 $y$ 方向）的尺寸且塑料熔体粘性较大，所以熔体的充模流动可视为扩展层流，$z$ 向的速度分量可忽略不计，且认为压力不沿 $z$ 向变化。

2）充模过程中，熔体压力不是很高，因此可视熔体为未压缩流体。

3）由于熔体粘性较大，相对于粘性剪切应力而言，惯性力和质量力都很小，可忽略不计。

4）在熔体流动方向（$x$ 和 $y$ 方向）上，相对于热对流项而言，热传导项很小，可忽略不计。

5）熔体不含内热源。

6）在充模过程中，熔体温度变化不大，可认为比热容和导热系数是常数。

7）熔体前沿采用平面流前模型。

（3）塑料熔体充模流动的控制方程　利用上述假设和简化，可由粘性流体力学的基本方程导出塑料熔体充模流动的控制方程

$$\frac{\partial}{\partial x}(b\,\overline{u}) + \frac{\partial}{\partial y}(b\,\overline{v}) = 0 \tag{8-1a}$$

$$\frac{\partial}{\partial z}\left(\eta\,\frac{\partial u}{\partial z}\right) - \frac{\partial P}{\partial x} = 0 \tag{8-1b}$$

$$\frac{\partial}{\partial z}\left(\eta\,\frac{\partial v}{\partial z}\right) - \frac{\partial P}{\partial y} = 0 \tag{8-1c}$$

$$\rho C_P\left(\frac{\partial T}{\partial t} + u\,\frac{\partial T}{\partial x} + v\,\frac{\partial T}{\partial y}\right) = k\,\frac{\partial^2 T}{\partial z^2} + \eta\dot{\gamma}^2 \tag{8-1d}$$

（4）塑料熔体的粘度模型　塑料熔体的粘度主要取决于温度和剪切应变速率，压力的影响相对较小，因此选择何种粘度模型应由具体条件下的剪切速率范围来确定。目前常用的粘度模型有幂律模型和 CROSS 模型，其中 CROSS 模型适用的剪切速率范围较宽，所以这里采用 CROSS 模型

$$\eta = \frac{\eta_0(T,P)}{1 + (\eta_0\dot{\gamma}/\tau^*)^{1-n}} \tag{8-2}$$

式中　$\eta$——熔体粘度；

　　　$\tau^*$——材料剪切常数；

　　　$n$——非牛顿指数；

　　　$\dot{\gamma}$——剪切应变速率；

　　　$\eta_0$——零剪切粘度。

在充模过程中，熔体的温度变化范围不大，因此 $\eta_0$ 采用 Arrhenius 型表达式

$$\eta_0(T,P) = Be^{\beta P}e^{T_b/T} \tag{8-3}$$

式中　$B$，$T_b$，$\beta$——材料常数。

上述两公式合起来即为五参数（$n$，$\tau^*$，$B$，$T_b$，$\beta$）粘度模型。

（5）数值计算实施过程与策略　CAE 软件的应用过程如图 8-7 所示。首先根据制品的几何模型剖分成具有一定厚度的三角形单元，对各三角形单元在厚度方向上进行有限差分网格剖分，在此基础上，根据熔体流动控制方程在中性层三角形网格上建立节点压力与流量之间的关系，得到一组以各节点压力为变量的有限元方程，解方程组求得节点压力分布，同时将能量方程离散到有限元网格和有限差分网格上，建立以各节点在各差分层对应位置的温度为未知量的方程组，求解方程组得到节点温度在中性层上的分布及其在厚度方向上的变化，由于压力与温度通过熔体粘度互相影响，因此必须将压力场与温度场进行迭代耦合。

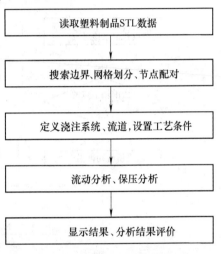

图 8-7　CAE 执行流程

其中，数值分析采用有限元/有限差分混合法，其基本步骤是：根据前一时间步的压力场计算出流入各节点控制体积的流量，根据节点控制体积的充填状况更新流动前沿，在此基础上根据能量方程计算当前时刻的温度场，再根据温度场计算熔体的粘度和流动率等，形成压力场的整体刚度矩阵，为保证新引入的边界条件，需要对整体刚度矩阵进行修正，解压力方程组求得节点压力分布。由于流动率的计算依赖于压力分布，因此压力场控制方程是非线性方程，需对压力场进行迭代求解。重复上述计算过程直到整个型腔被充满。充模流动模拟的数值计算过程如图 8-8 所示。

**2. 基于实体/表面模型的分析**

注塑成型 CAE 软件的发展十分迅速，其在全面提升模具设计水准中的显著效果正逐渐为模具界所认识。由于算法的局限性，目前的充填和保压模拟软件如 C-Mold 软件与 Mold-Flow 都是采用基于"中性层"模型（Middle-Plane）的有限元/有限差分方法来分析。所谓中性层是假想的位于模具型腔和型芯中间的层面，其模拟过程如图 8-9 所示。基于这种型腔模型的 CAE 软件在应用中具有很大的局限性，主要表现在：

1）CAE 软件的使用人员必须理解中性层的概念，用户直接由产品模型构造中性层感到困难。

2）独立开发的 CAE 系统造型功能往往很差，依据模腔的 CAD 模型自动生成中性层模

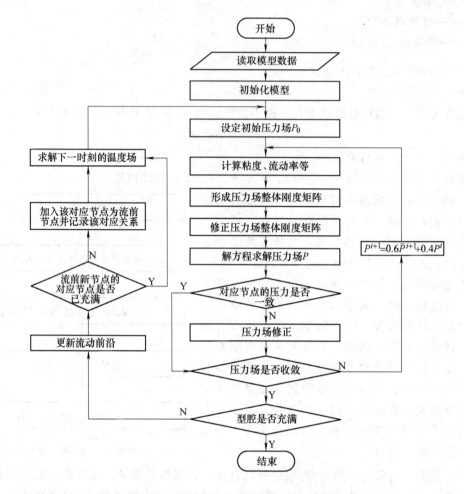

图 8-8　充模流动模拟的数值计算流程图

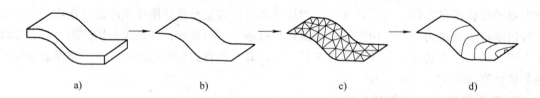

a)　　　　　　　　b)　　　　　　　　c)　　　　　　　　d)

图 8-9　基于中性层模型的模拟过程

a）3-D 实体/表面模型　b）中性层模型　c）中性层模型网格划分　d）模拟结果显示

型又十分困难，这极大地妨碍了 CAE 软件的推广和普及。

3）由于 CAD、CAE 软件的模型不统一，二次建模不可避免。设计效率因此大打折扣，CAD、CAE 的集成也不可能实现。

据统计，中性层模型的建模时间约占整个 CAE 应用时间的 80%，基于中性层模型的分析软件在应用中的这种局限性已成为制约注塑成型 CAE 技术推广应用的瓶颈。世界各国研究人员都在探索解决这一问题的方法，相关的研究主要集中在根据制品的实体/表面模型自动生成中性层模型方面，A. Fischer、Mohsen Rezayat 等作了十分有益的尝试，但是由于制品结构的复杂性，在算法的覆盖率、自动抽取正确率等方面始终差强人意，达不到实用的程度。

在注塑成型模拟中，在壁厚方向上通常采用对称的边界条件

$$u = 0 = v = w, T = T_w \qquad z = b \text{ 处} \tag{8-4}$$

$$\frac{\partial u}{\partial z} = 0 = \frac{\partial v}{\partial z}; \frac{\partial T}{\partial z} = 0; w = 0 \qquad z = 0 \text{ 处} \tag{8-5}$$

式中　$T_w$——模壁温度（如图 8-10a 所示）。

结合注塑成型控制方程与边界条件可以推出：参量 $u$，$v$，$w$，$T$，$P$ 在壁厚方向上关于中性层（$z = 0$）对称，如图 8-10a 所示。并因此有：型腔半壁厚上的平均速度 $\bar{u}$，$\bar{v}$ 与型腔全壁厚上的平均速度 $\bar{u}$，$\bar{v}$ 相等。基于这一重要特征，可以将整个型腔在壁厚方向上分成两部分，图 8-10b 中的 "部分 I" 和 "部分 II"。与此同时，三角形有限元网格在型腔的表面产生（图 8-10b 中的 $z = 0$ 处），而不是中性层（图 8-10a 中的 $z = 0$ 处）。相应地，与基于中性层的有限差分是在中性层的两侧进行（从中性层至两模壁）不同，此处壁厚方向上的有限差分仅在表面的内侧（从模壁至中性层）进行，即从图 8-10b 中的 $z = 0$ 处至 $z = b$ 处。考虑到上述修正，整个分析的坐标系也同时由图 8-10a 调整为图 8-10b。进行上述的处理后，流动过程的控制方程仍然不变，而壁厚方向上的边界条件则为

$$u = 0 = v = w, T = T_w \qquad z = 0 \text{ 处} \tag{8-6}$$

$$\frac{\partial u}{\partial z} = 0 = \frac{\partial v}{\partial z}; \frac{\partial T}{\partial z} = 0; w = 0 \qquad z = b \text{ 处} \tag{8-7}$$

同时，需要引进新的边界条件以保证同一截面处两部分能协调流动。

$$u_I = u_{II}; v_I = v_{II}; T_I = T_{II}; P_I = P_{II} \qquad z = b \text{ 处} \tag{8-8}$$

$$C_{m-I} = C_{m-II} \tag{8-9}$$

式中　I、II——表示同一截面处对应的两部分，$C_{m-I}$ 和 $C_{m-II}$ 表示这两部分自由移动的流动前沿（如图 8-11 所示）。

$C_o$，$C_i$，$C_e$——型腔外边界、内部型芯和浇注系统。

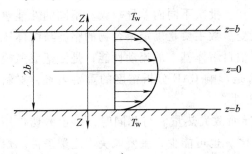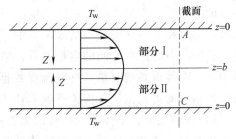

图 8-10　壁厚方向上的边界条件
a）中性层模型　b）表面模型

值得注意的是，不同于边界条件式（8-6）和式（8-7），在数值实施中保证条件式（8-8）和式（8-9）十分重要，同时也是基于表面模型模拟的重大难题。这主要是因为：

1）同一截面处的对应表面的有限元三角网格不可能完全对称（网格节点是独立生成的），如图 8-12 所示，在 $u$、$v$、$T$、$P$ 等物理量的比较中必须进行插值处理。

2）由于分开的两部分具有各自的流动前沿，考虑同一截面处的两对应节点（如图 8-10b 中的 $A$、$C$ 点），两点都充满、一个已满另一个尚未充填的可能性都存在，这两种情况需要分别进行平均处理与赋值处理。

3）由于与 1）相同的原因，对应表面的流动前沿总存在微小差别，这种许可的差别应通过流前节点的时间差别控制或位置差别控制来实现。

4）每次流动前沿的更新都会扩展熔体的流动范围，因此，每次流动前沿更新后，都必须检查上述条件式（8-10）并做相应的处理。

5）1）~4）中的各种处理操作都需要对同一截面处三角网格的物理量进行比较与调整，因此，那些有限元网格处在同一截面的信息应该在模拟前准备好，即必须在所有三角网格中进行配对操作。基于上述处理，采用与中性层模型相类似的解法，可得基于实体/表面模型的流动模拟软件。

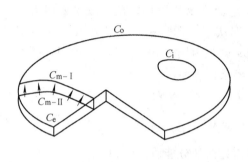

图 8-11 对应表面的流动前沿示意图

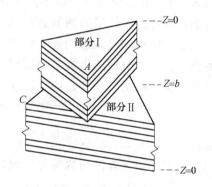

图 8-12 同一截面上对应节点位置错开示意图

### 3. 注塑成型模拟应用分析

（1）注塑条件对制品成型的影响

1）塑料材料性能：塑料材料性能的复杂性决定了注塑成型过程的复杂性。而塑料材料的性能又因品种不同、牌号不同、生产厂家不同，甚至批次不同而差异较大。不同的性能参数可能导致完全不同的成型结果。其中，材料的流变参数主要是确定聚合物的粘度与熔体压力、温度、剪切速率之间的定量关系，粘度表征了塑料熔体基本的流动性能，是注塑成型模拟中一个非常重要的参量。材料流变数据准确与否是影响 CAE 分析精度的重要因素，材料流变数据库的覆盖范围直接关系到 CAE 软件的实用性。

2）注射温度：熔体流入冷却的型腔，因热传导而散失热量。与此同时，由于剪切作用而产生热量，这部分热量可能较热传导散失的热量多，也可能少，主要取决于注塑条件。熔体的粘性随温度升高而变低。这样，注射温度越高，熔体的粘度越低，所需的充填压力越小。同时，注射温度也受到热降解温度、分解温度的限制。

3）模具温度：模具温度越低，因热传导而散失热量的速度越快，熔体的温度越低，流动性越差。当采用较低的注射速率时，这种现象尤其明显。

4）注射时间：注射时间对注塑过程的影响表现在三个方面：

①　缩短注射时间，熔体中的剪应变率也会提高，为了充满型腔所需的注射压力也要提高。

② 缩短注射时间，熔体中的剪应变率提高，由于塑料熔体的剪切变稀特性，熔体的粘度降低，为了充满型腔所需要的注射压力也要降低。

③ 缩短注射时间，熔体中的剪应变率提高，剪切发热越大，同时因热传导而散失的热量少，因此熔体的温度高，粘度越低，为了充满型腔所需要的注射压力也要降低。

以上三种情况共同作用的结果，使图 8-13 中充满型腔所需的注射压力的曲线呈现"U"形。也就是说存在一个注射时间，此时所需的注射压力最小。

（2）注塑模流动模拟软件分析结果的指导作用　注塑模流动模拟软件的指导意义十分广泛，能够辅助模具设计者优化模具结构与工艺，指导产品设计者从工艺的角度改进产品形状，选择最佳成型性能的塑料，帮助模具制造者选择合适的注射机，当变更塑料品种时，对现有模具的可行性做出判断，分析现有模具设计弊病。同时，流动软件又是一种教学软件工具，能够帮助模具工作者熟悉熔体在型腔内的流动行为，把握熔体流动的基本原则。下面逐项分析三维流动软件的主要输出结果是如何用来指导设计的。

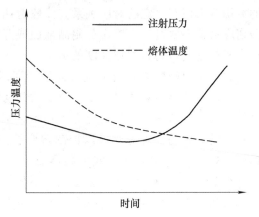

图 8-13　注射时间与注射压力、熔体温度的关系

1）熔体流动前沿动态显示：三维流动模拟软件能显示熔体从进料口逐渐充满型腔的动态过程，由此可判断熔体的流动是否是较理想的单向流形式（简单流动）（复杂流动成型不稳定，容易出现次品）。各个流动分支是否在同时充满型腔的各个角落（流动是否平衡）。若熔体的填充过程不理想，可以改变进料口的尺寸、数量和位置，反复运行流动模拟软件，一直到获得理想的流动形式为止。若仅仅是为了获得较好的流动形式而暂不考察详尽的温度场、应力场的变化，或是初调流道系统，最好是运行简易三维流动分析（等温流动分析），经过几次修改，得到较为满意的流道设计后，再运行非等温三维流动分析。

2）型腔压力：在填充过程中最大的型腔压力值能帮助判断在指定的注射机上熔体能否顺利充满型腔（是否短射），何处最可能产生飞边，在各个流动方向上单位长度的压力差（又称压力梯度）是否接近相等（因为最有效的流动形式是沿着每个流动分支熔体的压力梯度相等），是否存在局部过压（容易引起翘曲）。流动模拟软件还能给出在熔体填充模具所需的最大锁模力，以便用户选择注射机。

3）熔体温度：流动模拟软件提供型腔内熔体在填充过程中的温度场，可鉴别在填充过程中熔体是否存在着因剪贴发热而形成的局部热点（易产生表面黑点、条纹等并引起力学性能下降），判断熔体的温度分布是否均匀（温差太大是引起翘曲的主要原因），判断熔体的平均温度是否太低（引起注射压力增大）。熔体接合点的温度还可帮助判断熔合纹的相对强度。

4）剪切速率：剪切速率又称应变速率或者速度梯度，该值对熔体的流动过程影响甚大。实验表明，熔体在剪切速率为 $10^3 \mathrm{s}^{-1}$ 左右成型，制品的质量最佳。流道处熔体剪切速率的推荐值约为 $5 \times 10^2 \sim 5 \times 10^3 \mathrm{s}^{-1}$，浇注系统处熔体剪切速率的推荐值约为 $10^4 \sim 10^5 \mathrm{s}^{-1}$。流动软件能给出不同填充时刻型腔各处的熔体剪切速率，这就有助于用户判断在该设计方案下预测的剪切速率是否与推荐值接近，而且还能判断熔体的最大剪切速率是否超过该材料所允许的极限值。剪切速率过大将使熔体过热，导致聚合物降解或产生熔体破裂等弊病。剪切速率分布不均匀会使熔体各处分子产生不同程度的取向，因而收缩不同，导致制品翘曲。通过调整注射时间可以改变剪切速率。

5）剪切应力：剪切应力也是影响制品质量的一个重要因素，制品的残余应力值与熔体的剪切应力值有一定的对应关系。一般剪切应力值大，残余应力值也大。因此总希望熔体的剪切应力值不要过大，以避免制品翘曲或开裂。根据经验，熔体在填充型腔时所承受的剪切应力不应超过该材料抗拉强度的1%。

6）熔合纹/气穴：两个流动前沿相遇时形成熔合纹，因而，在多浇口方案中熔合纹不可避免，在单浇注系统时，由于制品的几何形状以及熔体的流动情况，也会形成熔合纹。熔合纹不仅影响外观，而且为应力集中区，材料结构性能也受到削弱。改变流动条件（如浇注系统的数目与位置等）可以控制熔合纹的位置，使其处于制品低感光区和应力不敏感区（非"关键"部位）。而气穴为熔体流动推动空气最后聚集的部位，如果该部位排气不畅，就会引起局部过热、气泡，甚至充填不足等缺陷，此时就应该加设排气装置。流动模拟软件可以为用户准确地预测熔合纹和气穴的位置。

7）多浇注系统的平衡：当采用多浇注系统时，来自不同浇注系统的熔体相互汇合，可能造成流动的停滞和转向（潜流效应），这时各浇注系统的充填不平衡，影响制品的表面质量及结构的完整性，也得不到理想的简单流动。这种情况应调整浇注系统的位置。流动模拟软件在优化设计方案更显优势。通过对不同方案的模拟结果的比较，可以辅助设计人员选择较优的方案，获得最佳的成型质量。

（3）流动软件的正确使用 注塑模流动模拟软件只是一种辅助工具，它能否在产生中性层发挥作用并产生经济效益，在很大程度上取决于模具设计者的正确使用。

1）流动软件的使用人员：流动软件的使用者必须熟悉注塑成型工艺，具有一定的注塑模设计经验。这样，用户才能有针对性地利用流动软件解决模具结构设计或工艺问题。例如，如果浇口处剪切速率过高，是修正浇口尺寸，还是改变熔体温度，抑或是更换注射材料呢，不具备注塑成型工艺知识的人是很难做出正确选择的。流动软件的输出结果涉及到塑料粘度、剪切速率、温度、压力以及它们的相互作用，即使是经验丰富的模具设计师也应学一点塑料流变学的知识，总结注射流动的基本规律，这样才能站在理论与实践结合的高度用好流动模拟软件。

2）输入数据的正确性：首先要输入合理的注塑成型工艺参数。其次要有正确的材料参数（如热导率、比热容、密度、不流动温度以及粘度等）。如前所叙，塑料材料的性能参数（流变性、压缩性等）十分重要，不同的性能参数将导致完全不同的模拟结果。同时，塑料材料的性能又因品种不同、牌号不同，生产厂家不同、甚至批次不同而差异较大。因此，获得所用材料的准确的性能参数是使用 CAE 软件的前提条件。尤其是材料的粘性参数，对充模流动有重要影响，又不易通过实验直接获得。目前，华中科技大学模具技术国家重点实验室塑料模研究室可以为客户测试并拟合材料的粘度参数。

## 8.2　塑性成形模拟软件平台

### 8.2.1　冲压成形分析软件 FastForm

板料成形在汽车、航空、模具等行业中占据着重要地位。板料成形的主要问题就是较长的模具开发设计周期，特别是对于复杂的板料成形零件无法准确预测成形的结果，难以预防缺陷的产生。传统的方式存在设计周期长、试模次数多、生产成本高等缺点，某些特殊复杂的板料成形零件甚至制约了整个产品的开发周期。而板料成形 CAE 技术及分析软件的出现，有效地缩短模具设计周期、减少试模时间、改进产品质量、降低生产成本，从根本上提高产品的市场竞争力。国外比较有名的商业化板料成形数值模拟软件有 ESI 公司的 PAM - STAMP、美国 ETA 公司的 DYNAFORM、瑞士 ETH 公司的 AUTOFORM 等。

通用的有限元软件如 ANSYS、ABAQUS、MSC. Marc、MSC. Dytran 等均可以进行板料的冲压拉伸等塑性成形模拟。图 8-14 为在 Fastform 平台下对薄壁盒形件进行冲压拉伸的分析

图 8-14　基于 FastForm 薄壁铝合金冲压成形模拟及实物

过程。以一步法为核心算法的高端产品如加拿大 FTI 公司的 FASTFORM，其计算速度快，操作简单，功能丰富，效率很高。国内如吉林大学车身与模具工程研究所的 KMAS、华中科技大学模具技术国家重点实验室开发的 FASTAMP 等板料成形 CAE 软件发展也很快。

FASTFORM 是最具特色的成形分析软件，是基于有限元技术的钣金冲压成形专业数值模拟软件，在航空航天、汽车摩托车及零配件、船舶、铁道车辆、家用电器、钢材公司、模具行业等方面得到了广泛应用，全球众多的用户借助它大大降低了设计、制造成本，提高了设计、制造效率和质量，缩短了产品研制周期。

FASTFORM Advanced 进行分析只需要几分钟。借助于多种后置处理和可视化选项，软件提供了快速和精确的解算。对于产品提供的 IGES 和 VDAF 曲面可以在数秒时间内自动网格划分和修补。网格修补系统也可处理导入的网格（NASTRAN 格式）以达到与 CAD 及其他 CAE 程序之间的柔性接口。FASTFORM Advanced 即使是对于材料拉延非常大的零件也能非常精确预测其下料的形状。这个下料形状可以用于早期成本分析、零件排料、以及优化设计和减少模具试制等，下料形状也可以按 IGES 或 Nastran 格式输出以作为其他应用。

当前，在市场上的大多数成形分析软件在处理具有倒扣或负拔模角度的零件时十分困难，这对于 FASTFORM Advanced 却不成问题，它在处理具有多处倒扣的零件时特别有效。利用这一功能，可以计算冷挤压成形的复杂钣金零件的展开形状，如管材的冷挤压分析。没有圆滑连接的模型可以自动修正，添加圆滑过渡半径。用户可以选择性的控制圆滑过渡的半径和网格密度。用户自定义坯料功能允许用户预先定义将使用的板料形状，零件形状交互修正自动地反映已定义板料形状的影响。

FASTFORM Advanced 允许分析中包括压料圈形状，以便提供更精确的实际压力操作模拟。为获取一个快速可行的压料圈，一个优化的、完全可设计的压料圈曲面可以自动生成和自动放置。用户也可以在 CAD 中设计一个压料圈，并导入到系统中。

在自动成形条件（快速边界）功能方面，可帮助用户对一个复杂的分析自动施加合适的冲压工艺条件，以加快求解进程、降低分析模拟难度。用户在一个零件上预先选择好控制点，并设定期望的目标应变值（范围），FASTFORM Advanced 将自动地计算出最佳的压边力等。例如，可以在一个覆盖件的中间选择一个点，并设定 3% ×2% 目标应变值，程序将识别需要夹持力的类型，以便得到这个拉延。

定义焊缝曲线允许用户优化焊缝位置，并可以进一步观察在成形时其对材料厚度的影响。快捷的求解时间允许进行各种焊缝位置和材料试验的可行性分析。对于复杂零件的分析，焊缝数量和材料组合数量没有限制。系统自动计算出冲压力，帮助制造工程师计算总压力吨数，并选择压力机。

主应变方位处理功能方面允许直观显示覆盖件的主次应变方位，以及零件和加工优化的材料流动方向。应用这个特点，可以识别为何在有些区域材料不能流向导致裂纹和超薄，可以做出正确的判断和采取正确的措施。软件的回弹求解器将预测零件在从模具中取出后的回弹，计算修边后的回弹，并提供多种可视化工具来帮助用户解释回弹的结果。回弹几何形状可以用 IGES/NASTRAN 等格式输出，以方便用户的模具优化和工艺优化设计。

软件可以读取 IGES/VDA 等中性的 CAD 文件或者 NASTRAN 等几何模型文件，可以将坯料几何形状、厚度和塑性应变等结果映射到网格，并以 IGES、NASTRAN 等多种文件格式输出以进一步用于碰撞、疲劳、NVH 等分析。图 8-15 为 FastForm 系统的界面。

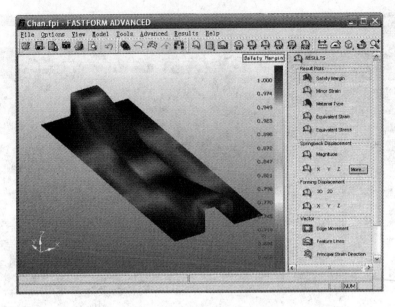

图 8-15　FastForm 系统的界面

## 8.2.2　板料成形模拟 Dynaform

DYNAFORM 是由美国 ETA 公司开发的用于板料成形模拟的专用软件包，具有良好的易用性，而且包括大量的智能化自动工具，可方便地求解各类板成形问题。DYNAFORM 可以预测成形过程中板料的破裂、起皱、减薄、划痕、回弹，评估板料的成形性能，为板料成形工艺及模具设计提供帮助。DYNAFORM 专门用于工艺及模具设计涉及的复杂板成形问题，包括板成形分析所需的与 CAD 软件的接口、前后处理、分析求解等所有功能。

目前，DYNAFORM 已在世界各大汽车、航空、钢铁公司以及众多的大学和科研单位得到了广泛的应用，已在长安汽车、南京汽车、上海宝钢、中国一汽、上海汇众汽车公司、洛阳一拖等知名企业得到成功应用。DYNAFORM 主要应用于冲压、压边、拉延、弯曲、回弹、多工步成形等典型钣金成形过程；用于液压成形、辊弯成形、模具优化设计、压机负载分析等场合。

DYNAFORM 系统界面如图 8-16 所示，采用基于 Windows 的操作界面，集成操作环境，无需数据转换。具备完备的前后处理功能，实现无文本编辑操作，所有操作在同一界面下进行。并采用业界著名、功能最强的动态非线性显示分析技术 LS-DYNA 求解器来解决最复杂的金属成形问题，囊括影响冲压工艺的 60 余个因素，以 DFE 为代表的多种工艺分析模块，有好的工艺界面，易学易用，固化了很多丰富的实际工程经验。系统的基本功能如下：

### 1. 基本功能模块

DYNAFORM 提供了良好的与 CAD 软件的 IGES、VDA、DXF、UG 和 CATIA 等接口，以及与 NASTRAN、IDEAS、MOLDFLOW 等 CAE 软件的专用接口，以及方便的几何模型修补功能。DYNAFORM 的模具网格自动划分与自动修补功能强大，用最少的单元最大程度地逼近模具型面，比通常用于模具网格划分的时间减少了 99%。初始板料网格自动生成器可以根据模具最小圆角尺寸自动确定最佳的板料网格尺寸，并尽量采用四边形单元，以确保计算的准确性。

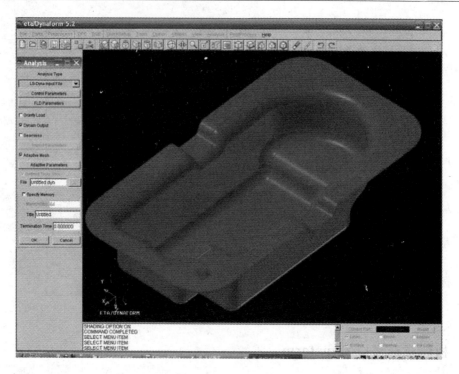

图 8-16　DYNAFORM 系统界面

1）Quick Set-up，能够帮助用户快速地完成分析模型的设置，大大提高了前处理的效率。其工具模拟设置如图 8-17 所示。

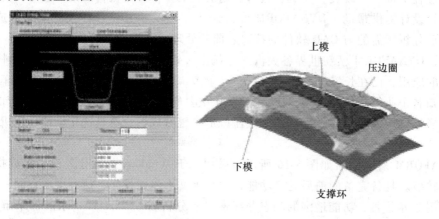

图 8-17　工具模拟设置

2）与冲压工艺相对应的方便易用的流水线式的模拟参数定义，包括模具自动定位、自动接触描述、压边力预测、模具加载描述、边界条件定义等，其边界条件定义如图 8-18 所示。

3）用等效拉延肋代替实际的拉延肋，大大节省计算时间，并可以很方便地在有限元模型上修改拉延肋的尺寸及布置方式；其拉延肋设置与减薄计算实例如图 8-19 所示。

4）多工步成形过程模拟：网格自适应细分，可以在不显著增加计算时间的前提下提高计算精度。其网格自适应划分与多工步成形模拟如图 8-20 和图 8-21 所示。

5）显、隐式无缝转换，eta/DYNAFORM 允许用户在求解不同的物理行为时在显、隐式

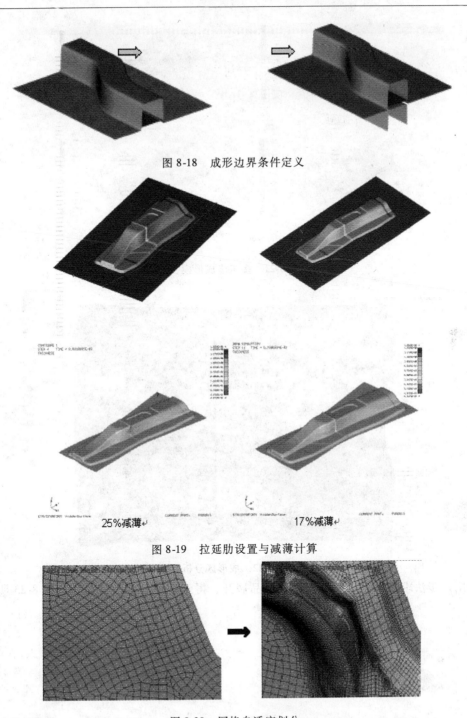

图 8-18　成形边界条件定义

25%减薄　　　　17%减薄

图 8-19　拉延肋设置与减薄计算

图 8-20　网格自适应划分

求解器之间进行无缝转换，如在拉延过程中应用显式求解，在后续回弹分析当中则切换到隐式求解。

　　6）三维动态等值线和云图显示应力应变、工件厚度变化、成形过程等，在成形极限图上动态显示各单元的成形情况，如起皱，拉裂等；图 8-22 所示为成形区分析。

**2. BSE（板料尺寸计算）模块**

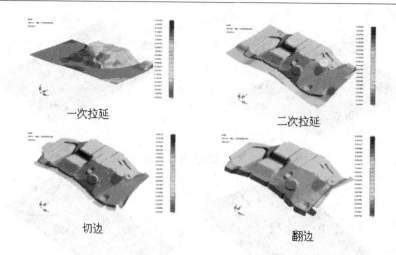

一次拉延 二次拉延

切边 翻边

图 8-21 多工步成形模拟

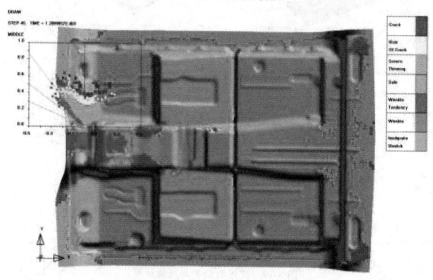

图 8-22 成形区分析

采用一步法求解器，可以方便地将产品展开，得到合理的落料尺寸，如图 8-23 所示。

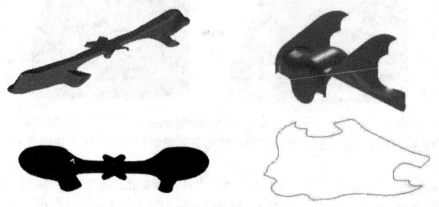

图 8-23 板料展开

**3. DFE**（模面设计模块）

DYNAFORM 的 DFE 模块可以从零件的几何形状进行模具设计，包括压料面与工艺补充。DFE 模块中包含了一系列基于曲面的自动工具，如冲裁填补功能、冲压方向调整功能以及压料面与工艺补充生成功能等，可以帮助模具设计工程师进行模具设计。其特色如下所示：

1) 基于几何曲面：所有的功能都是基于 NURB 曲面的。所有的曲面都可以输出用于模具的最终设计。

2) 导角：单元导角功能使用户对设计零件上的尖角根据用户指定的半径快速进行导角，以满足分析的要求。

3) 冲裁填补功能根据成形的需要，自动填补零件上不完整的形状，能在填补区同时生成网格与曲面。

4) 拉延深度与负角检查：图形显示零件的拉延深度与负角情况。

5) 冲压方向调整功能：自动将零件从产品的设计坐标系调整到冲压的坐标系。

6) 压料面生成功能：可以根据零件的形状自动生成四种压料面。生成的压料面可以根据用户的输入参数进行编辑与变形，以满足设计要求。

7) 工艺补充面生成功能：可以根据产品的大小、深度及材料生成一系列轮廓线。然后将这些轮廓线生成曲面，并划分网格形成完整的工艺补充部分。还可以对生成的轮廓线进行交互式编辑。

8) MORPHING：DFE 模块中提供了线、曲面及网格的变形功能，可以很容易地处理 POL、冲裁填补、工艺补充设计以及压料面设计；压边圈、冲裁填充等工艺补充面设计如图 8-24 所示。

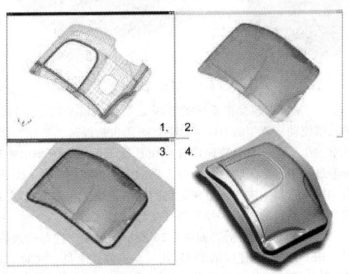

图 8-24　压边圈、冲裁填充等工艺补充面设计

## 8.2.3　金属体积成形模拟 DEFORM-3D

DEFORM-3D 是在一个集成环境内综合建模、成形、热传导和成形设备特性进行模拟仿

真分析的设计优化平台，适用于热、冷、温成形，如材料流动、模具填充、锻造负荷、模具应力、晶粒流动、金属微结构和缺陷产生发展情况等，提供了极有价值的工艺分析数据。DEFORM-3D 处理的对象为复杂的三维零件、模具等。

使用该软件平台不需要人工干预，全自动网格再剖分。前处理中自动生成边界条件，确保数据准备快速可靠。DEFORM-3D 模型来自 CAD 系统的面或实体造型（STL/SLA）格式。集成有成形设备模型，如液压压力机、锤锻机、螺旋压力机、机械压力机、轧机、摆辗机和用户自定义类型（如胀压成形）。表面压力边界条件处理功能适用于解决胀压成形工艺模拟。单步模具应力分析方便快捷，适用于多个变形体、组合模具、带有预应力环时的成形过程分析。

DEFORM 材料数据库提供了 146 种材料的宝贵数据，材料模型有弹性、刚塑性、热弹塑性、热刚粘塑性、粉末材料、刚性材料及自定义类型。实体之间或实体内部的热交换分析既可以单独求解，也可以耦合在成形模拟中进行分析。还具有 FLOWNET 和点迹示踪、变形、云图、矢量图、力 - 行程曲线等后处理功能。具有 2D 切片功能，可以显示工件或模具剖面结果。程序具有装配体及其各零部件变形的处理能力，能够分析多个塑性工件和组合模具应力。后处理中的镜面反射功能，为用户提供了高效处理具有对称面或周期对称面的机会，并且可以在后处理中显示整个模型，如图 8-25 所示。

图 8-25　后处理显示

DEFORM-3D 是一套基于工艺模拟系统的有限元系统（FEM），专门设计用于分析各种金属成形过程中的三维流动。典型的 DEFORM-3D 应用包括锻造、挤压、镦头、轧制，自由锻、弯曲和其他成形加工手段。系统鲁棒性好，而且易于使用。DEFORM-3D 强大的模拟引擎能够分析金属成形过程中多个关联对象耦合作用的大变形和热特性。系统中集成了在任何必要时自行触发自动网格重划生成器，生成优化的网格系统。在要求精度较高的区域，可以划分较细密的网格，降低题目的规模，并显著提高计算效率。

DEFORM-3D 图形界面强大又灵活，如图 8-26 所示。为用户准备输入数据和观察结果数据提供了有效工具。DEFORM-3D 还提供了 3D 几何操纵修正工具，这对于 3D 过程模拟极为重要。DEFORM-3D 延续了 DEFORM 系统几十年来一贯秉承的力保计算准确可靠的传统。系统可用于计算流动应力、冲压系统响应、断裂判据和一些特别的处理要求，如金属微结构、冷却速率、机械性能等。DEFORM 软件后处理输出结果包括图形、原始数据、硬拷贝和动画。相当复杂的工业零件如连杆、曲轴、扳手、泵壳和阀体等，DEFORM-3D 都能够令人满意地完成分析求解。

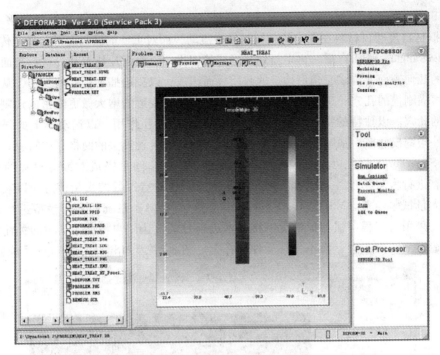

图 8-26　DEFORM-3D 图形界面

## 8.2.4　体积成形工艺过程仿真 MSC. SuperForge/MSC. Superform

对传统的锻造业者而言，不管是模具的设计或是锻造的程序，大都是凭经验和不断地试验的方式去产生可行的制造程序。就另一方面而言，数值分析工具已被许多制造业用来作为缩短产品发展时程和减低生产成本的有效利器。MSC. SuperForge 的出现，让锻造业者也有机会得以享用数值分析工具所带来的莫大好处。

MSC. SuperForge 是一个功能强大的 3D 锻造制程模拟分析工具，能有效地用来观察比较钢模与锻造过程的不同。对各种制造成形特性的影响，包括材料流动、最后工件的形状与机械性质、多余材料区（material flash region）等都可以用最省的材料、最短的周期得到机械性质最符合预期的锻造产品。目前，MSC. SuperForge 已被日本几家居于领导地位的公司用于实际的锻造制程模拟分析，例如 Sumitomo 重工、TOYOTA 汽车与 DENSO 公司。

MSC. SuperForge 不但有强大的分析能力，同时拥有完整的前后处理器。它的主要功能特性表现在具备完整的 3D 锻造模拟能力，可直接转入钢模的 CAD 几何数据，对钢模表面的自动网格划分 Automesh 能力，可根据相对于钢模的位置，自动将工件置入定位。同时可仿真多阶段的锻造程序，系统模拟过程中可考虑热传效应、热作（Hot forging）与冷作（Cold forging）效应、考虑钢模与工件之间的摩擦效应，如库仑摩擦（Coulomb friction）与塑性剪切摩擦（Plastic shear friction）。

后处理功能可帮助用户观察工件外形、材料流动表面、应力 & 应变等高线、温度等高线、成形动态仿真等。就分析技术而言，锻造成形是一个极为复杂的非线性瞬时（nonlinear transient）反应。在材料性质上需考虑到加工硬化、应变率（strain rate）与温度的影响、工件与钢模之间则有复杂的摩擦与传热关系等。

MSC. SuperForge 以下列几项独特的技术克服了分析上的困难。如采用欧拉网格（Eulerian Mesh）模拟材料流动，材料在固定的欧拉网格中流动，面对工件的极大变形，没有传统拉格朗日网格（Lagrangian Mesh）需一再重新划分网格的困扰。以曲面片技术补捉材料表面的剧烈变化，材料的几何表面由许多三角形构成的封闭表面组成，以正确捕捉工件的变形，从而让材料得精细地填满刚模的孔穴；工件表面这些三角形会自动随变形的增大做更细密的切割，以正确填满刚模的孔穴。以独特的接触算法分析工件与钢模的相互作用，以运动学上的强制接触条件，使工件与钢模间产生平顺的相互作用，同时免除一般接触算法的网格穿透问题。

MSC. SuperForge 软件可以直接在计算机上而不是在车间里完成对锻造过程的评估和优化，在没有进行大量物理评估试验前就可以尽早地获得锻造过程的大量信息，以减少总体时间和节约大量试验经费。MSC. SuperForge 可以接受任何 CAD 系统的几何模型进行 2D 或 3D 锻造仿真，采用与工程习惯相似的无网格技术进行分析，让用户将更多的时间关注在结果的评估和锻造方案的制定上，而不是在软件选择上。图 8-27 为 MSC. SuperForge 系统界面。

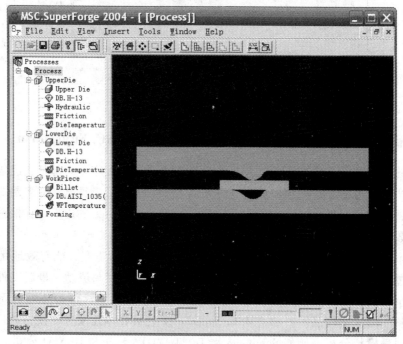

图 8-27    MSC. SuperForge 系统界面

通过应用 MSC. Superform 和 MSC. SuperForge 降低费用和时间，在进行开炉锻造和工具选定之前可以获得大量详细的锻造过程的信息，优化锻造过程，废料达到最少并延长工具的寿命。它们可应用于汽车领域的曲轴、连杆车毂和操纵柄，消费品行业的高尔夫球杆头、花园工具和扳手以及宇航领域的隔框、翼根、珩材、接头、起落架结构和发动机叶片等制造优化。

作为 MSC. Software 虚拟产品发展（VPD）成套求解方案的一部分，图 8-28 所示的 MSC. SuperForm 系统可对大量的部件制造过程提供完整的 2D 和 3D 有限元分析模拟。其目的是帮助用户在问题出来以前监测到它和避免它。用户将工具作为弹性体模拟，还可以考虑不同润滑的影响。用户软件具有的完全热—机耦合、集成的材料库、压力机运动学和自动阶段变化等先进功能。MSC. SuperForm 的图形用户界面（GUI）专门为体成形工业需要而设计，可广泛应用于块体锻造成形、热锻和冷锻（开或闭模锻）、挤压、旋压、冲压、轧制、弯曲、铆接、切削等多种制造成形分析。

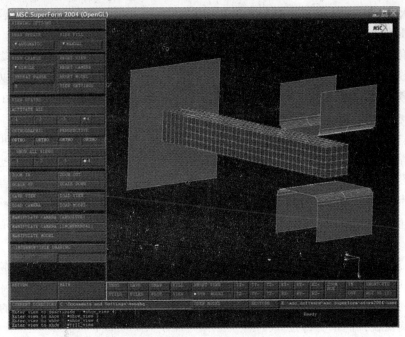

图 8-28　MSC. Superform 系统

### 8.2.5　注塑成型模拟 Moldflow

#### 1. Moldflow 主要特点

美国 Moldflow 公司是专业从事注塑成型 CAE 软件和咨询公司，自 1976 年发行了世界上第一套流动分析软件以来，一直主导塑料成型 CAE 软件市场。利用 Moldflow 技术可以在模具加工前，在计算机上对整个注塑成型过程进行模拟分析。准确的预测熔体的填充、保压、冷却情况，以及制品中的应力分布、分子和纤维取向分布、制品的收缩和翘曲变形等情况，以便设计者能尽早发现问题，及时修改制件和模具设计，而不是等到试模以后再返修模具。这不仅是对传统模具设计方法的一次突破，而且对减少甚至避免模具返修报废、提高制品质量和降低成本等，都有着重大的技术经济意义。

塑料模具的设计不但要采用 CAD 技术，而且还要采用 CAE 技术。这是发展的必然趋势。MOLDFLOW 与其他 CAD 软件如 UG NX、Pro/E 能进行较好的集成分析应用。注塑成型分两个阶段，即开发/设计阶段（包括产品设计、模具设计和模具制造）和生产阶段（包括购买材料、试制）。利用 CAE 技术，可以完全代替试模，CAE 技术提供了从制品设计到生产的完整解决方案，在模具制造之前，预测塑料熔体在型腔中的整个成型过程，帮助研判潜在的问题，有效地防止问题发生，大大缩短了开发周期，降低生产成本。Moldflow 技术的优势作用主要表现在如下几个方面。

（1）优化塑料制品设计　塑件的壁厚、浇口数量、位置及流道系统设计等对于塑料制品的成败和质量关系重大。以往全凭制品设计人员的经验来设计，往往费力、费时，设计出的制品也不尽合理。利用 Moldflow 软件，可以快速地设计出最优的塑料制品。

（2）优化塑料模设计　由于塑料制品的多样性、复杂性和设计人员经验的局限性，传统的模具设计往往要经过反复试模、修模才能成功。利用 Moldflow 软件，可以对型腔尺寸、浇口位置及尺寸、流道尺寸和冷却系统等进行优化设计，在计算机上进行试模、修模，可大大提高模具质量，减少试模次数。

（3）优化注塑工艺参数　由于经验的局限性，工程技术人员很难精确地设置制品最合理的加工参数，选择合适的塑料材料和确定最优的工艺方案。Moldflow 软件可以帮助工程技术人员确定最佳的注射压力、锁模力、模具温度、熔体温度、注射时间、保压压力和保压时间、冷却时间等，以注塑出最佳的塑料制品。

近年来，CAE 技术在注塑成型领域中的重要性日益增大，采用 CAE 技术可以全面解决注塑成型过程中出现的问题。CAE 分析技术能成功地应用于三组不同的生产过程，即制品设计、模具设计和注塑成型。

（1）制品设计　制品设计者能用流动分析解决下列问题：

1）制品能否全部注满：这一古老的问题仍为许多制品设计人员所注目，尤其是大型制件，如盖子、容器和家具等。

2）制件实际最小壁厚：如能使用薄壁制件，就能大大降低制件的材料成本。减小壁厚还可大大降低制件的循环时间，提高生产效率，降低塑件成本。

3）浇口位置是否合适：采用 CAE 分析可使产品设计者在设计时具有充分的选择浇口位置的余地，确保设计的审美特性。

（2）模具设计和制造　CAE 分析可在以下诸方面辅助设计者和制造者，以得到良好的模具设计。

1）良好的充填形式：对于任何的注塑成型来说，最重要的是控制充填的方式，以使塑件的成型可靠、经济。单向充填是一种好的注塑方式，它可以提高塑件内部分子单向和稳定的取向性。这种填充形式有助于避免因不同的分子取向所导致的翘曲变形。

2）最佳浇口位置与浇口数量：为了对充填方式进行控制，模具设计者必须选择能够实现这种控制的浇口位置和数量，CAE 分析可使设计者有多种浇口位置的选择方案并对其影响作出评价。

3）流道系统的优化设计：实际的模具设计往往要反复权衡各种因素，尽量使设计方案尽善尽美。通过流动分析，可以帮助设计者设计出压力平衡、温度平衡或者压力、温度均平衡的流道系统，还可对流道内剪切速率和摩擦热进行评估，如此，便可避免材料的降解和型腔内过高的熔体温度。

4）冷却系统的优化设计：通过分析冷却系统对流动过程的影响，优化冷却管路的布局和工作条件，产生均匀的冷却，并由此缩短成型周期，减少产品成型后的内应力。

5）减小反修成本：提高模具一次试模成功的可能性是 CAE 分析的一大优点。反复地试模、修模要耗损大量的时间和金钱。此外，未经反复修模的模具，其寿命也较长。

（3）注塑成型　注塑者可望在制件成本、质量和可加工性方面得到 CAE 技术的帮助。

1）更加宽广更加稳定的加工"裕度"：流动分析对熔体温度、模具温度和注射速度等主要注塑加工参数提出一个目标趋势，通过流动分析，注塑者便可估定各个加工参数的正确值，并确定其变动范围。会同模具设计者一起，结合使用最经济的加工设备，设定最佳的模具方案。

2）减小塑件应力和翘曲：选择最好的加工参数使塑件残余应力最小。残余应力通常使塑件在成型后出现翘曲变形，甚至发生失效。

3）省料和减少过量充模：流道和型腔的设计采用平衡流动，有助于减少材料的使用和消除因局部过量注射所造成的翘曲变形。

4）最小的流道尺寸和回用料成本：流动分析有助于选定最佳的流道尺寸。以减少浇道部分塑料的冷却时间，缩短整个注塑成型的时间，以及减少变成回收料或者废料的浇道部分塑料的体积。

注塑成型有限元模拟仿真软件可帮助产品设计者和模具设计者检测其设计和制造工艺的合理性。注塑模设计中模拟成型软件的作用可以优化塑料制品，得到制品的实际最小壁厚，优化制品结构，降低材料成本，缩短生产周期，保证制品能全部充满。同时可以优化模具结构，可以得到最佳的浇口数量与位置，合理的流道系统与冷却系统，并对型腔尺寸、浇口尺寸、流道尺寸和冷却系统尺寸进行优化，在计算机上进行试模、修模，大大提高模具质量，减少修模次数。另外用户可以非常方便地优化注塑工艺参数，确定最佳的注射压力、保压压力、锁模力、模具温度、熔体温度、注射时间、保压时间和冷却时间，以注塑出最佳的塑料制品。

Moldflow 软件包括 MPA/MPI/MPX 三部分，其中 MPA（MoldFlow Plastics Advisers）产品优化顾问主要用于优化产品的设计方案，并确认产品表面质量。注塑成型模拟分析（MPI MoldFlow Plastics Insight）可以在计算机上对整个注塑过程进行模拟分析，包括填充、保压、冷却、翘曲、纤维取向、结构应力和收缩，以及气体辅助成型分析等，使模具设计师在设计阶段就找出未来产品可能出现的缺陷，提高一次试模的成功率。而注塑成型过程控制专家（MoldFlow Plastics Expert，MPX）可以直接与注塑机控制器相连，可进行工艺优化和质量监控，自动优化注塑周期、降低废品率及监控整个生产过程。

（1）塑料制品优化设计模块（Moldflow Plastic Advisers）　模块为注塑制件设计及模具设计过程带来了革命性的变化。塑件顾问使制件设计者在产品初始设计阶段就注意到产品的工艺性，并指出容易发生的问题。制件设计者可以了解到如何改变壁厚、制件形状、浇口位置和材料选择来提高制件工艺性。塑件顾问提供了关于熔接痕位置、困气、流动时间、压力和温度分布的准确信息。最好在制件设计阶段使用这个软件，它不仅可以分析每一个制件，而且可以分析每一种方案，快速优化每一个制件设计。在分析完成之后，可以将分析结果通过网络与其他技术人员共享。

模具优化设计模块（Moldflow Mold Adviser）为注塑模采购者、设计者和制造者提供了一个准确易用的方法来优化他们的模具设计。模具顾问大大增强了塑件顾问的功能，它可以设计浇注系统并进行浇注系统平衡、可以计算注塑周期、锁模力和注射体积。可以建立单型腔系统或多型腔系统模具。Mold Adviser 的主要特征和优点表现在：

1）分析主流道、分流道和浇口：自动设置优化的浇口位置，自动进行流道平衡，优化流道布局、尺寸和横截面形状，自动优化注塑加工参数。

2）计算注塑周期、锁模力、注塑量：模具设计者/制造者可以快速准确地使用这三个主要结果进行模具加工。而且这些结果还可以用于确定模具、选择注塑机、优化注塑周期、减少废料。

3）自动几何造型工具：Moldflow 公司首创了新型造型工具，使使用者快速简便地进行多型腔模具设计（各型腔形状可以完全不同）、主流道设计、分流道设计和浇口设计。

4）基于互联网的分析报告生成器可以提供包括模具基本尺寸、流道尺寸、形状和布局、浇口形状、尺寸和位置等信息的报告，并方便地传输给各相关部门和成员。

（2）塑料成型过程优化设计模块（Moldflow Plastic Insight，MPI）模块是一个提供深入制件和模具设计分析的软件包，它提供强大的分析功能、可视化功能和项目管理工具。这些工具使客户可以进行深入的分析和优化。MPI 用户可以对制件的几何形状、材料的选择、模具设计及加工参数设置进行优化以获得高质量的产品。

1）集成的用户界面：使用用户可以方便地输入 CAD 模型、选择和查找材料、建立分析模型、进行一系列的分析，并采用先进的后处理技术使用户方便的观察分析结果、它还可以生成基于 INTERNET 的分析报告，方便地实现数据共享。

2）CAE 模型的获取：MPI 提供了 CAE 行业最优秀的 CAD 集成方案，实现了最广泛的几何模型集成。无论设计的几何体是什么形式，MPI 都提供了易于使用的、稳定的、集成的环境来处理模型。

3）分析功能：注塑流动模拟 MPI 的流动分析模拟了塑料熔体在整个注塑过程中的流动情况，确保用户获得高质量的制件。结构模拟 MPI 的翘曲分析可以预测塑料制件的收缩和翘曲，使用线性和非线性方法来精确预测翘曲的变形量，并指出引起翘曲的主因。纤维取向分析塑料的纤维取向对注塑制件的机械和结构性能有着重大影响，MPI 先进的可视化工具使客户可以清晰地看到纤维取向在制件的各个部位的分布，从而获得制件的刚度信息。注塑参数优化 MPI 的注塑工艺优化功能对于每一特定制件，自动地确定其最优加工工艺参数和注塑机参数。它的分析结果可以作为 MPX 的输入参数使试模快捷高效。气辅工艺模拟使用MPI 可以模拟体积控制和压力控制气辅工艺，首先模拟聚合物在模具中的流动，然后模拟气体在型腔内的穿透情况。热固性材料注塑模拟（MPI）提供工具进行热固性塑料成型的模拟：如注塑成型、IC 卡成型、树脂模塑成型、BMC 材料模塑成型和反应注塑成型等。

（3）注塑专家优化设计模块（Moldflow Plastic Xpert，MPX）　模块是专门为优化注塑生产过程而设计的。它用系统化的技术取代了传统的试模，并消除了因生产条件的不稳定而导致的废品。直接与注塑机控制器相连，进行工艺优化和监控，满足了注塑生产的要求。现在工艺工程师和试模人员可以系统化地进行试模，找到一个优化工艺条件窗口并实现生产过程的实时监控。MPX 提供给注塑机操作人员一个简单的、直观的界面，实时反馈的手工或自动工艺调整。MPX 有 Setup Xpert（试模专家）、Moldspace Xpert（工艺专家）、Production Xpert（注塑专家）三个模块。

1）Setup Xpert（试模专家）：试模专家可以将多种参数设置或 CAE 分析结果作为初始值，不受操作者和地点的影响。试模专家自动优化注塑参数，并充分发挥注塑机的性能。无需操作者对不同的注塑机性能具有深入的了解。

2）Moldspace Xpert（工艺专家）：工艺专家建立一个稳态的可以获得合格制件加工条件窗口。通过确认一个稳态的加工条件窗口，大大减少了废品率、提高了注塑机利用率。

3）Production Xpert（注塑专家）：与一般的统计控制系统不同，注塑专家系统将注塑过程的监控参数图形化，并自动确定质量控制极限。注塑专家自动地发现问题并提出调整建议，或自动进行必要的调整。

**2. Moldflow 基本功能应用**

MPI 可以模拟塑料流动和保压、模具冷却和零件收缩和翘曲,以进行热塑料性注塑成型、气体辅助注塑成型、连续注塑成型和注塑压缩成型过程。其他的模块模拟反应注塑成型过程,包括热固性和橡胶注塑成型、反应注塑成型、结构化反应注塑成型、塑脂传递注塑成型、微芯片封装模拟和底部灌充封装模拟。通过使用基于实体四面体的有限元体积网格的经证实的解决方案技术,能够对非常厚的实体执行真正的、三维的模拟,同时也可以模拟有非常大的厚薄变化的实体。MPI 技术可以在所有 CAD 模型几何体类型上实施,包括传统的中平面模型、线框和表面模型、薄壁实体和厚的或不同中平面的实体,用户可以在一个易于使用的、一致的、集成的环境中完成模拟任务。

MPI 着重于 3D 技术和加工前后生产改进,同消费者的要求紧密相连。软件可以提供全球最大的数据库,囊括 7800 多种用于塑料计算机半自动工程分析的材料,其注塑机数据库包含了 290 种商用注塑机的运行参数。在优化注塑工艺参数方面,系统根据给定的模具、注塑机、塑件材料等参数以及流动分析结果自动产生控制注塑机的填充保压曲线,免除了在试模时对注塑机参数的反复调试。MPI 通过流动分析结果可以确定合理的塑料收缩率,保证模腔的尺寸在允许的公差范围内,减少塑件废品率,提高产品质量。MPI 系统还提供改进的几何故障诊断、清除工具和自动网孔固定等功能,系统提供用于模拟的 19 种模块。图 8-29 所示为 MPI 用于热固性塑料成型、热塑性塑料成型、气体辅助注射成型、反应注射成型、RTM 成型等方式的模拟菜单。

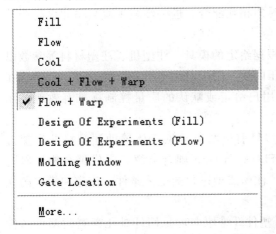

图 8-29　MPI 用于不同成型方式的模拟菜单

MPI/MIDPLANE:大大缩短对塑件进行造型的时间。造型时间几天甚至几周缩短至几小时。MIDPLANE 可以自动产生网格化的实体中型面,使用户可以致力于深入的工艺分析,而不必花费很大的费用。

MPI/Fusion FUSION 模块:采用了被称为 DaulDomain 的有限元算法,快速便捷地将 CAD 文件转化为可以深入分析 CAE 模型。可以在 FUSION 模型上直接设置浇口、流道系统,进行注塑模拟分析。

MPI/Flow3D:MPI/FLOW3D 是唯一能对厚壁件或不可能用传统的模流分析求解器来仿真的注塑成形件进行模拟的 CAE 软件。FLOW3D 采用了基于 3D 四面体有限元网格的全新求解技术,是对 FUSION 技术的理想补充。两者结合起来,其应用范围已覆盖了现今全部的注塑工程领域。

MPI/Flow 流动分析：MPI/FLOW 分析聚合物在模具中的流动，并且优化模腔的布局、材料的选择、填充和压实的工艺参数。可以在产品允许的强度范围内和合理的充模情况下减少模腔的壁厚，把熔接线和困气定位于结构和外观允许的位置上，并且定义一个范围较宽的工艺条件，而不必考虑生产车间条件的变化。

MPI/Cool 冷却分析：MPI/COOL 分析冷却系统对流动过程的影响，优化冷却管路的布局和工作条件。COOL 与 FLOW 相结合，可以产生十分完美的动态注塑过程分析。这样可以改善冷却管路的设计，产生均匀的冷却，并由此缩短成型周期，减少产品成型后的内应力。

MPI/Warp 翘曲分析：MPI/WARP 分析整个塑件的翘曲变形（包括线性、线性弯曲和非线性），同时指出产生翘曲的主要原因和相应的补救措施。WARP 能在一般的工作环境中考虑到注塑机的大小、材料特性、环境因素和冷却参数的影响，预测并减少翘曲变形。

MPI/Stress 结构应力分析：MPI/STRESS 分析塑件产品在受外界载荷的情况下的机械性能，在考虑到注塑工艺条件下，优化塑料制品的强度和刚度。STRESS 预测在外载荷和温度作用下所产生的应力和位移。对于纤维增强塑料，STRESS 根据流动分析和塑料的种类的物性数据，来确定材料的机械特性，用于结构应力分析。

MPI/Shrink 模腔尺寸确定：MPI/SHRINK 通过对聚合物的收缩数据和对流动分析结果来确定模腔尺寸大小。通过使用 SHRINK，可以在较宽的成型条件下以及紧凑的尺寸公差范围内，使得模腔的尺寸可以更准确地同产品的尺寸相匹配，使得模腔修补加工以及模具投入生产的时间大大缩短，并且大大改善了产品组装时的相互配合，进一步减少废品率和提高产品质量。

MPI/Optim 注塑机参数优化：MPI/OPTIM 根据给定的模具、注塑机、注塑材料等参数以及流动分析记过自动产生控制注塑机的填充保压曲线。用于对注塑机参数的设置，免除了在试模时对注塑机参数的反复调试。OPTIM 采用用户给定或默认的质量控制标准有效地控制产品的尺寸精度、表面缺陷以及翘曲。

MPI/Gas 气体辅助注塑分析：MPI/GAS 模拟目前市场上常见气体辅助注塑机的注塑过程，对整个气体辅助注塑成型过程进行优化。FLOW 与 GAS 耦合求解，完成聚合物注射阶段的分析，此时熔体可以部分或全部充满模腔。注塑成型过程的工艺条件、流道和模腔的流动平衡以及材料的选择等可以从中得到优化组合。

MPI/Fiber 塑件纤维取向分析：MPI/FIBER 塑件纤维取向对采用纤维化塑料的塑件的性能（如拉伸强度）有重要影响。FIBER 使用一系列集成的分析工具来优化和预测整个注塑过程的纤维取向，使其趋于合理，有效地提高该类塑件的性能。

MPI/Reactive Molding 热固性塑料的流动及融合分析：热固性塑料具有低热传导率和低粘度的优点而被广泛应用。REACTIVE MOLDING 可以对热固性塑料的流动和融合等复杂过程进行模拟，减少表面缺陷，保证材料的热传导和融合，控制塑料在型腔中的流动。

Moldflow Plastics Insight 软件套件是在对验证零件和模具设计进行深入模拟方面世界领先的产品。全世界的公司都已选择 Moldflow 的解决方案，这是因为它们可提供独特的、获得专利的熔解技术。它能够直接分析薄壁零件的 CAD 实体模型，这样可以明显降低模型准备的时间。时间的节省能够分析更多设计迭代以及执行更深入的分析。

Moldflow Plastics Insight（MPI）是使用网络计算环境开发出来的。用户可以在用户友好的 Windows PC 运行 MPI/Synergy、前处理器和后处理器，这样可以在强大的 UNIX 工作站上运行分析求解。用户还可以从 MPI 内部利用分布式计算环境,并指定分析以在任何指定时间都可用的任何网络计算机上运行。

MPA 使设计者在产品初始设计阶段就注意到产品的工艺性,并指出容易发生的问题。产品设计者可以了解到如何改变壁厚、制件形状、浇口位置和材料选择来提高产品的制造工艺性。图 8-30 所示为某产品注塑成型的压力分布、材料流动、充型与浇口优化设计分析。

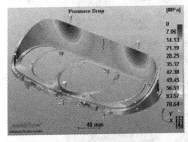
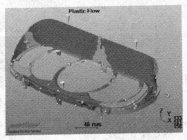
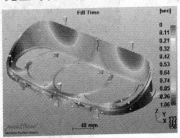
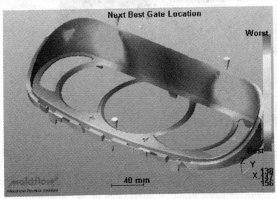
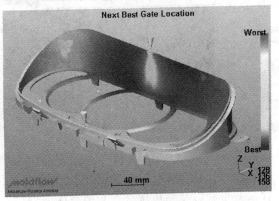

图 8-30　某产品注塑成型的压力分布、材料流动、充型与浇口优化设计分析

## 8.2.6　Procast 铸造成型模拟仿真

铸造模拟 ProCAST 软件是为评价和优化铸造产品与铸造工艺而开发的专业 CAE 系统。借助于 ProCAST 系统,铸造工程师在完成铸造工艺编制之前,就能够对铸件在形成过程中的流场、温度场和应力场进行仿真分析并预测铸件的质量、优化铸造设备参数和工艺方案。ProCAST 可以模拟金属铸造过程中的流动过程,精确地显示充填不足、冷隔、裹气和热节的位置以及残余应力与变形,准确地预测缩孔、缩松和铸造过程中微观组织的变化。作为 ESI 集团热物理综合解决方案的软件平台,ProCAST 是所有铸造模拟软件中现代 CAD/CAE 集成化程度最高的。它率先在商用化软件中使用了最先进的有限元技术,并配备了功能强大的数据接口和自动网格划分工具,全部模块化设计适合任何铸造过程的模拟。

Procast 采用有限元模拟分析技术,对铸造凝固过程进行热—流动—应力完全耦合的铸造模拟。如图 8-31 所示 Procast 可适用的范围包括砂型铸造、消失模铸造、高低压铸造、重力铸造、倾斜浇铸、熔模铸造、壳型铸造、挤压铸造、触变铸造、触变成型、流变铸造等多种场合。任何一种铸造过程都可以用同一软件包 ProCASTTM 进行分析和优化。它可以用来研究设计结果,例如浇注系统、通气孔和溢流孔的位置、冒口的位置和大小等。实践证明 ProCASTTM 可以准确地模拟型腔的浇注过程,精确地描述凝固过程,计算冷却或加热通道的位置以及加热冒口的使用。

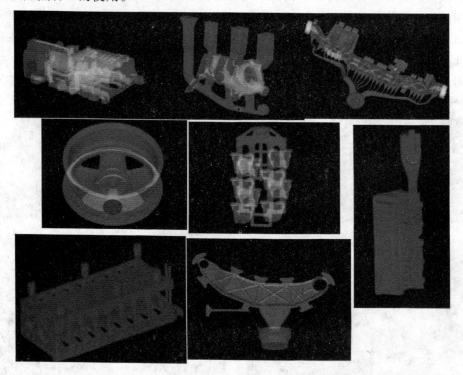

图 8-31　Procast 铸造模拟应用场合

ProCAST 可以用来模拟任何合金，从钢和铁到铝基、钴基、铜基、镁基、镍基、钛基和锌基合金，以及非传统合金和聚合体。ESI 旗下的热物理仿真研究开发队伍汇集了全球顶尖的五十多位冶金、铸造、物理、数学、计算力学、流体力学和计算机等多学科的专家，专业从事 ProCAST 和相关热物理模拟产品的开发。除了基本的材料数据库外，ProCAST 还拥有基本合金系统的热力学数据库。这个独特的数据库使得用户可以直接输入化学成分，从而自动产生诸如液相线温度、固相线温度、潜热、比热容和固相率的变化等热力学参数，该数据库由英国的 ThermoTech 公司开发。

ProCAST 主要模块包括网格划分、流动分、应力分析、传热分析（传导、对流和辐射）、晶粒结构分析、微观组织分析、高压铸造专业模块、反向求解模块等多个分析模块组成。其热物理材料数据库模块提供仿真所需要的材料物理性数据，包含了主要的铸造材料和模具数据，用户可直接使用也可以根据需要在数据库中加入新的合金材料及其冶金性质。系统的若干具体功能如下：

1）ProCAST 的前处理用于设定各种初始和边界条件，可以准确设定所有已知的铸造工艺的边界和初始条件。铸造的物理过程就是通过这些初始条件和边界条件为计算机系统所认知的。边界条件可以是常数，或者是时间或温度的函数。除了可以读入从 MeshCAST 产生的网格外，ProCAST 也可以直接使用其他商业软件如 I-DEAS、Patran 或 ANSYS 产生的网格。用同样的文件格式，ProCAST 的结果也可以输出到其他 CAE 软件包中去。ProCAST 配备了功能强大而灵活的后处理，与其他模拟软件一样，它可以显示温度、压力和速度场，但又同时可以将这些信息与应力和变形同时显示。

2）流体分析模块可以模拟所有包括充型在内的液体和固体流动的效应。ProCAST 通过完全的 Navier-Stocks 流动方程对流体流动和传热进行耦合计算，本模块中还包括非牛顿流体的分析计算。此外，流动分析可以模拟紊流、触变行为及多孔介质流动（如过滤网），也可以模拟注塑过程。

3）应力分析模块可以进行完整的热、流场和应力的耦合计算，可以显示由于铸件变形而产生的铸件和模具的间隙，并可进一步确定由于这种间隙的出现而影响到的铸件冷却时间和模具中产生的热节。本模块包含多个描述材料机械性能的模型，可以将铸件或模具设定成为弹性、弹塑性或弹粘塑性中的任何一个或几个组合。

4）辐射分析模块大大加强了基本模块中关于辐射计算的功能，专门用于精确处理熔模铸造过程热辐射的计算，特别适用于高温合金例如铁基或镍基合金。此模块被广泛用于涡轮叶片的生产模拟。由于在辐射计算时考虑了视角因子和影印效应等，一旦部件之间有相互运动视角因子，将重新自动计算。

5）晶粒结构分析模块用于精确的冶金分析。ProCAST 使用最新的晶粒结构分析预测模型进行柱状晶和轴状晶的形核与成长模拟。一旦液体中的过冷度达到一定程度，随机模型就会确定新的晶粒的位置和晶粒的取向。该模块可以用来确定工艺参数对晶粒形貌和柱状晶到轴状晶的转变的影响。

6）微观组织分析模块专门用于满足铸铁、铸钢件生产的需要。它能够定性和定量地计算固相转变。通过微观组织模型计算各相如奥氏体、铁素体、渗碳体和珠光体的成分、多少以及相应的潜热释放。

7）网格生成模块 MeshCAST 自动产生有限元网格。这个模块与商业化 CAD 软件的连接是天衣无缝的。它可以读入标准的 CAD 文件格式如 IGES、Step、STL 或者 Parsolids。同时还可以读诸如 I – DEAS，Patran，Ansys，ARIES 或 ANVIL 格式的表面或三维体网格，也可以直接和 ESI 的 PAM SYSTEM 和 GEOMESH 无缝连接。MeshCASTTM 同时拥有特殊性能，例如初级 CAD 工具、高级修复工具、不一致网格的生成和壳型网格的生成等。

8）热传及凝固分析模块适用于任何铸造有关的热传问题。金属熔液因温度梯度所造成的收缩和其相关的补缩、缩孔问题在此模块中都有考虑进去。高压铸造专业模块能依边界条件及制程之设定对压铸制程做详实的 3D 热传及流动仿真。在高压铸造模块中采用了特别增强的算法，充分考虑了高速和背压的影响，能方便准确地处理高速压铸、薄壁等棘手问题；在后处理中也专门针对高压铸造的特点，设计了许多非常方便的分析功能。

9）反向求解模块适用于科研或高级模拟计算之用。通过反算求解可以确定边界条件和材料的热物理性能。虽然 ProCAST 提供了一系列可靠的边界条件和材料的热物理性能，但有时模拟计算对这些数据有更高的精度要求，这时反算求解可以利用实际的测试温度数据来确定边界条件和材料的热物理性能。

ProCAST 能够预测压铸模中的应力周期和最大抗压应力，结合与之相应的温度场便可准确预测模具的关键部位进而优化设计以延长压铸模的使用寿命。在新产品市场定位之后，就应开始进行生产线的开发和优化。ProCAST 可以虚拟测试各种革新设计而取之最优，因此大大减少工艺开发时间，同时把成本降到最低。

由于铸造工艺参数繁多而又相互影响，因而无法在实际操作中长时间连续监控所有的参数。然而任何看起来微不足道的某个参数的变化都有可能影响到整个系统。ProCAST 可以让铸造工程师快速定量地检查每个参数的影响，确定为了得到可重复的、连续平稳生产的参数范围。图 8-32 为 Procast 铸造模拟与真实铸造产品的对比情况，从中可以看出，模拟的结果完全反映了真实的成型产品。

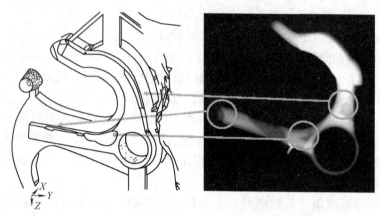

图 8-32　铸造模拟与实物对比

ProCAST 几乎可以模拟分析任何铸造生产过程中可能出现的缩孔、裂纹、裹气、冲砂、冷隔、浇不足、应力、变形、模具寿命、工艺开发及可重复性问题，为铸造工程师提供新的途径来研究铸造过程，使他们有机会看到型腔内所发生的一切，从而产生新的设计方案。其结果也可以在网络浏览器中显示，这样对比较复杂的铸造过程能够通过网际网络进行讨论和研究。ProCAST 还可以使用 X 射线的方式确定缩孔的存在和位置，采用缩孔判据或 Niyama 判据也可以进行缩孔和缩松的评估，图 8-33 所示为 Procast 对铸造金属液体流动的速度场的分布、球墨铸铁铸造后珠光体的分布以及冒口补缩不足而导致的内部收缩缺陷模拟情况。下面对铸造过程中的缺陷情况进行简要说明：

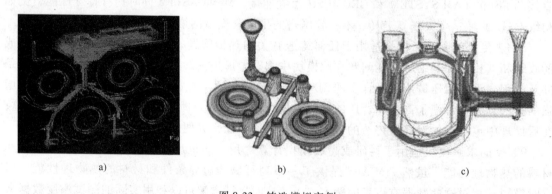

a)　　　　　　　　　　　　　b)　　　　　　　　　　　　　c)

图 8-33　铸造模拟实例

a）铸造金属液体流动的速度场　b）球墨铸铁中珠光体的分布

c）冒口补缩不足而导致的内部收缩缺陷

1）缩孔：缩孔是由于凝固收缩过程中液体不能有效地从浇注系统和冒口得到补缩造成的。ProCAST 可以确认封闭液体的位置，使用特殊的判据，例如宏观缩孔或 Niyama 判据来确定缩孔缩松是否会在这些敏感区域内发生，同时可以计算与缩孔缩松有关的补缩长度。在砂铸中，可以优化冒口的位置、大小和绝热保温套的使用。在压铸中，ProCAST 可以详细准确计算模型中的热节、冷却加热通道的位置和大小，以及溢流口的位置。

2）裂纹：铸造在凝固过程中容易产生热裂以至在随后的冷却过程中产生裂纹。利用热应力分析，ProCAST TM 可以模拟凝固和随后冷却过程中产生的裂纹。在真正的生产之前，这些模拟结果可以用来确定和检验为防止缺陷产生而尝试进行的各种设计。

3）裹气：由于液体充填受阻而产生的气泡和氧化夹杂物会影响铸件的机械性能。充型过程中的紊流可能导致氧化夹杂物的产生，ProCAST 能够清楚地指示紊流的存在。这些缺陷的位置可以在计算机上显示和跟踪出来。由于能够直接监视裹气的运行轨迹，使设计浇注系统、合理安排气孔和溢流孔变得轻而易举。

4）冲砂：在铸造中，有时冲砂是不可避免的。如果冲砂发生在铸造零件的关键部位，那将影响铸件的质量。ProCAST 可以通过对速度场和压力场的分析确认冲砂的产生。通过虚拟的粒子跟踪，则能很容易确认最终夹砂的区域。

5）冷隔及浇不足：在浇注成型过程中，一些不当的工艺参数如型腔过冷、浇速过慢、金属液温度过低等都会导致一些缺陷的产生。通过传热和流动的耦合计算，可以准确计算充型过程中的液体温度的变化。在充型过程中，凝固了的金属将会改变液体在充型中的流动形式。ProCAST 可以预测这些铸造充型过程中发生的问题，并且可以随后快速地制定和验证相应的改进方案。

## 8.3　塑性成形模拟工程应用

### 8.3.1　注塑成型模拟流动分析

下述针对某 ABS 大型薄壁异型件注塑成型过程中，通过 Moldflow 进行模拟分析的情况进行简要介绍。该产品长度方向大于 1000mm，宽度方向尺寸不足 360mm，高度方向小于150mm。而且有多处细节连接结构与加强筋，且该产品外观成型后的表面粗糙度要求较高，注塑一级表面要求。下述利用 Moldflow 对该产品的注塑成型进行模拟，从冷却分析、收缩分析、所需的注塑压力以及冷却后的变形情况在 Moldflow 中进行模拟分析，达到有效的指导模具设计与注塑压机的选用以及有效地完善产品的结构优化设计等目的。

图 8-34 为在 Moldflow Advisior 和 Moldflow Plastics Insight 模块中，分别对其模具包容设计、浇口设计以及有限元网格划分的结果。从图中可以看出，用户可以非常方便地完成模具设计与注塑模拟的前期有限元模型的创建工作。

图 8-35 为该 ABS 薄壁异形件不同充型时刻的塑料流动过程，这一步分析为产品的塑料流动以及模具浇口的优化设计可以提供较好的指导作用，同时对注塑机的选择与生产节拍的

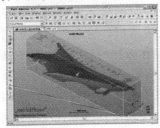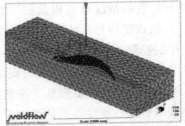

图 8-34　浇口设计与有限元网格划分

制定进行指导。图 8-36 所示为塑料凝固过程以及最佳浇口设计。

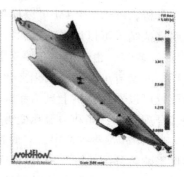

图 8-35　不同充型时刻的塑料流动过程

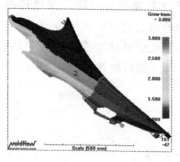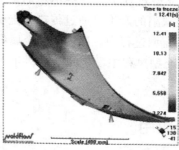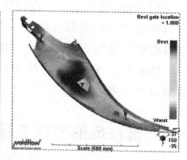

图 8-36　塑料凝固过程以及最佳浇口设计

　　图 8-37 分析的结果表明浇口分布的位置不同以及分布的数量对注塑件的注塑压力吨位以及成型的过程有着较大的影响。

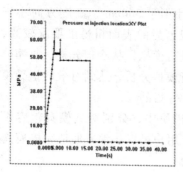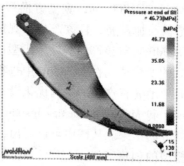

图 8-37　注塑压力分布与压力曲线

　　图 8-38 所示为注塑成型后材料的收缩情况分布以及注塑成型时的模具型面的分布温度场。如图 8-39 所示为注塑成型，产品成型冷却后不同方向的变形情况，这个分析数据对于优化产品模具的设计以及后续工序的校形工作包括校形工装的制作数据的确定非常有意义。

　　该 ABS 薄壁异形件注塑成型时的工艺参数对于产品的质量有着重要的影响，尤其是大型薄壁的结构件要求更为严格。料温偏低或模具温度低、注塑压力低、注射速度慢、加料不均或排气不良，容易导致表面出现融合纹、波纹等，甚至由于欠注或模具过冷且冷却时间过长容易引起裂纹的产生。如果料温过高产生分解物，回用次数过多，塑料含水，模具的温度过高或者冷却不均匀时表面容易出现斑纹、黑点与条纹；热脆甚至引起变形等现象。原料不

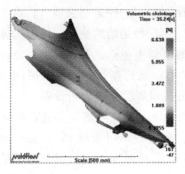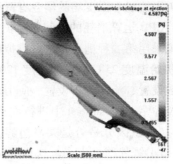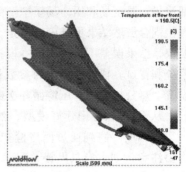

图 8-38　收缩情况与温度场分布

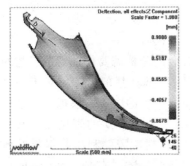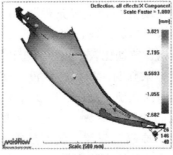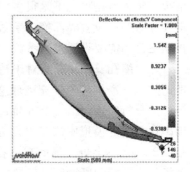

图 8-39　成型后的变形情况分布

纯、牌号相混、润滑剂过多时，则容易导致塑件脱皮分层。因此控制原材料、注塑压力与模具的温度是 ABS 薄壁件成型中最为关键的工艺参数。

　　由于 ABS 易吸湿，成型塑件表面容易出现斑痕，因此成型前要求进行干燥处理。同时 ABS 比热容较低，在料筒内很容易加热，塑化效率高，在模具中凝固的速度比较快，因而成型周期短。ABS 树脂表面粘度依赖于剪切速率，因此模具浇注系统一般采用点浇口的结构形式。ABS 为非结晶高聚物，成型收缩率小，树脂热融温度低，融化温度范围比较宽，流动成型性相对较好。但是其与冰醋酸、植物油发生化学反应引起应力开裂。同时 ABS 升温时粘度增加，故成型压力较高，脱模斜度宜设置稍大比较好。ABS 成型时易产生融接痕，模具设计时要求尽量减少浇注系统对塑料流动成型的阻力，在保证尺寸精度时，模具温度一般控制在 50 ~ 60℃之间比较合理，需要较高的表面粗糙度时一般控制在 60 ~ 80℃之间。如需同时保证尺寸精度与表面粗糙度，模具温度控制在 55 ~ 65℃之间是可行的。通过上述工艺参数的合理控制，以及结合 Moldflow 模拟的情况，有效地控制了该大型 ABS 薄壁件批量成型生产时的产品质量。

## 8.3.2　砂型铸造模拟仿真分析

　　铸造模拟仿真的基本流程是首先读入模型 CAD 表面数据，自动生成面网格，自动生成三维体网格；然后设置铸造过程的基本条件，如模具及铸件材料、速度、压力、重力、约束、滤网、排气孔等物理条件；设置温度、热辐射与对流、界面热交换系数、冷却或加热装置等热学条件；进行熔液填充、凝固、应力应变计算模拟和铸造模拟结果及缺陷分析等。

　　下面以某砂型铸造为实例，简单说明 Procast 在铸造成型模型中的应用。整个过程设计包括流场、温度场和压力场模拟。关于流场和温度场的耦合有两种方法。一种是直接耦合，由于直接耦合虽然结果更准确，但是，CPU运算消耗的时间非常长。第二种是场的叠加，该方法速度快，结果误差不大。所以本模拟采用第二种耦合方法。模拟的模型中包括，铸件模型，浇注系统和冒口。模拟中使用的参数初始温度25℃，铸件温度1200℃。运行参数包括执行时间步设置、热分析设置、压铸循环次数设置、流体分析设置、应力分析设置、紊流分析设置。

从CAD软件中建好模型，然后导入Mesh cast中进行网格划分。检查网格，并且去除多余边界和面。直到通过网格检查（注意区分是否是共享边界，此边界不可去除）。划分面网格要注意：划大模具网格，尽量缩小铸件网格大小。这样即可以节约时间，又同时提高了精度。划分体网格成功后，导入Precast进行各种参数设置。导入时，可以看出虽然铸件的网格很密集，但是单元不是很多。导入后，必须进行各种检测，如负雅克比等。设置材料、及塑性参数等、设置界面换热系数；设置各种边界条件。（换热、位移）或（速度、压力），根据自己的需要设置重力参数、运行参数，通过热模拟，先找到模具的平衡温度。

由于缩孔、缩松分析对于铸钢、铸铁比较准确。对于铝合金的分析需要借助铸造工艺的理论知识（凝固理论、充型理论）来判断。所以在此没有使用Procast里的方法。对于一个铸件的分析应该包括三个方面，即：充型、凝固、以及铸件模具产生的内应力模拟。一个准确率比较高的模拟应该建立在准确的物性参数上。对结果的分析要有扎实的理论和实践基础，Procast不会告诉哪里有气孔、冷隔、裂纹、浇不足等，这些判断需要利用它提供的各个场量去分析判断，而且模拟的目的是给实践提供指导，节约新产品试制成本，而不是能否得到显示，所以要力求准确。

Procast铸造模拟分析里面设置参数很多，但是针对不同的铸造方法，参数的设置又有许多不同的设置要求。比如显示铸件气孔、缩孔、缩松的位置和大小，就有至少三四种方法，而且各个方法的精度又不相同。这些需要设置不同的地方才能得到结果。金属型铸造时参数的设置与压铸有很大的不同，还有离心铸造，融模铸造等参数设置都有取舍之处，（需要对参数仔细分析）。划网格的时候需要经验，划得多了就知道哪些需要去除；相反，同样的错误提示却需要保留。各个场的耦合，由需要来取舍，可以三个场耦合，也可以两个场耦合或一个一个叠加耦合。

图8-40～图8-45是对砂型铸造过程进行模拟的示意图，利用Procast完成了砂型铸造过

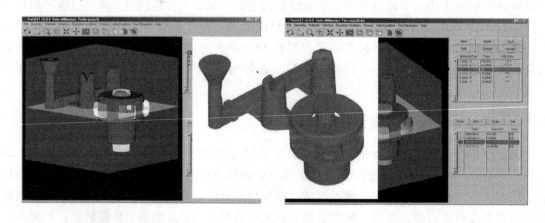

图8-40　铸造过程模拟的物理模型

程中凝固冷却、流动填充、温度场和压力场的分布。

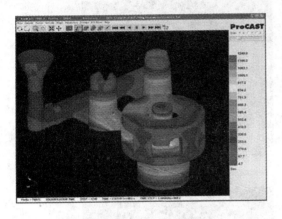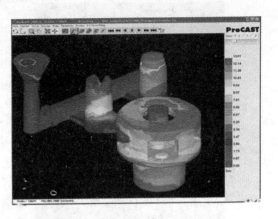

图 8-41　铸造模拟凝固分析　　　　　　　图 8-42　铸造过程填充时间区域分布

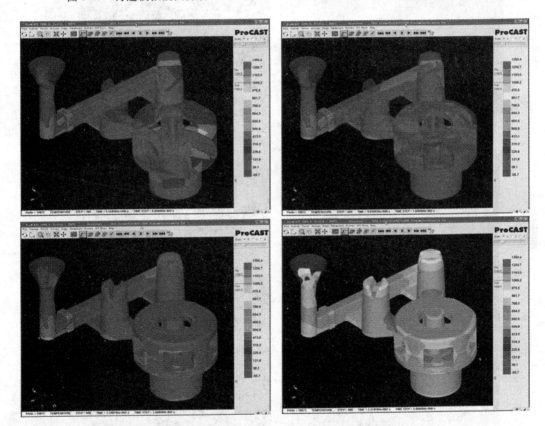

图 8-43　铸液流动填充过程温度场分布

　　从上述模拟的情况来看，利用 Procast 可以有效模拟砂型铸造过程中，不同时刻的温度场、压力场分布情况，同时可以直观地观察铸液的流动和填充过程。铸造所需的冷却时间和凝固时间以及冷却时的温度分布和先后顺序，通过铸造流动模拟可以非常逼真地体现出来，为铸造工艺过程的控制提供了较好的指导，同时对于铸造工艺方案的优化设计提供了非常好的指导作用。对于提高铸件的合格率和产品的质量起到了极大的推动作用。

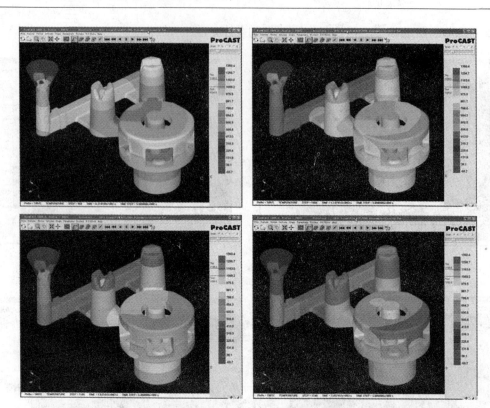

图 8-44　铸造凝固过程温度场分布

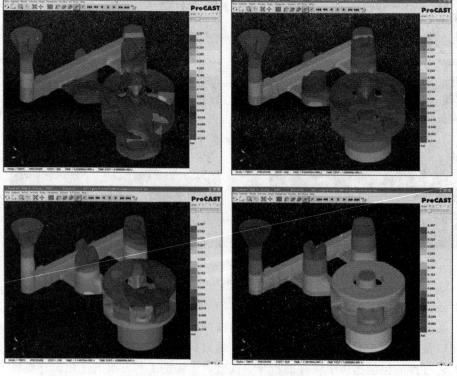

图 8-45　铸造过程不同时刻的压力分布

### 8.3.3 板料拉伸成形模拟应用

下面针对某大型网格筋壳片的冲压拉伸成形，采用有限元进行计算模拟优化，得到了该产品冲压拉伸成形过程的关键特性，并从优化的角度对产品的设计方案进行了设计。其产品的结构及其模具示意图如图 8-46 所示。针对该产品及其工艺成形过程，分别采用基于动态显式算法的 Dynaform 软件和一步成形法 FastForm 与 Fastamp 等软件进行了模拟，较好地指导了产品与模具的优化设计过程与最终产品的细节设计方案。在旋压体积成形模拟方面，以某铝合金旋压塑性成形工艺为应用研究对象，结合旋压成形工艺的关键核心技术，在MSC. Marc 模拟分析环境下，对平板旋压和锥形件收口剪切旋压进行了模拟，对旋压产品的模具设计、旋压工艺参数的制定起到了较好的指导作用。

图 8-46 网格肋壳片及其模具示意图

**1. 网格肋壳片拉伸成形模拟的关键**

基本的板料成形有圆筒件拉伸、凸缘圆筒件拉伸、盒形件拉伸、局部成形、弯曲成形、翻边成型和胀型等。基本的板料成形，有一些经验公式和类似零件作为参考。由于在板料冲压成形过程中，模具的刚性通常远远大于板料的刚性，因此模具的变形相对板料的变形来说极小，可以忽略不计。板料成形需要解决的主要问题包括起皱、拉裂、回弹等缺陷预防、压边力确定、模具磨损的影响、润滑方案确定、成形力确定、毛坯尺寸确定和压延筋布置等。

在冲压成形过程的计算机仿真中应考虑的问题归结为板料成形的工艺主要有冲压工艺设计中的毛坯展开计算、分步成形计算、模具设计、冲压设备选择和成形缺陷预测与消除等。下面对某网格肋壳片冲压拉伸成形过程的有限元模拟分析进行简单介绍：

（1）产品的结构特点 图 8-47 为该产品的网格划分及其网格变形模型。从中可以看出该壳片的主要特征是采用十字交叉的网格肋，且为薄壁圆锥面，该产品尺寸较大，冲压拉伸过程中模具运动行程较高，网格肋交叉处拉伸成形困难，容易出现缺陷。因此其模具投资费

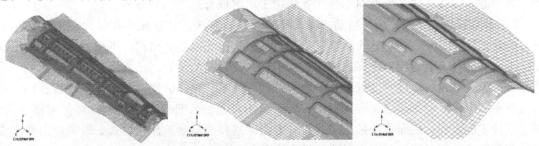

图 8-47 网格肋壳片网格划分及其网格变形模型

用较大，模具的投资风险也比较大。在模具设计和加工之前，对该产品的拉伸成形工艺性进行科学的分析是非常必要的。

（2）求解目标　板料成形 CAE 技术及分析软件，通过对工件的成形工艺性分析，做出工件制造工艺性进行早期判断；通过对模具方案和冲压方案的模拟分析，及时调整修改模具结构，减少实际试模次数，缩短开发周期。通过缺陷预测来制定缺陷预防措施，改进产品设计和模具设计，增强模具结构设计以及冲压方案的可靠性，减少生产成本。通过 CAE 分析可以择优选择材料，并对各种成形参数进行优化，提高产品质量。不仅可以弥补工艺人员在经验和应用工艺资料方面的不足，还可通过虚拟的冲压模拟，提高工艺人员的经验。

采用有限元对该网格肋壳片的冲压拉伸进行模拟，使其渗入零件及模具的设计、工艺设计，及早地改善模具设计，优化工艺参数，甚至改进零件设计，才能缩短开发周期，降低开发成本。以有效地对成形过程及最终结果进行求解，包括该网格肋壳片材料的毛坯展开、成形后的厚度分布、成形极限图、拉延肋设计、板料的回弹等，借此进行该壳片的优化设计、模具的优化设计、冲压过程控制。

（3）网格模型划分与求解算法　进行冲压拉伸成形模拟，必须处理好有限元网格划分、力学特性参数的确定、接触问题、载荷与约束条件等物理力学模型构建。自适应网格技术对冲压成形是至关重要的，因为初始的冲压板材通常比较平坦、形状很简单，刚开始就采用较小的网格，计算时间将很长。到成形后期，板材变的非常复杂，网格不细将无法提高计算精度，自适应网格技术刚好解决了这一问题，并在时间与精度上巧妙地取得了平衡。自适应网格技术提高了对零件的表面质量（表面缺陷、擦伤、微皱纹等现象）判断的准确性。

最早的金属板料成形的数值模拟方法包括有限差分法，此方法仅限于解决诸如球形冲头胀形等轴对称问题。当前板料成形数值模拟采用的算法分为基于有限单元法、有限体积法，其算法核心以显式法、隐式法、一步成形法等为主流。基于动态显式算法的软件的出现标志着板材成形仿真实际应用的真正发展，与此同时，基于静态隐式增量法和一步法的算法与软件同步发展，为冲压成形过程模拟发挥了重要的作用。下面分别对这几种应用较多的算法进行简略介绍：

1）静态隐式算法：静态隐式算法是解决金属成形问题的一种方法。在静态隐式算法中，在每一增量步内都需要对静态平衡方程而迭代求解。理论上在这个算法中的增量步可以很大，但是实际运算中上要受到接触以及摩擦等条件的限制。随着单元数目的增加，计算时间几乎呈平方次增加。由于需要矩阵求逆以及精确积分，对内存要求很高。隐式算法的不利方面还有收敛问题不容易得到解决，以及当开始起皱失稳时，在分叉点处刚度矩阵出现奇异。其中静态隐式算法多配合动态显式算法用于求解成形后的回弹分析。

2）显式算法：显式算法包括动态显式和静态显式算法。动态显式算法的最大优点是有较好的稳定性。另外，动态显式算法采用动力学方程的中心差分格式，不用直接求解切线刚度，不需要进行平衡迭代，计算速度快，也不存在收敛控制问题。该算法需要的内存也比隐式算法要少。数值计算过程可以很容易地进行并行计算，程序编制也相对简单。另外，它也有一些不利方面：显式算法要求质量矩阵为对角矩阵，而且只有在单元级计算尽可能少时，速度优势才能发挥，因而往往采用减缩积分方法，这样容易激发沙漏模式，影响应力和应变的计算精度。静态显式法基于率形式的平衡方程组与 Euler 前插公式，不需要迭代求解。由于平衡方程式仅在率形式上得到满足，所以得出的结果会慢慢偏离正确值。为了减少相关误差，必须每步使用很小的增量，通常一个仿真过程需要多达几千步。由于不需要迭代，所以这种方法稳定性好，但效率较低。

3）一步成形法：一步法有限元方程利用虚功原理导出，其基本思想是采用反向模拟。将模拟计算按照与实际成形相反的顺序，从所期望的成形后的工件形状通过计算得出与此相对应的毛坯形状和有关工艺参数。板材成形过程的变形决定其有利于进行方向模拟。在冲压成形过程中，成形后的工件为一空间曲面，而板料毛坯为一平板。以板平面为 XY 坐标平面，整个成形过程中各质点的 Z 向位移是确定的。采用有限元计算求解时，节点未知量仅为 X 和 Y 方向的位移。板料成形的方向模拟多采用近似方法，假设变形过程为简单加载过程，用塑性变形的理论进行模拟分析。在分析的过程中以利用工件形状进行计算，用简化的方法而避免了非常麻烦的接触处理。一步法方向模拟要求输入的数据少，因此可以在概念及初期设计阶段就投入使用，可以预测毛坯形状，整个计算可以很快地求解出结果，因此可以反复调整参数进行计算模拟，对毛坯形状、压边力、拉延肋等进行优化。一步法在板料的冲压拉伸的变形模拟上应用非常广泛。

**2. 基于显式法冲压成形模拟——DYNAFORM**

ETA DYNAFORM 是由美国 ETA 公司和 LSTC 公司联合开发的用于板成形模拟的专用软件包，可以帮助模具设计人员显著减少模具开发设计时间及试模周期，不但具有良好的易用性，而且包括大量的智能化自动工具，可方便地求解各类板成形问题。DYNAFORM 可以预测成形过程中板料的裂纹、起皱、减薄、划痕、回弹，评估板料的成形性能，为板成形工艺及模具设计提供帮助；DYNAFORM 专门用于工艺及模具设计涉及的复杂板成形问题；DYNAFORM 包括板成形分析所需的与 CAD 软件的接口、前后处理、分析求解等所有功能。

该薄壁铝合金壳片的材料特性为弹性模量 71GPa、泊松比 0.33、密度 $2700kg/m^3$、屈服极限 135.3MPa、应力应变曲线 576.79 × （0.01658 + $\varepsilon_p$）0.3593MPa、摩擦系数 0.162、对该薄壁盒形件进行改产品的冲压拉伸的塑性成形进行有限元模拟。图 8-48 所示为在 Dynaform 环境中，对该网格肋壳片进行的冲压拉伸模拟，图中显示了对 2mm 厚的铝合金材料进行冲压拉伸成形后的厚度分布、成形极限图与成形区减薄分布。

图 8-48　在 Dynaform 环境中对网格肋壳片进行的冲压拉伸模拟

**3. 基于一步法冲压拉伸模拟——FASTFORM/FASTAMP**

采用一步法为核心算法的冲压模拟软件最为代表性的是加拿大的 FASTFORM Advanced，国内华中科技大学模具技术国家重点实验室开发的一步法模拟计算软件 FASTAMP 应用也比较成功。下面分别采用这两种软件包对网格肋壳片模拟进行简单介绍。

FASTFORM 是成形分析中的高端产品，是最具特色的成形分析软件，是基于有限元技术的钣金冲压成形专业数值模拟软件。借助于多种后置处理和可视化选项，软件提供了快速和精确的解算。FASTFORM 是非常好用的钣金冲压件展开与模拟分析软件，用户不需要了解有限元或具有钣金成形经验。对简单或复杂的冲压零件计算展开形状，与其他通用的展开软件的区别表现在其可以对材料高度拉伸和变形以及直接折弯等进行计算。展开计算仅需几分钟，生成的结果可用于毛坯下料、模具设计、成本估算、快速报价以及零件排料等。

FASTFORM 即使是对于材料拉延非常大的零件也能非常精确预测其下料的形状。这个下料形状可以用于早期成本分析、零件排料、以及优化设计和减少模具试制等，下料形状也可以按 IGES 或 Nastran 格式输出以作为其他应用。自动网格圆滑缝接、辅助工艺补充面设计、压料圈生成和分析、自动成形条件（快速边界）、模拟焊接板料、自动计算出冲压力、主应变方位、高级回弹分析回弹几何形状可以用 IGES/NASTRAN 等格式输出。

FASTFORM 能够在短时间内对冲压件展开形状精确计算。简单加载所设计零件的几何模型，对其进行网格处理，设定所用材料并运行求解器。系统广泛地集成了试验数据并被证明十分精确。读取 IGES 几何模型，几秒内自动进行网格划分及修补。FASTFORM 包含一个内置的，用户可自定义的通用材料数据库，以便在计算中协助产生准确的结果。FASTFORM 为任意钣金零件进行板料形状展开的精确计算，包括那些带有较大材料拉伸的零件下料计算。这个板料形状可以用于早期成本分析、材料利用率排样优化甚至模具设计等。IGES 和 VDAF 曲面可以在数秒时间内自动网格划分和修补，网格修补系统也可处理导入的网格（NASTRAN 格式）以达到与 CAD 及其他 CAE 程序之间的柔性接口。图 8-49 所示为在 Fast

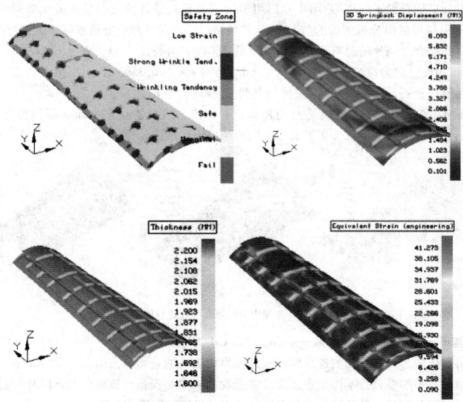

图 8-49 基于 Fastform 的网格肋壳片成形模拟

Form 中模拟冲压拉伸成形过程的厚度分布、平均应变、成形区域分布与三维回弹分析模拟结果，其冲压成形吨位为 232.6t。

　　一步法应用于网格肋壳片的冲压拉伸成形模拟，其分析速度和计算精度足以满足工程应用，如图 8-50、图 8-51 应用 FASTAMP 软件平台对 1.6mm 厚的该网格筋壳片进行模拟分析的结果，从模拟成形过程的应变应力分布、减薄率与厚度分布、成形极限图的模拟结果来看，该产品在产品延伸率范围内是能够满足成形要求的，其制造工艺性是合理可行的。

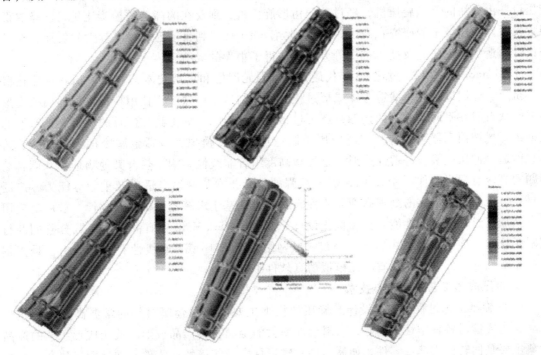

图 8-50　基于 FASTAMP 网格筋壳片成形模拟

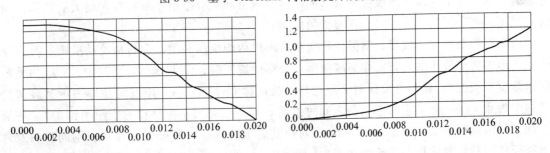

图 8-51　厚度与成形极限变化曲线

### 8.3.4　铝合金旋压成形模拟应用

　　旋压作为一种等体积塑性成形工艺，其在航空航天、石油化工、汽车等行业有着非常广泛的应用。旋压作为一种挤压拉伸、冲压的复合成形手段相对于单纯的冲压、车削等工艺手段，具有加工效率高、材料利用率高、产品质量高成本低等优点，尤其是对于大型薄壁回转壳体的旋压塑性成形相对于车削等加工手段存在非常大的优势。本文以某铝合金旋压塑性成形工艺为应用研究对象，结合旋压成形工艺的关键核心技术，在 MSC. Marc 模拟分析环境下，对平板旋压和锥形件收口剪切旋压进行了模拟，有效指导铝合金旋压产品的模具设计、旋压工艺参数的制定起到了较好的指导作用。

旋压主要是对金属板材进行成形加工，板材是装在芯模的顶部，动旋轮在旋转的同时还有轴向运动和径向运动，使板料在滚压作用下产生局部连续变形，加工成一定形状的空心回转零件。旋压具有工装简单、产品质量好、材料利用率高、加工效率高等优点，成为薄壁回转壳体的重要加工方法。旋压成形工艺已广泛应用于航空、航天、军事及民用等工业领域。旋压设备由最初的手工旋压机，经过液压仿形旋压机，到现在的高档数控旋压机，已经取得很大发展。旋压技术的研究在我国始于 20 世纪 60 年代，到目前已获得了较大的发展，在设备设计制造、理论研究及技术推广等方面都取得了很大的成绩。

MSC. Marc 是采用 20 世纪 90 年代最先进有限元网格和求解技术，快速模拟各种冷热锻造、挤压、轧制以及多步锻造等体成形过程的工艺制造专用软件，让用户很方便地模拟变形体之间或自身在不同条件下的接触，还可包括摩擦的影响，如工具和模具的设置、弹簧卷的受冲击、风挡雨刮器系统等。广泛应用于制造加工仿真模拟，包括金属冷加工、焊接、铸造、锻造、冲压、旋压等塑性成形。是处理高度组合非线性结构、热及其他物理场和耦合场问题的高级有限元软件。MSC. Marc 具有超强的单元技术和网格自适应及重划分能力，广泛的材料模型，高效可靠的处理高度非线性问题能力和基于求解器的极大开放性。被广泛应用于产品加工过程仿真，性能仿真和优化设计。此外，MSC. Marc 独有的基于区域分割的并行有限元技术，能够实现在共享式、分布式或网络多 CPU 环境下非线性有限元分析，是大幅提高非线性分析效率的一个有限元模拟仿真软件平台。

**1. 旋压成形工艺关键核心技术**

（1）旋压工艺过程与方案设计    旋压的机理主要是利用金属材料的常温高温下的塑性流动，主要针对各种塑性比较好、材料延伸率大的金属材料产品成形。旋压成形工艺的产品对象主要是回转体类薄壁零件，如筒形件、锥形件、球体等特征零件，如储罐、气瓶、车轴等产品。旋压的工艺性主要取决于材料的塑性，钢材和铝合金由于材料存在很大的差异，因而其旋压工艺、模具设计方案存在很大的区别。

由于旋压是等体积成形，筒形件旋压和锥形件剪切旋压必须符合材料流动准则。符合等体积变形和剪切旋压的正弦定律与减薄率。筒形件旋压时，$t \times l = t_0 \times l_0$（其中 $t_0$、$l_0$ 为毛坯初始厚度和长度）；锥形件旋压时必须符合正弦定律 $t = t_0 \times \sin\alpha$。厚度变薄率表示其旋薄变形程度为 $\psi = t_0 - t/t_0$。它与半锥角之间的关系 $\psi = 1 - \sin\alpha$（$\alpha$ 为材料的极限半锥角）。一般塑性材料的旋压极限半锥角为 $15 \sim 20°$，对应其旋压的减薄率为 $65\% \sim 75\%$。不同材料及外形特征的回转体其旋压的减薄率如表 8-1 所示：

表 8-1    典型材料旋压减薄率    （%）

| 材    料 | 筒形件 | 锥形件 | 双曲件 |
| --- | --- | --- | --- |
| 铝合金 | 60 ~ 75 | 50 ~ 75 | 35 ~ 50 |
| 钛合金 | 30 ~ 75 | 30 ~ 55 | 20 ~ 35 |
| 不锈钢 | 65 ~ 75 | 60 ~ 75 | 45 ~ 50 |
| 合金钢 | 60 ~ 75 | 50 ~ 75 | 35 ~ 50 |

因而对于筒形件旋压成形工艺的特点是，由于筒形件最终的锥度角为 0°，因此按照旋

压的正弦规律,不能满足工艺要求。普遍采用的工艺手段是直接对筒形毛坯(卷焊接、冲压拉伸等)进行旋压,其减薄率主要取决于材料的塑性流动成形极限。

针对合金不锈钢和低碳钢旋压薄壁锥形件和球形件时容许的变薄率分别为50%和75%,但是在实际生产中,对小角度的锥形件变薄率分别选用50%,分两道次工序采用不同的锥度成形角度对初始板料进行旋压,中间增加退火工序,提高旋压工序性和产品的质量。

锥度角小于30°或者壁厚变薄率很大的锥形件,常采用模具预成形毛坯进行旋压,缺点是需要增加一套冲压模具。此外,通过搅拌摩擦焊接方式对卷焊的板料焊接为锥形筒进行旋压是一种非常新颖、效率很高的手段。它可以减少一套模具,且同时减少旋压的工序。在应用中逐渐变得非常普遍。表8-2为典型零件特征旋压次数。

**表 8-2　典型零件特征旋压次数**

| $H/d$ | 1.0 | 1 ~ 1.5 | 1.5 ~ 2.5 | 2.5 ~ 3.5 | 3.5 ~ 4.5 |
|---|---|---|---|---|---|
| 筒形件 | 1 | 1 ~ 2 | 2 ~ 3 | 3 ~ 4 | 4 ~ 5 |
| 锥形件 | 1 | 1 | 1 | 2 ~ 3 | 3 ~ 4 |
| 双曲线 | 1 | 1 | 1 ~ 2 | 3 | 4 |

对等厚度半球形、椭圆形和抛物线形的零件,主要根据其曲率的变化,曲母线形的回转壳体。如果球形件上径向线与水平基准线的夹角为 $\alpha$,则零件上各点离中心线的距离为 $r = R\cos\alpha$,相应位置毛坯厚度为 $t_0 = t/\sin\alpha$,因此在旋压时,毛坯上不同点的变薄率是不同的,顶点为 0,靠近边缘变薄率愈大。为了使变薄率超过 50%,即在 30°径向线以下要预制为筒形,使其变为近似于筒形件的旋薄,否则难以成形。对等厚度的抛物线形回转壳体,毛坯厚度为

$$t_0 = t(x/c + 1) \times 0.5$$

式中　$c$——抛物线的焦距,$y^2 = 4cx$;

$x$——抛物线 $X$ 轴坐标值;

$y$——抛物线 $Y$ 轴坐标值。

旋压一次成形性取决于很多因素,一般远超过拉伸成形,零件的结构尺寸一般按照高度与直径的比值 $h/d$ 和零件的最终厚度与外形尺寸,来确定旋压次数。

(2) 旋压的力学计算　旋压体积变形与旋轮的受力如图 8-52 所示,旋压产品变形的单位功为 $u = K \times (\operatorname{ctan}\alpha/1.732)^n + 1$($K$,$n$ 为依据材料单向拉伸的常数,与材料变形剪切抵抗拉力 $T$、正应力和摩擦系数相关,$\alpha$ 为极限半锥角);体积变形 $V = 2\pi Rsft_0\sin\alpha$;由于旋压为纯剪切受力的应力应变状态,因此旋压功 $W = 2\pi Rsft_0\sin\alpha K (\operatorname{ctan}\alpha/1.732)^n + 1$。其做功主要由切向力发生位移,其旋压功 $W = F_{切} \times 2\pi Rs = 2\pi Rsft_0\sin\alpha K (\operatorname{ctan}\alpha/1.732)^n + 1$。

旋压时的切向力为:$F_{切} = ft_0\sin\alpha K (\operatorname{ctan}\alpha/1.732)^n + 1$。依据旋压的 $F_{切向}$、$F_{径向}$、$F_{轴向}$ 的面积投影关系,一般 $F_{径向} = (6 ~ 11)F_{切向}$,$F_{轴向} = (10 ~ 16)F_{切向}$。因此旋压时的 $F_{径向}$、$F_{轴向}$ 比 $F_{切向}$ 大得多。而车削时三者的比例关系一般为 $F_{径向} : F_{轴向} : F_{切向} = 0.25 : 0.4 : 1$,因此旋压工艺要求机床能够提供足够大的径向力和轴向力,这一点决定了旋压机床的设计原理与一般的车床存在很大的区别。旋压过程中旋压力一般与下述因素相关:旋压的工艺方案、原材料塑性性能、工件的直径、减薄率、旋轮直径与圆角、旋压的进给率与转速等。

旋压的成形极限一般随着剪切力 $T$ 和正应力的增加其工艺性增加,当达到抗拉强度后,

材料拉断，$T$ 与材料抗拉强度的比值与材料的塑性变形相关，塑性差的材料容易破裂。加大摩擦系数理论上有助于提高旋压的工艺性，减小旋薄时的拉力，提高成形极限。然而实际工程应用中，无法利用这一点，为了提高产品的表面质量和一致性，要求模具的表面粗糙度要高和使用一定的润滑，以改善旋压的效率和产品质量。

（3）旋压工艺参数的影响　旋压成形工艺核心是保证金属毛坯材料结构稳定的前提下材料的局部稳定塑性流动，工艺上一般从如下几个方面采取措施：

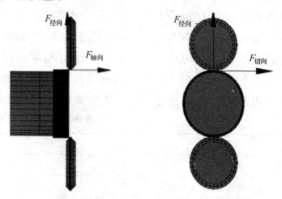

图 8-52　旋轮受力结构示意图

1）采用合理的转速与进给率。转速与材料、毛坯、模具直径、力学性能、结构的复杂性等因素相关，转速进给太高旋轮对材料的碾压频率增加，容易使材料过分减薄，超出材料的塑性减薄率而出现破碎。旋压进给量一般为 0.2 ~ 0.75mm/r，采用低转速旋压，可以减小旋压力，提高零件的表面质量，但贴模性相对于高转速旋压差。转速根据其线速度确定，一般直径大于 1m 的，转速控制在 150r/min 以内。高转速有利于降低变形力和提高成形质量，较硬的材料选用较小的转速，较软的材料旋压转速相对可以提高。

2）合理的旋轮攻角和旋轮结构外形：针对平板、筒形件旋压、球体、二次曲母线等回转体零件的旋压，其旋轮外形应该不同，前提是保证旋压力与曲面的法向一致最理想。

3）合理的间隙：旋轮与模具之间的间隙最好符合正弦规律，如果间隙过大，旋压的产品不贴模、产品的母线直线度差、壁厚均匀性难以保证一致，由于拉应力容易引起旋压时的起皱。间隙过小，零件的贴模性较好，但壁厚的均匀性和母线的直线度较差，零件的内应力过大。间隙调整需考虑机床、旋轮、毛坯的弹性变形。

4）增加旋压次数与热处理中间工序，对于塑性不是很好的铝合金的大批量旋压生产，通过增加模具的旋压道次和增加退火工序，同时在旋压过程中进行加热旋压是非常有必要的。

5）旋轮的圆角半径不能小于毛坯的原始厚度，过小的圆角半径会导致表面不光滑、掉屑、起皮、裂纹；过大的圆角半径则会导致毛坯翻倒、失稳、皱折。一般采用 1.5 ~ 3 倍的毛坯厚度作为旋轮的圆角半径。为提高零件的表面粗糙度，可以采用圆角半径较大的旋轮，采用较小的进给量和较小的一次减薄率。为提高零件的贴模度，可采用圆角半径较小的旋轮，采用较大进给量和中等的一次减薄率。如果要提高壁厚的一致性和尺寸精度，则应采用小于 50% 的减薄率；为保证批量产品的质量稳定性，一般每道次减薄率不要超过 30%。

（4）旋压容易出现的质量问题　对于铝合金材料的旋压工艺形，由于其旋压拉伸成形极限较一般的钢材差，在旋压过程中经常容易出现如下的产品质量问题。

1）起皱：当毛坯直径太大，旋压模具直径太小时，旋压过程中毛坯的悬空部分过宽，旋压过程中容易起皱，必须分两次或多次旋压成形。

2）硬化：经过多次旋压后，毛坯的冷作硬化，降低了材料的塑性流动和延伸率，容易从边缘形成脆性破裂，因而为提高旋压的工艺塑性，一般要求及时中间退火；对于铝合金的旋压，由于其材料的特点，塑性不是很好，因而在旋压过程中，一般要求进行加热旋压

3）变薄：旋压的材料变薄率大大超过冲压拉伸，属于体积拉伸成形，有时可以达到 50% 以上。如果零件的厚度和尺寸较大，精度较高，为了减小变薄和保证材料全局范围内的一致性，可以通过增加旋压的次数和合理控制旋压工艺参数来提高产品的质量。

**2. 铝合金旋压成形 MSC. Marc 模拟**

（1）旋压成形有限元模型　某铝合金旋压产品成形的有限元模型如图 8-53 所示，其中将旋轮、芯模、压环设置为刚体，将毛坯设置为变形体。芯模带动毛坯旋转，旋轮通过与毛坯之间的摩擦绕自身旋转。旋轮与毛坯、芯模与毛坯相互之间的摩擦系数根据实际情况设定。旋轮的轴向和周向的运动控制可以通过位移或者是速度进行控制。毛坯的网格尽量采用六面体单位网格，网格的长宽高比例尽量保持 1∶1∶1，在成形过程中，采用网格重划分来进行控制。材料为铝合金，加热旋压。旋压求解控制及其接触设置要合理，如单元类型、分离力、收敛精度、工艺参数等对于求解有着直接的影响。如果其设置不当容易出现网格穿透、计算中止等状况。该产品旋压基于 MSC. Marc 的模拟计算控制如图 8-54 界面所示。

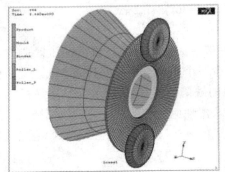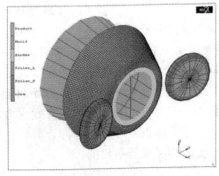

图 8-53　平板锥形件旋压成形有限元模型

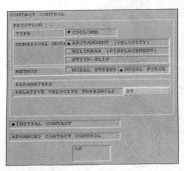

图 8-54　旋压模拟求解控制

（2）旋压工艺参数设置　该锥形薄壁铝合金壳体旋压工艺参数如下：毛坯为平板，锥度角为两道次旋压，分别是由平板到 30°、然后由 30° 到 15°，其两道次减薄率分别为 50% 和 48%。铝合金旋压的极限减薄率与断面收缩率有非常重要的关系。该产品毛坯厚度为 23mm，最终壁厚为 6mm，芯模的转速为 60～150r/min，旋压的进给为 0.5～1.5mm/r。旋压时的加热温度为 200° 左右、旋轮与模具之间的间隙控制在 5.8～6.2mm 之间。在旋压过程中应对旋轮进行润滑，以保证旋压产品的表面粗糙度和尺寸精度。模拟总加载时间为 30s，3000 步完成，旋轮运动轨迹控制如图 8-55 所示。

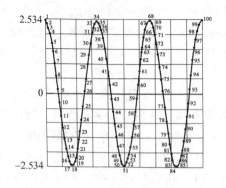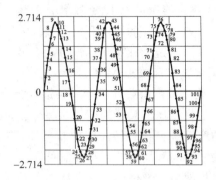

图 8-55 旋轮径向运动轨迹

$$\begin{cases} X\ \text{向：} 349.285 - 8t \\ Y\ \text{向：} (245.063 + 2.1436t)\ \cos 2\pi t \\ Z\ \text{向：} (245.063 + 2.1436t)\ \sin 2\pi x \end{cases}$$

（3）旋压模拟分析结果

1）第一道次平板旋压模拟。锥形件旋压一般多采用平板毛坯或者冲压锻造或者拉伸制造的锥形环状毛坯，采用平板毛坯的方式要少一个凹模，相对模具成本低。旋压由于是金属塑性加压流动成形，可以有效避免原始材料的缺陷。图 8-56 所示为采用平板毛坯，对某铝合金产品第一道次旋压不同时刻的等效应力、塑性应变和剪切应变的模拟结果，从最终结果来看，由于是等体积变形，完全符合剪切旋压的规律，如最大直径和原始毛坯的直径保持不变，这与实际情况也是一致的。

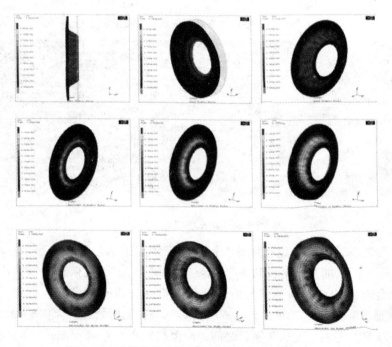

图 8-56 平板锥形件旋压成形等效应力、塑性应变
和剪切应变的模拟结果

2）第二道次锥度收口模拟。从旋压模拟得到的应变场、应力场、壁厚均匀性、直线度、旋压力的分布如图 8-57 所示来看，其变形主要是由剪切变形引起的，完全符合剪切旋压的正弦规律。此外，对于壁厚非常薄的铝合金旋压，如果模具设计方案、旋压工艺参数等方面不合理，很容易引起产品失稳。从上述对锥形件薄壁铝合金的旋压成形有限元模拟分析的结论中，在产品精度方面可以得出如下结论：

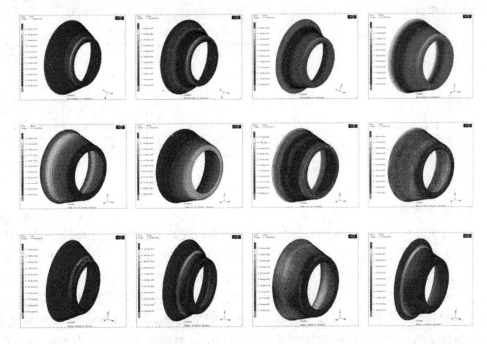

图 8-57 锥形件收口旋压成形壁厚、应力、应变云图

① 壁厚：对于铝合金锥形件的旋压，其壁厚在小端起旋的区域其厚度比理论要大，而在大端收旋的部分区域，其壁厚偏薄，壁厚分布介入 5.85～6.4mm 之间。这主要是由于材料的等体积变形时，到大端面的区域，其材料的流动面积增加从而导致壁厚偏薄。因此在旋压时，应适当调整大小端的间隙来保证壁厚，即旋轮的运动轨迹应与理论的运动轨迹在小端调小，大端调大以保证壁厚的均匀性，这与实际也是相符的。

② 直线度：从该铝合金锥形件旋压模拟的产品直线度结果来看，直线度不是很好，主要原因是由于间隙的不合理、壁厚的不均匀性、旋轮的运动轨迹不是恒线速等方面相关造成的，实际旋压的产品也表现出相似的情况。其壁厚、直线度与回弹分布如图 8-58 所示，直

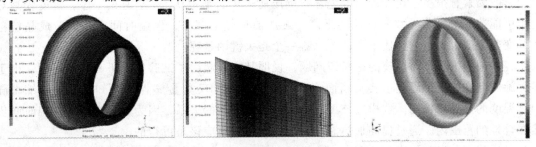

图 8-58 锥形件旋压壁厚、直线度与回弹分布

线度大于 0.5mm。

③ 旋压力：从图 8-59 所示旋压模拟的结果来看，旋压力的大小在精旋时，总受力 10t 左右，在起旋时旋压力上升较快，由于起旋为瞬时冲击受力与实际也是相符的。从旋压分析结果来看，左右旋轮的受力不完全对称，存在细微的差别，主要是由于双旋轮旋压时，金属受旋轮的压力在塑性成形时有一个时序差异，这与实际也是相符合的。同时从旋轮的轴向力和径向力的比例情况来看，与理论和实际也是非常相符的，接近 3:5 的比例。

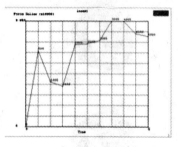 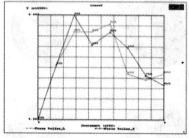 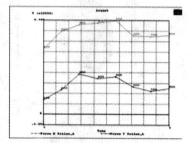

图 8-59　旋压过程中旋轮受力变化曲线图

### 3. 铝合金旋压关键技术问题措施

铝合金由于其塑性较一般的钢材差，延伸率和断面收缩率比较小，因而其一次旋压的减薄率不是很大。但是在旋压过程中，通过退火等热处理中间工序，采用加热旋压的方式可有效提高其旋压的工艺性。旋压过程中的加热温度要合理，过高容易引起材料过烧，加热温度过低达不到理想的效果。下面对旋压过程中经常出现的质量技术问题进行简要说明。

（1）断裂问题　按照相关旋压工艺参数进行了旋压试验，由于 LD7 材料旋压性能较差，采用了加热旋压的方式，以提高旋压性能。由于 LD7 材料快速退火温度为 350～400℃，完全退火温度为 380～430℃，淬火加热温度为 525～540℃。加热温度太高，可能造成晶粒长大，降低机械性能。试验过程加热温度 350℃，在电炉里加热到温度后保温 1h 立即出炉装夹在旋压机上旋压，结果零件第一道旋压时在距离小端 100mm 处断裂。

分析其原因有可能是零件的变薄率太大（50%），因此调整旋轮与芯模间隙，控制零件旋压后的实际厚度大于 15mm，减小变薄程度，并提高加热温度到 390℃，旋压第二件仍然在同样的位置断裂。第二种可能是零件加工硬化速度太快，从 LD7 材料的机械性能来看，其 $\sigma_b = 445MPa$，$\sigma_{0.2} = 336MPa$，二者很接近。由此将零件在电炉中加热到 390℃ 后出炉旋压，并将进给速度加快，零件仍然出现了裂纹，但裂纹部位距离零件小端要远一些。

影响因素有很多，比如旋压的毛坯在旋压前采用的是 400℃ 完全退火工序，温度较高对组织可能造成了影响导致旋压性能下降；旋压前加热温度高，保温时间太长，造成晶粒粗大；变薄程度太大；进给比不合适等。哪一个是关键因素呢？

经仔细分析，零件出现的是断裂问题，说明其变形超出了试验条件下允许的程度。由于零件旋压允许的变形程度主要与断面收缩率有关，由 LD7 合金塑性图可知，断面收缩率随加热温度的升高而提高。这样应该可以排除加热温度高的关系，因为加热温度和保温时间仍然在合理的范围内。通过提高加热温度来提高变形程度应该是可行的。

最后将加热温度提高到 450℃，保温 40～60min 后出炉旋压，并将进给速度加快，结果零件均顺利完成第一道次旋压。在第二道次旋压时，按照与上述同样的加热方法和加热温度，零件在旋压到 150mm 左右时又出现了断裂。后经过试验和分析，排除了第一次旋压后零件没有退火的因素（因为加热也可以恢复塑性），认为主要原因是变薄程度太大（变薄率为 60%）。把旋轮与芯模的间隙调整至 7mm，减小变薄程度（变薄率由 60% 变为 53%），结果旋压又出现了裂纹。

经过系统分析，并根据第一道次旋压的经验，排除其他参数的影响，认为温度仍然是决定因素。虽然零件在电炉中加热温度较高，但出炉后温度迅速下降，实际的温度并不高，不满足零件旋压的要求。在后续的旋压过程中，将零件加热到 420℃，保温 1h，旋压前对芯模进行预热，并在零件旋压过程中火焰加热，加热温度在 250℃ 以下，用不同间隙进行试验，零件均顺利成形，解决了零件的成形裂纹问题。试验研究说明，在各种影响因素中，旋压温度是关键因素，另外，从试验情况来看，旋轮与芯模间隙对壁厚有较大的影响。两道次旋压后的零件如图 8-60 所示。

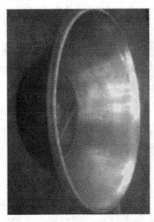

图 8-60　锥形壳第一二道次旋压产品图

（2）回弹问题　回弹是旋压成形不可避免的问题，也是影响零件精度的一个重要因素。《强力旋压工艺与设备》中介绍：在相同的工艺条件下，板坯越厚，则工件的回弹越大，如表 8-3 所示。

表 8-3　LY12 剪切旋压件半锥角回弹实例（$D_0 = 300mm$　$\psi_t = 50\%$）

| 毛坯厚度 $t_0$ | 10 | 20 | 30 |
|---|---|---|---|
| 半锥角回弹 | 20′ ~ 40′ | 50′ ~ 1° | 1°20′ ~ 2° |

在前期对 LD7 舱段蒙皮的旋压中，检测发现零件的壁厚公差很高（$6^{+0.2}_{0}$），圆度 0.5mm，但旋压后外形上存在回弹，半锥角回弹约 18′。对回弹的控制一般按照经验，但由于不同零件在材料、直径、厚度、旋压条件上的差异，回弹大小也不一样，甚至差异较大，所以经验只能作为参考，一般需要根据实际旋压的情况再返修模具角度，当角度回弹较大时，对模具的返修还可能会影响模具的强度。在试验研究中，采用有限元分析的方法，模拟出了回弹角度，作为解决回弹问题的一个有效办法。

（3）力学性能　为了使旋压蒙皮在型号上应用，首先它自身的强度应满足要求，其次，它与端框焊接（采用的是搅拌摩擦焊接）后的性能也应满足要求。为对比旋压蒙皮各种状态的性能，从旋压蒙皮上取了五种试样进行了相应的试验，结果如表 8-4 所示。

1）Ⅰ组：从旋压完的蒙皮上取样后直接加工试样进行试验。

2）Ⅱ组：取样后去应力时效，再加工试样进行试验。

3）Ⅲ组：取试板后退火、淬火，时效后加工试样。

4）Ⅳ组：取两块试板直接搅拌摩擦焊，去应力时效后加工试样检查焊缝性能。

5）Ⅴ组：取两块试板退火、淬火、时效后，搅拌摩擦焊，再加工试样检查焊缝性能。

表 8-4　旋压蒙皮各种状态试样的力学性能数据

| | 状　态 | 抗拉强度/MPa | 屈服强度/MPa | 延伸率（%） | 弹性模量/MPa |
|---|---|---|---|---|---|
| 1 | 不退火状态（Ⅰ组） | 253 | 210 | 9 | 68000 |
| 2 | 去应力时效状态（Ⅱ组） | 188 | 81 | 19 | 66000 |
| 3 | 淬火时效状态（Ⅲ组） | 415 | 335 | 11 | 61000 |
| 4 | 退火状态焊接再时效的焊缝性能（Ⅳ组） | 270 | 160 | 8 | 68000 |
| 5 | 淬火时效状态焊接去应力时效焊缝性能（Ⅴ组） | 396 | 250 | 8 | 67000 |

由表 8-4 可见，母材淬火时效状态的抗拉强度比较高（≥400MPa），另外，淬火时效状态焊缝的抗拉强度超过了母材的 92%，强度较高，满足焊接要求。另外，金相分析组织也很正常，满足了在产品使用的要求。总结上述铝合金旋压的关键技术要点如下：

1）合理的间隙：在旋压时，旋轮与模具之间的间隙以及毛坯的实际厚度、减薄率等之间有着非常重要的关系，旋压除符合剪切旋压的正弦规律之外。旋轮与模具之间的间隙过小时，旋压出的产品壁厚均匀性较差，锥形筒的大端部分壁厚会变得很薄；间隙过大时容易由拉应力导致旋压的产品发生开裂等缺陷。铝合金最后一道次旋压时，间隙与理论值的偏差一般不要超过 0.2mm。

2）模具表面：旋压模具的表面粗糙度对产品有着重要的影响，对于铝合金旋压模具，其材料根据旋压产品的批量，采用灰铸铁或者球墨铸铁（QT500～800）一般都能满足其 1000～5000 件的中小批量要求，模具的表面避免砂眼缺陷，同时表面粗糙度值 Ra 要高于 1.6。

3）旋压润滑：由于铝合金一般是退火后立即采用加热旋压的方式，零件及模具的散热速度快，旋压加工冷作硬化速度快，因此其旋压工艺参数转速、进给要合理，要求一般在 1h 内将产品旋压完毕。同时由于旋压的温度比较高，因此对旋轮材料及其润滑条件有着一定的影响，比如采用热作模具钢的旋轮材料、采用 $MnS_2$ 的润滑油，避免旋压力及温度过高时造成旋轮的开裂。

4）回弹控制：对于加热旋压的铝合金薄壁锥形零件，在达到极限减薄率进行最后一道次旋压时，如果没有普通旋压或者校形等措施，产品由于是热旋存在热战冷缩、线速度不均匀导致材料流动不均衡、减薄率过大等多种因素，很容易导致旋压完后的产品存在一定的回弹。旋压成形模拟回弹结果在半径方向尺寸回弹有 3.7～4mm 左右，没有实际的 5mm 那么大，主要是有限元的模拟模型与实际状况还存在一定的差别所致。解决回弹的有效措施一般包括：增加模具的旋压道次、强旋与普旋的有机结合、校正模具的回弹角度、采用热校形等多种方式解决。同时可以提高产品壁厚均匀性、直线度、圆度等。

## 8.3.5　薄壁半球壳塑性成形模拟对比应用

薄壁件如汽车覆盖件、机翼、导弹壳体等在汽车、航空、航天、船舶、家电、机械等行业有着广泛的应用，薄壁件的制造精度质量也是制造工艺研究的重点对象之一。

　　计算机辅助设计制造与工艺仿真等先进的手段为薄壁件的设计制造工艺提供了有利的保障，如在国外先进工业国家，板料成形的过程与回弹分析已应用于产品设计与模具制造的前期工作，在设计阶段通过仿真手段不断修正产品设计、模具的制造，避免了传统制造周期长、试验成本高的许多缺陷，缩短了产品研制周期的同时创造了较好的经济效益。这里以某铝合金薄壁半球壳的产品功能设计、塑性成形制造工艺过程的仿真为对象，通过设计工艺的计算机辅助 CAD \ CAE 仿真优化，通过对仿真结果与成熟经验的综合分析，为产品的设计与制造工艺方案的合理制定提供了有利的保障。

### 1. 产品结构功能

　　该薄壁铝合金半球壳其使用工况要求从如图 8-61 在外力作用下最终达到整体翻转所示的结果。对于该产品功能要求在使用过程中要具有良好的塑性，同时不容许存在破裂皱褶等致命缺陷，传统的设计思路普遍通过变壁厚尺寸、变长短轴外形截面（如椭圆形半球壳）或者是改变整个外部工作环境。显然通过改变系统的环境成本过高，而通过变尺寸或者是外形截面并不一定能够达到最终的目标。该产品使用过程中容易出现失稳和缺陷设计细节结构是该产品设计的关键，传统的通过改变壁厚尺寸和外形截面是无法实现最终产品的功能要求的，下述通过 CAE 软件进行仿真分析，并就如何依据 CAE 工艺仿真作为制定制造工艺最终方案进行说明。

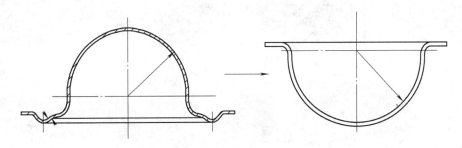

图 8-61　薄壁半球壳示意图

　　在利用有限元软件进行模拟时，一般有两种物理模型构建方式，即轴对称与整体模型。采用轴对称模型虽然其计算效率高，但是由于其数学模型对真实产品进行了过多的假设，而这些假设是不可忽视的，因而轴对称模型的计算精度难以有效的反应本质特征，而只能用于一般性宏观的发展趋势，如尺寸大小的影响、外形大的变化导致的发展趋势。而对于细节上的变化其分析难以有效，尤其是细节决定产品的整体性能的情况下，鉴于这种情况，工程中的分析一般都采用整体的模型进行分析，以获得必要的计算精度。这里在进行板料的冲压拉伸、超塑成形、旋压成形时所有的有限元模型均采用整体模型，并在分析过程中采用网格重划分来提高其计算精度。

　　由于产品为轴对称零件，产品在受外压的过程中，理论过程如图 8-62 所示。除制造精度影响外，产品容易出现三种情况，其一是出现失稳现象，其二是无法达到功能要求，其三由于轴对称的不可压缩性，无论多大的压力均无法实现最终的目的。图 8-63 所示说明了产品在受压过程中的几种屈曲模态，因此产品的方案设计上必须要避免屈曲模态出现的几种情况，而传统的设计思想无法避免这一缺陷。通过对产品的结构、材料性能、力学性能、工况等综合分析，对其根部的关键点进行细节缺陷设计是该产品设计的关键，要避开总是将达不到设计目标错误的将其归结于传统设计思路和制造精度（如壁厚的非均匀性等的非主要因素）的影响。该产品制造工艺无论采用等壁厚、变壁厚或者是变外形等方式，实现难度较大，周期和成本投入也较大。

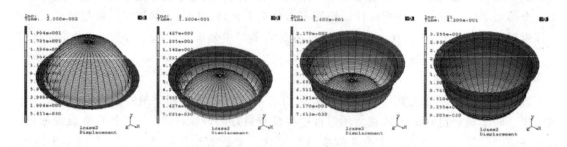

图 8-62　薄壁半球壳受外压的理论过程

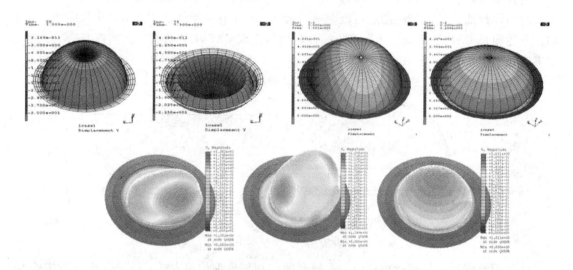

图 8-63　薄壁半球壳受压过程中的几种屈曲模态

由于该产品在其使用工况下其屈曲载荷系数非常接近 1.057/1.067/1.073，因而在改变截面或尺寸的状况下难以有效解决问题，从根部的人为缺陷设计出发可以有效解决这一难题。产品在使用过程中其载荷变化以及产品本身的特点是一个典型的综合非线性问题（几何非线性、材料非线性、工况非线性）。如采用橡胶大弹性材料，由于橡胶的储存寿命及其使用环境的限制，该产品不可采用。

**2. 产品工艺方案设计**

在解决产品设计思路和原理存在的潜在问题后，下一步是如何制定该产品的制造工艺方案。对于该产品的制造方案，如何一次将其确定正确对于投入研制成本是具有非常重要的意义的。不合理的制造工艺方案对于产品的开发周期成本有着致命的影响，尤其对于产品的制造难度较大且看似简单的产品表现更为明显。首先要实现产品的可成形性，然后解决其制造精度问题和这一批产品质量的一致稳定性问题，最后重点考虑制造周期与成本。

依据产品设计要求，初步制定出四种工艺成形方案，分别是采用精密车削高速铣削冷加工、传统的板料冲压成形、超塑成形、旋压成形。并结合工艺经验和数值模拟技术对成形过程进行仿真，结合产品质量效率和经济效益综合分析，以确定最终产品的成形方案。由于该产品使用过程中对其塑性要求要好，铸造无法达到使用时的塑性要求，因而不考虑此种方案。下述分别对这四种方案的经验与工艺仿真进行结合，从制造周期、成本、技术、可行性、隐患上一一分析进行对比得出最终成形方案。关于此半球壳体，写出工艺方案，并分析其技术难点、关键点和优缺点。

(1) 精密车削　可采用整体的锻造铝合金毛坯进行机械加工的方式。这种方式对于毛坯的浪费比较大，如果采用冲压后的毛坯进行加工，需要投入模具的成本。采用精密车削还需要投入精度和成本较高的车削或者铣削夹具，以有效地保证产品的形位精度和壁厚要求，从加工效率上讲也不是很划算，虽然通过机械加工的方式可以最终保证产品的最终精度要求，但由于采用冷加工的方式，对于毛坯的依赖性较大，不同的毛坯状态对最终产品的稳定性影响较大，尤其该产品的获取方式是通过最终获取毛坯的芯部材料组织的，因此从产品的质量稳定性控制上，这种方式存在很大的质量风险，而且产品的制造总成本和周期相对较长。因此这种方案只能作为备用的不合理方案之一。

(2) 冲压和车削　采用拉深模具对薄板进行拉伸成形的方式，在原材料上成本较低，相对机械加工的方式可大幅度节约原材料成本。由于铝合金类型较多，因此采用合适的牌号是非常重要的，既要保证产品性能，同时又要保证其工艺性可行，尤其要避免拉深时出现裂纹皱褶的情形。

半球形零件拉深时，一般在模具上需有环向梗进行压边，这样拉出的零件法兰边上也会有环向凹槽，不容易得到平整的法兰边。半球拉深是属于拉深和胀形的复合工艺，拉深过程中，材料同时包含拉伸和压缩的作用。对于半球拉深，采用压边圈、带凸缘时和较大的 R 角，由于材料流动过程中能够得到及时补充，有助于拉深成形的同时可以有效防止起皱。当材料的弹性模量大时，回弹小；当材料的强度高时，需要的拉深力大；材料的塑性好，则拉深的成形量大。

对于半球壳：由于其拉深系数为定值 0.71，与直径无关，因此其拉深工艺合理性主要取决于 $t/D$。当 $t/D > 0.03$ 时，不用压边圈即可一次拉深成形；当 $0.005 < t/D < 0.03$ 时，需要采用压边圈进行拉深；当 $t/D < 0.005$ 时，由于壳体容易失稳和起皱，需采用带拉深肋的凹模或反向拉深包括正反联合拉深。铝合金拉深系数 $m_1 = 0.52 \sim 0.58$，$m_2 = 0.7 \sim 0.8$，半球壳体的拉深系数为定值 0.71，该产品的 $t/D$ 为 0.0067，因而该产品通过带压边圈可以一次拉深成形。压边圈对于产品的最终成形厚度和拉伸质量有着重要的影响，压紧力过大，材料流动得不到有效的补充，容易导致过渡减薄从而产生开裂；过小时，材料流动过快，容易起皱。图 8-64 所示分别为采用不同的摩擦边界条件下，对该产品进行拉伸成形过程模拟示意图，从图中可以看出，不同的边界条件对产品的成形效果是不同的，从而可以有效指导实际科研生产。

由于拉深工艺与产品的结构形式（拉深系数）、材料的组织性能、$t/D$ 值、压边圈的形式（防皱梗）、润滑条件、拉深速度、模具间隙、拉深方式、R 角（包括模具的 R 圆角）等多种因素相关（弹性拉深、脉动拉深）。当润滑条件好时，有助于改善金属材料流动而有利于成形；对于一般简单零件的拉深，拉深速度对产品影响不大；但是对于复杂零件或者钛合

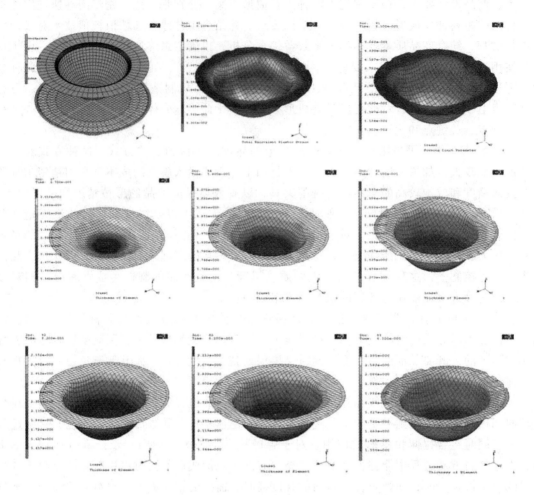

图 8-64　不同的摩擦边界条件下拉伸成形过程模拟

金、不锈钢等材料的拉深，速度过大，容易导致局部变形开裂。

对于相同厚度的铝合金的板料，不同的摩擦系数导致压边力的大小不同，导致拉伸出产品的厚度不一致，压边力过大，容易引起拉伸减薄超过材料塑性极限出现裂纹，厚度不均匀性增大；压边力过小，容易引起皱褶而导致产品无法使用。图 8-64 中为采用 MSC. Marc 软件对 3mm 厚的铝合金薄板进行拉伸模拟，采用不同的摩擦系数来模拟压边力的大小。

图 8-64 为其拉伸过程中的材料流动情况，不同时刻壁厚分布情况，拉伸成形区域和等效塑性应力应变，以及拉伸后的回弹。如图 8-65 所示，从模拟最终成形情况来看，控制合适的压边力大小是非常关键的，且这种方式也可以满足椭圆半球壳的成形。因此，这种工艺方案可以满足该产品的需求，在端面根部的缺陷设计的制造上可通过车削或铣削的方式解决。

（3）超塑成形　超塑成形是目前在航空航天应用比较普遍的一种新型工艺，由于可以充分利用金属材料在高温下的超塑性性能，超塑成形后的产品精度高，原材料成本低。在钛合金、铝合金的薄壁及其加强肋复合扩散连接方面的应用比较普遍，可以制造复杂的零件。国内目前在这方面的应用处于推广阶段，主要原因是需要一套较复杂的模具，包括各种进气

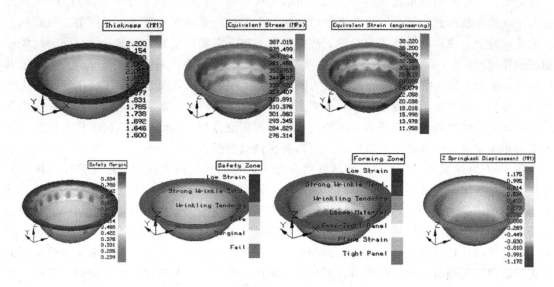

图 8-65　半球壳拉伸成品有限元模拟分析结果

管道、出气管道、加热装置等，不稳定因素多，工装成本较高。图 8-66 为在 MSC.Marc 软件中对铝合金板料的超塑成形进行模拟，以探讨其工艺性是否满足复合半球壳成形的需要。

从图中模拟的结果来看，超塑成形较冲压有相似之处，由于其利用的产品的热力学性能，因而在产品的壁厚控制和裂纹预测来看，较冲压成形有一些优势，主要还是由于冲压拉伸为常温状态下的成形，而超塑是在一定温度下充分利用的材料的热性能成形。可以将其推广到板料加热拉伸场合，进一步提高拉伸产品的质量合格率。

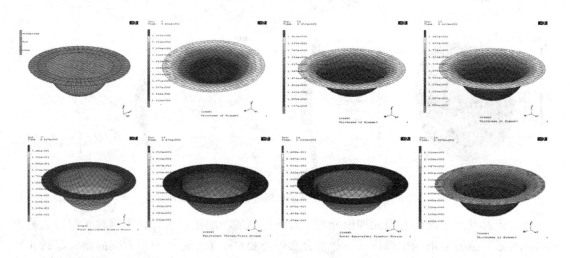

图 8-66　薄壁半球壳超塑成形过程有限元分析

（4）旋压车削　采用薄板旋压成形为半球壳也是科研生产常用的手段之一。旋压可以在数控车床上进行，也可以在专门的旋压机床上进行。旋压有两种方法，一是普通（拉深）旋压，旋压过程中旋轮与芯模的间隙等于材料厚度。根据试验和了解的情况，这种方法毛坯容易起皱；二是采用强旋加普旋的方法，可以先将毛坯一次旋压到半球体上锥角为30°的部位，厚度最小减薄到毛坯的一半，再普通旋压成形。这种方法不易失稳。采用第二种旋压方法的毛坯简单，成形的设备条件简单。缺点是强力旋压需要控制好旋轮与芯模之间的间隙按照正旋律（$t_1 = t_0 \times \sin\alpha$，$\alpha$ 为半锥角）变化，即从中心开始，间隙要由3mm逐渐变化到1.5mm，由于工装的跳动及操作过程中的误差，怎样很好地控制而且不损坏机床还需要进行试验；旋到一定程度后，普通旋压时需要多次进给，逐渐收料，旋轮的轨迹一般应采用渐开线轨迹，旋压的次数、轨迹等参数需要进行必要的理论分析。另外，旋压时零件与模胎可能不贴合影响精度，怎样减小贴合间隙，也需要在试验中摸索。

图8-67为在MSC.Marc中对该薄壁铝合金半球壳的旋压成形进行有限元模拟分析以验证该方案是否可行，从模拟分析的结果来看该壳体在旋压过程中很容易出现失稳的现象，这主要是由于产品的薄壁性导致旋压过程的受力不均匀性造成的。在工程实际应用中，常借助辅助手段如外边加上挡料板、芯部采用与模具接触区域通过预成形的手段，来扩大初始接触面；或者采用特种预制毛坯，来避免该产品在旋压过程中的失稳现象。由于采用数控旋压的方式，其精度控制可以比较好调节，但是由于毛坯与模具的间隙要求影响了调整的范围，因而相对控制难度较大。通过各种试验的精确控制，采用旋压方式是可以将该产品制造成形的，但是相对于拉伸成形，其技术成熟度与国外相比尚有一定差距。

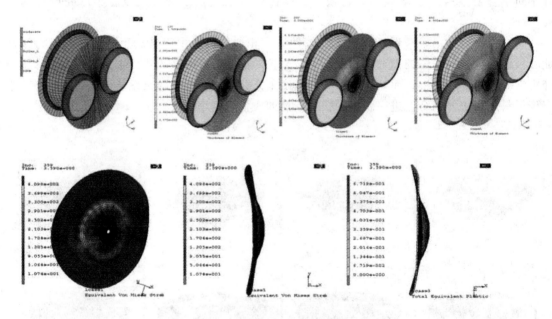

图8-67　薄壁半球壳旋压成形过程有限元模拟分析

通过产品使用工况的有限元理论分析，对该产品的功能进行设计，同时对其制造工艺方案的成形过程进行有限元模拟仿真，并结合实际经验对于该产品的成形方案的制定起到非常好的指导作用，从技术进步和经济效益综合考虑出发，同时结合企业自身的特点选择合适的方案是非常有意义的。表8-5为几种成形方案的最终对比，从表中可以看出，在原材料利用率上，精密车削加工成本最高、在工艺装备投入上超塑成形成本最高，因而该产品的成形方案优先选择冲压成形或旋压车削，其次为超塑成形，最次为精密车削。

表 8-5　铝合金半球壳成形方案工艺性对比分析

| | 精密车削 | 冲压车形 | 超塑成形 | 旋压车削 |
|---|---|---|---|---|
| 原材料成本 | 很高 | 较低 | 较低 | 较低 |
| 工艺装备 | 很高 | 一般 | 很高 | 一般 |
| 制造周期 | 很长 | 很短 | 一般 | 一般 |
| 工艺性 | 不好 | 较好 | 一般 | 较好 |
| 可行性 | 一般 | 较好 | 一般 | 一般 |
| 优先性 | 4 | 1 | 3 | 2 |

## 8.4　塑性成形工艺问题对策

塑性成形产品质量不仅与材料本身的特性相关，与模具设计结构以及模具成形时的工艺技术参数有紧密的关系。在模具设计合理的前提下，塑性成形的工艺对保证产品的质量起着决定性的作用。下面对产品注塑、铸造塑性成型过程中的典型质量问题及其解决措施进行简要介绍说明。

### 8.4.1　注塑成型典型工艺问题及其对策

塑性成形的工艺过程控制对产品的成型质量、效率、成本等方面的影响非常大，下面对注塑成型过程中常见的质量问题进行分析，并给出相应的对策进行说明，其他的拉深成形、铸造成型等方面的对策分析方法与此雷同。目的主要针对目前成型品产生不良原因加以分析判断，在成型机、模具及原料方面提供参考因素有效地控制问题的产生，降低生产成本。注塑成型的主要质量问题及其对策分别如下：

（1）起疮　起疮的原因分析如表 8-6 所示。起疮是成品表面，以浇口为中心有很多银白色的条痕，基本上是顺着原料的流动方向产生的。这种现象是许多不良条件累积后发生的，有时要找到真正的原因很困难。其原因分析与控制措施分析如下：

1）原料中如果有水分或其他挥发成分，未充分烘干，则表面上就会产生很多银条。

2）原料中偶然混入其他原料时，也会形成起疮，其形状呈云母状或针点状，容易与其他原因造成的起疮分别。

3）原料或料管不清洁时，也容易发生这种情况。

4）射出时间长，初期射入到模穴内的原料温度低，固化的结果使挥发成分不能排除，尤其对温度敏感的原料，常会出现这种状况。

5）如果模温低，则原料固化快也容易发生该状况，使挥发成分不会排除。

6）模具排气不良时，原料进入时气体不易排除，会产生起疮，像这种状况，成品顶部往往会烧黑。

7）模具上如果附着水分，则充填原料带来的热将其蒸发，与熔融的原料融合，形成起疮，呈蛋白色雾状。

8）胶道冷料窝有冷料或者偏小，射出时，冷却的原料带入模穴内，一部分会迅速固化形成薄层，刚开始生产时模温低也会形成起疮。

9）原料在充填过程中，因模穴面接触部分急冷形成薄层，又被后面的原料融化分解，形成白色或污痕状，多见于薄壳产品。

10）充填时，原料成乱流状态，使原料流径路线延长，并受模穴内结构的影响产生摩擦加之充填速度比原料冷却速度快，浇口位置处于肋骨处或者偏小，容易产生起疮，成品肉厚急剧化的地方也容易产生起疮。

11）浇口以及流道小或变形，充填速度快，瞬间产生摩擦使温度急剧上升，造成原料分解。

12）原料中含有再生料，未充分烘干，射出时分解，则产生起疮。

13）原料在料管中停留时间久，造成部分过热分解。

14）背压不足，卷入空气（压缩比不足）。

**表 8-6　起疮原因分析**

| 类　型 | 原 因 分 析 |
|---|---|
| 成型机 | 塑化能力差、树脂过热分解、射出压力高、背压不足 |
| 模具 | 排气不良、模具温度低、冷料窝小、浇口小、模具表面有水分、模具型腔差 |
| 原料 | 烘干不足、混料 |

（2）会胶线　会胶线产生的主要原因如表 8-7 所示。会胶线是原料在合流处产生细小的线，由于没完全融合而产生的。表现在成品正、反面都在同一部位上出现细线，如果模具的一方温度高，则与其接触的会胶线比另一方浅。其控制措施如下：

1）提高原料温度，增加射出速度，则会胶线减小。

2）提高模具温度，使原料在模具内的流动性增加，则原料会合时，温度较高，使其会胶线减小。

3）浇口的位置决定会胶线的位置，基本上会胶线的位置会和进胶方向一致。

4）模具中间有油或其他不易挥发成分，则它们集中在结合处融合不充分而成会胶线。

5）受模具结构的影响，完全消除会胶线是不可能的，所以调机时不要约束在去除会胶线方面，而是将会胶线控制在最小限度，这一点更为重要。

**表 8-7　会胶线原因分析**

| 类　型 | 原 因 分 析 |
|---|---|
| 成型机 | 原料温度低、流动性差、保压高、保压时间长、射出压力低、射出速度慢、冷却时间短 |
| 模具 | 模具温度低、模具温差大、冷却不均匀、脱模不良、排气不良、浇口流道小 |
| 原料 | 原料流动性差、粘度大、固化速度快 |

（3）气泡　气泡原因分析如表 8-8 所示。气泡是在成品壁厚处的内部所产生的空隙，不透明的产品不能从外面看到，必须将其刨开后才能见到。壁厚处的中心是冷却最慢的地方，因此迅速冷却，快速收缩的表面会将原料拉引起来产生空隙，形成气泡。避免气泡产生的控制措施如下：

1）射出压力尽可能高，减少原料收缩。

2）成型品上肉厚变化急剧时，各部分冷却速度不同，容易产生气泡。

3）由于停滞空气的原因而产生气泡。

4）浇口过小，成品肉厚变化快。

5）在浇口固化前，必须保持充分的压力。

**表 8-8　气泡原因分析**

| 类　　型 | 原　因　分　析 |
|---|---|
| 成型机 | 原料温度高、气泡、射出压力低、保压低、保压时间短、原料温度低、冷却时间长 |
| 模具 | 模具温度低、模具排气不良、浇口流道小 |
| 原料 | 烘干不足、收缩率大 |

（4）翘曲　翘曲原因分析如表 8-9 所示，翘曲是在塑料射出时，模具内树脂受到高压而产生内部应力，脱模后，成品两旁出现变形弯曲，薄壳成型的产品容易产生变形。

1）成型品还没有充分冷却时，进行顶出，通过顶针对表面施加压力，所以会造成翘曲或变形。

2）成型品各部冷却速度不均匀时，冷却慢收缩量加大，薄壁部分的原料冷却迅速，粘度提高，引起翘曲。

3）模具冷却水路位置分配不均匀，需变更温度或使用多部模温机调节。

4）模具水路配置较多的模具，最好用模温机分段控制，已过到理想温度。

**表 8-9　翘曲原因分析**

| 类　　型 | 原　因　分　析 |
|---|---|
| 成型机 | 原料温度低、流动性差、保压高、保压时间长、射出压力高、射出速度慢、冷却时间短 |
| 模具 | 模具温度低、模具温差大、冷却不均匀、脱模不良 |
| 原料 | 原料流动性差、粘度大 |

（5）流痕　流痕原因分析如表 8-10 所示，流痕是原料在模穴内流动时，在成品表面上出现以浇口为中心的年轮状细小的皱纹现象。避免皱纹产生的控制措施如下：

1）增加原料温度以及模具温度，使原料容易流动。

2）充填速度慢，则在充填过程中温度下降，而发生这种现象。

3）如果灌嘴过长，则在灌嘴处温度下降，因此，冷却的原料最先射出，发生压力下降，而造成流痕。

4）冷却窝小，射出初期，温度低的原料被先充填造成流痕。

**表 8-10　流痕原因分析**

| 类　　型 | 原　因　分　析 |
|---|---|
| 成型机 | 原料温度低、流动性差、射出压力小、保压不足、保压时间短 |
| 模具 | 模具温度低、模具冷却不当、浇口过小、冷料窝存储小 |
| 原料 | 原料流动性差、粘度大 |

（6）欠肉　成品未充填完整，有一部分缺少的状态。原因分析归纳如表 8-11 所示，作为其原因认为有以下几点：

1）成品面积大，机台射出容量和可塑化能力不足，此时要选择能力大的机台。

2）模具排气效果不佳，模穴内的空气如果没有在射出时排除，则会由于残留空气的原因而使充填不完整，有时产生烧焦现象。

3）模穴内，原料流动距离长，或者有薄壁的部分，却在原料充填结束前冷却固化。

4）模具温度低，也容易造成欠肉，但是提高模温，则冷却时间延长，造成成型周期时间也延长，所以，必须考虑从与生产效率相关角度来决定适当的模温。

5）熔融的原料温度低或射出速度慢，原料在未充满模穴之前就固化而造成短射的现象。

6）灌嘴孔径小或灌嘴长，要提高灌嘴温度，减小其流动的阻力，灌嘴的选择尽可能短，若选择灌嘴孔径小或灌嘴长的，则不仅使其流动的磨擦阻力加大，而且由于阻力的作用会使速度减慢，结果原料提前固化。

7）成品模穴数量较多，流量不平衡，要调整浇口的大小来控制，浇口小，模穴阻力大，往往会欠肉，如有热胶道系统，也可单独调整某欠肉模穴温度来控制。

8）射出压力低，造成充填不足。

表 8-11　欠肉原因分析

| 类　　型 | 原 因 分 析 |
|---|---|
| 成型机 | 计量不足、射出压力低、原料温度低、射出速度慢、溢料、射出时间短 |
| 模具 | 排气不良、浇口小或变形、模具温度低、浇口位置不当、模具冷却不当 |
| 原料 | 原料流动性差、粘度过大 |

（7）毛边　成品出现多余的塑料现象，多在于模具的合模处，顶针处，滑块处等活动处产生的毛边，其原因分析如下表 8-12 所示。

1）滑块与定位块如果磨损，则容易出现毛边。

2）模具表面附着异物时，也会出现毛边。

3）锁模力不足，射出时模具被打开，出现毛边。

4）原料温度以及模具温度过高，则粘度下降，所以在模具仅有间隙上也容易产生毛边。

5）料量供给过多，原料多余射出产生毛边。

表 8-12　毛边原因分析

| 类　　型 | 原 因 分 析 |
|---|---|
| 成型机 | 计量多、射出压力高、原料温度高、射出速度快、锁模力过小、保压压力高、射出时间长 |
| 模具 | 合模面不良、型腔损伤、模具温度高、模具刚性差、滑动配合间隙差、模具间隙差 |
| 原料 | 原料流动性不好、粘度过低 |

（8）缩水　缩水产生的原因分析归纳如表 8-13 所示。由于体积收缩，壁厚处的表面原料被拉入，固化时在成品表面出现凹陷痕迹。缩水是成品表面所发生的不良现象中最多的，大多发生于壁厚处。一般如果压力下降，则收缩机率就会较大。缩水预防措施如下：

1）模具设计时，就要考虑去除不必要的厚度，一般必须尽可能使成型品壁厚均匀。

2）如果成型温度过高，则壁厚处，肋骨处或凸起处反面容易出现缩水，这是因为容易冷却的地方先固化，难以冷却的部分的原料会朝那儿移动，尽量将缩水控制在不影响成品质量的地方。

3）一般降低成型温度和模具温度来减少原料的收缩，但会增加压力。

（9）脱模不顺　脱模不顺产生的原因分析如表 8-14 所示。表现在模具打开时成品附在动模上脱模，顶出时，顶破或顶凸成品。如果模具不良，会粘于静模。脱模不顺的原因分析如下：

表 8-13　缩水原因分析

| 类　型 | 原　因　分　析 |
|---|---|
| 成型机 | 射出时间短、保压低、射出压力低、冷却时间短、原料温度高、计量不足 |
| 模具 | 模具温度高、浇口小、模具结构设计不当、顶针不适当 |
| 原料 | 原料收缩率大 |

1）模具排气不良或无排气槽（排气槽位置不对或深度不够）造成脱模不顺利。

2）射出压力过高，则变形大，收缩不均匀，难以脱模。

3）调节模具温度，对防止脱模不顺有效，使成型产品冷却收缩后，以便于脱模，但是，如果收缩过度，则在动模上不易脱模，所以，必须保持最佳模温。一般动模模温比静模模温高出 5~10℃左右，视实际状况而定。

4）灌嘴与胶口的中心如果对不准，孔偏移或灌嘴孔径大于胶道孔径，均会造成脱模不顺。

表 8-14　脱模不顺原因分析

| 类　型 | 原　因　分　析 |
|---|---|
| 成型机 | 原料温度高、射出压力高、射出时间长、保压时间长、冷却时间短、保压高 |
| 模具 | 脱模角过小、模具温度高、排气不良、冷却不均匀、射口偏大或偏移 |
| 原料 | 原料过湿、流动性不足、收缩率小 |

## 8.4.2　铝合金压力铸造工艺对策

铝合金是汽车上应用最快和最广的轻金属，因为铝合金本身的性能已经达到质量轻、强度高、耐腐蚀的要求。铝合金通过强化合金元素其强度大大提高，由于质轻、散热性好等特性，完全满足了发动机活塞、气缸体、气缸盖在恶劣环境下工作的要求。铝合金气缸体、气缸盖压铸成型技术可以提高净化、精炼、细化、变质等材质的质量，使得铝铸件质量达到一致性和稳定性。由于铝合金密度低，强度性能与灰铸铁相近，韧性却高于灰铸铁，且有良好的铸造性能。因此，扩大铝合金应用可以明显地减轻汽车自重，这是汽车行业激烈竞争所迫切需要的措施。下面重点对铝合金发动机缸体的压铸成型和铝合金水冷双层排气管的消失模铸造成型工艺过程中的关键核心技术、铸造的质量问题及其处理措施等进行了简要介绍，希望对读者有借鉴作用。

发动机零部件的铸造在我国制造业中是难度较高的基础制造技术。发动机缸体缸盖铸造成功率低，设计和机械加工难度大。压铸是最先进的金属成型方法之一，是实现少切屑和无切屑的有效途径，应用很广，发展很快。目前压铸合金不再局限于有色金属的锌、铝、镁和铜，而且也逐渐扩大用来压铸铸铁和铸钢件。压铸件的尺寸和质量，取决于压铸机的功率。由于压铸机的功率不断增大，铸件尺寸可以从几毫米到 1~2m；质量可以从几克到数十公斤。国外可压铸直径为 2m、质量为 50kg 的铝铸件。

随着铸造的精密性、质量与可靠性、经济、环保等要求越来越高，压力铸造已从单一的加工工艺发展成为新兴的综合性的先进工艺技术。铸造的另外一种先进技术——消失模铸造，消失模铸造的特点符合新世纪铸造技术发展总趋势，消失模成型工艺可实现无余量、精确成型，完全清洁生产，具有产品结构设计自由度大等特点。其不用起模、合模；无砂芯、组芯铸件的尺寸精度高、表面粗糙度值低、对工人要求低，劳动条件好等特点。

**1. 铝合金发动机缸体压铸成型**

摩托艇铝合金发动机是在特殊环境下工作的，因此其材料需要具有耐磨、抗热、抗变形等特点，所以设计选材具有一定的难度。铝合金发动机缸体结构尺寸小、内外部型腔结构复杂，尺寸精度高；同时其使用转速高（10000r/min）、功率大等特点对发动机缸体的铸造提出了更高的要求。该发动机缸体采用的为高磷铸铁镶缸套，在压铸时，嵌入到缸体一次成型后进行精密机械加工。缸套的厚度为2mm，机械加工后保证最小壁厚不小于1.5mm。上下缸体均为压铸铝合金ADC12（LY12），热处理时效为170℃、保温16h；力学性能要求抗拉强度大于280MPa，延伸率不小于2%，弹性模量大于65GPa。图8-68和图8-69所示为该高速发动机缸体及其压铸模具的结构设计。

图8-68 铝合金高速发动机缸体

 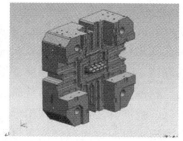 

图8-69 发动机缸体压铸模具的结构设计

**2. 铝合金发动机缸体压力铸造工艺性能**

压铸铝合金缸体铸造工艺性能是指在充满铸型、结晶和冷却过程中表现最为突出的性能的综合，如流动性、收缩性、气密性、铸造应力、吸气性等。铝合金这些特性取决于合金的成分，但也与铸造因素、合金加热温度、铸型的复杂程度、浇冒口系统、浇口形状等有关。

流动性是指合金液体充填铸型的能力。流动性的大小决定合金能否铸造复杂的铸件。在铝合金中，共晶合金的流动性最好。影响流动性的因素很多，主要是成分、温度以及合金液体中存在金属氧化物、金属化合物及其他污染物的固相颗粒，但外在的根本因素为浇注温度及浇注压力的高低。实际生产中，在合金已确定的情况下，除了强化熔炼工艺外，还必须改善金属型模具排气及温度，并在不影响铸件质量的前提下提高浇注温度，保证合金的流动性。

收缩性是铝合金缸体铸造的主要特征之一。一般来讲，合金从液体浇注到凝固，直至冷却，共分为三个阶段，分别为液态收缩、凝固收缩和固态收缩。合金的收缩性对铸件质量有决定性的影响，它影响着铸件的缩孔大小、应力的产生、裂纹的形成及尺寸的变化。通常铸件收缩又分为体收缩和线收缩，在实际生产中，一般应用线收缩来衡量合金的收缩性。铝合金收缩大，铝铸件产生裂纹与应力的趋向也越大；冷却后铸件尺寸及形状变化也越大。

缩孔和疏松是缸体铸件的主要缺陷之一，产生的原因是液态收缩大于固态收缩。生产中发现，铸造铝合金凝固范围越小，越容易形成集中缩孔，凝固范围越宽，越易形成分散性缩孔，因此，在设计中必须使铸造铝合金符合顺序凝固原则，即铸件在液态到凝固期间的体收缩应得到合金液的补充。对易产生分散疏松的铝合金铸件，冒口设置数量比集中缩孔要多，并在易产生疏松处设置冷铁，加大局部冷却速度，使其同时快速凝固。

缸体铸件热裂纹的产生，主要是由于铸件收缩应力超过了金属晶粒间的结合力，大多沿晶界产生。从裂纹断口观察，可见裂纹处金属往往被氧化，失去金属光泽。裂纹沿晶界延伸，形状呈锯齿形，表面较宽，内部较窄，有的则穿透整个铸件的端面。不同铝合金铸件产生裂纹的倾向也不同，这是因为铸铝合金凝固过程中开始形成完整的结晶框架的温度与凝固温度之差越大，合金收缩率就越大，产生热裂纹倾向也越大。即使同一种合金也因铸型的阻力、铸件的结构、浇注工艺等因素产生热裂纹倾向也不同。生产中常采用退让性铸型，或改进铸铝合金的浇注系统等措施，使铝铸件避免产生裂纹。

铝合金缸体气密性是指腔体型铝铸件在高压气体或液体的作用下不渗漏程度，气密性实际上表征了铸件内部组织致密与纯净的程度。铸铝合金的气密性与合金的性质有关，合金凝固范围越小，产生疏松倾向也越小，同时产生析出性气孔越小，则合金的气密性就越高。同一种铸铝合金的气密性好坏，还与铸造工艺有关，如降低铸铝合金浇注温度、加快冷却速度以及在压力下凝固结晶等，均可使铝铸件的气密性提高。

缸体铸造应力包括热应力、相变应力及收缩应力三种。各种应力产生的原因不尽相同。热应力是由于铸件不同的几何形状相交处断面厚薄不均，冷却不一致引起的。在薄壁处形成压应力，导致在铸件中残留应力。相变应力主要是铝铸件壁厚不均，不同部位在不同时间内发生相变所致。收缩应力是铝铸件收缩时受到铸型、型芯的阻碍而产生拉应力所致。这种应力是暂时的，铝铸件开型时会自动消失。但开型时间不当，则常常会造成热裂纹，特别是金属型压铸的铝合金往往在这种应力作用下容易产生热裂纹。铸铝合金件中的残留应力降低了合金的力学性能，影响铸件的加工精度。铝铸件中的残留应力可通过自然时效处理消除。

压铸铝合金缸体易吸收气体是铸造铝合金的主要特性。液态铝及铝合金的组分与炉料、有机物燃烧产物及铸型等所含水分发生反应，而产生的氢气被铝液体吸收所致。铝合金熔液温度越高，吸收的氢也越多；在700℃时，每100g铝中氢的溶解度为0.5~0.9，温度升高到850℃时，氢的溶解度增加2~3倍。当含碱金属杂质时，氢在铝液中的溶解度显著增加。

铸铝合金除熔炼时吸气外，在浇入铸型时也会产生吸气，进入铸型内的液态金属随温度下降，气体的溶解度下降，析出多余的气体，有一部分逸不出的气体留在铸件内形成气孔，这就是通常称的"针孔"。气体有时会与缩孔结合在一起，铝液中析出的气体留在缩孔内。若气泡受热产生的压力很大，则气孔表面光滑，孔的周围有一圈光亮层；若气泡产生的压力小，则孔内表面多皱纹具有缩孔的特征。铸铝合金液中含氢量越高，铸件中产生的针孔也越多。铝铸件中针孔不仅降低了铸件的气密性、耐蚀性，还降低了合金的力学性能。要获得无气孔或少气孔的铝铸件，关键在于熔炼条件。若熔炼时，添加覆盖剂保护，合金的吸气量大为减少。对铝熔液作精炼处理，可有效控制铝液中的含氢量。

缸体采用真空压铸后可以进行热处理，而高压压铸的铸件一旦热处理就会鼓包。一般高压压力铸造（俗称压铸）的铝合金件不能进行 T6 处理（固溶处理 + 完全人工时效），但低压铸造产品是可以 T6 处理的。挤压或液态冲压的铝合金件可以进行 T6 处理；少数半固态压铸的铝合金件也可以进行 T6 处理。固溶处理就是淬火，具体是铝合金中合金元素都能溶于铝，形成以铝为基的固溶体，它们的溶解度都随温度下降而降低。将铝合金加热至较高温度，保温后急速冷却，可获得过饱和固溶体，这就是铝合金固溶处理。过饱和固溶体在常温下放置或在高于常温下保温，将发生脱溶沉淀过程，形成强化相，大幅度提高合金强度。ADC12 或 A380 高压铸造的铝合金产品，一般不进行 T6 处理，但可进行低温时效应力均化处理。表 8-15 所示为常用压铸铝合金的力学性能。

表 8-15　压力铸造用铝合金的力学性能（JIS）

| 合　　金 | $\sigma_b$/MPa | $\sigma_{0.2}$/MPa | $\delta$（%） | $\alpha_k$/kJ·m$^{-2}$ | 疲劳强度 $\sigma_{-1}$/MPa |
|---|---|---|---|---|---|
| ADC1 | 240 | 145 | 1.8 | 56 | 130 |
| ADC3 | 295 | 170 | 3 | 144 | 125 |
| ADC5 | 280 | 185 | 7.5 | 144 | 140 |
| ADC10 | 295 | 170 | 2 | 85 | 140 |
| ADC12 | 295 | 185 | 2 | 81 | 140 |

### 3. 铝合金发动机缸体压铸成型工艺

缸体压力铸造的实质是在高压作用下，使液态或半液态金属以较高的速度充填压铸模具型腔，并在压力下快速成型凝固，以获得优质铸件的高效率铸造方法。它的基本特点是高压（5～150MPa）和高速（5～100m/s）。充填时间很短，一般在 0.01～0.2s 范围内。压铸的主要特点是生产率高，平均每小时可压铸 50～500 次，可进行半自动化或自动化的连续生产。产品质量好，尺寸精度高，强度比砂型铸造高 20%～40%。但压铸设备投资大，制造压铸模费用高、周期长，只宜于大批量生产。生产中多用于压铸铝、镁及锌合金。与其他缸体铸造方法相比，缸体压铸有以下三方面优点：

1）产品质量好：缸体铸件尺寸精度高，一般相当于 6～7 级，甚至可达 4 级；表面粗糙度好，一般相当于 5～8 级；强度和硬度较高，强度一般比砂型铸造提高 25%～30%，但延伸率降低约 70%；尺寸稳定，互换性好；可压铸薄壁复杂的铸件。例如，当前锌合金压铸件最小壁厚可达 0.3mm；铝合金铸件可达 0.5mm；最小铸出孔径为 0.7mm；最小螺距为 0.75mm。

2）生产效率高：例如国产 J Ⅲ 3 型卧式冷空压铸机平均 8h 可压铸 600～700 次，小型热室压铸机平均每 8h 可压铸 3000～7000 次。压铸模具寿命长，一套压铸模压铸铝合金，寿命可达几十万次，甚至上百万次。

3）经济效果优良：由于缸体压铸件具有尺寸精确、表面光洁等优点，一般不再进行机械加工而直接使用。所以既提高了金属利用率，又减少了大量的加工设备和工时；既节省装配工时，又节省金属。

缸体压力铸造采用的设备是冷室压铸机。压铸机可分为热室压铸机和冷室压铸机两大类，冷室压铸机又可分为立式和卧式等类型，但它们的工作原理基本相似。卧式冷室压铸机用高压油驱动，合型力大，充型速度快，生产率高，应用广泛。

在缸体压铸生产中，压铸机、压铸合金和压铸模具是三大要素。压铸工艺则是将三大要素作有权的组合并加以运用的过程。压铸成型过程中，其填充压力和填充速度、浇注温度、填充时间、开型时间对压铸件的质量是最为关键的部分，生产过程中要使各种工艺参数满足压铸生产的需要。压力和速度的选择在压射比压的选择上，应根据不同合金和铸件结构特性确定。对充填速度的选择，一般对于厚壁或内部质量要求较高的铸件，应选择较低的充填速度和高的增压压力；对于薄壁或表面质量要求高的铸件以及复杂的铸件，应选择较高的比压和高的充填速度。表 8-16 所示为常用压铸合金的压铸比压。

表8-16　常用压铸合金的比压　（单位：kPa）

| 合　　金 | 铸件壁厚＜3mm | 铸件壁厚＞3mm | 结构简单 | 结构复杂 |
|---|---|---|---|---|
| 锌合金 | 30000 | 40000 | 50000 | 60000 |
| 铝合金 | 30000 | 35000 | 45000 | 60000 |
| 镁合金 | 30000 | 40000 | 50000 | 60000 |
| 铝镁合金 | 30000 | 40000 | 50000 | 65000 |
| 铜合金 | 50000 | 70000 | 80000 | 90000 |

浇注温度是指从压定进入型腔时液态金属的平均温度，由于对压室内的液态金属温度测量不方便，一般用保温炉内的温度表示。浇注温度过高，收缩大，使铸件容易产生裂纹、晶粒粗大、还能造成粘型。浇注温度过低，易产生冷隔、表面花纹和浇不足等缺陷。因此浇注温度应与压力、压铸模具温度及充填速度同时考虑。在连续生产中，压铸模具温度往往升高，尤其是压铸高熔点合金，升高很快。温度过高除使液态金属产生粘型外；铸件冷却缓慢，使晶粒粗大。因此在缸体压铸模具温度过高时，应采期冷却措施。通常用压缩空气、水或化学介质进行冷却。

充填时间和开型时间长短取决于铸件的体积大小和复杂程度。对大而简单的铸件，充填时间要相对长些，对复杂和薄壁铸件充填时间要短些。充填时间与内浇口的截面积大小或内浇口的宽度和厚度有密切关系，必须正确确定。从液态金属充填型腔到内浇口完全凝固时，继续在压射冲头作用下的持压时间的长短取决于铸件的材质和壁厚。从压射终了到持压后压铸打开的开型时间过短，由于合金强度尚低，可能在铸件顶出和自压铸模具落下时引起变形；但开型时间太长，则铸件温度过低，收缩大，对抽芯和顶出铸件的阻力也较大。

一般开型时间按铸件壁厚 1mm 需 3s 计算，然后经试验调整。压铸过程中，为了避免缸体铸件与压铸模具焊合，减少铸件顶出的摩擦阻力和避免压铸模具过分受热而采用涂料。另外缸体压铸过程中所使用的涂料要求在高温时，具有良好的润滑性；挥发点低，在 100 ~ 150℃时，稀释剂能很快挥发；对压铸模具及压铸件没有腐蚀作用；性能稳定，在空气中稀释剂不应挥发过快而变稠；在高温时，不会析出有害气体；不会在压铸模具腔表面产生积垢。

### 4. 铝合金发动机缸体模具压铸成型

缸体压铸模具主要由动型部分和定型部分两个大部分组成。定型固定在压铸机的定型座板上，由浇道将压铸机压室与型腔连通。动型随压铸机的动型座板移动，完成开合型动作。图 8-70 所示为压铸该高速发动机缸体的模具及其在冷室压铸机上的安装实物图。该模具采用六面抽芯的结构，主要由定模部分、动模部分、成型部分、浇注系统、抽芯机构、顶出机构、排气系统、加热保温装置、定位导向系统等几部分组成。压铸模具材料选用 3Cr2W8V 和 H13，抽芯棒可采用钛合金或高温合金，热处理后其硬度可以达到 45HRC 以上，表面通过氮化处理后，压铸模具的寿命可达到 10 万次以上。现将该高速发动机缸体压铸过程中暴露的质量问题和相对应的解决措施介绍如下。

图 8-70  发动机缸体的模具及其在冷室压铸机上的安装实物图

1）缸体压铸模具拔模斜度设计不合理导致抽芯时，气道、油道等深孔发生脱模困难、孔口出现裂纹等现象。对部分深孔用的插销采用钛合金材料，同时加大拔模斜度可有效解决了这类问题。

2）在缸套镶嵌压铸时，由于采用冷铁材料，压铸过程中出现冷作硬化等导致缸套开裂，另外，由于芯模定位精度以及缸套制造精度的问题，开模时也导致部分缸套发生开裂现象。通过更换缸套材料，以及提高缸套等制造精度与缸套芯轴定位精度，可有效解决了缸套的开裂问题。

3）缸体压铸时，ADC12 的原材料配比不合理，同时缸体薄壁与孔位工艺设计不合理，导致压铸过程中出现冷脆、缸壁出现裂纹等现象；另外，由于压铸机的吨位以及铝合金熔炼时的工艺过程不合理，导致压铸后的缸体材料弹性模量偏低、延伸率不满足设计要求等，如弹性模量只有 60GPa，抗拉强度只有 240MPa，延伸率几乎为 0。经过多次试验，对原材料的配比以及熔炼时的合理控制，有效解决了缸体压铸过程中等开裂与机械性能不合格要求，实现了抗拉强度大于 280MPa，延伸率大于 2%、弹性模量大于 65GPa 的要求。

4）缸体结构工艺设计时消除侧凹、深腔；壁厚应均匀一致性好，过薄容易发生填充不良，过厚容易产生气孔缩松，同时消除尖角。依据该发动机的铸件表面积，压铸的壁厚最小不能小于 3mm。对于小于 3mm 的部分采用加大壁厚的策略，配合部分最终通过机械加工来完成。

5）该铝合金缸体依据其压铸厚度，其压射比压不得小于 50MPa，其填充速度为 25～30m/s。建压时间控制在 30ms 以内，如果时间过长，合金液无法在压力下凝固，易造成气孔缩松。持压时间按照每 1mm 壁厚需要 3s 时间计算，其持压时间应大于 10s；持压时间过短容易产生气孔缩松，持压时间过长，则铸件温度低，收缩大，抽芯和顶出铸件时的阻力大，不仅出模困难，同时容易引起铸件开裂。

6）对于压铸铝合金缸体来说，该铝合金压铸液的温度要控制在 640～680℃之间是合理的，压铸模具的温度预热要控制在 150~180℃ 之间，工作温度控制在 180~200℃ 之间。合金液温度过高容易导致收缩大，产生裂纹，铸件晶粒粗大，造成粘型；温度过低容易产生冷隔、表面流纹和浇注不足等缺陷。模具预热一方面可以有效地保护冷模具受高温的热冲击，另一方面可以防止金属液的急剧冷却对铸件成型的不利，预热可以通过电加热、油加热或者火焰加热等方式来实现。工作时的温度可以通过工作的频次以及水、油空气等方式的冷却装置来实现。

7）模具开模时缸体铸件应留在动模内，便于取出缸体铸件；铸件的最大截面应放在分型面上；浇注系统和排气系统布置要合理。铝合金压铸件由于成型时，合金液填充的速度和压力非常高，型腔内的气体来不及排除而侵入铸件形成气孔，因此压铸件的气孔很难避免，因此压铸一般不进行热处理，最多也是采用自然时效的方式，保持应力均匀。为进一步提高铸件的质量可以通过表面喷丸处理来实现。

8）缸体压铸件的质量控制主要是控制其气孔、缩松、冷隔、裂纹、夹渣等缺陷。除严格控制合金液的质量，避免潮湿、带有油污的炉料外，合金液出炉时可采用氯气、氯化物或氩气进行喷射精炼剂等方法进行除气、除渣。在填充过程中要合理设计浇注、溢流、排气系统，同时优化工艺参数，选择适当的慢压射行程及快压射速度，合理控制温度、速度、压力、时间等多个方面的因素来提高压铸的质量和一致稳定性。

图 8-71 所示为压铸成型及精密加工完成后的铝合金发动机缸体实物。该发动机的研制成功不仅促进了国产高速汽油发动机的设计水平，同时极大地促进了铝合金压铸技术的发展应用。

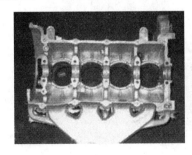  

图 8-71　压铸铝合金发动机缸体实物

### 8.4.3　铝合金消失模铸造成型工艺对策

消失模铸造也称气化模铸造、干砂实型铸造、无型腔铸造。该工艺尺寸精度高达 0.2mm 以内，表面粗糙度 Ra 可达 6μm，被铸造界誉之为"21 世纪的绿色铸造新技术"。消失模铸造是采用无粘结剂干砂加抽真空技术，可适用于大批量生产铝合金气缸体、气缸盖铸件。通过不断提高消失模铸造技术的模具材料、成型工艺、涂料技术、工装设备的技术水平，使消失模铸造技术获得更广阔的应用范围。随着汽车、航空、航天、船舶等工业对铝铸件的要求向薄壁、形状复杂、高强度、高质量的方向发展，消失模铸造技术以铸件的尺寸精度高、表面光洁、少污染等突出优点，较传统的砂型铸造工艺具有强大的竞争力。图 8-72 所示为消失模铸造工艺装备及样品示意图。

下面对图 8-73 所示某发动机水冷铝合金双通道排气管，采用消失模铸造成型的关键技术

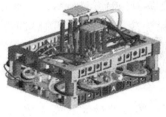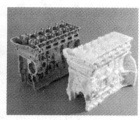

图 8-72　消失模铸造工艺装备及样品

应用进行了简要介绍。该排气管为双层中空式、曲线型多通道铝合金薄壁管，其内壁粗糙度、浇铸工艺要求较高，这种类型的薄壁铝合金管采用一般的铸造工艺无法保证产品质量的稳定性，通过采用消失模精密铸造成型工艺可有效地解决此类型技术难题。其总体流程是首先完成产品设计后，通过金属模具设计制造泡沫样件等；然后进行埋砂填充处理浇铸成型，通过机械精密加工后进行气密试验和补漏处理，最终完善模具的结构与铸造工艺进行批量生产。

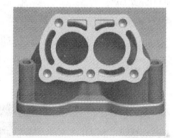

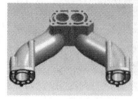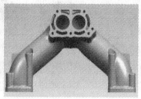

图 8-73　铝合金双层排气管结构示意图

### 1. 排气管消失模铸造成型工艺的优点

消失模铸造是把涂有耐火材料涂层的泡沫塑料模样放入砂箱，模样四周用干砂充填紧实，浇注时，高温金属液使其热解"消失"，并占据泡沫塑料模所退出的空间而最终获得铸件的铸造工艺。消失模铸造对铸件结构的适应性非常强，特别是那些用普通砂型铸造不好分型、不好起模、不好下芯的铸件，例如套筒类、缸体、螺旋桨、水泵叶轮、壳体等以及结构特别复杂、芯子特别多的铸件，采用真空消失模铸造来生产可有效发挥其技术经济效益。

消失模工艺与传统工艺相比最大的不同之处在于浇注时型腔非空，快速浇注等特点，其铸造工艺流程方案与传统的砂型铸造有着本质上的区别。如传统的粘土砂型铸造基本流程为混制型砂（芯砂）→造型（上箱、下箱、制芯）→下芯、合箱→浇注→落砂→清理。而采用消失模铸造的工艺流程为预发泡→发泡成型→粘结→浸涂料→烘干→造型→浇注→落砂→清理→铸件测试→补漏（补胶）。图 8-74 所示为采用两种不同方案进行铸造的工艺流程对比。

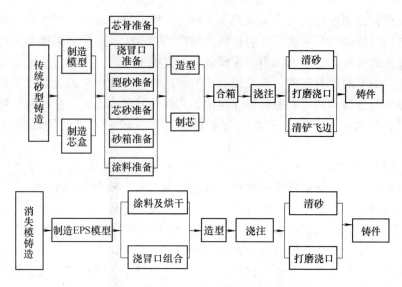

图 8-74　砂型铸造与消失模铸造工艺流程对比

从传统的湿型粘土砂铸造工艺与消失模铸造工艺过程比较可以看出，消失模铸造的工艺过程比传统的粘土砂铸造工艺简单得多。排气管消失模铸造工艺的以下的优点对于排气管的铸造质量保证提供了较好的保障。

1）适应材质广：从原则上讲，消失模铸造技术适用于各种合金材质，从铸铁、铸钢、合金钢到各种非铁合金。但从消失模铸造技术实际应用的情况看，其适用性顺序依次为灰铸铁、普通碳素钢、球墨铸铁、低碳钢、合金钢与铝合金。所以造成对各种材质的适应性不同，主要原因是泡沫塑料在浇注过程中燃烧分解物对合金熔液的影响作用不同。例如由于分解物中的固态碳的存在，球墨铸铁内部容易产生黑渣、铸件表面容易产生皱皮缺陷；对含碳量低的铸钢件，采用消失模铸造可能使铸件表皮出现增碳问题。而这些问题可以通过泡沫塑料模样材料的选择、涂料的选择以及抽真空等许多工艺参数的调整不同程度地加以解决。

2）铸件精度高：消失模铸造是一种近无余量、精确成形的新工艺，该工艺无需取模、无分型面和砂芯，因而铸件没有飞边、毛刺和拔模斜度，并减少了由于型芯组合而造成的尺寸误差。消失模采用干砂充填紧实，靠干砂的流动充填模样的空腔形成铸件的内腔及孔。对于内腔复杂的铸件可将泡沫塑料模样分成几片发泡成形，然后粘接成整体模样。因此，不会出现传统砂型铸造中因砂芯尺寸不准确或下芯位置不准确造成铸件壁厚不均。消失模铸造的铸件质量和金属型铸造的铸件质量非常接近，表面光滑，比砂型铸造的铸件表面粗糙度值低，$Ra$ 可达 3.2～12.5μm。铸件尺寸在铸造过程中只有很小变化，发泡成型机生产的模样，尺寸几乎无变化。铸件的拔模斜度很小，一般 0.5° 即可满足要求。铸件的尺寸精度高，比传统砂型铸造可提高 1～2 级别。铸件尺寸很小，其最小铸出孔直径铝合金为可到 4mm，铸铁可实现 6mm。加工余量最多为 1.5～2mm，可以大大减少机械加工的费用，和传统砂型铸造方法相比，可以减少 40%～50% 的机械加工时间。

3）结构设计灵活：为铸件结构设计提供了充分的自由度，原先分为几个零件装配而成的结构，可以通过由几个泡沫塑料模片粘合后铸造而成。传统需要加工形成的孔、洞可以不用砂芯而直接铸造出来，大大节约了机械加工和制芯成本。由几个模片的组合能够制造高复杂程度的模样（例如水泵、气缸体等铸件）。对于采用树脂砂造型的消失模铸造，一般用于生产中等和大型铸件，可以从几十千克到几十吨。一般来讲，对于生产结构复杂的铸件，消失模铸造工艺比传统的砂型铸造具有明显的优越性，甚至于一些原来采用传统砂型铸造难于生产的结构复杂的铸件，恰恰可以用消失模铸造的方法来生产。对于传统的砂型铸造，铸件的结构越复杂，需要的砂芯越多，而采用消失模铸造最能体现出它的优越性和经济效益。消失模铸造不存在与分型和起模有关的铸件结构工艺性的问题。因此，它相对于用木模造型的铸造方法来说，扩大了可铸造的铸件的形状结构范围，减少了在设计铸件时所受到的限制。

4）安全环保投资低：型砂中无化学粘结剂，低温下泡沫塑料对环境完全无害，浇注时，排放的有机物很少，而且排放时间短，地点集中，便于集中收集处理。消失模铸造采用干砂造型，大大减少铸件落砂、清理的工作量，大大减少车间的噪声和粉尘，旧砂的回收率高达95%以上。工人劳动强度低，模样质量轻；雨淋加砂时的粉尘可集中收集、除尘，同时干砂回收系统可大大简化，没有化学粘结剂的费用，对人体健康危害小。由于模具主要用于制作泡沫模样，因此模具寿命长，比传统铸造模具损耗小，模具成本低。由于铸件壁厚的减小，可以节约投资成本，例如某铝合金发动机缸体采用砂型铸造后的重量为15kg，而用消失模生产只有11kg；需要的生产工人数量减少，生产模样和铸件都可以实现自动化，彻底改变了传统铸造的"苦、脏、累"的形象。

**2. 排气管消失模铸造的工艺要点**

排气管消失模铸造工艺的过程分为"白区"和"黑区"两部分。白区指的是白色泡沫塑料模样的制作过程，从预发泡、发泡成形到模样的烘干、粘接（包括模片和浇注系统）。而黑区指的是上涂料以及再烘干、将模样放入砂箱、填砂、金属熔炼、浇注、旧砂再生处理，直到铸件落砂、清理、退火等工序。排气管消失模铸造工艺的核心主要包括泡沫塑料模样的制作、粘结及涂料、浇注成型工艺过程控制，下面分别进行介绍。

（1）泡沫塑料模样的成型加工与组装　排气管消失模铸造技术比传统的砂型铸造技术有更高的技术含量。不管是生产泡沫塑料模样的"白区"，还是造型、浇注、清理的"黑区"都是如此。例如"白区"，涉及到模具的CAD/CAM，高分子预发泡材料和成型发泡工艺以及相关的预发、成型、胶合设备等多个方面，是一个多学科交叉的领域，需要由化学工程师、化工工程师、铸造工作者、模具和机械设计师、数控加工工程师的协作交流，研制出粒度小而均匀、发泡倍率大、尺寸稳定、不变形的消失模珠粒材料，制定最佳发泡工艺规范，掌握发泡模具—泡沫塑料—模样—铸件之间的尺寸变化规律，为复杂模具的设计积累可靠数据。图8-75所示为排气管消失模具制造流程。

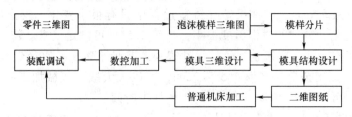

图8-75　排气管消失模具制造流程

模样是排气管消失模铸造成败的关键环节，没有高质量的模样就不可能得到高质量的消失模铸件。对于传统的砂型铸造，模样的芯盒仅仅决定着铸件的形状、尺寸等外部质量，而消失模铸造的模样，不仅决定着铸件的外部质量，而且还直接与金属液接触并参与传热、传质、动量传递和复杂的化学、物理反应，因而对铸件的内在质量也有着重要影响。另外，消失模铸造的模样，是生产过程必不可少的消耗材料，每生产一个铸件，就要消耗一个模样，模样的生产效率必须与消失模铸造生产线的效率相匹配。因此，无论从铸件质量上看，或是从铸件生产效率上看，必须给予模样制造环节足够的重视。与目前广泛用作隔热和包装材料的泡沫塑料不同，铸造用的泡沫塑料模样在浇注过程中要被烧掉，并由金属液取代其空间位置而成形，因而模样表面必须光滑，不得有明显凸起和凹陷，珠粒间融合良好，其形状和尺寸准确地符合模样图的要求，使浇注的铸件外部质量合格。模样内不允许有夹杂物，保证金属液顺利充型，并且不产生铸造缺陷。图 8-76 所示为消失模模样的制作过程。

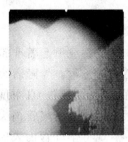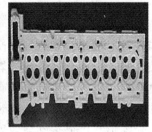

图 8-76　消失模模样的制作过程

排气管模样是用泡沫塑料制成的，它是以合成树脂为母材制成的内部具有无数微小气孔结构的塑料，其主要特点是质地轻、泡孔互不连通，并具有防止空气对流的作用，因此不易传热和吸水，起着隔热隔水作用，其热导率约为铸铁的 1/1429。消失模泡沫与一般的泡沫塑料有着重要的区别之一是其密度，如防水隔热的泡沫材料，其密度为 20 ~ 50kg/m³；用作救生圈芯及浮标的泡沫材料，密度为 30 ~ 100kg/m³；而铸造模样材料的密度仅为 16 ~ 25kg/m³，它是同体积钢铁铸件重的 1/250 ~ 1/350，铸铝件的 1/100。

泡沫塑料的种类很多，如聚氯乙烯、聚苯乙烯、酚醛和聚氨酯泡沫塑料等，但选作铸造模样用的泡沫塑料，必须是发气量较小、热解残留物少的泡沫塑料。1000℃时聚苯乙烯泡沫的发气量是 105cm³/g，而酚醛泡沫和聚氨酯泡沫发气量分别为 600cm³/g 和 730cm³/g；聚苯乙烯泡沫气化液的残留物仅占总质量分数的 0.015%，而酚醛泡沫和聚氨酯泡沫的残留物占总质量分数的 44% 和 14%。因此，通常都采用 EPS 聚苯乙烯泡沫塑料（Expendable polystyrene）作为铸造的模样材料；发泡聚苯乙烯价格比较低，成型加工方便，资源丰富，因此，它成为目前应用最广的一种模样材料。

（2）消失模铸造的涂料作用及其组成　排气管消失模铸造的涂料对于铸件的表面质量和粗糙度有着重要的影响，涂料一般由耐火填料、粘结剂等组成。泡沫模样经过粘结后涂层，涂层将金属液与干砂隔离，可防止冲砂、粘砂等缺陷，同时将泡沫模样热解后的气体快速导出，有效防止浇注不足、气孔、夹渣、增碳等缺陷；涂层同样可以提高泡沫模样的强度和刚度，使模样能经受住填砂、紧实、抽真空等过程中的负荷，避免模样变形。

（3）加砂、造型、浇注、清砂处理　排气管消失模所用干砂的特点要求砂粒度适当，砂粒度的要求一般为 AFS25 ~ 45。砂粒过细容易导致浇注时塑胶残留物的逸出，过粗金属液容易渗入，导致铸件表面粗糙。同时，砂型的真空度也是关键要素之一，真空度的大小一般取决于铸件的质量、壁厚及合金的材料，一般真空度为 $-0.02 \sim -0.08 MPa$。消失模铸件落砂后其砂型温度很高，由于是干砂，因此批量生产时，砂型的冷却至关重要，常采用振动沸腾冷却设备进行冷却。

排气管浇注系统采用封闭底注式浇注系统，同时工艺上要求高温快速浇注。采用底注式浇注系统具有充型平稳、不易氧化、有利于排气等优点。由于消失模成型时，金属液与汽化模之间的间隙较砂型铸造的间隙大，因此浇注速度过慢容易导致塌型的危险。由于消失模铸造时，汽化泡沫塑料模样需要一定的热量，因此消失模铸造比砂型铸造的温度一般要高 20 $\sim 50℃$，灰铸铁一般为 $1370 \sim 1450℃$，铸钢件为 $1590 \sim 1650℃$，铸造铝合金为 $720 \sim 790℃$。浇注温度过低时，容易造成夹渣、冷隔等缺陷，对于铝合金如果超过 $790℃$，则容易产生针孔的缺陷。

**3. 排气管消失模铸造的关键措施**

排气管消失模铸造成型时，其泡沫颗粒与种类对泡沫粘结成型和产品浇铸成型起着非常重要的作用。泡沫在浇注过程中存在变形收缩、软化、溶化、汽化、燃烧的过程。伴随着金属液的流动、冷却、凝固、固化收缩的复合过程。且消失模铸造固具有浇注温度高、真空度要求高等特点，使消失模铸造工艺上对一般的铸造要求更为严格。同时该铝合金排气管消失模具结构技术上要求讲究均匀加热和冷却、薄壳随形、讲究排气均匀等。现将排气管消失模铸造过程中常见的缺陷及其处理方法如下：

1）增碳：一般是由于泡沫模样汽化产生的含苯化合物产生的，常采用增碳程度小的泡沫模样如 PMMA、优化铸造工艺参数、开设排气通道、缩短打箱落砂时间来解决。

2）皱皮：较低的保温涂料和较低的泡沫密度都有利于减少皱皮现象的发生。

3）气孔夹渣主要来源于浇注过程中泡沫模样汽化时的气体和残渣物，采用底注式浇注系统、提高浇注温度和真空度、开设集渣冒口等可消除气孔和夹渣的缺陷。

4）粘砂：它是由铸造过程中的静压力、动压力、摩擦力及铸造过程的微观毛细作用力的平衡被破坏造成的。提高砂型的紧实度、降低浇注温度和真空度、增加涂料的均匀性有利于防止粘砂。

5）塌型：造成塌型一般是由于浇注速度过慢、砂箱的真空度过低、浇注方案不合理造成的。合理提高浇注速度、提高真空度、恰当设计浇注系统可有利于防止塌型。

6）冷隔：冷隔一般是由于浇注温度过低、泡沫模样的密度过高、浇注系统不合理造成的。提高浇注温度、降低泡沫模样的密度、合理设计浇注系统等可克服冷隔缺陷的产生。

7）变形：一般是由于上涂料、砂型紧实等操作过程中泡沫模样变形导致的，通过提高泡沫模样的密度和强度、改进铸件的结构及刚度、均匀的涂料和型砂紧实有利于克服变形的缺陷。

排气管消失模成型过程中的典型问题主要是存在气孔导致漏气漏水、硅砂阻塞水道气道导致水路不通、铸件表面质量较差等。在白区的主要问题是泡沫发泡的颗粒与粘结强度不合理，导致浇注时存在疏松气孔；在浇注过程中，由于铝合金原材料配比以及熔炼、砂芯制作等工艺过程控制不到位，导致铸件表面质量差、脱砂困难等现象等发生。通过严格工艺过程控制有效等解决了上述问题，但是由于该产品的壁太薄，局部地方小于 3mm，极少数铸件存在微细的气孔，通过水玻璃补渗漏等方法也有效地解决了产品研制初期的进度紧急的要求。图 8-77 所示为该铝合金水冷双层排气管采用消失模铸造成型后的实物。

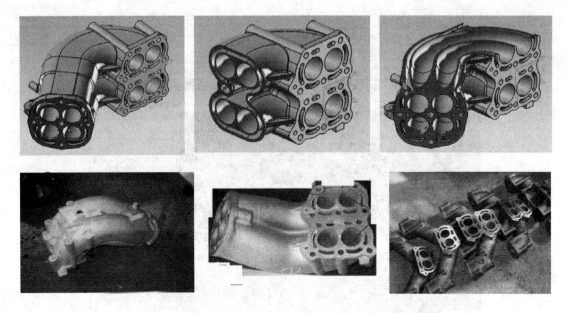

图 8-77  铝合金双层排气管采用消失模铸造成型后的实物

## 8.5  塑性成形模拟实例

下面简单讲解利用 FASTFORM 软件，对板料成形分析的模拟过程的设计优化分析，进行简要示范说明，具体操作过程如下：

1）点击 File 菜单下的 Open 命令，打开用户安装目录下 Geo 文件夹下的 Crossmbr. igs 文件导入模型文件，显示图 8-78 所示。

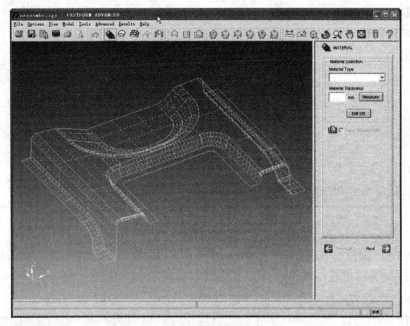

图 8-78  导入模型文件

2）选择 Material Type 下的铝合金 Al5182—0，设置材料厚度为 2.000mm，如图 8-79 所示；点击 Edit DB，出现材料属性设置界面，如图 8-80 所示，用户也可根据自己的需要设置相对应的材料属性。

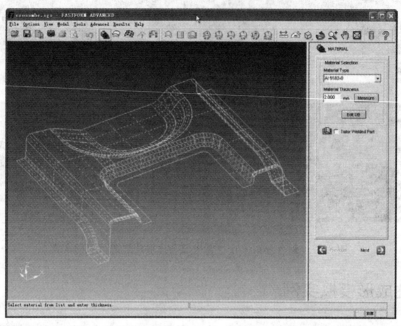

图 8-79　设置材料厚度

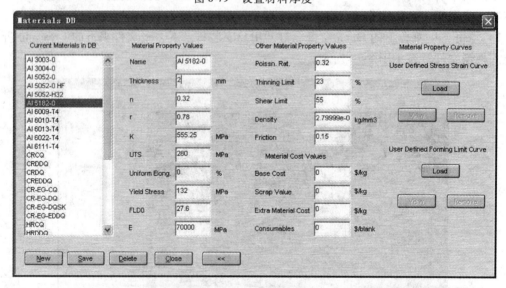

图 8-80　设置铝合金材料属性

3）点击 Next 按钮，补孔等几何图形完善如图 8-81 所示，继续点击 Next 按钮。

4）点击 Mesh 按钮进行网格划分，显示如图 8-82 所示。

5）继续点击 Next，并点击 Auto-Tip（自动定位），如图 8-83 所示。

6）点击两次 Next，系统进行毛坯展开料计算等；点击菜单 Results > Part and Blank，或点击 Part + Blank 图标，也可得到图 8-84 的毛坯展开料计算结果。

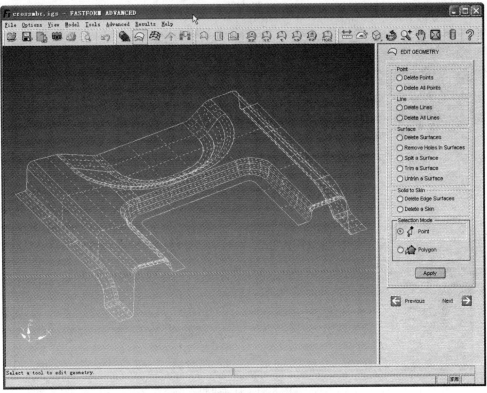

图 8-81　补孔等几何图形完善

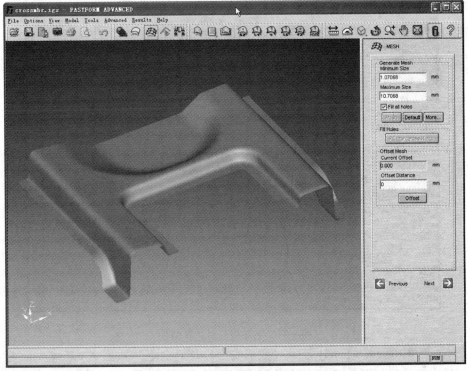

图 8-82　网格划分

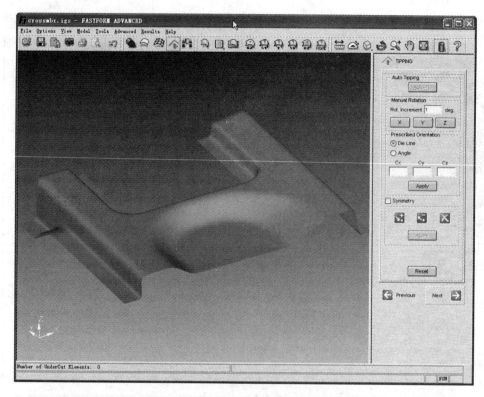

图 8-83　自动定位

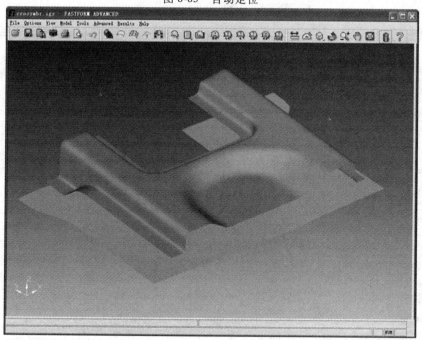

图 8-84　毛坯展开料计算结果

7）点击菜单 Results > Safety Zone（成形安全区计算命令）或点击 Safety Zone 图标，显示安全区域求解结果如图 8-85 所示。从图中可以看出，红色的尖角区存在危险，有可能被撕裂；同时六处面积大小不同，左右对称的深兰色区域存在拉深起皱的危险；其他区域均处于低应变区和安全区。

8）点击菜单 Results > Forming Zone（成形区计算命令）或点击 Forming Zone 图标，显示成形区计算结果如图 8-86 所示。

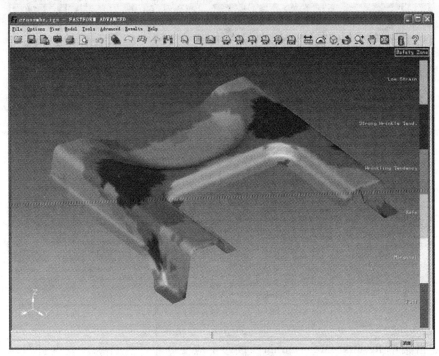

图 8-85　安全区域求解结果

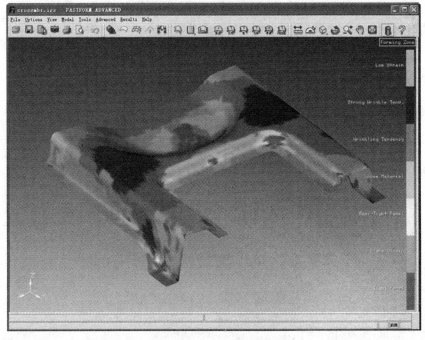

图 8-86　成形区计算结果

9）点击菜单 Results > Thickness（成形后板料厚度分布计算命令）或点击 Thickness 图标，显示拉深后的厚度分布求解结果如图 8-87 所示。从图中可以看出，尖角区域比较危险。

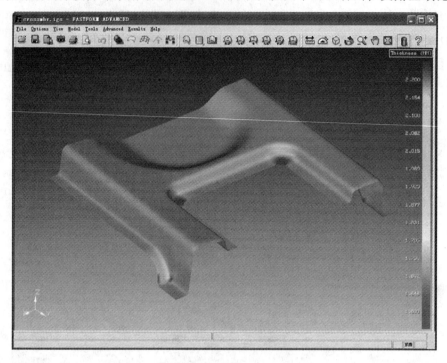

图 8-87　拉深后的厚度分布求解结果

10）点击菜单 Results > Major Strain（成形主应变分布计算命令）或点击 Major Strain 图标，显示拉深时的主应变分布求解结果如图 8-88 所示。从图中可以看出，尖角区域应变超

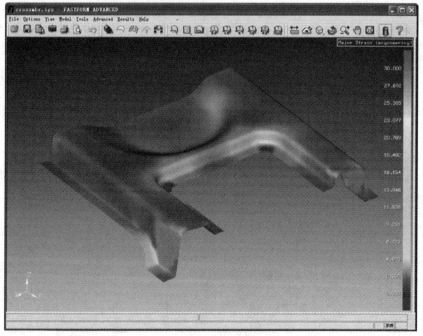

图 8-88　主应变分布求解结果

过了成形极限。

11）点击菜单 Results > Form Limit Dia-gram（成形极限图计算命令），显示结果如图 8-89 所示。

12）点击菜单 Results > More Result（更多关于回弹求解、拉深行程、应力分布计算命令）或点击图标 More Result。点击 Springback Displacement 下 的 Magnitude 整体回弹图标，显示结果如图 8-90 所示。依次点击 X、Y、Z，系统快速给出三个方向的回弹计算求解结果。从图 8-91、图 8-92、图 8-93 中可以看出，Y 方向的回弹最小，X 和 Z 方向的回弹量比较大，有 20mm 左右的回弹。

13）点击 Vector 下 的 Edge Movement，系统显示出如图 8-94 所示的材料成形时的流动方向。

14）点击菜单 Advanced > 下 的 Curve Binder，采用压边圈时的成形计算，如图 8-95 所示。

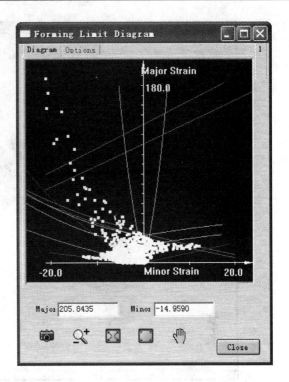

图 8-89　成形极限图计算结果

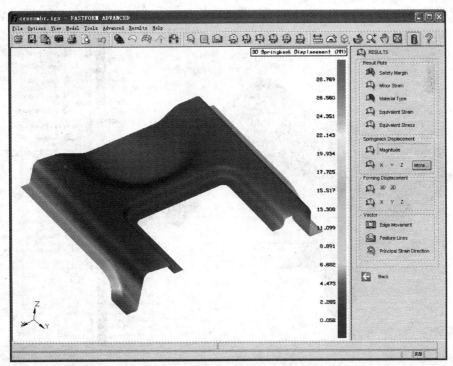

图 8-90　整体回弹显示结果

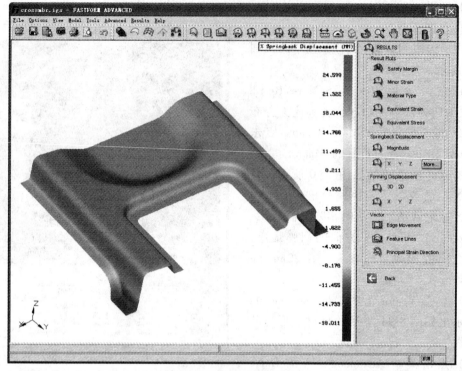

图 8-91　X 方向的回弹分布

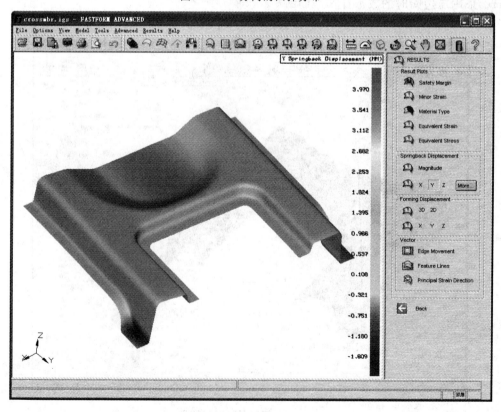

图 8-92　Y 方向回弹分布

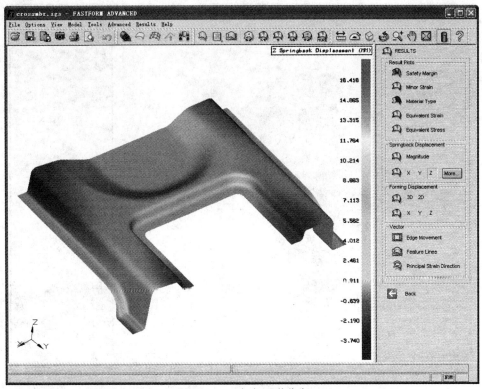

图 8-93　Z 方向回弹分布

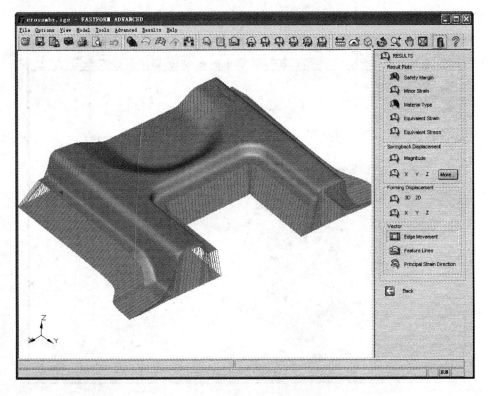

图 8-94　材料成形时的流动方向

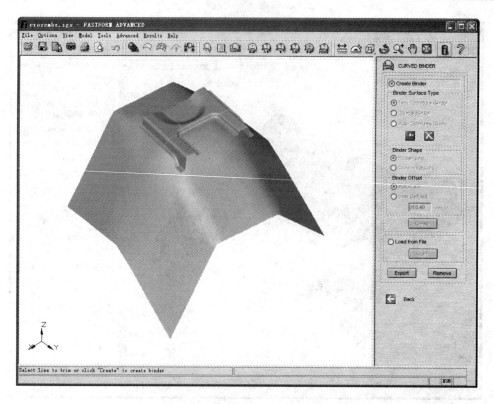

图 8-95　压边圈时的成形计算

15）点击菜单 Advanced 下的 Tailor Weld 进行预拉深时的成形图 8-96 所示。

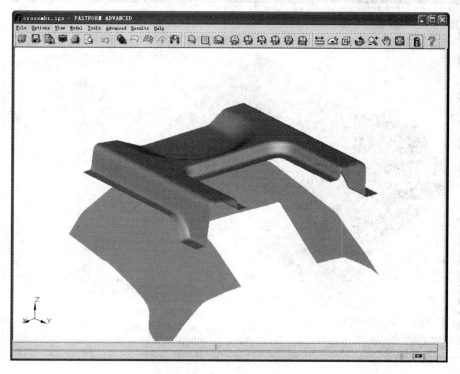

图 8-96　预拉深时的成形图

16）用户可以将展开料以曲面等多种格式的 IGES 文件输出，点击菜单 File > Export Blank 命令，输出展开料外形尺寸文件，保存为 Crossmbr_blank. igs。点击 Export Result 命令，将整体计算求解结果输出保存为 Crossmbr_res. nas。重新打开 Crossmbr_blank. igs 文件，毛坯的展开图如图 8-97 所示。

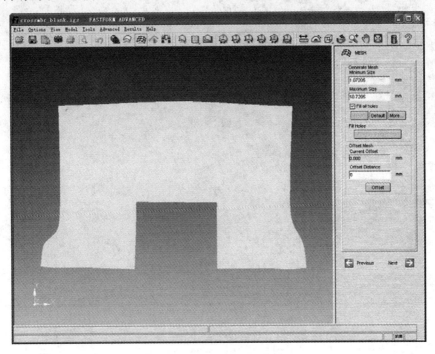

图 8-97　毛坯的展开料图

17）从上述分析结果来看，成形厚度存在较大的撕裂等现象，通过将产品厚度设置为 1.6mm，模拟分析的结果如图 8-98 所示，从图 8-98 与图 8-97 对比中可以看出，1.6mm 厚度板料成形状况完全满足产品的设计要求，厚度分布比较均匀，1.6mm 厚度时，该产品的设计工艺性较 2mm 时的合理可行。

18）点击菜单 Results > Punch force 冲压力的计算，系统给出求解为 26.3t 的冲压力。零件厚度设置为 1.6mm 时，需要的冲压吨位为 19.1t。

在深度拉伸成形模拟方面，如图 8-99 所示的某发动机的消声器，采用的是两个半筒形薄壁铝合金壳体焊接成形，其半筒形壳体采用拉深成形。利用 UG NX 的板料冲压拉深成形模拟分析功能，如图 8-99 所示，对该筒形件的展开料和回弹进行了简要分析计算，提高了产品工艺的设计效率。如展开料计算方面，采用 UG NX 模拟计算的毛料直径为 578.81mm，而采用经验公式计算的展开料直径为 560.39mm。分析原因在于其底部的凸起，经过实际验证，UG 软件的计算模拟是合理的，避免了经验公式无法解决局部区域展开料计算问题。

结合拉深成形工艺特点，该产品总的拉深系数为 0.5183；材料的相对厚度为 0.8638。根据总的拉深系数和材料的相对厚度，对该无凸缘筒形件，不用压边圈拉深时，需要三次拉深才能满足工艺要求，三次拉深系数分别设置为 0.75、0.85、0.813；每次拉深的直径分别为 434.3、368.98、300；采用压边圈时至少需要两次拉深，两次拉深系数可在 0.55 ~ 0.6，0.8 ~ 0.9 之间选取。每次拉深的工件高度依据相应的经验公式进行计算，在此不进行描述。

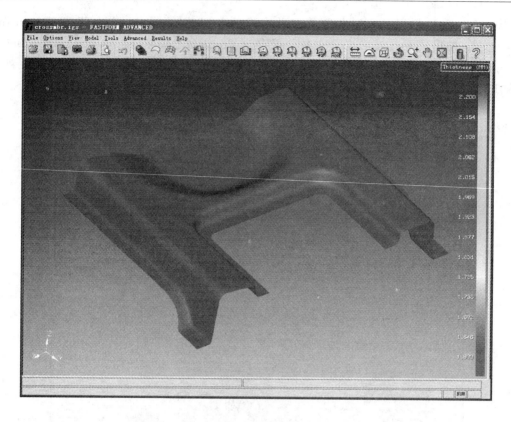

图 8-98    合理的优化设计成形板料厚度

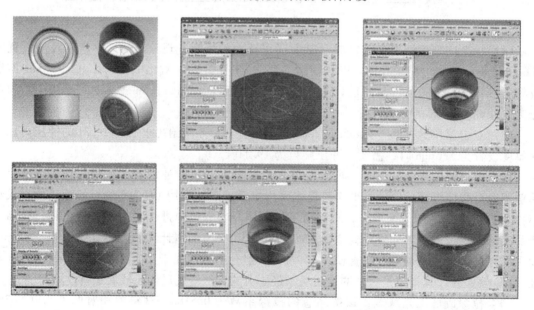

图 8-99    消声器筒形件拉深成形模拟

经过模拟仿真，其孔口直径存在 1.3mm 的回弹，利用 UG NX 的设计功能较好地完成了模具设计上的修配，经过验证有效地节省了后续工序修整，同时提高了产品的成形质量。

# 第9章 数控机床加工编程与仿真模拟

**本章主要内容：**

- 数控加工技术基础
- 典型数控加工编程软件功能
- 异构 CAM 平台与数控系统的程序转换
- 数控机床雕刻加工与模具铣削编程
- 数控机床加工运动学仿真
- 数控加工动力学仿真优化
- 数控加工切削模拟仿真的发展
- 薄壁件数控加工变形模拟与控制

本章在介绍数控机床加工技术基础、典型数控加工编程软件功能、异构 CAM 平台与数控系统的数控程序转换的同时，针对数控加工与编程过程中所涉及的数控机床加工运动学仿真、数控加工动力学仿真优化，系统地讲解了典型薄壁件数控加工变形模拟与控制措施，数控机床雕刻加工与模具铣削编程的操作流程，最后对数控加工金属切削的仿真模拟应用的研究进展进行了介绍。

## 9.1 数控加工技术基础

数控加工作为现代制造业先进生产力的代表，在航空航天、机械电子、汽车模具等行业发挥着极为重要的作用。随着数控技术向着高速度、高精度、复合化、网络化等方向发展和市场竞争的加剧，产品设计周期缩短，产品结构变得更加复杂，产品的精度要求也越来越高。为了适应市场变化和产品的需求，发展数控加工技术、提高数控机床加工效率一直是企业追求的目标。数控加工是 CAD/CAM 技术和先进制造技术应用的基础。

### 9.1.1 数控加工的优势与特点

1）可以加工具有复杂型面的工件：数控机床的刀具运动轨迹是由加工程序决定的，因此只要能编制出程序，无论工件的型面多么复杂都能加工。例如采用五轴联动的数控机床，就能加工螺旋桨的复杂空间曲面。

2）加工精度高，尺寸一致性好：数控机床本身的精度都比较高，一般数控机床的定位精度为 ±0.01mm，重复定位精度为 ±0.005mm，在加工过程中操作人员不参与操作，因此，工件的加工精度全部由机床保证，消除了操作者的人为误差，加工出来的工件精度高、尺寸一致性好、质量稳定。

3）生产效率高：数控机床的主轴转速、进给速度和快速定位速度高，通过合理选择切削参数，充分发挥刀具的切削性能，减少切削时间，不仅能保证高精度，而且加工过程稳定；不需要在加工过程中进行中间测量，就能连续完成整个加工过程，减少了辅助动作时间和停机时间。因此，数控机床的生产效率高。

4）可以减轻工人劳动强度，实现一人多机操作：一般数控机床加工出第一个合格工件后，工人只需要进行工件的装夹和起动机床，因此减轻了工人的劳动强度。现在的数控机床可靠性高，保护功能齐全，并且数控系统有自诊断和自停机功能，因此当一个工件的加工时间超出工件的装夹时间时，就能实现一人多机操作。

5）虽然数控机床一次投资及日常维护保养费用较普通机床高很多，但是如果能充分发挥数控机床的优越性能，将会带来很高的经济效益。这些效益不仅表现为生产效率高、加工质量好、废品少，还能带来减少工装和量具、刀具，缩短生产周期，缩短新产品试制周期等优势，为企业带来明显的经济效益。

6）可以精确计算成本和安排生产进度：在数控机床上，加工所需要的时间是可以预计的，并且相同工件所用时间基本一致，因而工时和工时费用可以精确估计。这有利于精确编制生产进度表，有利于均衡生产和取得更高的预计产量。

### 9.1.2　数控加工的通用要求

产品的数控加工过程一般包括数控加工工艺设计、切削参数选择、数控加工程序的设计、数控加工程序的验证、数控加工程序的管理、数控加工的过程控制、数控加工产品检测等方面。每一步都有一定的规范和要求。

**1. 数控加工工艺设计**

（1）工艺设计主要依据

1）产品设计图样、相关技术文件和标准。

2）生产条件和工艺技术能力。

（2）设备的要求

1）设备规格和加工范围满足产品加工要求。

2）设备位置精度和几何精度满足产品加工要求。

3）设备的主要加工特点和性能满足产品加工要求。

4）设备的刀库容量适应产品加工要求。

（3）刀具的要求

1）刀具除满足一般要求外，应使用标准化、通用化和系列化的刀具。

2）刀具材料应与零件材料相适应。

3）刀具的规格、精度应与加工特征相适应。

4）高速切削刀具应满足动平衡要求。

（4）夹具的要求

1）保证夹具操作的安全性和可靠性。

2）保证夹具的安装方向与零件、机床的相对方向固定。

3）夹具安装要使工件加工部位敞开，定位、夹紧元件不能影响加工时进给路线，且装卸零件方便。

4）推荐采用组合夹具和通用夹具。采用专用夹具时，力求结构简单。

（5）工件坐标系原点确定原则

1）零件的工件坐标系原点应与工艺基准重合。

2）便于进行数学计算和简化程序编制。

3）容易找正，便于产品测量。

4）引起的加工误差最小。

（6）进给路线设计原则

1）选择减少零件加工变形的路线。

2）设计最短加工路线，减少空刀时间。

3）减少在零件轮廓面上进、退刀，避免划伤零件。

4）数控铣削加工时推荐选用顺铣。

（7）工艺文件编制要求

1）数控加工工艺文件一般由数控加工工序卡片、工艺附图组成。

2）数控加工工序卡片用于数控加工工艺过程的说明，应包括的内容和要求：加工内容；机床型号；定位、装夹方式；零件加工程序名；工件坐标系原点及找正方法；刀具规格、参数和使用要求，格式如图 9-1 所示。工艺附图除包含一般要求外，还应包括：工件坐标系原点、夹紧方式等内容。

**2. 切削参数的选择**

（1）根据不同的工件材料、刀具材料确定相应的产品加工切削参数。

（2）在满足加工系统刚度的条件下，粗加工以提高效率为目的，精加工以保证精度为目的，在满足效率和精度的条件下最大限度地发挥主轴功率。

**3. 数控加工程序的设计要求**

（1）数控加工程序的编制要求

1）数控加工程序应保证加工过程的完整、合理、安全和稳定。

2）数控加工程序的编制应采用成熟的 CAD/CAM 软件。

3）数控加工程序的编制依据是数控加工工艺文件。

4）程序格式和指令代码应满足相应机床数控系统的要求。

5）CAM 模型允许只设计与加工内容相关的特征，并符合工艺要求。

6）数控加工程序编制完成后一般要经过计算机模拟或仿真。

（2）数控加工程序的校对要求

1）CAM 模型数据与工艺文件一致。

2）工件坐标系与工艺要求相符。

3）加工方式和进给路线合理。

4）刀具选择与工艺文件一致。

5）进刀点和退刀点设计合理。

**4. 数控加工程序的验证**

（1）验证方法　一般为保证产品质量，新编制的数控加工程序或更改后的数控加工程序，应进行验证。根据零件和工序的重要性与复杂性，数控加工程序可采用下列的验证方法：

| 国营　厂 210240 | 数控加工工序卡片 | 产品代号 11 | 零、部、组（整）件代号 21-02 | 零、部、组（整）件名称 底盖 | 工序号 40 | 工序名称 数控铣 | 工艺文件编号 11.2231.32 | 机加表4 |
|---|---|---|---|---|---|---|---|---|
| 程序号 | 设备 MH1600W | 材料牌号 锻件 2A70-T6 GB/T3191—1998/Ⅱ-GJB2351—95IZ102C | | 坯料尺寸 | 一件坯料可制件数 1 | | 工时定额/h　准结　单件 | |

| 工步号 | 工序名称及内容 | 刀具 T码 | 刀具 种类规格 | 量具 | 辅具 |
|---|---|---|---|---|---|
| | 参见工艺附图 40-1 | | | | |
| | 将铣床圆盘清理干净，零件 A 面定位，参照划线，在四周凸台上搭压板。用指示表找正零件内孔，上表面和第Ⅰ象限确定坐标系 G54 | | | | 铣床圆盘 AD321-025-1 |
| 1 | 粗加工两处 40mm×108mm 方槽；两处 $52^{+0.5}_{0}$ mm×$52^{+0.5}_{0}$ mm 方槽，40°，加工 2×φ43 孔，尺寸 478±0.2；加工 6×φ48$_{-0.3}^{0}$ 孔，尺寸 φ496，角度 18°、37°、38°；加工 2×φ28 孔，尺寸 R237、22° | T12 | φ12 键槽铣刀 | 指示表（0.01）GB/T1219—2008 | |
| 2 | 精加工两处 40×108 方槽；两处 $52^{+0.5}_{0}$ mm×$50^{+0.5}_{0}$ mm 方槽；加工 2×φ43 孔；6×φ48$_{-0.3}^{0}$ 孔；2×φ28 孔，保证各尺寸 | T6 | φ6 立铣刀 | 游标卡尺（0.02） | |
| 3 | 加工 8×φ12 中心孔 | T60 | φ2.5 中心钻 | GB/T21389—2008 | |
| 4 | 加工 8×φ12 孔，保证角度尺寸 | T121 | φ12 钻头 | | |
| 5 | 粗加工各凸台，保证宽度和角度 | T21 | φ21 立铣刀（底刀 R1） | | |
| 6 | 加工各凸台，保证宽度 27、13.5、5°，圆角 R8 | T16 | φ16 球头铣刀 | | |
| | 检验本工序内容 | | | | |

| | | 编制 | | 校对 | | 审核 | | 标检 | | 批准 | | 阶段标记 |
|---|---|---|---|---|---|---|---|---|---|---|---|---|
| 会签 | | | 签名 | | 日期 | | | | | | | |
| 描图 | | 更改标记 | 更改单号 | | 签名 | 日期 | | | | 第 7 页 | 第 1 页 | |
| 描校 | | | 旧底图登记号 | | | | | 底图登记号 | | | 第 3 页 | |

图 9-1　数控加工工序卡片格式

1）利用机床或编程软件提供的图形模拟功能对加工程序进行模拟。

2）运用专业的机床仿真软件对加工程序进行仿真。

3）根据加工特征修改机床或刀具参数进行产品表面切削，以验证程序的正确性。

4）申请低成本材料验证程序。

（2）试切　数控加工产品要进行实物试切，试切产品的检测可结合首件检验一起执行。

**5. 数控加工程序的管理**

1）数控加工程序的文件命名要唯一、便于管理。

2）数控加工程序应存储在 DNC 服务器或专用计算机中，机床内一般存储当前正在使用的加工程序。

3）数控加工程序必须经实物加工合格，由相关人员确认后，方可用于生产和归档。

**6. 数控加工的过程控制**

1）数控加工前应检查环境是否适合于机床的正常运行，确认机床是否处于正常的工作状态。

2）机床在开机起动后，应进行机床回零操作。

3）操作者根据工艺文件下载程序，按照工艺文件准备刀具，输入相应刀具参数，并对刀具参数进行核对。

4）每批次产品加工前在机床上对加工程序进行模拟演示。

5）加工过程中要关注机床运行状态，根据产品特性和加工情况，及时进行刀具调整或更换刀具。

6）数控加工过程应有专人值守，机床出现故障时，应采取有效措施，保持现场，通知相关人员。

**7. 数控加工产品的检测要求**

（1）全数检验和统计抽样检验　数控加工产品的检验可采取全数检验或统计抽样检验。具有下列特征的数控加工产品一般应该提交全数检验。

1）产品的价值较高，具有关键、重要质量特性和安全性能指标。

2）生产批量小，质量要求较高。

3）对后续工序加工产生较大影响的质量特性。

具有下列特征的数控加工产品可实施统计抽样检验。

1）产品质量比较稳定，且生产批量较大。

2）产品价值不高，但检验费用较高。

3）检验时间过长。

（2）信息性检验　结合数控加工的特点，在条件具备的情况下，可选择使用信息性检验开展产品的检验工作。

## 9.1.3　提高数控加工效能的途径与措施

国内数控机床设备如四轴、五轴高速加工中心、车削中心、数控磨刀机等高性能设备，经过多年研究探索，在应用上取得了较大的进步。通过对黑色金属、有色金属（如铝合金、镁合金、钛合金、高温合金等材料）的加工工艺研究，已逐渐形成了具有一定数控加工能力的生产体系。但是，随着型号、产品结构的快速发展，现有的数控加工技术水平已不能完全适应新型结构件的加工要求。在快速准备、数控加工仿真、程序优化、工艺参数、产品检测等方面与高效加工需求存在一定的差距；在设计制造工艺的集成化建设方面还较为落后。

据统计，目前数控机床主轴运转占用的时间与其他活动占用的时间比例仅为40%，机床有效切削时间比例仅为30%。为提高产品的数控加工效率，必须从减少加工准备时间，合理选择切削参数等方面着手，通过提高数控机床利用率、提升材料去除率等措施来提高数控机床的应用开发水平。

**1. 快速装夹定位系统的应用研究**

对于高效的数控加工设备来说，正确设计夹具、缩短夹具生产准备周期，实现产品零件在数控机床上的快速装夹定位，显得尤为重要，它将大大提高有效切削时间比例、降低生产成本、保证加工质量，从而达到提高数控加工效率的最终目的。数控加工由于工序集中，因此在对零件进行定位、夹紧设计以及夹具的选用和设计问题上要全面考虑。首先尽量采用组合夹具，当产品批量比较大、加工精度要求高时，可以设计专用夹具。其次，定位、夹紧的部位应避开加工的刀具，应有利于刀具交换以及在线测量。图9-2为组合夹具的应用。

图9-2　组合夹具的应用

**2. 刀具的信息化管理和快速配置**

随着产品任务量的加大、设备的增加，用于机械加工的刀具需求量也越来越大，品种也越来越多。但长期以来，刀具管理模式相对落后，主要采用人工管理，刀具管理制度不健全，刀具库房不规范，在刀具的集中配置方面主要还是由机床操作工人来完成。以上这些严重影响了刀具管理水平，增加了数控加工的准备时间，制约了数控加工的效率和加工能力的进一步提高。面对机械加工和刀具技术的高速发展，刀具管理成为各机械制造企业日益关注的热点。

（1）建立自动化的刀具存储环境　因刀具品种多，数量多，刀具表面精度要求高，因此刀具必须有很好的防护、合理的

图9-3　RFH-500B-22的数控垂直回转库

温度、湿度和存储空间。目前较为先进的存储方式是采用数控升降库或回转库，因回转库存储容量大，更适合刀具的存储。图 9-3 为 RFH-500B-22 的数控垂直回转库。

（2）建立刀具信息数据库，实现刀具信息网络化管理　为适应现代制造业信息化发展的要求，刀具管理的信息化和网络化正在快速发展。刀具信息化管理包括有关刀具的技术信息、应用信息、商务信息和管理信息等在内的完整、准确的数据库。刀具管理需要实现采购、物流、调整、刃磨、生产线之间的网络化通信与管理；实现刀具的库存管理和刀具成本分析；实现刀具的性能跟踪和寿命管理；并实现现场、备刀、库管、采购、修磨、技术等刀具有关的各个方面的交互联系、动态跟踪和及时的反应与控制。图 9-4 为刀具信息数据库。

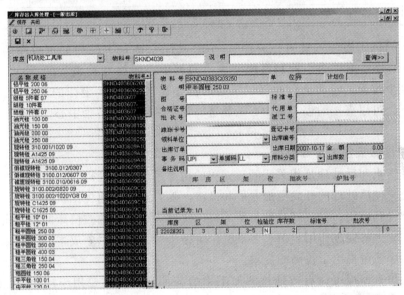

图 9-4　刀具信息数据库

（3）刀具电子库与数控磨刀机的开发应用　通过刀具电子库与数控磨刀机的开发应用，对于提高数控加工的效率和降低成本起到了非常大的促进作用。刀具磨刀机的应用降低了刀具成本，节省了刀具采购与准备时间，提高了数控加工有效切削时间比例，提高了产品研制效率，并提高了刀具的管理水平和企业的实力。

**3. 五轴机床编程后处理程序开发**

高质量的数控程序是数控机床加工出合格产品的基础，只有正确的后置处理系统，才能将刀具轨迹输出为相应数控系统机床正确的数控程序。多轴机床由于其刀具轴矢量和运动方式的灵活性，后处理程序的开发难度较大。数控编程后处理程序开发首先要解决多轴尤其是五轴机床的数控编程后处理程序开发问题。

五轴机床的数控编程关键在于，控制刀具轴的空间矢量变化以及机床的运动如何实现这种变化，因此对机床的运动方式的原理分析有助于提高后处理程序开发的效率。五轴数控机床的配置形式多样，需要根据机床的类型进行合理的参数配置。

五轴数控铣削机床后处理程序开发，首先是根据机床类型确定其旋转轴、旋转平面与刀具轴矢量、机床运动空间位置关系。表 9-1 所示为工作台复合摆（A）、主轴摆动旋转（B）、工作台旋转摆动（C）、主轴摆动工作台旋转（D）的几种机床类型对应的机床刀具轴矢量在 UGNX \ PostBuilder 环境下 MOM 变量设置方式。

表 9-1 五轴机床刀具轴 MOM 变量设置方式

| MOM Variable | A | B | C | D |
|---|---|---|---|---|
| MOM_kin_spindle_axis | (0, 0, 1) | (0, 0, 1) | (0, 0, 1) | (-1, 0, 0) |
| MOM_kin_4th_axis_vector | (1, 0, 1) | (1, 0, 0) | (0, -1, 0) | (0, -1, 0) |
| MOM_kin_5th_axis_vector | (0, 0, 1) | (0, 1, 0) | (0, 0, 1) | (0, 0, 1) |
| MOM_kin_4th_axis_point | (2, -2, -10) | (4, 0, 4) | (-1, -1, 1) | (10, -1, -10) |
| MOM_kin_5th_axis_point | (4, 0, -4) | (0, 3, 0) | (10, 0, -10) | (8, 0, -8) |
| MOM_kin_machine_zero_off | (1, 10, 0) | (4, 0, -10) | (14, 0, -2) | (9, 4, 0) |

另外，五轴机床旋转刀具中心编程（RTCP 功能）也是五轴后处理应用的一项重要功能，使用 RTCP 模式编程时，控制系统会保持刀具中心始终在被编程的 X、Y、Z 位置上。为了保持住这个位置，转动坐标的每一个运动都会被 X、Y、Z 坐标的一个直线位移补偿。在这种情况下，可以直接编程刀具中心的轨迹，而不需考虑旋转轴中心，对数控编程进行了简化。

**4. 多轴机床数控加工仿真模拟**

数控加工仿真和后处理是相关联的，完善的仿真系统为后处理程序的开发提供了一个可靠的调试系统，使后处理的开发更加方便和经济。随着五轴高速加工机床及其技术已在航空航天企业逐步得到应用，发挥好这种类型的机床效率对于提高数控机床的整体应用水平和加工效率具有非常大的促进作用。由于多轴机床价格昂贵，加工对象成本高，机床运动形式复杂，对数控程序质量提出了很高的要求。

数控加工仿真模拟可以有效地检测加工中的各种问题，主要用于检验 NC 程序的正确性，保护机床和产品，同时检验装夹等因素引起的碰撞干涉现象，在减少损失、节约经费、缩短开发周期、提高产品质量等方面发挥了巨大作用。

应用于航空航天、汽车、模具制造等行业的 VERICUT 加工仿真软件是一款专业的数控加工仿真软件，具有优越的仿真功能和灵活的仿真环境构建功能。可仿真数控车床、铣床、加工中心、线切割机床和多轴机床等多种加工设备的数控加工过程，具有真实的三维实体显示效果，可以对切削模型进行尺寸测量，并能保存切削模型供检验、后续工序切削加工。图 9-5 是在 VERICUT 环境下，FIDIA KR214 和 DMU125P 五轴机床加工叶轮、大型回转壳体等复杂零件时的仿真示意图。使用 VERICUT 大大减小了编程的风险，提高了编程的效率和产品质量。

**5. 数控加工产品的高效检测**

随着产品复杂性的加大，数控产品检测难度、检验工作量也随着增大，需要借助检测技术、检测方法和检测设备等手断来提高检测速率。传统的检测模式多为每件产品每个尺寸一一检验，而在产品的终检时，所有的尺寸还要一一过关。不仅检验周期过长，也造成了人员疲劳、资源浪费等情况。这些与数控加工的自动化程度和加工效率高、加工产品的一致性好（质量稳定）的特点不相适应，应该根据产品的特点选用不同的检测方法。

（1）批量生产产品的抽样检测 产品抽样检验是从一批产品中随机抽取一部分产品进行检验，再根据对部分产品的检验结果的数据对该批产品的合格情况进行判断。因此，抽检具

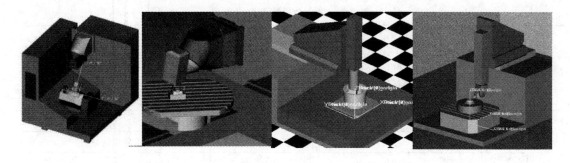

图 9-5　五轴机床加工仿真示意图

有一定的风险性。为了降低风险，对抽检工作需要制定一些基本原则：

1）对于生产数量大，时间节点不允许采用全检时采用抽样检验。

2）在不影响整机产品使用功能的前提下，加工的产品在技术上和经济上都允许存在一定数量的超差品时，可以采用抽样检验。

3）在产品的合格品率较高大于 99% 时，可以考虑采用抽样检验。

4）下道工序为精加工，能够补救本工序引起的尺寸偏差时，可以考虑采用抽样检验。

5）数控加工的各项指标要求偏低，且机床的加工性能良好，加工精度满足要求时，可以考虑采用抽样检验。

（2）研制产品的高效检测　由于研制产品的加工状态变化较快，且尚未形成加工批量。对于该类产品无法收集用于统计分析的样品数据，在方法优选上存在一定的困难。因此，考虑采用先进的测量设备，如三坐标测量机、柔臂测量机、气动量仪、便携式粗糙度仪及万能工具显微镜等检测设备投入到生产现场，实现在线检测，并配合制作检验工装的方式来提高检验质量和效率。

**6. 铝合金极限切削参数研究**

铝合金材料是航空航天产品上的主要用材，约占常用金属材料的 80%。但是目前铝合金零件的数控加工效率仍处于较低的水平，切削工艺参数不合理，材料去除率较低，没有充分发挥数控机床的效能，同时也限制了工艺技术水平的提高，而且国内没有成熟的铝合金数控加工极限切削工艺参数可利用。因此，结合不同档次和性能的数控机床，使用不同结构特征的铝合金零件，在保证产品质量的前提下，摸索出铝合金材料数控加工极限切削工艺参数，达到最大材料去除率，是解决数控加工铝合金材料加工效率的有效措施。

极限切削参数是针对一定的机床、一定的刀具和一定的加工材料，在满足零件加工品质的前提下，使材料的切除率达到最大的一组切削参数。这组参数的确定可以通过计算机优化设计选择最佳铣削参数的方法，在少量试验的基础上借助合理的数学模型、工程分析和仿真等先进手段，快速获取理想的切削参数数据。而对具体情况来说，刀具的种类是有限的，几把常用的刀具基本上能完成 90% 的加工量。在这种情况下，利用正交试验法和切削试验来获取这些刀具的正确切削参数是比较现实的手段。

正交试验方法是利用数理统计学的正交性原理，从大量试验点中挑选出具有代表性、典型性的试验点。对加工效率影响的主要因素有主轴转速、进给量及背吃刀量，因此选择这 3 个主要因素作为切削试验的因素，可以建立铝合金极限切削参数表，如表 9-2 所示。对于黑色金属的切削加工，同样可以运用相同的原理进行切削参数的优化。

表 9-2　铝合金极限切削参数表

| 设备名称 | 刀具状态 | | | | | | 加工材料 |
|---|---|---|---|---|---|---|---|
| | 材料 | 直径/mm | 长度/mm | 刃长/mm | 齿数 | 螺旋角(°) | |
| 高速铣削 FIDIA DR218 | 硬质合金 | 16 | 100 | 60 | 3 | 30 | 铝合金 2A12-T4 |

极限切削参数表

| 面铣削 | | | | 槽铣削 | | | | 轮廓铣削 | | | |
|---|---|---|---|---|---|---|---|---|---|---|---|
| 切削宽度/mm | 主轴转速/(r/min) | 进给速度/(mm/min) | 背吃刀量/mm | 切削宽度/mm | 主轴转速/(r/min) | 进给速度/(mm/min) | 背吃刀量/mm | 切削宽度/mm | 主轴转速/(r/min) | 进给速度/(mm/min) | 背吃刀量/mm |
| 4 | 22000 | 11000 | 2 | 16 | 25000 | 10000 | 0.2 | 1 | 25000 | 11000 | 3 |
| 6 | 21000 | 10000 | 1.4 | 16 | 21500 | 9400 | 0.4 | 2 | 21800 | 10050 | 2.5 |
| 8 | 19500 | 9010 | 1.0 | 16 | 20000 | 8900 | 0.5 | 3 | 21000 | 10000 | 2.1 |
| 10 | 18450 | 8530 | 0.8 | 16 | 18500 | 8060 | 0.6 | 4 | 19400 | 9500 | 1.7 |
| 12 | 17600 | 8040 | 0.6 | 16 | 16700 | 7500 | 0.8 | 5 | 18270 | 8650 | 1.5 |
| 14 | 16050 | 7400 | 0.4 | 16 | 15200 | 7120 | 1.0 | 6 | 18000 | 8500 | 2 |
| 16 | 15000 | 6800 | 0.2 | 16 | 14070 | 6500 | 1.2 | 8 | 26650 | 8250 | 0.8 |

**7. 数控机床加工功能扩展研究**

随着产品结构向整体化、复合化方向发展，大型整体结构类零件的加工越来越多。图9-6为角度铣头加工某舱体示意图。这类零件结构复杂，加工型面多，尤其是某些产品内型面的加工由于受现有的五面体加工中心机床结构的限制无法完成产品全部特征的加工，导致工序过多，周期过长，费用增加。数控机床功能扩展是以实际生产需求为背景，以现有数控设备为对象，对设备加工功能进行扩展，如在立式机床上安装角度铣头，配置数控回作台等，扩大设备加工对象和范围，提高设备加工潜能。

图9-6中使机床从立轴加工变成了卧轴加工，扩展了机床的功能，同时扩大了机床加工范围，使用机床既可以加工外型面又可以加工内型面，而且可以加工斜面和斜孔，极大地提高了机床的应用率。角度铣头的应用解决了大型壳体类零件的加工瓶颈，提高了机床的加工潜能。从另外一个方面讲，角度铣头、数控回转台等附件的引进，可极大地降低数控机床的

图 9-6　角度铣头加工某舱体

投资成本。

**8. 数控机床设备群控采集与 DNC 系统的建立**

DNC 系统是用一台计算机做服务器来控制和管理所有数控机床的程序传输。服务器与数控机床之间的数控程序的交换是双向全自动的，包括机床 DNC 在线加工也是全自动处理的，不需要编程人员与操作者相互协调，从而提高加工设备的有效工作时间。DNC 系统可以实现资源共享、方便程序的管理、多机床同时在线加工。企业使用 DNC 网络管理系统，更大程度上体现了对数控程序及数控机床管理的功能，可以满足企业高度自动化生产的要求和企业资源共享的要求。

使用 DNC 系统可以减少现场计算机的数量、人工成本，避免了因程序传输问题造成的在机床、计算机、工艺人员交流困难的麻烦，节省了大量的工作时间。同时系统根据生产状况，可实现对数控机床停机状态、开机状态、加工状态、空闲状态、故障状态等基本状态的信息采集。这些数据通过汇总、统计、查询等手段，生成供管理者使用的各种报表，为管理决策提供依据。管理人员可以掌握数控机床利用率、产品与设备的状态，便于合理分配生产任务，发挥设备资源，提高管理水平。

## 9.1.4　数控技术的发展趋势

中国机床工具工业协会数控系统分会有关专家认为，数控技术将出现如下发展趋势。

1）高精度、高速度：尽管十多年前就出现高精度、高速度的趋势，但是科学技术的发展是没有止境的，高精度、高速度的内涵也不断变化。目前正在向着精度和速度的极限发展，其中进给速度已到达每分钟几十米乃至数百米。

2）智能化：智能化是为了提高生产的自动化程度。智能化不仅要贯穿在生产加工的全过程（如智能编程、智能数据库、智能监控），而且还要贯穿在产品的售后服务和维修中。即不仅在控制机床加工时数控系统是智能的，而且在系统出了故障，诊断、维修也都是智能的，对操作维修人员的要求降至最低。

3）软硬件的进一步开放：数控系统在出厂时并没有完全决定其使用场合和控制加工的对象，更没有决定要加工的工艺，而是由用户根据自己的需要对软件进行再开发，以满足用户的特殊需要。数控系统生产商不应制约用户的生产工艺和使用范围。

4）PC-NC 正在被更多的数控系统生产商采用。它不仅有开放的特点，而且结构简单、可靠性高。但是作为发展方向似乎并未被普遍认同，且将来向着超精密和超高速的极限发展对动态实时检测和动态实时误差补偿要求很高时，它未必就是发展方向。不过，目前作为一个发展分支还是一种趋势。

5）网络化：便于远距离操作和监控，也便于远程诊断故障和进行调整，不仅利于数控系统生产厂对其产品的监控和维修，也适于大规模现代化生产的无人化车间，实行网络管理，还适于在操作人员不宜到现场的环境（如对环境要求很高的超精密加工和对人体有害的环境）中工作。

## 9.2　典型数控加工编程软件基础

随着数控技术的发展，CAD/CAM 技术有了较大的飞跃，涌现了一批功能强大的、通用性较强的编程软件。CAD/CAM 软件作为数控加工编程的基础，提高了编程的效率和质量。下面对常用的 Mastercam、Cimatron、Powermill、UG NX 等软件的数控编程功能进行对比和讲解，可以有效地帮助读者来提高自己的数控编程水平，快速地解决平台之间的数控编程问题。

## 9.2.1 Mastercam

Mastercam 是美国 CNC Software 公司所研制开发的工业界及高校广泛采用的 CAD/CAM 系统，它广泛应用于模具、汽车、造船、航空航天等制造领域，它提供的全三维曲线曲面、实体造型与通用、方便的数控编程和后置处理功能实现了产品的几何设计到加工制造的 CAD/CAM 一体化。

**1. Mastercam 数控三轴铣削编程功能**

Matercam 除了基本二维铣削功能如孔加工、Contour 轮廓加工、Pocket 挖槽加工等功能外，还提供简洁高效的三轴曲面铣削加工功能。常用的三轴铣削加工编程的功能有：

1）Parallel 平行铣削：对空间曲面进行平行等距铣削，其轨迹平行于 XY 平面上的直线。

2）Par. Steep 陡斜面铣削：主要对空间曲面进行陡斜面铣削加工。

3）Radial 放射加工：以平面上的某点为圆心，轨迹沿径向以放射状加工。

4）Project 投影加工：将已有轨迹投影到曲面上重新产生新的刀具轨迹，用户可根据刀具轨迹的实际需要进行优化设计。

5）Flowline 曲面流线：轨迹沿曲面的 U/V 方向进行曲面流线加工。

6）Contour 环绕等距：轨迹沿曲面的外形按环绕轮廓的形式进行 XY 平面内的等距加工。

7）Shallow 浅平面加工：用于曲面变化比较平坦的场合。

8）Pencil 笔式清根：针对曲面之间的相交区域进行笔式清根加工。

9）Scallop 等高外形：轨迹沿曲面外形轮廓环绕按 Z 轴等高的形式进行曲面加工。

10）Restmill 残余加工：对上道工序的残余留量进行曲面精加工或半精加工。

图 9-7 所示为加工某产品的空间曲面铣削轨迹。针对该曲面的特点可利用 Mastercam 提供的曲面加工策略进行多种方案的加工，从中选取较好的加工方案。实际加工时，应针对产品的结构特点和曲面的构造形式选择合适的加工方式进行加工。图 9-7 中的曲面为一开口圆锥面，针对圆锥面的构成特点，可进行多种刀具轨迹的设计。

图 9-7a 为径向平行铣削（Parallel）加工，完全遵照圆锥面的回转性而进行加工。

图 9-7b 为轴向平行铣削（Parallel）用小段直线来拟合圆弧的方式加工，加工出的曲面精度较低，程序量小。

图 9-7c 为采用轮廓环绕等距（Contour）加工，则是根据产品的结构特点和圆锥面的特性进行加工，加工出的产品曲面精度和表面质量最好，程序量比其他的大。

图 9-7d 为采用曲面流线（FlowLine）的方式进行加工，当曲面的 UV 方向长度变化比较剧烈时，不宜采用；适用于曲面的曲率变化较大，UV 方向长度变化不大的场合。若采用这种方式加工该产品，可通过优化轨迹的方式减少抬刀的次数。

**2. Mastercam 多轴联动加工编程功能**

（1）Mastercam 提供的四、五轴联动加工功能

1）Rotary4ax 旋转四轴：多用于带旋转工作台或配备绕 X、Y 轴的旋转台的四轴加工，

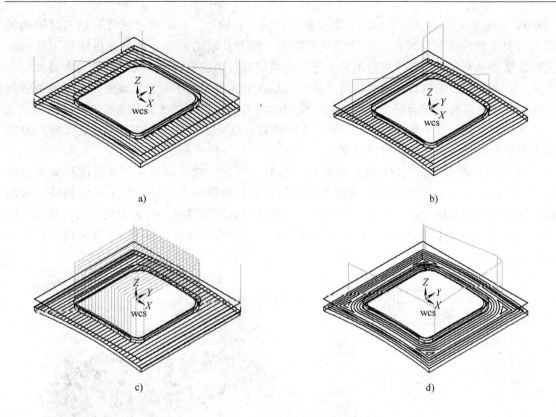

图 9-7　三轴曲面铣削轨迹

a）径向平行铣削（Parallel）　b）轴向平行铣削（Parallel）　c）环绕等距（Contour）　d）曲面流线（Flowline）

如 MACH1600 位 Z 轴旋转的工作台主轴可立卧转换，可对外圆上的槽或型腔进行加工。

2）Curve5ax 曲线五轴：对空间的曲面曲线进行五轴曲线加工。

3）Drill5ax 五轴钻孔：对空间的孔进行钻孔加工，多用于孔的位置比较特殊的场合，如圆锥面上的孔或产品上孔位的轴线方向变化的场合。

4）Swarf5ax 侧刃五轴：利用铣刀的侧刃对空间的曲面进行加工，避免球头刀的 R 切削，能大幅度提高曲面粗精加工的效率。

5）Flow5ax 五轴底刃铣削：用于铣刀的底刃对空间曲面进行加工，避免传统球头刀的加工，此时需要对刀轴矢量进行合理的控制设计。

6）Msurf5ax 五面体加工：多用于铣削工步内容比较多的多面体加工，如立卧转换五面体加工中心可一次加工产品上的五个面或内外腔，多用于工序的复合化加工。

（2）四轴、五轴联动加工曲面的关键技术　空间五轴加工涉及的东西比较多，五轴数控机床的配置形式也多种多样，典型配置有绕 X 轴和 Y 轴旋转的两个摆动工作台，还有主轴绕 X 轴或 Y 轴摆动，工作台则相应绕 Y 轴或 X 轴摆动来构造空间的五轴联动加工。进行五轴加工时涉及的关键技术有：

1）Drive Surface 加工导动曲面：定义产品上被加工的曲面对象。

2）Check Surfacd 干涉曲面：用于空间曲面加工时刀具的干涉面的定义。

3）Boundary 轨迹限制区域：以空间的轮廓对曲面加工轨迹进行限制，使轨迹在限制区域内进行加工，多用于控制刀具的轨迹范围。

4）Tool Axis Control 刀具轴的矢量控制：四轴、五轴加工的关键技术之一是刀具轴的矢量（刀具轴的轴线矢量）在空间是否发生变化，而刀具轴的矢量变化是通过摆动工作台或主轴的摆动来实现的。对于矢量不发生变化的固定轴铣削场合，一般用三轴铣削即可加工出产品。五轴加工的关键就是通过控制刀具轴矢量在空间位置的不断变化或使刀具轴的矢量与机床原始坐标系构成空间某个角度，利用铣刀的侧刃或底刃切削加工来完成。

从上述刀具轴的矢量控制方式来看，五轴数控铣削加工的切削方式可以根据实际产品的加工来进行合理的刀具轨迹设计规划。

1）图 9-8 所示为某产品零件，如采用三轴加工时，一般采用球头刀或者圆柱立铣刀的刀尖进行加工，若采用绕 X 或 Z 旋转的工作台进行四轴加工，针对加工部位的特征采用圆柱铣刀的侧刃和底刃进行加工，产品的加工质量和效率能够得到比较大的改善。图 9-8 中的四点为刀具轴的矢量中心点，即刀具轴的矢量方向始终指向该点。图 9-9 为对应的旋转四轴程序片断。

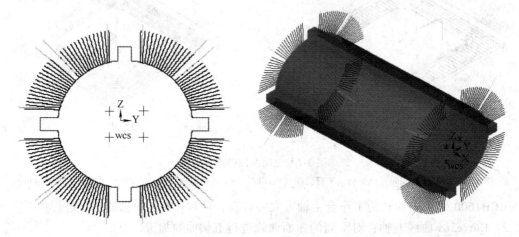

图 9-8　旋转四轴加工轨迹

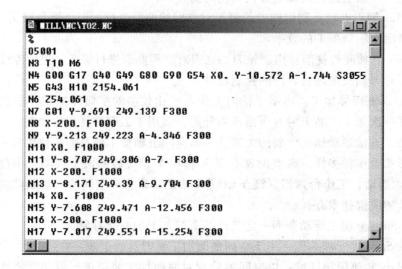

图 9-9　旋转四轴程序片断

2）图 9-10 中 a 和 b 分别是利用的圆柱铣刀的侧刃（Swarf 5 axis）和底刃（Curve 5 axis）进行五轴数控铣削加工，其刀轴矢量方式分别对应于曲面导动（Swarf Driver）方式和曲面法线方向（Normal Surface）方式。

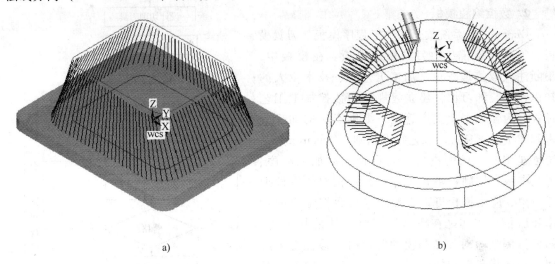

a)                                    b)

图 9-10  五轴加工轨迹图

a）侧刃铣削（Swarf 5 axis）  b）底刃铣削（Curve 5 axis）

## 9.2.2  Cimatron E

Cimatron 系统是较早在微机平台上实现三维 CAD/CAM 全功能的系统。该系统提供了比较灵活的用户界面，优良的三维造型、模具设计、工程绘图、数控加工编程等功能，同时提供各种数据接口以及集成化的产品数据管理功能。Cimatron 系统自从 20 世纪 80 年代进入市场以来，在模具制造业备受欢迎。

Cimatron E 数控编程由三维建模、刀具轨迹设计、刀具轨迹编辑修改、加工仿真、后置处理、数控编程模板、二次开发功能接口、数据文件交换等几个重要部分组成。

### 1. Cimatron E 数控编程基本流程

Cimatron E 用于产品零件的数控加工，其流程一般如图 9-11 所示。首先是调用产品，加载零件毛坯，调用加工模板或用户自定义的模板、设计切削刀具；然后分别创建加工的程式、定义和加工对象、定义加工方式生成相应的加工程序；用户依据加工程序的内容来确立刀具轨迹的生成方式，如加工对象的具体内容、刀具的导动方式、切削步距、主轴转速、进给量、切削角度、进退刀点、干涉面及安全平面等详细内容生成刀具轨迹；对刀具轨迹进行仿真加工后进行相应的编辑修改、复制等功能提高编程的效率；待所有的刀具轨迹设计合格后，进行后处理生成相应数控系统的加工代码；最后进行 DNC 传输与数控加工。

在 Cimatron E 的数控编程流程中，系统界面严格遵循实际产品的数控加工流程来设计，因此其操作简单，在整个刀具轨迹设计规划过程中，可任意修改加工对象、切削参数等内容。值得注意的是，由于其相关性，在进行刀具轨迹流程设计时，对于加工对象的定义，最好有一个总体的规划。系统数控加工编程模块提供如下功能：在图形方式下观测刀具沿轨迹运动的情况、进行图形化修改；具有刀位文件复制、编辑、修改刀具定义和机床以及切削参数数据库等功能，如对刀具轨迹进行延伸、缩短或修改等，按用户需求进行灵活的用户化修改和剪裁等功能。

### 2. 数控编程模板

Cimatron E 系统提供了加工程序模板、刀具模板、加工对象模板、刀具轨迹模板。在模板中，不断注入数控编程员、加工工艺师、技术工人的知识、经验和习惯，建立起规范的数控加工工艺过程，为强化企业生产管理、提供产品的加工效率和质量打下良好的工艺技术基础。Cimatron E 系统创建用户自己的模板可以将预先的加工顺序、工艺参数、切削参数设置好，针对相似的零件加工对象，应用模板可以大幅度提供数控编程的效率和质量，尤其是在模具和成组零件的加工中，如模具制造时对加工凸模和凹模时的最佳工艺过程，并将其定义为加工模板，在加工新的产品对象时，只需调用模板文件，选择所需的几何体，并启动这个流程即可。用户通过加工向导非常容易地从模板中获得专家级的制造过程指导，全部

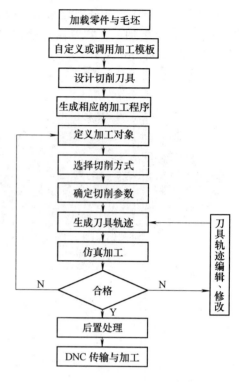

图 9-11 Cimatron E 数控编程流程

内容可非常简单而有效地提供给缺乏经验的用户，有利于吸收别人的经验，通过向导，预先定义的模板可以被激活，并通过简单的交互快速生成数控加工刀具轨迹。

### 3. 变速切削与高速切削

Cimatron E 系统提供的等体积恒功率变速切削功能，尤其适合在普通数控机床上加工余量比较大的难加工材料产品的切削，以充分发挥刀具和机床的性能。图 9-12 所示为系统提

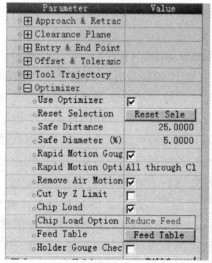

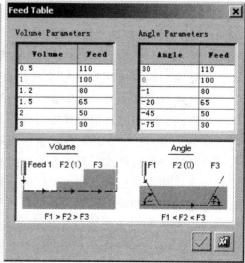

图 9-12 等体积变速切削功能设置

供的等体积变速切削功能设置。Cimatron E 的高速铣削加工功能同时支持等高分层的粗加工和曲面的精加工，通过在转角处以圆角的形式过渡，避免 90°急转（高速场合导轨和电动机容易损坏），同时采用螺旋进退刀配合进给速度的自动调节功能，非常适合于高速切削加工，系统还提供环绕等距等多种方式支持高速加工刀具轨迹的生成策略。

**4. 刀具轨迹的控制方式**

系统提供了钻孔、攻螺纹和镗孔循环等点位加工编程；具有多种轮廓加工、等高环切、行切以及岛屿加工平面铣削编程功能；其提供 3 ~ 5 坐标复杂曲面多轴联动加工编程功能，具有基于残留毛坯、曲面轮廓、等高分层、环绕等距、曲面流线、角落清根、曲线五轴等多种刀具轨迹控制方式。针对每一种加工策略，其刀具轨迹有多种控制方式，对于大余量的型腔和空间曲面的加工，其刀具轨迹的控制方式有如下几种，其刀具轨迹策略与控制界面和典型刀具轨迹策略如图 9-13 和图 9-14 所示。

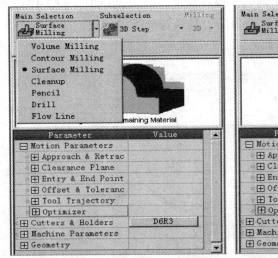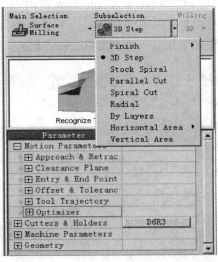

图 9-13　刀具轨迹策略与控制界面

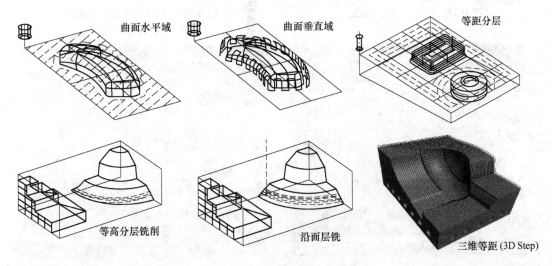

图 9-14　典型刀具轨迹策略

1）基于残留毛坯的螺旋循环加工（Stock Spiral）。

2）空间曲面平行等距铣削（Parallel Cut），其轨迹平行于 XY 平面上某直线。

3）以平面上的某点为圆心，轨迹沿径向以放射状加工（Radial）。

4）等高分层铣削加工（By Layer）。

5）曲面轮廓三维环绕等距（3D Step）。

6）轨迹沿曲面的外形按环绕轮廓的形式进行固定 Z 轴的 XY 平面内的等距加工（Profile）。

7）深孔钻削粗加工排量（Plunge Mill）。

8）空间曲线三轴或五轴加工（Curve 3x & Curve 5x）。

**5. Cimatron E 数控铣削加工编程实例**

图 9-15 所示为某薄壁结构产品零件，其加工特征为一空间曲面，且包含众多不同平面的岛屿。利用 Cimatron E 系统的数控铣削加工编程功能，分别设计出如图 9-16 ~ 图 9-18 所示的平行铣削加工、高速环绕加工和根部清根的刀具轨迹加工示意图。图 9-19 和图 9-20 分别为其切削加工仿真示意图和部分 NC 代码。从刀具轨迹示意图和程序代码中可以看出，使

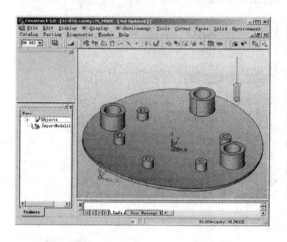

图 9-15　产品加工示意图

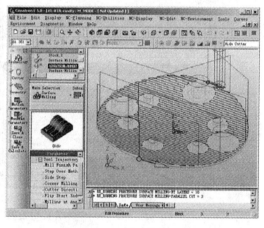

图 9-16　平行切削加工示意图

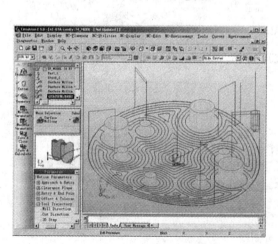

图 9-17　高速环绕切削示意图

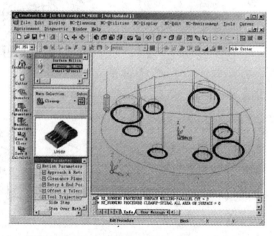

图 9-18　根部清根的刀具轨迹加工示意图

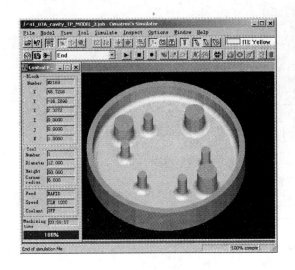

图 9-19　仿真加工示意图

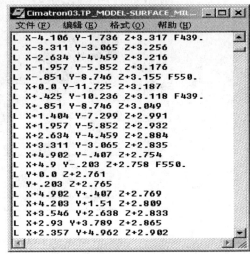

图 9-20　部分 NC 代码

用 Cimatron E 设计的刀具轨迹适合于高速、变速恒功率切削加工场合，使用系统提供的功能可有效地提高加工的效率和数控程序的质量。

1）建立 UCS 坐标系：在 Cimatron E 的加工环境里可以随时切换到造型状态。无论在加工或造型环境中建立的坐标系，都可以用于加工刀路的建立。ENVIRONMENT—UCS—BY GEOMETRY 是最常用的 2D 加工的坐标系建立方式，一般通过三个点来确定，分别是坐标原点、X 方向点和 Y 方向点，如图 9-21 所示。

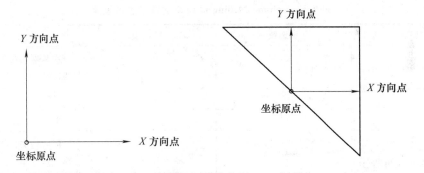

图 9-21　设置坐标系

2）建立一个 2D 加工刀路，点击 按钮，如图 9-22 所示，选择 2.5 Axis。然后在坐标系的下拉列表清单中选择合适的加工原点坐标系统，或者直接点选右边的箭头，然后拾取合适的 UCS。Clearance 为下刀的安全高度，可以根据机床的要求设置合适的数值，最后确认。

3）创建加工工序：刚刚创建的刀具路径显示在当前的列表内，此列表对应于命令 NC DISPLAY—NC PROCESS MANAGER。因为 2D 加工一般可以不定义加工毛坯，下一步可以直接创建加工工序，对应使用图标 。创建毛坯体积切削加工程序如图 9-23 所示。Volume Milling 体积切削排量参数设定如表 9-3 所示。

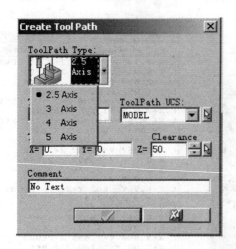

图 9-22　建立 2D 加工程序

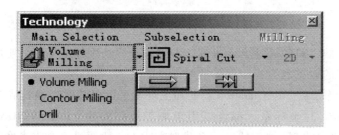

图 9-23　创建毛坯体积切削加工程序

表 9-3　Volume Milling 体积切削排量参数设定

| 主选项 | 次选项 | 自选项 | 内　容 |
|---|---|---|---|
| Volume Milling 相当于 POCKET，加工轮廓内所包含的区域 | Stock Spiral | 无 | 在轮廓内按照毛坯轮廓环绕进给 |
| | Spiral Cut | | 环绕进给 |
| | Parallel Cut | | 平行进给 |
| Contour Milling 相当于 PROFILE，仅仅加工轮廓 | Pocket Milling | 无 | 同时精加工零件的内外轮廓 |
| | Profile | Open Contour | 加工开轮廓 |
| | | Closed Contour | 加工封闭轮廓 |

　　4）选择刀具：可以在这时定义刀具，也可选择菜单 TOOL \ PREFERENCE \ GENERAL \ GENERALNC 中的刀具库定义。此刀具库文件默认位于 D：\ CIMATRONE \ CIM_E \ VAR \ PROFILES 目录下，可以用 IT 版作好刀库文件然后调用，如图 9-24 所示。

　　5）选择加工轮廓对象：用 PART CONTOUR 定义，一般不使用 STOCK CONTOUR。注意：在 Volume Milling 和 Pocket Milling 中，内轮廓的 IN/OUT 和外轮廓相反，如图 9-25 所示。

　　6）定义加工参数，并执行计算。

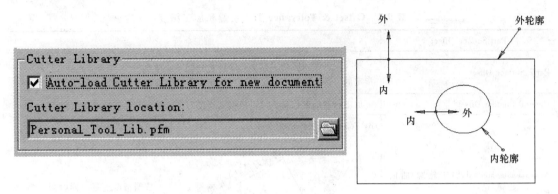

图 9-24　刀库文件调用　　　　　　　图 9-25　加工轮廓定义

### 6. Cimatron E 中 3D 加工参数的设定

（1）Volume Milling 3D（WCUT）体积粗加工排量的加工参数设置　在表格中单击右键，然后在子菜单中不选 Show Prefered Only 可以显示所有的加工参数，如落刀点的设置，螺旋下刀的角度等。表 9-4 ~ 表 9-11 所示供用户设置参数参考使用。

**表 9-4　APPROACH & RETRACT 在 XY 平面上的进退刀方式**

| 项　目 | 选　项 | 内　容 |
|---|---|---|
| Contour Approach 在被加工轮廓上的进刀方式 | Normal | 沿法向进刀 |
| | Tangent | 沿切向进刀 |
| Approach 进刀距离 | 当 Normal 时存在 | 距离被加工轮廓多远进刀 |
| Retract 退刀距离 | 当 Normal 时存在 | 距离被加工轮廓多远退刀 |
| Arc Radius 圆弧半径 | 当 Tangent 时存在 | 切向进退刀的圆弧半径 |

**表 9-5　CLEARANCE PLANE 设定 G00 的安全平面**

| Use Clearance | 选项 | 使用安全平面 |
|---|---|---|
| Interal Clearance 内部安全高度平面的使用方式 | Absolute | 抬刀到绝对安全高度 Z = 10 |
| | Incremental | 加工完一层后 Z = −15 抬刀起来 ΔZ = 5，即抬刀到 Z = −10 |
| Absolute Z | 10 | 如上 |
| Incremental | | 如上 |
| UCS Name | UCS = 13 − 1 | 本步加工使用的坐标系，不应更改 |

**表 9-6　Entry & End Point Z 方向落刀的方式**

| Entry Points Z 方向落刀的方式 | Auto | 系统自动选择下刀点 |
|---|---|---|
| | Optimized | 系统优化选择下刀点，同样的零件比自动的下刀点数目少 |
| | User-defined | 用户指定下刀点 |
| Ramp Angle | 只在 Auto 时存在 | 螺旋下刀的螺旋角，90°为垂直下刀 |
| Max. Ramp Radius | 当下刀角小于 90°时 | 螺旋下刀的最大螺旋半径，确定的依据公式为：最小插刀尺寸/2 ≤最大螺旋半径≤2.5×刀具直径 |
| Min Plunge Size 最小插刀尺寸 | 刀具的盲区大小 | |
| Dz. Feed Start 缓降高度 | 落刀时距离被加工层高度多高的距离开始用进给速度进给 | |

**表 9-7  Offset & Tolerance 加工余量和加工精度**

| Part Surface Offset | 加工余量 | |
| --- | --- | --- |
| Part2 Surface Offset | 第二部分曲面的加工余量，所谓第二部分曲面就是在 Geometry 选取时，特殊指定的一部分加工曲面，对其可以指定不同的加工余量和加工精度 | |
| General Contour Offset | 加工轮廓的偏移量，可以根据需要使刀具能够走到的区域变大或变小 | |
| Approximate Method 加工轮廓/曲面的逼近方式 | By Tolerance 按照精度逼近<br> | By Tol. + Length<br><br>按照精度逼近，同时限制每段刀轨的最大长度不得超过定值 |
| Part Surface Tolerance | 加工精度 | |
| Part2 Surface Tolerance | 第二部分曲面的加工精度 | |

**表 9-8  Tool Trajectory 进给参数**

| Z – top | 加工的最大高度 | |
| --- | --- | --- |
| Z – bottom | 加工的最低高度 | |
| Mill Finish Pass | 是否精铣轮廓 | |
| Down Step | 层降步距 | |
| Side Step | 单层加工上的行距，如果大于刀具直径的一半，则可能留下残料，需要 Clean Between Passes | |
| Corner Milling 刀轨拐角处的过渡方式 | External Round | 刀具外切于轮廓时圆角过渡 |
| | All Round | 刀具内外切于轮廓时都圆角过渡 |
| | All Sharp | 刀具内外切于轮廓时都尖角过渡 |
| Milling Direction | Climb Milling | 逆铣 |
| | Conventional Milling | 顺铣 |
| | Mixed | 顺逆混合铣 |
| Cut Direction（当 Spiral Cut 时存在） | Inside Out | 从内向外环绕 |
| | Outside In | 从外向内环绕 |
| Cutter Direction（当 Parallel Cut 时存在） | Bidir 不需抬刀，加工效率高 | 双向进给 |
| | Undir 需抬刀，表面留痕一致 | 单向进给 |
| Milling At Angle | 当平行进给时的进给角度 | |
| Regions | Connect 一般使用此选项 | 当加工多个凹槽时，区域连接优先加工完此槽，然后再跳刀至另一槽加工 |
| | Skip | 当加工多个凹槽时，在第一槽加工完第一层后跳刀至另一槽加工此层，所有槽加工完第一层后再返回第一槽加工第二层 |

（续）

| Open Part 零件是否为开放零件 | NO | | 如果此零件为纯粹的型腔零件，不应该在加工轮廓外下刀，则选此项 |
| --- | --- | --- | --- |
| | OUTER ONLY | | 如果此零件为纯粹的开放零件，完全可以在加工轮廓外下刀，则选此项 |
| | OUTER + ISLANDS | | 如果在零件既有型腔，又有开放的型心，则可以选择此项，这样由系统来决定应该在何处下刀。如果不确定能否在轮廓外下刀，也可以选此项 |
| Machining By 需要加工多个封闭型腔时，用 By Region 效率更高 | Region | Layer | |
| | | | |
| Use Remain Stock | 半精加工时选中此项，系统自动探测当前（粗加工后）剩余的毛坯形状，使半精加工不加工粗加工已经切削掉的区域 | | |
| Min Stock Width | 最小毛坯宽度，设置这个数值是为了半精加工不去加工某些过于琐碎的区域，留给精加工处理。Min Stock Width 约大于等于本步的加工余量与加工精度的和，当前余量小于此值的区域将不加工 | | |
| Stop at Each Layer | 加工完每层后都停止一下，这没有必要 | | |

　　层间优化的加工方式设置为 NONE 时，常用于粗加工，层间切削不进行参数优化；设置固定 Z 轴等高加工时的 CONSTANT Z 层间等高优化，可以应用于半精加工中，其中的参数设置如表 9-9 所示。

表 9-9　层间优化的设置方式

| Subselection 子选项 | Stock Spiral | 素材环切 |
| --- | --- | --- |
| | Parallel Cut | 平行切削 |
| | Spiral Cut | 环绕切削 |
| Main Selection 主选项 | Volume | 加工轮廓内所包含的区域，一般应选此项 |
| | Contour Milling | 仅仅加工轮廓，这里的轮廓是指本层上经过粗加工之后剩余体积的剖面轮廓 |
| Max NO. of Passes | 在 WCUT 的 Down Step 的基础上，每层最多将剩余的台阶形状细化几次，一般取 3～5 次比较合适 | |
| Side Step | 和其他加工方式中的 Side Step 一样，是两刀之间的行距。如果是使用平刀，这里应该和 WCUT 中一样取刀具直径的一半；即使是球刀加工也不必采用较密的行距，因为这里是半精加工，而且很多垂直区域已经完全可以一刀完成 | |
| Min 2D Distance | 最小 2D 加工间距 | |
| Milling at Angle | 进给角度。一般子选项使用环绕切削，定义顺逆铣 | |
| Cutter Direction | 平行切削时定义单向/双向进给 | |
| Mill Finish Pass | 是否精加工轮廓，环绕切削时没有必要 | |

基于曲面模型的 ON SURFACE 策略常用于半精加工层间优化方式，比 CONSTANT Z 增加了顶部水平区域的环绕加工。其参数设置如表 9-10 所示。

表 9-10　曲面间的层间优化设置

| | Stock Spiral | 素材环切 |
|---|---|---|
| Subselection 子选项 | Parallel Cut | 平行切削 |
| | Spiral Cut | 环绕切削 |
| Step Over Method 加工的 2D 步距控制方式 | 2D Side Step | 固定的 2D 加工步距 |
| | Scallop | 依照被加工后的表面粗糙度来由系统定义加工步距，这里实际加工中的步距是不等的，与加工的刀具直径、曲面的垂直度有关 |
| 其余选项同上 | | |

基于水平面 Horizental 的优化方式是在层间采用投影精加工的水平优化，加工水平或者接近水平的区域，其选项如表 9-11 所示。

表 9-11　水平区域的曲面间路径优化

| Slope Angle | 控制水平区域的大小，曲面的法线方向和竖直方向所成的角度在指定的 Slope Angle 之下的区域被认为是要用投影精加工的区域 |
|---|---|
| | 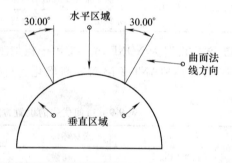 |

（2）曲面层间加工 Surface Milling，By Layers（WCUT FINISH）参数的设置　这种加工方式用于曲面精加工，适用于比较陡峭的零件，即接近于垂直的面比较多的零件，一般型腔零件出于安全考虑都应该使用此加工方法。在精加工时，应该设定较小的加工步距和较高的加工精度，以保证加工的质量。相关加工参数设置如表 9-12 ~ 表 9-14 所示。

表 9-12　APPROACH &RETRACT 在 XY 平面上的进退刀方式

| | Normal | 沿法向进刀 |
|---|---|---|
| Contour Approach 在被加工轮廓上的进刀方式 | Tangent | 沿切向进刀 |
| | Helical 是精加工中独有的选项，一般在高速加工中使用 | 层间螺旋下刀 |
| Approach 进刀距离 | 当 Normal 时存在 | 距离被加工轮廓多远进刀 |
| Retract 退刀距离 | 当 Normal 时存在 | 距离被加工轮廓多远退刀 |
| Arc Radius 圆弧半径 | 当 Tangent 时存在 | 切向进退刀的圆弧半径 |

设定 G00 的安全平面 CLEARANCE PLANE、Z 方向落刀的方式 Entry & End Point、加工余量和加工精度 Offset & Tolerance 与其他类型的加工方式设置相同。进给参数 Tool Trajectory 与其他加工方式不同的参数设置如表 9-13 所示。

**表 9-13  进给参数 Tool Trajectory 与其他加工方式不同的参数设置**

| Direction | DOWN | BY LAYER 层降加工时，按照从上到下的顺序。正常情况下应该选用此项 |
|---|---|---|
| | UP | BY LAYER 层降加工时，按照从下到上的顺序。一般不作应用 |
| HSM Layer Connect | | 在加工的各层之间采用高速的螺旋连接，有别于螺旋下刀的是，它不抬刀到安全高度，以保证在刀轨中没有尖角过渡出现，应用在高速铣削中 |

由于层间优化的加工方式是在精加工，尽管几种选项都存在，但一般只选用 Horizental 选项即可。其中的参数设置如表 9-14 所示，可选用其中常用的 PARALLEL CUT 方式。

**表 9-14  曲面精加工的层间参数优化设置**

| Step Over Method 加工的 2D 步距控制方式 | 2D Side Step | 固定的 2D 加工步距 |
|---|---|---|
| | Scallop | 依照被加工后的表面粗糙度来由系统定义加工步距，这里实际加工中的步距是不等的，与加工的刀具直径、曲面的垂直度有关 |
| Side Step | | 和其他加工方式中的 Side Step 一样，是两刀之间的行距。如果是使用球刀加工，这里应该和 By Layer 中的层降量采用一样的数值，以保证曲面加工质量的一致 |
| Slope Angle | | 区分水平、垂直区域，垂直区域采用 By Layer 等高加工，水平区域采用 Surface Milling 投影加工 |
| Milling at Angle | | 加工进给的角度 |
| Cut Direction | | BIDIR/UNDIR，双向或单向进给 |
| Overlap by | Length | 绝对地区分水平和垂直区域是不对的，因为在相连接的地方会留下一道连接的痕迹，因此需要指定水平或垂直区域多侵占一些区域，以消除接刀痕迹。这里一般用 By Length 指定公共区域宽度来定义区域大小，Overlap 指水平区域多做一些 |
| | Angle | 指定水平区域的倾角加大一定的度数来定义区域大小 |
| Overlap Length | | 公共区域宽度，一般为 3~5 倍加工行距 |
| Wall Offset | | 垂直区域多侵占一定的距离，一般不需要同时偏移水平和垂直区域 |
| Machining Order | Layers Only | 只做层降加工，相当于不做层间优化 |
| | Horizentals Only | 只加工水平区域 |
| | Layers Before Horizental | 先加工垂直区域，再加工水平区域，正常加工时应该选用此项 |
| | Horizental Before Layer | 先加工水平区域，再加工垂直区域 |

## 9. 2. 3  UG NX

UG NX 是融线框模型、曲面造型、实体造型为一体的、参数化和特征化的 CAD/CAM/

CAE 系统。系统是建立在统一的富有关联性的数据库基础上，提供了工程上的完全关联性，使 CAD/CAM/CAE 各部分数据自由切换。以基本特征作为交互操作的基础单位，利用特征技术，用户可以在更高层次上进行产品设计、模具设计、数控加工编程、工程分析，实现并行工程 CAD/CAPP/CAM 的集成与联动。不仅有利于 CAD/CAM 系统之间信息的交换，而且有利于信息的共享。应用好 UG NX 提供的强大的数控加工编程功能是提高企业数控加工技术应用水平的一个重要途径。图 9-26 为 UG NX 的数控编程系统界面。

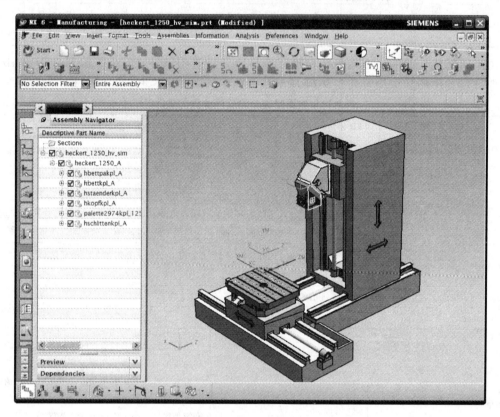

图 9-26　UG NX 数控编程系统界面

### 1. UG NX/CAM 数控铣削加工编程

UG NX/CAM 由以下几个重要部分组成：数控编程模板、刀具轨迹的生成、刀具轴的导动方式、加工仿真、后置处理、切削参数库设计、CAM 二次开发功能接口。

（1）数控编程模板　如图 9-27 所示，UG NX 系统提供了基本的数控编程模板，以 shops_diemold 模板集为例，其包含的内容如图所示，其配置文件 shops_diemold. dat 位于 \ mach \ resource \ configuration 中，模板集文件 shops_diemold. opt 则位于 \ mach \ resource \ template 目录下，其文件内容分别如图 9-27 所示。用户根据本企业的经验创建自己的程序、粗精加工、刀具、产品等类型的编程模板，利用模板之前，需要对不同产品类的零件的不同加工方式模板进行整理与收集。在创建产品结构零件数控编程模板时可按加工方式分类；对于系列化或相似的加工工艺，如凸凹模具类零件的加工，则可以以包含粗精加工方案、刀具的选择及工艺参数完整的加工流程模板。模板的定义可根据产品加工要求和几何特征，也可根据产品加工要求和材料等多种方式进行划分。

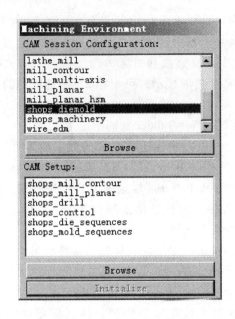
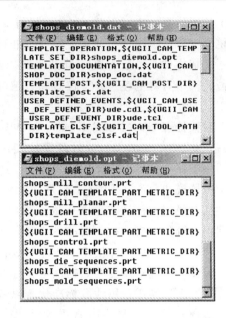

图 9-27　UG NX 数控编程模板设置

（2）刀具轨迹的生成　系统提供了钻孔循环、攻螺纹和镗孔等点位加工编程；具有多种轮廓加工、等高环切、行切以及岛屿加工平面铣削编程功能；其提供 3～5 坐标复杂曲面的固定轴与变轴加工编程功能，可以任意控制刀具轴的矢量方向，具有曲面轮廓、等高分层、参数线加工、曲面流线、陡斜面、曲面清根等多种刀具轨迹控制方式。

（3）刀具轴的导动方式　空间曲面轴加工涉及的内容比较多，尤其是五轴加工时更明显。进行五轴加工时，涉及加工导动曲面、干涉面、轨迹限制区域、进退刀及刀轴矢量控制等关键技术。刀具轴的矢量变化控制一般有如图 9-28 所示几种方式。

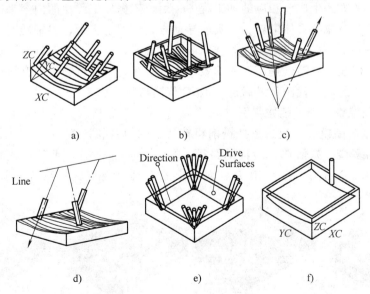

图 9-28　刀具轴矢量导动方式

a）固定矢量　b）曲面法线　c）固定点　d）直线导动　e）直纹面导动　f）曲线投影

（4）加工仿真　UG NX/Vericut 切削仿真模块是集成在 UG NX 软件中的第三方模块，它采用人机交互方式模拟、检验和显示 NC 加工程序，是一种方便的验证数控程序的方法。由于省去了试切样件，可节省机床调试时间，减少刀具磨损和机床清理工作。Vericut 提供了许多功能，其中有对毛坯尺寸、位置和方位的完全图形显示，可模拟 2~5 轴联动的铣削和钻削加工。

（5）后置处理　UG NX/Post Execute 和 UG NX/Post Builder 共同组成了 UGⅡ加工模块的后置处理。UG NX 的加工后置处理模块使用户可以方便地建立自己的加工后置处理程序。该模块适用于目前世界上几乎所有主流 NC 机床和加工中心。UG NX/Nurbs Path Generator 样条轨迹生成器模块允许在 UG NX 软件中直接生成基于 Nurbs 样条的刀具轨迹数据，使得生成的轨迹拥有更好的精度和表面质量，而加工程序量比标准格式减少 30%~50%，实际加工时间则因为避免了机床控制器的等待时间而大幅度缩短。

（6）切削参数库设计　使用系统库可以得到机床、刀具及其材料、零件材料、切削工艺方法、主轴转速及进给速度的数据，定义标准化刀具库、加工工艺参数样板库使粗加工、半精加工、精加工等操作常用参数标准化，以减少使用培训时间并优化加工工艺，提供储存刀具及切削参数和标准刀具指令数据库。用户通过修改库中的数据，使其满足本企业的需要。

（7）CAM 二次开发功能接口　使用系统提供的二次开发接口，用户可以 C 语言，利用 VisualC++ 为集成开发环境，开发专业的数控编程功能程序，以进一步提高编程的效率和简化操作，其提供的 C 语言头函数位于 UG/OPEN 目录下，包括 uf_cam. h、uf_camgeom. h、uf_cam_planes. h 等头文件。

### 2. UG NX/CAM 数控编程流程

UG NX/CAM 用于产品零件的数控加工，其流程为：首先是调用产品零件加载毛坯，调用系统的模板或用户自定义的模板；然后分别创建加工的程序、定义工序加工的对象、设计刀具、定义加工的方式生成该相应的加工程序；用户依据加工程序的内容来确立刀具轨迹的生成方式，如加工对象的具体内容，刀具的导动方式、切削步距、主轴转速、进给量、切削角度、进退刀点、干涉面及安全平面等详细内容生成刀具轨迹；对刀具轨迹进行仿真加工后进行相应的编辑修改、复制，提高编程的效率；待所有的刀具轨迹设计合格后，进行后处理生成相应数控系统的加工代码；最后进行 DNC 传输与数控加工。

### 3. 凸凹模数控铣削加工编程实例

图 9-29 为某产品模具凹模的数控铣削粗精加工的刀具轨迹方式。从图中可以看出，其生成的轨迹灵活多样，如何选择最佳的路径，要结合产品的加工精度、制造成本及生产周期、企业的实力综合考虑。图 9-30 是针对相应的刀具轨迹与数控系统，采用匹配的 HEI-

图 9-29　刀具轨迹方式

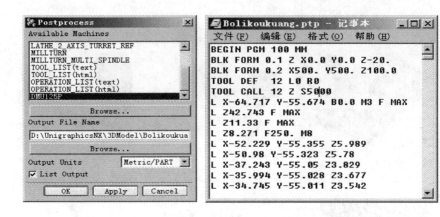

图 9-30　NC 后处理与生成的 NC 加工程序部分代码

DENHAIN 数控系统后处理程序生成的 NC 加工程序部分代码。

### 9.2.4　PowerMILL

Delcam 公司的 PowerMILL 软件具有强大的五轴加工功能和众多的加工策略，下面讲解其应用。

**1. PowerMILL 高级五轴编程功能及其特点**

PowerMILL 五轴加工模块可以实现定位五轴加工方式（3＋2 轴）、连续五轴加工方式，并且确保机床主轴在运动中间或改变轴向时不与工件及夹具发生碰撞。这些五轴加工功能允许运用多种加工策略和全系列的切削刀具，包括端铣刀、牛鼻刀、球头刀、钻头等刀具，能在复杂曲面、实体和 STL 三角形模型上产生五轴刀具路径。

定位五轴加工的特点为：适合于加工深的型芯和型腔，使用短刀具可提高加工精度和工件表面的加工质量，可加工倒勾型面，仅需一次装夹，可显著节省时间。这种功能可使通常需要多次单独三轴加工才能完成加工的零件加工，仅通过一次装夹即可完成全部加工。使用这种方法可直接加工零件的底部特征，用长刀具加工较深的零件的侧壁。使用这种方法加工时，必须对刀具路径进行合适的切入切出、连接及延伸处理，以防止和避免过切产生。

连续五轴加工的特点为：适合于加工轮廓、深的型芯和型腔，使用短刀具可提高加工精度和工件表面的加工质量，可使用刀具侧刃或底刃加工，支持完全过切保护，可用于 STL 格式模型加工。PowerMILL 提供了多个有效的刀具定位方法，使用五轴控制器可重新定位刀具，以加工沿 Z 轴无法直接加工的陡峭表面或底部区域。

**2. PowerMILL 五轴加工策略及其刀具轨迹的设计**

（1）五轴加工策略　图 9-31 为五轴加工策略图，从图中可以看出，系统的加工编程方式较多，可较好地满足产品的五轴加工编程需要。

（2）PowerMILL 五轴高速加工刀具轨迹设计与优化　五轴加工和三轴加工的本质区别在于：在三轴加工的情况下，刀具轴线在工件坐标系中是固定的，总是平行于 Z 坐标轴；而在五轴加工的情况下，刀具轴线是变化的。刀具轴线控制原则是兼顾高加工质量和切削效率，同时避免加工中可能存在的刀具与工件、夹具的干涉。因此，三轴加工的关键在于加工特征

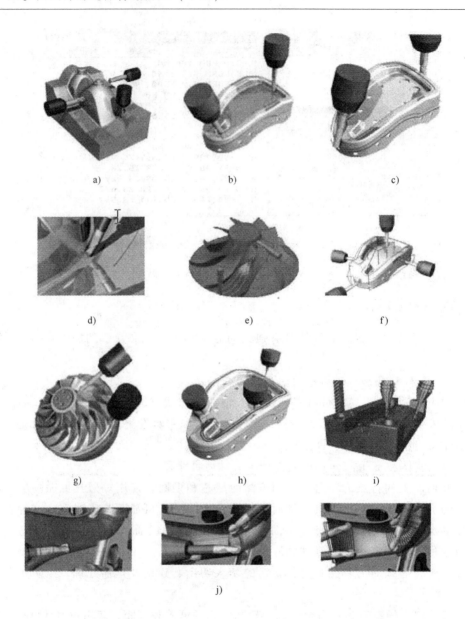

图 9-31　PowerMILL 五轴加工策略示意图

a) 5 轴区域清除加工　b) 5 轴曲面精加工　c) SWARF 加工　d) 5 轴清角精加工

e) 5 轴曲面投影加工　f) 多轴钻孔加工　g) 驱动曲面加工　h) 5 轴槽铣削加工

i) 3 轴刀具路径转化为 5 轴刀径路　j) 管道加工

识别和刀具路径规划，而五轴加工的关键在于刀具轨迹的优化。

常见刀具轴线控制方式是垂直于加工表面、平行于加工表面或倾斜于加工表面。倾斜方向是五轴加工的一般控制方法，垂直于加工表面和平行于加工表面均为其特殊形式。复杂曲面加工过程中往往通过改变角度来避免刀具、工件、夹具和机床间的干涉和优化数控程序。在编辑多轴数控程序时，需要考虑到刀具的进给轨迹对加工效率、加工质量和刀具磨损等方面的影响，以此来降低生产成本，赢得市场。PowerMILL 拥有独特的刀具轨迹优化策略，如

图 9-32 所示。

1）赛车线加工：它是高效初加工策略，利用刀具设计技术，实现侧刃切削或深度切削。随着刀具路径切离主形体，初加工刀具路径将变得越来越平滑，可避免刀具路径突然转向，降低机床负荷，减少刀具磨损，实现多轴高速切削，如图 9-32a 所示。

2）螺旋区域清除加工：对某些几何形体位置可使用螺旋策略来替代偏置策略，使刀具做连续、平滑移动，可最小化刀具的空程移动，减少刀具的加速和减速，保持更稳定的切屑负荷，从而减少刀具的磨损和损坏，如图 9-32b 所示。

3）马蹄形连接区域清除加工：可在一定行距条件下增加一些特殊的刀具路径末端，产生比圆形连接更加光顺的马蹄形连接，在多轴加工时可以大大改善区域清除刀具路径的残留刀痕，延长刀具寿命，如图 9-32c 所示。

4）摆线加工：它是以圆形移动方式沿指定路径运动，逐渐切除毛坯中的材料，避免刀具的全刀宽切削。这种方法可自动调整刀具路径，以保证安全有效的加工，如图 9-32d 所示。

5）自动摆线加工：这是一种组合了偏置粗加工和摆线加工策略的加工策略。它通过自动在需切除大量材料的地方使用摆线粗加工策略，而在其他位置使用偏置粗加工策略，避免使用传统偏置粗加工策略中可能出现的高切削载荷，如图 9-32e 所示。

6）残留粗加工：残留刀具路径将切除前一大刀未能加工到而留下的区域，小刀具将仅加工剩余区域，这样可减少切削时间。PowerMILL 在残留粗加工中引入了残留模型的概念。使用新的残留模型方法进行残留粗加工，可极大地加快计算速度，提高加工精度，确保每把刀具能进行最高效率切削。这种方法尤其适合于需使用多把尺寸逐渐减小的刀具进行切削的零件，如图 9-32f 所示。

7）变余量加工：可分别为加工工件设置轴向余量和径向余量。此功能对所有刀具类型均有效，可用在三轴加工和五轴加工上，如图 9-32g 所示。变余量加工尤其适合于具有垂直角的工件，如平底型腔部件，常希望使用粗加工策略加工出型腔底部，而留下垂直的薄壁供后续工序加工。此功能在加工模具镶嵌块过程中会经常使用，通常型芯和型腔需加工到精确尺寸，在分模面上留下一小层材料。

8）高效的刀具路径连接：尽可能地避免刀具的空程移动。选取最合适的切入切出和连接方法，可极大地提高切削效率，如图 9-32h 所示。

9）刀具路径修圆功能：用圆弧拟合刀具路径中的尖角，使其具有预读功能，可预知后续刀具路径情况的新型 CNC 机床能在加工过程中保持更稳定的进给率。这些圆弧在 CNC 刀具路径中以 G2 或 G3 命令输出，如图 9-32i 所示。如果加工过程中需提刀，则可在提刀移动中增加一圆弧运动，从而保证刀具能以光顺的路径运动。

10）刀具路径编辑：主要是对产生的刀具路径进行编辑、优化并进行仿真模拟，以提高机床的加工效率，如图 9-32j 所示。

11）均匀分布：增加刀具路径中进给点的数量可使刀具路径点分布更加均匀，从而提供更加平滑的五轴刀轴移动，减少振动，从而改善精加工表面质量，使刀具载荷更稳定，减少刀具磨损，如图 9-32k 所示。

12）交互式刀具轴控制和编辑：全面控制和编辑五轴加工的刀轴，可对不同加工区域的刀具路径直观交互地设置不同的刀具轴位置，以优化五轴加工控制，优化切削条件，避免任

图 9-32　PowerMILL 加工刀具轨迹设计优化策略

a）赛车线加工　b）螺旋区域清除加工　c）马蹄形连接区域清除加工　d）摆线加工
e）自动摆线加工　f）残留粗加工　g）变余量加工　h）高效的刀具路径连接
i）刀具路径修圆功能　j）刀具路径编辑　k）均匀分布　l）交互式刀轴
控制和编辑　m）切削点边界和进给率控制　n）自动碰撞避让

何刀具方向的突然改变，从而提高产品加工质量，确保加工的稳定性，如图 9-32i 所示。

13）切削点边界和进给率控制：确保只有刀具的切削点和零件表面接触，而刀柄和零件间不会出现摩擦。而且切削点进给率控制是基于切削点速度设置而不是基于刀具的旋转速度设置，如图 9-32m 所示。

14）自动碰撞避让：主要是自动调整全部五轴加工选项刀轴的前倾和后倾角度，在可能出现的碰撞区域按指定公差自动倾斜刀轴，避开碰撞；切过碰撞区域后又自动将刀轴调整回原来设定的角度，避免工具系统和模型之间的碰撞。在进行叶轮、叶盘、五轴清根等复杂加工时，能自动调整刀具的加工矢量，并可以自由设置与工件的碰撞间隙，如图 9-32n 所示。

### 3. PowerMILL 五轴编程在复杂叶盘、叶轮加工中的应用

叶盘、叶轮零件所固有的一些特定的几何结构特点对编程软件提出了挑战，并非所有的五轴编程软件都能解决。PowerMILL 具有独立的叶轮、叶盘加工策略，丰富的五轴刀轴控制方式，能很好地解决加工中间刀轴干涉碰撞、优化刀具路径等问题，保证了产品的加工质量。图 9-33 为某叶盘、叶轮零件图，其加工过程如下：

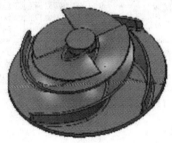

图 9-33　叶盘、叶轮零件图

采用五轴区域清加工的加工策略进行叶盘区域的粗加工，刀具轴的控制方式选择自动方式，打开刀具轴界限功能和自动避免碰撞功能；采用曲面精加工策略进行叶片的精加工，刀具轴的控制方式选择自动方式；采用轴曲面投影精加工策略进行叶盘轮毂部的精加工，刀轴的控制方式选择自动方式。其加工过程如图 9-34 所示，刀轴控制参数及切入切出和连接参数设置如图 9-35 所示。

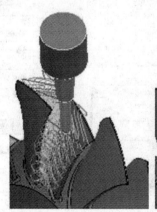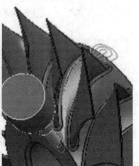

| 叶盘区域清除粗加工 | 叶片部精加工 | 轮毂部精加工 |

图 9-34　叶盘加工过程图

叶轮的加工工序基本上和叶盘加工差不多，采用五轴曲面投影策略进行粗加工；采用 swarf 加工策略进行叶片精加工，刀轴控制方式为自动；采用五轴曲面投影策略进行叶片区

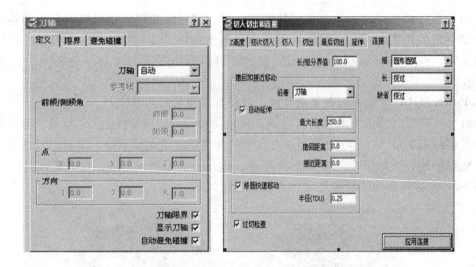

图 9-35　刀轴控制参数及切入切出和连接参数设置

域间的精加工，刀轴控制方式为前倾/侧倾。其参数设置如图 9-36 所示，刀具轨迹如图 9-37 所示。

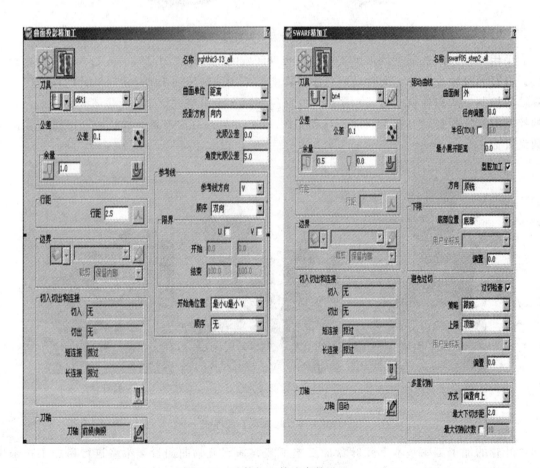

图 9-36　叶轮加工策略参数设置

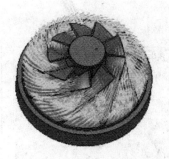

图 9-37　叶轮加工刀具轨迹

### 4. PowerMILL 五轴编程在复杂钻头体加工中的应用

石油钻头体系列产品也是一种典型的五轴加工产品，其产品结构复杂，多为复合曲面组成，产品分为六齿、五齿、四齿，如图 9-38 所示。其加工难点主要体现在：

1）产品的材料为难切削材料，对进给轨迹路线要求严格，不能扎刀，否则加工过程中会断刀。

2）产品的外形尺寸较大（毛坯尺寸为 Φ300mm×310mm），要加工的部位尺寸较大，用普通的加工方法无法全部完成。

3）受产品结构的限制，刀具轨迹编程的优劣，会影响到加工效率。

图 9-38　钻头体系列产品图

针对钻头体系列产品的结构特点及难点，结合 PowerMILL 编程软件的特点，分别采用定位（3+2）五轴策略进行粗加工，用连续五轴策略进行精加工。主要从装夹方法、编程策略、参数选择等方面进行刀具轨迹的设计和优化，以保证产品加工质量的稳定性，提高生产效率。其加工工序如下：

1）工序 1：定位五轴粗加工。将钻头体直立放在工作台上，在水平方向上将两销轴插入钻头体端面上，找正两销轴确定零件的加工坐标系，采用偏置区域清除策略来完成立铣加工。加工完头部余量后采用卧铣，将钻头体装在加工中心转台上，找正立铣所使用的工艺销轴，使之处在水平线上确定工件坐标系，粗铣钻头体齿根部余量。为了避免重复加工立铣已经切削过的部位，提高加工效率，采用边界约束功能，优化卧铣加工区域。

2）工序 2：连续五轴精加工。将钻头体直立放在工作台上，在水平方向上将两销轴插入钻头体端面上，找正两销轴确定零件的加工坐标系。加工设备为六轴五联动、双摆头加工中心，型号为 FIDIA KR199 。加工策略采用曲面投影精加工，如图 9-39 所示。

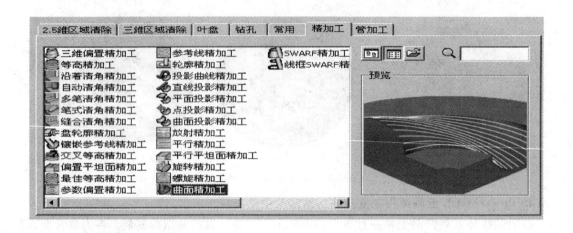

图 9-39　曲面投影精加工策略

### 5. PowerMILL 五轴功能在模具加工中的应用

图 9-40 为某模具的凸模，因其各部分曲面都为可展曲面，因此可以采用 swarf 策略进行加工，使用刀具侧刃加工已选曲面，刀具在全部背吃刀量上和曲面接触。用 D12R1 圆角刀加工内腔曲面，用 D10 立铣刀加工凸模外表面轮廓槽，刀轴控制方式选择自动，刀具轨迹采用水平圆弧切入/切出、掠过的连接方式，打开避免过切和多重切削功能，凸模 swarf 精加工参数设置如图 9-41 所示。

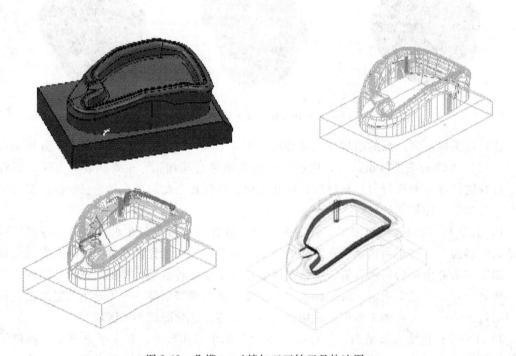

图 9-40　凸模 swarf 精加工五轴刀具轨迹图

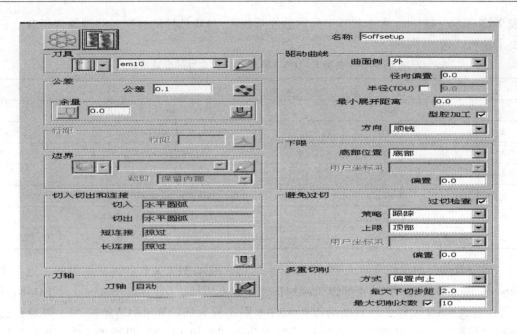

图 9-41　凸模 swarf 精加工参数设置

## 9.3　异构 CAM 平台与数控系统间的程序转换

　　数控编程后处理程序的开发具有非常高的实用意义。首先，可大量节省数控程序编制时间和减少程序的错误率和校对时间，提高数控程序的编制效率和程序质量的同时，提高产品的生产效率和产品质量。其次，可使数控人员更深刻透彻地了解数控系统功能和 CAD/CAM 软件包提供的后置处理模式及解决手段，进一步提高数控技术人员的数控水平。同时对数控机床的升级改造、提高数控机床功能开发和应用水平具有很现实的意义。本节系统介绍了后处理程序 IMSPost 的优点，包括基于异构 CAM 平台与数控系统的后处理开发、数控程序代码反求、后处理开发应用流程、宏程序使用及其调试、机床加工仿真模拟等多方面的内容，并用实例进行了说明，希望对从事数控加工的相关人员起到参考借鉴作用。

　　数控机床与 CAD/CAM 软件推动了制造业的飞速发展，现有的数控系统和 CAM 软件系统种类很多。数控机床 NC 程序和 CAM 软件的刀位文件格式也表现出多样性。主要表现为各数控系统之间存在一定的差别，程序的兼容性较差，如典型的数控系统 FANUC、HEI-DENHAIN、Siemens、Mazak、FIDIA、FADAL、华中数控等，这些数控系统在程序格式、子程序调用、循环控制、插补算法、输出控制、刀具补偿等方面还是存在较大差异。各数控系统之间的数控程序无法做到共用，增加了数控加工人员的难度和重复性。

　　CAD/CAM 软件生成的刀具路径文件格式的多样性主要表现在：刀具路径文件采用 APT 语言格式，这种语言接近于英语自然语言，它描述当前的机床状态及刀尖的运动轨迹。它的内容和格式不受机床结构、数控系统类型的影响。但不同的 CAD/CAM 软件生成的刀具路径文件的格式均有所不同，如"调用 n 号刀具，长度补偿选用 a 寄存器中的值"，表示这一功能的指令在不同的 CAM 系统表述格式不同。例如几种 CAD/CAM 系统刀位文件的表述格式如表 9-15 所示。Imspost 由于其基于异构数控系统和 CAM 软件的通用后处理软件平台，正好解决了这些难题。

**表 9-15　典型 CAD/CAM 平台刀位文件的表述格式**

| 序号 | CAM 系统 | 表述格式 |
|---|---|---|
| 1 | UGII | LOAD/TOOL, N, ADJUST, a |
| 2 | IDEAS | LOADTL/n, l, h |
| 3 | CATIA | LOADTL/1, ADJUST, 1 |
| 4 | Pro/E | LOADTL/n, OSETNO, a |
| 5 | Euclid | LOADTL/1, LENGTH, 0.00000 |
| 6 | CADDS | LOAD/TOOL, n, OSETNO, a |
| 7 | Cimatron | LOADTL/2, ADJUST, 2, LENGTH, 3.937, AUTO_PLN |

一般刀具路径的文件有两大类，包括标准的可读编译 APT 文件和无法编辑的二进制文件 Binary CL file。大部分的 CAM 都提供两种格式，如 CATIA、UG NX、Surfcam、PRO/E、Euclid 等。这些 CAM 软件平台输出的刀位文件差别比较大的。MasterCAM 的 NCI 则是自己的文字格式档案。各 CAM 软件的后处理系统大都不同，如 UG NX 提供的 UG/POST 和 Postbuilder, Surfcam 的 SPost, Pro/NC 的 GPost, CATIA 则用 IMSPOST 或德国 Cnet。同时，还有专业后处理系统，如加拿大 ICam 的 CamPost、美国 SMI 的 IntelliPost 等。利用 IMSPOST 后处理系统可以非常方便地对相应的数控系统进行设置开发。IMSPOST 提供了如 FANUC、Siemens、HEIDENHAIN、Mazak、FIDIA 等数控系统的后处理程序；其提供的宏程序功能处理绝大多数 CAM 软件的刀位文件与大多数数控系统相匹配。

IMSPOST 是美国 IMS 公司为广大用户提供的基于宏汇编的后处理程序编辑器，可支持各种 CAD/CAM 软件生成的刀位文件的后处理，并提供了多种后处理文件库，可支持更广泛的数控机床。同时，它也提供了非常丰富的定制功能，可生成任意形式的后处理文件，可更好地提供支持高速加工、多轴加工的后置处理。所有用户需要的后处理程序都可以通过执行 IMSPOST 后生成。在大多数情况下，用户只需在 IMSPOST 软件的对话窗口和菜单项中编辑和定义宏参数，不必进行复杂宏程序的编制就可以得到为机床定制的后处理文件。由于它通过对刀位文件的求解算法与程序开发，解决异构数控系统与 CAM 平台之间数控程序与刀位轨迹的无缝转换，支持异构 CAM 平台与数控系统的后处理及其转换，提供的宏程序非常适合于用户进行定制开发，同时可进行程序代码的刀位轨迹反求和数控机床加工的仿真模拟等。

### 9.3.1　多 CAM 系统与数控系统程序的异构转换

IMSPOST 系统提供了多种类型的机床库和数控系统库，是目前最好的后处理程序开发软件包，能满足所有的数控机床后处理程序开发使用，很方便地满足企业生产需要。系统支持多 CAM 平台与数控系统的异构转换，包括典型 CAM 平台的多种刀位源文件处理能力，多数控系统格式输出与机床运动学原理的处理、数控程序的刀位源文件反求、异构 CAM 平台与数控系统之间的直接转换。表 9-16 所示为 IMSPOST 支持的典型 CAM 平台与数控系统。从表 9-16 中可以看出，该系统几乎支持所有流行的 CAM 软件包和数控系统后处理程序开发。图 9-42 ~ 图 9-44 所示为针对 CATIA 环境下的刀具轨迹，采用 IMSPOST 软件包后处理生成的

**表 9-16　IMSPOST 支持的典型 CAM 平台和数控系统**

| 序号 | APT/CL 数据类型 | 数控系统 | 序号 | CAM 平台 | 数控系统 |
|---|---|---|---|---|---|
| 1 | Euclid | FANUC | 15 | CATIA V4/V5 | SINUMERIK |
| 2 | STRIM | FIDIA | 16 | Delcam | MAZAK |
| 3 | BihlerCAT（GERBER） | HEIDENHAIN | 17 | UG | NUM750 |
| 4 | General APT | SINVM ERIK840D | 18 | Surfcam | YASNAK |
| 6 | CATIA Machinist | DECKEL | 19 | Cimatron | SELCA |
| 9 | PTC | MAHO | 20 | Auton | KTGEMINI |
| 11 | Prelude Manufacturing | FADAL | 21 | Intercim | TIGER |
| 12 | Adra Systems | CENTURION | 22 | HMS – APT | SPECTRA |
| 13 | IBM360/370 Binary | OKUMA | 23 | VX | CREATIVE |
| 14 | Mastercam | VMC | 24 | MetalCAM | CINCOM |

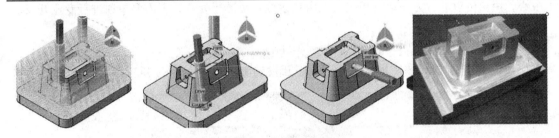

图 9-42　基于 CATIA 的变锥形件五轴加工刀具轨迹

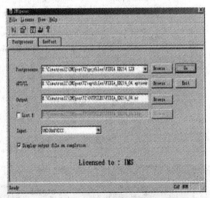

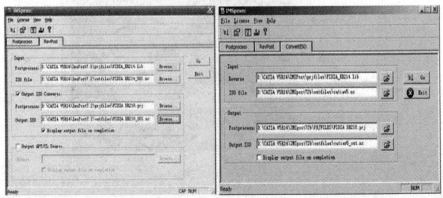

图 9-43　IMSPOST 软件包后处理生成的机床加工代码转换与反求

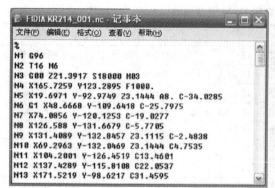

图 9-44　FIDIA KR214/FIDIA DR218 五轴机床加工锥形件代码

机床加工代码转换与反求，针对 FIDIA KR214 和 FIDIA DR218 两种不同类型的五轴高速铣削加工中心，用户可以非常方便地对相应的机床和数控系统进行处理，不需要单独进行专业开发。

## 9.3.2　后处理开发流程

使用 IMSPOST 进行数控机床后处理程序开发的基本流程如图 9-45 ~ 图 9-49 所示。首先

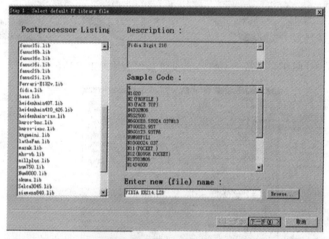

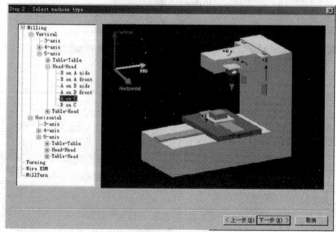

图 9-45　数控系统与机床类型设置

选择数控系统的类型，然后针对相应的机床进行其运动学设置和机床组件配置。五轴机床设置一定要正确。这是由于五轴机床的类型比较多，典型的配置主要有五轴转台回转与摆动、五轴转台回转与主轴摆动、五轴主轴回转与摆动、五轴主轴复合摆动回转、五轴工作台复合摆动回转等。其中五轴后处理一般都通过使用 RTCP（旋转刀具中心编程）功能来提高五轴数控机床的编程效率和机床精度，尤其是多轴机床的偏心和摆长问题。第三步主要进行细节设置，包括机床坐标轴行程、程序起始终止控制、直线圆弧插补控制、机床主轴及其润滑控制、刀具补偿等。第四步如图 9-48 所示，主要进行常用的子程序调用、循环加工控制（铣削中心的钻孔、镗孔循环，车削加工的端面、外圆、镗孔、轮廓循环控制）等。第五步主要进行程序代码的测试，如图 9-49 所示。第六步是针对数控系统进行特殊的处理、用户的宏程序开发。第七步则是利用 IMSPOST 提供的机床加工仿真模拟，对相应的数控机床系统进行产品仿真加工，以验证用户的后处理程序开发的正确性。

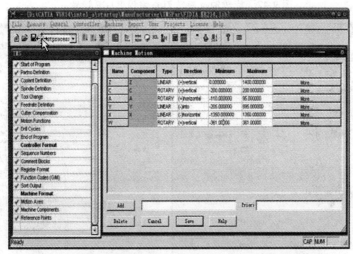

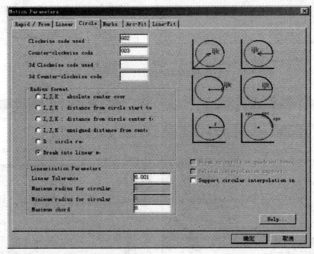

图 9-46　机床行程与插补运动控制设置

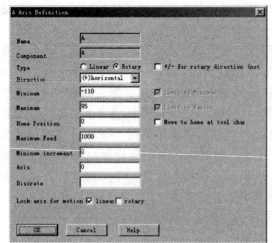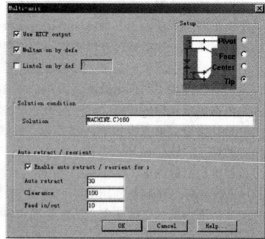

图 9-47　旋转轴及旋转刀心编程 RTCP 设置

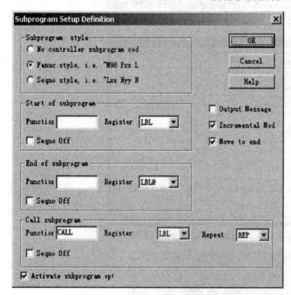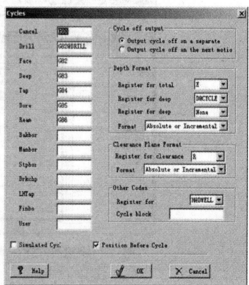

图 9-48　子程序调用与循环加工输出控制

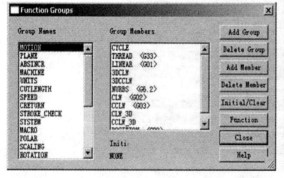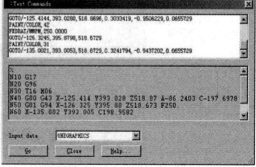

图 9-49　函数功能组及控制指令输出测试

### 9.3.3　机床仿真加工模拟

使用 IMSPOST 开发后处理程序后，对其进行机床代码的调试和机床仿真加工可以非常方便地检测后处理程序的正确性。系统提供了集成环境的程序调试与机床仿真加工模拟功能，如图 9-50 所示。尤其是对于五轴机床的加工，由于机床运动复杂，手工编程很难保证程序的正确性，采用机床仿真加工模拟可以大幅度提高编程的质量和效率，同时可以避免传统的试切方式来验证程序的正确性，不仅降低了成本，提高了产品质量，同时大量缩短了制造周期。

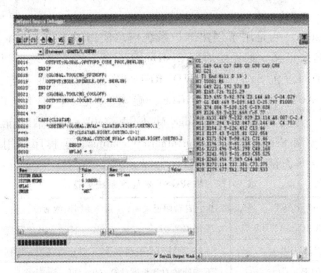

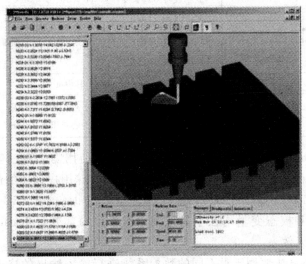

图 9-50　IMSPOST 后处理开发宏程序调试与机床仿真

### 9.3.4　数控程序转换的难点与步骤

IMSPOST 通过使用宏程序编制测试（Macro Test/Debug）来提高其后处理程序开发的开放性，通过提供一系列的宏操作（Macro Operations）、定义关键宏变量（Macro Variables）、宏指令与宏程序完成特定的功能：包括坐标变换、特殊格式输出、数值计算等方面的内容。系统使用一系列的宏变量和宏操作对刀位数据文件进行数值处理。

采用宏变量的思想是为了控制管理刀位文件数据。用户必须了解数据文件的存储结构；宏是如何与数据进行交互处理的，如何在宏之间进行数据传递；同时，必须了解 IMSPOST 提供的宏程序语言逻辑操作，宏是如何操作用户变量和系统变量的。IMSPOST 宏程序编程方式与 C、C++、Fortran 等高级语言的编程语法非常接近，系统提供了一系列的宏操作以及五种类型的变量对刀位数据结构文件进行操作，变量包括系统变量、模态变量、全局变量、局部变量和刀位文件数据结构变量，变量与 C 语言中的参数功能相同。下面分别进行简要介绍：

1）系统变量 System：它是用于创建维护系统信息使用的系统参数，用户可以使用关键字 System 及其变量名来定义，如系统时间 System. Date 等。任何宏均可以直接对系统变量进行操作，包括安全平面设置 SYSTEM. AUTO_RETRACT_SAFE、抽刀方式 SYSTEM. AUTO_ RETRACT/SYSTEM_AUTO_RETRACT_ANGLE、旋转刀心编程 RTCP 功能变量 SYS- TEM. COORD_RTCP、刀具交换 Tool Change Macro Variables、主轴功能控制 Spindle Macro Variables、进给速率控制 Feedrate Definition Macro Variables、子程序调用与循环控制宏变量 Cycles Macro Variables 等。部分系统变量如表 9-17 所示。

表 9-17　IMSPOST 宏程序系统变量

| | |
|---|---|
| SYSTEM. AUTO_RETRACT | 0：自动回退关闭；1 = 自动回退激活 |
| SYSTEM_AUTO_RETRACT_ANGLE | 采用 GOTO/x, y, z, i, j, k 控制刀具轴角度 |
| SYSTEM. COORD_RTCP | =0：旋转刀心编程激活；=1：旋转刀心编程关闭 |
| SYSTEM. RTCP | 五轴旋转刀具长度计算（0 = Off, 1 = On） |
| SYSTEM_CIRCKIND | =1：绝对圆弧中心和圆弧终点；=2：距离圆弧起始点和圆弧终点<br>=3：无符号距离四分之一圆弧起始点和圆弧终点<br>=4：圆弧半径和圆弧终点；=5：圆弧中心、半径、终止角 |
| SYSTEM. MAT1F [n] /MAT2F [n] | 系统计算 4×4 存储矩阵，其中 n = 1~15 |
| SYSTEM. TOOL_WITH | 刀具点坐标输出：=1：刀尖；=2：刀心；=3：主轴端面（刀具长度为 0 时）；=4：旋转刀具中心点 RTCP point |

2）全局变量 Global：是由用户根据数控系统需求和使用需求自己创建的，其生命周期是在宏内外部使用均有效的。其功能主要是针对寄存器存储用户设置的信息，如刀具半径补偿寄存器 Global. CutCom_REG = "D"，钻孔循环中 Global. Cycle. REG = "Z/Q/R/P" 等。系统变量、全局变量和模态变量均在全局范围内有效。局部变量 Local 只在宏内部使用有效，在宏外部使用时无效。

3）模态变量 Mode：主要用于对不同的数控系统进行输入输出的格式控制，使用关键字 Mode 来标识，可以有多级结构；如直线插补运动定义模态变量 Mode. Motion. Move G00/Mode. Motion. Linear = G01、刀具半径补偿 Mode. CutCom. REG G41、钻孔循环 Mode. Cycle. Drill G81、切削液控制 Mode. CoolNT_off M09 等。

4）刀位文件变量 CLData/CLRead：这两组类型的变量均是系统变量的一种，其生命周期全程有效。其作用主要是宏读取刀位文件的数据结构并进行数据信息传递，它们都是基于文件格式的数据信息。其中 CLDATA 是从刀位文件 cld（如 ∗.cls、∗.nci、∗.aptsourse）中读入信息后传递到宏进行数据处理的参数；而 CLRead 则是宏数据处理后向外部传递信息的参数变量。这两组变量均使用关键字 Minor 和数据 Numbers 来记录信息的，Minor 为存储关键字，Numbers 存储关键字对应的信息。下面是加载刀具参数信息的一个例子。

　　LOADTL/1.0，LENGTH，5.0，OSETNO，3.0

　　① 当宏 LOADTL Macro 被初始化时，其 CLDATA 存储的数据结构信息存储结构如下：

| | |
|---|---|
| CLDATA. 0 = 5（3 values + 2 Minor words） | //三个数值与两个关键字 |
| CLDATAN. 0 = 3 | //数值信息为 3 个 |
| CLDATAN. 1 = 1.0 | |
| CLDATAN. 2 = 5.0 | |
| CLDATAN. 3 = 3.0 | |
| CLDATAM. 0 = 2 | //关键字信息 2 个 |
| CLDATAM. 1 = "LENGTH" | |
| CLDATAM. 2 = "OSETNO" | |

　　② 当刀具采用右补偿时，其存储的信息表达如下：

| | |
|---|---|
| CLDATAN. RIGHT. LENGTH. 0 = 1 | |
| CLDATAN. RIGHT. LENGTH. 1 = 5.0 | |
| CLDATAN. RIGHT. OSETNO. 0 = 1 | |
| CLDATAN. RIGHT. OSETNO. 1 = 3.0 | |
| GLOBAL. CUTCOM_REG = "D" | //刀具寄存器存储 |
| MODE. CUTCOM. LEFT： | //G41 刀具左补偿 |
| MODE. CUTCOMO. RIGHT： | //G42 刀具右补偿 |
| MODE. CUTCOM. OFF： | //G40 刀具补偿取消 |

　　③ 钻孔循环的实例：

| | |
|---|---|
| MODE. CYCLE. OFF = "G80" | //循环控制关闭 |
| MODE. CYCLE. DRILL = "G81" | //模态钻孔循环 |
| CYCLE/DRILL, 0.5, IPM, 72, 0.4, 0.4 | |
| GOTO/1，2，3 | //G81 X1. Y2. Z2.5 R3.4 F72. |
| GOTO/4，5，3 | //X4. Y5. |
| CYCLE/OFF | //G80 |

　　IMSPOST 系统提供的宏操作功能函数主要用于宏之间的数据信息处理、内外部文件信息的处理、宏内部的逻辑控制。IMSPOST 系统提供的宏操作主要有 IF、WHILE、LOCATE、BREAK、CALL、CASE、CLREAD、ADD、BOUND、COPY、CUT、DELETE、FILE、DISPLAY、MOVE、OUTPUT、PRINT、PRIORITY、RETURN、RUN、SEQNO、SOLUTION、SORT、SPLIT、TABLE、UPDATE。如当后处理 SPINDL/OFF 时，系统输出 M5，使用宏可以在代码行后续输出切削液关闭的功能 M9。宏操作对于数控机床加工的程序 G 代码的首尾输出控制也非常方便有效。

　　下面重点说明异构 CAM 平台与数控系统之间程序转换的难点和目标分析。研究开发的主要内容包括：研究软件编程刀具轨迹算法、研究数控系统的数控程序格式、研究机床运动学构成与加工方式、进行程序转换开发与调试、试验切削验证程序的适应性和出错率等内容。异构 CAM 平台与数控系统程序之间的转换所涉及的关键技术难点包括如下几个方面的内容：

1）常用数控编程软件如 UG NX、Pro/E、CATIA、Mastercam 编程输出的刀位文件的数据结构。

2）数控系统 FANUC、Siemens、FIDIA、Milltronics、HEIDENHAIN、MAHO 加工的程序格式。

3）常用五轴机床如 DMU125P、FIDIA KR214 的运动结构配置及运动学原理。

4）IMSPOST 环境下的五轴机床运动学模型开发，包括与编程软件 UG NX、Pro/E、CATIA、Mastercam 之间的接口，与 FANUC、Siemens、FIDIA、Milltronics、HEIDENHAIN、MAHO 数控系统之间的接口。

5）在 IMSPOST 环境下，系统函数 API 的应用，宏程序与 C/C++ 二次开发与调试，实现同一产品加工，不同编程软件下、不同机床结构、不同数控系统之间的机床加工时 NC 数控程序之间的转换。

在解决上述的难题之外，即可按照如下的目标进行研究、设计、开发、测试和验证。

1）采用铝合金或其他材料，选定任何结构件，对三轴机床进行转换试验验证，首先实现孔加工，其次实现二轴联动验证，进一步实现三轴联动加工空间曲面。

2）采用铝合金或其他材料，选定任何结构件，针对两台不同的四轴功能机床如 DMU125P、DECKEL MAHO1600W 等，分步骤实现孔加工，二、三、四轴联动加工时程序的转换。

3）采用铝合金或其他材料，选定任何结构件，针对两台不同运动方式的机床如 FIDIA KR214、FIDIA DR218，针对同一数控系统，分步骤实现孔加工，二、三、四、五轴联动加工时程序的转换。

4）采用铝合金或其他材料，选定任何结构件，针对两台不同结构如 DMU125P、FIDIA KR214 机床和不同的数控系统如 HEIDENHAN 和 FIDIA，分步骤实现孔加工，二、三、四、五轴联动加工时程序的转换。

5）针对其他类型的数控机床，如数控车床、数控线切割加工机床，可以采用相应的方式进行研究开发测试。

### 9.3.5 基于 FIDIA KR214/FIDIA DR218 的应用实例

FIDIA KR214/FIDIA DR218 均为六轴五联动高速铣削加工中心，主轴头绕 Z 轴回转和绕 X 轴或 Y 轴摆动，同时工作台绕 Z 轴旋转。由于采用六轴五联动，因此其灵活性很大，使用非常方便。对于该类型机床的运动配置，如 FIDIA DR218 可以分解为主轴旋转摆动 X、Y、Z、B、C 的结构形式和主轴摆动工作台旋转的 X、Y、Z、B、W 的结构形式，如图 9-51 所示。

使用 IMSPOST 进行后处理程序开发，用户可以很方便地对程序起始块控制指令的输出、格式转换进行控制：包括数据类型转换与圆整、字符串处理、绝对增量编程、单位输出、程序号、准备功能、辅助功能、快速运动控制、直线圆弧插补、进给运动控制、暂停控制、主轴控制、刀具补偿、冷却控制、子程序调用、固定循环控制等。同时可以很方便地进行坐标

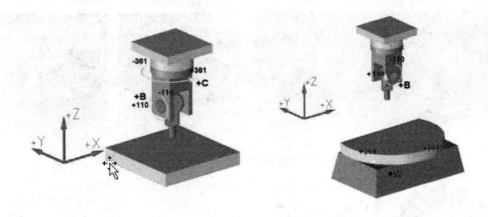

图 9-51　FIDIA DR218 五轴运动方式

变换、跨象限处理等算法处理。

　　图 9-52 ~ 图 9-54 所示为某叶轮基于 CATIA、Pro/E、UG NX 平台下编制的五轴加工刀具轨迹。针对 FIDIA KR214/FIDIA DR218 五轴机床的后处理程序开发与转换的需要，采用 IM-SPOST 软件对三种 CAM 平台的刀具轨迹进行后处理，生成的机床加工代码经过仿真模拟和产品实物的加工，完全符合科研生产需要。采用 FIDIA KR214 和 FIDIA DR218 加工某叶轮流道的精加工程序 G 代码如下所示。

图 9-52　基于 CATIA 的叶轮五轴加工刀具轨迹

①　FIDIA KR214 叶轮流道加工程序代码段：

```
（YELUN_LIUDAO_FINISH_OF_FIDIA KR214）
N0010 G96
N0020 G17
N0030 T16 M06
N0040 G01 X－7.888 Y70.465 Z105.543 A－68.746 C＋6.387 F1500 S18000 M03
N0050 X－7.891 Y70.498 Z105.458 A－68.739 M08
```

图 9-53　基于 Pro/E 的叶轮五轴加工刀具轨迹

图 9-54　基于 UG NX 的叶轮五轴加工刀具轨迹

N0060 X – 7. 906 Y70. 63 Z105. 117 A – 68. 71

N0070 X – 7. 965 Y71. 159 Z103. 755 A – 68. 584

N0080 X – 8. 085 Y72. 227 Z101. 036 A – 68. 278

N0090 X – 6. 472 Y73. 587 Z98. 072 A – 67. 864 C + 5. 026

……

N5100 X154. 426 Y198. 957 Z4. 631 C – 37. 818

N5110 M02

②　FIDIA DR218 叶轮流道加工程序代码段：

（YELUN_LIUDAO_FINISH_OF_FIDIA DR218）

N0010 G17

N0020 G96

N0030 T16 M06

N0040 G01 X – 7. 888 Y70. 465 Z105. 543 B – 68. 746 C – 83. 613 F1500 S18000 M03

N0050 X – 7. 891 Y70. 498 Z105. 458 B – 68. 739

N0060 X – 7. 906 Y70. 63 Z105. 117 B – 68. 71

N0070 X – 7. 965 Y71. 159 Z103. 755 B – 68. 584

N0080 X – 8. 085 Y72. 227 Z101. 036 B – 68. 278

N0090 X – 6. 472 Y73. 587 Z98. 072 B – 67. 864 C – 84. 974

……

N5050 X152. 138 Y200. 734 Z4. 631 B. 085

……

N5100 X154. 426 Y198. 957 C – 127. 818

N5110 M02

基于异构数控系统和 CAM 平台的数控编程后处理专用程序 IMSPOST，不仅方便了用户编程，同时大大提高了企业不同数控系统和 CAM 平台的兼容性问题，在保证数控程序质量的同时提高了数控程序与数控设备的管理效率。IMSPOST 系统支持众多的 CAM 平台和数控系统，丰富的后处理程序开发调试与机床加工仿真模拟功能，是从事数控加工的技术人员及管理人员不可或缺的后处理开发软件平台。

# 9.4　数控机床雕刻与模具加工编程应用

## 9.4.1　Mastercam Art 艺术浮雕加工编程

CNC Software 公司推出的 Mastercam Art 软件能根据简单的二维艺术图形，快速生成复杂雕刻曲面。这项工作如果使用曲面造型来作，需要数周的时间才能完成。而现在用 Mastercam Art 只需几分钟。另外，使用传统的曲面造型技术构造三维艺术模型时，非常繁琐。而使用 Mastercam Art 就非常方便了。可以在屏幕上快速地"雕刻"出二维艺术模型，并随心所欲地修改它，直至满意为止。在整个"雕刻"过程中，设计人员就像雕刻家一样，只需用双眼考察模型的形状，并作出快速的修改。而无需关注构造模型时，计算机内部复杂的数字运算。

Mastercam Art 还提供了很多可视化工具和实时的图形编辑手段。如通过设定尺寸修改模型形状，或通过非尺寸的参数输入来修改形状等。Marstercam Art 能扫描输入 2D 艺术模型，并自动把转入的图像转换成光滑的边界样条曲线。设计者可从这些曲线中选择导线、扫描截面线，这样一张自由的曲面很快就拉起来了。对于这些艺术曲面，MC Art 开发了一组非常有效的特殊的进给方法。这些新的进给方法非常快，并且非常精确。测试表明：把这些进给方式用在一个具有 1 350 000 个 STL 三角片的复杂模型上，只需 1min 就能计算出铣削加工的刀具路径。并且这些刀具路径支持的刀具类型也很多，包括锥刀、铣刀，球刀和牛角刀。Mastercam 浮雕加工处理工作流程依次为：

1）选择图像或图片文件进行转换。

2）将图像文件转换为黑白灰度文件。

3）产生 Mastercam 实体。

4）对实体进行编辑处理。

5）产生刀具路径、输出程序代码。

下面以实例的形式讲述浮雕的数控编程，具体过程方法如下：

1）Rast2Vec 转换器可对所有的图片格式进行转换处理，包括 JPEG/bmp/tif/pcx 等。进入 MastercamX 系统后，点击主菜单 Art 目录下的 Trace Image/Rast2Vec…命令如图 9-55 所示（对于 MastercamX 以前的版本采用进入主菜单选择 Main Menu > File > New 后，选择 Converters > NextMenu > Rast2Vec），选择需要转换的文件 butterfly. bmp，点击 Open 打开，如图 9-55 所示。

2）选择 Linear Black/White conversion，点击拖动 Threshold 滑动条到合适的位置，观察图片的变化情况，点击 OK 确认，设置图片灰度如图 9-56 所示。

3）选择创建外围轮廓 Create outlines，设置 Resolution DPI 为 300，图像尺寸调整大约为

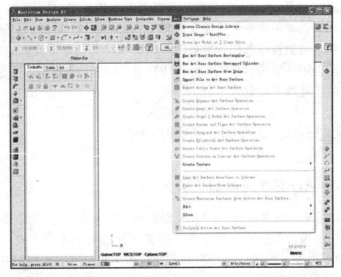

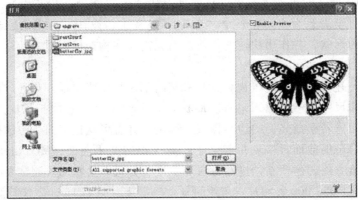

图 9-55　转换图片文件

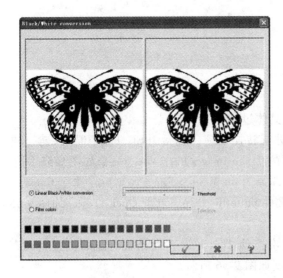

图 9-56　设置图片灰度

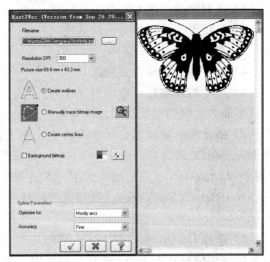

图 9-57　将位图转换为线框模型

长 86.4mm、宽 53.8mm 的规格。去掉 Background bitmap 复选框。设置 Source bitmap contains 为 Mostly arcs，设置 Accuracy 精度为精密级 Fine，点击 OK 确认，图 9-57 所示 Mastercam 将位图转换为线框模型。

4）按 F1 键，进入窗口缩放 Zoom 功能，观察如图 9-58 所示的左上角区域，曲线连续线和光顺性较差，非常不光滑；按 ESC 返回到 Rast2Vec 对话框，设置 Source bitmap contains 为 Lines、corners and arcs 直线、圆弧拟合，点击 OK 后，重新观察左上角区域，曲线变得非常光顺圆滑。

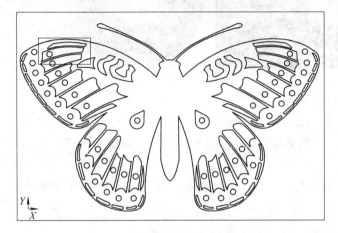
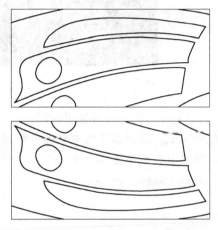

图 9-58　轮廓光顺圆滑处理

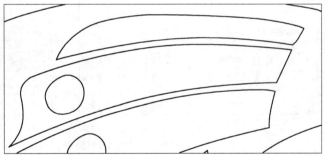

图 9-59　轮廓光顺处理

5）进一步光顺处理，选择从 R2V 光顺几何图形菜单中选择 Smooth more，打开对话框如图 9-59 左图所示，调整滑动条进行几何光顺处理，结果如图 9-59 右图所示，点击 OK 确认退出。

6）按 ESC 键返回 Rast2Vec 对话框，选择 Background bitmap，点击验收设置为灰色（gray），轮廓灰度处理如图 9-60 所示。

7）创建样条曲线（splines），按 F1 键放大图中所示区域，从 R2V 中选择 Create > Modify，

图 9-60　轮廓灰度处理

选择 Create Splines，将样条类型设置为 P 参数型，设置 Ends 为 No，从 Splines 菜单中选择 Curves，选择 Do 完成，创建样条曲线如图 9-61 所示。其余部分看参照类似的方法处理。

图 9-61　创建样条曲线

8）刀具轨迹编辑按照轮廓加工、挖槽加工以及 Mastercam 提供的雕刻 Engraving 编程功能等方式，完成最终的雕刻加工编程、刀具轨迹处理与 NC 代码输出。轮廓雕刻编程、刀具轨迹及其仿真如图 9-62 所示。

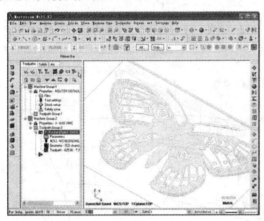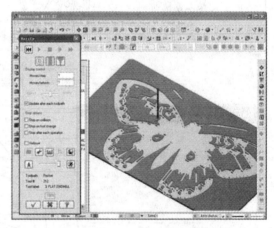

图 9-62　轮廓雕刻编程、刀具轨迹及其仿真

### 9.4.2　Artcam 蜥蜴浮雕编辑与加工

蜥蜴浮雕如图 9-63 所示，下面讲述 Artcam 浮雕编辑与雕刻加工编程的基本操作流程。

1）选择打开已有的模型，从 Example2 中选择模型 Lizard_Machine.art，按下 F2 键，在二维查看图中看到位图。鼠标左键点击底部的平板的黄色方框，设置为基本颜色；选择助手标签，选择位图矢量，如图 9-64 所示，再选择接受。

2）在二维查看的顶部选择位图开关，关闭位图查看，轮廓矢量被清晰的显示出来，如图 9-65 所示，选择蜥蜴轮廓矢量，选择偏置矢量，设置偏置距离为 3，向外向右，偏置拐角为倒

图 9-63　蜥蜴浮雕

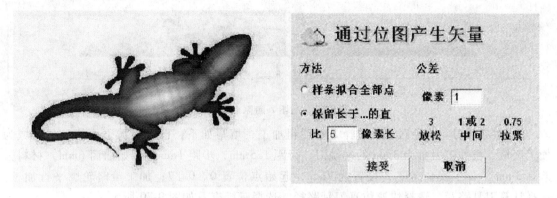

图 9-64　浮雕转载与矢量转换

角；如图 9-66 所示。

3）选择偏置距离为 1，偏置方向向内向左，拐角倒圆角，选择偏置按钮；在二维查看中选择蜥蜴轮廓向量，选择偏置距离 0.5，偏置方向向外向右，偏置圆角倒圆，选择偏置按钮，关闭偏置矢量表格；如图 9-67 所示。

4）在二维查看选择外部的 3mm 偏置矢量，选择助手底部的刀具路径标签，选择三维查看。从刀具路径操作区域选择材料设置图标，设置材料厚度为 6.0mm，由于浮雕高度为 3.000mm 顶部留余量 1.0mm，底部留余量 2.0mm，如图 9-68 所示。从 Y 方向看，浮雕被显示在材料毛坯的内部，底部和顶部的余量可以看出来，原点设置在毛坯底面的中心，如图 9-69 所示。

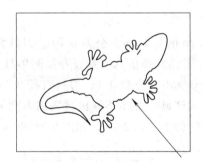

图 9-65　浮雕轮廓矢量

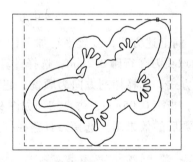

图 9-66　轮廓矢量偏置

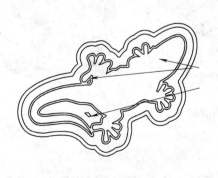

图 9-67　轮廓矢量偏置

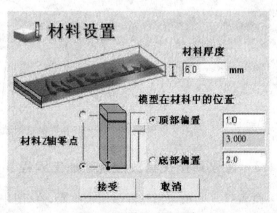

图 9-68　设置毛坯尺寸

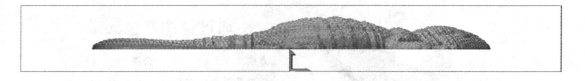

图 9-69　毛坯 Z 向原点设置

5）在三维刀具路径区域，选择 Z 轴层粗加工，填写如下，已选区域下面的矢量区域为加工区域，粗加工刀具为 3mm 的端铣刀，行距 1.5mm，步距 1mm，开始曲面 6mm，材料公差 0.3mm，加工安全高度 Z 设置为 7mm，起始点位置 0、0、7；加工策略轮廓平行加工。选择计算刀具路径，选择快速仿真刀具路径，选择三维查看如图 9-70 所示。

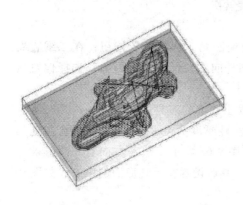 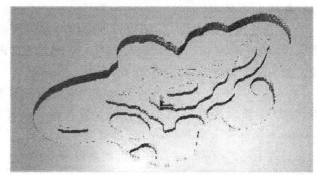

图 9-70　三维粗雕刻路径与轨迹仿真

6）同上述方式，设置平行加工，平行角度 45°，余量 0.1mm，公差 0.01，刀具为直径 2mm 的球头刀，行距 0.2mm；选择计算刀具路径后关闭，选择仿真三维查看如图 9-71 所示。同上述方式，选择切削方向为顺铣，起始点向内，余量为 0，公差 0.1，刀具直径 0.5mm 球头铣刀，步距 0.05mm，仿真切削如图 9-71 所示。放大区域，显示不同区域采用不同刀具和切削参数后的效果图。选择刀具路径摘要，显示加工时间为 1h 22min，如图 9-71 所示。

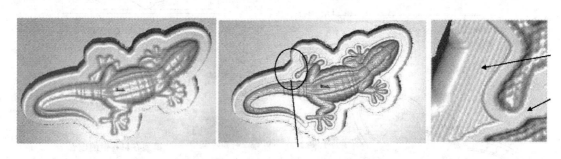

图 9-71　浮雕精雕轨迹与仿真效果

### 9.4.3　激光焊接夹具数控铣削加工编程

图 9-72 所示的某激光焊接定位夹具，从图中可以看出，该夹具加工余量大，加工余量约 60% 以上的材料需要除去；同时加工特征较多，除多处孔系外，包含很多定位直槽和斜

槽。由于是激光焊接的夹具，其铣削加工的精度控制要求较高，不仅要控制变形，同时要提高直槽和斜槽面的定位精度。

加工该产品关键是要进行上下两个面反复加工来提高定位精度，通过粗加工除去余量来减小变形。直槽、斜槽、孔系和侧面的槽口精加工需要五轴机床一次装夹定位，一次精加工来保证最终产品的质量。下面介绍该产品的数控铣削加工说明指导书。

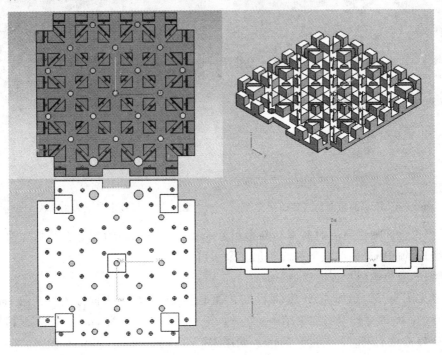

图 9-72　焊接夹具示意图

1）所需的刀具准备情况，$\phi20/\phi16/\phi8$ 立铣刀，直齿，其中 $\phi20$ 刀具切削刃要求大于 30，$\phi16$ 切削刃要求大于 60。

2）装夹定位方式如图 9-73 和图 9-74 所示，以四周的 $95 \times 110$ 和 $95 \times 95$ 为压板位置，注意压板位置不得超过零件的边缘距离为 $60 \times 60$ 的区域内，否则容易发生干涉碰撞。装夹时注意 $150 \times 40$ 的中间槽口，始终朝向人站立的方向（Y 的负方向），零件调面绕 Y 旋转 180°装夹时也是如此。

3）坐标系的原点设置：X，Y 方向为零件外形的中心，X 方向为 880，Y 方向为 895 的尺寸方向，在机床上安装时，注意工件的 Y 方向中心与机床 Y 轴的行程要结合考虑，以免机床超程（此工件不采用旋转方式加工，采用整体坐标系一次加工成型）。Z 方向为工件的表面，加工过程中可适当调整 Z 的坐标系位置。

4）程序坐标系中，mcs_1 ~ mcs_5，其中 msc_2/mcs_3/mcs_4 为同一坐标系。Mcs_1 的坐标系参见图 9-73，mcs_2/mcs_3/mcs_4 坐标系参见图 9-74；mcs_5 坐标系在图 9-74 的基础上，绕 Z 轴旋转 90°，槽口指向 X 正方向，在工件的中心为坐标原点。

5）四周的 $110 \times 95$ 和 $95 \times 95$ 的缺口，在粗精加工过程中均作为装夹位置，待所有的铣削加工工序结束后，最终进行铣削。但是在粗精加工的工序过程中，每一道工序结束的最后一个工步，要考虑将此面进行平面铣削，以提高定位的精度，保证产品的装夹精度和最终产品的平面度、垂直度等。

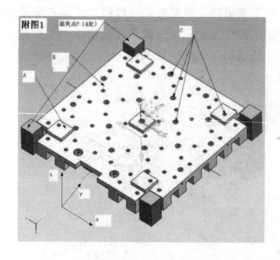 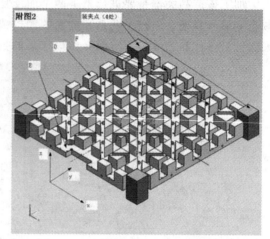

图 9-73　下表面铣削装夹定位示意图　　　　图 9-74　焊接定位上表面装夹定位示意图

6）根据工序间加工完后的高度和外形尺寸单边 2～3mm 的均匀分布的加工余量，加工时要考虑变形的问题，因此上下表面粗加工余量可适当进行调整。

7）详细的数控铣削加工流程如下：

①　参见图 9-73，粗加工 A、B 面，以 A 面的五处凸台的上表面沿 Z 负方向 1mm 处为 Z 方向的零点，$\phi20$ 的立铣刀粗加工结束后，A、B 表面参考余量为 2mm，待后续精加工时进行；铣四处装夹点上表面，去量 0.5mm。调用 MCS-1 下的 Planar_Mill_1 程序。

②　参见图 9-74，调面，沿 Y 方向旋转 180°。粗加工 D 面和 E 面，采用 $\phi16$ 的立铣刀加工，以 D 面的上表面为 Z 方向的中心，加工过程中注意调整 Z 方向的坐标系，保证 D 面和 E 面的余量为 2mm。加工结束后铣四处装夹点上表面，去量 0.5mm。调用 Mcs-2 下的 Face_Milling_Area_2 程序；此时完成了上下表面各一次粗加工工序。

③　参见图 9-73，沿 Y 轴旋转 180°调面装夹，精加工 A、B 面到尺寸，去余量 2mm；调用程序 MCS-1 下的 Face_Milling_3，刀具 $\phi20$ 立铣刀，注意 Z 方向原点要分多次调整。

④　参见图 9-73，粗铣、精铣削加工图纸的所有 $2\times\phi50$，$19\times\phi30$ 和 $58\times\phi20$、$58\times\phi8$ 的孔铣削到尺寸，如 C 特征所示，在装夹满足的条件下，可加工四周侧面的 8 个孔。调用程序 MCS-1 下的 Hole_Mill_4 和 Hole_Mill_5 为 $\phi20$ 立铣刀加工 $2\times\phi50$，$19\times\phi30$ 的粗精加工程序；MCS-1 下的 Hole_Mill_6 为直径 $\phi16$ 立铣刀加工 $58\times\phi20$ 铣削孔程序；MCS-1 下的 Drill_7 为 $\phi8$ 立铣刀加工 $58\times\phi8$ 的孔铣削程序。此时完成了定位基准 A、B 面的精加工工序。

⑤　参见图 9-74，调面沿 Y 方向旋转 180°装夹，精铣底面 E 及轮廓到尺寸，工件上表面为 Z 的坐标原点。为保证轮廓和底面的精度，注意调整 Z 方向的坐标系原点多次分层铣削；调用程序 MCS-2 下的 Face_Milling_Area_8；采用 $\phi16$ 立铣刀加工，其程序示意图如图 9-75 所示。刀具加工轨迹仿真如图 9-75 所示。

注意本工序及后续工序的基准应考虑采用工序 4）加工的孔为基准来确定工件的坐标中

心，以有效保证多处视图中的尺寸 1 ± 0.05。注意正中心的 $\phi30$ 的孔不在工件的外形中心，只在尺寸 880 方向的中心，而不在 895 方向的中心，在 895 方向的中心沿 Y + 方向偏离 7.5mm。因此找正坐标系的中心原点很重要，可以考虑以该孔为基准找正后进行 7.5mm 的偏离设置中心原点。

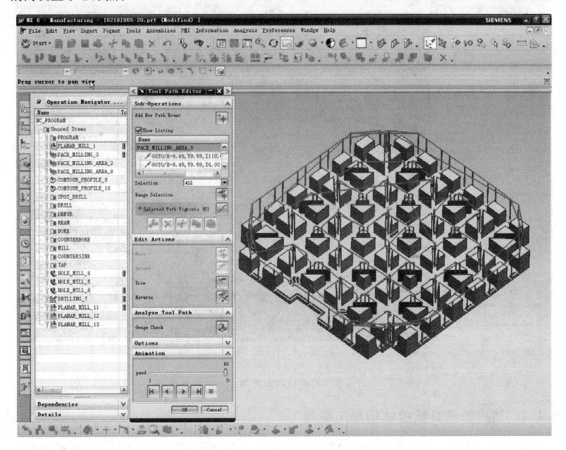

图 9-75　定位槽口侧面与底面精加工刀具轨迹仿真

⑥　参见图 9-74，精铣锥度斜面 F，14 处，Z 方向原点为工件上表面。为保证斜面的精度，注意调整 Z 方向的坐标系原点多次分层铣削；调用程序 MCS-3 下的 Contour_Profile_9 和 Contour_Profile_10；采用 $\phi16$ 立铣刀加工，刀具轨迹编程模型分布在图层 5 和图层 10 之中。

⑦　参见图 9-74，换位置装夹，卧式粗精铣削四处装夹位置到尺寸；调用程序 MCS-4 下的 Planar_Mill_11 和 Planar_Mill_12，采用 $\phi20$ 立铣刀。上述工序 5、6、7 为同一坐标系。

⑧　参见图 9-74，采用 $\phi20$ 立铣刀铣削槽口到尺寸 150，40；注意坐标系槽口指向 X 正方向，工件需绕 Z 轴旋转 90°。调用程序 Mcs-5 下的 Planar_Mill_13，采用 $\phi20$ 立铣刀。此时完成了焊接定位面的精加工工序。

⑨　卧式铣削四周侧面保证尺寸 895 和 880，加工侧面 8 × $\phi10$ 的孔。最后完成锐边倒钝。图 9-76 为定位槽口侧面与底面精加工刀具轨迹仿真。

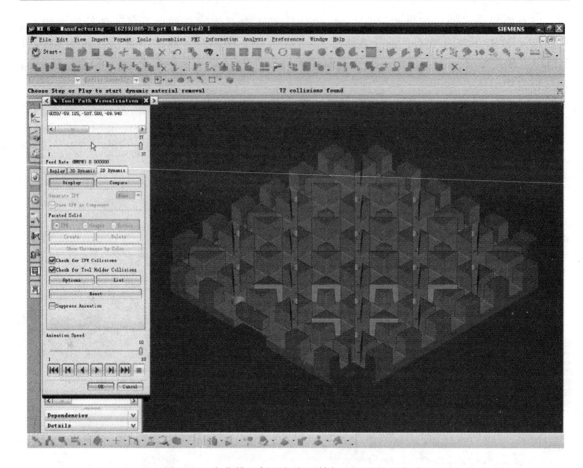

图 9-76    定位槽口侧面与底面精加工刀具轨迹仿真

## 9.4.4    瓦皮垫模具数控铣削加工编程

表 9-18 所示为某砖瓦模具成形时所用的瓦皮垫，其材料为橡皮。现对该瓦皮垫成形的步骤进行简单介绍，重点说明如何通过对该产品进行逆向工程、模具设计、模具数控加工的基本流程进行了简要介绍。该产品逆向设计所用的软件平台为 Imageware、采用 UG NX 进行模具设计，最后采用 UG NX 和 Mastercam 分别进行数控铣削加工编程。

（1）瓦皮产品与模具型面设计    如表 9-18 所示，第一步通过产品扫描后，进入 Imageware 后进行点云曲率分析后，在 Imageware 中完成产品的第三步的大型面设计。第四步和第五步将曲面模型导入 UG NX，完成产品的细节设计后；利用 UG NX 的模具设计功能模块，进一步对凸模型面和凹模型面进行详细设计。

（2）基于 Mastercam 的模具型面铣削编程    如表 9-19 所示，在 Mastercam 环境下，对于该瓦皮模具型面铣削加工编程，常用的型腔粗加工排量方式有挖槽加工、浅平面铣削等方式，其中浅平面铣削加工是对挖槽加工的补充；半精加工有等高轮廓和曲面平行铣削两种方式，从第三步和第四步的轨迹可以看出，等高轮廓加工方式存在余量不均匀且不利于装夹的特点，因此对于该类型型腔半精加工采用曲面平行铣削方式比较好；对于精加工方式，采用平行铣削和平行换向铣削两种方式均可，但是鉴于模具型腔的表面粗糙度要求，采用第六步的轨迹方式进行加工，对于后续的抛光工序顺利进行比第五步的轨迹方式要好。

表 9-18　瓦皮产品与模具型面设计

| 第一步：产品扫描 | 第二步：点云曲率分析 | 第三步：大型面设计 |
|---|---|---|
| 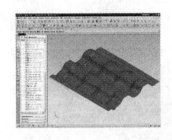 | 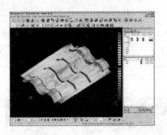 | |
| 第四步：瓦皮凸模面设计 | 第五步：瓦皮凹模面设计 | |
| 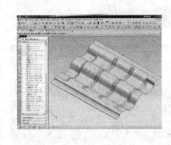 | | |

表 9-19　基于 Mastercam 的模具型面铣削编程

| 第一步：挖槽粗加工排量 | 第二步：浅平面铣削排量 | 第三步：等高轮廓半精加工 |
|---|---|---|
| 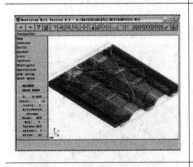 | |  |
| 第四步：曲面平行铣削半精加工 | 第五步：平行铣削精加工 | 第六步：平行换向铣削精加工 |
| 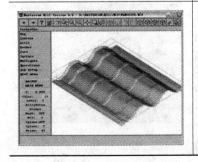 |  |  |

（3）UG NX 基于毛坯和残留的编程优势　如表 9-20 所示，在 UG NX 环境下，对该模具型面进行数控铣削加工编程的流程依次为等高粗加工、残留加工、曲面流线半精加工和精加工。从表中可以看出，由于提供了表面残余铣削加工的编程功能，对于提高编程的效率和加工效率是十分有利的。因此实际加工编程时采用了 UG NX 的编程功能和加工策略，取得了较好的效果。

表 9-20　基于 UG NX 的模具型面编程与加工

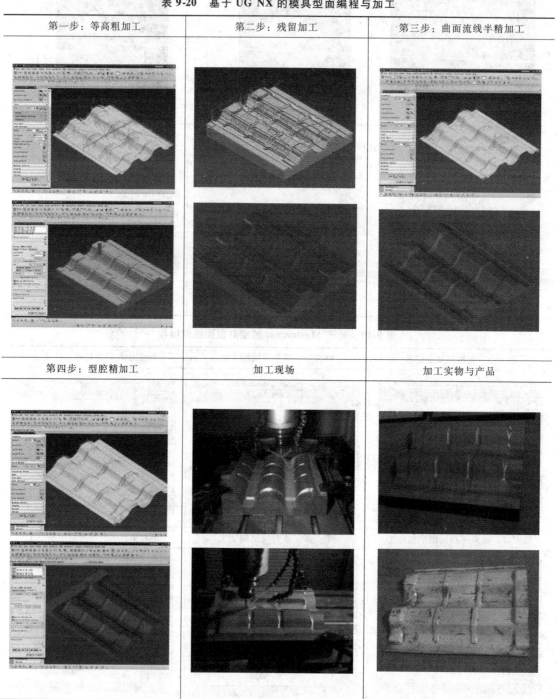

| 第一步：等高粗加工 | 第二步：残留加工 | 第三步：曲面流线半精加工 |
| --- | --- | --- |
| 第四步：型腔精加工 | 加工现场 | 加工实物与产品 |

## 9.5　数控加工运动仿真

### 9.5.1　数控加工仿真的作用

**1. 数控加工仿真的意义**

数控加工仿真的目的是在程序的编制过程中通过计算机仿真加工技术来校验数控程序，以提高数控程序质量、缩短程序准备时间，规范数控加工过程控制，最终提高数控加工的效能。通常，传统数控程序的校验分成以下两个阶段：

首先是图形校对阶段，就是在计算机中对编程的图形和编程设置进行校对，然后在编程软件中对刀具轨迹进行观察。在 Mastercam 和 UG NX 软件中都提供了三维的刀具对实体模型的切削运动模拟，但是 Mastercam 不能表现出机床、工辅具的运动及干涉；而 UG NX 虽然可以表现机床，但是不具备测量功能，不能定量地反映零件加工的实际尺寸。在保证图形和设置正确，且在软件没有观察到错误的前提下编制程序指示单和验证单进入机床试切验证阶段。

其次，进行机床试切阶段。机床试切有几种形式：平面轮廓加工，表面还有加工余量的情况下，在零件表面试切，然后测量；孔的加工一般是先用中心钻钻小孔，然后测量；对于三轴型面加工，一般采用提高 Z 轴零平面，在零件表面低速空进给的方式，对于不适合的空进给验证的零件采用加工蜡模的方式来验证；对于多轴零件，一般采用先空进给，后低速加工试验件、工艺件来验证。

传统验证数控程序的方式具有以下缺点：

1）效率低、周期长。由于是首次加工，为保证机床和零件安全，让操作者能有反应时间，必须使用很低的速度来试加工，这样试加工的时间可能是正式加工的好几倍，而且由于程序可能需要不断调整，实际上程序和机床试切来回穿插实行，使用的时间根本无法预计。

2）占用生产资源、需要验证成本。由于是在实际机床上进行试加工，机床运行需要成本，同时还需要操作者、工艺人员、检验员参与，占用了很大的生产资源。另外，刀具、试切试验件等也需要花费一定的成本。

3）准确性差、不能满足多轴高速加工的验证要求。目前的校验都是有一定限制的，不能真实反映实际加工的情形，因此，校验的准确性比较差。高速加工的验证方式是空进给，对碰撞、实际加工结果不能进行校验。而试验件验证基于节约成本的目的，不可能采用零件同种材料，因此并不能验证加工工艺性等方面的内容。

**2. 加工仿真技术**

随着计算机技术的发展，仿真技术也得到迅速的发展，其应用领域及其作用也越来越大。近年来，数控加工仿真技术也得到了很大的发展，出现了一些专业的数控加工仿真软件，譬如美国的 Vericut、以色列的 Metalcut。其中 Vericut 软件在国内的应用更加广泛，如成都飞机公司、昌河飞机公司、洪都集团、五粮液普什模具有限公司等都在使用。计算机仿真技术形象直观，真实度高、容易开发出自动的精确的仿真功能，对提高数控程序的编制水平具有十分重要的意义。

（1）仿真原理要求　追求"身临其境"的逼真性和"超越现实"的虚拟性，数控加工仿真满足如下要求：全面、逼真地反映现实的加工环境和加工过程；能对加工中出现的碰撞、干涉提供报警信息；能对产品的可加工性和工艺规程的合理性进行评估；能对产品的加工精度进行评估、预测；具有处理多种产品和多种加工工艺的能力。

（2）仿真建模　主要包括虚拟机床建模、加工过程建模、仿真过程建模。

1）虚拟机床建模：虚拟机床是虚拟加工过程的载体和核心，由几何模型和运动模型构成。其虚拟运动由各运动部件的平动、转动及相互间的联动构成。多个运动部件的联动采用插补算法可转化为单运动部件的平动或转动，虚拟机床的运动可通过对部件进行平移和旋转变化来实现。虚拟运动速度由平移和旋转的步距值来控制。

2）加工过程建模：加工过程模型表示所有用于代表产品行为和制造过程的物理模型。加工过程模型是评估和预测产品加工精度和可加工性的主要依据，它们的建立与加工方法、切削条件（刀具结构形状、刀具材料、工件材料等）和切削用量等有关。具体的数学模型可通过实验或有限元分析建模来建立。

3）仿真过程建模：虚拟机床中的加工是由 NC 指令控制刀具运动完成的，在执行每一段 NC 指令的过程中，刀具从某一起始位置经某一路径运动到另一位置。在此过程中，刀具在空间扫过了一定的体积，可以把刀具在运动过程中包络的空间形体称为"虚形体"（Swept Volume Solid）。虚形体与刀具本身的几何形状、刀具运动的轨迹以及刀具运动的起始位置都有着密不可分的联系。由于虚形体是由静态物体在运动过程中形成的，可采用静态物体（刀具）边界曲面在运动中形成包络面的方法对虚形体进行建模。将虚形体与其他静态形体进行求交运算，可检查加工过程中的碰撞和干涉；而将毛坯与虚形体进行求差运算，可仿真材料的去除过程。因此，通过对虚形体的建模，可实现对加工过程的仿真。

（3）仿真流程

1）仿真环境的建立主要包括定义虚拟机床、刀库和刀具，安装夹具、毛坯和工件。定义刀库包括按加工顺序选定每把刀具，并定义刀具参数。定义虚拟机床包括根据加工要求确定机床类型、坐标数、控制系统，机床坐标原点，图形坐标原点和编程原点。夹具、毛坯和工件在工作台上的初始安装可通过将产品坐标系的原点与图形坐标系的原点重叠来实现，实际安装位置可通过对产品相对图形坐标原点进行平移变换得到。

2）加工过程的仿真采用三种形式：第一种为刀具运动轨迹仿真，此时只是刀具按加工轨迹围绕毛坯运动，目的是直观检验刀具运动轨迹的合理性。其次是机床运动过程仿真，此时将工件安装在机床工作台上，刀具运动轨迹分解为机床各运动部件的运动，目的是直观检验刀具与机床部件及机床部件间的碰撞和干涉。第三种为材料去除过程仿真，此时刀具按其运动轨迹对毛坯进行材料切除，目的是模拟实际的切削过程，生成产品加工结果模型，对加工精度和可加工性进行评估。在此仿真过程中，通过估算切削力、夹紧力和切削热，将工艺系统因热变形和受力变形造成的刀具与工件间的相对位移与刀具的理论运动轨迹叠加，使所生成的产品加工结果模型能反映动态因素对加工质量的影响。

3）加工误差的评估：将产品零件的理论模型与毛坯去除材料后得到的加工结果模型求差，可得到加工误差模型。加工误差模型中，加工区域按误差大小的不同以不同的颜色表示，通过对其进行直观检查，可对加工误差的大小及其产生的原因进行分析、判断，并为产品的可加工性评估提供依据。

### 9.5.2　Vericut 仿真模块功能

Vericut VERIFICATION 模块是 Vericut 软件系列模块的基础。包括 3 轴铣、2 轴车所必须的功能，既可以模拟由 CAM 软件输出的刀位文件，也可以模拟 G 代码文件。该模块包含由标准控制系统库，用户也可以自己配置控制系统。系统包含有模型分析工具，能够构造真实刀具形状，对于较长的刀位文件，则可以加快模拟速度。能够将 IGES 文件转换为 STL 数据或 Vericut 模型文件（定义铸造毛坯、夹具、设计模型等）。能从 STL 文件生成实体模型，能够修复表面质量不好的 STL 模型。该模块可以非常精确地检查加工中发生的错误。只需点击发生错误的地方，就可知道相应的程序语句。其他所有模块都必须在该模块基础上运行。图 9-77 是 Vericut 环境下五轴加工中心机床加工的仿真示意图。

优化 NC 程序 OPTIPATH 模块根据机床、刀具等切削条件优化进给率，特别是在拐角处和高速铣时调整速度，保护了机床和刀具。同时，减少了机床和刀具的磨损，降低了成本。自动生成一个优化库，并且将刀具库当中的刀具传输到优化库中。自动比较优化前、后的程序。可以手工配置和完善优化库，使得刀具运动从开始空进给到切入材料，再从离开材料回到起始点的每一个过程都可以优化。该模块能节约 30% 或更多的加工时间，极大地提高了NC 机床的生产率。

MACHINE SIMULATION 模块使 Vericut 能够模拟由控制系统驱动的三维数控机床的实时动画，模拟中看到的情况和在加工车间出现的实际情况是一样的。对机床运动的整个过程提供准确、完善的碰撞、干涉检查，保证了机床和刀具的安全。该模块库带了许多常见的数控机床，用户可以直接调用、修改，也可很方便地自己建立与车间机床相应的机床模型。不仅可以模拟出夹具、卡具与主轴的碰撞，还可以模拟刀具库的运动，并检查其碰撞。并且可以模拟多台数控机床的同时运动。

MULTI-AXIS 模块在 MACHINE SIMULATION 模块的基础上，模拟和验证多轴数控程序。对多轴程序进行碰撞、干涉检查，以提前预知并想办法解决可能出现的事故，用户可以直接调用、修改机床库中自带的多轴机床模型，也可很方便地自己建立与车间机床相应的机床模型。4 轴线切割的机床仿真需要该模块。

AUTO-DIFF 使用户能够将设计模型与 VERICUT 模拟后的制造模型进行比较，并自动计算两者的差别，用于识别不正确的加工区域或设计中的可能存在的弱点或错误。通过不同的颜色直观地看到过切和残余部分，识别精度很高。根据比较结果，编程人员可以方便地知道应该修改哪里，并提供精确的过切或残留量的数值报告。

Advanced Machine Features 在模拟一些功能复杂的机床或者不常见的数控指令时使用该模块。比如动态坐标系旋转或偏置，夹具的自动装夹；车、铣复合加工中心的不同程序的同步加工，I、J、K 刀轴矢量控制的数控程序，与车床主轴不对称的车削加工与并联机床加工等。

Model Eexport 把模拟加工生成的任何一个阶段的结果输出一个 CAD 模型，实现从 CAM 到 CAD 的链接。为改进加工计划，提升逆向工程提供数据模型。可以输出 IGES 模型、输出 STL 模型。支持 5 轴模型输出，所输出的模型自动精确识别加工特征，输出模型的精度可以自己控制。Inspection Sequence 可生成一个工艺表格，提供仿真加工后的结果参数，比如：各个特征的尺寸及公差。工艺表格可以用来工艺检验。

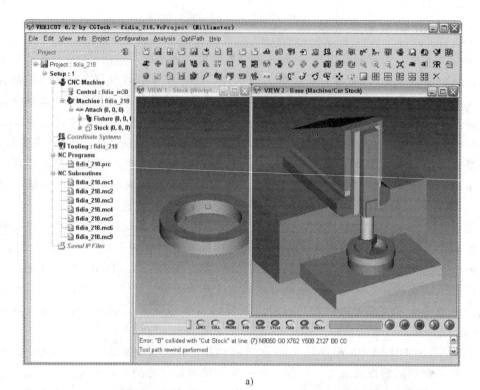

a)

b)

图 9-77　Vericut 环境下五坐标加工中心机床加工的仿真示意图

a) Vericut 环境下摆动旋转五轴加工中心机床加工仿真

b) Vericut 环境下工作台摆动旋转五轴加工中心机床加工仿真

CNC Machine Probing 模块可以模拟数控机床探头的运动，检测探头与机床的干涉。可实现定位毛坯或夹具并调整偏移量、由于毛坯变化而进行测量和调整、识别毛坯或夹具的构造或零件号、检查刀具的故障、检测机床特征等。

Machine Developer's Kit 是一个高级的编程工具，用来增强 Vericut 解释模拟复杂的或不常用的 NC 代码，该模块用来做一些二次开发用。EDM Die Sinking 用于电加工仿真，Cutter/Grinder Verification 用于磨削程序仿真，目前可支持 NUM 的控制系统以及德国 Alfred Schuette 公司的控制系统。

定制客户化的界面 Customizer，该界面可以按照操作者的习惯来定制，并配置相应的使用指导说明。即使不会使用 VERICUT 的人也可以按照该操作说明一步一步来操作。定制使用汉化的界面。可以封闭，没有权限的人不能修改任何东西，有利于产品数据管理。

### 9.5.3　Vericut 多轴加工仿真应用及开发

用 CAM 软件编程后，为了验证程序的正确性，目前大部分编程人员采用机床试切的方法，如空进给、切削泡沫、试切软材料或木材和采用留量加工等，这些试切方法既费时间，也浪费人力、物力，最危险的是，不能有效及时发现一些潜在的问题和干涉现象，难以提高编程效率和保证产品质量。特别是多轴加工设备昂贵，加工对象成本高，运动形式复杂，如何在安全的前提下，快速高效的加工是必须解决的问题。目前应用于航空航天、汽车、模具制造等行业的 Vericut 加工仿真软件有效地解决了这一问题。

Vericut 软件由 NC 程序验证模块、机床运动仿真模块、优化路径模块、多轴模块、高级机床特征模块、实体比较模块和 CAD/CAM 接口等模块组成，可仿真各种 CNC 系统，既能仿真刀位文件，又能仿真 CAD/CAM 后置处理的 NC 程序，其整个仿真过程包含程序验证、分析、机床仿真、优化和模型输出等。如图 9-78 所示为从设计原型→CAM 软件→VERICUT→切削模型→模型输出的整个机床仿真工艺流程，详细实施过程如下：

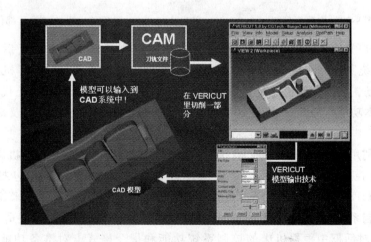

图 9-78　Vericut 机床仿真工艺流程

（1）工艺系统仿真环境构建程序　为在 Vericut 软件实现 NC 程序加工仿真，需要预先构建整个工艺系统的仿真环境，其构建的一般过程如下：

1）工艺系统分析：确定数控机床 CNC 系统型号和功能、机床结构形式和尺寸、机床运动原理、各坐标轴行程、机床坐标系统以及所用到的毛坯、刀具库和夹具库等。

2）建立机床几何模型：采用三维 CAD 软件建立机床运动部件（主要是各运动坐标轴和刀库）和固定部件的实体几何模型，并转换成 Vericut 软件可用的 STL 格式。

3）建立机床文件：建立机床运动模型，即部件树，添加各部件的几何模型，并准确定位，保存为机床文件（后缀为 .mch），构建模型树如图 9-79 所示，添加各轴及部件菜单如图 9-80 所示。

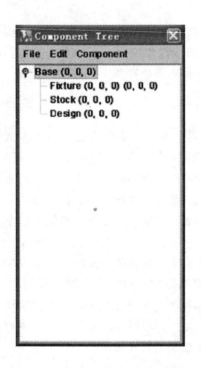

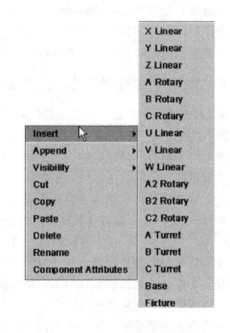

图 9-79　构建模型树　　　　　　　　　图 9-80　添加各轴及部件菜单

4）建立用户文件和控制系统文件：在 Vericut 软件中新建用户文件（后缀为 .usr），设置所用 CNC 系统文件（后缀为 .ctl）。设置好数控机床的组成和结构后，机床仍不能运动，要实现加工运动，还需要给机床配置数字控制系统，使机床具有解读数控代码、插补运算、仿真显示等基本功能。Vericut 提供支持 EIA RS-274 标准格式的数控代码及部分会话格式功能。

用户可以利用 Vericut 的人机交换界面和机床开发工具，针对具体的机床设置一些特殊的非标准功能控制代码。软件本身已构建好绝大多数数控系统，包括 CINCINNATI、FANUC、PHILLIPS、SIEMENS、HEIDNEHAIN、MAZAK 等，对普通用户来说需要做的是选择好对应的控制系统文件（.CTL）文件，然后，根据机床的实际做一些适应性更改即可。图 9-81 所示的对话框中根据机床的控制系统功能和指令格式，对准备功能 G 代码、辅助功能 M 代码、寄存器地址和状态指令等作适应性设置，将调试好的文件保存（后缀名 .ctl）。

5）建立刀具库：刀具是机床进行加工的一种重要工具，Vericut 仿真加工前，应先建立刀具库文件，仿真加工时，再经过适当编辑，即可直接采用。刀具库根据机床选用的刀柄型

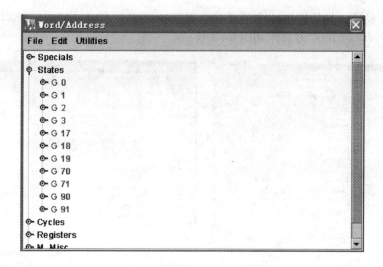

图 9 81　寄存器地址设置

式和规格，刀具型式和规格等参数进行构建，保存为刀具文件（后缀为 .ctl）。刀具管理对话框如图 9-82 所示，添加刀具对话框如图 9-83 所示。

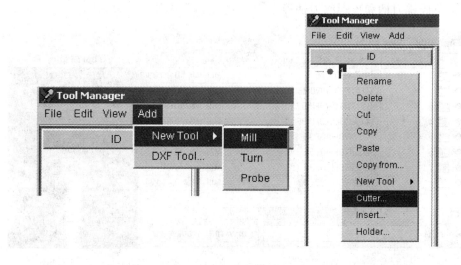

图 9-82　刀具管理对话框

　　跟实际加工一样，刀具是 Vericut 切削仿真系统中不可或缺的组成部分，它的形状决定着模拟的结果是否正确，它的精度直接影响着模拟的精度及速度，并影响着输出模型的精度，因此建立精确的刀具库是切削仿真最重要的工作之一。实际上，一个零件的加工不可能仅使用一把或一类刀具，因此刀具库中刀具的种类要全，但在数量上不需要太多，因为在刀具库中进行刀具复制、更改刀具半径和长度是很方便的。根据机床使用的刀柄不同，可以建立相应的刀具库如 HSK 刀具库或 BT40 刀具库。

　　① 　HSK 刀具库：HSK 刀柄是德国开发的一种高速加工专用刀柄，它的特点是定位精度高、静动态刚度好，已在我国得到了普遍应用。目前 HSK 刀柄有四种装刀方式：弹簧夹头式、侧固式、液压式和热固式，现在使用的有弹簧夹头式（ER16、ER20、ER26 三种规

格）、侧固式（普通、加长两种）和液压式，热固式还有待引进。FIDIA KR214 机床使用的就是 HSK 刀柄，它的 HSK 刀具库如图 9-84 所示。

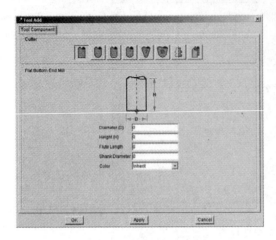

图 9-83　添加刀具对话框

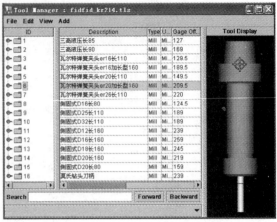

图 9-84　HSK 刀具库

② BT40 刀具库：DMU125P 机床使用的是 BT40 的刀柄，常用的有钻夹头刀柄、弹簧夹头夹紧、莫氏铣刀柄和攻螺纹刀柄等方式。BT40 刀具库如图 9-85 所示。

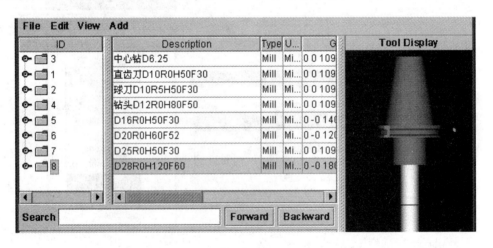

图 9-85　BT40 刀具库

6）设置机床参数：实体模型并不能完全表现实际机床，因为实际机床还有很多的机床参数需要设置，比如各轴行程、机床零点、机床参考点、机床换刀点等。图 9-86 为机床行程设置窗口，选取 Overtravel Detection ON，然后在 Overtravel Color 中选取颜色（通常选取红色），当某轴超程时，其代表的模型就会变成选取的颜色，以警示此轴超程。

图 9-87 所示为机床参数添加窗口，可以在此添加机床零点、机床参考点、换刀位置等。一个基本的机床虚拟模型已经构建完毕了，保存为机床文件（后缀为 .mch）。

7）保存所有文件，即完成了机床模型的建立。

（2）功能应用　VERICUT 应用功能强大，有较大使用价值的主要功能如下：

1）仿真：VERICUT 最基本的功能就是加工仿真功能，与其他 CAM 软件自带的仿真软

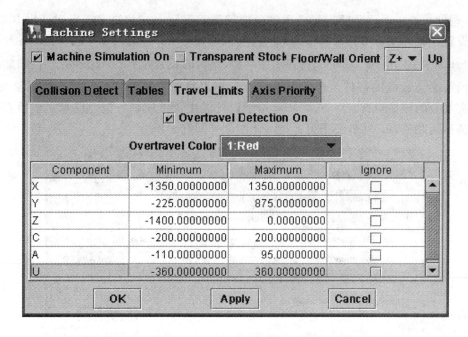

图 9-86　机床行程设置窗口

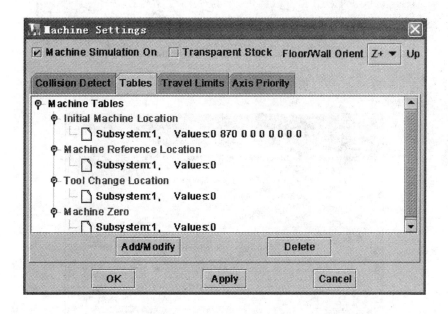

图 9-87　机床参数添加窗口

件相比，它独有演示机床的动作的功能。定义仿真环境后，VERICUT 就可以对刀具轨迹文件进行加工仿真了。VERICUT 可以仿真的刀具轨迹文件通常它包含两类：APT-CLS 刀具轨迹文件和 G 代码刀具轨迹文件，APT-CLS 是由 CAM 系统直接输出的一个中间过渡性文件，在应用于数控加工前必须转化为特定 G 代码格式的文件。在仿真过程中，可以直观的观察各轴、换刀等像实际机床一样的动作，可以直观地观察到各轴是否超程（超程轴显示红色），机床与工装夹具是否过切（过切位置显示红色）等。

2）碰撞检查：上面已经提到机床的碰撞问题，实际上在此之前需要对 VERICUT 进行一定的设置，软件才会对设置的相关部件进行自动碰撞干涉检查。顺序选取菜单 Setup→Machine→Settings→Collision Detect，将弹出图 9-88 所示的设置框，点击 Add ，添加需要检查相互间可能会碰撞的部件。通常需要检查的是刀具与工装夹具，各轴（特别是旋转轴）与工装夹具等的碰撞检查，而 Near Miss 用于设置发生干涉的临界值，即当需要检查的部件最近距离达到此值时，软件将报警，显示此两部件间有干涉。

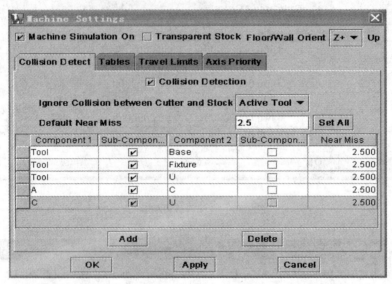

图 9-88　机床碰撞检查设置窗口

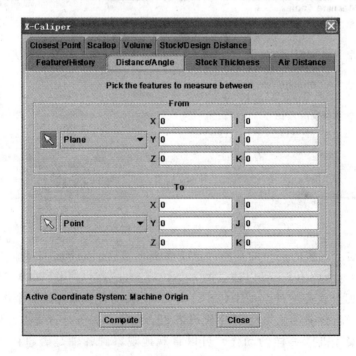

图 9-89　测量功能操作窗口

3）测量和检测：与其他 CAM 软件自带的仿真软件相比，VERICUT 具有独一无二的，对加工后模型进行检测的功能。其他仿真软件只能从形上观察加工过程，解决了过程的问题，而对加工结果不能量化检测，而 VERICUT 软件对加工的结果提供了一些的测量功能，为程序的正确性提供了有力的校验。VERICUT 的检测功能包括厚度测量、距离测量、角度测量、残余测量、体积测量、最近点测量，还可以了解某一特征的综合信息。图 9-89 所示测量功能操作窗口。

4）自动比较：Vericut 的 "AUTO-DIFF" 功能也是其他仿真软件不具备，很实用的一项功能。它可以将仿真模型与设计模型数据进行比较，检查出仿真加工过切或欠切的情况。设计模型需要在模型树中添加，但是尽量不要让其显示出来，以影响软件的运行速度。顺序点击菜单 Anlaysis→AUTO-DIFF，弹出自动比较功能对话框。在 Settings 中设置工件、工件与设计模型的显示、比较的类型和公差，点击 Compare 将显示比较结果。

### 9.5.4 Vericut 机床仿真加工实例

（1）DMU125P 主轴复合摆动旋转五轴加工中心　DMU125P 是德国德马吉公司生产的主轴复合摆五轴加工中心，五轴分别是 X、Y、Z 三个线性轴，以及 B、C 两个旋转轴。C 轴为绕 Z 轴旋转的回转工作台，B 轴为一个绕在 YZ 平面与 Y 轴成 45°的轴旋转的机床主轴头，B 轴可以在 0°～180°内任意旋转，常利用 B 轴旋转来实现卧式和立式两种加工状态。其各部件联结及位置关系如图 9-90 DMUP125P 模型树所示，图 9-91 为机床行程设置及机床模型图。

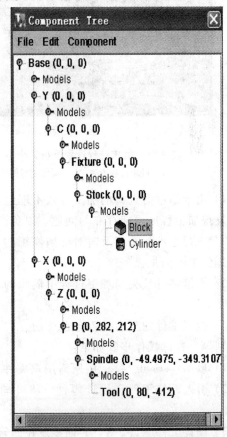

图 9-90　DMUP125P 模型树

（2）FIDIA KR214 六轴高速加工中心　KR214 是意大利 FIDIA 公司生产的高速加工中心，拥有 X、Y、Z、A、C、U 六轴，并能实现任意五轴联动，其工作台（即 U 轴）为数控回转工作台，A、C 轴为双摆头，采用的是 FIDIA C20 的数控系统，系统具有高处理速度、高精确度的特点。点击　工具条，弹出如图 9-92 所示的 KR214 模型树，从中可以看到 KR214 的机床结构以及各部件的相对位置关系，给各部件添加模型，机床实体模型如图 9-93 所示，然后设置机床行程等，机床行程设置如图 9-94 所示。

（3）FIDIA KR214 叶轮加工仿真　某叶轮采用的材料铝合金，属于典型的薄壁件，叶片壁厚为 4mm，易产生加工变形，加工周期长。不但对尺寸精度和表面粗糙度要求高，而且对切削刀纹也有较高的要求，刀纹要顺着流路方向。采用 VERICUT 软件主要解决如下问题：

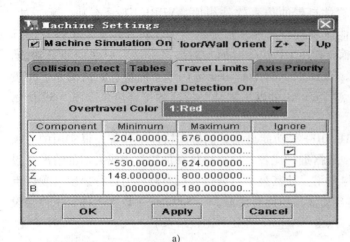

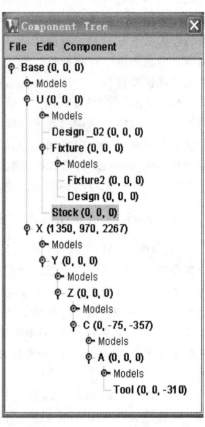

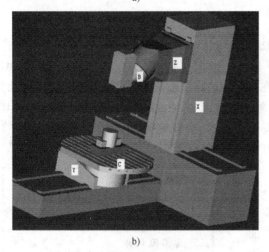

图 9-91　机床行程设置及机床模型图
a）机床行程设置　b）机床模型图

图 9-92　KR214 模型树

1）由于编程时选择的加工方式不理想，后置处理程序有缺陷，或因为编程员经验不足，提前发现加工程序可能存在的问题，以免产生不必要的浪费。

2）进行干涉检查，及时对必须修正的地方进行修正甚至重新编程，以保证向机床操作人员提供正确的加工程序。

3）模拟零件装夹与加工过程中机床的真实运动情况，以避免机床部件与夹具和零件的碰撞。

4）检测零件加工后是否存在过切、欠切现象，测量加工后的零件与设计图样要求之间的差别等。具体操作步骤如下：

1）启动 Vericut，并调用所需用户文件、机床文件、CNC 控制文件和刀具库文件。

2）引入毛坯零件和设计零件。将叶轮毛坯零件和设计零件的 STL 模型文件引入部件树。

3）设置工件原点。X、Y 轴零点在回转工作台的中心，Z 轴零点为主轴端面到工件坐标系的距离。

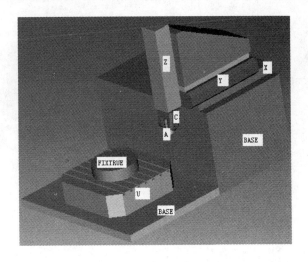

图 9-93　KR214 机床实体模型

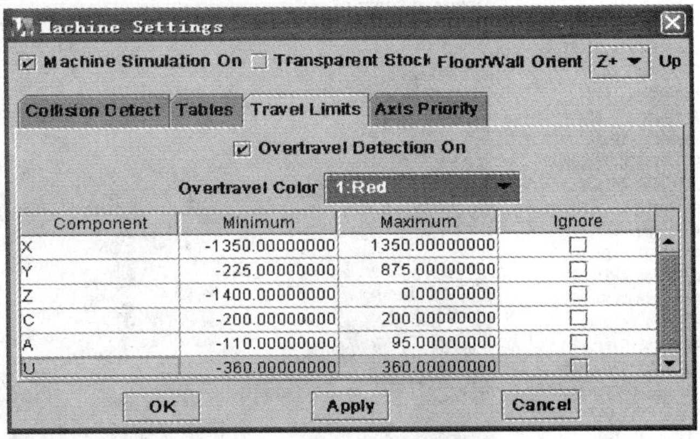

图 9-94　机床行程设置

4）引入刀位文件或 NC 程序。

5）检查数控程序的正确性。设置碰撞、超程、干涉等识别颜色，单击工具条上的"单步仿真"或"连续仿真"键，开始加工仿真。

6）分析。采用缩放、移动、旋转和打剖面等工具，能从不同视点观察，详细精确地测量切削模型。选取菜单上 Analysis→X-Caliper 测量工具测量工件尺寸；选取菜单上 Analysis→AUTO-DIFF 比较工具，检查零件有无过切、残余材料等现象。

7）若切削模型不理想，只需调整和更换 NC 程序，继续零件的加工仿真，直至切削模型同设计原型一致。

利用 Vericut 和 UG NX 软件进行联合编程与机床加工仿真，如图 9-95 为在 UG 软件中设计的铝合金叶轮刀具轨迹，左侧为流道刀具轨迹，右侧为叶片刀具轨迹，采用开发的 FIDIA KR214 后处理程序生成加工程序。图 9-96 为加工程序及机床仿真加工模型，图 9-97 所示为定型的叶轮实物加工。利用 Vericut 有效地避免了叶轮高速铣削加工过程中所碰到的干涉、碰撞等问题，提高了加工的效率和产品的质量。

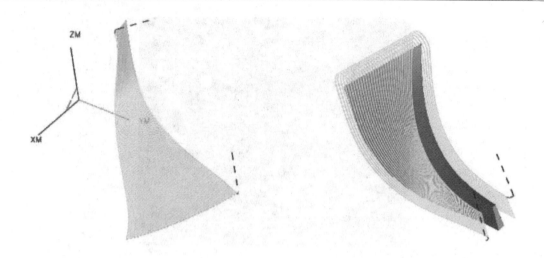

图 9-95　叶轮加工刀具轨迹

```
G96
T161 M06
G00 Z300.
G00 G90 X160.989 Y198.797 A-4.75 C+52.81 S10000 M03
G01 X172.851 Y190.221 Z38.572 F3000 M08
X155.819 Y187.045 Z37.8 A-4.934 C+15.657
X151.515 Y183.657 Z38.232 A-6.685 C-6.804
X147.304 Y180.305 Z39.06 A-9.466 C-18.661
X143.177 Y176.973 Z40.293 A-11.964 C-22.225
X139.136 Y173.664 Z41.885 A-14.614 C-23.727
X135.158 Y170.377 Z43.803 A-17.159 C-23.895
X131.212 Y167.131 Z46.057 A-19.133 C-22.759
X127.293 Y163.976 Z48.653 A-21.592 C-22.154
X123.384 Y160.957 Z51.593 A-23.704 C-21.013
X119.482 Y158.112 Z54.823 A-25.719 C-19.765
X115.58 Y155.481 Z58.327 A-27.926 C-18.811
X111.675 Y153.105 Z62.085 A-29.886 C-17.62
X107.773 Y151.017 Z66.067 A-31.904 C-16.548
X103.881 Y149.242 Z70.24 A-34.006 C-15.605
X100. Y147.775 Z74.553 A-36.056 C-14.647
X96.123 Y146.6 Z78.96 A-38.132 C-13.797
X92.249 Y145.708 Z83.436 A-40.198 C-13.013
X88.38 Y145.095 Z87.959 A-42.316 C-12.38
..........................................
G00 Z213.605
G00 X153.393 Y217.991
G00 Z300.
G00 A0.0 C0.0
M05
M30
```

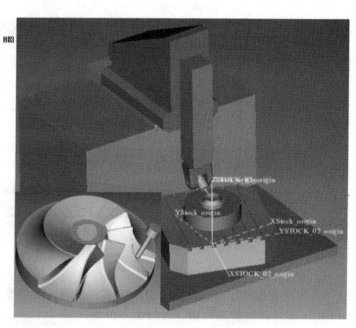

图 9-96　加工程序和机床仿真加工模型

图 9-97　FIDIA KR214 叶轮实物加工实例

# 9.6　数控加工动力学仿真优化

目前数控机床在加工中都是以程序设定的恒进给率进行，面对实际切削条件的变化，机床本身不能进行灵活的自动调节，如背吃刀量与切削宽度的变化、工件材料硬度不均匀、切削过程中刀具磨损、设备不稳定性等，数控机床识别和处理切削过程中不可预知的，模糊和不确定性情况的能力低下。为避免或减少机床加工中可能出现的异常，在实际加工时切削参数选择一般都比较保守，通过保守的设置来应对千变万化的切削状态，这些不利于数控潜力和提高切削效率。

## 9.6.1　OMAT 数控优化切削系统

OMATIVE 数控机床优化切削系统是通过"监测系统"持续的监视、测量切削状态，内置的"专家系统"对所测量的当前主轴负荷值、刀具参数、工件参数进行综合运算，实时计算出每一步加工操作的最佳进给速率；把计算得出的最佳的进给速率应用到加工过程中，并在加工过程中稳定、连续、自动地控制进给速率，对刀具进行动态的保护作用。

**1. 系统特点及优势**

（1）应用先进的自适应控制技术　以色列 OMATIVE 控制技术有限公司是世界上唯一一家成功的将实时自适应控制技术应用到数控加工领域的企业，OMATIVE 第一台将自应控制技术应用于数控加工的优铣控制器诞生于 1996 年。

（2）与西门子、FANUC 等世界几大数控系统厂商的集成　OMATIVE 自适应控制系统可以嵌入到世界的五大数控系统中，即西门子、Fanuc、DMG、Fidia 和 Heidenhain 的数控系统中，成为其数控系统软件的一部分。

（3）完善的、成熟的整套解决方案　自适应控制与监控系统根据功能上的不同，分为两大类。

1）自适应控制部分统称为优控系统包括：优铣控制器、优车控制器、优钻控制器、优磨控制器和不具备控制功能的优监控制器。优控系统是安装在数控机床上的硬件或软件，起到优化加工、保护刀具和采集加工信息等功能，如整套系统中安装了监控功能的软件，优控系统还负责把获取的加工信息发给监控系统。

2）实时监控与生产统计部分。这一部分主要将优控系统采集的加工信息实时显示在需要监控的电脑上，并进行统计分析处理。此部分如无底层优控系统的支持，不可独自运行。监控系统软件 OMATIVE-PRO 通过工厂里的 DNC 网络，与外挂式优控系统的 COM 口通讯，获取加工信息；而嵌入式的优控系统则通过数控系统与处于网络中的监控 PC 通信，也就是数控系统能和网络中的其他 PC 相互传程序，则监控软件就可对这一数控机床进行监控。

**2. 产品技术原理**

自适应控制系统的运行需要三方面的信息，即测量主轴功率、控制进给速度和识别进给编号。

以纯软件方式嵌入到数控系统中的各种信息由数控系统提供，数控系统开发商提供的专用指令控制自适应控制系统的运行。

1）主轴负载的测量：主轴负载的测量可采用专用的电流传感器，测量电流；再测量电压，使用专用的功率转换模块将获得的功率转换系统所需的信号，某些系统的功率信息可以直接从其主轴驱动上获得。

2）进给速度的控制：优控系统对进给速度的控制是通过控制机床的进给倍率的方式实现的。通过将机床上倍率开关的信号先发送到优控系统上，再由控制器内部专家系统进行综合计算，最后将计算后适宜的倍率发到数控机床上，实现对机床进给速度的控制。

3）进给编号的识别：进给编号的识别主要用于区分当前的进给以及进给中的各种信息，进给编号的识别可以通过机床未使用的 M 功能和 RS232 口等方式实现。

**3. 自适应控制系统的功能**

1）缩短加工周期，提高效率：从实际应用情况来看，工艺人员给定的进给速度值是以加工中最大的负载境况给定的，然而实际的处于一次进给中的最大负载的位置只占实际生产时间的 5% ~ 15%，绝大多数的时间机床是处于非饱和加工状态。如果应用 OMATIVE 自适应控制器实时优化进给速度，就可以使机床加工状态始终处于饱和状态。从大量的实际应用情况来看，优控系统的提高加工效率可达 15% ~ 20%。

2）刀具损坏保护：在 OMATIVE 自适应控制系统的控制下，加工的参数会实时自动地适应刀具负荷和切削工况。例如：在超载的情况下，即在突发事件中出现刀具或工件的冲击、工件毛坯的直径增加太大等，进给速率会自动减小到系统内部的专家系统所确定的最大允许值。极端情况过去后，系统把进给速率增加到最大允许值。

3）主轴驱动保护：优控系统对切削工况进行检测，以判断何时达到主轴的最大允许负荷，并在必要时停止机床，以防止主轴和机床损坏，同时发出警报以提醒操作者。

4）为刀具磨损进行自动的进给速度补偿：考虑到随着刀具的磨损，主轴的负荷会逐渐增加，OMATIVE 自适应控制器可以根据刀具的磨损量自动调节切削速度。应用 OMATIVE 自适应控制系统，数控程序员不应在编程设定进给量时过分保守，可以像在使用崭新锋利的刀具情况一样设定进给量。在切削过程中自适应控制器可以在整个切削过程中对刀具的磨损进行切削速度补偿。这就意味着加工周期永远是最小的，并且没有以牺牲刀具的寿命作为代价。

5）刀具与零件的冲击保护：优控系统根据刀具和加工材料的不同，在检测刀具从空切到进入材料的那一瞬间采取不同的刀具冲击保护类型。这种冲击保护对刀具和工件是非常重要的，既避免了刀具和工件的过大冲击力对夹具造成的影响，同时也保证了零件的加工精度。外挂式优控系统的冲击保护时间可达到 12.5ms，嵌入式优控系统的冲击保护时间可达到 10ms。

6）刀具磨损的监测：在生产中，OMATIVE 优控系统可以通过加工第一件工件时学习对刀具磨损进行监测。在随后的加工中，OMATIVE 优控系统继续对刀具的状况进行监测，并按刀具的磨损程度占最大磨损程度的百分比来进行显示。在必要时可以在程序结束时，提醒操作者为了获得最大的切削效率而更换刀具。此项功能一般用于批量生产中才能使用。

7）刀具的损坏检测：如果用户启用这一功能，OMATIVE 的自适应控制器可以在切削第一件工件时检测刀具的负载波形曲线。在切削后续工件时如果出现刀具损坏，则给以响应，发出刀具损坏警报，停止机床的运动。

8）刀具性能统计数据：在 OMATIVE 自适应控制器监测的同时，可以将所有在切削过程中使用刀具的性能数据统计起来。这些数据包括在自适应控制器参与和不参与控制情况下的切削时间、刀具磨损和进给切削过程中测到的最小进给倍率。当前进给切削的数据只有在进给结束时才显示出来，但所统计的所有进给数据可以在任何时候显示。如果使用 OMA-TIVE-Pro 软件，则可以获得更为详细的统计数据。

### 4. 优切（ACM）系统的应用

图 9-98 是外挂式优切控制器的操作单元，该系统本身是一个基于微处理器的独立装置，有它自己的 LCD 和按键面板，能够连接到现有的任何一台 CNC 机床上。对于使用 FANUC 高档数控系统的机床，优切是一个软件产品，无须附加任何硬件。FANUC 数控系统的优切系统有实时的优切软件，自适应控制与监控的用户图形界面两部分组成，FANUC 数控系统集成的 ACM 界面如图 9-99 所示。

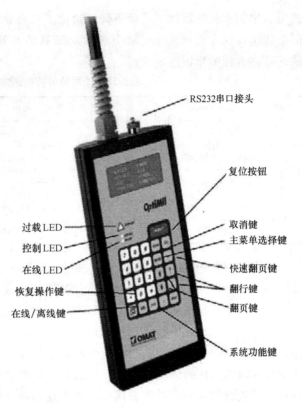

图 9-98　外挂式优切控制器的操作单元

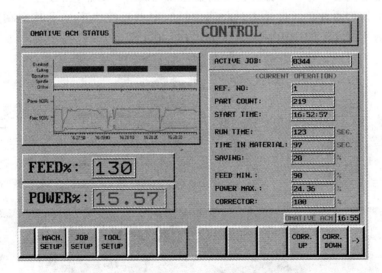

图 9-99　FANUC 数控系统集成的 ACM 界面

## 9.6.2　机床加工动力学仿真优化

表 9-21 所示为根据应用调查的国内外机床应用现状对比情况。由表 9-21 可见，国内数控加工切削速度和效率明显低于国外先进水平。其差距的原因主要由切削参数选择不当引起

颤刀、啃刀现象导致加工质量下降；解决了刀具轨迹仿真验证但未解决力学仿真与优化；切削参数选择保守使得机床主轴功率仅发挥 10%～20%；数控切削加工数据库和工艺知识库缺乏等多方面的原因造成的。

表 9-21　国内外数控机床应用现状对比情况

| 项目 | 国内 | 国外 |
| --- | --- | --- |
| 设备开机率 | 50%～80% | 95% |
| 设备利用率 | 38%～51% | 60%～80% |
| 主轴运转率 | 59%～88% | 95%～98% |
| 材料去除率（铝） | 8～15kg/h | 30～50kg/h |
| 设备综合应用效率 | 35%～40% | 55%～75% |

动力学仿真的技术原理：对"主轴＋刀具＋工件"构成的数控加工工艺系统，进行系统模态参数测试和切削过程动力学仿真计算，获取切削力、切削转矩、主轴功率、切削稳定域等力学信息，实现对数控加工参数和工艺的优化选择。

对铣削加工过程中颤振稳定域进行分析和研究。通过理论分析和锤击试验，找出刀具悬伸长度对刀具模态参数和颤振稳定域的影响规律。实现圆柱螺旋铣刀、R 刀和通用螺旋铣刀的瞬时铣削力算法的仿真程序设计及切削力的辨别。对刀具转矩、主轴功率、切削厚度等主要物理量进行仿真，在考虑刀具和工件的动态特性情况下，对刀具、工件的振动情况进行时域内的动态仿真分析。

通过动力学仿真理论分析，弥补传统的数控加工试切的缺点，通过仪器测试和计算机仿真，获得所需的切削参数；通过动力学仿真方法，可对数控机床（尤其是高速机床）大范围的多切削参数进行计算的优化。动力学仿真 DynaCut 系统原理及方法如图 9-100 所示。

动力学仿真系统已在我国部分工业集团公司的制造部门进行了推广应用，取得了一定的

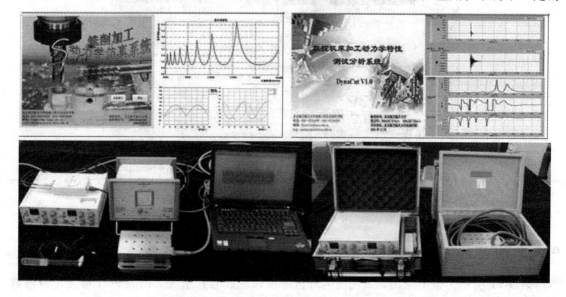

图 9-100　动力学仿真 DynaCut 系统原理及方法

效率。图 9-101 所示为产品加工动力学仿真实施过程，表 9-22 为进行动力学仿真优化应用情况对比。

图 9-101 产品加工动力学仿真实施过程

**表 9-22 动力学仿真系统应用对比**

| 序号 | 机床型号 | 零件名称 | 材料类型 | 实际设备加工效率 AMEE/（kg/h） | | 综合应用效率（OAEE） | | 加工时间/h | |
| --- | --- | --- | --- | --- | --- | --- | --- | --- | --- |
| | | | | 优化前 | 优化后 | 优化前 | 优化后 | 优化前 | 优化后 |
| 1 | FZ37 | 框架 | 7075 铝合金 | 14.5 | 19.7 | 30% | 48% | 2.3 | 1.7 |
| 2 | FZ37 | 接头 | 7075 铝合金 | 13.6 | 18.7 | 30% | 50% | 9.5 | 7.5 |
| 3 | 1201-L | 架 | 7075 铝合金 | 8.9 | 15.4 | 25% | 45% | 7.7 | 6.1 |
| 4 | V2-2500B | 架 | 7075 铝合金 | 10.15 | 18.7 | 23% | 40% | 13.8 | 11.7 |
| 5 | 1201-C | 接头 | 7075 铝合金 | 9.5 | 15.4 | 22% | 35% | 5.95 | 4.95 |
| 6 | 5A3P-WR | 双面框 | 7075 铝合金 | 12.3 | 19.3 | 23% | 43% | 45.2 | 35.9 |
| 7 | XHAD7310 | 接头 | 7075 铝合金 | 6.1 | 7.1 | 23% | 31% | 11.2 | 808 |
| 8 | 3000B | 下蒙皮 | 2324-T39 | 6.7 | 7.03 | 45% | 49% | 534 | 504 |
| 9 | PM5B4 | 中后架 | 7010-T7651 | 20 | 31.76 | 48% | 56% | 690 | 546 |
| 10 | V2000 | 外翼前架 | 7050-T7451 | 22.8 | 35.6 | 52% | 61% | 558 | 336 |

## 9.7 数控加工金属切削模拟仿真的发展

### 9.7.1 金属切削加工模拟的难点分析

金属切削加工变形控制一直金属切削加工模拟的研究对象和研究难题，工程中的薄壁件、细长轴、大薄板的切削加工变形控制一直是困扰机械切削加工的难点之一。采用有限元方法结合实际切削加工状况方面的研究取得一些理论方面的成果，但是还没有达到像板料冲压模拟、注塑成型模拟方面的成功应用。

由于金属切削加工时的因素比较多，要考虑刀具与工件接触区是摩擦还是切削剥离、不同刀具材料和工件材料发生切削加工时切屑的形成条件、不同材料不同结构的产品在受切削力所产生的累积弹塑性变形、加工前产品的状态如机械性能和物理特性、产品切削前的残余应力分布以及切削过程及切削完成后所导致的应力分布不均匀、不同刀具及不同切削参数对切削力的影响、切削过程中的温度与冷却效果等都是非常复杂的问题。

上述这些问题是金属切削模拟分析必须解决的问题。与此同时，采用有限元或边界元的理论方法与实际工程的边界条件的吻合程度也是影响模拟分析结果正确的重要因素。如理论模型与实际模型之间的差距如何解决，比如像回转壳体的车削加工模拟，在工程应用时实际无法找到壁厚均匀、圆度、同轴度均匀理想状况的回转壳体。对于铣削加工的模拟分析，其刀具模型、刀具轨迹控制、切屑的分离等在金属切削模拟分析方面所带来的难度更大。对于回转壳体的车削模拟分析方面，有如下三种解决方案。

1）第一种方案：采用体单元模拟壳体的车削过程，金属的去除 0.2~0.5mm，单元死亡与激活控制很容易出现问题。但是如果考虑到材料在加工过程中出现的非线性变形影响，采用体单元对分析很不利，其计算量非常大，理论分析不太现实。

2）第二种方案：采用壳单元，通过纯粹的力学效应，加载长周期的切削力，在长时间内的累积效应所产生的变形积分；考虑材料的弹塑性条件，由于切削力而引起的最终变形。切削力要依据不同的参数设置其数值，参数不同导致壳体的变形也不相同。主要难点在切削过程时的分力的影响和刀具与工件之间的摩擦效应，这种方法所研究的变形主要针对产品受力所产生的变形在弹塑性变形的临界区内，对于大余量的切削变形模拟分析，其适应性较差。

3）第三种方案：采用接触的模拟算法，通过刀具刚体与零件柔体的接触间隙（0.1~0.2mm）来模拟切削量如每次的背吃刀量，考虑摩擦的影响，来模拟由于接触产生的力导致最终壳体在弹塑性临界区范围内的变形情况。

以上第一种方案难以行通，计算量太大。第二种分析的效果主要考虑弹塑性条件下，壳体在小力积分条件下的变形。第三种方案是采用接触间隙条件来模拟每次材料的去除率也是比较符合实际的，也需要考虑材料的弹塑性。但是这三种方案对于大余量的多次工步切削加工，其适应性都不好。

采用第二种和第三种分析方法，在模拟分析过程中，忽略了热变形和残余应力的影响。第二种和第三种方案，采用实体单元比采用壳单元更合理，由于壳体是封闭的回转体，与单纯的薄板单元其性能差异是很大的。所谓的轴对称模型在工程中是行不通的，因为工程中无法找到圆度、同轴度、壁厚是理论状态的回转体。

如果采用壳单元，最后用椭圆壳体来模拟，考虑圆度和同轴度的影响，采用等壁厚壳体来模拟是可行的。因为对于大型的薄壁壳体，其圆度和同轴度在一定区域内比壁厚更重要；但是与外形尺寸有关，有时候在另外的一个区域内，如稳定性来讲，壳体的壁厚比圆度和同轴度更重要。

在一些微观的研究方面，比如应变率、等效应变、切削温度的细节、测量高速切削温度是比较复杂的，而且是有时间效应的。刀具结构参数的细节，实验是没办法了解到的。现在在切削方面还有很多复杂的问题，比如说本构方程是不是能完全描述材料，不能考虑振动，不能完全模拟实际情况，还有其他的一些地方不成熟，但是，这些都是需要去完善的地方和研究的方向。

对于高速超高速切削的切削力、切削温度的变化规律结合工程实际应用来优化加工参数的研究比较多。但在实际中，如果是全部用实验研究超高速的机理，所需要作的实验是非常多的，成本是非常大的，特别是对于难加工材料如钛合金，国内的实际工厂里的加工速度只能到 60mm/min，效率比较低。

### 9.7.2　金属切削加工模拟的研究进展

做金属切削模拟的软件采用隐式的分析方法的软件有 MARC、DEFORM 等，MARC 采用隐式的分析方法，其缺点是无法适应大余量的切削加工模拟，网格重划分所导致计算时间长、计算不收敛等多种问题。DEFORM 本来是应用于冲压、锻造等金属体积塑性成形模拟的，在切削方面有点弱，而且里面的有些参数和我国标准不一致，难以满足三维铣削、车削、钻削的模拟加工。采用 ABAQUS 显式的分析方法，其非线性计算功能比较强大，采用的实验数据与理论分析是比较符合实际的。

（1）ABAQUS 金属切削模拟分析　图 9-102～图 9-107 是在 ABAQUS 环境下对车削和铣削的金属切削模拟分析。图 9-102 为采用自适应网格连续切屑模拟分析，图 9-103 是采用断裂准则连续切屑形成的模拟分析。图 9-104 是采用自适应网格锯齿状切屑模拟，由于网格细分和时间控制方面的原因，锯齿还不是很明显；图 9-105 是断裂准则锯齿状切屑模拟，由于网格比较粗，所以有的地方不太完善。图 9-106 和图 9-107 是分别针对铣削和车削的二维模拟分析。

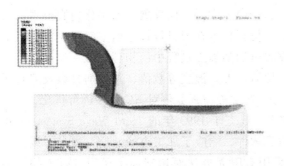

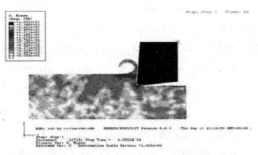

图 9-102　自适应网格连续切屑模拟分析　　　　图 9-103　采用断裂准则连续切屑模拟分析

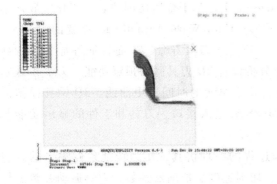

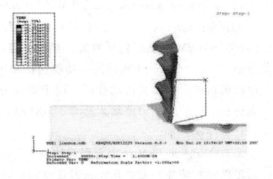

图 9-104　采用自适应网格锯齿状切屑模拟　　　图 9-105　断裂准则锯齿状切屑模拟

ABAQUS 的缺陷在于模拟金属切削时，很多对变形控制非常重要的因素如切削参数的组合，在模拟时被忽略了；更重要的是对于切屑的形成模拟，需要人工来设置而不是通过切削参数与边界条件的组合来计算切屑的形成的，因此与实际工程金属材料的切削加工模拟差距较大。由于实际车削、铣削、钻削加工时，切屑是断屑还是连续切屑的形成在很大程度上与刀具形状结构、刀具材料、锋利程度、工件材料特性、加工时的转速、进给量、背吃刀量等切削参数有非常紧密的关系。对于车削理想状况是合理切削参数条件下的连续切屑，这样不仅对产品、刀具有利，对产品的变形也有着很好的控制作用；对于铣削加工，由于铣削加工的特点和刀具的因素，切屑的形成和变形控制比较复杂，目前在这方面的研究和工程化应用的差距较大。

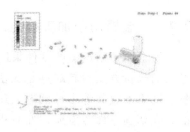

图 9-106　三维铣削的模拟

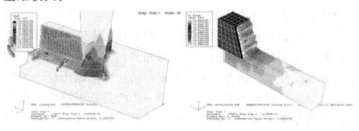

图 9-107　三维车削的模拟

随着数值计算技术的不断发展，数值仿真已经向多学科方向发展，数字化仿真技术在各个行业的应用也不断向纵深发展，产品切削加工仿真技术在刀具设计、航空航天、汽车行业的应用也逐渐深入。切削加工仿真技术是研究解析切削加工过程中的物理现象，通过数值仿真得到切削过程中的切削力、应变、应变率、切屑、刀具温度等数值，对切削参数及刀具进行 DOE 研究和刀具磨损研究，以及基于切削力、温度等仿真数值对 NC 程序进行优化。

（2）金属切削仿真专业平台 ADVANTEDGE　成立于 1993 年的 Third Wave Systems 公司主要业务是开发和销售金属切削加工有限元仿真软件，响应了加工市场的这一需求，该系统包含三个软件包：AdvantEdgetm FEM 软件包采用有限元方法对切削加工过程进行模拟；另一产品 Production Moduletm 擅长于工艺分析，并基于切削力、温度等仿真数值对 NC 程序进行优化；第三个包是变形模拟分析软件包 AdvantEdge Distortion Modeler。

1）切削模拟 AdvantEdgetm FEM。AdvantEdge FEM 是基于金属切削仿真、优化金属切削加工的解决方案，拥有先进的 CAE 软件包，作为 Third Wave AdvantEdge 套装的一部分，AdvantEdge FEM 提供了包括验证、热流、温度、应力、刀具寿命、表面特征等加工过程数值分析。AdvantEdge FEM 系统的功能包括易于分析设置 2D 刀具网格预览功能、刀盘输入功能以改善切屑形成及其流动分析、用于追踪分析特定单元的时间历史曲线、3D 钻孔模拟的稳态分析功能、车削刀路输入接口、DXF/VRML/STL 输入接口、刀具和工件的显示功能与并行计算性能。

AdvantEdgetm FEM 采用有限元法进行切削过程的物理仿真，作为切削条件输入的内容包括工件材料特性、刀具几何、刀具材料特性、切削速度、切削液参数、刀具振动参数、切削参数等。软件通过有限元分析后，获得切削加工过程中的切削力、切屑打卷、切屑形成、切屑断裂、热流、刀具工件和切屑上的温度分布、应力分布、应变分布、残余应力分布等物理特性输出结果。采用 AdvantEdge FEM 可提高金属切削速度、提高刀具寿命、预知切削物形状、缩短产品设计周期、减少试验次数和差错、通过参数应力分析提高产品质量。图 9-108 所示为 3 种刀具的切削仿真及切削力比较，图 9-109 所示为不同切削参数的切屑形成及温度分布情况。

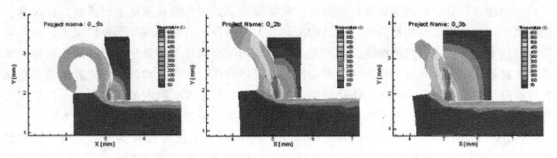

图 9-108  3 种刀具切削与切削力比较

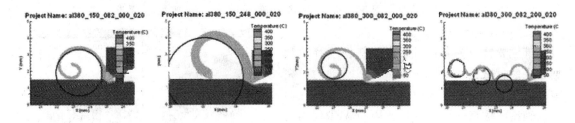

图 9-109  不同切削参数切屑形成及温度分布

AdvantEdgetm FEM 拥有丰富的材料库，包括 120 种从铸铁到钛合金的工件材料和硬质合金 Carbide、金刚石、高速钢、TiN、TiC、$Al_2O_3$、TiAlN 涂层等 100 多种刀具材料。系统可进行丰富的工艺分析，如车削、铣削（含插铣）、钻孔、镗削、拉削等；还可设置分析考虑切削液倾入、喷射等方式。图 9-110 所示为系统进行多种金属切削时的刀具与切屑形成的仿真过程。

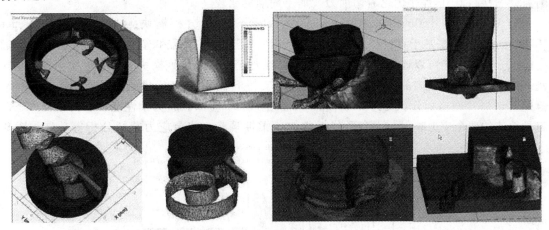

图 9-110  不同金属切削工艺的刀具与切屑仿真

系统刀具磨损仿真主要采用日本的 Usui 算法，同时具有切削速度、进给量、前角、切削刃圆弧半径参数 DOE 的分析研究和丰富的后处理功能。在刀具的设计开发中，使用 AdvantEdgetm FEM软件可以研究刀具的涂层、形状、材料，并为刀具推荐切削参数。在实际切削加工中，不用严格遵守刀具厂提供推荐的理想切削条件，在软件分析的基础上，就能选择出最佳的刀具和切削参数。

　　系统在进行分析时网格划分完全自动，只需要定义关键参数及网格重划系数；在金属切削模拟中可以考虑工件初始应力、刀具的振动、刀具磨损、刀具表面涂层及切削液；具有参数研究功能，可以进行切削速度、进给量、前角、切削刃圆弧半径及变换刀具的参数研究来优化金属切削工艺；具有丰富的后处理功能，可以用曲线、云图及动画等方式显示结果。通过仿真分析提高材料的去除率，优化切削力及温度、切屑形成，减少金属切削中工件的扭曲变形、降低残余应力，提高零件质量和刀具性能，减少现场试切的试验次数和成本。

　　2）工艺分析（Production Module Production Module）。系统通过对工件、刀具、材料数据及 NC 程序的综合分析，得到整个加工过程中的切削力、温度等数据；然后通过优化 NC 程序中的进给量及切削速度数据来优化加工过程中切削力、温度等。通过 Production Module 优化分析后可以改进切削力、温度、负载平衡，降低振动，缩减加工周期。并且优化后的 NC 程序可以直接进行加工。

　　其主要特点为：材料库中材料物理特性数据都是通过试验或 AdvantEdge 分析得到的；完整的刀具参数定义；完整的车削、钻孔、三轴及五轴铣削仿真；完整的 G 代码和 APT 代码输入；可以设置及编辑机床控制文件，得到加工过程中的切削力、温度、功率等结果；通过优化进给量及切削速度对切削力及温度进行优化；具有自动优化 CNC 程序、载荷平衡及降低振动功能。图 9-111 为通过对工件、加工路径、NC 程序的综合分析得到整个加工过程中的切

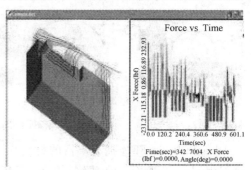

图 9-111　切削力综合模拟分析

削力，图 9-112 NC 程序优化后切削力及加工周期的比较。

　　3）变形分析（AdvantEdge Distortion Modeler）。变形分析模块（AdvantEdge Distortion Modeler）采用的是基于材料初始应力、复杂刀具轨迹的边界元和有限元综合分析方法。通过模拟分析，用户可以通过优化切削参数来减小加工的变形。该模块的主要组成部分包括比例缩放模拟分析，精确的单元网格划分技术、支持五轴 APT 和 G 代码刀具轨迹输入、自动薄壁（切屑）网格划分、支持 STEP 和 STL 数据接口、金属材料力学性能和应力数据库、沿刀具轨迹的残余应力映射、大变形分析的快速柔性策略、残余应力特征分析等功能。图 9-

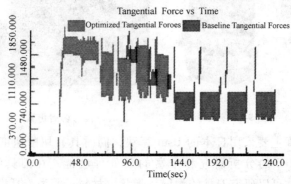

图 9-112　NC 程序优化前后切削力与加工周期的比较

113 为该模块针对某薄壁盒金属铣削变形的模拟分析。

随着数值计算技术的不断发展，数值仿真已经向多学科方向发展，数字化设计制造与模拟仿真技术在各个行业的应用也不断向纵深发展，金属切削加工仿真技术在刀具设计、航空航天、汽车行业的应用也逐渐深入。为满足企业对金属切削加工有限元仿真技术应用的需求及引进国外的先进技术，相信金属切削仿真技术会取得更大的进步，达到指导工程化应用的目的，进一步推动数字化设计、制造、仿真、模拟技术的深入应用和发展。

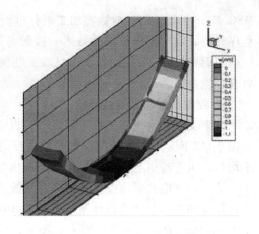

图 9-113　薄壁盒金属铣削变形的模拟分析

## 9.8　薄壁件数控加工变形模拟与控制

### 9.8.1　薄壁件数控加工的有限元模拟分析

MSC. Marc 是解决非线性结构、热力学、流体力学及其他物理场和耦合场问题的高级有限元软件，体现了非线性有限元分析的理论方法和软件实践的完美结合。它具有极强的结构分析能力，可以处理各种线性和非线性结构分析，如线性/非线性静力分析、模态分析、简谐响应分析、频谱分析、随机振动分析、动力响应分析、自动的静/动力接触、屈曲/失稳、失效和破坏分析等。它提供了丰富的结构单元、连续单元和特殊单元的单元库，几乎每种单元都具有处理大变形几何非线性，材料非线性和包括接触在内的边界条件非线性以及组合的高度非线性的超强能力。

MSC. Marc 具有超强的单元技术和网格自适应及重划分能力，以多种误差准则自动调节网格疏密，不仅可提高大型线性结构分析精度，而且能对局部非线性应变集中、移动边界或接触分析提供优化的网格密度，既保证计算精度，同时也使非线性分析的计算效率大大提高。此外，Marc 支持全自动二维网格和三维网格重划，用以纠正过渡变形后产生的网格畸变，确保大变形分析的继续进行，是快速模拟各种冷热锻造、挤压、轧制以及多步锻造等体积成型过程的工艺制造专用软件。它综合了 MSC. Marc/MENTAT 通用分析软件求解器和前后处理器的精髓，以及全自动二维四边形网格和三维六面体网格自适应和重划分技术，实现对具有高度组合的非线性体积成型过程的全自动数值模拟。

MSC. Marc 的结构分析材料库提供了模拟金属、非金属、聚合物、岩土、复合材料等多种线性和非线复杂材料行为的材料模型，被广泛应用于产品加工过程仿真，性能仿真和优化设计。MSC. Marc 让用户很方便地模拟变形体之间或自身在不同条件下的接触，可包括摩擦的影响，如工具和模具的设置、弹簧卷的受冲击、风挡雨刮器系统等，可应用于制造中的金属板料塑性成形、数控加工并行模拟等领域。

利用 MSC. Marc 提供的结构分析功能，可对加工后的包含残余应力的工件进行进一步的结构分析，模拟加工产品在后续的运行过程中的性能，有助于改进产品加工工艺等方面。

MSC.Marc 可以方便地对数控加工进行过程模拟，在边界条件确定后，读取 CATIA 数控加工程序代码，利用网格重划分技术、接触与网格处理等方面，采用结合显式分析、隐式分析（包括回弹分析）等核心算法，对加工过程和加工后的产品进行模拟，以确定加工的工艺参数合理性。

**1. 数控铣削加工的变形模拟**

薄壁支架是常用的结构产品之一，也是机械加工中产品精度难以保证的典型产品之一。如图 9-112 所示，对某薄壁支架采用数控高速铣削加工，由于此类薄壁件加工由于应力释放不均匀，极容易引起变形，采用高速铣削加工可以有效减小其加工变形。

下面对该铝合金薄壁支架的高速数控铣削加工过程进行模拟，其数控加工编程的三维模型和数控加工刀具轨迹设计基于 CATIA 环境，将三维模型和数控加工刀具轨迹代码以适合于 MSC.Marc 相匹配的格式调入。图 9-114 是在 CATIA 环境中，进行该产品加工的数控刀具轨迹和 MSC.Marc 环境下划分的毛坯网格示意图，图 9-115 和图 9-116 分别是对该产品进行的粗精加工变形模拟结果。

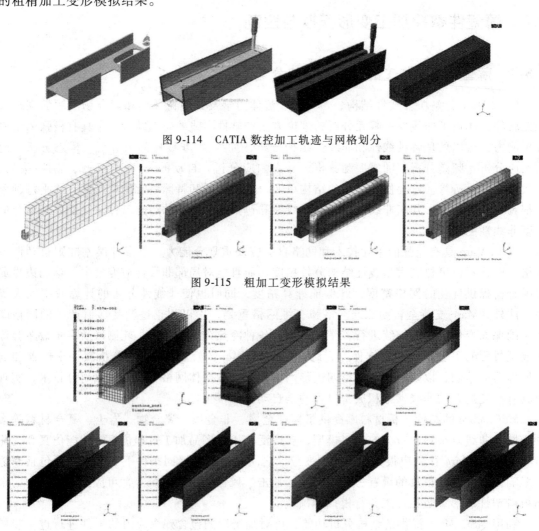

图 9-114　CATIA 数控加工轨迹与网格划分

图 9-115　粗加工变形模拟结果

图 9-116　精加工变形模拟结果

**2. 数控车削加工的有限元模拟分析**

在 MSC. Marc 环境下，采用热应力耦合分析对某 45#钢材料产品进行车削加工模拟分析，采用的加工参数设置其刀尖圆角为 1.0mm、进给速度为 2500mm/s、背吃刀量为 1mm、摩擦系数为 0.10、初始温度为 20℃、接触传热系数为 40W/（m$^2$·K）、空气热辐射系数为 0.4W/（m$^2$·K）等参数。其分析模型如图 9-117 所示，图 9-118 为进行模拟分析过程中的切削力、应力和应变分布。

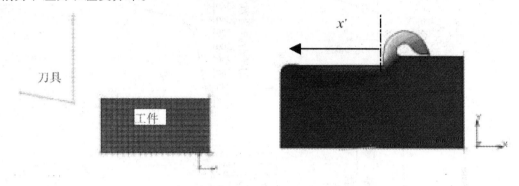

图 9-117　数控车削加工变形分析模型

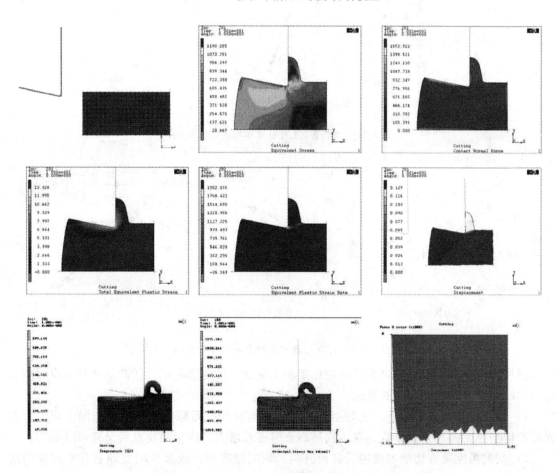

图 9-118　车削过程中的切削力、应力和应变分布

根据上述分析的情况，进一步优化相关的切削速度、背吃刀量和刀具前角与弧长等参数。模拟分析出车削加工时，切削速度、背吃刀量、刀具前角、弧长分别对切削力、切削温度、残余应力和残余应变的影响，分别如图 9-119 ~ 图 9-125 所示。

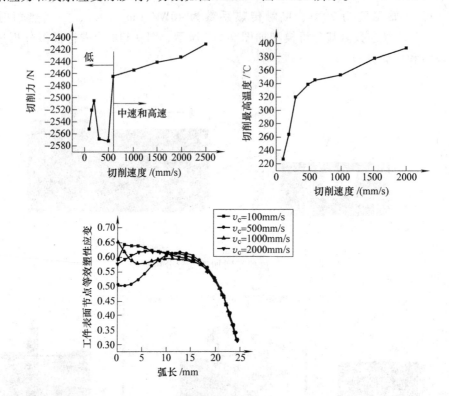

图 9-119　切削速度对温度和切削力的影响

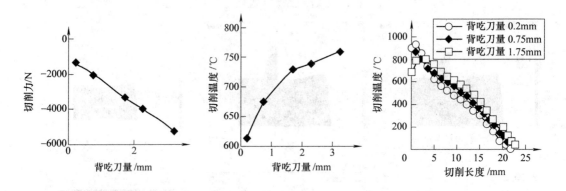

图 9-120　背吃刀量对切削力和温度的影响

通过采用有限元的方法对数控铣削加工和车削加工的变形模拟，从产品变形和应力应变分布的结果，可以得出如下的结论：

1）在中速和高速情况下，主切削力随切削速度的升高而降低，在低速范围，切削力首先随着切削速度的升高而降低，在达到最高点时逐渐增大，达到最高点后又逐渐降低。

2）切削温度随着切削速度的升高而升高，切削温度和等效塑性应变随着背吃刀量的增加而增加，表面应力随着背吃刀量的增加变化不大。

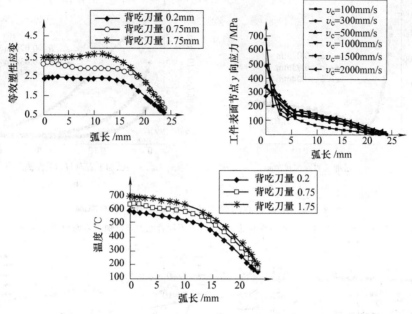

图 9-121　弧长对塑性应变与温度的影响

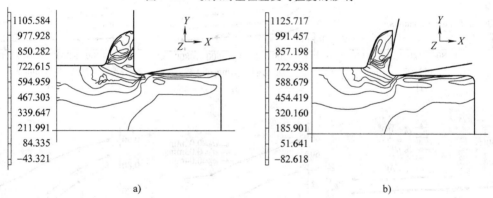

a)　　　　　　　　　　　　　　　b)

图 9-122　刀具前角对切削等效应力的影响

a）刀具前角为 0°时的 $\sigma_a$ 等值线（MPa）　b）刀具前角为 10°时的 $\sigma_a$ 等值线（MPa）

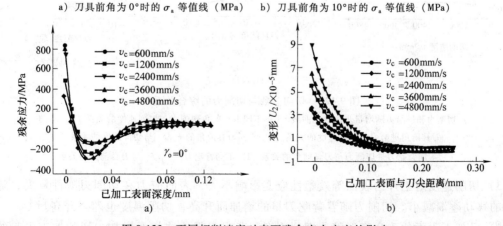

a)　　　　　　　　　　　　　　　b)

图 9-123　不同切削速度对表面残余应力应变的影响

a）不同切削速度已加工表面残余应力分布　b）不同切削速度已加工表面残余变形分布

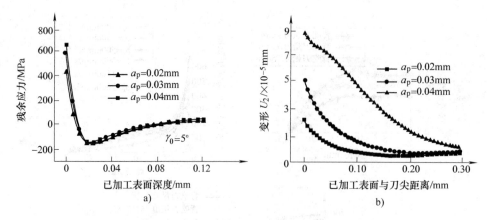

图 9-124　不同背吃刀量对表面残余应力应变的影响

a）不同背吃刀量已加工表面残余应力分布　b）不同背吃刀量已加工表面残余变形分布

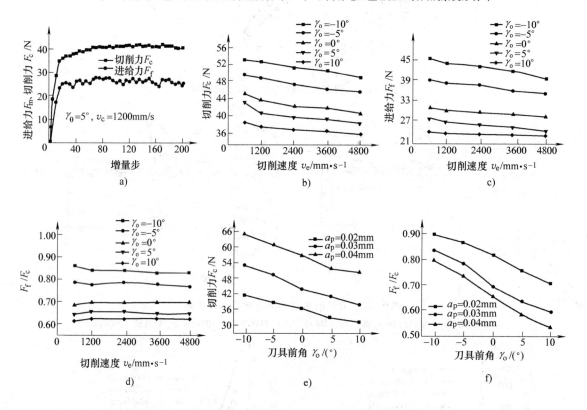

图 9-125　切削参数与切削力的综合关系

a）切削力和进给力随增量步的变化曲线　b）不同刀具前角切削力与切削速度的关系　c）不同
刀具前角进给力与切削速度的关系　d）不同刀具前角的 $F_f/F_c$ 与切削速度的关系
e）不同背吃刀量切削力与刀具前角的关系　f）不同背吃刀量 $F_f/F_c$ 与刀具前角的关系

3）切削速度对工件的表面等效塑性应变影响不大，表面应力在切削刃附件较大，随着刀具的移动逐渐减小。切削力随着背吃刀量的增加而升高，切削温度也随之升高。

4）已加工表面的残余变形随着切削速度和背吃刀量的增加而增加。切削加工引起的残余应力集中在工件表面 0.1mm 的深度范围内，表层为拉应力，0.01~0.07mm 深度范围为残余压应力。随着切削速度的增加，金属的塑性变形效应增强，使已加工表面的残余拉应力增加。

5）刀具前角和背吃刀量影响各切削分量之间的比例关系，而切削速度对切削力各分量之间的比例关系影响较小。刀具前角增大，切削力和进给力相应减小，且变化幅度比切削速度的影响要大得多，主要是由于切削速度增加时，摩擦系数减小，切削力减小；同时由于切削速度升高，金属塑性变形来不及充分进行等因素造成的。

## 9.8.2　薄壁件数控加工变形控制措施

某铝合金薄壁壳体均为前后端框与蒙皮为一体的结构，壳体直径在 $\phi 900 \sim \phi 1200 \text{mm}$，壁厚一般为 $3 \sim 5 \text{mm}$，高度在 $500 \text{mm}$ 以上。如采用整体锻造或环轧壳体方法，一方面材料利用率低、毛坯成本极其高，备料周期长，毛坯合格率低，内部缺陷难以检测；另一方面机械切削加工余量非常大，制造周期很长，切削加工过程所出现的质量问题难以控制，加工的风险大。而且，一些高度超过 $760 \text{mm}$ 的壳体在国内没有整体锻造加工能力。

如果采用化铣和熔焊的技术制造壳体壳体，环境污染大，产品精度低，也难以达到产品设计要求。搅拌摩擦焊技术的出现，为整体壳体制造提供了一种可以替代铆接、锻造、铸造、熔焊等传统技术的手段。由于其所拥有的优异性能，达到有效降低结构重量、改善结构整体性能和可靠性目标，是实现无余量或少余量加工和低成本制造的理想途径。

**1. 壳体的结构特点与加工特性**

（1）铝合金材料加工特性

1）质量轻，比强度高，导热性好，成形性好塑性大，切削力小，可强化性好，可达到 $540 \text{MPa}$。

2）缺点加工变形难以控制，由于其塑性好，导热性好，因此极其容易产生变形；屈服强度低，加工时容易粘刀，尤其是薄壁件大余量加工时表现更为明显。

3）壳体为整体加工，其加工余量较大，材料利用率低，因此加工的要求难度大。

（2）产品结构　图 9-126 为两种壳体结构图，壳体一般为圆柱或圆锥结构，端框加蒙皮通过搅拌摩擦焊焊接而成。壁厚仅为 $3 \sim 5 \text{mm}$，内形有下陷或凸台，外表面有各种开口。壳

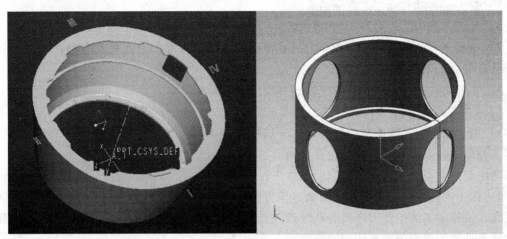

图 9-126　典型壳体结构

体的技术要求如表 9-23 所示，其指标要求高。

表 9-23　壳体设计技术指标

| 设计指标 | 外圆尺寸 | 内孔尺寸 | 壁厚 | 圆度 | 平面度 | 平行度 | 端面—轴线垂直度 |
|---|---|---|---|---|---|---|---|
| 要求 | ±0.2 | ±0.2 | ±0.2 | 0.3 | 0.2 | 0.2 | 0.2 |

### 2. 工艺方法流程

工艺方法流程如表 9-24 所示。

表 9-24　壳体数控加工工艺流程

| 工序号 | 工序内容 | 工序号 | 工序内容 |
|---|---|---|---|
| 5 | 8mm 厚蒙皮滚卷校形 | 50 | 放置 24h |
| 10 | 8mm 厚蒙皮对焊成型 | 55 | 半精车上下端面 |
| 15 | 前后段端框配车 | 60 | 半精车外圆，去余量 0.5mm |
| 20 | 蒙皮+端框搅拌焊接 | 65 | 放置 24 小时 |
| 25 | 焊接后壳体时效处理 | 70 | 精铣内外 U 形槽，精铣开口 |
| 30 | 粗车上下端面 | 75 | 精车上下端面 |
| 35 | 粗车外圆和内孔去量 0.5mm | 80 | 精车外圆去余量 0.5mm |
| 40 | 粗铣内外 U 形槽 | 85 | 精车内孔去余量 0.5mm |
| 45 | 粗铣四周开口 | 90 | 精车外圆到尺寸 |

### 3. 壳体加工变形的主要原因及难点分析

（1）变形的主要原因

1）焊接后加工前的变形量和下压量对余量分配的影响：壳体加工前的状态不一致，且焊接后留给机加工工序加工的余量非常小。

2）机加工工序的划分，尤其是铣削开口的工序时机影响壳体加工时的刚性导致的变形影响。

3）工序间的余量分配对切削力、残余变形的影响。

4）切削刀具和切削参数对切削力导致的加工变形的影响。

5）装夹、振动和润滑对变形的影响。

6）加工过程中的应力释放。

7）材料本身的特点：由于铝合金材料塑性好，导热性好，因此极其容易产生变形；其屈服强度低，加工时容易粘刀。

8）零件结构的非对称性和薄壁特点对变形的非对称影响等。

（2）主要难点分析

1）由于采用的是搅拌摩擦焊接蒙皮+端框的结构，且焊接结构形式不一，有搭接、对接等多种形式。蒙皮+端框的结构存在切削加工余量小，工序间余量分配余地小，任何一道工序的超差都有可能导致产品的变形最终失控。

2）由于毛坯本身结构形式的限制，与传统整体环轧铝合金壳体的加工存在很大的区别表现在，机械加工的中间工序没有热处理或者人工时效来消除壳体加工过程中所存在的残余应力或者是加工应力分布不均匀的特点。

3）铝合金壳体由于结构本身为局部非对称薄壁结构，端框的切削余量大，蒙皮的切削余量小，加工过程中的刚性支撑完全由蒙皮来承担，因此切削刀具和参数、加工工序的过程控制变得非常重要。

4）铝合金材料切削加工时存在的粘刀，加工变形大；材料本身的弹塑性范围控制区较小，切削刀具、切削力、切削参数的控制搭配不合理，很容易造成产品变形控制不稳定等特点。

5）壳体焊接后下压量不均匀，焊接区域的下压量占用了粗加工的大部分余量，且普遍存在焊接后蒙皮＋端框本身的圆度直线度不一，粗加工工序难以有效地将焊接区域全部加工见光，圆度、直线度、焊接下压量等多种因素导致存在焊接区本身的加工不均匀性。

6）由于焊接后的壳体蒙皮内外表面加工工序间的余量小，工序加工过程中引起的变形很可能超过下道工序的加工余量，对产品的控制变形极其不利。

7）壳体不仅有车削加工特征，还有本身的多种铣削加工特征，由于车削、铣削加工方式的区别对壳体的变形影响也不相同，为加工工序的协调与装夹定位、切削参数与刀具的确定带来了一定的困难。

**4. 壳体加工变形控制措施**

（1）壳体加工变形机理分析

1）切削力分析：影响切削力的因素包括工件材料特性、切削参数、刀具材料与角度、切削液与切削热、刀具磨损与机床的刚性和精度等。从切削力的经验公式中可以分析得到：转速和切削速度的增加可以有效地降低切削力，反之增加切削力。进给量和背吃刀量的增加会加大切削力，反之可减小切削力。刀具圆角增加导致切削力上升，前角增加可减小切削力。进给量和背吃刀量过小，有两个方面的不利因素：进给量过小容易导致机床出现爬行，导致加工的振动；切削量和深度小于刀角圆角半径，则容易发生刀具磨损增加摩擦，导致切削力增加，表面粗糙度质量下降。

表 9-25 为铣削加工时切削参数对切削力的影响分布。从表中可以看出铣削加工时转速对切削力影响很小；切削力随着背吃刀量的增加线性增加；相同的切削宽度和背吃刀量，切削力随着刀具直径的增加而线性降低；切削力随着进给量的增加而增大，切削力随着切削宽度的增加而增大。

**表 9-25　切削参数对切削力的影响分布**

| 序号 | 直径 /mm | 转速 / (r/min) | 进给率 / (mm/min) | 背吃刀量 /mm | 切宽 /mm | 齿数 | 主切削力 /N | 径向切削力 /N | 轴向切削力 /N | 功率 /kW | 频率 /Hz |
|---|---|---|---|---|---|---|---|---|---|---|---|
| 1 | 10 | 10000 | 3000 | 1 | 10 | 2 | 77 | 29 | 22 | 0.45 | 333 |
| 2 | 10 | 10000 | 3000 | 2 | 10 | 2 | 155 | 59 | 43 | 0.9 | 333 |
| 3 | 10 | 10000 | 3000 | 3 | 10 | 2 | 232 | 88 | 65 | 1.35 | 333 |
| 4 | 10 | 10000 | 3000 | 3 | 2 | 2 | 46 | 18 | 13 | 0.32 | 333 |
| 5 | 10 | 10000 | 5000 | 3 | 2 | 2 | 22 | 8 | 6 | 0.13 | 333 |
| 6 | 20 | 8000 | 3000 | 1 | 12 | 2 | 54 | 15 | 21 | 0.5 | 267 |
| 7 | 20 | 8000 | 3000 | 2 | 12 | 2 | 109 | 30 | 41 | 1.01 | 267 |
| 8 | 20 | 8000 | 3000 | 3 | 12 | 2 | 163 | 46 | 62 | 1.51 | 267 |
| 9 | 20 | 8000 | 1000 | 3 | 20 | 2 | 126 | 48 | 35 | 1.17 | 267 |

2）金属材料切削后的力学平衡：金属材料切削后，材料组织内部需要重新建立平衡，由于残余应力释放在结构的剩余部分发生变形，此变形取决于残余应力的大小和分布，同时取决于产品结构后的形状刚度。

3）残余应力：残余应力是指无外力作用下，物体内部保持平衡所需的应力。机械加工产生的残余应力包括残余拉应力和残余压应力。金属切削过程中，在已加工表面形成的过程中，后刀面与已加工完的表面之间产生摩擦，在表层产生塑性变形，刀具离开后在内层金属的作用下，表面产生残余压应力。同时由于摩擦产生的热量也容易引起热应力变形，当热量较大时，往往产生较大的加工热变形。热处理后因为相变极易产生热变形，因此多采用人工时效的方法来减小变形，保证应力的均匀化。

机械加工产生的残余应力主要有刀具、工件材料、切削速度等方面综合引起的。在刀具方面，刀具前角减小，摩擦减小，残余应力减小。刀尖圆角半径增加，摩擦力增加，残余拉应力减小，残余压应力增大。工件的塑性越大，残余拉应力越大。脆性材料切削加工时，容易产生残余压应力。切削速度加快，温度升高，热应力引起的残余拉应力上升。

4）切削表面质量：切削刀具锋利，产生的摩擦小，表面质量升高，如硬质合金或金刚石刀具产生的摩擦小，因此切削表面质量高。减小切削过程中的振动有利于提高表面质量。刀具圆角不同，如半径为 R0.2、R0.4、R0.8 的刀具产生的表面质量不一样。切削速度应小于 350m/min，切削速度过大容易引起振动导致表面质量下降；进给量小，表面质量好，但是过小容易引起爬行和刀具的磨损导致表面粗糙度下降。切削液润滑效果和冷却效果好，机床的刚性好都有利于提高表面质量。

5）加工硬化：凡是增大变形和摩擦的因素都容易导致加工硬化。切削速度升高，使摩擦来不及进行传递，加工硬化来不及进行。但是另外一方面，切削速度升高导致切削温度上升，又可成为加工硬化产生的来源。进给量增加，切削力和塑性变形区增大，硬化程度和硬化层深度将随之增加。吃刀深度对硬化层的影响不大，但是如果加剧摩擦和磨损也容易导致加工硬化的产生。

（2）壳体变形控制方法

1）选择合理的配合间隙，控制好焊接的下压量。焊接前蒙皮与端框的配合间隙合理，直接影响焊接时的下压量和产品的焊接强度，配合间隙过小或过大均不可行。过盈量太大时，焊接后蒙皮处于受拉状态，在进行切削加工时，由于受拉的状态不均匀，很容易出现壳体加工局部变形严重超差而后续失控的情况发生；过盈量太小时，容易导致焊接时下压量过大或者存在内部缺陷等不利影响。

2）焊接前后的热处理控制。由于在切削加工的工序间无法安排热处理人工时效，来实现应力的均匀化，因此在端框状态以及壳体粗加工之前、焊接后的热处理工序对壳体进行加强和应力均匀非常重要，是整个产品加工变形受控的关键因素之一。另外，端框淬火前增加快速退火，因材料组织实现再结晶，充分消除了机械加工残余应力，控制变形的作用明显。

3）切削加工过程中的工序余量分配和工序组合。由于加工过程中存在加工余量小，而所有的面均需要进行加工，各特征加工余量分配本身存在较大差异，导致变形的因素变得复杂；同时由于壳体本身的刚性和铝合金材料加工易变形的特性等因素，决定了工序的划分和余量的分配必须合理控制，这也是薄壁件加工变形控制的前提条件。

4）切削加工过程中的切削刀具选用与对应的切削参数的组合是保证壳体产品质量的最

终关键因素。实践证明，不同的切削刀具、切削参数间的组合以及加工过程中的释放压板等过程控制，对切削的变形控制有着关键的影响，这是最终保证产品质量的关键。表 9-26 为某壳体车削加工参数表。

表 9-26　某壳体车削加工参数表

| 序号 | 转速<br>/（r/min） | 进给量<br>/（mm/r） | 背吃刀量<br>/mm | 切削速度<br>/（m/min） | 主切削力<br>/N | 轴向力<br>/N | 径向力<br>/N | 时间<br>/min |
|---|---|---|---|---|---|---|---|---|
| 1 | 100 | 0.15 | 0.3 | 377 | 35 | 10 | 17 | 33 |
| 2 | 100 | 0.12 | 0.3 | 377 | 30 | 9 | 15 | 42 |
| 3 | 100 | 0.16 | 0.25 | 377 | 30 | 9 | 15 | 32 |
| 4 | 100 | 0.2 | 0.2 | 377 | 28 | 9 | 14 | 25 |
| 5 | 80 | 0.2 | 0.25 | 302 | 36 | 11 | 18 | 32 |
| 6 | 80 | 0.25 | 0.2 | 302 | 33 | 10 | 14 | 25 |
| 7 | 80 | 0.2 | 0.2 | 302 | 28 | 9 | 14 | 32 |
| 8 | 80 | 0.15 | 0.25 | 302 | 35 | 10 | 17 | 42 |
| 9 | 80 | 0.2 | 0.2 | 302 | 43 | 13 | 21 | 32 |
| 10 | 60 | 0.2 | 0.3 | 226 | 43 | 13 | 21 | 42 |
| 11 | 60 | 0.2 | 0.25 | 226 | 36 | 11 | 18 | 42 |

切削过程中的参数对切削力、加工效率、加工变形的影响较大。切削用量如背吃刀量、切削宽度太小，车削或铣削加工时表现在刀具与工件发生摩擦而不是在切削，从而磨损刀具，加工表面粗糙度差，摩擦引起的切削热对刀具和工件极其不利。切削用量太大如背吃刀量过大，切削力大，导致的变形大；转速不影响切削力，但是对加工效率有影响，对总体做功时间和变形有较大影响。

通过对切削力、切削参数、切削时间三者之间的关系，重点以切削力和切削时间为目标，通过上述参数表采用正交法确定最终的切削加工参数。切削力是导致加工局部变形的影响因素，而切削力在切削时间累积的效果是对加工最终的整体变形的影响因素。目标是在较小的切削力的前提、保证相对的加工高效率，通过合理组合进给量和背吃刀量来实现小变形、高效率的加工。通过 11 组切削数据的对比试验，最终选定表 9-26 中的第 6 组数据为批量生产的切削参数，经过多组验证完全与理论相符，同时达到了控制加工过程中的变形等目的。

5）选择合理的刀具参数。常用于铝合金切削加工的硬质合金为 ISO K10～K30，如 YG3、YG6 等，刀具的角度如表 9-27 和表 9-28 所示。切削力与切削刀具的结构形式、材料类型等有着重要的关系，选用 R0.4 刀尖精加工、R0.8 刀尖粗加工可解决粗精加工的变形和效率问题。

表 9-27　外圆车削刀具几何参数推荐值

| 刀具材料 | 前角 | 后角 | 主偏角 | 副偏角 | 刃倾角 |
|---|---|---|---|---|---|
| 粗加工 | 5°～8° | 5°～8° | 90°～95° | 10°～15° | 0°～5° |
| 精加工 | 8°～16° | 8°～12° | 90°～95° | 5°～10° | 5°～10° |

表 9-28　内孔车削刀具几何参数推荐值

| 刀具材料 | 前角 | 后角 | 主偏角 | 副偏角 | 刃倾角 |
|---|---|---|---|---|---|
| 粗加工 | 5°～8° | 12°～15° | 75° | 10°～15° | 0°～5° |
| 精加工 | 8°～16° | 15°～17° | 75° | 5°～10° | 5°～10° |

6）控制润滑效果：铝合金加工一般使用水基乳化液，并添加一定的防锈剂，良好的润滑效果可降低切削力。

7）铝合金薄壁件的高速铣削加工参数的合理组合，减少了铣削变形，提高了加工效率。采用表 9-26 所示的第 1、2、4、5、6 五组切削参数，均可以较好地控制壳体铣削加工后的变形。

（3）基于弹塑性变形的壳体小变形校形　由于搅拌焊接后的壳体下压量导致配合间隙不均匀，且受蒙皮直线度、圆度的影响，粗加工时，外圆或内表面加工时，存在只能加工到局部区域导致加工的非对称性变形等因素，对少数壳体粗加工、半精加工后存在的变形量超过了后续的余量的实际情况，通过校形的手段在弹塑性临界区内进行变形控制来保证后续加工的余量均匀性。

对某壳体校形的有限元模型如图 9-127 所示，该铝合金的材料特性如图 9-128 所示。校形过程中，如果施加的初始位移过小，壳体仍然在弹性范围内；施加的位移过大，导致壳体会出现塑性变形较大，超过了预期的变形范围，或完全进入塑性区难以恢复的状态引起壳体强度变弱。如何在弹塑性临界区域内来完成壳体的校形控制，是比较关键的。传统的通过试验的方法存在反复试验，难以一次校形到期望的目的等不科学、风险较大等缺点。通过有限

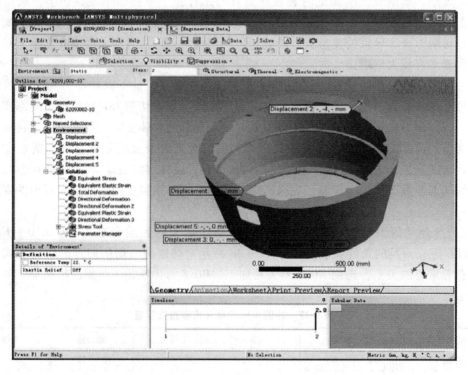

图 9-127　壳体校形的有限元模型

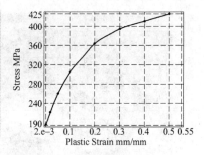

图 9-128  铝合金壳体材料特性

元方法，结合实际校形工况与铝合金材料的力学性能，通过模拟仿真较好地实现了少数壳体的变形控制，在科学的基础上一次性达到了工程的目的。下面为该壳体在 X、Y 方向的直径塑性变形校形 1mm，其分析控制的基本步骤如下：

（1）第一阶段  求解最大屈服应力，确定加载的最小值：

1）加载 10mm 位移时，图 9-129 所示为其应力为 365MPa 而小于 375MPa，没有达到屈服状态；所产生的弹性应变随载荷的撤离而恢复到初始状态。卸载后直径方向发生变形位移量为 0.03mm 左右，远远没有达到 1mm 变形量的目标期望值。

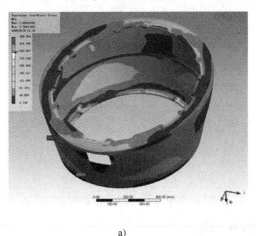
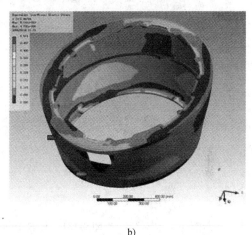

a)                                                b)

图 9-129  加载 10mm 时的等效应力与弹性应变

a）等效应力与变形  b）等效弹性应变

2）继续加载 12mm 位移，如图 9-130 所示，其最大应力值大于 375MPa，开始进入屈服阶段。卸载后发生塑性变形为仅 0.35mm 左右，需要继续加大载荷位移，达到塑性变形期望 1mm 的变形目标值为止。

（2）第二阶段  根据变形量和目标期望值，使用不同的加载量模拟分析，根据模拟结果，结合期望值，确定校形的加载量。该壳体校形为弹塑性问题，铝合金材料的应力应变曲线为应力 Stress $= 427.8 - 237e(-8.504 * strain$ 应变$)$。

加载 16mm 的位移载荷，应力应变分布如图 9-131 所示。卸载 16mm 位移后，直径方向发生的塑性变形如图 9-132 所示为 0.9mm 左右，已非常接近目标期望值，继续加载的求解数据如表 9-29 所示。

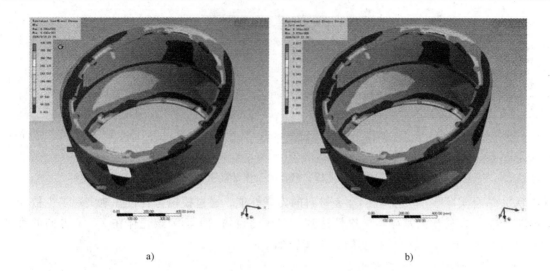

图 9-130　加载 12mm 后时的等效应力与弹性应变

a）等效应力与变形　b）等效弹性应变

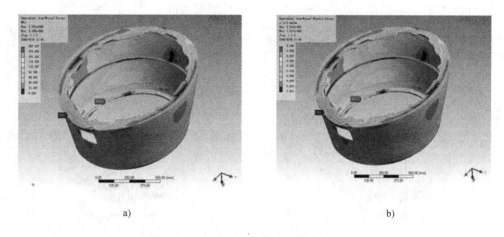

图 9-131　加载 16mm 位移时的应力应变

a）等效应力分布　b）弹性应变分布

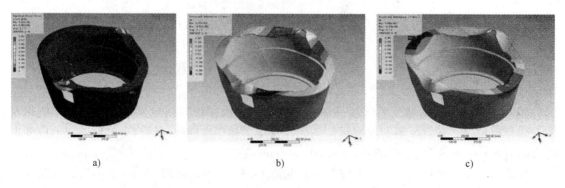

图 9-132　卸载 16mm 位移后的塑性变形

a）等效塑性应变　b）Y 方向直径塑性位移　c）X 方向直径塑性位移

**表 9-29　弹塑性变形位移分析**　　　　　　　　　（单位：mm）

| 施加位移 | 8mm | 10mm | 12mm | 14mm | 16 mm | 18 mm | 20 mm |
|---|---|---|---|---|---|---|---|
| 塑性应变 | 1.42e－3 | 0.191e－2 | 0.325e－2 | 0.446e－3 | 0.581e－3 | 0.754e－3 | 0.711e－3 |
| X 方向直径塑性变形量 | 0.036 | 0.137 | 0.323 | 0.580 | 0.888 | 1.172 | 1.641 |
| Y 方向直径塑性变形量 | 0.039 | 0.149 | 0.358 | 0.622 | 0.908 | 1.246 | 1.412 |

　　从表 9-29 可以看出，采用加载 16~18mm 位移载荷，卸载后，其直径方向发生的塑性变形位移可以满足 1mm 变形的校形控制目标。利用有限元分析对该壳体的校形，充分利用了弹塑性变形机理，克服了传统校形不断试验摸索、周期长、校形不可控等缺陷，实现了一次达到校形合格的目的。经过实践验证，采用理论计算时的校形载荷位移，一次校形就满足了该产品的校形质量要求。

# 参 考 文 献

[1]　王新华. 冲模设计与制造实用计算手册［M］. 北京：机械工业出版社，2003.

[2]　冯炳尧，韩泰荣，殷振海，等. 模具设计与制造简明手册［M］. 上海：上海科学技术出版社，1985.

[3]　邱永成. 多工位级进模设计［M］. 北京：国防工业出版社，1987.

[4]　周大隽. 冲模结构设计要领与范例［M］. 北京：机械工业出版社，2000.

[5]　韩英淳. 简明冲压工艺与模具设计手册［M］. 上海：上海科学技术出版社，2006.

[6]　刘朝儒，彭福荫，高政一. 机械制图［M］. 北京：高等教育出版社，1999.

[7]　景旭文. 互换性与测量技术基础［M］. 北京：中国标准出版社，2002.

[8]　夏巨谌，李志钢. 中国模具设计大典：第3卷冲压模具设计［M］. 南昌：江西科学技术出版社，2003.

[9]　高锦张. 塑性成形工艺与模具设计［M］. 北京：机械工业出版社，2002.

[10]　杨玉英. 实用冲压工艺及模具设计手册［M］. 北京：机械工业出版社，2005.

[11]　郑可主. 实用模具设计手册［M］. 北京：宇航出版社，1990.

[12]　郑大中，房金妹，等. 模具结构图册［M］. 北京：机械工业出版社，1998.

[13]　夏巨谌，等. 材料成型工艺［M］. 北京：机械工业出版社，2005.

[14]　李建军，等. 模具设计基础及模具CAD［M］. 北京：机械工业出版社，2006.

[15]　中国航空研究院. 复合材料连接手册［M］. 北京：航空工业出版社，1994.

[16]　黄乃瑜，等. 中国模具设计大典：第5卷铸造工艺装备与压铸模设计［M］. 南昌：江西科学技术出版社，2003.

[17]　彭建生，等. 模具设计与加工速查手册［M］. 北京：机械工业出版社，2005.

[18]　田宝善. 金属压铸模设计技巧与实例［M］. 北京：化学工业出版社，2006.

[19]　王义林，等. 模具CAD\CAM\CAE［M］. 北京：电子工业出版社，2004.

[20]　陈文亮. 板料成型CAE分析技术［M］. 北京：机械工业出版社，2005.

[21]　李尚健. 金属塑性成型过程模拟［M］. 北京：机械工业出版社，1999.

[22]　李建华. 板成型数值模拟技术在汽车覆盖件模具制造中的应用研究［D］. 武汉：华中科技大学，2004.

[23]　王福军. 计算流体动力学分析——CFD软件原理与应用［M］. 北京：清华大学出版社，2004.

[24]　傅德薰. 计算空气动力学［M］. 北京：宇航出版社，1994.

[25]　盛振帮. 船舶原理（上下册）［M］. 上海：上海交通大学出版社，2003.

[26]　陈秀宁. 机械优化设计［M］. 杭州：浙江大学出版社，1991.

[27]　黄圣杰，等. Pro/ENGINEER高级应用开发实例［M］. 北京：电子工业出版社，2002.

[28]　丁玉兰. 人机工程学［M］. 北京：北京理工大学出版社，2002.

[29]　严扬. 人机工程学设计应用［M］. 北京：中国轻工业出版社，2002.